中共甘肃省委宣传部重点图书资助项目

大河谣

景泰川电力提灌工程纪实

阎世德 著

兰州大学出版社

图书在版编目（ＣＩＰ）数据

大河谣：景泰川电力提灌工程纪实 / 阎世德著. --
兰州：兰州大学出版社，2017.11
ISBN 978-7-311-05261-4

Ⅰ. ①大… Ⅱ. ①阎… Ⅲ. ①纪实文学－中国－当代
Ⅳ. ①I25

中国版本图书馆CIP数据核字(2017)第281788号

策　　划　张国梁　李保军
责任编辑　李　丽　张国梁
装帧设计　陈　文

书　　名　大河谣——景泰川电力提灌工程纪实
作　　者　阎世德　著
出版发行　兰州大学出版社　（地址：兰州市天水南路222号　730000）
电　　话　0931-8912613(总编办公室)　0931-8617156(营销中心)
　　　　　0931-8914298(读者服务部)
网　　址　http://press.lzu.edu.cn
电子信箱　press@lzu.edu.cn
印　　刷　深圳市雅佳图彩色印刷有限公司
开　　本　787 mm×1092 mm　1/16
印　　张　34.5
字　　数　541千
版　　次　2018年5月第1版
印　　次　2018年5月第1次印刷
书　　号　ISBN 978-7-311-05261-4
定　　价　150.00元

作者简介

ZUO ZHE JIAN JIE

阎世德

资深媒体人，甘肃省作协会员。

新闻作品《沙尘暴，千里河西的梦魇》
入选全国中学语文自读课本。

出版《崛起太空》等三部长篇报告文学
及六十多万字的中短篇小说，获甘肃"敦
煌文学奖""黄河文学奖"及其他奖项。

灌区全貌

青土湖水鸟栖息

活命之水，活力之水，希望之水。

——题记

人民利益至高无上

高永中

2016年6月中旬，我的大学同学李保军给我打电话，说他们正在组织撰写一部大型报告文学作品，主要反映在景泰电力提灌工程（简称景电工程）的建设过程中，以时任甘肃省副省长、提灌工程总指挥李培福同志为代表的建设者们的事迹。作品的主人公李培福是20世纪30年代主要以今甘肃省华池县的柔远、悦乐、城壕等地为中心的庆北苏区的创始人之一，而庆北苏区又是后来成为中国革命重要根据地的陕甘边区的重要组成部分。作品由甘肃籍作家阎世德执笔撰写。他们所说的事，引起我极大的兴趣。因为他们要做的工作，恰巧与我有比较深的因缘。我跟李培福是同乡，都是甘肃省华池县人。由于早年工作关系，我对李培福同志在庆北苏区的事迹以及他在中华人民共和国建立以后的成就，耳熟能详。李培福同志的成长经历，对我人生追求的影响极大。李培福同志曾于1937年11月当选为华池县县长，由于他一贯密切联系群众，模范地执行党的路线、方针和政策，积极完成上级交给的各项任务，在1943年2月中共西北局召开的高级干部会上，受到表彰奖励。毛泽东同志为他亲笔题写了"面向群众"的题词，这是对他工作的极高评价，也是对所有共产党人的最高要求。20世纪70年代，我在中共华池县委报道组工作，在参加搜集整理相关革命文物的时候，见过这个题词，在一块粗白布上用毛笔写着**"为李培福同志题　面向群众　毛泽东"**十四个大字。当时我们如获至宝，兴奋不已。后来这块作为见证一段革命历史的重要文物，被上级部门珍藏。

我感到，用李培福的精神书写李培福，用景电精神表现景电工程，下工夫再现一段历史，是一件非常有意义的事情。前不久，我看到了这部付梓前的名为《大河谣——景泰电力提灌工程纪实》的样书，一读之下，感到作品主题宏大，作品内容厚重，资料丰富翔实，深受感动，深受震撼。

这部报告文学的采访、创作历时一年多，采访二百多人，而出现在作品里有名有姓的近百人，都是经过当面采访的。对一个已经过去了几十年的历史事件，众多参与者，站在今天的高度，回望过去，回忆这个工程的一点一滴，过往细节，再集中起来，形成书稿，无疑是非常鲜活的第一手史料。他们的经历和记忆又一次说明，我们共产党人，在任何条件下，都把人民的疾苦放在心上，把人民的利益放在至高无上的位置，因此才有了在20世纪70年代那样的困难时期，毅然上马这样一个改变几十万人命运的巨大工程。如果没有共产党人壮怀激烈的崇高理想和伟大情怀，没有共产党人带领人民战天斗地、敢叫日月换新天的伟大斗志，这个工程的立项、完成，几乎是不可想象的。作为一个横跨甘（甘肃）蒙（内蒙古）两省区的景泰、古浪、民勤、阿拉善左旗四县（旗），跨黄河、石羊河流域的大型高扬程、大流量、多梯级电力提灌水利工程，灌溉涉及两百多万亩土地，彻底改变了当地农业生产的基本条件，取得了显著的经济、社会和生态效益，彻底改变了包括景泰县、古浪县、民勤县三个县在内的五十余万人的命运。这是一个伟大的民心工程，这是一项彪炳史册的人类壮举，这个工程利在当代，功在千秋，其所体现出的意义，怎样评价也不过分，永远不会过时，值得大书特书，发扬光大。

该书洋洋五十多万字，可谓煌煌大著，历史跨度大，人物众多，内容引人入胜。通过阅读，我有以下这样几点感想。

首先，景电工程建设这一伟大历史事件，在党领导人民进行社会主义建设的历史上具有重要地位。我们知道，中国共产党自诞生之日起，就勇敢担当起带领中国人民创造幸福生活、实现中华民族伟大复兴的历史使命。从革命战争时期进入社会主义建设时期，我们的党一直没有忘记这一使命。从中华人民共和国成立之初到今天，党带领人民，努力实现国家富强、民族振兴、人民幸福的伟大目标，取得了一个又一个举世瞩目、惊天动地的建设成就。而立项于20世纪70年代中期的景泰电力提灌工程，无疑就是这种追求的具体体现。在当时生产力水平相对低下、经济建设工作环境不太正常，以及经费、设备力量、技术力量严重不足的情况下，一旦涉及国家和人民的利益，包括李培福同志在内的一大批忠诚的共产党人，挺身而出，不怕困难，不计个人名利得失，没有条件也要创造条件，完成这样一个世纪工程。这一工程，可以说是共产党人的历史担当与中国人民追求幸福的奋斗精神相结合的必然结果。作品的主人公之一李培福同志，从边区的战争时期进入新中国，作为一名老共产党员，他的思想境界和精神追求一以贯之，他用一生奋斗和奉献，实践着一个共产党员"面向群众"的精神要求。他身上闪现的，既是个人独特的人格魅力，更体现了一个共产党员的精神特质。

其次，读这部作品的时候，我想到最多的就是有关中国梦的话题。习近平同志指出："实现中华民族伟大复兴的中国梦，就是要实现国家富强、民族振兴、人民幸福。"我们知道，实现国家富强、民族振兴的最终目的是为了人民幸福。而实现人民幸福的思想基础，在于确立一切为了群众的价值理念，把造福于民作为中国共产党人的价值追求。中国梦归根到底是人民的梦，只能依靠人民来实现。因此必须要做到对人民群众倾注真情，把群众利益放在心中最高位置，想尽一切办法切实解决民生问题。虽然说，开发建设景泰川的当时，还没有中国梦的这个提法，但一切为了人民的幸福，则是我们一代代共产党人的价值取向、奋斗目标，在这些共产党人身上体现出来的独特气质，正是完成中华民族伟大复兴这一中国梦的内在动力，这既是价值观的力量，更是信仰的力量。而书中描写的以李培福同志为代表的景泰电力提灌工程的建设者们，在他们身上，体现的恰好就是这种力量，只有这样，才能理解和解释在他们身上所爆发出来的意志力、战斗力和创造力。

第三，就作品本身来看，作者具有极强的叙事能力和对结构的把握能力。这是吸引人读下去的原因之一。作品的开头章节，详细描述历史上景泰、古浪、民勤几县人民千百年来共同经历和面临的干旱、灾荒、贫困、饥饿。在这种背景下，走出了一个个与命运抗争的人物。每一个出场人物，有名有姓，都是经过深入采访、深入了解才进入到故事中的。同时，这些人物的出场又不是随机的、任意的。不论成分、身份、界别、性别、年龄，他们共同的地方，一是同样的饥饿和贫穷；二是他们一直各自用自己的努力，试图改变现状，走出贫困；三是他们嗣后都投入到景电工程这一改变他们命运的伟大工程中。为了这个工程，有人身体致残，有的甚至献出了自己宝贵的生命。因此，每个人，看似没有关联，但又有着血肉相连的内在联系。没有他们的饥饿和贫穷，没有他们的渴望和期盼，就没有这个工程的必然性；同时，没有他们的奉献和牺牲，就无以彰显这一工程的艰巨和伟大。而渐次出场的干部、技术工程人员，经历悬殊，遭际各异，为了这一工程而汇聚一起，共同奋斗，最终创造了这一世纪的奇迹。作者对这些人物的描写，对他们的命运遭际，对他们的人生经历，对他们的心路历程，对他们的奋斗贡献，抽丝剥茧，揣摩剖析，娓娓道来，激情再现，可谓用心良苦，令人动容。

整个作品既有对甘肃中部干旱地区景泰、古浪、民勤三县甚至甘肃历史的基本表现，也有对其中某一个小村庄、一个小场景的据实反映；既有对出场人物性格特点、品行能力的深入剖析和刻画，又有对这个工程中所有大场面的泼墨描写；宏微互映，张弛有度，使得整个作品既波澜壮阔，又灵动飞扬，可以称得上是一部主题上弘扬主旋律、内容上丰富翔实、形式上完整独到，具有强烈现实意义的不可多得的好作品。

阅读书稿的时候，我总是想到鲁迅先生说过的一句话："我们从古以来，有埋头苦干的人，有拼命硬干的人，有为民请命的人，有舍身求法的人……这就是中国的脊梁。"而这部书，就是一部为"中国的脊梁"歌功颂德、树碑立传的好书。该书特别契合我们正在全国开展的精准扶贫这样一个宏大主题。精准扶贫，追求人民的幸福，是实现中国梦的一个重要组成部分。而这本书的出版，完全符合这样一种时代精神，值得更多的读者尤其我们广大党员干部阅读，从中受到感动，汲取养分。

李保军同学和作者阎世德同志希望我为本书写一个序言。我在甘肃工作期间，对景电工程有过关注，了解其之于甘肃乃至中国西北地区脱贫致富的重要性。我跟书中的主要人物李培福是同乡，而且在我的工作经历中，对他的事迹有过了解，有很多感性认识，乐见有一部真实、客观反映其贡献的作品，我愿意做一个先睹为快的忠实读者。李保军同学有整三十年的文学编辑从业经验，而作者阎世德同志又是一位成熟的作家和资深媒体人，他们这个工作做得很好。读完样书，我愿意以这些感想做一个推介，希望其早日面世。我坚决相信，本书所张扬的精神，会在我们这个伟大的时代得到更广泛深入的继承和弘扬。

　　高永中，曾任中央组织部干部一局副局长，党建研究所主编、所长，中央党史研究室副主任兼理论研究中心主任。现任全国党建研究会副会长，中国中共党史学会副会长。主持完成多项重大研究课题。主编出版党建研究专著三十多部。

像树木植根大地一样植根于真实之中

李保军

　　世德的新作《大河谣——景泰电力提灌工程纪实》即将付梓，他希望我能为此写一点文字。本来作品的内容已经充分展示了所能展示的，表达了应该表达的，而且所有的主题几乎都指向宏大、崇高和神圣，读之令人肃然凛然，我岂可贸然附骥置喙，贻笑大方。但是，由于机缘，在过去的两三年里，我几乎见证了该作品的整个完成过程，见证世德为完成这一作品的殚精竭虑、呕心沥血。于心戚戚，良有感焉，因此不揣浅陋，写一点相关的感想。

　　还在2014年八九月份，由于工作关系，需要我出面邀请一位甘肃本省作家撰写一部反映景泰电力提灌工程的报告文学作品。经过在所有我认识和熟悉的省内作家中权衡筛选，我推荐了世德，理由大致如下：一是世德有三十多年的文学创作和二十多年新闻工作的从业经历。1984年他十七岁时的第一个短篇小说就是经由我的手，发表在我所主持的一家文学期刊上。发表作品的当时，我与世德并不认识，但作品对于生活的真实描写和对情感的熟练表达，令我欣喜，遂发了头条。虽然我们是在他发表这篇作品二十几年后才第一次见面，但其间我一直留意他的创作，了解他多少年来一直不辍的小说和报告文学的创作，且成绩斐然。二是他一直在媒体供职，在一家报社做新闻调查部的主任，我注意到举凡他采编的稿件及主持的栏目，关注社会现实，关注民生，特别注重对所反映事件的真实性、准确性的要求，而完成一部我所期待的高度真实的报告文学，应该力所能胜。同时，作为一个资深媒体工作者，他所具有的人脉关系，是他顺利进行采访工作的一大优势。第三，也是非常重要的一点，他和他的家庭以及他的乡亲，恰恰是景电二期工程的受益者，从干旱无雨、靠天吃饭的山区，迁移到景电工程的古浪灌区，他所经历过的艰苦生活，他的整个成长经历，使他比其他作家对工程的意义更多了一份真切的感受。因此，我相信他会写好这部作品。

　　而就我对一部报告文学的期许，除了题材、主题以及写作风格和文字技巧，最重要的是真实，包括内容的真实，情节的真实，细节的真实，情感的真实。整整一代人的奋斗、奉献、牺牲，他们的事迹足够惊天地、泣鬼神，而我们需要做的工作，只是再现和还原——再现和还原那些真实的人和事，尤其是这个工程的灵魂人物、时任甘肃省副省长、景电一期工程总指挥的李培福。我个人特别推崇托尔斯泰在《战争与和平》里的一段话："一个好的统帅不仅不需要任何特殊的品德，正相反，他需要没有那些最高尚的、最好的人类德行：爱，诗，热情，以及哲学性的探讨和怀疑。他应当是矜持的，坚信他所做的是非常需要的（否则他就不会有充分的耐心）。只有那样，他才可以成为一个勇敢的领袖。"作为一个真实的人，其实也就是一个普通的人，我们力图再现的那些人物，也许并不是英雄，他们的出发点以及力量支撑也未必全是崇高和志向远大，但他们坚信他们所做的是非常需要的——国家的需要，人民的需要，还有自身的需要，因此他们以充分的毅力和耐心，以普通人坚韧不拔的力量，创造了人间奇迹。

　　当然，不管景电工程的过去是如何发生，今天的景电工程在发挥着什么样的作用，以及今后前景会有怎样的发展，但站在今天的历史高点，用文字复述、再现这一过程，它无非需要回答这样一些问题：为什么做？怎样做？做成了什么？显然，回答这些问题本身，也就是完成一个由文字搭建的浩繁工程。关键的是，回答这些问题，必须摒弃臆想，杜绝虚构，避免矫饰，更不允许歪曲。已经发生而被岁月湮灭者不知几何，但不管怎样挂一漏万，落在纸上的每一颗文字，都必须保证是真实的、真诚的，否则，这个工作将变得毫无意义。

　　在与世德交流有关这部作品的基调时，我们的共识是：坚持口述实录，注重史料价值，坚持真实性第一。宁愿要一本琐屑过往的流水账，也不要人为拔高的功劳簿。毋宁说，这才是这个作品的价值所在，也是其真正的力量所在。

而事实证明，在整个收集资料和采访、写作的过程中，世德的工作态度和作风，远超出我本人的预期。最令我感动的是他的作为新闻从业者的职业精神——这绝不是一句套话。工作开展伊始，就迅速进入状态，他利用了几乎所有的节假日、休息时间，一边迅速地深入景电灌区实地感受，一边最大可能地收集、查阅相关资料，调阅相关的历史文献。他曾表示，自己深爱这个选题，深爱这个为几十万人带来命运转折的伟大工程，深爱所有参与这个伟大工程的每一位建设者。如果说，四十多年前建成这个工程完全是一个奇迹，而四十多年后的今天，回望历史，我们更加感觉这确实是一个人间奇迹：在资金、物资设备、技术力量严重缺乏的当时，有这样一群人，在以一个被景泰人民称为"李老汉"的副省长为总指挥的指挥中心的带领下，边设计，边施工建设，边受益，完成了提水流量10立方米/秒，灌溉面积30万亩的第一期景泰电力提灌工程，这怎么不是一个至今令人感到匪夷所思的奇迹呢！

我以为世德是有心的。在查阅大量资料的同时，他先从采访开始，采访那些参加过这个工程的人：决策者，农民工，技术人员，干部，还有大量的受益者——那些从四面八方来到灌区安居乐业的农民。说到底，景电工程，是一个关于人、为了人的工程，离开这些人的人生经历、命运遭际、心路历程，本书也会成为一个空中楼阁。

几乎举凡能找到的，能联系到的相关人士，都千方百计地找到他们，一起挖掘沉淀在时间之海的记忆，聆听他们的讲述，他们的感慨，通过这些人士的口述，已经变成过去的历史画面，又带着鲜活的气息朝着我们走来。于是我们看到：生活在甘肃中部干旱地区的农民，包括那些土生土长的本地干部，从有记忆起，贫困、饥饿，就伴随着他们成长，他们曾经抗争，曾经奋斗，力图改变，但十年九旱的自然条件，任何抗争只能是以卵击石，即便是黄河从身边流过，但落后的生产力水平，面对滔滔东逝水，也只能徒叹奈何；于是我们看到：顺应人民的愿望，背负着时代的使命，景泰电力提灌工程被提上日程，立项，建成，一夜之间动员了千百万农民工参与改变自己命运的这一历史壮举；于是我们看到：以老革命、时任甘肃省副省长的李培福同志为首的一批高级领导干部，像投入战斗一样地投入了工程的建设；于是我们看到：几乎跟战争年代一样的小米步枪手推车，他们面对的，几乎是一张白纸，他们所缺少的，包括技术、资金、设备、经验……唯一不缺的就是信念、斗志和不成功绝不罢休的信心。工程建设的日日夜夜，多少人运筹帷幄，多少人奋战在前线，丝毫不亚于一场决一胜负的战争。可以说，这样一个工程，放在历史上的任何一个时代，或者放在同时代的任何一个国家，都不可能完成，但是，他们成功了。在这里，是那些人，那些大写的人，因为期盼，因为愿望，因为意志，最终完成这一项彪炳史册的伟大工程。

那么，世德所做的工作，与其说是为这一工程立传，毋宁说是为这些大写的人立传。写这些人，也就是在写一种精神。这种精神不是口号，不是理论，不是概念，而是汗水，是泪水，甚至是鲜血，是血肉之躯，是踩踏在大地上深深的履痕，更是镌刻在历史丰碑上永远不可磨灭的印记。所以说，对这些大写的人，不需要任何修饰、溢美、曲意拔高。他们最真实的表现，他们身上所体现的精神，就是我们中华民族的民族精神的组成部分。他们的故事，就是景泰电力提灌工程的故事。写出真实的他们以及他们的故事，就够了。

而我可以肯定地说，世德做到了。

请允许我举一个简单的例子。1976年9月1日，甘肃省委决定兴建景电二期工程，受益地区以甘肃省古浪县为主。由于一期工程的成功，几乎古浪全县人民无不群情高涨，自发参与。工程在极短的时间内就完成了基础的第一泵站的草土围堰，但由于资金、电力不足等原因，上级决定景电二期工程停工缓建。这一决定给古浪人民极大的挫伤。民工不愿撤回，人们纷纷给中央和省上、地区有关部门写信，请求不要停工，不要下马。这时古浪县有四个农民直接上北京向有关部门汇报、请愿，就是为了继续将这个古浪人民梦寐以求的工程继续下去。流传的版本是这样的：四位古浪农民，带着炒面，乘车上北京，到北京后，就住在水利部的楼道里，吃的是自己带去的炒面（将小麦或谷类、豆类炒熟磨成的面），见领导就哭，申诉不要下马的愿望。……时间过去三十几年了，当时的情况究竟是怎么回事？他们都经历了什么？世德通过各种关系辗转寻找这四位"上访"的老乡。最后只找到其中一位，是八十四岁的马云山老先生，而其他三位均已作古。通过采访，了解到，当时上北京的并不是四位农民，而分别是一位水电局副局长，一位龙沟公社的书记，一位供销社的干部，而马云山先生时任土门公社的副书记。他们也不是自发上北京，而是县委县政府选派的。就是说，县上选了当时在全县都有些名气的熟悉情况、脑子好使、表达清晰的四位干部，还为他们专门配置了服装和皮鞋（马云山先生至今还保留着他的那双皮鞋）。马云山先生笑说：我们是上北京申述请求的，不是去闹事的，因此也不可能住在水利部的楼道里吃炒面，而是一直住在北京火车站候车室里。见领导的时候，有动感情流泪的情况，但不可能放声大哭……

　　类似的例子还有很多很多。就这样，前后采访二百多人次，为了一个事关重要但有疑点的传闻，千方百计地找到当事人，予以求证。其间辛苦，难为外人道。在此期间，由于用心太深，用力太深，世德因病两度住院治疗，医生劝他暂时不能熬夜、久坐，不可过于费神，但世德不能也不敢停下来，因为就在一年左右的采访时间内，其中有六位受访老人由于年事已高而先后辞世。他们在接受采访的时候，无不热切希望有关景电工程的事迹能够以这种形式再一次展示出来，激励今天的人们。可惜的是，他们自己却看不到图书的问世了。——这种当事人的回忆和叙述，一再地闪现那个不平凡的岁月的种种画面，越是令人赞叹景电工程的完成，是当今中国乃至世界的一大奇迹。就是由于有了那样一批人，因为他们的奋斗、奉献、牺牲，才有了今天景电工程带给甘肃中部地区数十万人民和数百亩土地的巨大的社会效益、经济效益和生态效益。世德一再表达：他没有理由也没有权利把这个工作停下来。

　　综观作品，我以为本书已经基本回答了上文所说的景电工程"为什么做、怎样做、做成了什么"的问题。至于回答的准确程度如何，质量如何，则需要广大读者乃至历史事实来验证。而如果要我给这个作品一个总体评价的话，我想说，作品犹如一棵大树，由于它的根系四通八达，深入到了足够深的地下，吸足了养分，因此这棵大树才主干粗壮挺拔，树冠枝繁叶茂，硕果累累。就像景电工程屹然伫立在甘肃大地上一样，它也一定屹立于当今中国表现时代精神的纪实文学之林。虽然，这绝不是其意义的全部，但它理应带给人们更为深远悠长的回味、思考和启示……

李保军，甘肃省白银市政协退休干部。从事出版编辑工作近三十年。曾任《红柳》文学双月刊主编，敦煌文艺出版社、甘肃少年儿童出版社总编辑，白银市文化局副局长兼白银市文物局局长。

目　录

上　部

下　部

上　部

第 一 章
守着河水的干渴

地母护佑的土地

黄河从雪域高原的巴颜喀拉山蜿蜒流出，从积石山进入甘肃。黄河在甘肃的省会兰州市穿城而过，在金城关近似顽皮地打一个漩儿，溅着白色的浪花，穿铁桥，过东岗，入什川，抵青城，一路或急或缓、滔滔不绝向东而去。从水川大峡开始，黄河进入白银境内。流经白银区域的黄河蜿蜒二百五十八公里，是黄河流经甘肃境内最长的地域。

还有一道神奇的自然景观：气势若虹的祁连山脉一路东奔而至，因为黄河横亘，突然收住脚步，在此地域的老虎山皱紧眉头巍然耸立，在祁连山脉和黄河的拱卫之下，形成了肥沃的景泰川，而在北面，则是连绵不绝的腾格里沙漠和巴丹吉林沙漠。

通过卫星云图查看，腾格里沙漠和巴丹吉林沙漠像一张摊开的羊皮，在东边是与黄河相邻的景泰，西南是紧邻祁连山余脉的古浪，再往西偏北，羊皮在这里似乎岔开了一条腿，紧紧裹住了民勤。三个县，形成一个不对称的三角形，围在这张羊皮的周围。

山川，河流，大漠，独特的地理景观，孕育一方人独特的生活。

其实，景泰所有的辉煌乃至辛酸，全部藏掖在媪围古城的残垣断壁中。所谓的辉煌，已经沉寂在史书堆中。翻阅这些史书，泛黄纸页特有的气息让这种辉煌漂浮在极大的想象中，而辛酸乃至苦难，则赤裸裸地呈现在眼前：一座城池的废弃，固然有很多的原因，但因为战争而设置的城池，往往有着急功近利的实用主义。落日下的媪围古城，仅仅是一个城的概念，被风雨剥蚀的残垣断壁，大部分已经和自然融为一体。当思绪在夕阳余晖里混合了发黄史书独有的气味飞翔时，两千多年前的一切，都如刚出土的丝绸，一时的绚烂和美丽很快被岁月的空气氧化，瞬间成为灰烬般飘舞的碎片。

当张骞手持汉节蹒跚而过之后，媪围古城的规模已经悄然形成；丝绸之路成为遥远的驼铃声渐行渐远之时，媪围古城如很多的古城一样，只能在大漠中沉睡。护卫丝绸之路的使命，注定了她必然如丝绸之路一样沉睡的命运。生活在古城中的农民，作为城池唯一的延续，守护着数千年的历史。而这种历史显然已经变得遥远陈旧，问及他们村庄的历史，更多人都是一脸的茫然。

我一直认为，汉时期对地名的取舍严谨而深藏内涵：武威，耀汉之武，扬汉之威；张掖，张国掖臂……这些地名的取舍，不能不说是用意深刻。而媪围，却很难猜测其用意。思量再三，我认为只是少数民族语言的谐音而已。在这座古城，汉民族并不是最先的主人。匈奴人的铁骑利剑赶走大月氏之后，李元昊和蒙古鞑靼的弯刀同样血祭了这里的日月。

按照《说文解字》的阐释，媪，蕴含的意思多为女性，已经结婚的妇女可以称媪，老妇人可以称媪，母亲可以称媪；而更为意外的是，在以伏羲八卦为源头的中华民族文化里，历来认为天为父为君，地为母为后，而媪这个字，居然是"地神"的别称。至于"围"字，自然蕴含了包围、呵护、怀抱的意思。

在媪围古城的残垣断壁间徘徊之际，一个个憨厚的村民来来往往。他们不在意我在干什么，却如害怕打扰了我般蹑足绕行。他们淳朴的服饰和极有涵养的举动，让我突然对这个地名有了新的理解，延续少数民族语言的谐音没错，但这两个字，却透露出更加深刻的意蕴：像母亲一样护卫着这片土地，让母爱紧紧包围这片肥沃而饱受战乱的土地，用母亲的无私和博爱滋养这片辽阔的土地。媪围，地神之城，母亲之城！

突如其来的想法，让我变得兴奋。当我用母亲的含义和概念来解读这座古城的历史，来翻阅这片土地的历史，一切都似乎变得鲜润和灵动起来。

其实，早在四千五百年前，就有无数先民繁衍生息在这块土地上。且不说史前文明，仅有文字记载的就有：西周时境内属羌方，春秋为戎落，战国至秦属月氏，秦末汉初，匈奴破月氏，属匈奴休屠王之地。汉武帝元狩二年后，开河西，列四郡。大约于公元前67年，置武威郡媪围县，为景泰立县之始。东汉末年，群雄并起，战乱频繁，媪围如一个柔弱的女子，被各路英豪争来夺去，饱受蹂躏。

母性的深爱难敌战乱和贪婪，媪围随着战火颠沛。东晋归前凉，自晋到清代，无固定建置，皆为各代沿边之属邑。唐朝广德、大中年间为吐蕃控制；宋朝隶属西夏；明朝万历年间被鞑靼所据。清乾隆四年，在属地今寿鹿山脚下的宽沟村设县丞一员，负责管理地方事务。乾隆二十二年，宽沟县丞移驻红水堡，设分县，取其堡名而称红水分县。红水堡坐落在古红水河侧，河名原称老婆河。

县衙移置，是一座古城消亡的开始和必然。但媪围古城的灵魂，却丝毫不少地得以传承。被称为老婆河的红水河，就完全传承了母性的爱恋、温顺乃至忠贞。

任何传说都有一定的事实基础，在事实的基础上，杜撰者借题发挥，表达心中的不满在情理之中。战乱频仍之后的结果，就是大量的屯边移民，在景泰生活的人们，祖先大都是戍边士卒的后人。远离家乡守边打仗的士卒，心中自然有着无法排遣的忧愁郁闷，而独守空房的妻子怎么能够承受彻夜难眠的寂寞之苦？老婆河的传说，就是这种情绪的极度爆发。当时沿河居民中众多男子被充军戍边，两位正值青春的小媳妇盼夫回归心切，终日在河边哭泣，对着滔滔河水尽诉思念之苦，只可惜，她们的亲人已经倒在了沙场。久而久之，两位女子的青丝熬成了白发，双眼再也流不出更多的眼泪，有一天号啕大哭时，双眼突然流出鲜血，饱含思念的血泪滔滔不绝，很快染红了河水……老婆河因此改称红水河。

任何战乱时期，母爱都处于沉默和委屈之中。正在日渐消亡的媪围古城，见证了沧桑岁月。当用作战争的地理优势失去之后，自然的灾难又频繁光顾这片肥沃的土地。翻翻近代史，满眼都是触目惊心的字眼：

清同治四年，靖远大饥，红水冬天饥，斗粟值银七八两，饿殍载道；同治五年，红水春荐饥，斗粟值银四十两，人相食；同治七年，红水春夏又旱，人因食新麦死者甚众……民国十七年，红水夏秋皆旱，赤地千里，饥馑荐臻……

　　地神沉默不语，默默守护的这片土地，任凭风沙弥漫，旱魔肆虐。媼围古城，再也没有昔日呵护一方水土的气力，在日渐消失中等待和孕生新的希望。

　　"景泰"县名，始自1933年。当时，撤红水县，合并靖远县北区成立景泰县，并拟有"永寿""北屏""景泰"三个名称。"永寿"，是取原红水县永泰古城的"永"字和寿鹿山的"寿"字合并而来；最后国民党甘肃省政府于1933年1月31日，正式取新县名为"景泰"，含有"永期景象繁荣、国泰民安"之意。

　　1949年9月12日，景泰解放。历史就此翻开了新的一页。

舔碗刮锅的日子

　　1943年10月28日——七十二岁的沈庆云永远记住了这个日子，当他斩钉截铁地说出这个日子的时候，让你丝毫无法怀疑它的真实性。那一年，他才六岁。六岁的孩子藏在妈妈的身后，看到许多打了绑腿的解放军，随着隆隆的炮车走过村头，而原来驻扎的部队早已逃之夭夭。他记住了这个陌生的词：解放了。

▲ 沈庆云

　　显然，这个词对一个六岁的孩子来说没有太大的意义。天还是那么蓝，云团像棉絮一样飘动，那条老河，仍然不动声色地向东流淌。他和自己的小伙伴，一如既往地在黄河边放牛牧马，尽情享受着属于自己的快乐。

　　1926年老历七月十二日出生的张永泰在这一年已经二十四岁了。也许，他最能感受解放前和解放后的区别在哪里，天虽然是一样的天，但在他的眼里，似乎眼前的天比以前的每一天都蓝，都晴朗。就在昨天，他还在沈家拉长

▲五佛黄渠

*守着黄河要饭吃,是每一位居住在黄河边的人的心酸回忆。在讲述自己的故事和工程建设时,沈庆云的眼睛湿润了,他突然抠出左眼,清理了一下,又装了回去。"左眼在施工时受伤了,早就被摘除了。"

▼群山中的黄河

工，这种生活，他从十二岁就开始了。在他的内心深处，其实对东家是感激的，因为家里穷，没有土地，吃不饱肚子，正是在东家家里种地放羊，才让他过上了衣食无忧的生活，等到了解放的这一天。而这一天的到来，让他怎么也没想到，过去的经历，竟然成了改变自己命运的资本。他很快成了老湾村的治安主任。紧跟着参加了工农干部速成班，在定西识字，学文化。虽然一个字没学过，一天学堂没进过，但张永泰天资过人，过目不忘，一段时间下来，竟然学了不少东西。

在解放区的太阳下，沈庆云一家继续过了几年苦日子。1948年，大爷去世。长了一岁的沈庆云似乎第一次知道了自己生活在一个少有的大家庭中。这个家庭三十多口人，五爷是掌柜的。很多年之后，他才明白，他们家一年有一百石的粮食。除了黄河水浇灌的八十亩土地，在杨庄还有很多旱地。在很长一段时间里，知道了家底的沈庆云困惑了：家里有这么多的土地和收入，他们吃的饭却几乎每顿都是黄米加面条，称为混混饭，吃的馒头大多都是黑面馍馍，或者是黑面里加一点白面，吃白加黑的馒头，印象中，纯白面的馍馍很少吃到。

深藏在村子里的宅院，距离黄河只有二里路。黄河穿越车木峡之后，在这里变得柔顺了很多。东岸为靖远县地界，地势平缓，良田纵横，春天沙枣花、枣花扯起绚烂的帐幔，沁人心扉的香气弥漫整个河面，爆开的油菜花晃人眼。岸西也就是五佛所在地，陡峭的刀棱山如一面铜墙铁壁，依河而立，有限的平缓地带，成了五佛人赖以生存的土地。雨季河水暴涨之时，涛声声震数里。更多的时候，水流平缓，夜深人静的时候，河水的喧嚣，遥远成柔润的催眠曲。

鸡叫三遍的时候，沈庆云就要离开温暖的被窝。桶杠子立在门后，盘桶绳挂在旁边，倒立的木桶被他反过来，盘好盘桶绳，从桶耳子穿过桶杠子，他牵来正在闭目养神的骗驴，备好桶鞍子，勒紧肚带，双手一用力，把水桶搭在驴背上。借着微露的晨曦，他半打着瞌睡，跟在驴屁股后面走向黄河边，汲取一家人一天要用的水。

流淌了一夜的黄河也似倦了，好像打着瞌睡，慵懒地向东流去。往水桶灌水的声响，显得格外清晰。

相比之下，沈庆云更喜欢冬天。一到三九天，黄河就会结冰，刚结冰的黄河似乎不甘心，随着嘎巴嘎巴的声响，会把一块块浮冰推挤在一起，但终会耐不过越来越硬的西北风，水流很快躲在冰下不见了踪影。大河两岸的人们在冰上任意走动。套了牛车，凿出冰块拉回家，拉一次就够用几天了。但到春天，嘎巴嘎巴的声响又会响起来，每当听到这个声音，沈庆云知道，黄河要开河了，自己驮水的日子又要开始了。

这是沈庆云长大之后必须要做的农活——驮水。随着通向河边的小道被踩下深深的凹槽，沈庆云明白，几乎所有的生活，都和这条河有着密切的关系。

更多的时候，他们在一条叫黄渠的水渠周围放驴放羊。黄渠两边被高大的白杨树覆盖，渠水流得艰难，甚至有点无可奈何。进了黄渠的水流，一点都不像黄河的水流那般湍急野性。胆大的小伙伴们总在天热的时候在水中尽情嬉戏。沈庆云看着眼馋，纵身跃进之后的后果，不仅差点让他丢了小命，也结束了他戏水的任何念头。更何况，因为这一次的戏水，他知道了大人们的狡黠和在河边生活的铁律。回到家，大人问他玩没玩水，回答自然是没有，可是大人却让他脱去衣服，黄河水留在身上的痕迹一览无余，在屁股受到击打的同时，他知道了不能到河中游泳，更不能说假话。这个时候他才明白，浸了黄河水，会留下很明显的痕迹，河水中的泥沉淀在皮肤上，像涂料一样留下黄河的颜色。而沿河的大人们，通过这种痕迹来告诫孩子们不能随意戏水，更不能睁着眼睛说瞎话。

沈庆云所要做的，就是看着驴儿悠闲吃草，远离戏水的小伙伴们，随便找个什么地方，透过摇曳的树叶看蓝天白云，满脑子都是爷爷讲给他的故事。

爷爷的故事，永远和这条河、这条渠有着千丝万缕的关系。爷爷说，黄渠是村里人的生命线，是村里人和黄河要饭吃的见证者。在清顺治二年，由六十八家农户联合开挖了黄渠，第一次把黄河水按照自己的心愿引到了需要灌溉的土地，当时可灌耕地六十八份共八百余亩；他们就是其中的一家。那时节，这块地儿有个很好听的名字，叫柳林湖。这里原先柳条丛生，人不能行，野鸭成群，白鹭嬉戏。但是，人要吃饭，也就容不得那般美景了。爷爷说，人口在增加，耕地面积只好逐年扩大，进水口从沿寺上移兴红崖，再移到兴红崖上游的龙窝……可是永远也喂不饱不断增加的人。环绕在村子周围的山，不能给村里人更多的土地，而村里人，不能把黄河水引到更高更远的地方，眼睁睁看着河水哗哗地流，却过着半饥不饱的日子。

沈庆云相信爷爷说的话。有着传奇经历的爷爷，像神一般在他心里有着至高无上的位置。爷爷沈惠林毕业于兰州师范，是一位远近有名的文化人。然而，有文化还不能当饭吃，看着黄河水一泻千里而村人过着半饥不饱的生活，爷爷开始琢磨新的文章了。1930年爷爷担任靖远北区区长时，同当地水利人员研究总结了村子面临的困难和今后的出路。

淤地造田，千方百计增加耕地面积，成了爷爷深思熟虑之后的重要决策。沈庆云从爷爷的口中知道，所谓的淤地造田，就是如先人们一般，先在黄河河滩平坦处打好一道坝，利用黄河携带的泥沙淤积沉淀，然后造出一片新的土地。爷爷的故事和做事，几乎充斥了沈庆云整个童年，也成了他在成长过程中最好的食粮。也许，正因为如此，让他在后来的生活中，更感到茫然和无所适从。

修黄渠，淤沙造田，因为一条河的存在，整个人生和命运都与其紧密联系了起来。

在沈庆云看来，爷爷的身上有着很多的叛逆和自己独特的个性。距离家中不远处，就是景泰沿寺。沿寺又名五佛寺，因沿黄河建寺而得名，是中原和蒙古贸易往来的主要码头和蒙古食盐集散地，又名盐市、盐寺。这座石窟寺开凿于北魏时期，唐、宋、元、明、清曾续修，坐西面东，背山面河，因石窟内塑有五尊大佛像和千尊小佛像而得名，故该寺又称千佛寺。寺南约一百米，傍河而建观河楼，登楼俯视，滔滔湍流，尽收眼底。

在观河楼上，有一副脍炙人口的楹联：

看河楼看河流看河楼上看河流河楼千古河流千古
千佛洞千佛像千佛洞中千佛像佛洞万年佛像万年

这副楹联，在很小的时候沈庆云就记在了心中。但是爷爷对此却颇有微词：千古，万年，我们的日子就要这样去过吗？自然，会千年不变，万古长存，只是人们的日子，要尽快改变呀！爷爷骨子里的忧民意识，让他的言行变得直率而尖锐。说干就干，爷爷看准了河沿边池马滩这片地。这片地在春天是沙滩，秋天又成了黄河河床。爷爷设想，在上游打坝，迫使黄河水往南移，进而淤地造田。倘若每年打十丈坝，就可淤地造田二百多亩，要是年年不断地打下去，十年就可淤地造田三四千亩，还愁没有地种吗？

打坝造田工程开始了。爷爷到现场抱起第一块大石头，威风凛凛奠了基。缺少土地的乡民踊跃而来，每天二三百人的建设队伍浩浩荡荡，一百多大小车辆来来往往。村民们拉的拉，抬的抬，如期完成了筑坝十丈的任务。然而谁也未能料到，秋天到了，河水在一夜之间涨了近两米高，打下的石坝被黄河冲得干干净净，抱上石头填黄河的工程就这样以失败告终。爷爷看见池马滩又变成了黄河，却更激起了自己的决心。为了减少损失，保持村民的信心，爷爷坐着自家的马车，上县里请求政府予以救济。这次的水灾经县政府调查落实后，把下半年的公粮全部免了，以鼓励村民继续打坝。春节刚过，村民们不约而同地赶赴打坝现场，除修高加宽了去年的缺口外，又伸长了十丈，提前两天完成了任务。秋天的河水又猛涨了几尺，但新筑的石坝安然无恙，黄河水温顺地往南流去，携带的泥沙淤地造田五百多亩。

沈庆云说，如今的景泰县五佛苗圃，就是当年的池马滩，只要他经过那里，爷爷的声容笑貌就会在眼前出现。

以往的生活突然发生了变化。有一天，沈庆云发现自己家的门口来了两个持枪站岗的，只一会儿的工夫，分马，分羊，分骆驼，分粮食，分土地。爷爷，成了地主，而他们，也多了一个新名称：地主子女。

已经是国家干部的张永泰，最了解这种变化意味着什么。他看到人们分了土地分了房子分了骡马，有些人高兴得几天都睡不着觉。同时，他也目睹了昔日东家最终的结局。他心里有一丝不忍，但这些东西，也仅仅是夜深人静之后的一声叹息罢了。

往日受人尊敬的爷爷大变了模样。成为地主分子的爷爷被管制起来，任何一个民兵都可以喝令爷爷要他站好，喝问爷爷把金银财宝藏到了哪里。爷爷自然不知道连他都不清楚的金银财宝藏在了哪里。后来，爷爷参加生产队的劳动，每天劳动结束后都要汇报，后来慢慢改成了每周汇报，再后来就成了每月汇报。沈庆云记得，有时爷爷写了汇报材料，就打发他送到生产队里。看着爷爷娟秀的小楷毛笔字，沈庆云有点哭笑不得。

在生产队的饲养院，爷爷会给他讲更多关于自己的故事。往往是爷爷讲得津津有味，已经懂事的沈庆云却听得索然无味。爷爷辉煌的过去，怎么也难和眼前这个衣衫褴褛、神色憔悴的老人相吻合。饲养圈里牲畜的粪便和尿骚味，混合成一种令人昏昏欲睡的气味四处弥漫，咕咕叫着的肚子，更让人在烦躁中变得不安。

这条河，这条河养育的人们，勤劳，勇敢，好学，知礼，智慧，但却生活在吃不饱肚子的困境中，不得不为了吃饱肚子而挖空心思地造田引水。他们渴望，有一天河床能抬高一些，那样就会有许多土地可以耕种，就会有更加富裕的生活。但是，独特的地形，却和他们开了一个尴尬的玩笑，河床边不多的平地，被凸起的刀棱山挟持，而大片富饶的平川，藏在了山的背后：从刀棱山开始，地势由东向西逐渐增高，高出黄河水面三百米到七百米之间，却是一马平川的土地，在悠长的岁月里，只有骆驼刺、白刺等沙生植物迎风摇曳。很多村民，在这里开垦了土地，看老天的脸色，有雨了，就会有一些收成，多少都成了家里的垫补；不下雨，则颗粒无收。他们称这种种植为"撞田"，撞田，撞田，如同撞大运，撞上了好年成，就能吃饱肚子，撞不上，就只好认命。望着哗啦啦的黄河水盼下雨，那份尴尬，只有他们才能理解。

似乎就在这种尴尬中，沈庆云无法抗拒地长大了。在沈渭儒这个既是父亲也是老师的教导和鼓励下，他完成小学学业，顺利进入中学学习。伴随着他长大的，还有一个挥之不去的阴影：饥饿。

1958年，十六岁的沈庆云进入景泰中学（皋兰二中）上学，过上了人民食堂的大集体生活。搅团尽饱吃，很多学生把吃不了的搅团，偷偷倒在食堂后面或者宿舍后面，附近的野狗吃得溜光水滑。原以为这样的日子再没有忧愁了，可是一进入1959年，再也见不到干稠的搅团，顿顿都是面糊糊，但不论怎样，却可以喝饱肚子。可到了下半年，情况发生了变化，等许多学生咒骂面糊糊越来越稀的时候，食堂突然开始限量，每人每顿早上是两铁勺，中午晚上各三铁勺。那个时候，食堂用的是旧的称量标准，一铁勺二两，一斤按照十六两计算。稀得能照见人影的面糊糊，对这些正在成长的孩子来说远远不够，放下饭碗，就感觉肚子饿了，似乎什么都没吃。有时上课的时候，一个同学的肚子响起咕噜噜的声音，如条件反射，全班都会响起同样的声音，在哄堂大笑中，饥饿的感觉渗入了他们的骨髓。在这种情况下，从家里自带口粮垫补成了唯一的办法。条件好一些的同学，能带来一些粮食做的炒面，在中午吃一点，就能坚持一整天。条件差的同学，只能吞咽各种野草籽加工的炒面借以果腹。为了减少活动量，学校停止了体育课。有的老师在上课的时候，会突然饿晕过去；有的老师饿极了，会放下所有的尊严，向条件好一些的同学伸手要些炒面吃……

大食堂，消耗完了集体乃至个人多年积存的粮食，每个人，都将面对无法预知的日子。

三勺子的面糊糊，成了沈庆云最最美好的指望。他们家中已经没有一颗粮食，地主子女的成分，让他们只能忍气吞声。在那艰难的岁月里，他记住了这辈子都难以忘记的动作：舔碗，刮锅。

这是两个已经被遗忘的生活名词。但在他们那个年代，却是生活的必需。所谓的舔碗，就是伸出食指，在喝完汤的碗里一遍遍地刮，把所有的面糊糊刮进嘴里，完了，再伸出舌头舔，认真舔过的碗，几乎不用洗了。而刮锅，近乎一种可望而不可即的奢望了。学校食堂的锅，直径近乎两米，能刮如此大的锅，绝不亚于一顿丰盛的大餐。但能享用如此美食的，需要和厨大师有非同一般的关系。好在他和厨大师的儿子关系不错，隔三岔五，就会捞到刮锅的美差。刮锅，是用一把叫锅铲子的工具，认真刮下粘在铁锅上的面糊糊。这个面糊糊，可是远比盛在碗中的面糊糊稠多了。他和同学撅着屁股蹲在锅台上，哧朗朗——哧朗朗——的刮锅声，可真是一种美妙的享受呀。

可是，越来越稀的面糊糊也面临断顿的危险。为了学生的身体，学校利用勤工俭学、支援农业生产的办法，换来许多大白菜，在学校院子建了一个巨大的水泥池子腌了这些白菜。自此，在喝面糊糊的时候，每八个同学一组，就会打到一小盆酸白菜。可别小看这盆酸白菜，在当时，它的作用绝不亚于猪肉炒粉条呀！

到了1960年，日子越来越艰难了。沈庆云在学校还好坚持，但家里已经揭不开锅了。村里的人们，整天噘着干裂的嘴唇，四处寻找任何可以下肚的食物。树皮、草籽、芦根……但凡能咽下的植物，都被想方设法做成了食品。谁也不知道，这样的日子将会持续多久，什么时候是个头。

十七岁的妇女主任

五佛西源大队的张九麦那一年才十七岁，但比沈庆云小很多的张九麦已经是西源大队的妇女主任了。

1953年出生的张九麦姊妹八个，她排行老四，下面还有三个弟弟。张九麦的家离河边不远，河水的喧闹伴着她长大。懂事的张九麦很快就帮家里干活了。在她六七岁的时候，冬天就能到黄河取冰拉水，这在如今实在是不敢想象的事儿，就如她传奇一般的经历令人愕然。张九麦从四岁开始到耕读班读书，早上半天上学，下午在家做家务，坚持到六岁就不念书了，七岁就开始在生产队出工。

敦敦实实的张九麦过早地结束了自己的童年，开始成人一般的生活。她和成人一样，背起背篓，平田整地。背不动不要紧，可以少背一点，但张九麦小腿迈得飞快，一天也能背出成人的劳动量来。张九麦不害怕劳动，在她的身上，你似乎才能理解什么是热爱劳动。但张九麦害怕饿肚子。早上从炕上爬起来，洗洗脸就吃馓饭，用黑面做的馓饭差不多和麸皮一样粗糙，但若能塞饱肚子，一天就不受罪了。中午带的午饭是妈妈炒的黄豆，姊妹几个一人半把，实在饿极了，这半把黄豆还是有点用的，放嘴里嚼嚼，嘎嘣脆，豆香味会直入心底，吃到肚子里的黄豆，经过胃液的浸泡，会慢慢变多变大，饥饿的感觉随之不见。晚上收工回来，只能用面糊糊哄哄肚子，清得能照见人影的面糊糊里，大多是铁莲莲草的叶子。铁莲莲草是猪最好的饲料。一家人收工回家的时候，每个人都捎带着拔一些铁莲莲草，嫩的叶子人吃，其他的喂猪，慢慢长大的猪没有饲料的追肥，但也能卖个三几十元钱，不仅完成了生猪的交售任务，还能换回家里的零用钱。但是面糊糊几泡尿就被排泄得干干净净，晚上老被饿醒过来，被哄骗的肚子加倍折磨他们，等天亮的过程似乎更加漫长。

张九麦十二岁的时候，已经是一个大姑娘的模样了。这时大哥张久存已经十七岁了，有过背粮经验的大哥带了张九麦去背粮。

这是一个寒冷的冬天，眼看就要过年了，但家里的粮仓已经见底。在那个年代，背粮并不是一件丢人的事情，相反，有着到外面闯荡的期待和惊喜。没粮吃饿肚子，才是丢人的事情。大哥带她从一条山扒上了拉煤的车。这是她第一次见到外面的世界，第一次看到火车。那是个晚上，她实在想不明白这些火车是一个呢，还是很多个排了队在往前跑。咣当咣当疾驰而过的火车，总让她想起姊妹们一起下地干活的情景。但是惊喜和激动很快被寒冷冻结。他们在火车停下的时候，扒上了一个敞车车皮。大哥很有经验地招呼一起背粮的四五个人，挤在车厢的一个角落，腿上盖了用来装粮食的毛口袋。火车开动了，冷厉的风很快冻硬了车皮，张九麦感觉像坐在一个冰窟里一样，冻得实在受不了了，她只好坐在哥哥的怀里，哥哥用破旧的皮袄把她严严实实地包裹了起来……

到了中卫，张九麦和大哥一起乞讨。背着装粮的口袋，拿着一个陶瓷碗，全身补满补丁的衣服，就是他们想要说的话。张九麦和哥哥因为年幼，得到很多人的同情，要起来自然方便许多。在一户人家，张九麦看到几只鸡在抢食白大米，竟然馋得流下了口水，几乎是不假思索，俯身和鸡抢食了起来。那家主人看到这个情景，流下了眼泪，额外给张九麦多装了一碗大米。那次讨要，张九麦背了四十斤，哥哥背了六十斤。背上粮食的喜悦，很快被沉重消磨，越背越沉，越走越沉，最后沉重到欲哭无泪的地步。兄妹俩走了两天才到火车站，又扒上火车到了一条山。辗转到了家里，一放下米袋子，张九麦也不知是哪儿来的伤心，直接放声大哭……但是背粮的经历在此后仍然持续了几年。

可是，即便如此艰辛的生活，仍然让她感到阳光的灿烂。每天的广播里，总是革命形势一片大好的激昂，革命歌曲总是那么豪迈地缭绕在田野，随风舞动的红旗，让湛蓝的天空变得生动。每每在这个时候，张九麦的心情就会好起来，无穷的力量在她日渐成熟的身体里涌动。十二岁的张九麦，因为勤劳，因为会干活，很快成了铁姑娘班的班长。这是何等崇高的荣誉呀！可是张九麦却不在乎这些，她只觉得自己还能干许多活，因为身上总有用不完的力气。

铁姑娘班的任务是种水稻，搞试点。十几个铁姑娘白天插秧，晚上打炕。打炕就是拆除已经烧了几年的土炕当肥料，施肥给稻田。妈妈说，她们是把绣花的心思用在了种地上。张九麦觉得妈妈说得没错，她们就是在绣花，几乎都能把稻田里的稻子数清楚了。长势喜人的稻子赢得了大家的称赞，也让她们这些铁姑娘倍感光荣。多干活，干好活，正值青春的身体充满干活的欲望，晚上睡不着觉，张九麦一声吆喝，姊妹们就笑嘻嘻地下了地。月光朦胧，稻穗摇曳，镰刀清脆的嚓嚓声混合了河水的喧响，在夜空里飘荡。张九麦直起腰身提议，说我们唱支歌吧。很快，田野里就响起姑娘们美妙的歌声，这些歌大都是东一句西一句，从《三大纪律八项注意》到《红岩》，再到《妹妹找哥泪花流》，等唱到"不见哥哥心不甘"的时候，姊妹们就嘻嘻哈哈笑成了一团，互相追问哪一个才是自己心不甘的哥哥……

黄河之夜，因为这些青春的歌声和向往而变得生动浪漫了许多。张九麦不知道自己为什么要这样干，只觉得人人都应该这样去热爱劳动，热爱集体。多好的生活呀！多生产，多劳动，才会有更多的粮食。"人有多大胆、地有多大产"的理论张九麦不理解，但多干一点活就会多一点产量这个道理她深信不疑。她的劳动和付出，也不是说为革命，为集体，反正就是想方设法多干活，干到别人的前面。

可是，有限的土地却不能给他们更多的粮食。人均三分地的尴尬，面对需求量不断增多的村民，显得捉襟见肘。一年辛苦下来，第一先交国家公粮，第二留下来年的籽种，第三留下牲口饲料。三留之后，剩多剩少，才是老百姓的口粮。一口人，一年也只能分到二百多斤粮食。不够的部分，只有自己去想办法了。

十五岁，张九麦入了党，并被安排到大队工作。她先后担任妇女主任、民兵连长，十七岁就成了大队妇女主任。已经成为公社书记的张永泰，很为这个家乡的铁姑娘高兴，他极力称赞张九麦的成绩，而且鼓励她继续努力：只要努力，就会前途无量，就会有更多不敢想的收获。

沈庆云没有张九麦的快乐。不同的身份，自然在这个集体主义的群体中有了不同的生活。地主子女这个印章，如同过去刺配充军的要犯，有着明显的标志，那些贫下中农的子女，谁都可以叫他一声"地主娃子"，谁都可以检举揭发他的不轨言行，他只能远远躲在不被人注意的地方，看着眼前的热闹，面对着越来越让自己无力承受的生活。

一锅白米饭

从五佛沿着黄河逆流而上，河边不远处，就是芦阳镇。芦阳，古名"芦塘湖"，又有"芦阳湖"之称。1940年建乡，定名为芦阳，沿用至今。芦阳原属靖远县，1933年归属景泰县，定芦阳城为县城。

芦阳公社西关村，距离黄河更远一些，高低起伏的小山丘，注定了黄河水上不来的窘境，也造就了村里人苦难的日子。好在，为了和天斗，为了抗旱，为了吃饱肚子，从祖祖辈辈开始，他们就在平坦的荒地上压沙，种压沙地来增加自己的口粮。而这压沙地，一般的情况都是"苦死老子，富死儿子，穷死孙子"。

乔占奎，这个只有十三岁的孩子，已经是生产队压沙成员中的一个。瘦小的乔占奎看似弱不禁风，可他在八九岁的时候，就已经有了背沙压沙的经历了。

不论是自古英雄出少年，还是穷人的孩子早当家，放在乔占奎的身上似乎都很确切。这个孩子不仅勤劳，而且听话，用自己羸弱的肩膀，尽力为这个贫寒的家庭添砖加瓦。从他第一次背上芨芨草编制的背篓走向沙坑，就已经在证实这一点了。压沙的季节往往都是在农闲的冬季。每天鸡叫头遍的时候，乔占奎就会从被窝爬起来，随了父母一道，借着微露的光亮，趔趔趄趄走向沙坑。沙坑距离村庄有很长的一段路，睡眼惺忪的人们打着呵欠，悄无声息地急急赶路，寂静的夜里，唯有脚步的踢踏声。一阵阵冷风钻进棉袄，明亮的星星如同冰碴子一般闪着寒光。可是走不大会儿，寒冷就不见了踪影，因为要跟上大人的速度，乔占奎几乎是用小跑着的速度前行，不大会儿就全身冒汗、气喘吁吁了。呼出的气，在围着的头巾上凝结成霜，就连眉毛上也是凝结的寒霜。

在他当了爷爷之后，对已经上了小学的孙子讲述这些往事的时候，孙子陌生却很吃惊地睁圆了眼睛，毫不客气地顶撞他："你傻呀？大清早你不安稳睡在热被窝里，跑到外面干什么？"他无法回答孙子的诘问，常常会苦笑着摇摇头。当苦难已经成为一种遥远的回忆，只有亲身经历的人们才会有切肤的感受和理解，任何抽象的叙述都很难得到不曾经历者的理解和认同。他告诉孙子，睡在热被窝会饿肚子，会没饭吃，孙子更是惊讶地大呼小叫："你爸妈也太狠心了！不早起就不给你饭吃？你真傻呀，不给你饭吃，你不会哭吗？你不会去吃肉包子？不会去买方便面？"

孙子们自然不会知道他们年幼时的艰难，他们所拥有的生活，自然很难理解他的童年。当初他在做着这些苦力的时候，可是什么也没奢望呀！压沙，在那个年代，可是最能挣工分的苦力活了，一个沙，能挣一个工分，腿脚快一点的，一个早晨就能挣到十五个工分。而他的小背篓，就是在父母的沙堆上添加分量，借此减轻父母的劳累。和他同龄的男孩子，都有过"填堆子"的经历。那个时候，只有用背篓从很深的沙坑背出沙子，压在地上造出沙地来。长年的劳累，往往让很多人的右肩膀斜了下来，左高右低的不协调，一眼就能看出你是否压过沙地。

争强好胜的乔占奎，往往都会要求上沙的人给自己多铲几铁锹，担着沉重的沙子越走感觉越沉，快到目的地的时候，两条腿都会打战发软，流出的汗水，把破旧的棉袄紧贴在身上，冷风吹进来，全身都会激灵一下。等到太阳升起来，他们已经干了一大半的活了。在这个当儿，大家都会停下来，开始吃早饭。

压沙是个再苦不过的体力活。压沙的人，往往会占用一家最好、最多的食粮。这也是吸引乔占奎最大的地方。可是，这个最好、最多的食粮，也是因家庭情况而定的，家境好一些的人，可以吃到冻得像石头一样的黑面馒头。往往在这个时候，大家会烧起一堆柴火，边烤边吃，粮食的焦煳味，实在是一种不可多得的香味呀。而更多的人，只能吃炒面，一口一口的干炒面，在嘴里经过唾液的搅拌，最后钻进肚子里。所谓炒面，并非全是粮食做的，里面掺杂了各种草籽，从艰难下咽的程度，完全可以分辨出炒面的质量和成分来。

▲吃水难于上青天

没有人会嫌弃其他人所带的吃粮。在这难得的闲暇，大家伙儿边吃边说话，嘻嘻哈哈全忘了自己的艰难和劳累。乔占奎就是在这闲暇中，知道了世界上还有这么一个美妙的地方：黄河水哗啦啦流进了地里，小麦可着劲儿疯长，水稻沉甸甸的穗子随风摆动，香喷喷的白米饭尽饱去吃，白白的大馒头顿顿管够……在美好的想象中，难以下咽的炒面似乎成了香喷喷的大米饭，成了白白的馒头，变得轻松多了。但乔占奎的心里，却放下了这颗种子，他不止一次地问爹妈：这个神奇而美好的地方在哪里？黄河在哪里？话语不多的爹爹不耐烦地回答他：黄河离咱不远，可是想也别想，咱这里地势高，黄河水上不来。

只要是种子，落在心里就会生根发芽。乔占奎常常会怀了这种美好而放飞自己的心思，也常常会在这种遐想中忘记眼前所有的饥饿和劳累；而他真正来到这个神奇的地方，却是用一种独特的方式，感受了自己心中的天堂。

这种独特的方式就是背粮。背粮，这是黄河边生活的景泰人独特的表述，但实际的内容，却没有字面这样简单。背粮，说白了就是乞讨，但和乞讨又有一点不同。这婉转的表述和复杂的内容，似乎说明了人们的自尊在现实面前的无奈和屈从。

是呀，一家七八口子人，每年苦死苦活，人均只能分到二百多斤粮食，所欠缺的口粮，就只能自己去想办法了。除了背粮，生活在这里的人们，还能有其他更好的办法吗？

"吃饭靠两川，挣钱靠两山"，这是当地人生活的真实写照。意思是说，要吃饱肚子，只能靠银川、北川的粮食，而想挣到钱，只能靠煤山、石膏山。一方水土养活一方人，老天总会给一方人生存的资源。要想得到两川的粮食，除了去背，还能有什么更好的办法吗？

除了压沙，乔占奎还会一样活计：烧砂锅。

"东关的缸，西关的砂锅，响水多的是煤客子"——东关村的人，会烧制腌菜、盛水用的大缸；而西关的人，则会烧制做饭、熬汤、熬药用的砂锅子；"响水多的是煤客子"，则是说响水一带的人，多在煤山以背煤为生。

西关盛产砂锅，按照乔占奎的说法，是祖祖辈辈相传的手艺，如今虽说绝迹了，但至少有五百多年的历史。在这漫长的岁月里，就是这种独特的手艺，帮衬祖祖辈辈的人们，度过了艰难的岁月。

也不知道是哪一辈的先人，在山中发现了一种耐火土。这种土和别的土不一样，颜色是青白色的，深藏在大山里面的石缝里，要想取出它，就得像响水的煤客子一样，根据事先的考察，挖一个山洞进去，再像挖煤一样挖出来，背到家里面。

取出土，只是制作砂锅的第一步。乔占奎记得清楚，爷爷拿水泡软这些青白色的土，晒干后，用特制的石碾子磨成粉，再拿筛子筛，除去里面的石子和颗粒，留下细的土就成了制作砂锅的主要原料。但有土还不够，他们会收集铁路边、公家的锅炉旁或者自家烧完煤的煤灰，也磨成粉，然后和耐火土按照五比一的比例配上，兑水和匀。乔占奎知道，和好的泥，要反反复复用脚踩。

柔软的泥从脚指头中蹿上来，给人痒酥酥的快感，但不大会儿，两只脚就感到酸困。越来越筋道的泥，会像胶水一样粘住脚丫子，每一次抬起来，都要费好大劲，到这个火候，泥就算和好了。和好的粗泥棒，拿到队里专门烧制砂锅的窑洞，那里有成型的模具。

乔占奎记得清楚，制作模型，不仅需要特制的工具，还要有实际操作的经验和手艺，任何一个地方稍有欠缺，制作出来的模型就不合格或者存在缺陷，而爷爷，正是制作模型最好的手艺人了。乔占奎常常如醉如痴地看着爷爷像变魔术一样，把粗泥条变成一个个成型的砂锅。在作坊内的轮盘上，爷爷先将砂锅模子放在轮盘上，再把泥放在模子顶端，爷爷一边推转轮盘，一边作业，轮盘转动的速度，和手中的泥配合得天衣无缝。爷爷先用压板子从顶端旋转下压，使泥均匀地沿模子成型。再用捶板子捶打锅的外壁，让钻进模型的空气排出并压实。完了用水刷蘸水在模型周围一遍遍地刷，特别是在锅口部位刷得更细致。然后用压线模子在距离锅口处压一条滚圆形的线条，最后用裁刀将锅口裁整齐，一个砂锅坯子就算完成了。取下后，放在一个上面撒有炉灰的圆盘上，搬到院子里晾晒。

晒干的砂锅坯子只等待开窑烧制。但要等到一定数量的时候才能烧。各家各户的坯子统一做完之后，就是最后的烧制了。烧砂锅的窑，其实就是一个长方体的土台，上面有三个烧锅的灶。炉条下三个灶相通，和风箱连接。那个时候，乔占奎总会在爷爷的指示下拉风箱。虽然生产队不会给他计任何报酬，但利用这个机会，爷爷把烧制砂锅的技艺都传给了他。等他把风箱拉得呼呼响，炙热的火苗一闪一闪的时候，爷爷会把锅坯反扣在灶上。头号锅一灶扣一个，三号锅一灶扣三个，上面再撒一些烟煤，然后将盖锅扣在上面。随着时间，在火苗不断的舔舐下，砂锅坯子慢慢变红、变软，等到了火候，爷爷用火棍挑下砂锅坯子。变红变软的砂锅坯子韧劲十足，如发现锅不圆，爷爷就用火棍挤压定型。挑下的锅再反扣在熏灶里，上下均撒少许烟煤，扣上盖锅使其自行燃烧上釉。不上釉的锅呈黄白色，声音沙哑，质地较差；上釉的锅呈青黑色，声音清脆，音波较长，质地坚硬。

每烧制一次，都能烧出二百到三百个砂锅。而这些砂锅，就成了村里人背粮的噱头。也许，不直接称要饭而称背粮，其间就包含了这种因素。毕竟，他们是用砂锅去换粮食，而不是直接去要饭。

乔占奎第一次去背粮，还不到十四岁。由大哥带他去银川背粮。大哥当时大概二十岁，能背七八套砂锅，而他只能背上三套锅，有二十多斤重。

重量和负累已经算不得什么了，一想到就要到自己朝思暮想的地方，乔占奎兴奋得彻夜难眠。大哥带着他穿过黄河，看着那么一条宽大的河流，乔占奎羡慕得要死，这么多的水，只要给他们一点

*日出而作日落而息，即便是耕种再多的土地，天不下雨，谁都逃不了饿肚子而去背粮的命运。

点，他们还会压沙地，还会吃不饱肚子吗？更多的时候，他总会想，为什么自己就不是出生在这个地方，而是生在了那个山旮旯里？这个黄河水，也是一个舔沟子的货，怎么就不再高一点，非要从这么低的地方流走？

不满和羡慕，也仅仅是少年一时的情绪，他知道自己的任务是来背粮，一家人的肚子还在等着他们呢。每到一个村子，兄弟俩就放下背篼，乔占奎看守货物，哥哥进村吆喝人们来换砂锅。其实，哥哥吆喝的过程，就是一个讨要的过程，运气好一点，总会给他带来一些馍馍或者剩菜剩饭。

交易很简单也很公平。不管砂锅大小，只要装满玉米就算成交。要是大米，自然就没有这么多了，一个砂锅能换来三斤玉米，但只能换上一斤大米。运气好一点，换完他们背的砂锅，再加上讨要来的粮食，一家人就可以吃一个月了。

好出门不如歹在家，这话可真是说得没错。出门背粮，一天能吃到一顿饭，运气就很好了。吃不上热乎饭倒也在其次，有时候晚上就没有了去处。已经背过粮的哥哥很有经验，每到一个村子，直接奔着生产队的饲养院乞求住宿。即便是没有热炕去睡，也可以在牲口圈里躲风避寒。有时实在没地方住宿，干脆在废弃的窑洞或者避风的地方蜷缩一个晚上。每当冻醒过来，哥哥会燃起柴火，让他围着火堆转圈驱寒。

至今，乔占奎还记得自己第一次吃白米饭的情景。其实，换得一点白米之后，乔占奎就按捺不住自己的欲望，趁哥哥不注意，他偷偷含了一点生的大米。干硬，嚼不烂，怎么也和香喷喷的白米饭相去甚远呀？这反倒激起了他更强烈的欲望：怎么能把这干硬的大米，做成香喷喷的白米饭呢？两人换完了所有的砂锅，踏上了回家的路，七八十斤的粮食虽然沉重，但却给了他们按捺不住的喜悦。走了近一个晚上，他们终于到了火车站，可是，兄弟两个却饿得再也动弹不得了。在这个车站，他们准备做完背粮的最后一道程序，把大米换给车站的工作人员——白米他们可是吃不起的，但白米可以换得更多的玉米面。为了完成这一道程序，哥哥在讨要无果的情况下，做出了一个大胆的决定：自己煮一锅米饭填饱肚子再说！在一户铁路工人家里，他们借了一口锅，哥哥豪爽地挖了三碗干米下锅，煮成了一大锅香喷喷的米饭，没有任何菜，弟兄两个风卷残云，各个吃了个肠饱肚圆。那个香味，那个满足，乔占奎觉得那是自己这辈子吃的最香的一顿饭了。

　　这种生活，充斥了乔占奎整个青年时代。几乎每年冬季，他都要和哥哥走中卫、上临夏或者去北川背粮。而正是这种生活，给了一家人生存的

*昔日居住的民房，残存的院墙，似乎藏满了村民沿街乞讨的故事。

希望。乔占奎没有多的想法，可能这样生活的习惯，让他木然了所有。更何况，背粮的人不仅仅是他兄弟两个，有的时候，会遇到许多如他们一样的背粮人，还有更多不如他们的讨吃——这些人，大多来自山区，什么都不带，直接伸手讨要。这么多的人，往往会造成无法面对的尴尬：当很多人都拥到一个村子的时候，谁也要不到一点的吃食。为了不影响自己的收入，背粮的人们都会极力躲开对方。后来有了架子车，每次背粮，他和哥哥总会想方设法借上亲戚的架子车，每车拉七八十套砂锅，沿着黄河岸边背粮。乔占奎知道，只要是黄河边，就会有水地，就会有粮。兄弟俩走哪换哪，连换带要，一车子能拉四五百斤粮食。

极度劳累的时候，乔占奎就会望河兴叹：这黄河，和自己的生活就没一点关系呀，这辈子，也许只能这样生活了。

磨道里的圈儿转不完

如果说芦阳这个乡的人们生活在相对山小沟浅的地方，还不如说是大山和平川之间的过渡带。距离这片过渡带不远处，就是巍然耸立的老虎山。祁连山在这里戛然而止，山的余脉就衍化成芦阳起起伏伏的小山包。生活在祁连山皱褶里的人们，距离黄河水更远，景泰、古浪最贫困的山村，就藏在这些皱褶里。在当地有一句话："不到黄河心不死"，这句话，蕴藏的意思有很多，但不论哪一种意思，都和黄河有着密切的关系。这里面，不仅有着对黄河的向往，更有着无可奈何的叹息和惆怅。

父亲对洪镒来说，仅仅是个名词或者很遥远的背影。很多的时候，他睁大眼睛极力搜寻记忆，想拼凑出父亲的模样，但都是徒劳。看着镜子中的自己，他也会想到父亲：自己和父亲到底有多相像？完了，也仅仅是一声叹息：自己只不过是父亲的影子罢了。直到如今，他仍然不明白好端端的父亲，怎么会在早上起床的时候，再也不能翻起身来，就此永远离开了他们。那一年，他才三岁。

哭得死去活来的妈妈冷静下来之后，不得不面对无法回避的现实：五个嗷嗷待哺的孩子和捉襟见肘的生活。芦阳村，距离黄河已经有点远了，二十多公里的距离在当时是难以逾越的。全村人所有的希望就是这眼叫大泉的泉水。大泉，日日夜夜流淌的就是那么一点水，不多不少，不急不缓，即便是面对村人望眼欲穿的眼神，也不能多流淌出一点水来。

洪镒知道妈妈当初面对的窘境：这么多人面对一亩水地，日子将如何过得下去？父亲活着的时候，尚能耕种一些旱地，压一些沙地，但现在，再也没人能耕种这些靠天吃饭的土地了。

家里唯一的一头骡子，给了妈妈绝处逢生的希望。因为这头骡子，妈妈在镇上开了一家磨坊，磨坊成了一家人主要的生活来源和保障。

其实，当初开一家磨坊很简单，只需要一间房子，一盘石磨，一件箩柜和箩面用的箩，加上家里的骡子，一家磨坊就具备了基本的条件。显而易见，开磨坊重要的并不是设备而是人。不仅要起早贪黑，还要有耐心和坚持。

一种挥之不去的记忆永远留在洪镒的心中：几乎每天，妈妈总会随着鸡叫的声音爬起身来，在睡意沉沉的夜色中，强行牵出极不情愿的骡子，走进磨坊。不一会儿，石磨就轰隆隆转动起来。这个声音固执地钻进他的睡梦，会一直伴随他到天明。

妈妈已经被面粉浸染了全身。露在头巾外的头发是白的，脸上的汗毛、眼睫毛是白的，衣服已经分不清原来的颜色，骡子身上也满是白色。大口喘着粗气的骡子低了头，艰难地迈动脚步，围着磨盘，是一圈深深的凹槽。洪镒有时想，骡子应该是闭着眼睛也会随了这凹槽拉磨的。

阳光射进窗棂，面粉细碎的小颗粒在光束里游走。吃饱肚子的姊妹五个嘻嘻闹闹地挤进磨坊，单调的磨坊热闹了许多，劳累的妈妈脸上也有了笑容。懂事的姐姐自然会帮妈妈去做一些力所能及的活计，其余的就跟在骡子的后面，帮汗水湿透全身的骡子拉磨。沉闷的石磨声，就此渗入洪镒的脑海里。虽然这种声音日渐遥远，但只要类似的声音进入耳膜，洪镒的脑海就搅动了起来。他不由得思考：妈妈如此辛苦地磨面，一年又有多少的收入呢？

不管是磨多少面粉，剩余的黑面和麸皮就是妈妈的辛苦所得和骡子的报酬。而所谓的黑面，就是最后在麸皮中不多的粗粮了，遇到吝啬的主顾，往往会要求妈妈再磨一遍，留给他们的就只有如沙粒般的黑面了。即便如此，妈妈还会把所有的麸皮再磨上几遍，以此来获取更多的面粉。少得可怜的收入，但在当时已经是不错的营生，也正是这个营生，养活了他们姊妹五个。他们经常吊在嘴边的渴望就是：什么时候，能尽饱吃上一顿如白雪般的馒头？但看到同村许多孩子连黑面馒头也吃不上的时候，一种小小的优越感立即消除了这不切实际的渴望，但饥饿的感觉仍然如影随形。

就在这种感觉中，岁月慢慢流淌，洪镒长大成人，1950年，他参加了工作，此后，在武威、张掖等地工作，1962年重又回到了景泰。虽然在约十年的工作中，他的工资涨到了每月七十元、二十八斤粮，但是吃饭的问题、饥饿的感觉却始终如一块石头，沉甸甸地压在他的心头。

和善良的姑娘马如兰结婚之后，他们有了四个孩子。但是，生长的土地却很难给他们果腹的粮食。虽说他是"公家人"，但是有钱无粮的尴尬，致使一家人仍过着半饱半饥的生活。

拿钱买不到粮食的窘境，让洪镒在一段时间里无法接受并深感困惑。然而，这就是当时真实的情况和他们不得不面对的现实。

采访洪镒，从第一次联系到实际见面，中间相隔了一个多月。根据景泰县老干局提供的电话号码，我第一次拨通他的电话是在一个阳光明媚的早晨，不论什么人，在这样的阳光下，心情都会快乐起来。电话中洪镒很痛快地答应了我的约见，只是他拒绝了我去家中的要求，改变了采访的地点。可是，在约定的时间他爽约了。久等不见他的踪影，我只好再一次拨通他的电话。显然，电话中的洪镒显得无奈而慌乱，他似乎已经忘记了我们的约定，乃或者什么棘手的事情让他无法脱身。他很果断地说自己来不了了，他要照顾家里的病人，随之匆匆挂了电话。我很惊讶，但只好无功而返。在接下来的等待中，我知道了他的妻子已经瘫痪多年，需要他精心的照顾。

见面自然到了距此一个多月之后。洪镒仍然拒绝我前往他的家中。在景泰县老干局的会议室里，我等来了这个已是满头白发的老人。看得出来，八十多岁的老人临出门还是打扮了一下自己，至少，他找干净的衣服换了，但一种特殊的气味仍固执地驻留在身上。肤色近乎苍白的洪镒，流露一脸的憔悴。双眼里全是没有休息好的疲倦。他很抱歉地说了自己第一次爽约的原因：老伴需要照顾，实在对不起。我点点头，表示自己已经了解了一些情况，随口问：已经很长时间了吗？洪镒点点头：十几年了。

已经到了喜怒不形于色的年纪，但洪镒的回答仍然让我心头一震，一种来自心底由衷的敬佩让我对他肃然起敬。十多年照顾瘫在病床的老伴，这是一种怎样的行为，又该是一种怎样的情感？

　　洪锰是1951年结的婚，妻子叫马如兰，不识字，却有难得的贤惠，相夫教子伺候老人，让洪锰能够安心在外工作。婚后，他们有了四个孩子，三个姑娘和一个儿子。马如兰照顾老人，还要照顾生病的大女儿。如果说这些仅仅是家务事，那么马如兰除了参加生产队的劳动，她和其他的村民一样，还不得不面对吃不饱肚子的窘境。一年辛苦到头，才能从生产队分到二百多斤粮食，这些粮食，勉强够全家人半年的口粮，其他的，只能通过背粮来解决。

▲洪锰

　　在那个年代，像洪锰这样半工半农的家庭，是人人羡慕的家庭，日子自然会比别人轻松一点。但没粮吃的现实，却不得不让他们和其他老百姓一样，想方设法去背粮。

　　丈夫在政府工作，马如兰只好自己想办法。她买来茶叶、衣服、头巾等零碎商品，和其他村人一道扒火车前往宁夏背粮。手里有商品，作为交换，自然会比其他人更容易得到粮食，但换得粮食之后，只能靠自己背到火车站，再辗转回到家中。上班的洪锰，经常按照妻子出行的时间，计算她归来的日子。那些天，他会根据火车到站的时间，守在火车站。

　　整个火车站，来来去去的都是背粮的人们。臃肿的棉衣，落着一层又一层的补丁，一个个扛着粮袋子的乡亲，给洪锰留下深刻的印象。强烈的自尊，让他在候车室外徘徊等待。寒冷的天气，促使他不停地跺脚，不停地哈气搓手。一想到自己的妻子也挤在这些背粮的人群中背着粮袋子挣扎，泪水总会涌上他的眼睛。在这种等待中，洪锰偷窥到了许多如他一样情况者的秘密，他们这些公家人的家属，大都在这些背粮的队伍中，只是这种"为社会主义抹黑"的行为，让大家都保持了沉默，或者心照不宣罢了。从火车站接到妻子，简单地寒暄之后，洪锰又送别妻子。短暂的相处中，洪锰总会发现妻子的手冻肿了，脸上也有了冻疮。有一次，他发现妻子的双脚冻得像馒头一样，鞋口似乎是深深嵌在了脚面上……看着妻子背着粮食回家的身影，一种愧疚很深地噬咬着他的心。而这样的情况，在每年冬天，都会重复上演两三次。直到如今，洪镒仍然感到愧疚，如果当初没有背粮的经历，妻子也不会在寒冷的冬天爬上煤车，落下一身的病，更不会瘫痪在床……

民以食为天，吃不饱肚子，为了生存，还能有别的办法吗？也许，正是这种苦难的经历，在这些干部的心中，留下了很深的烙印。也正是这些苦难的经历，让他们在实际的工作中，能时时刻刻为老百姓的利益而努力、争取。

一个母亲和她的十个孩子

如洪镒家境的老乡尚且如此艰难度日，普通老百姓所承受的艰难就可想而知了。

相邻芦阳不远处，就是喜泉乡福禄水村。但喜泉流淌不出喜悦，福禄水也仅仅是一个遥远的梦。

这是一片底蕴深厚的苍茫大地。也许，历史上真有给人喜悦的泉水，但在五六十年代却只有苦难。喜泉位于甘肃省景泰县城南十五公里处，素有景泰县"南大门"之称。喜泉是丝绸之路的组成部分。丝绸之路另一条路是越陇山，由静宁高界进入白银市境，再沿祖历河到靖远或从鹯阴渡口过黄河，经吴川、中泉、喜泉、景泰至武威。古时的北大路、盐路、驿站都通过这里，是蒙古、宁夏通往兰州、临洮、河州的要道，也是五佛、芦阳、永泰、红水去兰州的大路，一路设有关隘、烽燧、墩台、村落、驿站。考古发现，喜泉境内，早在远古时代就有人类生活，喜集水村发现了四五千年前新石器时代马家窑半山类型的文化遗址。到20世纪70年代，考古队挖掘出了彩陶，纹彩精美，线条流畅，被甘肃省博物馆作为精品收藏，证明喜集水是景泰人最早的祖先生活的地区之一。

但这些深藏在历史之中的辉煌，对这个农家妇女已经无关紧要。这是一位普通得不能再普通的农家妇女了。虽然她在家境还算殷实的娘家长大成人，但娘家给她的似乎只是一双三寸金莲的小脚，出嫁之后，这双小脚面对生活和现实，给她双重的折磨。因为家庭成分高，她嫁给了比自己大十二岁的丈夫。在生养了十个孩子之后，丈夫走了，三十七岁的她不得不守寡，不得不面对十个嗷嗷待哺的孩子和贫寒的家。排行老八的张延英和老九张延菊，和妈妈一道经历了那些苦难的日子。

虽然有五个哥哥，但大哥只有十四岁。十四岁，自然不是合格的劳力。不能参加生产劳动，自然就没有工分，没有工分，怎么可能有填肚子的口粮？他们所处的第三生产队要了横，把他们从三队赶了出来。最后大队协调，一家人又被分到了一队。没办法，两个哥哥开始参加生产队的劳动，两个人干一天活，算一个工。

张延菊当时只有一岁半，姐姐张延英更多地取代了妈妈所要干的事，全力照顾着妹妹。当初发生的一切，都是妈妈后来一遍遍的讲述留给他们的记忆。但这些记忆竟然是如此深刻，六十多岁的张延菊回想起来的时候，竟然无法自制泛滥的情绪，几次在哽咽中中断讲述。

口粮严重不足。为了拉扯大这些孩子，妈妈悄没声息地扛起了所有。妈妈年轻，又长得好看，而且识文断字，可是，贫困的生活却打消了她可能的新生活，没有哪个男人可以接受如此多的孩子。或者说，妈妈压根儿就没有其他的想法，义无反顾地开始自己必须承受的艰难。为了填补不足的口粮，妈妈赶上家里的自留驴，迈着三寸金莲，到三十多里外的黄崖等地挖苦苦菜。三寸金莲，可是让妈妈吃了不少苦，来去六十多里地，常常走得鲜血淋淋。妈妈常说，天无绝人之路，那些年，地里不长庄稼，但漫山遍野的野菜却长得非常好。眼快手快的妈妈会用最快的速度，挖上几口袋苦苦菜用驴驮回来。驮回来的苦苦菜，成了一家人主要的口粮。每天晚上，一家人围在油灯下，一边听妈妈讲"古今"，一边择菜、洗菜。妈妈讲的古今，大都是传统的故事，像王强卧冰、岳母刺字呀什么的，但每个故事都给他们留下了很深的印象。等他们睡去之后，妈妈开始腌菜。腌好的苦苦菜，让清得能照见人影的面汤变得稠起来。一碗饭里其实大半都是苦苦菜，就这还要定量分配，劳动的两个哥哥每人喝两碗，其他的兄弟姊妹每人半碗。更多的时候，轮到妈妈就没有多少了。张延菊懂事的时候记得清楚，每次吃完之后，妈妈就开始刮锅，不仅不会浪费了任何一点汤水，而且也能给肚子里添加更多的东西。而他们吃完饭之后就开始舔碗，不让任何一点汤水留下……过年分到一点猪肉，妹妹们都会把星星点点的肉渣子找到了，放到哥哥们的碗里，而哥哥们会把自己的糖用牙咬碎了，平均地分给妹妹们……每当看到这样的情形，妈妈就会舒心地叹口气，脸上会出现难得的笑容。

张延菊的一年这样开始：春天，山野变绿的时候，村子周围的榆树开始吐芽冒绿，不几天，一串串嫩黄透白的榆钱子挂在了树枝上，在不能下地干活的哥哥带领下，姊妹七八个来到榆树下，等着哥哥采下榆钱子，一个个吃得津津有味。有的时候，哥哥会剥下榆树皮，刮了表面的黑东西，白生生的树皮充满诱惑，吃到嘴里像胶一样有嚼头。一天转悠下来，各个肚子吃得圆鼓鼓的。当他们把这些情况讲给妈妈听时，妈妈会露出欣慰的笑意：我的娃娃们长大了，会自己找饭吃了，饿不死了，可算是给妈妈帮大忙了。受到妈妈的鼓励，他们更加积极地去填饱自己的肚子。

夏天，满山沟的马莲花开了，蓝莹莹的马莲花开出一个清香四溢的世界，他们在马莲丛里嬉笑追逐，享受着源于自然的童年快乐。不几天，马莲花谢了，马莲骨朵子充满了食物的香味和诱惑。这个时候就是他们最最快乐的时候了，他们会采下许多马莲骨朵子，找来柴火烧着吃，自己吃了，还会想着带到家里去，给妈妈和哥哥吃。妈妈吃着马莲骨朵子，会亲切地摸着他们的头夸奖：我的娃娃们长大了，都会给妈妈饭吃了。没有比妈妈的夸奖更让他们快乐的事情了。可是，当一次他们几个偷摘了队里的豆角，却挨了妈妈的一顿巴掌。平时温和的妈妈脾气大得吓人，打完了，妈妈指着他们姊妹几个厉声叮嘱：饿死也不能偷东西！

秋天到了，妈妈会叮嘱哥哥们扫来灰条籽。黑色的灰条籽闪闪发亮，妈妈用水淘洗干净，然后晒干。干透了的灰条籽像粮食一样被堆在磨盘上，随着磨盘轰隆隆的转动，青色的灰条面就像水一样流出来。妈妈很会做灰条面。先用开水烫面，然后盛到碗里，再放到蒸笼里蒸熟，蒸熟的灰条面倒出来就是一个碗坨子，吃起来甜丝丝的，很好吃。有了灰条面碗坨子，哥哥们也就有了中午饭，带一个碗坨子填饱肚子，又能干一下午的活了。但是灰条面性凉，吃多了肚子痛。那种痛，真像刀子在肚子里搅一样。

为了能让他们填饱肚子，妈妈可是想尽了办法。家里的菜地，妈妈不会浪费一点空地，她总会种上许多胡萝卜。每年秋天挖了，就会放在地窖里储存，等到冬天取出来煮熟，拌上些炒面，他们姊妹几个像过年一样吃得兴高采烈……

也许，身处艰难并不知道艰难，因为没有参照物，没有比较，村里的孩子过着和他们差不多一样的生活。唯一的比较就是很多孩子可以去学校上学，而他们的哥哥却不能。岁月在流逝，他们自然而然地在长大。几个哥哥总算能理直气壮地参加劳动生产，拿到全工分了。他们和妈妈一样，干起活来不知道惜力气，各个像拼命三郎一样，很快得到大家的好评，大哥也当上了生产队长。可是，挣来再多的工分似乎都是闲的，他们一年分到的粮食，永远也赶不上日益增加的饭量。背粮，除了背粮他们没有别的选择。姐姐张延英跟大嫂子去背粮——其实就是去要饭，因为他们实在拿不出可以交换粮食的商品。

有一次出去背粮，在火车上，嫂子的脸被不知怎么飞起的石子砸了一下，立即鲜血淋淋，后来留下了一个坑。但是不论怎样，出去背粮，总会有想不到的惊喜。有一次，张延英背粮回来，悄悄给张延菊塞了一个红枣。多么好的红枣呀，张延菊舍不得吃，没人的时候偷偷拿出来，看了又看，实在馋得不行了，就放在嘴里含一阵……五个哥哥轮换着出去背粮，背来的粮食成了一家人主要的口粮。每次哥哥们出去，张延菊姊妹们就眼巴巴地等着他们回来，回来的哥哥们不仅会背来能吃饱肚子的粮食，还会给他们意外的惊喜，一颗红枣，一块糖……

家里的情况似乎在慢慢好转，可是表面的好转，却隐藏了他们不敢承受的灾难。因为营养不良，在他们成长期间其实就已经埋下了不得不接受的残酷。大哥是队长，他带领社员们死命在地里干活，可是天不下雨，就是出再多的力气也是枉然。三十七岁时，大哥胃出血，临死时，大哥说："我只想让家里人过上能吃饱肚子的日子，只想让队里的人吃饱肚子，看来是没戏了……"二哥四十七去世，去世的时候含恨说："我们怎么就生在了这个拉羊皮不沾草的地方呀，我的娃娃们日后能走多远就走多远，再不要在这个地方过活了……"四哥四十九岁去世，孕哥也是四十多岁就不在人世了，只有三哥活到了六十八岁……

张延菊记得，二哥去世后，妈妈几乎是瘫在了炕上，几天不吃不喝。有一天，妈妈翻起身，接过他们端来的饭狼吞虎咽，吃完了就放开声号啕大哭，妈妈边哭边说："我知道小时候亏了你们，你们没长好身子，可是我也没有其他的办法呀，活在这个世道，我能有啥办法？你们来世托生，就找一个好一点的地方，就找一个好一点的人家吧……"

妈妈的哭声，连同饥饿，穷困，艰难，如空气一样，缭绕在山村的角角落落。

为了好日子,我们结婚吧

张延菊们在煎熬，距离不远的寺滩乡大疃庄的日子也一样艰难。蒋成林姊妹八个，弟兄六个，两个妹妹，他排行老三。按照家乡的说法，他可是一个"三搅棍"，意思是难缠着呢。

蒋成林的童年，和张延菊姊妹们一样，过得很苦。父亲带大哥去背粮，见了一个小媳妇叫了声大嫂，小媳妇脸红了，说不敢叫呀，我都能给你当孙子了。父亲说，出门三步小呀。除了背粮，蒋成林记得的就是扫三角籽（一种野草籽）。扫来三角籽之后，父母就把三角籽泡在大缸里，把咸碱泡干净了再晒干，然后磨成粉。俗话说，"宁吃五谷的皮皮子，不吃草籽的瓢瓢子"，可真是这样，磨成粉的三角籽面呈绿色，吃了后心里扎得难受，大便又很难排出……但就在这种环境下，要强的父亲看中了蒋成林的聪明伶俐，勒紧裤腰带供他上学，祈祷能从他开始改换门庭。

可是父亲的愿望被突如其来的变故打乱了。1949年6月，临近解放的时候，国民党抓壮丁，二十岁的大哥被抓了。大哥天生残疾，一条腿瘸着，那一年，大哥好不容易定了亲，眼看就要结婚了，却被一条绳索捆到了部队上。那一年，蒋成林十六岁，在景泰永泰上学，知道消息后，懂事的蒋成林赶紧离开了学校，十五里路，几乎是小跑着回到了家中。

家中已经乱成了一锅粥。父母以泪洗面。蒋成林一口气说出了自己的打算：由自己去替换哥哥。他的理由十足：大哥十二岁就拉长工，养活了一家人，不能再让他受苦了。大哥的腿残，行动不利索，去当兵肯定活不了命，在这个时候当兵，说下的媳妇肯定泡汤。父母纠结了很长时间，只好无奈地同意了。但父亲又怕蒋成林去了也被抓，到时两个儿子都被抓了壮丁，一家人可怎么办？

陪蒋成林到芦阳后，经人介绍认识了当地最大的"绅士"，请他给招兵的连长说情，求他同意换人。好在连长杨栋见到蒋成林之后，看他年龄虽小，但还有些文化，个头也可以，马上同意换人。当时大哥蒋四辈正在伙房拉大风匣蒸馍馍，看到突然赶来的弟弟，竟然流下了泪水。说明来意，大哥只好脱下他身上的军装随父亲回家。蒋成林以大哥蒋四辈的名字，成了名副其实的国民党新兵。

命运，总是在不可捉摸中发生着变化。尤其对生活在底层的人们来说，这种变化往往更加无助、无奈。

新兵连在景泰芦塘驻扎了一个月左右，开始长行军。身上背着一杆七九步枪，三百发子弹。当走到永登县城后，开始整编。蒋成林被编在六九二团一营二连当士兵。随后继续向西行军。

向西，一路向西。谁也不知道哪是尽头。当走到酒泉时，连长讲要加强训练，共产党解放军已经占领了兰州，要准备打仗。有一天在野外训练时，忽然传来好消息：部队要准备"和平起义"了。当兵的人都拥护，但不敢说出来，只是私下偷偷地互相谈论："这下好了，可以回家了。"当官的有的不发言，有的怀疑消息是否可靠，有的不愿起义，骂娘、摔枪，但也没有人敢阻挡"和平起义"。

果真有一天，解放军给蒋成林所在的部队派来一位指导员，他个子不高，皮肤较黑，来自山东。他走到蒋成林面前问："今年多大了？哪里人？"

蒋成林立刻立正说："报告长官，我是景泰县人。"他热情地拉着蒋成林的手，笑着说："小同志坐下，我们都是兄弟，慢慢说，不要紧张。"

一种不同一般的官兵关系，让蒋成林马上感到了一缕温暖。吃饭时，指导员给士兵端饭，晚上睡觉前又给士兵端洗脚水，查铺时，给士兵盖被子。白天学习时，一遍遍讲：我们是共产党领导的解放军，是劳苦大众的军队，是人民自己的军队，要打倒蒋介石，解放全中国！当兵的人们一下子心里亮了，也不害怕了。

1949年9月24日，旧军队六九二团全体官兵被带到驻地一空地上，周围有解放军站岗放哨，并架起机枪。蒋成林明白，今天要改编了。解放军的连、排长把旧军队二连带在一边，对着花名册一一点名。年龄大的、不愿当解放军的，发路条，给路费，可以回家去。当点到蒋成林名字的时候，指导员问："你愿意回家还是愿意当解放军？"

蒋成林大声说："愿当解放军！请把我的名字由蒋四辈改成蒋成林。前者是我大哥的名字。"

从此，蒋成林用自己的名字，成了一名解放军战士，从军到了新疆。结束了七八年的军旅生涯，1957年，他又回到了家乡，在寺滩公社当了副主任。用这种不同一般的道路，实现了父亲对他的希望。

蒋成林这个公社副主任，分管的工作是教育、农业生产。教育工作尚可，但农业生产很让人头疼。天不下雨，一切努力都白费。严重的口粮短缺，成了最大的难题。那时节，干部吃的二十五斤粮食，社员吃的十五斤供销粮。每个月，蒋成林他们还有一些副业补助，有半斤糖，两斤糖萝卜，四两枣子，半斤酒。这些口粮，对蒋成林来说，只够塞塞牙缝。在部队，军粮的供应还可以保证，在这里他才知道口粮短缺到了什么程度。有一次开了七天会，早上稀饭馒头，中午炒菜馒头，晚上面条，每顿都是定量的，开到最后竟然饿得全身浮肿。支撑他们这些干部的是，虽然少，但顿顿都能有一点，而大多的老百姓，却是吃了上顿没下顿呀。

寺滩乡位于甘肃省景泰县西部，距县城二十四公里。南依寿鹿山，和正路乡、喜泉乡毗邻；西与天祝、古浪两县接壤；北靠昌岭山，和红水、草窝滩镇接界。寺滩乡土地面积开阔，地势平坦，土层深厚，土质肥沃。蒋成林知道，寺滩历史悠久，境内有建于明万历三十五年的永泰龟城，清咸丰三年建的宽沟、官草威信公岳钟琪祖坟，老爷山庙宇成群，气势宏伟。寺滩也是丝绸之路北路的必经之道，但昔日驼队塞道、商家成群的繁荣，已经成为一种遥远的传说。

吃不饱肚子没办法，但生活总要继续。从部队复员回乡后，一面参加工作，结婚成了蒋成林的首要大事。一家兄弟六人，守着五间房，是村里的贫困户。父亲请人找了五个姑娘，其中有两个订了婚，但最后因蒋成林家境贫寒，先后解除了婚约。

家穷招不来金凤凰呀，蒋成林面对贫寒的家，深深领悟到了这一点。就在他极度失望的时候，属于他的爱情却在不经意间来到了身边。

在一个冬天的晚上，蒋成林到沙滩村龙王庙检查夜校工作。他分管教育工作，开办夜校、扫盲班，教农民读书识字，宣传党的政策，是那个时代不可缺少的政治生活。讲台上有位非常俊秀的姑娘向台下的农民讲文化课，她先是用粉笔在黑板上写字，然后讲清字的意义和写法。姑娘语言流利，听者容易接受，效果很好。站在一旁的蒋成林却听得怦然心跳不已。他隐隐约约感到，这就是自己要寻找的那一半。思量再三，他决定自己主动表达。这一次，他没有让父亲去请媒人，而是托人给姑娘送去了一封求婚信。

接下来的等待焦灼而不安。情感，不会因为饿肚子而躲避，相反，燃烧的爱恋之情，却让他忘了饿肚子的感觉。一天下午，蒋成林帮大队整理民兵编组表册，下晚班时，知道蒋成林心事的大队文书耿明玉，想方设法叫来这位民校老师缪延秀。

蒋成林站在办公室里面，缪延秀站在门上，背靠着门板，为了避嫌，两扇门是大开着的，缪延秀有些羞涩地望着蒋成林。蒋成林只好直奔主题："我的信收到了吗？有什么意见？"

没想到缪延秀不假思索地回答："收到了，我没意见。"

蒋成林的心跳得似乎要飞出胸腔了，他不得不面对自己的实际情况："你不嫌我们家穷吗？"

大方的缪延秀轻轻一笑，看了他一眼："只要我们双方努力发展生产，穷可以变富的。"

*没有水，了无边际的荒漠荒滩，给不了人们可以果腹的食粮。

缪延秀的直言打动了蒋成林的心，姑娘不嫌穷，这可能就是天赐良缘吧。他有心上前握个手，但犹豫再三，还是没敢上前。

1958年3月4日，蒋成林和缪延秀在家里举行了结婚典礼。两个年轻人终于走到了一起，开始了他们的生活。

爱情的甜蜜，无法消弭生活的贫穷。吃不饱肚子的尴尬，不论他们怎么努力生产，都似乎无济于事。蒋成林在公社工作，缪延秀在家里从事劳动生产。

为了吃饱肚子，父亲决定兵分两路，由他带着大哥继续到宁夏中卫背粮。小弟弟蒋成全背上几口大铁锅，到大靖土门子背粮。蒋成林所能做的就是节约每一分钱，从牙缝里省下些口粮出来。那会儿，一角钱能买五个鸡蛋，一斤小麦一毛三分二，一斤面粉一毛九分钱。可是，有钱没粮票，还是买不到粮食。

随着四个孩子陆续降临他们身边，缪延秀也变得焦灼不安了。蒋成林苦笑，有的时候和妻子调侃："我们可是努力生产了，除了四个孩子，但苦日子还是个苦日子呀。"

缪延秀知道蒋成林说的什么意思，被逗得笑了起来，但笑过之后，眼睛里竟然泛起了泪花，说："成林，你说这个苦日子就没有个头了吗?"

一天最少要吃十八斤

七十多岁的李智仁，是原来宽沟村的生产队长。衰老并没有让他高大的身材变矮，尽管腰身有点佝偻，但一米八几的身高仍然能让人想象得到他年轻时的伟岸和强壮。"我呀，这辈子得亏了这个好身体，也是这个好身体让我遭了罪。"

满脸纵横的皱纹和花白的头发，无处不在诉说他沧桑的经历，当他情不自禁笑起来的时候，让人依稀能想象到他年轻的时候。他说，现在自己一顿饭还可以吃两斤拉条子、一盘肘子肉。在沙地拔麦子，两个小伙子都不是对手。

也许，在这个时候，人们才能了解他说的"也是这个好身体让我遭了罪"是什么意思。

李智仁生活在风景秀美的寿鹿山。秀丽的寿鹿山坐落于景泰县西部的寺滩乡境内,属祁连山脉东延段,距景泰县城三十九公里,是一片古老的天然森林。由于山中出没的主要动物为白唇鹿,因此得名寿鹿山。

地势偏僻的宽沟,却有着显赫却少有人知道的历史。清乾隆四年,设红水分县(属皋兰管辖),县治就在今天的寺滩乡宽沟。乾隆二十三年,县城移至红水。六十三年后,道光元年,县治又搬回宽沟。咸丰三年建宽沟城堡,直至民国二十二年,宽沟共做县治一百三十一年。

宽沟城坐落在寿鹿山北侧的山麓下,南北长、东西窄,形势险峻,地处要冲。咸丰三年由当时县丞冒藻扩修,城堡周二里许。《创修红水县志》卷五记载:"治城在宽沟沟口,坐西向东。据愚所闻,宽本无城,今城系县丞冒藻所创建。"冒藻主持修建宽沟堡时,并没有受分县的限制,相反充分发挥了分县的优势,在古堡内修建了众多的附属建筑。特别值得一提的是"宽山书院",这座书院,给后人留下了深厚的文化源流和精神财富。宽山书院,起先叫"光四书院",它在红水县乃至景泰的文化历史上占有一定的地位。

李智仁的名声走出大山,并不是因为宽山书院和宽沟显赫的历史,他被山外人知道,是在一次开会的时候。这年的四干会会期较长,通知说要开十三天,但凡参加会议的人,每天交一斤面粉,需要十三斤。

接到通知,李智仁就开始算计了。十三斤面粉,让他过十三天,那简直是在开玩笑。但凡开会,公家总会有些补助的,可是也不会多到哪里去。算来算去,李智仁和队里商量之后,经大伙同意,找来一条毛口袋,装了一袋子面粉。这袋面粉,少说也有七八十斤。可是,当他背着面粉前往县里报到时,主管伙食的管理人员说什么也不要他背来的面粉:一个人一天一斤,他交这么多,怎么吃?怎么管理?李智仁问,那要自己交多少?管理人员的回答很干脆:一斤,一天一斤。李智仁二话不说,背起面粉就走:一天一斤,还不把我饿死了?我不开这个会了。就在这时,寺滩人民公社的干部拦住了他,双方正在争执时,刚好被县上的领导发现了。这个领导看李智仁把七八十斤的面口袋像拎小挎包一样拎来拎去,好奇地问他一天到底能吃多少斤。李智仁委屈地说:"我一顿饭最少要吃六斤呀,一天少了十八斤,我就没法活了。就这点面粉,我还计算着要领导多补贴一些,我勒勒裤带对付一下,开完这个会。"

领导自然不相信他的话。刚好会议开饭,领导想了想,要他放开肚子吃，看看他究竟能吃多少粮食。李智仁面对热气腾腾的饭菜，舔了舔焦渴的嘴唇，不相信地问领导："我放开吃吗？"领导点了点头。

四大碗馄饨呼呼啦啦下了肚，刚端上来的标准粉的馒头，就着四碗米汤，李智仁风卷残云吃了四十八个。炊事员急忙制止，不敢再吃了，你都把十几个人的伙食吃了。李智仁看着领导，不甘心地舔了舔舌头，我才吃了个半饱呀！领导无可奈何地摇摇头，最终做出了决定，收下所有的面粉，每顿饭按照四个人的伙食供给。

饿着肚子开了十三天会——每当想起自己出名的情景，李智仁总会这样调侃，也许只有他自己清楚，自己可真是半饱半饥坚持了十三天。

饿呀饿，妈，我肚子饿……

这种声音，是李智仁成人之后经常吊在嘴边的话。饥饿，让他在看见食物的时候，两眼闪闪发光，胃里一阵阵痉挛不止，就要扑上去的贪心，让人觉得可怕。可是，这只是他下意识的反应，更多的时候，他只能咽咽涌上喉头的唾液，心有不甘而又满腹委屈地垂头离开。有一次到自己的舅爷家做客，舅爷家家庭条件好，招待

*过去的苦难，成了李智仁心底最苦痛的记忆。

客人都是细白的玉麦子炒面。他按捺不住内心的喜悦，一气吃了两匣子炒面，要知道，两匣子炒面，差不多就是一升炒面呀。舅爷吓坏了，急忙收了炒面匣子，不敢再让他多吃。他梗起脖子，脸红脖子粗地和舅爷吵架，说才塞了点牙缝，怎么就不让自己吃了呢？等面条饭端上来之后，他又呼呼啦啦吃了五碗，要是锅里还有，他也许还会继续吃下去，那肚子，简直就是一个无底洞。等他不甘心地抹着嘴的时候，舅爷摇头叹息，说他生不逢时，斗米斗面的饭量，只有薛仁贵才有呀，生在富贵人家，将来一定是个有用的人。

李智仁不知道舅爷的感叹意味着什么，或者是什么意思。他不做深的

追究，因为周围的人们都在饿肚子，大家吃得都差不多，只是他的饭量比别人的大一点而已。可是饭量大，在当时可真是场灾难。

　　宽沟生产大队，在当时可是一个了不起的大队，全大队分成九个生产队，叽叽歪歪挤在大山的皱褶里。全大队除了几户地主家的拔檐房子外，几乎没有好一点的房子了。大家都蜗居在被称为"秃屁眼"的房屋里，能遮风挡雨罢了，家家的房屋经烟熏火燎，像煤窑般漆黑。牛勒巴窗户透不出多少光亮，倘若在窗户上有一点玻璃，那就是生活还不错的人家了。这些房屋，一满儿如大山的颜色，土苍苍很不规则地散落在山沟里，好像老天随手丢进大山里的土坷垃。狭小的村街弯弯曲曲通向各家各户，每逢下雨天，黑色的泥土混合了雨水和猪粪，弥漫着独特的气味。而冬天，厚厚的积雪覆盖了一切，要不是烟囱里的炊烟，谁也不会意识到这里还有人在居住。东拉西扯在村子上空的广播线，就如蜘蛛网一般通向房檐下面的喇叭盒子。在规定的时间里，喇叭盒子分秒不差地播送《东方红》的乐曲，播送最新的最高指示，播送最新的阶级斗争新动向。每晚七点，满村子都是"报纸摘要"节目，像是家家都有一个充满激情的人儿，在相互比较着谁的嗓门更大更洪亮……

　　总是下不完的雨，总是无法消散的雾。李智仁一米八五的个子，瘦骨伶仃地游荡在村街上。肚子饿，他无法安稳在家里，似乎只有不停地走动，才能转移饥饿的感觉。他的睫毛比别人的要长很多，似乎在眼睛前拉起了一道黑色的帘子，而透过这道帘子的眼光，又总给人一种寻觅或者可怜的感觉。这个感觉似乎就是一种声音，加上他不时咕咚咕咚下咽唾液的声音，那简直就是一种呐喊：我饿呀，给我吃的吧，只要给我吃的，要我做什么都行呀！

　　年轻力壮的李智仁有的是力气，缺的是吃粮。他一个人能干四五个人的活，他用勤劳吃苦向别人宣称：只要吃饱肚子，我可是有使不完的力气。在生产队的石膏山干活，二十四磅的大锤，抡圆了，一气儿就干半天，噼里啪啦就是半个子山呀。用撬杠，他有专用的工具，鸡蛋粗细，重达六十斤，在他手里像一根木棍一般轻巧。几乎没有他撬不下来的石膏石，而最不好的结果也往往是，撬杠折了……那可真是威震石膏山呀！他也当之无愧地成了生产大队石膏山独一无二的大队长，只要有他在，只要是能用力气解决的问题，就没有拿不下的说法……关于他的问题，大队专门做过讨论，最后，九个生产队一致通过，每个生产队每年补助他一百斤粮食，好让他带领社员奋战石膏山。可是，每年九百斤的补助，远远不能填饱他的肚子。

在那个吃不饱肚子的年月，能吃可真是受罪。李智仁一天的生活这样开始：每天早上，妈妈就会用土豆加面粉，为他做当地叫徽饭的早餐，他不用碗，在一个脸盆里盛了，狼吞虎咽解决了。为了俭省口粮，中午不吃饭，快到下午，凉水冲炒面。炒面，可真是一个好东西，放水里搅搅，清了，就是面糊糊，稠了，就是徽饭，解渴又解饿。完了，就等着吃晚饭。有一次干活回来，饥肠辘辘的李智仁看见妈妈做的徽饭，干脆连锅端下来，蹲在锅边就用锅铲子开吃。这可是一口能装二十斤水的铁锅，草籽面和土豆做的徽饭，是一家人的饭，可是却让他一口气吃完了。当时父母在推磨，卸磨后父亲叫唤饿了，说盛点饭，他才知道父母还没吃。他很不好意思地嗫嚅："没饭了，妈妈你重新做吧。"妈妈看着干干净净的铁锅，流着泪感叹："我的这个孩子呀，只给你一个人磨面做饭就够我忙的了。"

多亏了妈妈呀，要不是妈妈办法多，他可活不到今天。李智仁一想到过去的岁月，就会想到妈妈的辛苦。按照妈妈的说法，办法总比困难多。现在不是战争年代，只要勤劳，就饿不死人。每年春天，当春风酥软了大地，一切植物都在萌生新芽的时候，妈妈就进山了。大片大片的山坡地，在妈妈的眼中，都摇曳着可以果腹的希望。她知道，只有指头粗细的野萝卜已经在生长，地上有裂开的口子，用铲子挖下去，肯定就是白白胖胖的野萝卜；也只有在这个时候的野萝卜，才是最好的食物，甜丝丝的，不仅有营养，而且可以煮熟了直接食用。等到山坡变绿，地里的麦苗探出头来，大片大片的苦苦菜就是最好的吃粮了。妈妈在干活之余，一天可以铲来三背篓。洗干净苦苦菜，煮熟了可以填饱肚子，用少许的面粉发酵了，又是绝好的浆水，大热天里，盛一碗浆水，不仅解暑还可以填饱肚子。而到了秋天，漫山遍野的草籽，又成了绝好的食粮。各种各样的草籽，妈妈总会变着法儿收集来，做成各种各样的吃粮，正是这些吃粮，才给了李智仁存活下来的希望。

妈妈叫蒲前福，是西路军红军战士。老家在四川平昌县。李智仁开玩笑，说自己死不了，是因为有个办法多的好妈妈。妈妈却笑了："这算啥？

当年我们爬雪山过草地的时候，想吃这些都没有哩。现在是和平年代，办法总比困难多，只要勤快，就没有过不去的坎。"也许正是妈妈非同一般的经历，给了她不把一切困难当回事的坚强，也给了她战胜这些困难的机智和办法。她创造的每一种吃食，都会被村里人效仿。说实在的，妈妈不仅给了李智仁存活下来的希望，也给了村子里所有人战胜饥饿的办法。很多的晚上，饿得睡不着的李智仁，总会在妈妈的故事中得到安慰。

他知道，妈妈在高台战役中，腿被马家军的子弹打中了，一瘸一拐的妈妈随了受伤的红军战士，流落到景泰喜集水一个张姓的老婆子家中。当时，正是秋天打碾的时候，马家军四处搜捕流亡的红军。正在打场的张家老婆子一看妈妈的样子，就清楚了是怎么回事，赶紧找来她穿的衣服给妈妈换了，叮嘱谁问都不要说话，她谎称妈妈是自己的姑娘，说自己的姑娘是个哑巴。这还不行，她把妈妈藏在地窖里，四十五天之后，马家军不追了，风声也小了，妈妈这才逃过一劫。活下来的妈妈和很多的红军，被收集在了芦阳县城。当时李智仁的二爷是县大队的队长，李智仁的父亲在县大队做班头。被收集在一块儿的红军多为女战士，当时征求她们的选择，愿意找对象的就去找，不愿意的，被送到兰州。妈妈因为腿负伤，加上二爷的撮合，就和父亲结婚了。李智仁曾经开妈妈的玩笑："你是红军，爹爹是国民党，你咋就嫁给他了呢？"妈妈有的时候叹口气不回答，有的时候则开玩笑："正因为你爹爹是国民党，我嫁给他，是为了改造他。"

后来，在李智仁三岁的时候，他们一家人离开县城，来到深山里的宽沟定居。后来才知道，是二爷感觉世道要变了，做主让他们离开是非之地。

从妈妈的眼泪中，李智仁感觉到了妈妈心中的煎熬。很多个夜深人静的时候，他在妈妈的低声抽噎中醒过来。他追问妈妈有什么难心事，妈妈总会用各种理由和借口搪塞他。李智仁明白，妈妈当时会嫁给父亲，二爷一定是做了不少工作，要不，妈妈怎么会嫁给抽鸦片烟的父亲？父亲尽管死得早，但在活着的时候，好吃懒做，可没少给妈妈罪受。李智仁小心猜测妈妈的心事：或许是妈妈想自己的救命恩人了？在农闲的时候，他提议自己去找一下张家老太婆。妈妈听了自然高兴。只是当时没有详细记下张家的地址，不知道能不能找到？李智仁坚持要去找，妈妈装了自己制作的草籽面作为礼物，或许她知道饿肚子的不仅仅是自己。李智仁背了草籽面前往喜集水寻找妈妈的救命恩人，前后去了几次，都没找到。每次回去，妈妈总是惆怅不已：这辈子，没法报答救命恩人的恩情了，下辈子，看有没有机会报答她……

可是妈妈还是在夜里哭泣，李智仁再三追问，总算知道了妈妈另一件心酸的往事。

原来，妈妈在二十多岁的时候，在老家就结了一次婚，并生养了一个儿子。李智仁恍然大悟，这个大高个子，不仅懂事，而且孝顺。他知道，妈妈是想家了，想那个儿子了。他哄妈妈："等日子好些了，我们就去四川，就去看看你那里的家。"

1962年秋天，李智仁二十二岁，他终于陪着妈妈到了四川。他清楚地记得，那一天是农历九月初十，他陪妈妈来到了她朝思暮想的娘家。妈妈娘家的山水比宽沟好看多了，那里的生活也比他们好多了。外奶奶还活着，李智仁这才知道，妈妈姊妹三个都是红军。多年分别之后的相见，除了抱头痛哭，就是没日没夜地说话。后来，他陪妈妈找到了那个孩子。记忆中，这个同母异父的哥哥，也很想念妈妈，挽留妈妈在家里住了四天之后才依依惜别。

这是妈妈流落他乡之后第一次回娘家，也是她最后一次回娘家。回来后的妈妈似乎死心了，夜里的哭泣少了，只是安心面对越来越焦心的日子。妈妈说，当年他们爬雪山过草地，就是为了让老百姓过上好日子，等着吧，这个日子不是他们想象中的好日子，总有一天，好日子会来到身边的。李智仁顺着妈妈的意思安慰她："嗯，这我相信，总有一天，我会吃饱肚子的。"妈妈笑了："你呀，就知道吃吃吃……"

一碗羊肉面片子

这一天，李智仁不知道，但是谈嘉言却有一个明确的目标：只有黄河水来到景泰川，这里的人们才会过上好日子。

1951年6月，十八岁的谈嘉言走进了景泰县政府的大门。参加工作的喜悦，让这个意气风发的青年充满了活力。统一配发的银灰色的平布制服，让他马上感觉到自己成了一名公家人。1952年7月，他被选拔前往陕西西北农学院参加培训，他攻读了有关水利方面的专业。一年之后，他带着优异的成绩回到县上。

从苦难中走过来的年轻人，不管有多少理想，不管有多大壮志，贫穷的家乡，已经深深烙在了他们心上。而这种记忆，是一笔难得的财富，更是一种无穷的力量。这种记忆和力量，往往会成就辉煌的事业，会给更多的乡亲带来福祉。1955年8月，谈嘉言提任建设科副科长。1956年6月，任水利科副科长。不久，又调任水保科科长。谈嘉言的进步，让家里人感到高兴，但父亲叮嘱他：当官了，别忘了苦难的日子，别忘了乡亲们。一个人过好了不算好，大家过好了，才算好日子。

可是，怎样才能让父老乡亲们过上好日子呢？民以食为天，谈嘉言知道，自己学过水利，要想吃饱肚子，只要有水，沃野千里的景泰川，还愁没有粮食？

但是，水从哪里来？

作为当地走出来的水利干部，谈嘉言深知当地的水利历史和现状。看着黄河岸边昼夜旋转的水车，谈嘉言心中总会升腾起无比的崇敬和激动。黄河岸边星罗棋布的水车，随着车轮的旋转，涓涓水流流进干渴的农田，成就了多少人丰衣足食的愿望。黄河母亲的乳汁，通过这种方式，哺育了黄河两岸的人民。据清道光年间编修的《皋兰县志》记载，道光年间仅皋兰县境内就有大小水车150辆，浇地27420余亩。

然而随着历史的脚步，人口日益增多，这些古老的水车，再也满足不了人们的需要。距离黄河岸边稍远一些的地方，只能望水兴叹，只能守着干渴的土地讨饭吃。

水呀水！只有在这个时候，谈嘉言才能更深刻理解毛泽东"水是农业的命脉"是什么意思，水岂止是农业的命脉，水，就是这里的乡亲们的生命啊！

但是，谈嘉言深知，黄河边的景泰，却是一个守着黄河缺水的县。缺水，让这片焦渴的土地充满了对水的向往。大水、腰水、白水、赵家水、野狐水、白茨水、马莲水，石井、秀牛井、三眼井、红土井、方家井，尾泉、中泉、八道泉、红柳泉……一个个关乎水的地名，正是生活在这片土地上的人民对水的呼唤。他们岂止仅仅是在呼唤水，更多的时候，他们是在呼唤能让他们吃饱肚子的粮食，是在呼唤能让他们过上好日子的希望啊！

随着岁月的更迭，与水有关的工具在不断演变。每一件水利工具的诞生，都镌刻了历史的年轮，时代的进步。水利工具变迁在谈嘉言的心中有一条清晰的线：天车、畜力水车、人力水刮子，到后来的水轮车、铁天车、汽油机、柴油机、锅拖机、水轮泵以及风力水车等提水工具，不仅体现了人们的聪明才智，也表现出了人们对水的渴望。一心想要做水文章的谈嘉言，对每一种水利工具都做了深入的调查和了解，期望有一种更好的工具，来提取更多的黄河水，灌溉更多的良田。

自从明世宗嘉靖四十五年兰州人段续发明水车（又名天车），到1636年景泰才有了第一辆天车，这座天车安装在车木峡，后传至龙湾、兴水、砂金坪等地，这些水车，应该代表了黄河沿岸水利工程的"原木时代"。20世纪50年代后期，发展到七里口、北长滩。天车呈圆轮状，由一根木制中轴和辐条（二十至二十四根）、小辐条（三道）、横框（四层）、刮水板、水斗及两条外槽组成，其组成件的大小、多少和长短等，均由扬程高低（车轮大小）决定。中轴两头装有铸铁"袖筒"，由八根"将军"木柱架"千斤"和驮梁驮起，靠水力冲动车轮提水，充满想象的龙湾人称之为"挑轮"。"挑轮"，意为把水挑到更高的地方。日夜旋转的水车，可浇地一百至四百亩不等。铸铁袖筒的介入，预示黄河沿岸的水利工程进入"铁器时代"。

后来，随着人们的不断改进，在水流平缓的地方，在普通水车上增加一个水平传动轴，由畜力牵引转动，保障水流减少和枯水季节水流不断。和水车同期的，还有一种由人力转动的水利工具：一平底长方形木槽，中间装有用木链条连接的数十块方形木制刮水板，两端装有带齿轮的木轴，一端入水，一端置于渠沿，靠岸一头两侧装手摇木柄，需要两个人摇动，刮板随链条转动，把水顺槽刮上来灌溉，形如蠕动蛟龙，故名骨车。骨车一天能浇一二亩地。使用骨车，不仅需要身强力壮的劳力，更需要坚持不懈的耐心和耐力。但是，面对干渴和生活，人们除了坚持，还有别的选择吗？这个选择，却是一种摆脱自然之力，开始进入靠外力牵引水流的创举——在黄河沿岸开始的"外力时代"的水利工程，预示了一种美好的前景：如果有更大的力量，更先进的装备，不是可以提取更多的黄河水吗？

中华人民共和国建立初期，随着工业技术的普及，当地人们制造了由铁制传动齿、链盘、链条、上水桶和出水槽组成的水利工具，并在链条上加了水托和胶皮水封圈。用木制推杆一根，架畜力拉杆转动齿轮，传动链条向上运动提水。一天可灌溉三到四亩地。人们把这种水车叫作解放水车。水流湍急处，在解放水车上增加一个水轮，用水力为动力提水，人们又称之为轮车。在风多且大的地方，人们在解放水车上装上风轮，用风做动力提水，又叫风轮车。

五花八门的水利工具，正是黄河岸边的人们绞尽脑汁生活的真实写照。每一样工具，都承载了人们的美好愿望。可是，这些工具，却远远没有给予人们想要的生活。凭借外力提取黄河水，却成了人们向往并极力努力的方向。

谈嘉言小的时候，就听爷爷唱过一首苍凉而凄楚的歌谣。这首歌谣，不仅是过去苦难历史的真实记载，也是他极力想要改变的：

> 中华民国十八年，饿死黎民千千万。
> 人吃人来狗吃狗，鹰雀老鸦吃石头。
> 十个庄子九个空，你不走来啥守头。
> 儿子拉着老子手，哭死哭活同路走。
> 往前走来朝后看，娘老子丢下实可怜。
> 走了一站又一站，荒沙滩上无人烟。
> 无水渴死沙漠边，逃难的人儿命运惨。
> 十里沙坡要走到，夜入沙堆活命难。
> 过沙坡走不动，肚子饿来腿又困。
> 半步走来小步行，半夜草棚安下身。
> 顾了娃娃顾大人，骨肉分离伤痛心。
> 求大爷给碗饭，可怜天下逃难人。
> 一更想起我父亲，生死路上无音信。
> 二更想起老娘亲，养儿落个一场空。
> 三更想起结发妻，沙坡头上泪满襟。
> 四更想起小儿郎，今后不能再相逢。
> 五更想起小弟妹，彻夜难眠冷透心。
> ……

谈嘉言在下乡工作的时候，总能听到让人鼻子一酸就要流泪的故事。

谈嘉言无言以对，他也不知道，什么时候才能让父老乡亲远离这苦难的日子，过上朝思暮想的好生活……

水呀水！还是水！一切灾难，都和水扯上了关系。望水兴叹的无奈和焦灼，噬咬着志在改变家乡贫穷者的心。谈嘉言说，就像心里放了块石头，沉甸甸的，无时无刻不在折磨着自己。

1958年3月，那时，谈嘉言已经二十六岁了，当时是皋兰县办公室主任（届时，景泰属于皋兰县管辖）。省农垦局来了七八辆小车，这些车子卷起一溜尘土开进景泰川，弥漫的尘土，却隐藏了令人心动的希望。谈嘉言知道，他们是来勘测景泰川的荒地。勘测，意味着开发，而开发，不正是大家的希望吗？这次勘测，前后花费了三四个月的时间。

在这次勘测中，谈嘉言认识了技术人员吴光彦。吴光彦也是第一次来到景泰川。他对谈嘉言说，他们只是根据领导交代的任务，对景泰川测区进行勘测和土壤调查工作，至于做什么，他们也不清楚。领导没有明确的说法，所有人的想法都仅仅是一种猜测。

谈嘉言对此却充满了希望。在陪同吴光彦他们工作的同时，谈嘉言知道了此次勘测划了三个测区（景泰川、古浪裴家营、大靖），吴光彦和其他几位同事带领农垦局勘测队的同志主要在景泰川测区进行工作。

景泰川测区包括一条山、兴泉堡滩、寺儿滩、宽沟以下八道泉子、猎虎山、芦阳镇黄草、城北墩、娃娃水、草窝滩、白墩滩、芦草林子、漫水滩、刘家窖、红沙岘子等。第一次来景泰川的吴光彦，可是领教了景泰川的荒凉和酷烈，大风一吹黄沙漫天飞，给野外勘测作业带来很大困难。谈嘉言陪同他们在荒无人烟的地方工作，吃在野外，住在地窝子和帐篷。吴光彦他们最终完成了景泰川测区的一万分之一的测图任务和一万分之一的土壤调查图和土壤分布图。

负责接待的谈嘉言感叹，只知道景泰川大，但不知道沉睡的景泰川竟有一百多万亩可以开垦的荒地呀！前来勘测的吴光彦他们也兴奋不已，都说这里开发前景很大，有大片肥沃的土地，黄河又从东边流过，近在咫尺，完全可以考虑电力提灌呀。

谈嘉言知道电力提灌是个什么概念。虽然还很遥远，虽然还是一个梦想，但毕竟，这个概念如沉睡在地下的种子，正在苏醒过来，指不定哪一天就会萌芽生长了。

*八十多岁的退休老干部谈嘉言接受作者的采访。在两天的采访中,谈嘉言仔细回顾了以前的苦难生活,以及当地人民群众盼水的焦渴心情。作者采访完不久,老人就与世长辞了。

随着时代的步伐和生产技术的改进，不，应该说，随着社会的进步，很多信息和生产技术涌进这个闭塞的县城，越来越多的人让这些先进的生产技术点燃了心中的希望。1959年，响水大队的支书郝邦财，这个全国劳模，经过认真的思考，提出了自己的意见：柴油机能把水提到高处，有没有其他更厉害的机器把水提到景泰川？如果把黄河水从米家山提上来，就可以自流灌溉草窝滩等土地。这个建议，像扔进干柴的一粒火星，立即燃起了熊熊大火，很快得到大家的积极响应。如果说以前人们心中盼望能过上好日子却又不知怎么才能过上好日子的话，这个想法无疑给大家指明了方向：这个就是我们过上好日子的办法，也是我们唯一的指望！后来，尾泉乡的县人大代表何天普，这个生活在黄河岸边的农民，在景泰县人代会上喊出了人民的心声：家乡水很苦（咸水），天气干旱，人吃水很困难，跑到黄河边却取不上水，守着黄河吃不上水。怎么办？就不能想办法把黄河水提上来吗？

那次人代会一结束，谈嘉言心中的思路变得明晰起来，让他为这些想法摇旗呐喊：就把黄河水提上景泰川吧，老百姓已经提出多次，政府应该高度重视呀。

再美好的想法，也需要生长的土壤。以阶级斗争为纲的运动正在席卷中国大地，大炼钢铁的运动正在如火如荼地进行……这些美好的想法，只能沉睡在心中。

1959年，工作一帆风顺的谈嘉言万万没有想到，审干的运动像一场噩梦悄悄地向他袭来，说他有什么政治历史"问题"，这个问题就是怀疑他曾加入过其他党派组织，这个怀疑在当时可是把锋利的撒手锏呀。谈嘉言，这个生来性格内向但却刚柔兼备的汉子心里清楚，自己是清白无瑕的。面对这"莫须有"的罪名，谈嘉言直言相对："绝无此事！"1960年6月，谈嘉言被贬官下放，他扛起行李，沿着崎岖小路，走进了最艰苦的红水公社。1966年那场"浩劫"中，谈嘉言就被彻底"靠边站"了。谈嘉言"靠边"的这些年里，是一名"劳动改造者"。他所做的工作，就是接受贫下中农的再教育。开上小轮车给职工家属送煤炭，去打地窖，甚至连掏厕所、打杂儿的苦差，都要他去完成。

这些日子，让谈嘉言如许多人一样，受到了从肉体到精神的煎熬和折磨。这片干渴的土地需要水的滋润，而他这个专业的水利干部却只能在这里做苦役。很多个夜晚，谈嘉言无法安睡，想象和展望成了他化解寂寞和孤独的唯一办法。在这些想象中，滔滔不绝的黄河水向景泰川流来，焦渴的土地贪婪地吮吸着黄河水……会有这一天的，总会有这一天的！

▲抓生产　抓斗争

这个想法成了谈嘉言在逆境中生活的精神支柱。1966年，谈嘉言从武威社教回来，恰好遇到副省长李培福下乡到景泰。这是6月的一天，因为人手紧张，他竟然得到命令，陪李培福去调查工作。这次李培福是来考察上沙窝的井灌工程。电话通知谈嘉言，说李培福的车子过来在条山的邮电所停车，让谈嘉言在那里等。谈嘉言不敢怠慢，拿了两个馒头，骑着自行车就赶到邮电所。锁好车子，交给别人看管，坐了李培福的小车一起去视察。陪同李培福前来的还有他的秘书化成。谈嘉言知道，化成的家乡就在景泰，景泰的情况，化成在心里也有一笔清清楚楚的账。

车子穿行在崎岖不平的荒滩之上，卷起的灰尘直冲蓝天，车子不时把人颠起来。李培福一言不发，也不知道他在想些什么。到了龚家大沟，李培福突然要求停车。

谈嘉言知道，当时李培福身体不好，一个耳朵也听不到了。他随着李培福下车。李培福拄着拐杖，一边活动着腰身，一边看着了无边际的草窝滩。这片平整的大平滩，中间除了一座孤独的小山丘，几乎没有什么可以挡住人的视线了。按照苏联专家的说法，这里就是一个天然机场，打起仗来飞机就可以降落。李培福凝目注视良久，突然感叹：如果把黄河水提上来灌地多好！这里就是米粮川呀！

闻听此言，谈嘉言心头一震，他再也顾不得自己的身份和地位，竟然急忙跑上去，激动地说："好得很呀李省长，景泰人民就在等这句话呢。"在一旁的化成也在帮腔。大家正说得高兴，谈嘉言发现北面的天空扯起了一道黄色的帐幔，知道是起了大黄风（沙尘暴），赶紧催促大家赶往上沙窝。

在谈嘉言的心中，可是恨透了这没有颜色的大风了。要不是这大风，他可以把自己心中所有的想法都说出来，希望领导参考并做出决定。到了上沙窝，大风紧跟着卷了过来。漫天黄沙和啸叫的大风刮得人出不去门，满屋子都是弥漫的灰尘。就在这大风中，李培福突然想起芦草井的两台风力水车。

谈嘉言惊异李培福这么好的记忆力，他知道这两台风力水车，就是在李培福提议之下搞成的。在一次视察中，李培福说这个滩上风力资源这么丰富，可以考虑用风力解决动力呀！受风沙的气，也能吃风沙的饭嘛！谈嘉言急忙做了认真的汇报，完了，真诚地说："李省长，这么大的风沙，芦草井真是去不了了。"

李培福看了他一眼："去不了就不去了，你可不敢骗我。"

谈嘉言急忙点头："那两台风力水车真的转着呢。"

李培福点点头，放弃了前往芦草井的想法。刚好有羊肉，谈嘉言急忙指示做了羯羊肉面片。李培福吃了两大碗。完了由衷地感叹："景泰的羊肉好吃，面也好吃。"

谈嘉言"别有用心"地说："黄河水上来才好，面更多，羊更多。"

李培福看看他，嘴角扯起一丝不易察觉的笑意。

坐车返回的途中，李培福突然对谈嘉言说："这样吧，你就不用回家了，坐车直接到兰州参加中部八个县的抗旱会。"

谈嘉言着急了，他想李培福一定是不知道实际情况，这么重要的会议，他怎么可以去参加呢？他急忙说："我不去了，县上谁去我不知道，我已经靠边了。"

李培福一声不吭，面有不悦之色，他刻意看了谈嘉言几眼，轻轻哼了一声。

第二天，谈嘉言接到县上的通知，命令他去兰州参加会议。在会上，李培福批评了景泰。说给些供应粮，竟然没钱打粮，而来钱的路子只能靠卖羊粪。那么好的肥料卖了，自己用什么？要求干部要有长远眼光，不能拆东墙补西墙，最后落得两手空空。谈嘉言越听越激动，加上又是抗旱会议，早就忘了自己靠边站的事实，大胆地提出了提灌黄河水的建议。这个建议，谈嘉言用尾泉何天普的名义进行了阐述。他说，这个想法，是唯一能够从根本上改变景泰干旱的办法，但是景泰没有电，很难提上黄河水。同时他说："今年，尾泉大队建成柴油机三级提黄河水灌溉，虽然解决了群众口粮问题，但是用柴油机成本太高。尾泉人说那流的不是水，是分分钱呀。除了电力提灌，其他办法都不可行。"

谈嘉言的发言，得到古浪等地参会干部的热烈响应。李培福只是笑眯眯地听着大家的发言，没有表态。他一支接一支地抽烟。谈嘉言发现，李培福从不用眼前的烟灰缸，弹烟灰的时候，总是举起手，弹在肩膀后面。

从李培福一明一暗的烟头上，谈嘉言感觉到了这个老人内心的激动，也感觉到了越来越近的希望。

第二章
困在山里的希望

多难的山里人

以新堡子沙河为界，河的东边是景泰县，河的西边就是古浪县。景泰、古浪的许多沙河，都是季节性河流。无水的沙河，流淌着大如鸡卵的石子。夜深人静的时候，密密匝匝挤在一起的石子缄默不语，偌大的河滩里，弥漫着死亡和孤独的味道。而白天烈日却把这些石子变得有了生命，在暴晒中榨取最后一滴水分，氤氲的水汽，流溢成水的样子给人无穷的联想。

沙河很长，来自千山万壑的尽情宣泄；却又很短，七拐八绕之后，从景泰归入黄河不见踪影。而沙河因为满眼的石头显得沉重。未曾挪动的石子，记住了水的泛滥和咨啬，当然，更镌刻了悠远的记忆和辉煌。沙河流泻暴雨肆虐之后的狂欢，而更多的时候，它是一条清乾隆年间开辟的"边路驿道"，从古浪裴家营出发经马家磨河进入沙河，踩着卵石艰难行进，经滚子沟、石窝子、高岭囤进入天祝松山草原，最后在松山古城落脚。这条神不知鬼不觉的古道由此避过古浪峡的凶险，乌鞘岭的陡峭，进入草原之后的自由，可以南下，也可以直达兰州。在清以前，这条以河为路的道儿，是有名的松山古道，是丝绸之路北路的主要辅道。沙河两边山梁上的烽燧，静静守护着这条河的繁荣和落寞。

因为这条沙河，景泰和古浪相依相偎，除了地界上的划分和称谓，这里的生活以及在这里生活的人们，并无多大的差别。在五六十年代之前，古浪因为紧依祁连山的怀抱，比景泰多了一些清凉，这份清凉是山中一些被称为"二阴地"的土地，这些即便是再干旱的年份也有一些产出的二阴地，让生活在山区的人们得到了大山的惠泽。

　　从新堡乡往西，到干城、横梁、西靖、井泉、黑松驿，就到了古浪县城。黑松驿，一个蕴含太多美好的名字。黑松驿的取名自然和松林有关，在距黑松驿十多公里的龙沟山一带，至今还生长着成片的云杉林。这种树一年四季多数时间呈现深绿色，远看则为墨绿或黑色。在白杨沟口、中岭、大台等地的一些地段，前些年曾被洪水冲出了埋在地下的巨大云杉树。据老人们回忆，他们均不知这些地方长过松树。而古浪，以前称为苍松、昌松，莫不与此有关。以前的金锁银关，"扼甘肃之咽喉，控走廊之要塞"，历来为兵家必争之地。古浪，在早期的历史中，如一叶扁舟，颠簸在战争的风口浪尖。

▲新堡子沙河

　　往事如烟，所有的美好尽数掩藏在记忆深处。但我无法忘却的记忆中，仍让这种遐想成为真实。在小的时候，我随爷爷赶着羊群，出没在苍苍茫茫的山谷中。在向阳的山坡，总能发现一棵小松树，爷爷叫它为"松娃子"。爷爷说，以前我们脚下的土地上都是密密匝匝的松树。我问爷爷是否见过这密密匝匝的松林，爷爷摇摇头。原来，他也是听老人们说的。

在汉唐以前，这里是匈奴的牧马之地。少人烟，多牛羊，鲜嫩的牧草，饲养着肥壮的牛羊，甘洌的古浪河水，养育着生活于此的生灵。人类繁衍的兴旺，最终导致野心和欲望的膨胀，战争，随之降临在这片美丽而原始的土地。

汉武帝指点河西之日起，古浪注定要失去以往的宁静和繁荣。从骠骑将军霍去病西征匈奴到民国年间的一千多年里，有文字记载的大规模的战争就多达十余次。其中最激烈的有隋大业十三年李轨军与薛举军交战，斩杀薛军二千余人；武周久视元年，吐蕃数万骑兵从古浪峡围攻古浪城被唐军斩杀二千五百人；1936年，中国工农红军与国民党在古浪峡展开激战，双方死亡四千四百多人……

只有二十八公里的古浪峡谷，每一寸土地都浸透着历史的鲜血，每一棵摇曳的牧草上，都悬挂着将士们欲罢不能的泪滴，藏掖着千古难消的恩仇别离！

大靖镇曾是古代丝绸之路上的一颗明珠，是地区重要的商品集散地，历史上曾是甘肃的四大名镇之一，汉武帝时期称为"朴环"，商贸活动最为活跃。陕西、山西一带的商人都有"要想挣银子，走一趟大靖土门子"之说。因此，文人墨客称大靖为峻极天市，意思是在人间高大繁荣到了顶点。白天商贾云集，人来车往，万头攒动；晚间万家灯火，星星点点，闪闪烁烁，好像天上的街市一样。据说北京故宫的前门上曾悬有"峻极天市"一匾，因此，大靖又有"小北京"之称。在战火纷飞的年代，有这样一处商贾繁攘之地，也算奇迹了。

然而，认真翻阅古浪的历史，战争带来的灾难实在有限，而带给生活在这里的人的最大的灾难就是自然灾害。

频繁的自然灾害，是悬在当地老百姓头上的利剑：旱就旱得你绝收，人相食；涝就涝得你颗粒无收，家园不在。而相依的祁连山，更像还不稳定的巨石，不时摇摇欲坠，带给人们无法想象的灾难。

我也是个要饭的

沿着祁连山西行，过古浪新堡乡，就是干城乡了。称其为城，其实也是一个不大的山村。1954年，党文斌出生在干城乡双川村党家窝铺小组。还没等他明白多少，其他六个姊妹相继来到这个世上，一家九口人，吃饱肚子的艰难成了最大的负担。

*往事让党文斌长久沉默不语。

十六岁，党文斌就开始要饭。第一次要饭，他们一起四个人，毫无经验又没有出门的经历，只是想借放寒假的时候，要点吃的准备过年。与其蹲在家里挨饿，还不如出去混饱肚子，这是他们最简单的想法。没料到，他们糊里糊涂来到了景泰县五佛。当时一家人正在吃饭，党文斌按照妈妈的嘱咐，艰难地张开了口："婶婶，行行好，把你的吃的给上一嘴吧。"

女主人把吃剩的半碗饭端给了他。党文斌这才发现，原来这家人的吃食，比他们的也好不了多少。女主人叹口气，对他幽幽地说："吃吧，我知道要饭的难肠，我也是刚刚要饭回来的，你们应该去个更好的地方……"

党文斌手一哆嗦，差点把碗摔在了地上。按照这个女人的指点，他们到了更好的地方，除了吃饱肚子，要上的都是米、面、干馍馍。炒面和干馍馍混装在一起，来去十多天，算了算也有个三几十斤了。妈妈很开心，连连夸他懂事，感叹一家人能有拌汤喝了。这次要饭，让党文斌有了走出大山的强烈欲望。那些平坦的土地，那些用水浇灌的土地，让他羡慕不已。和许多孩子一样，他有着遗憾和想不通：为什么自己就不能生活在那个地方呢？

靠山吃山，可是贫瘠的大山却不能再给他们多少可以依存的资源了。为了改善艰难的生活，让家境好一些，他们不得不进行另一项工作。

和干城乡相连的新堡乡是古浪县最大的一个山区乡，也是一个最为偏远贫困的乡。在拉羊皮不沾草的山野之中，却生长着许多细如头发丝的山珍：发菜。距离党文斌家乡不远处的苟家磨、蟒蟒塘、土劳圪、石井子、新堡子一带，因山野空旷、地势平缓、气温适宜，生长着许多细如发丝的发菜。这些山珍，在过去的岁月里，给了这里的人生存的希望，或许，这是大山给这里的人们最后的馈赠。

吃不饱肚子，上面有供应粮，可是供应粮需要用钱来买，钱又从哪里来？一年生产队实在给不了社员几个钱。没办法，他们只能从大山里索取了。

这一带生长的发菜，不仅给他们诱惑，远在二百多公里外的同乡、通化等地的农民，包括五十多公里外的本县村民，开着车，带着干粮、行李，在这里风餐露宿，一住就是半月，直到满载而归。因为距离近，党文斌们不需要这样，每天鸡叫时分，他和几个妹妹就会起床，带上干粮，出发去抓菜。

获取发菜的工具每人都有两三件，在地势开阔、平坦的山坡、草滩，使用一米多宽的铁耙子，在芨芨、柴火多的地方用三十多厘米宽的铁耙子，连同草叶一同抓下来，再从草叶中择拣出数量很少的发菜。天气潮湿

*当年挖药材抓发菜是许多山区人民唯一的来钱路。

一些，每人每天可以抓到一百多斤含有发菜的草叶，运回家中后，可从中择拣出三两到半斤的发菜。

刚开始的时候，每斤发菜才能卖上五元钱，可是，这五元钱就能买来一百斤的供应粮。党文斌后来要干强度更大的农活，不再抓菜，但他的妹妹们则必须要坚持这唯一的活路。父亲经常挂在嘴边的话就是：穷不要紧，懒才可怕。

被铁耙子抓过的山坡，植被已变得十分稀少，还泛有一点绿意的草叶在风中可怜地摆动，深入地下的铁耙子拉出了这些植物的根须，被拉成浮土状的土层足有二指厚，风吹满天尘土便滚滚而起。

那些年，就指望着发菜过日子。每年深秋，妹妹们都乐此不疲地抓发菜。父亲有时候也去抓发菜，他时常感叹，小时候，从没见过这么抓发菜的阵势。可见，天下过苦难日子的人多了去了呀。那时这一带是远近出名的好牧场，山坡上的草厚得像毯子，踏上去软软和和的，现在这草稀稀拉拉的，再抓下去，就没草了。

然而，被穷困困扰的村民，谁还能想那么长远，能过好今天的日子就烧高香了，想以后的事情有什么用？

与鼠争食

1966年11月，张永德来到了这个世界。他好像知道自己将要面对的艰难，没有哭泣，只有沉默。任凭接生婆倒提了他用力拍打脊背，他就是不哭，差点让接生婆宣布死亡装进背篓里。那个年代，死一个孩子是再正常不过的事了，更何况是一个刚出生的婴儿。几乎每个村子里，都有一个相同的地名：死娃娃沟。很多的孩子，在出生的时候不幸夭折，或者是因为传染病而夭折，那都是很常见的事情。接生婆只是纳闷：接生了那么多的娃娃，还没见过一声不吭的，或许，这娃命大命硬呢。

家里已经有五个孩子了，五张嗷嗷待哺的嘴，让生活既充满希望又艰难辛酸。在他刚会走路的时候，妹妹又来到了这个世界。带妹妹，成了他童年生活的全部内容。

父亲是村里的老羊倌，没有多的话，无怨无悔地赶着羊儿风里来雨里去，重复着每一个日子。风吹日晒，他的脸色成了深重的酱紫色，被岁月改变颜色的脸上，很难看到一丝笑容。父亲牧羊时，总会背一个毡包，每次回家，包都是鼓鼓囊囊的。他会在牧羊的时候，捡拾一些干透的柴火、牛粪，供家里烧饭用，日积月累，家里的柴堆成了个小山。而更多的时候，这个毡包会给他们带来意想不到的惊喜。春天的时候，毡包里装满了野萝卜、苦苦菜，一毡包就是一家人一天的口粮。夏天就越加丰富了，父亲好像把一个夏天都背了回来：白嫩肥胖的野蒜，绿莹莹的野韭菜，瓷实又有嚼劲的猪头盘子（一种植物），总给他们无穷的食欲和向往。有的时候，会有很多青翠的豌豆，小麦成熟的时候，烧好的青粮食散发诱人的香味——父亲是地道的贫下中农，这个老实人，绞尽脑汁用尽各种手段，来抚养七个孩子长大。秋冬两季，他随了羊群，跟踪一个个老鼠窝，和老鼠抢夺活命的粮食。勤快的老鼠，总会比人先一步，在人们收割粮食之前，它们会藏够一个冬天的吃粮，这种被称为仓老鼠的老鼠，每个窝里都会藏二三十斤的粮食。父亲的眼睛很毒，他好像能透过地皮，看到仓老鼠地下的窝。拿牧羊鞭杆，从洞的出口开始，伸进去，一撬，又一撬，就挖到仓老鼠的窝了。仓老鼠的洞很讲规矩，一旁是睡觉的窝，一旁就是专门存放粮食的仓库了。挖到窝里，仓老鼠惊慌逃跑，父亲不会伤及它们的性命，但是仓老鼠知道，被毁了家园又抢走了吃粮，对它们意味着什么。在父亲装粮食的时候，它们在不远处愤怒地尖叫，却又没有任何办法。从老鼠嘴里抢来的口粮，成了一家人主要的粮食补充……羊产羔的季节，是他们最快乐的时候了。按照生产队的规定，死了的羊羔子，可以由羊倌自由处置，只给生产队交回皮子就行了。隔三岔五，父亲就会带回来一只死羊羔子给他们打牙祭。张永德想不通，那个时节为什么会有那么多的死羊羔子？等他自己养羊的时候，他似乎突然明白了父亲许多的无奈和故事……

还能有什么办法？张永德感到了父亲的无奈和辛酸。吃不饱穿不暖的日子，他们依旧在快乐中度过，他们虽然饿着肚子，穿得破破烂烂，但是他们的欢乐却给这个山村带来热闹和喜庆。他们玩老鹰抓小鸡，打锅锅，跳圈……尽情享受着属于自己的岁月。在这苦涩的岁月里，他们一天天长大。他和妹妹穿的衣服，都是哥哥们淘汰下来的旧衣服，鞋子也是一样，稍加改变和修理，他们就已经很开心了。父亲跟在羊后，随手薅下一把羊毛，捻了毛线，自己编织了毛袜子，这是他们唯一能向同伴们炫耀的东西了，厚实的毛袜子在冬天很暖和。过年的时候，哥哥们穿一件新衣服，就到墙跟前摸着墙重复年年都在重复的歌谣：

> 摸东墙摸西墙，
> 老君爷给我件铁衣裳。
> 我爹我妈骂我费衣裳，
> 求你给我件铁衣裳……

至于老君爷是哪路神仙，直到今天张永德也没有搞清楚；但是，不论他们怎么祈祷，身上的衣服还是很快就破烂了。上学的时候，他们的午餐，就是在炕洞里掏一些炕灰，烫一些豆子吃。若能煮一锅土豆，那就是最好的午饭了。有的时候，看到晚饭有剩下的，鬼机灵的张永德总会想方设法睡到厨房里，在半夜翻起身，吃完所有的剩饭……

然而，好景不长，在他十一岁的时候，妈妈去世了。瘦弱的妈妈再也承受不了这种吃了上顿没下顿的日子，到了另一个世界。失去妈妈的家，一下子乱了套。父亲仍旧在放羊，但比平时更加沉默烦躁。那一年，肚子实在饿得不行了，没有人教，张永德带领妹妹无师自通地去要饭。他带着妹妹在附近的村子里要饭吃，运气还不错，一户人家给了他们一碗玉麦子炒面麸子，粗糙的麸子散发着粮食的香气，可把兄妹两个高兴坏了。在回家的路上，你一嘴我一嘴，赶到家里就吃完了。还没等他们从失去母亲的悲伤中缓过劲来，在他十三岁上，放了一辈子羊的父亲又离开了他们。张永德，过早结束了自己的童年，生活逼迫他必须面对自己要走的路。在他十八岁的时候，征兵开始了。在一个亲戚的帮助下，他参军到了陕西。那些不堪回首的日子，至此画上了句号，一种崭新的生活开始了。

结束四年的军旅生涯，张永德又回到了那个一成不变的小山村。四年的军旅生涯，虽然没有彻底改变他的命运，却用一种独特的方式，打开了他的心扉，擦亮了

*苦难，在张永德的心里留下不可磨灭的记忆。

*贫瘠的大山，留给人们太多的艰难。

他的眼睛，开启了他的世界。回到家里的张永德，已经不会再用从前的眼光看待眼前的生活，涌动在身上的热情和希望，让他信心百倍，豪气冲天，一个男人，过不上个好日子，可真是丢大人了。

　　然而，现实却把他的热情消磨得干干净净。常说一个人出生的环境就决定了一个人的命运，这个说法并不完全正确，但放到一些人的身上，却成了真理。张永德所在的裴家营乡岳家滩村阳洼大队，是悬在壕沟岘半山坡的一个村子。通向村子的一条羊肠小道，是唯一一条交通要道，所种的土地，完全看老天的脸色吃饭，雨多了，就有一些吃粮，雨少了，就会面临断顿的危险。壕沟岘，在历史上是一个有名的地方。北丝绸之路，从景泰到裴家营，必须经过这道伟岸的山梁。昔日这里森林遍布，但现在只有一块块挂在山坡上的农田。

　　四年的军旅生涯之后，他有了一个幸福的家，他和"发菜之乡"黄蟒塘的姑娘李兰组成了一个幸福的家。然而，即便是这样贫瘠的土地，可供他们耕种的也没有多少。结婚后，他们只分到了六亩地，一年辛苦下来，只收获了四百多斤小麦，不够两个人一年的口粮。张永德信心满满，他决定外出打工，媳妇李兰在家种地，农闲时，就在娘家抓发菜。从小就抓发菜的李兰抓起菜来可是一把好手，在短短的时间里，总能抓上十几斤发菜。靠土地没法生存，但小夫妻的勤劳，让贫寒的日子慢慢有了起色。

　　李兰第一次有了身孕，眼看就要生了，在预产期前一个月，因为劳累过度，孩子小产了。没有保住孩子，张永德内心愧疚不已。妻子第二次怀孕，张永德结束了打工早早回家。预产期在春天的3月份，一天下午，李兰突然感到肚子疼，张永德急忙请来村上的医生，医生说要生养了，是产前的正常现象。然而，当晚没事，第二天医生注射了催生针，第三天还是没有反应，张永德本能上感到大事不好。当兵的生涯，让他更相信医生而不把妻子的性命交给接生婆。而这个乡村医生的水平让他怀疑了。

　　张永德赶紧套了骡子车，拉了妻子就往裴家营卫生院走。那几天，天天都是漫天飞雪，积雪没膝。从壕沟岘下来，沿着马家磨河，十九公里的路走了六个多小时。洋洋洒洒的飞雪扑到脸上，人和骡子的眼睛睁都睁不开。张永德不时抖落压在妻子身上的积雪，而妻子不时的呻吟又让他心急如焚。好不容易到了裴家营卫生院，医生要做检查，但是没有电，听了听，医生慌了，说没有胎音，你赶紧送到别处去吧。

张永德头发都竖了起来。跑到大街上拦了一辆三轮车，车主张口就要三十元。赶到了大靖医院，医生拍了个片子，但片子模模糊糊，什么都看不清楚。第二天只好做了剖腹产，那个手术漫长而让人焦虑，等手术结束就十二点半了。尽管如此，剖腹还是没有成功，孩子已经胎死腹中……

在大靖的一位好友目睹他的遭遇，善意提醒张永德："去拜拜奶子佛吧，据说很灵验。"

然而，拜谒之后，张永德却第一次开始审视自己生活的地方。祖祖辈辈生活的地方，似乎所有的不幸和灾难都落到了自己身上，艰难不可怕，承受如此不幸，难道也在情理之中吗？在拉着妻子回家的路上，面对像绳子一样缠绕在山上的小道，张永德走得艰难而不甘。他无法安慰痛不欲生的妻子，心里翻江倒海的只是泛滥的情绪。突然之间，他恨这座高耸的大山，一种马上要逃离的念头却让他茫然：逃离，能逃到哪里去？哪里又是他的出路呢？

两姐妹的泪

"井泉"二字给人的印象是有井有泉。其实不然。这个距古浪县城几十公里的乡不仅干旱，而且因为缺水，这里的乡亲，纷纷远离家园，逃离到其他的地方。

在新世纪之初，因为工作需要，我到这里做过一次深入的采访。每一件事，每一个人，都给我留下了难以忘怀的记忆。

井泉乡初级中学，这个容纳了全乡孩子的学校，似乎也容纳了全乡残酷生活的事实，成了全乡人民真实生活的缩影。这是一所从学前班到初中三年级的学校，方圆几十里的孩子都在这里上学。每年冬天下大雪，全校师生都会抓紧机会积雪贮水。孩子们手持扫把、铁锹、垃圾匣，从村头背阴处搜集积雪，然后用麻袋、架子车运到校园内的水窖旁，等着太阳融化这些积雪，再流到窖内。水窖里盛着全校师生的生活用水。

一个学期，学校要耗费五百多立方米水，而这些生活用水，只能靠雨水和雪水来解决，遇到天旱，就必须到二十多公里外的黄羊河去拉水，有时还不得不向驻地部队求援。井泉乡周边的孩子大多数都来这儿上学，除了本地的十多个学生，走读的学生有八十多个，最近的离校六公里，最远的离校二十多公里，住校的有六十多名学生，其中最小的只有十岁，在一年级读书。

最小的住校生叫徐泽明，当时只有十岁，每次需要翻越三座大山行走二十多公里弯弯曲曲的山路才能到家。每天中午，孩子都在学生宿舍的铁皮炉子上烙馍吃，为了省水，——学校中午不向学生供水。当询问哪个是他的床铺时，懂事的孩子急忙趴到自己的床上，我发现上面有斑斑尿迹。同行的老师笑："你不要害羞了，经常尿床哩。"当我问他是否想家时，小泽明倔强地说："不想。"

这里的农家妇女只要有空，就紧着做鞋。就是前往邻居家中，也是边走边纳着鞋底。随处都可以看到她们手提针线活的身影。她们说，全家人一年的十多双鞋，全指望在冬闲做成。她们感叹："娃们费鞋哩，一天要走那么多路。"她们也希望："啥时节才不做鞋哩，手纳疼了，眼盯花了。"最后她们又笑："好歹有个指望哩，娃考上了大学，就住楼房，吃甜水，再不做这个鞋了。"

这些母亲手中扯不完的麻线牵连着弯弯曲曲的山路，按离校最近的村庄计算，孩子们一天至少要走十二公里路，一学期就要走一千二百公里路，从一年级走到六年级，就得走一万四千四百公里路！一位老师开玩笑，一万四千四百公里路全让这些母亲用麻线一针一针纳了过来！

在井泉初级中学不远处，六十多岁的老奶奶袁桃英供养两个孩子上学的事在井泉乡被传为佳话，但同时又流溢出一种无奈和生活的心酸。

当时王爱华、王爱霞分别在四年级、三年级读书。王爱华四岁时父亲去世，仅隔一年，因吃水困难和生活艰辛，无力操持家庭的母亲撇下王爱华和她两岁的妹妹远嫁他乡。袁桃英说："这不怪她，她日后的路还长。那儿的水好，水旺着哩。"

生活的重担由此落在老人肩上。眼看着两个孙女到了上学的年龄，老人无怨无悔地把她们送进了学校。老人说："人家有爹有妈的娃们都去念书，不让她们念，我心里难受。"但孩子去念书，老人心里又犯难肠：地里的庄稼要她种，家里的活要她干，光家里的生活用水就够她受了。而年纪越来越大，她已无力承担这些农活。老人说，共产党好，在1996年给水泥让家家户户打水窖，积储雨水、雪水解决吃水问题。那年，同样给她家给了几袋水泥，但她无力打水窖，到冬天因没钱买煤取暖，她又和别人换了过冬的煤。她们家吃的水仍是苦水，好在两个孩子长大了，每天都可以去抬一些，有时，她从邻居家端些水。她说："那水甜呀，吃了真舒服。"老人最后担心："我已经是半截子埋在土里的人了，万一明天死了，两个孩子谁来管？"

我和老人交谈时，王爱华放下书包，急忙去做家务活。孩子踩在凳子上，切着土豆条。双手上裂开了一条条小口子，像一张张小嘴，诉说着生活的艰辛。看得出来，在奶奶卧病在床时，一家人的饭就由她来做了。当我问她是否想妈妈时，孩子眼中的泪水马上淌了出来，她用伤心的啜泣回答了我的提问。问她是否想念书时，孩子如电击般抬起了小脸，急急地说："想，我想念书，我的成绩一直是班上的前三名呢。"也许是孩子的举动打动了奶奶的心，奶奶伸出枯枝般的手抚了抚孙女的头："念吧，奶奶活一天就供你一天。"

当得知老人患病没钱买药、两姐妹没钱买本子时，我再也按捺不住心头的酸楚，掏出一些钱塞在王爱华的手里。看着孩子珍爱地装进衣兜，我想着的一个问题是：她们将如何走完自己的成长之路？

王爱霞，这个被乡邻们又唤作王霞子的姑娘，最终没有实现自己想要读书的愿望。姐妹俩念书念到五年级，都相继辍学在家，用稚嫩的肩膀担起生活的重担。

山里的地很多，这些土地，不是用亩计算的，而是用传统的"石"来计算。三四石地，足有六七十亩。六七十亩的土地，分成两茬来种，也就是种一半歇一半。但天不下雨，照样没有收成。姐妹俩在地里劳作，幽怨的情绪不由自主来自心底，她们想不通：妈妈为什么就能狠心扔下自己走了呢？

随着时间，姐妹俩总算明白了，她们的贫穷原来是早就如此。父亲体弱家穷，奶奶没办法给他成家，就用女儿给他换了一个媳妇，按照当地的乡俗，这样的联姻就是"换门亲"。她们的姑父，也就是她们的舅舅，她们的姑姑，也就是她们的舅母了。舅舅的姐姐，就是她们的妈妈。换门亲，往往是贫穷、没办法而不得不为之的代名词。

舅舅唐恒山心里也很难受。姐夫去世，姐姐的未来就成了让人难肠的事情。不让姐姐走吧，姐姐还年轻。让姐姐留在家里守寡吧，不甘心。这门亲事，似乎从一开始就埋下了遗憾。最后，他尊重姐姐的选择，去留自己都不反对。但是姐姐改嫁后，他只好承担起照顾两个外甥和丈母娘的责任。每年春天，他来耕种这些贫瘠的土地，秋天打碾后，又及时翻耕土地。两个孩子，成了他无法释怀的心结。

王爱霞和姐姐，自然受了很多苦。虽然心里很遗憾，很难受，遗憾自己没有念成书，但面对生活，面对将要走的路，却没有别的选择。守着大片的土地，雨水好一点，一年的劳作，只能换回一点口粮。主要的经济来源就是种点豌豆，卖一些，买点煤油以及家里日常的生活用品。

姐妹两个，很少穿新衣，年成好一些，过年的时候才买一件新衣服。村子里的人和亲戚，把自己孩子穿旧的衣服给她们一些。两个姑娘，在成长的过程中，太少本该属于她们的色彩了。

*苦难的回忆也能带来无奈而酸楚的笑容。已经长大成人的王霞子和奶奶袁桃英在讲述往事。如今,他们已经搬离山区,来到了黄灌区。

但是贫穷不能阻挡她们长大的脚步，终于到了姐姐不得不嫁人的时候。姐姐心里很难受，哭鼻子，除了哭，也没有别的方式表达了。姐姐出嫁时，漫天大雪，来的亲戚朋友都哭了。

姐姐出嫁后，王爱霞不得不承担起所有的艰难。在山里，让她最头痛的就是吃水了。十几丈深的水井，打一桶水就十分艰难。在山里，看病很难，山里的路很崎岖，很难走，有一次奶奶病了，发高烧昏迷不醒，着急的王爱霞叫了一辆三轮车，拉了奶奶去看病。颠簸在四十多里地的山路上，无奈让王爱霞止不住失声痛哭。幸亏救治及时，奶奶又活了过来。王爱霞突然想，当年穆桂英被困在这山里，怕是和自己一样无奈而伤心吧？

和姐姐相比，王爱霞心中的怨恨始终无法消除。她极力控制自己不想妈妈，但是妈妈的影子却一直在眼前晃动。她想看看妈妈，却因为心中的怨恨，让她无法成行。但是关于妈妈的消息，不时传了过来：妈妈又有了一个孩子，日子也过得艰难、辛酸。后来，王爱霞结了婚，生孩子坐月子的时候，妈妈来了。王爱霞对妈妈完全是一副无所谓的态度。头发花白的妈妈很尴尬。她为女儿抓了一只鸡，给新出生的娃娃做了衣服，但是这些，远远不能弥补作为母亲内心的歉疚。她知道女儿心中的怨恨，临走时，她幽幽地说："我知道你恨我，恨吧，当年我改嫁，原想着日子好一点能照顾你们姐妹，没想到，日子更难，更心酸。我也恨呀，恨自己怎么就生在了这么个拉羊皮不沾草的地方……"

长长的井绳

踏过古浪县境内的山山川川，那满目的荒凉与贫瘠时时强烈地撞击着我的心。那种对水的渴望、对明天的希望，也正是贫困山区农民对美好生活的执着追求。深入其间，走进每一个家庭，又无不为农家妇女们的博爱和艰辛深受感动。正是她们的涓涓母爱，滋养着这片干涸的土地，滋养着一代又一代人的成长……

然而，对这些母亲来说，这些活仅是她们生活中很小的一部分。如果细心观察这些农家妇女就会发现，她们一部分人因长年担水，右肩已斜了下来。外人走上一段崎岖的山路就会气喘吁吁，而她们挑着两桶水却能健步如飞。由于地理环境的因素，这里的地下水水质不同于其他饮用水，当地人说是苦水，外乡人喝了，马上就会感到腹痛肚胀。但在干旱年月，当地一部分人因无力去远在二十多公里外的地方取水，仍不得不饮用"苦水"。好多农家妇女欣喜地说："多亏了政府，给我们钱和水泥，让我们打了水窖，让我们吃上了雨水、雪水，比起苦水我们享福了。如今，水窖就在院里，只要天下雨，我们就不用去挑水了。"吃水问题尽管因为有了"121"雨水集流工程而有所缓解，但仍和当地"靠天吃饭"的生活密不可分，天不下雨，不但无水可吃，更无粮解决温饱。

这是一个星期五的下午，冒着零星的雪花，我随同远在十多公里外的半截沟的学生一道回家。十一岁的梅梅和九岁的妹妹青青边走边告诉我，她们还有三个姐姐，但都没能上学读书。问及她们最怕干的农活，两姐妹皱起了眉头："拉水。"行走一个多小时的山路后，我来到了她们的家中。母亲马秉霞已为孩子们做好了饭。她说自己读过高中，丈夫原先转业在安徽工作。"都怪这个水呀。"马秉霞不止一次地埋怨。她说每天自己都要从一百二十多米深的水井中取水，因为井深，拉水最少也得两个人，有些人为了省力，套了牲口拉，她却不行。"光拉水的绳就那么一堆，苦死了。"丈夫上班后，她还要耕作六十多亩贫瘠的山坡地，一个人又无法取水，整天想的都是水、水、水。孩子生病，得跑到十多里外的乡上看病，为这，她没少流泪。后来，丈夫看她实在挺不住，只好辞了工作回家。她说："我的大女儿没有上过一天学，她今年已经十七岁了。如果她是个男娃，也能帮我干许多活了。你不知道在我们这里有一个男孩有多重要。"

沉默了一阵后，马秉霞又说到自己的伤心事。她说她知道不上学以后要遭很多罪，大女儿去山外学裁缝，每次回家都有怨言。去年天旱，水窖贮不下水，一家人又不得不到那口深井里去打苦水吃。虽是夏天，但山野里土苍苍的，没有一点绿意，庄稼"都晒得钻进了地里头"。秋后，家里收的小麦不够吃，二女儿丽丽和三女儿琳琳说她们不再念书了，说念书会苦死爹妈。今年庄稼地里收成不错，水窖有了水，两个女儿哭着喊着要去念书，没想到，丈夫又得了重病。马秉霞颤着声音说："我对不起丈夫，如果我能干得了家里的活，他也丢不了工作；我也对不起儿女，如果家境好一些，她们……"

马秉霞的泪水流了下来，低声的啜泣令人心酸。打破沉静的是她的小女儿青青，孩子抱来一叠书本说："我妈给二姐、三姐在家里上课呢。"

即便是再劳累，也不能中断了孩子的学习，这是马秉霞坚持不变的原则。她想用自己的所学，为孩子们加把劲，助力她们能够走得更远一点。也作为一种补偿，尽力减轻一个母亲内心的歉疚。

第二天一早，我被院子中细细碎碎的声音吵醒，急忙起床，发现母女三个正在准备去拉水。一头毛驴拉着装有水桶的架子车。所谓的水桶，只是一个破旧的汽油桶，在横着的地方，开了一个正方形的口子。母女三个，正吃力地往上抬井绳。

我不知道这些井绳有多长，有多重，但堆起来像一座小山，而且，这些井绳有不同的颜色，由不同的材质组成。有用山里的芨芨草拧结的绳子，有用旧衣服裁成布条拧结的绳子，也有买来的成品麻绳。刚来时，我就看到了这堆绳子，却不知道这是他们用来拉水的井绳。

天还没亮透。前往水井去的路两旁，都是土苍苍的山。微露的晨曦，把两旁的山剪成一个个剪影，头顶的天空，一颗颗星星正在消失。小毛驴拉着的架子车，随着颠簸不时发出哐里哐当的声音。母女三个谁也不说话，只是不时打着呵欠默默行走。

前往水井，要走十多公里的路。到水井后，天已经亮了。架在水井上的辘轳，看来已经很有些年头了，坚硬的杂木上，能看到被柔软的绳索锯下的一道道深深的槽。卸下车子，小毛驴又担起新的工作。井绳被拴在驴的身上，马秉霞放进水桶，指示女儿赶了毛驴，沿着取水的道慢慢前行。大概过了七八分钟，一桶水才晃晃悠悠地被拉了上来。取水的水桶，其实是一截汽车轮胎的内胎，他们又叫它水斗子。马秉霞说，铁桶呀，木桶呀，不经摔，有时一桶水上来，就被磕磕碰碰成了废品。

一大桶水，需要很多"水斗子"才能装满。辘轳在吱吱呀呀地呻吟，小毛驴奋拉着头，在打着呵欠的青青的拽拉下慢慢行走，而太阳，却在山顶喷涌而出……

堵不住的逃荒者

穿过古浪峡，就是天祝藏族自治县。1938年农历七月二十四日，李逢春来到了这个世界。他的家在天祝藏族自治县华藏寺兰新公路旁的阴凹山李家大庄子，他在众多兄弟姊妹中排行老四。生在天祝的李逢春，却和古浪有着密切的联系。

李逢春最初的记忆似乎都和骆驼有关。在他小的时候，有一次，不知是永昌还是武威的驼队路过村庄，一峰母驼因腿瘸难以行走，驼队主人将这峰怀有驼羔的母驼留给他的父亲代养。后来经过父亲精心饲养，这峰母驼逐渐恢复了健康。骆驼在山区几乎没有什么用处，只能是闲养着。早上李逢春上学时顺便牵出来，放到河滩树林中吃草，下午放学，又将它牵回家中。母驼身体慢慢恢复，并顺利产下一峰小驼。两年多过去了，驼队主人又路过村庄，见到留下的母驼疾病痊愈，还增添了小驼羔，高兴万分，随即要求牵走。父亲一分钱的报酬没要，将两峰骆驼还给了主人。

但是，骆驼却永远留在了李逢春的心里。他不明白，父亲为什么一分钱都不要，就将骆驼还给了人家？对这个问题的思考和自我寻找答案的过程，也不知不觉铸成了李逢春自己的素养和秉性。

在解放前，和沈庆云家一样，李逢春家是一个有三十多口人的大家庭。拥有二百多亩水地，几十亩旱地，二百多只羊，十几头耕畜和一辆大铁车。全家九个劳动力，全部参加农田劳动和畜牧业经营，只在每年锄草、秋收时雇请少量"青黄工"，算是"存在少量剥削"。没有想到，在"文革"时期，天祝县又补"民主革命不彻底"之课（天祝系民族自治县，因民族政策未搞过土地改革），重新划定阶级成分。这样一来，李家大庄子也变得很不平静，村上的造反派乘机兴风作浪，硬要认定李逢春家为漏划的地主。

1956年，"三反"运动开始，主要是反贪污、反浪费、反官僚主义，商店工作人员就成了"三反"的重点。李逢春适逢在供销系统上班，那时候，一天吃几个水果糖，吃几块糕点，拿几块钱，只要凑够一百元，立即会被逮捕法办。

乡村也不平静。先是改变互助组的形式，以村为单位，办起了初级合作社，群众参加集体生产劳动。仅仅一年多，又变为高级社，土地归集体所有，牲畜农具全部入社，统一生产经营，实行按劳分配。高级社未办几天，中央又发布了《关于农村建立人民公社问题的决议》，基层一夜之间，组建起"政社合一，工农商学兵五位一体"的人民公社。

由于人民公社过分强调"一大二公"，导致刮起了一场"一平二调三收款"的共产风。各地盲目追求高指标、高产量、高征购，一时间，虚报浮夸风、瞎指挥风、强迫命令风，到处泛滥。有的地方，把几亩地、十几亩地，甚至几十亩地的庄稼拉到一块地里放"卫星"，鼓吹亩产万斤粮。有的地方搞深翻密植，把上百斤籽种下到一亩地里，出苗把地皮都顶起来了，造成大幅度减产。这种不顾客观规律的瞎折腾，挫伤了农牧民群众的生产积极性，也给后来的大饥荒埋下了祸根。

总路线，"大跃进"，人民公社，三面红旗，飘扬在全国各地。任何人都必须坚定不移，否则将被视为"白旗"拔掉。当时李逢春被抽调到永登县大炼钢铁办公室负责物资供应工作。大炼钢铁已成为全民运动，是压倒一切的中心，任何工作都要为此让路，不论城市农村，工矿企业，还是学校家庭，都要全力参与，到处都是大炼钢铁的热闹场面。

一个秋冬的大炼钢铁，致使土地无人耕种，成熟的庄稼无人去收，造成的后果是钢铁没有炼成，粮食大面积歉收。在这种情况下，各地还大搞浮夸风，有的还谎报亩产几万斤。"人有多大胆，地有多高产""抹掉帽子冲破天，一脚踏倒祁连山"等口号比比皆是。上面来人检查，就把十几亩、几十亩地的庄稼拉到一块地里充数量，到处根据浮夸的数据上缴公粮……

1958年"大跃进"开始，家乡的日子就不好过了。全村近二百人办起了一个大食堂。李逢春家的大铁锅、蒸笼、风箱等灶具全部被拉到食堂公用。全村各家各户都停止了烟火，不论男女老幼都凭票排队到食堂吃饭。集体食堂开办初期，一天三顿能吃上面条、馒头，但很快一天不如一天，吃的面食越来越少，逐渐就成了清汤寡水。一斤面从做八碗、十碗清汤，最后做到十六碗，还不够量，面拌汤清得能照见自己的脸面。吃食堂的时候，人人都想多喝一点，盛饭的碗越来越大，人们拿海碗还嫌小，干脆用上了盆子。

人们饥饿难忍，到处挖野菜充饥。多亏了家乡的苦苦菜呀。苦苦菜其实也分两种，一种叫苦苦苦菜，味苦，涩；另一种叫甜苦苦菜，微苦，但入口爽滑。在天祝一带的山区，多生长甜苦苦菜，而且数量比较多，被饿急的人们疯了一样去挖，有时一天能挖一背斗，当成主食来度日。到后来连野菜也挖不到，就用豆花、野草当代食品……

只要是能吃的东西，碰到啥就吃啥，也不管生熟，最后连菜根子都吃不到了。全村的人浮肿的浮肿，生病的生病，许多人卧床不起，难以下地劳动，小孩子坐在炕上抬不起头。群众的生存到了十分危急的地步。

秋收开始后，因为饥饿难忍，为了活命，人们不顾脸面，不怕训斥，见啥拿啥，见啥偷啥。胆大者夜间出动，偷割麦穗，回家加工充饥；胆小者亦不示弱，在收割粮食时，就揉麦穗吃，"手心里打场，嘴里扬场"已是普遍的现象。穿的衣服内外多处缝上小口袋，收工时口袋里都装满偷来的粮食。

因为饥荒，人性中所有的弱点暴露无遗。打场之后，扬干净的小麦看管不严，会被村民偷个干净。

全国开始实行票证制。买糖要糖票，买茶要茶票，购买点灯煤油也要购货证。每人每年只发三尺购布证，连用作补旧衣裤的补丁都不够，哪里还能做件新衣服？如果遇到娶儿嫁女，到处借购布证，几年都无法还清。进商店要票证，进食堂要粮票，没有票证，人民币再多，也买不上东西，吃不上饭。洪镒、蒋成林等人的尴尬，和李逢春面临的困局如出一辙。

1965年武威县组织公社、大队、生产队干部赴山西省昔阳县大寨大队参观学习。李逢春带队，乘坐县上统一预订的专列，欣然而去。到大寨后，看到从全国各地去往参观的人挤满大寨，人山人海。加之旅社、餐馆极少，很难容纳大江南北蜂拥而至的学习者，人们只能住地铺。米饭是大米小米各半，没什么多的蔬菜，一人一碗，还要排队。但一条条拦洪工字大坝和一块块平镜如水的海绵田，让所有的参观者激动万分，对未来充满信心。

李逢春看到，其实大寨人是很苦的，他们的手上都有一层厚厚的老茧，多数人的手像弯过来的钢筋，都是圈着的，根本无法伸展。他们与天斗，与地斗，与人斗，斗出了大寨的新面貌，斗出了全国农业战线的新典型。李逢春这批参观团很幸运，恰好由陈永贵、郭凤莲、宋秀英三人接待。看上去，他们是普普通通的农民，没什么特别的，但见到他们，大家都很敬仰和佩服，像见到天神一样，欢欣鼓舞，热情疯狂。

参观回来之后，农业学大寨的运动已经在全国轰轰烈烈地展开。这个旨在改变自身命运的运动，得到老百姓的欢迎。正当他们鼓足干劲学大寨时，新的变化又降临在他们身上。

"文化大革命"开始了。

李逢春一家终于没有逃过这场劫难。村里的造反派一边整理假材料上报，一边贴出大字报，宣布李家为漏划的地主成分。从此开始，长辈们都被定为地主分子，子女们自然都成了"黑五类"，统统成为专政和批斗的对象。他们白天去"劳改"，晚上挨批斗，全家人处在极度艰难的境地。

在实在难以忍受的情况下，李逢春向当时武威地区革委会主任、军分区司令员如实反映了家乡的真实情况，经其指示，下派工作组进行调查，这才制止了事态的进一步恶化，批斗打人的行为得到一定扼制。

李逢春不时想起自己烂熟于心的"人之初，性本善"，两种观点在心里反复较量，而父亲为别人无偿饲养骆驼的情景和造反派的残暴，给他一种难以自制的痉挛和痛苦。

1968年初，李逢春被解除军管，恢复工作。组织决定任命他为和寨公社党委书记。李逢春到任后的一个重大问题就是救灾救济，解决社员外出逃荒，影响铁路畅通的问题。当时在槐安火车站，每天出外逃荒的和寨社员有五六百人，为了能扒上火车，社员们阻塞了铁道，影响了火车正常行驶。这不仅严重影响社队的农业生产，也对铁路运行秩序造成严重威胁。情况汇报到铁道部后，上级责令他们尽快解决。

李逢春知道，社员们是因为吃不饱肚子才选择了外出逃荒，好出门不如歹在家，不到万不得已，谁也不会选择这条路的。但在当时，除了及时发放救灾款物，做大量思想动员工作，开展生产自救，似乎再没有其他的办法了。经过认真思考，李逢春决定着手开展打井抗旱、增加口粮的工作。

李逢春带领社员，先在最困难的南沟大队王家庄生产队开始试打。经过再三努力，第一眼大口井终于打成，水量很大，两台六寸水泵都抽不干，为全县的打井灌溉开了先河。当时县上召开的全县打井现场会，在王家庄组织参观，会上介绍了打井的经验和办法，并提出了全公社今后的打井设想。接着在兰州铁路局的无私帮助和县上的大力支持下，开始了更大规模的打机井、拉电线、修水库等农

*不愿提及的往事，让李逢春神情戚然，长久不语。如今，他退休生活在武威。"要不是景电工程，许多老百姓还挣扎在贫困线上。"这是他最大的感叹。

田基本建设。经过两年多的奋斗，全公社的电拉通了，七十八眼机井打成了，从此彻底结束了和寨社员长期逃荒要饭，依靠救济生活的历史。

吃饱肚子的社员，再也不会外出逃荒了。

1973年6月，组织上调李逢春任古浪县委副书记、革委会副主任，分

管农村经济工作。李逢春知道，古浪县是甘肃省十八个贫困干旱县之一，虽然土地广阔肥沃，有山有川，但因干旱少雨，许多地方都是十种九不收。群众的生产生活十分困难，每年的救济粮少则二三千万斤，多则五六千万斤，如此数量的救济粮还难以安抚群众。刚到古浪，恰逢省委决定，由省军区司令员梁仁杰带队抽调大批军、师、团、营级干部住社、住村开展学大寨和支农活动。在这次活动中，他们还向古浪群众发放了大批军用物资，救灾救济。当时，古浪流传的歌谣是"吃的救济粮，穿的黄衣裳，建设兵团到古浪"。

李逢春到任后，面对古浪干旱缺水的恶劣自然环境，县委苦思冥想，反复讨论，从许多"有水就有粮，无水一片荒"的事实中，大家得出了一致的结论：要在"水"字上做文章，只要抓住了水，就抓住了主要矛盾；只要把水的文章做好，古浪的农业问题，农村和农民的问题，就可迎刃而解。

在上下思想一致的前提下，全县掀起了以打井为主要内容的小型水利建设热潮。小截引、小水库、小涝池、小塘坝遍地开花，只要有水的地方，都动手搞起了小工程。

就在古浪大搞水利建设的时候，国家召开了北方九省区打井抗旱会议。古浪县领导李逢春和刘尔能参加了会议，参观了河北、山西的打井现场，听取了外地的打井抗旱经验，经验、思想上得到很大提高。华国锋、叶剑英、邓小平等中央领导接见了会议代表，并同他们一起合影留念。经过两三年的奋斗，全县打井七百多眼，扩大水浇地近十万亩，缓解了古浪的干旱危机。

但是，这种缓解却坚持不了多长时间，很快，地下水就呈减少的态势，有的机井，很难抽出更多的水，时断时续，最后只能废弃。

贫瘠的土地，没有更多的水资源可以利用了。没有水流汩汩的土地，如同没有血液的生命。

不仅仅是天灾

家住大靖镇的姚光汉，生于民国二十年农历二月二这一天，按传统民俗"二月二，龙抬头"，是个很不错的日子。

姚氏家族定居大靖，历史悠久。据现存宗谱记载，祖先从1621年就生活在此，距今已三百九十余年。有一定家产的姚光汉，过着一种稍稍优厚于别人的生活；而他的人生，却充满了另一种艰辛和坎坷。

三百多年居住于此，代代相承，耕读文化深植于姚光汉所在的这个户族。大靖这个古镇，或许在某种程度上，更能体现农垦文明、商业文明和游牧文明融合的特点。这种体现方式就是延续千百年的耕读文明。在当地，崇尚耕作之余读书、经商的生活模式。这种荷锄田地间、读书度黄昏、计较孔方兄的生活，平和却很丰富。在这种氛围下生活的一代又一代人，既延续了传统的生活习俗，又能跟上时代变化的步伐。

民国十七年，西北大旱，古浪、大靖旱灾严重，颗粒无收。十八年，家乡父老流离逃难，尤其在中卫、干塘、沙坡头沿途，死亡严重。大靖这个曾经繁华的地方，连续遭受民国十六年大地震、十八年大旱灾，继于十九年发生瘟疫，天花蔓延，再加马家队骑五师驻军乱扰，官府衙门横征暴敛，致使繁华不再，人民疲惫不堪。

1947年7月，完成当地的学业之后，姚光汉赴兰应考。到达兰州后，姚光汉走过中山桥，到中央广场附近省参议会驻地投宿。当时兰州高等学府有西北师范学院、国立兰州大学，还有新兴的师院附中和附师，有公费补助，还配发校服，还有资深的省立兰州师范和兰州中学（今兰州一中）。权衡再三，姚光汉报考兰州师范，之后在这所学校开始了自己的求学生涯。

1949年8月26日兰州解放，9月13日中国人民解放军前锋骑兵部队到达古浪县城，9月17日古浪县人民政府成立，9月中旬大靖一校开学。已从兰州师范毕业的姚光汉持学校教职员名册，到新成立的区政府报到，成为参加新政权的教职工作人员。1952年初，为给古浪税务局充实人力，遂将姚光汉分配到税务局工作。

1960年，古浪的灾情越来越严重，公购粮任务完成不了，农村口粮供应没有保证，人人都饥饿，家家不够吃。机关职工定量供应，粮票等于生命票。在此前后三年困难时期，这种情况落入最低谷。1961年，最严重的时刻来临了。粮食主管部门清理下放城镇户口，以不给供应口粮威胁迁回农村，姚光汉再次入户袁家庄，被划给了自留地，凭劳动挣工分，凭工分打口粮过日子。

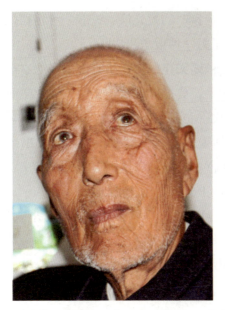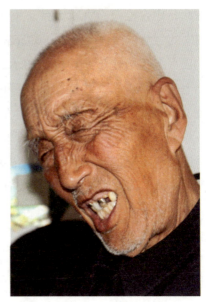

*姚光汉，景电二期工程古浪民工团的主要参与者。坎坷烙在心里的记忆，让他更觉这个工程的意义和伟大。

　　从1967年至1968年，姚光汉所在的财税局，基本处于瘫痪状态。"抓革命，促生产"，农业生产收益分配一直少得可怜，连年社员口粮处于低标准，年平均口粮不过300斤，靠国家调拨供应，补贴劳动所得3分日值，大多只有3角左右，少的只有几分钱。

　　1968年5月，突然成了"国民党的残渣余孽"，与"五类分子"为伍，这让姚光汉茫然无所适从。然而事已至此，只能每天"披挂上阵"，任凭批斗。这场"红色风暴"从1968年5月刮起到6月底，三十八岁的姚光汉被送到五七干校接受教育。

　　无限的劳改，耐心的忍受，唯一的希望就是等待能给自己一条出路。1969年夏季有消息透露，阶级队伍中清理出来的人要给出路，不给出路不是无产阶级的政策。姚光汉等人，从此将开始一种新的生活。

第 三 章
沙海里的沉浮

沙漠人家的呼唤

离开古浪向西偏北，就到了民勤。

民勤，在这张羊皮的西北方向，似乎被这张羊皮撑开的一条腿紧紧环抱。除了腾格里沙漠的噬咬，巴丹吉林沙漠也前来凑热闹。两大沙漠在这里会合的态势，流溢更多死亡的气息。远离祁连山的民勤，却和祁连山有着更为紧密的关系，或者说，在这里更能理解唇亡齿寒的相互依存包含着怎样的哲学意味。

腾格里沙漠这张羊皮，更多的时候像一个固执的楔子，揳进了景泰、古浪、民勤三个县之中。如果说景泰因为守着黄河要饭吃是一种遗憾，古浪因为缺水乃至自然灾害是一种无奈，那么民勤的历史，则是水盛水亡的盛衰之变，是一部活生生的生态编年史。

在民勤地界，几乎看不到祁连山苍茫的峰峦，但决定民勤生死的石羊河却发源于祁连山。从祁连山流淌而下的众多小流，源源不断流向武威，最后汇聚成河，形成石羊河。在众多支流中，有两条河流和民勤唇齿相依，一条叫东大河，一条叫西大河。这两条河水注入石羊河的多少，决定了民勤这片绿洲的兴衰。

东西大河在历史上水源丰沛。《尚书·禹贡》记载，早在两千多年前，这里"碧波万顷，水天一色"，它有一个水气十足的名字：潴野泽，是当时中国记载的十一大湖之一，仅次于青海湖。闭目遐想两千多年前的胜景，曾经的那片水乡泽国依旧会浮现于脑海：那该是多么美丽的一块富庶之地呀，南部的祁连雪山之水养育众多小河，这些河流汇集成滔滔的石羊河，一路蜿蜒北上，腾格里和巴丹吉林两大沙漠敞开了绿色的情怀，河水所及之处，荒滩瞬间芳草茵茵，洼地变成湖泊，芦苇荡漾处水鸟腾起，四野牧歌悠扬，古道驼铃叮咚……

　　不论从哪个角度来看，民勤的历史，其实就是人与自然环境关系变化的历史，就是环境逐步恶化带给人类灾难的历史。面对沧海桑田的环境变化，兵灾战乱仅仅是这种恶化的帮凶而已。近百年间，民勤被流沙埋压的村庄有六千多个，农田近四十万亩，明长城、青松堡、三角城等遗址都被淹没在浩瀚的沙漠中。

*祁连山，慢慢消失的雪山。

　　在明长城的遗址，我长久凝视连绵起伏的沙丘，一种难以名状的苍凉在心底泛滥。这里原先就是农田，就是绿洲，就是生命栖息的家园……当地一个叫卢生华的名士在《祭风表》中写道："狂飙肆虐，阴霾为灾。黑雾滔天，刮尽田间籽粒；黄沙卷地，飞来塞外丘山。鬻儿卖女，半是被灾之辈；离家荡产，尽为沙压之民。"

生态灾难，的确，面对如此酷烈的环境变迁，再没有比这个词更令人惊叹不已的了。

极度恶化的自然环境，让这里成了沙尘暴滋生的"策源地"。民国时期乃至中华人民共和国成立初期，民勤就饱受"黑风"的欺凌。历史上的沙尘暴并不像今天这样频繁。在公元前3世纪至1949年的2100多年间，全国总共发生沙尘暴70次，平均每30来年才发生1次。在1949年至1990年的41年间，已发生沙尘暴71次，这与以前平均每30来年发生一次沙尘暴已成鲜明的对比。而在20世纪90年代之后，仅河西地区平均每年都会发生10余次沙尘暴！

一条河，因为没有更多的来水，再也无法养育这片沙海中的沃土了。这条河，和祁连山的关系密切而令人不敢小觑。

祁连山分布有丰富的冰川、雪山、森林、湿地和草地资源，现有大小冰川2859条，冰储量811.2亿立方米。冰川好比是一座天然的"固体水库"，它具有长期调节河川径流的作用。祁连山养育着山脚下四百八十多万人民，被誉为河西走廊的"生命线"和"母亲山"。

然而，半个世纪以来，随着人们大规模乱垦滥伐，生态环境不断恶化，全球气温逐渐升高，祁连山冰川慢慢退缩，融水逐年减少。随之而来的是雪线上升，据权威部门预计，祁连山最低雪线会继续升高，将由海拔4400米上升到海拔4900米以上。

逐年升高的雪线，如同一道看不见的丝带，越来越多的生灵面临着被其缢死的厄运。民勤县东西北三面被腾格里和巴丹吉林两大沙漠包围，全县荒漠和荒漠化土地面积占94.5%，其生态之严峻，引起了全国乃至全世界的关注。

一年春天，我前往民勤县和内蒙古交界处的花儿园乡采访，还未出金昌市区，猎猎大风吹卷着塑料袋在市区飘飞，车行不远，车身在风中剧烈摇摆，车窗外已是一片昏暗，能见度不足五十米，司机不得不放慢速度小心驾驶，一股股沙尘从外面挤进车内，车内弥漫着一股股呛人的土腥味。透过车窗看去，黄沙如流水一般漫过柏油马路飘向远方，车如船行河中，在黄沙之上颠簸爬行。行至途中，我下车拍照，黄沙打在脸上如针刺一样疼，在不足二十分钟的时间里，我的耳朵、头发里已钻满了黄沙。到上午

10时许，我们终于赶到民勤县花儿园乡周家井村。星星点点的房屋笼罩在弥漫的黄沙之中，有些高达三四米的沙丘已移至房屋跟前，在一些人家的庭院中间，风沙掠过墙头，在院内堆起一个个沙丘。

在花儿园乡政府，我见到了该乡时任傅乡长。傅乡长介绍道，花儿园乡是民勤县和内蒙古交界的一个乡，面积五千四百平方公里，是民勤一个主要的牧场。谈及外面呼啸的风沙，傅乡长苦笑了一下说，沙尘暴在这里已是常客了，比这大的风多了去了，惯了，不刮风反倒觉得少了点什么。

目及的荒凉景象，使我怎么也不能将这里和"花儿园"这个美丽的名字联系在一起。当谈及这个问题，傅乡长有些动情地说："花儿园确是我乡的一个村，距这儿有七十多公里。早在七十年以前，那儿还有山有水，盛开各种鲜花。据老人们说，早先那儿盛产罂粟，每年夏天，罂粟花儿开得到处都是。可现在……"傅乡长遗憾地摇了摇头。

后来，傅乡长和我们一同前往花儿园乡。车子仍在风沙中摇晃颠簸，傅乡长指着被黄沙笼罩的大草滩说：这儿原是最好的牧场，在80年代，生长的白刺、黄蒿、棚草、沙米又高又稠，人走过去就是一条路。而我透过车窗看到的情形却是：大片裸露的地表让大风一点一点地剥蚀着，稀稀拉拉的碱柴阻拦了一堆堆从巴丹吉林沙漠吹来的沙尘，一峰峰骆驼不胜风沙的吹袭，相依背风而卧……花儿园，在如此恶劣的环境中已根本没有存在的希望了。不巧的是，车行不远就陷进沙子中，人抬、手挖，再也难行一步，好不容易抬了出来，也只有按原路返回。傅乡长满怀歉意地说："没看到还好，你就记住花儿园这个名字吧。其实，真见着了，也和你现在看到的差不多。"

后来查阅资料，我得知花儿园是危及民勤的一个风沙口。狂风掠过巴丹吉林沙漠，挟带大量的沙尘扑向民勤县所属的十一个乡镇。花儿园，也成为一种美好的回忆定格在传说中。频繁出现的沙尘暴一次次大施淫威，谁知道下一个花儿园又是哪里？后来，我以此为内容写了一篇题为《沙尘暴，千里河西的梦魇》的通讯，被中国教育教材语文编辑委员会收录到《语文》自读课本，向全国读者传达了一个信息：千里河西是我们共同生活的家园。当人类为了自身的生存而无节制地向自然索取，日积月累，埋下的灾难远远胜于战争所带来的伤痛。而这种伤痛还不仅仅是生活在沙漠边缘的人们所承受，它和远在千里之外的每个人都莫不有着密切的关联。

水的兴盛，在民勤的历史中随处可见。翻开民勤县地图，很多地名都带有"湖""河""圈""井""坝"等字眼，每一个字都是一段凝固的历史，一种心酸和无奈。

最为人熟知的柳林湖、青土湖等地名已经湮没于历史的长河，徒留一个美丽的虚名，取而代之的是荒漠与农田。今天的石羊河中游地区，有"湖里庄""湖沿庄""湖底庄"等村名的地方多达四十余个。石羊河下游民勤湖区的沙窝碱滩中，也有很多以"湖"命名的地方，如麻茨杆湖、东麻岗湖、调元湖、马王庙湖、车头湖、东湖镇等等。这些地名，往往充满了诗情画意，推开窗户，碧波涟涟的湖水一望无际，各种飞鸟从湖水上滑过……但是，同样残酷的是，这些地名如同昔日盛景，都被连绵的沙丘掩埋，沉睡在大漠中了。

在地图上，泉山、新河、夹河等带"河""泉"字眼的地名，已经名不副实，成为沙漠的温床。从碧波荡漾的湖泊缩变为河、泉，这种变化何尝不是民勤生态变迁的编年史？

这些与水有关的地名，完全不同于景泰、古浪用水命名的地名。如果说前者表达了一种对水的期望和渴望，那么，后者则是对水消亡之后的凭吊和怀念。这种怀念和铭刻之情越深，人类的内疚和悔恨就愈发刻骨铭心，而由此所要努力做到的，则是一种必然的觉醒。

一个字，一个地名，一段历史，一种关联。民勤千百年来地名的嬗变，演绎了这片绿洲从水乡泽国沦为荒漠戈壁的巨变，讲述了潴野泽从浩瀚逐渐消亡干涸的历史。

历史无言，就像方块文字定格在了史书里静静地等待后人去读。民勤历史上湖海的波澜壮阔留给今人无尽的遐想，同样也是伤痛。如今的绿洲民勤，泽海不再，湖泊干涸，维系生命的水井也一天深比一天，曾经以水为荣的子民已沦为生态难民，一批又一批地背井离乡。

石羊河有两条主要的支流：东大河，西大河。开垦主要在西大河，青土湖来水的主要渠道是西大河。东大河汇聚成了白亭海。东大河50年代被截流而慢慢干枯。金昌市从50年代开始建设，西大河就成了金昌的主要水源。建起一个金昌市，差点断送了一个民勤县。为了建设和发展，人为地把白亭海搬到了红崖山，把青土湖搬到了金昌市皇城水库。1958年修的红崖山水库，汇集了最后的河水，按照计划实行农业灌溉，以养活更多的人。但是，不管是当政者还是学者乃至普通百姓，都忘记了或者压根儿就没想到生态所需要的水源。

在"大兴水利""大跃进"的口号下，石羊河流域的开发和建设，完全处于一种无序状态，石羊河上游大大小小十三座水库，截断了石羊河支流的水流。在李玉寿的记忆里，在他小的时候，到处都是湖泊、小海子，但到70年代之后，一切都在慢慢消失。好像一觉醒来，天地已经变换了模样。

缺少水的滋养，民勤，还有前途可言吗？

在一个炎热的中午，当地温度35度，沙漠地表温度60度。大漠无风，那种干热，远远超出了任何人的想象。一眼望不到边的青白色的沙漠闪射着刺目的白光，零零星星的梭梭大半已干枯，有些看似带一点绿意，用手一摸，叶子便掉了下来。

听不到鸟鸣，看不到生命，在这死亡地带，在风沙线，一条黑白分明的界限十分醒目——白的是连绵不绝的巴丹吉林青白色的沙子，黑的是湖区一望无际的碱滩。一种叫刺蓬或碱柴的耐碱植物密密麻麻地连在一起，由于少雨水，很少有刺蓬长出绿叶来。碱的作用使滩地如发面般暄软，踩上去就像踩在棉花包上。有些地方泛着白花花的土碱，在烈日的照射下，一如那青白色的沙漠一样流溢着死亡的气息。回过身去看那隐隐约约的村

*家园废弃，村人远离。

庄和树木，一种生与死的较量异常强烈地呈现在眼前！

没有鸡飞，没有狗吠，没有孩童天真笑语的村街上堆满了破碎的土块，农家小院已被拆得只剩残墙断壁。在一家院门被土块堆砌的农户门前，几棵红柳树伸出一点可怜的绿意，尚完好的院墙清楚地写着主人离别时的留恋和无奈。从两扇紧锁的院门缝隙朝里望去，庭院里长满了野草，但一排房屋尚完好无损。也许远出流浪的主人心有不甘，但是，他还会回到自己生活了几十年的家园吗？

水，没有水的民勤面临的不仅仅是灌溉，而是生态环境所需的生态用水。生活在这片土地上的人们，完全用另一种生存方式，以我们所不知道的辛酸，迎送着日出日落。

留在心里的草湖

民勤解放的时候，刘治国才二十岁左右。正如很多农家孩子一样，给猪铲草，给羊割草，都是必须要干的活计，也是他童年必须要有的经历。

在民勤县西渠镇水圣村湖边住，这些活实在不算什么。那时青土湖还有很多水。为了安全，刘治国要随大人去铲草。进草湖可热闹了！家家户户套上牲口赶着大木轮车进沙窝到草湖里铲草，一去就是半个多月，吃、住都在那里……那是多么惬意的生活呀！

那时候的沙漠不像现在这样可怕。在连绵的沙丘后面，在沙漠里的低洼处，年年都会长出一眼望不到边的芦苇，那就是草湖。草湖里长的主要是芦草，有一人多高，人走进去就看不到了。草湖深处还有湿地，有飞鸟、野鸭、狐子、野兔、刺猬等野生动物。在沙漠边，成片的沙枣树、红柳墩、梭梭、毛条、桦棒随处可见。

刘治国知道，对于家乡人来说，铲草可是一年中的大事。

每年农历的七月底八月初，当地的小麦刚收割完毕，人们就开始进草湖铲草，以储备冬、春两季牲畜的草料。在那个年代，牛、马、骡、驴和骆驼是人们开展农业生产和运输的主要工具，因此进草湖铲草可是一年中的大事。家族大的人家每年都会派十几个精壮劳力进沙窝铲草，进去后每家都会圈出一大片草湖日夜铲草，人力单薄的人家只好圈小一点。

铲草也是十分艰苦的活。人们先是用铲子或镰刀将湿草铲倒，然后将草铺在沙丘上晾晒,晒干后捆起;因为一个木轮车的承载能力有限,晒干就可以多拉些草。白天人们顶着烈日不停地铲草,晚上又要将晒干的草捆堆。有时遇到下雨天,人们冒雨铲草,雨太大就躲进由草垛临时搭建的"家"里,但雨水还是会不断地从头顶滴下,又湿又冷。

在草湖里,随行的妇女们除了铲草每天还要做两顿饭。沙漠里没有灶,人们都是用三个石头支起一口铁锅,燃起捡来的牛粪。水则就地取,那时水位高,几铁锹下去,就可挖出水来。女人们手脚麻利地做起了白水拉条子和揪面片。但一遇到刮风可就惨了,锅里、碗里、面里都刮进了沙,面吃起来硌牙。除了中午和晚上的两顿饭外,人们最常吃也最爱吃的就是西瓜泡馍。一个大西瓜用指甲在中间掐一条线,然后双手一磕,瓜就分成了两半,一人捧一半,用红柳棒削成筷子,先将瓜瓤吃掉一部分,再将干粮泡在瓜碗里,瓜就成了现成的碗,蘸满瓜汁的干粮吃起来格外香甜。

"不管条件多么艰苦,人们还是能够快乐地劳动。夜色降临,人们围着燃起的篝火,吹笛子的,大声唱的,开玩笑的,划拳喝酒的,热闹得很,那时候人穷但很欢乐……"在刘治国的记忆中,进草湖是艰苦的,但更多的是快乐。

*原来的草湖已经一去不复返了。

草铲完后，人们赶着满载干草捆的木轮车，一个接一个地排成浩浩荡荡的骡马队走出草湖，走出沙漠，回到村庄。刘治国说："那时候的人们从来没有担心过第二年会没有草可铲，也从来没有担心过风沙会吞噬自己的家园。"

说实在的，铲草就是给他们这些孩子一个玩耍的机会。又高又密的青草迎风摇曳，不大会儿就会铲上很多。铲好青草之后，就是属于他们的快乐时光了。

湖水边的芦苇丛里，生活着很多野鸭子。野鸭子在那里抱窝生蛋孵小鸭。掏鸭蛋、摸鸭子可是他们最爱干的事了。当大人们卷起旱烟，在草地上休息时，他们已经卷起裤腿，向野鸭子的家园逼近。一个野鸭子窝里，总有十几个鸭蛋，他们一口气能摸上十几窝。摸来的鸭蛋，要么自己吃，要么卖了。一个蛋两三分钱，多掏几次，就是一笔不小的积存。如果运气好，遇到一只笨拙的肥鸭，那可就是一顿令人兴奋的美餐了。用湖泥包裹了取了内脏的鸭子，埋在柴火的灰烬里耐心等待，等到湖泥干透裂开，肉的香味就在草地上飘散……

刘治国在水的世界里慢慢长大，他惊讶地发现，给自己欢乐的水慢慢少了许多，连脚丫子都难淹没了。是自己长大了，还是水真的少了？

不容置疑的事实是，自己长大了，但水确实少了，湖面用看得见的速度逐渐萎缩，最后干枯。沙子在风的搬运下，慢慢堆起一个又一个的沙丘。但是地下水很浅，在湖区，挖上一米多深就会冒出清澈的水。白刺棵子、红柳、沙枣树、白杨树，还能茂盛地生长。

50年代初开始修建的红崖山水库，终结了湖区最后的自流水。刘治国结了婚，并很快有了孩子。他知道，自己和孩子将要完全面对另一种生活了。

刘光荣是刘治国的第一个孩子，刘光荣的童年，已经没有了父亲所拥有的快乐。那种来自自然的快乐，是刘治国所不能给予的；就连最起码的生活所需，他也没有能力提供给儿子了。

刘光荣的童年很难和幸福扯上关系，没有幸福，只有屈辱。他的童年在光屁股和饥饿中慢慢流逝，大一点的时候，才有了一件上衣。童年的冬天，大都是蜷缩在土炕上度过。而夏天，大漠的阳光会把他晒成一个黑人。好在村里的孩子情况大都相同，大家都习以为常了。十二岁的时候，刘光荣在父亲的决定下上了小学，因为这个年岁，还不是去生产队劳动的时候，但这个岁数也错过了上小学的最好时机。

　*刘治国和儿子刘光荣，沉浸在对往事的回忆之中，更多的则是对眼前对明天的担忧。

"多少识几个字，总比一个字都认不得要强一点。"这就是家里人要他去上学的想法。可是要去学校报名时，他却没有一件可以遮体的衣服，只好借了邻居魏昌荣的裤子。第一次穿这么长时间裤子，让刘光荣兴奋了好长一段时间。虽然报完名之后，又还给了人家，但这种兴奋还是牢记在了他的心中。

没有衣服穿可以将就，但吃不饱肚子就会要人性命了。1959年，1960年，民勤大旱，没有多少水可以灌溉土地，队里也没有可以吃饱肚子的庄稼了。村里人只好到青土湖去打草籽。长势很好的碱柴、香麦籽养活了很多人。榆树树皮都剥光了，剥光了的榆树，一个个赤裸裸挺着惨白的身子，直到所有的叶子枯萎掉落。接下来，村里人烧着吃羊皮，皮鞋帮子也烧着吃……只要能吃的东西，都会被找来填进肚子。每年春天种地的时候，刘光荣们快乐的日子就来了。他们这些孩子像一群麻雀，奔跑在田间地头，在这里总会有一些种子遗落到地上，小心捡起来，放在嘴里就吃。麦子的香味竟然是这般美好呀！

刘光荣靠着每年三四元钱的助学金读完了初中。1974年初中毕业后，二十岁的刘光荣自然而然地参加了生产队的劳动。生产队虽然有大面积的土地，但是石羊河再也没有多少来水可以让他们灌溉，天不下雨，每亩地的产量也就上不去。一家人在生产队里辛辛苦苦干一年，六口人一年只能分二百多斤粮食。那可真是欲哭无泪的日子呀！没吃的就去借粮食，可是家家的情况都是半斤八两，谁家会有余粮借出来？一个工虽然能值一两角钱，一年也能分上几十元钱，但这些钱用来买回销粮尚且不够，哪有闲钱做衣服穿？直到此时，刘光荣才算理解了自己光屁股的童年是多么无奈。村里很多人为了吃饱肚子，跑到河套平原逃荒，慢慢就定居到那里了。

这不能不说是为了解决问题而采取的无奈之举：因为缺水，才修建了红崖山水库，目的是把最后的一点水集中起来，统一管理使用。但水库里积存的水也没有多少，要想活命，要想吃饱肚子，只能想其他办法。

从水乡泽国到满目黄沙，从瓢舀鱼儿到打井找水，没人想过其间的因果关系。而人们的抗争，却在不知不觉中推动这种恶性循环。刘治国、刘光荣父子很长的岁月，都是在为水而战。

村里开始兴修水利。青土湖留下的丰富的地下水资源，成了村里唯一的指望。先是打锅锥井，这种简单的井直径一米左右，先放好水泥圈子，慢慢掏下去，一圈一圈往下放，挖上五六米、八九米到十几米就有水了。后来挖二十几米都很难挖到水了。取水的工具也很原始，用漏斗、撬杆、压杆、水车，用驴拉，用人力把水提上来灌溉。后来又发明了手摇的水车，一天能浇几分地；水车改用驴拉，一天能浇一亩多地。不管是人力还是畜力，取水都是一个苦差事。摇水车，一天下来两只手臂都放不下来；赶牲口，一天下来两只脚都肿了……

因为身强力壮，刘光荣这个岁数的年轻人都是挖井的好劳力。刘光荣不明白，虽然大家都吃不饱肚子，都穿得破破烂烂，但在一起总是那么热闹、快乐。而这种快乐和热闹，又给了他们使不完的力气。慢慢地，他们也掌握了水的深浅和甜咸，浇地的水可以深一点，咸一点，而吃的水一定要浅，要不就吃不成了。村子里的人每天早上早早就去抬水，迟一点就没有甜水了。踏着公鸡的尾巴起床，并不是勤劳，而只是为了那一口甜水。

柴油机的出现，为开凿机井，提供了条件。一个社有一眼机井，就能浇灌一百多亩土地。虽然要有成本，但效率高，减轻了人们的劳累。机井的出现，让贫寒的日子慢慢好转。刘光荣记得，村里最后有两眼机井，可以浇灌二百多亩地。

细心的刘光荣记得，70年代、80年代初的锅锥井，深度只有十几米，浅机井用了七八年；之后，井的深度不断增加，从三四十米到五十米，90年代之后，深水井用了十几年，深度到了三百多米。有一天晚上，刘光荣和父亲刘治国闲聊，他说："按照这个速度，是不是还要打更深的井？"父

*遗留下的简易绞盘,仿佛还在讲述着当年打井取水的苦难岁月。

亲自然给不了他肯定的答复,只是不着边际地说:"你没见吗,那些榆树、白杨树早就死光了,更别说红柳了。"

更何况深水井的水不能多浇,一年只能浇一次,浇多了土地盐碱化很严重。"井水苦呀,驴喝了也摇头。"可是红崖山水库的水,一年才能给他们浇一次安种水。

生态用水的断流加上无节制提取地下水的恶果,却慢慢显露了出来。随着地表植物的大面积死亡,风沙越来越大,特别是每年春天的沙尘暴,总会在小苗正要出土或者刚钻出地皮之时不期而至。狂暴的大风,有时会像刀子一样把地皮刮干净。

生活自此又有了新的内容,每年的春天和秋天,刘光荣们不得不治理风沙。风没办法阻拦,但沙子却可以用麦草压住。他们从青土湖边开始用麦草压沙,在麦草中间栽上梭梭。酷烈的生存环境,又动摇了一部分人的信心,有些有门路的人家,拖儿带女远走高飞,留下一座座破败的庄子。

要炸水库的县长

水的困惑,是笼罩在民勤头上的阴云。景泰守着黄河浇不上水是一种焦灼和无奈,古浪天不下雨是一种失望和惆怅,而民勤从水多到干枯再到盼水,是一种依赖之后的失意。这种失意和依赖,最终催生人们心底的愤懑。

1962年下半年,缺水的民勤发生了一件轰动全国的事件:民勤有两个姓李的副县长带领一些人去炸武威的水坝。

武威地处上游,民勤位于下游,两地都依赖石羊河水的浇灌。沿着石羊河,大大小小的水库,都想蓄满了水满足自己的需要。上游不给下游放水的事经常发生，多少年来纠纷不断。当时两个都姓李的副县长，一个叫李玉新，一个叫李希文。两位副县长冒天下之大不韪的举动，却因为心系老百姓的安危而成为民勤人心目中的英雄。

李玉新是土生土长的本地人，家在民勤县六坝乡六坝村李家大门。1927年出生的李玉新，出自家教很严的人家。父亲李得华，虽然是一个农民，但对孩子的教育却很值得品味。李得华看着两个儿子都守在家中，觉得不是长久之计，有一天就把两个孩子叫到跟前说出了自己的决定：你们到外面闯天下去，不闯出个名堂来，就不要回来见我。小儿子出去正碰上过路的解放军，参军入伍。李玉新是大儿子，出去后遇见前来解放民勤的同志，一了解出身呀等政治条件合适，便参加了工作。

李玉新先是在民勤新河乡当文书，后来当区长，1956年当了副县长，按照父亲李得华的要求，算是闯出了一些名堂。

父亲李得华的家教很严，不允许李玉新在乡亲们面前耀武扬威，李玉新每次回家，先是骑马到村外，然后下马步行回家。

土生土长的李玉新性格耿直，行为近乎粗鲁，但平易近人，是个典型的农村干部。民勤的老百姓都知道有个土生土长的李县长，因为他的头有点扁，百姓们干脆亲昵地称他为"扁头县长"。

老百姓喜欢这个县长，但李玉新耿直的脾气却和官场乃至当时的政治风气格格不入。李玉新考虑任何事情，都是从老百姓的利益出发，绝不做任何虚无的面子工程。兴修水利的时候，熟悉家乡地形的李玉新坚决反对修二干渠，说那是"清鼻子往眼窝里淌"，地势上仰水流不上去，修了也白修，反而劳民伤财。这本来是属于决策认识上的差异，结果却挨了批判，说他是"右倾机会主义"的应声虫。但秉性耿直的李玉新不管这些，觉得该怎么做就怎么做，当官要为民做主，不为老百姓做主，只想着顺杆儿溜，那不是老百姓的官。

那时民勤已经开始饿死人了，可公购粮照样要缴。放卫星、高产田、浮夸风的结果是公购粮比以往缴得更多。一天，新河乡的社员赶着粮车去缴粮，刚走到县城附近正好被他遇上了。李玉新一问是缴公粮的，立即说："人都快饿死了，还缴什么公粮？拉回去分了吃去。"这还不算，为了让老百姓活命，他还给城周围几个公社的人暗中出主意，叫把存粮私下分了，免得饿死更多的人。在当时那种政治形势下，这样的干部，恐怕在全中国也找不到几个。

李玉新的做法，在一些人的眼中，自然是胆大妄为，他的结果也可想而知。很快，李玉新就被下放到民勤栅子沟农场去劳动改造。但是老百姓却认他服他。1962年，他再次当选为副县长，不久便发生了炸水坝的事件。

干旱，缺水，地里晒得都快冒烟了，眼看着一年的辛苦就要白费，但上游却迟迟不放水。老百姓盼水、等水的渴望，就像一堆干柴，说不上什么时候就要燃起熊熊大火。

7月22日晚，民勤县的三个水管所所长、二十二个民工，用汽车拉着炸药来到武威金羊乡七条坝。刚把炸药放在水坝上，就被看水坝的民兵发现了。这件事立即被反映到了上面，被公安部定为反革命二号案件，武威地委责令民勤县严肃查处。

其实，炸水坝的主意不是二位姓李的副县长提出的，而是当时民勤县委的决定，他们只是执行这个决定。本意是想做个样子吓唬吓唬上游的人，好叫他们赶快放水。事情发生时，两个李副县长在一起工作才四十天，相互之间还不了解，更不可能策划如此重大的事件。可现在乱子捅大了，总得有人出来承担责任。

两个人聚到一起商量该怎么办。他们觉得，县上的主要领导都是外地的，主观上是想给民勤人民办好事，责任不能给他们推；而他们两个都是本地出身的干部，好赖也是家乡的事，应该由他们出头抵罪。后来又觉得两个人都出头有点亏，两人都是上有老下有小，都关起来两家人以后的生活就成了问题。于是想到由一个人出头抵罪，另一个人负责养活两家的老老小小。开头两个人都争着去抵罪，后来想得更现实一些，决定让李玉新负责两家的生活，由李希文出头抵罪。原因是李玉新的工资比李希文的高一些，照顾两家人的生活更为宽裕一些。

想好了对策等待着处理，却总也不见动静。直到1963年春这件事才被提到日程上，给县长以党内严重警告、撤销党内外一切职务的处分，给他们两个人的处分是：给予李玉新党内严重警告处分，调离民勤县工作；李希文留党察看，免去副县长职务。

但是，从这件事情上却不难看出，因为缺水，干部心中的积怨尚且如此，更何况普通的老百姓？老百姓缺少可以活命的水，又哪儿来的生态用水？

先给自己打口棺材

在红崖山水库修建的时候，圣水村的郭文亭还在民勤一中上学。能歌善舞的郭文亭是学校宣传队的队长，经常到工地进行宣传。

红旗漫卷，人山人海的水库工地，让这个正值青春的中学生热血沸腾。那时，修建水库可是全民大动员，全县人民都上阵。吃饭食堂化，生活集体化，行动军事化。老头老太婆都在早上上操。有些老太婆是小脚，颠着小脚跑步，颠着小脚喊"一二三四"。他们经常唱的歌是：雨过天晴乌云散，绿绿的麦苗抬起头，看见了庄稼就想起了人民公社，乐得老头子笑起来，乐得老婆子唱起来。

郭文亭小的时候经常去青土湖。那是一块风水宝地，有水，有密密实实的青草。和刘治国一样，他不到十岁就跟着爷爷、妈妈去铲草。郭文亭铲不动，放牲口就成了他主要的工作。外表看似连绵不绝的沙漠，其实里面的水潭子很多。香麦籽坑，筊筊湖……哪一处不是水波荡漾呀。水草丰茂的水潭子，是各种动物生长的乐园。成群的野兔撒着欢儿在青草地里觅食，有时就会窜到脚底下。野猪泽里有很多野猪，遇见人瞪上几眼后就狼狈逃窜。狼呀，黄羊呀，躲在芦苇丛里，悄悄看着外面的热闹，水中的鱼儿尽情嬉戏，不大的鱼儿烧熟了，虽然刺很多，但是很好吃。最多的就是野鸭子了，在芦苇丛中做了很多窝，鸭蛋能用背篼背。这些鸭蛋比鸡蛋大，但没有鸡蛋好吃。这种情形，一直持续到了1955年。那个时节，海子里有水，但水少了，海子里的芦苇还有三米多高。村人盖房子，就用芦苇搭顶篷。

民勤县双茨科乡关路五社的石大爷对郭文亭的记忆非常熟悉："从小时候记事起，民勤人每年都进沙窝铲草，到后来大集体时期，也由集体安排平均分配进行铲草。直到草湖衰退后人们才停止了铲草，后来，沙漠里的草湖彻底消失了，野生的沙米也少得多了，好多天然的植被也干死了。"

当时水多，属于下游。山里的水都到了青土湖。50年代，在郭文亭们的歌声中，为了有计划地支配上游来水以灌溉更多的土地，国家投资修建了民勤红崖山水库这座亚洲最大的沙漠人工水库，阻断了青土湖最后的来水。郭文亭在欢呼胜利的时候，并不知道这意味着什么。

*大片树木因为缺水死亡。

　　红崖山水库修成之后，郭文亭发现一个个的水潭逐年干枯，青土湖的水逐年下降，大片野生的黑枸杞林逐年死亡。不知不觉，村头周围的白杨树慢慢死亡，一抱抱不住的杨树，很多榆树、沙枣树、柳树都死了。

　　水库修好后，最后的水被合理利用了，但青土湖也完蛋了。没有水，一片荒凉。郭文亭感觉到气候在不经意间变得干燥，风沙在不经意间来到了脚下，而土地开始盐碱化。刮风时，嘴里咸得人心发慌。如今被沙丘占据的地方，原本生长着许多林木和草丛。林木一旁的洼地里，有很多灌溉之后剩下来的"闲水"，因为有这些水，很少发生林木枯死的情况。每到春暖花开，村庄外的林地吐翠露绿。后来，"闲水"越来越少，林木旱死得也越来越多，再后来，连植树都开始缺水了。

　　闲水不闲呀，直到此时，郭文亭等村民才意识到，正是这些闲水，才有了他们的家园呀。

　　郭文亭在闲的时间，脑子里老回响着自己当年在红崖山水库演出的情景。直到现在，他还不能肯定地回答自己：修建红崖山水库，到底是对是错？50年代，为了有计划地支配上游来水以灌溉更多的土地，修建了红崖山水库。客观来讲，在过去三十多年的时间里，民勤三十万老百姓得益于红崖山水库的浇灌维持生计；可是眼前形成的事实是，他们又不得不饱尝由此而造成的生态灾难。面对红崖山水库水量每年减少1000万立方米的事实，他们又将何去何从呢？

郭文亭思考的结果，还是没有一个肯定的答案。如果没有水库，将有很多的人被饿死，可是有了水库之后，他们生存的家园却岌岌可危。缺水的民勤，就像悬在半空的鸡毛，上不了天也落不了地，整日生活在不安和焦灼之中。

民勤缺水的事实，通过民勤县红沙梁乡村民李大仁，走向了更远的地方。这个朴实的沙乡农民面对中央电视台镜头絮絮叨叨，他说自己已经五年没有洗过澡了，浇"安种水"时全村像过年一样高兴，以及他的最大愿望是一定要把姑娘嫁到有好水的地方去。同时伴随他的还有一个故事，在前往中央电视台录制节目时，在列车上整整三十多个小时，李老汉没有喝完一瓶矿泉水，渴了，他只是举起水瓶润润口。他的讲述感动了所有的录制人员和所有的观众。但是，他的生活遭遇在民勤湖区却是普遍得不能再普遍了，更多的人因为水的困惑而远离家乡。

郭文亭坚信的一点是，没有比人的生存更重要的事了，为了生存，总得想方设法活着。他记得，水库里没有水，只好打井取水，先从锅锥井开始，再到解放式水车，民勤村村都有了汲取水源的水车。那种解放式水车，需要牲口拉动，他就赶过牲口取水。可是，牲口也会累呀，赶一天，才能浇上一亩多地。

当一种现象成为普遍之后，就会形成被人们认可的生活方式或者生活习惯。为了生存，从20世纪70年代开始，民勤每年都从地下提取大量的水资源以供生产需要。

民勤县水利局的工作人员早就开始担心这种无节制打井取水。由于大量开采地下水资源，加上民勤沙漠气候的影响，没有地表水的重新补给，地下水随着干土层的逐渐增厚而不断下降，同时水的质量也发生了变化。目前，水源矿化度平均达6克/升以上，有些地区高达16克/升以上，超出了人畜饮用水矿化度的临界值。而适宜饮用的淡水普遍存在于250米以下，部分村社300米以下也难以找到淡水，全县49个村的3万多人、8万多牲畜饮水告急！同时，群众长期饮用含氟量较高的苦水，恶性肿瘤疾病发病率增高，每年都有100多例患此绝症的群众，牲畜因长期饮用超标苦水而消瘦乏弱甚至死亡。

*郭文亭的回忆很平静,但无奈和悲伤,总是不经意从眼睛里流露出来。

郭文亭担忧,现在当地老百姓连起码的生活都不能保障,还谈什么生态治理?面对如此严峻的环境,已没有时间纸上谈兵了,在谈的工夫里,说不定沙漠又向前推移了几米。生活在湖区的老百姓一部分人在等待,一部分人在重新找寻新的家园。如果他们都走了,留下的将是大片荒废的土地,不出几年,这里就成了新的沙漠。

郭文亭没有做过统计,他只是目睹了自己眼前发生的一切。而在民勤县政府,却有一份详尽的数据:自20世纪50年代起,民勤四百万亩天然沙砾质草场退化为荒漠草场。

恶性循环导致的苦果显而易见:无止境地索取地下水资源,无异于饮鸩止渴;在某种程度上,一味地打井抽水无异于自掘坟墓!要想保住民勤绿洲,要想阻止荒漠化的进度,则必须要有一定数量的生态用水。可是,这些水又将从何而来?

直到如今,郭文亭还坚信,如果没有红崖山水库,就没有民勤人民的生命。没有这水库,民勤人早就跑光了。可是,红崖山水库能有多少水?地下面,又有多少水能提取?那水,就像山里的煤,迟早总会有挖完的一天。到那会儿,又该怎么办?

这些问题已经不是他要思考的了。郭文亭有时自嘲,想也白想,与其想这些没用的,还不如想想自己的事。随着大量的树木死亡,郭文亭突然感觉,也许有一天自己死了,连一副棺木都没有。这个想法让他抓紧行动,至少,要为自己准备一副木头做的棺房吧?

80年代初,为了能卖个好价钱,赶在树死之前,生产队开始出售一些高大的白杨树。郭文亭看中了一棵白杨。这是棵不知生长了多少年的老白杨,从他记事起,这棵白杨树就矗立在村头,仰起脖子都望不到顶,需要四个人展开双臂才能抱住树身。但是这棵白杨树需要二百四十元钱。郭文亭下了死心,就是头滚脚圆,也要买到这棵白杨树,错过这个村就没有这个店了。他开始借钱，跑了三个公社，才借够买树的钱。

用这棵树，郭文亭给自己做了棺材，余料又造了四道檩条、两条梁。郭文亭感到了一种满足，他想，以后再不会有这么大的树了，他觉得，自己不仅仅是买了棺材板，更多的是留住一种记忆，留住青土湖多年前的盛景。这棵青土湖养大的树，将会陪自己在另一个世界，过上童年难忘的生活。

一样的苦难

也许，正是腾格里、巴丹吉林沙漠这张羊皮，把景泰、古浪、民勤紧紧绑在了一起。这张羊皮，如一根绳索，把这三个县近百万人民的命运串了起来。不同的地域，不同的环境，不同的现实，却给了他们相同的命运：因为缺水，接踵而来的灾难和贫穷，让他们备受煎熬。渴望一种新生活的希望，如同一粒种子，在贫瘠的土地上生根发芽。

会宁杨崖集乡姚家坡村阳坡社的杨炳英，可以说出生于一个比较显赫的家族。贫瘠的山村能出如此一个家族，不能不说是一个好地方。他的太爷杨玉清，在清朝，曾被朝廷任命为四川绵竹县的县长，但因为家大业大，只好放弃了远赴他乡为官的为仕之途。他的大爸，是黄埔军校一期的学生，据说在新疆当过一个很大的官。

杨炳英的祖上家大业大，按照土改运动的政策，该是地主中的地主，但是他们却侥幸躲过了这顶帽子。民国十八年大旱，周围的乡亲们吃不饱肚子，乡村里的几家大户商量开仓放粮，为了自保，好几家坚持不放，但杨家却把家里的存粮全部放完了。第二年，雨水充足，竟然没有下地的种子。杨炳英的爷爷当卖家产，高价买来种子，分到各家各户，总算种上了全部的土地。中华人民共和国成立后，正是考虑到这些情况，所以没有把他们划为地主成分。

1955年出生的杨炳英，自然没有经历过祖上繁荣时的辉煌。那些让人怀念不已的过去，是爷爷、父亲口口相传的记忆，而他的记忆就是贫困。在他上学的时候，正是最最艰难的时期。农民自己种不出来够吃饱肚子的粮食，国家只好提供供应粮，但每人每天只有八两，除此之外，自己解决。但是生产队一年才能分配二百多斤粮。为了吃饱肚子，妈妈想出了很多办法。她把胡麻衣子炒干，用石磨磨成粉，和上面粉吃。挖野菜填饱肚子，更是家常便饭。杨炳英上到小学四年级，因家庭太困难了，只好辍学在生产队参加劳动。村里很多人为了活命，只好外出逃荒。

杨炳英不知道，祖上是怎么在这个贫瘠之地创造了那么多财富的，更不知道，这样贫寒的日子自己还要过多久？

1945年出生的马得山，生于广河县齐家集黄家沟村。他们姊妹四个，马得山排行老二。从他记事起，主要的饭食就是玉米面汤汤，这些汤汤能喝饱肚子，就是件很不错的事了。一家六口人，只有三间房子，两个老人住在里面，他们姊妹几个，只能住进两个窑洞。粗糙的白口布、青石布，就是他们穿衣的布料。新三年旧三年，缝缝补补又三年，是他们生活的真实写照。

村里有一千三百多口人，吃不饱肚子，大多数人只能外出逃荒。人们面对长不出粮食的土地，由生产队出面组织，开始偷偷摸摸地打工。那个时候，称这种打工行为是"投机倒把"。但只有打工，他们才能摆脱贫穷，才能让乡亲们有生存下去的一线生机。他们到附近的林场采伐木头，一天挣五块钱，给生产队交三块钱，自己还能落下两块钱。懂事的马得山除了自己吃饱肚子，还要顾及家里人。在打工之余，他到康乐、东乡乞讨，差不多一样贫穷的地方，能够乞讨到的吃粮，也只有土豆、黑馍馍。

1973年，马得山因为群众拥护，当了生产队队长，1974年入了党，随后担任村支书。马得山第一次感到了艰难，在这个贫瘠的地方，自己都吃不饱肚子，如何带领乡亲们过上好日子呢？

当时主管农业生产的省上领导李培福，面对的就是这种现状。

借双袜子上兰州

1949年7月29日，李培福接到西北局电报通知，要他将专署工作交给别人，立即赶到陕西长武找西北军政委员接头，支援十九兵团解放兰州。临行前，身为专员的李培福竟没有一双袜子穿。无奈之下，借了别人的一双破袜子，让爱人刘波连夜缝补后穿上。次日凌晨，李培福告别陇东这块凝结他半生辛劳的黄土地，赶到陕西长武，加入了西进解放兰州的洪流，肩负起新的历史使命。中华人民共和国成立后，他先后担任甘肃省民政厅厅长、省委农村工作部部长。

　　离开黄土塬没袜子穿的窘境，让李培福感到无奈和尴尬。但是，解放初期的陇原大地，都处在一种近乎赤贫的境地。

　　李培福的出身和经历，在干部队伍中，有一个别样的称谓："工农干部"。这个称谓，褒贬杂合，耐人寻味。在证明自己出身好、革命经历辉煌的同时，也包含了许多其他的内容。

　　1956年，李培福正值当年，可是，四十五岁的他在省委农村工作部部长这个岗位上，因为"小农经济意识"，在"三反"整风运动中犯了错误。

　　李培福认真总结自己的失误，向省委做了认真严肃的检讨。他承认自己"理论学习不够坚持，思想水平赶不上客观形势"，反思自己"看问题不够敏锐"。但他想得更多的是，面对全省极度贫困的农民，自己"缺少周密

▲李培福故居

的计划性和综合性研究"。这个反思，让他陷入沉思。是呀，时代在变化，打天下和治理天下，本来就有着本质的区别。自己面对这样一个农业基础薄弱、生产条件落后的大省，该如何周密计划，让老百姓吃饱肚子，过上富裕的生活？至于工作"作风粗糙"，他承认，自己确实性格急了一点，火爆了一点，在以后的说话做事上，可真要下决心改正了。

李培福的检讨在省革委会会议上得到一致通过。虽然从农村工作部部长的岗位上下来了，但在他的心中，尽管换成了副主任、副省长的称呼，具体工作的内容没有变，仍然是全省的农业工作。

这一天是1956年6月8日。

李培福永远记住了这个日子。那一段深刻反省的日子里，也是他最为焦灼的日子。每当这个时候，他都面对毛泽东同志写给他的"面向群众"四个大字，在烟雾缭绕中心里翻江倒海。"面向群众"，这四个沉甸甸的大字，把李培福带回了过去的岁月。

这份荣誉获得于1943年1月14日。那时，他担任华池县县长，参加西北中央局在延安召开的高级干部会议。这是他第一次参加如此隆重的盛会。会议闭幕之前，在近几年里领导国民经济建设成绩显著，克己奉公，在群众中颇有威信的干部中，选拔李培福等二十二名优秀干部予以表彰。同时受到奖励的还有三五九旅、延安县委县政府及延安南区合作社三家单位。三家单位名称和二十二名受奖同志姓名及主要成绩，在大会上宣布。李培福被授予"劳动英雄"荣誉称号，并上台领奖。由林伯渠同志授奖，团体奖品为西北局赠送的红绸旗，个人奖品除毛毯外，还有毛泽东同志亲笔逐一给这些党政领导干部中的生产英雄们写的奖状和题词，勉励他们时刻将党和人民群众的利益放在第一位。

李培福记得清楚，毛泽东同志给他们的勉励非常珍贵。此时回想起来，他突然又有了新的感悟。他记得，毛泽东同志给他们每个人的题词都不一样，给他的题词是"面向群众"，给陇东地委书记马文瑞的题词是"密切联系群众"，给陇东分区专员马锡五的题词是"一刻也离不开群众"。主席给地方干部的题词都离不开"群众"二字。而为陇东驻军三八五旅旅长王维舟的题词是"忠心耿耿，为党为国"。

显然，毛泽东同志的题词很有针对性。在那次大会上，毛泽东做了关于领导问题的重要讲话。他指出，党的领导就是集中人民意见，经过思考研究变成党的意见，然后又将党的意见拿到人民中去实践，这就是所谓的群众观点和领导艺术，就是真正的理论和实践的联系。李培福明白了，毛泽东同志为陇东老区干部的题词，从不同侧面，对生产英雄提出了希望与要求，为以后生产运动的深入开展指明了前进的方向。

除了政策层面的解读和理解，自然也会针对每个人的情况而别有深意。那么，主席题词对自己又包含了怎样的要求？李培福细细回味当初发生的一切，极力给自己找寻前行的方向。记得当时授奖时，全场掌声如雷。李培福觉得自己来自于黄土地，只是为这片土地和生活在这片土地上的人们，做了力所能及的事情，没想到竟然能得到领导如此的肯定和奖励。

个人的进退，比起老百姓的生存，实在不算个什么呀。解放之初，省委就把发展甘肃的水利事业，作为改善农业基础结构，增加人民收入的头等大事来抓，自己实在是没有就此消沉的理由。

来自黄土塬的李培福，从一个农民到一个党的高级干部，农民的冷暖，自然装在心里。认真看着毛泽东同志写给自己的四个大字，他似乎理解了更多。可是，他面临的却是一个非常时期，在这个非常时期，要想扎扎实实做一点事情，需要非常的忍耐，需要非常的等待，更需要非常的智慧。

烟雾缭绕中，李培福陷入沉思。检讨通过，并不意味着工作就会一帆风顺。彻夜不眠的灯光，让一些人认为他是在为自己丢掉的官职苦闷。也有一些人，上门为他解闷打气，劝说他接受眼前的事实。然而，谁也没料到，李培福压根儿就没想这些，他满脑子都在盘算计划自己将要开展的工作。

第 四 章
希望的种子落地

有水才有盼头

从黄土塬到兰州城，一如李培福走过的路，有着摄人心魄的不平和坎坷。只有李培福自己最清楚。

黄土高原滋养的灵魂，一如深厚的黄土层，袒露的都是一脉相承的纯真和表里如一的秉性。

1912年9月3日，李培福来到这个世界，来到甘肃省华池县悦乐镇上堡子村。父亲李海，是个老实巴交的农民。李培福最先的名字叫丕福。丕者，大也，就是祈望有大福大贵。可是，家里却窑无一孔，地无一垄，靠租种大地主"恒义和"家的四十几垧地为生。好在父亲兄弟四人都有一把好力气，各会一门手艺。然而，受高额地租和高利贷盘剥，一年辛劳所得无几，吃糠咽菜，还欠下一身债。九岁那年，在三叔父的支持下，父亲送他走进私塾读书。四年之后，终因家境贫寒而辍学，不过总算已能粗识文字。李培福十四岁那年，地主见他家债台高筑，交不起租子，抽回他家租种的土地，拔了他家的锅，将他们扫地出门。无奈，一家人只好到深山老林开荒种地。

李培福一家来到一个名叫田窑的地方，这里遍地都是灌木林，没有人烟，一家人找了个烂窑洞住下来，没明没夜地开荒，种了几十亩糜子。刚有一点收成，地主"恒义和"家的人又来了，地又成了他们的，算盘一响又要租子。李培福家决心不再种"恒义和"的地，就租另一家地主的。但天下地主都一般，还是交不完的租子受不完的气，逢年要拜年，过节要送礼，过寿要贺寿，地主家里死了人，还得去戴孝。有一次，李培福正在耕地，讨账的狗腿子来到地头，不由分说把牛赶走了。李培福伤心透了，他走出山林"拉笋圈"（当笋圈匠）、贩皮子，走南闯北，见识长了不少，但仍事事不成，只好又回来种庄稼。

民国十八年以后，山里的土匪日增，到处横行。有一次，李培福家一日连遭三劫，连脚上穿的鞋也被抢走了；还有一次，李培福的父亲被土匪吊在树上打得死去活来。为躲避土匪，打下的粮食不敢往回拿，晚上有时连家也不能回。

有一年夏收之际，粮食刚到场上，地主家的狗腿子又来要账。年轻气盛的李培福见一年的希望又要落空，再也按捺不住心中的悲愤，抄起扁担拦住了他们："要命有一条，要租子没有！"狗腿子见不是对手，边往回走边骂着说："种地交租，欠债还钱，你老子还不清儿子还，儿子还不清孙子还；要想不还账，除非你当了红军！"

狗腿子走远了，粮食暂时保住了。可地主狗腿子那咬牙切齿的咒骂引起他一连串的思索。欠地主的账利滚利，几辈子都还不清了，要想不交租，要想不还债，除非当红军。红军！红军是什么？李培福还是头一次听说，只要不交租，当红军也行！

1933年春季的一天，李培福听说红军要来了，村上的老百姓都跑了。他觉得不能失掉机会，躲进草垛里，想要弄个明白。他在草垛里听红军说话，看红军活动，最后认定他们不是坏人，便走了出来。一个红军发现了他，惊奇地问道："你这个小伙子怎么不怕红军？"

李培福说："我不怕，我还要参加哩！"同年秋季，红军游击队在这一带山区的活动日趋频繁。只要游击队一来，李培福就帮助他们做事。起初，他只是挑水、放哨、找人、带路。后来，游击队让他当了经济员，负责保管和分发打土豪得来的财产。他把这些东西藏在荒庄和山洞里，隐蔽得严严实实，凭游击队的条子发放。李培福当红军的愿望总算实现了。

经过一段时间的革命实践，李培福逐渐懂得了更多的革命道理。经游击队同志推荐，庆阳游击队指导员王宝珊专程从南梁来到龙门庄，在这一带做建党建政的准备工作。他找到李培福，两人一见如故，在一起谈了几天，李培福对革命的认识更深刻了。一天，王宝珊找李培福、何兴发、蒋桂堂等六人谈话说："你们这些年轻人出身好，在这段时间里，为革命做了不少事情，我想介绍你们入党，不知你们愿意不愿意？"

▲李培福家使用过的碾子

　　六个人当即异口同声地表示"愿意"。随即举行了入党仪式，李培福在党旗下举拳宣誓，立下了他为共产主义事业奋斗终身的钢铁誓言。入党仪式一结束，便召开党的会议，成立党支部，选举李培福担任支部书记。

　　1934年春，随着陕甘边区军事斗争的不断胜利，庆阳游击队在庆北（庆阳北部，今属华池县）正式开辟庆北苏区。首先组织贫农团、农民联合会、雇农工会、赤卫军等群众组织，然后逐步建立苏维埃政权，以打土豪、分田地为主要内容的土地革命掀起高潮。当年6月，庆北工农兵代表联席会议在杜家河庙里召开，成立了红色政权——庆北办事处。李培福担任庆北办事处的土地委员，庆北办事处机关就设在他家里。

　　"土地委员"顾名思义是搞土地分配工作的。但当时分配土地还处于宣传阶段，只是宣布了"谁种谁收"的原则，他的主要工作实际上是处置打土豪没收来的财物。这个工作任务很重，政策性也强，每天记账、分配，忙得不可开交。

9月间，李培福到田河、杜家河一带发动群众，时间不长各村都选出了代表，一切准备工作就绪，随即在杜家河成立了田河区苏维埃政府。会议

▲悦乐镇李培福家门院远眺

以举手表决的方式选举产生了区苏维埃政府的领导成员，李培福当选为区苏维埃政府主席。田河区苏维埃政府成立后，发动群众开展了一系列斗争。

想当初参加革命，从一穷二白到节节胜利，所有的付出都让人振奋。为穷苦老百姓谋福利的革命目标，正是这种努力的动力呀。所以当别人认为他在为失去的位置而悔恨时，却不知他因为老百姓的眼神而焦虑。失去这个位置，正是因为自己没有满足这些眼神的需求，自己理当受到处罚，而明天要走的路，又岂能置这些眼神而不顾？

"兴农必先兴水"，李培福又点燃一支烟，他想到新中国刚成立，甘肃省委、省政府就如何恢复国民经济的研究会上，做出的这个决定。作为黄土塬上出生的农民，李培福深知水对农业命运的重要性。可是，如何把希望之水引到干渴的土地呢？

李培福在香烟的刺激下，尽快把时局捋了一遍。不管当时的政治气候如何变化，中央恢复国民经济建设的大方针仍然在计划进行中。关乎国家命运的156个重点项目相继出台，各项准备工作正在进行之中。而甘肃刘家峡水电站是根据第一届全国人大二次会议通过的《关于根治黄河水害和开发黄河水利综合规划的决议》，按照"独立自主，自力更生"的方针，自己勘测设计，自己制造设备，自己施工安装，自己调试管理的国内第一座百万千瓦级大型水力发电站。

身居甘肃省民政厅厅长、省委农村工作部部长时，李培福负责全省农业工作。没有人比他更清楚这个决议对甘肃乃至全国意味着什么了。1952年秋至1953年春，北京水力发电建设总局和黄河水利委员会组成联合查勘队，对龙羊峡至青铜峡河段进行查勘，寻找建设水电站的合适位置。经过勘察，初步拟定在刘家峡筑坝。1954年3月，有关部门负责人和苏联专家共一百二十余人的黄河查勘团，对黄河干支流进行了大规模的查勘，自下而上，直至刘家峡坝址。在坝址比较座谈会上，苏联专家认为：兰州附近能满足综合开发任务的最好坝址是刘家峡。1954年黄委会编制的《黄河技术报告》确定刘家峡水电站工程为第一期开发重点工程之一。《黄河技术报告》拟定刘家峡水电站枢纽任务是发电、灌溉和防洪。1955年7月，第一届全国人民代表大会第二次会议通过《关于根治黄河水害和开发黄河水利的综合规划的决议》，要求采取措施，完成刘家峡水电站工程的勘测、设计工作，保证工程及时施工。

李培福又点燃了一支烟。他清楚，如果计划不变，那么甘肃将很有可能从一个贫电省份变为富电省份。有了充足的电力保障，一些大型的灌溉工程是否就可以上马？更何况，中央决定中刘家峡水电站的作用很明确，就是为了解决生产电力、水利灌溉等迫在眉睫的问题呀。

远处，几声鸡鸣声隐约传来，天破晓了，李培福紧皱的眉头似乎舒展了很多，他站起身，落在肩后的烟灰像雪片一样落了下来。

1958年10月25日，甘肃省第二届人民代表大会第一次会议在兰州举行，29日结束。会议听取和讨论了甘肃省副省长马青年做的甘肃省人民委员会工作报告，选举产生了甘肃省第二届人民委员会委员，邓宝珊为甘肃省省长，马鸿宾、霍维德、黄正清、马青年、张鹏图、黄罗斌、李培福、葛士英为副省长。

李培福审时度势，静待时机，寻找实现自己为民造福心愿的机会。

梦中的黄河

与此同时，从天津大学农田水利系毕业后，陈可言就被分配到北京水利部工作，刚上班，又被调到他的家乡山东，参加排涝的救灾工作。1955年，陈可言被水利部安排学习了半年俄语，也就是这一年，他经人介绍认识了妻子梁淑凤。

1957年元月，虽然没有房子，但两个志同道合的年轻人还是结婚了，按照时下的说法，他们是真正意义上的裸婚：结婚时，除了彼此挚爱的两颗心，再没有任何物质的基础，单身宿舍就是他们的新房了。

1958年，水电、火电两勘测设计院合并，办公迁移到了北京市六铺炕，陈可言夫妻总算分到了家属房。有了这个简单的家属房，才算有了真正意义上自己的家，两个人心中的激动可想而知。然而，正当两人满怀欣喜打扫清洁布置自己的新家时，事情却突然来了个大转变：水电部西北勘测设计院成立了，组织上调陈可言去兰州参加新的工作。

兰州是个什么样子，陈可言不知道，梁淑凤也不知道。在这之前，他们两个人谁也没去过这个陌生的地方。还是陈可言机灵，他找到一本杂志，在这本杂志上有介绍兰州的一张照片，照片上一座黄河铁桥还算雄伟岸，但在铁桥背后，只有光秃秃的山；山上有一座高耸的塔。说真的，当时有一种说不出的心情，荒凉、落后就是兰州给他的第一印象。但是铁桥下的黄河，给这个水利专业出身的年轻人一种希望：只要有水，就会有灿烂的生命。

怀着一种难分难舍的心情，陈可言在北京过了"五一"，最后陪妻子梁淑凤在天安门看了烟花，买上牙膏、肥皂等日用品，准备乘火车前往兰州。

汽笛鸣响，火车缓缓启动，陈可言和妻子挥手告别。两个年轻人谁也不会想到，他们今生的命运，在这一刻，已经注定要在那个陌生的城市中起伏了。

在前往兰州的火车上，陈可言收回对妻子、对北京的眷恋，认真思考自己将要面对的工作和生活。尽管在出发之前，他已经知道自己是顶替另一个同志前往大西北的，这个同志显然知道兰州的贫穷和落后，借口身体有病推脱了。理想再伟大，也总会有人因为自己的私心而逃避艰苦选择安逸。但陈可言却毫无怨言地服从了组织分配。再说了，水利工作者，不就是常年奋战在野外吗？

陈可言想到自己的家乡以及种种。在单调的旅途中和对前途不确定的情况下，回忆自己的小时候，可真是一种再好不过的选择了。

1931年农历五月十七日，陈可言生于济南。这是一个距城东二三里地的小村庄，叫七家村。在七家村的南边、西边都是庄稼地，北边是绿油油的蔬菜地，中间围着的就是七家村。小时候，一到春天，陈可言在麦田里放风筝，印象中，在他们放风筝的时候，总有几个老头在松林里练太极。蓝天，绿树，菜地，白云，宁静祥和的景致，给他留下了难以忘怀的记忆。

陈可言的爷爷是一个不错的坐堂中医，虽然没有见过面，但他听奶奶说，爷爷以行医为生，自己却在四十来岁时就去世了。奶奶怕把手上的钱用光了，在当时还是比较偏僻的地方，又借了她姨妈点钱，凑凑合合买了近一亩地的院子。院子里有四间北房，奶奶带着两个儿子、一个女儿，还有媳妇，搬到了七家村，开始了清贫却很宁静的生活。

在众多同辈中，陈可言排行老四，自此便成了长辈们口中的"小四子"。讨人喜欢的时候，会被称为"四爷"；惹人生气了，就连奶奶、娘也会称呼他为"四大爷"。调皮聪明的陈可言个性倔强，从小对奶奶就有一种依赖。开始上学，先在离家不远的小学就读，"四大爷"上学的要求很高，读书时一定要奶奶在窗外陪着，看不到奶奶，坚决不行，有时干脆走出教室找奶奶。然而，抗日战争开始后，奶奶却不得不随小姑和大姑父一家南下去四川，大哥和嫂子也参加抗日南下了，家中只剩下大娘和娘照顾他们兄弟姊妹。思念奶奶的情感，使得他的梦常被泪水浸湿。

在陈可言的记忆里，正如许多同龄的孩子一样，脑海里只有母亲的教诲和身影，父亲因为肩负一家人的吃穿花费，常年奔波在外，和孩子的成长似乎没有了直接的关系。而母亲对他们不仅有抚育之情，更有教养之责。母亲的言传身教，在传统意义上，就是家教门风。母亲经常教导他们姊妹几个，"肩膀不齐不是亲戚"，如果亲戚不处在同一个水平线上，就很难作为亲戚常来常往。至于人穷志不能短、富了也要上进、不能取不义之财等教诲，对陈可言的影响很大，这些影响，加上他生性秉直，造就了他锲而不舍、直言不讳的性格。初中语文王老师，在他毕业时，在纪念册上写了一句话："可与之言而不与之言，失人；不可与之言而与之言，失言；可与之言而与之言，可言也。"陈可言明白，这是老师针对自己的名字而精心选择的一句话，在他明白自己名字的含义的同时，也明白这句话所蕴含的处世哲理。

陈可言的童年在战火纷飞的年代中度过，他永远记住了战争带来的贫苦和艰难。济南被日本鬼子占领之后成为沦陷区，父亲在省邮局包裹房工作，工资又低，养活着一大家人，过着牛马不如的生活，弟兄姊妹又多，大娘和娘每天晚上在煤油灯下，为他们补袜子、缝衣服。爸爸、二哥去上班，陈可言就是家中的男子汉和老大了，陈可言身体结实，出力气的活只能靠他了。像大娘到护城河边洗衣服，陈可言就挎着一篮子衣服到河边，等大娘洗完了，再挎回来。水井在村口，陈可言每天都去挑水。琐碎的家务，让他更早懂得了生活的艰难，懂得了一个男人所必需的担当。在这个大家庭中，虽然生活过得艰难清贫，但让人感到温馨的是家庭和睦，而从老人们那里传承下来的吃苦耐劳的精神，也成了陈可言一辈子取之不尽的宝藏。

济南解放前夕，国民党已濒于崩溃，济南的中学已不能正常上课。至此，已经长大成人的陈可言不得不思考自己的未来。是当兵，还是上学？当时社会教育学院从四川迁到了苏州，小姑在那里当教授，全家都认为小姑的工作不错，读书比当兵好。最终家里人和陈可言都认为去苏州读书是不错的选择。这一年陈可言十七岁，高中一年级，离家去苏州投奔小姑。然而参加高二插班考试时，陈可言却连题目都看不懂。公立学校考不上，陈可言只好上了苏州私立晏成中学，生活费用靠小姑供给。

公立中学考试的失败，给了陈可言这个血气方刚的小伙子实实在在的教育。这是他离开父母的第一次挫败，也正是这一次挫败，激发了他的执着坚韧。从此，陈可言发奋读书。住校后，他的床在宿舍靠门口的地方，门外有路灯，宿舍熄灯后，路灯那束昏暗的灯光，刚好穿过窗玻璃，照在他的床头，陈可言就在别人的酣睡中看书学习。

每个人的成长过程中，能够影响他一生的也就那么几个人。特别是充满青春激情而又迷茫困惑的时候，能遇到矫正自己航向的人，实在是一件幸运的事情。陈可言到苏州时，社会教育学院就在拙政园里。刚开始他住在拙政园大门内左侧的一排大房子里。在这里，他认识了影响自己一生的两个人。这两个人，一个叫何庚，另一个是蔡老师。何庚似乎有意无意地让陈可言看他压在枕头下面的油印材料，那些散发着油墨香的词句，遇到充满激情的青春，足以燃起熊熊大火。直到解放后，何庚就任《苏州日报》的编辑时，陈可言才知道他是地下工作者。还有和小姑在一起做饭、吃饭的蔡老师。蔡老师是湖北人，离异后在学院阅览室做职员，烧得一手好菜。阅览室的众多藏书，勾起了陈可言强烈的求知欲望。一有时间，陈可言就去阅览室看《新观察》等进步杂志。每当假期，蔡老师在浙江大学上学的两个儿子，会到她这里来度假。这是蔡老师最开心的时候，也是陈可言最开心的时候。因为这两个在校大学生，总会给他讲述浙大学生的反迫害、反饥饿运动以及发生在学生中的许多新情况，这对陈可言的思想震动极大。

社会前沿的种种变化和思潮，用这样的方式，进驻到陈可言的心房，并慢慢改变着他的追求和价值观。

经过认真的思考，如同他服从组织调遣，前往大西北工作一样，当年陈可言立即乘火车回到了济南。在列车向兰州驶进的同时，单调的"哐当"声，让陈可言想到了当时从苏州返回济南的火车。那时的铁轨还是临时用枕木垫起的，火车是闷罐车，跑得比这个慢多了。但是，正是这个选择，才注定了今天他到兰州的缘分。

回到济南，参加济南一中高三的插班考试，勤奋学习后的陈可言考了第一，同时他还参加了三中的插班考试，考了第二。当时大家都说三中好，陈可言就上了济南市立三中。走进三中的校门，陈可言遥望苏州的方向，内心充满了感激。在他人生

▲年轻时的陈可言

最重要的一段时间里，苏州不仅给了他秀美和精细的熏陶，也给了他以后生活、思想、工作的启发。直到如今，陈可言还坚信，没有那次的苏州之行，一定不会有他今天的成就。

1950年考大学时，陈可言先考入山东工学院电机系，这是他的目标专业，但到学校一看，新建的电机系只有几台电动机，条件较差。接着便去北京大学参加考试。当时表妹王历华在北大物理系，陈可言就住在北大男生宿舍里，苦读备考，天气热，肚子上还生了疖子，但考试成绩不够理想，被录取到河北工学院水利系。这个学校后来与北洋大学合并，成为现在的天津大学。

发奋读书，报效国家。陈可言已经形成的人生目标，让他在大学生活中很快成为佼佼者。他先在大学里担任班干部，但对当时主要的团干部工作方式有看法，所以就去做全校炊事员的教育工作。当时，和许多农村一样，城市也遭遇了前所未有的经济困难。为了缓解这种困难，减轻家里的负担，陈可言在课后就到夜校去教语文，挣点钱维持生活，放假没有钱回家，就到塘沽永利碱厂工作的三表叔家借住，并做一些力所能及的工作。到大三分专业时，陈可言选择了农田水利专业。

列车在飞驰，陈可言在回忆中慢慢睡去。很多的时候，面对现实，可供自己选择的余地很小，但就是这很小的余地，却可以成就一个人心中的抱负。在熟睡中，陈可言不知道自己将要面对的是什么，更不知道，会是一种什么样的机遇和平台，让他学有所用，实现自己的理想和抱负。

熟睡中，流淌的黄河，第一次从梦中走进了陈可言的心里。

缺粮大省

这一年，陈可言来到兰州，在新的岗位上开始放飞自己的梦想。贫瘠的陇原大地，如同渴望甘露的土地，因为来自全国各地的年轻人而变得滋润起来。各项建设，如同深埋在冰雪之下的种子，在春天仍然萌发破土而出的嫩芽，寻找机会绽露从未有过的希望。

李培福以革委会副主任也就是副省长的身份，负责全省的农业生产，乘坐那辆破旧的吉普车，深入田间地头，实地视察老百姓的生活，苦苦寻找着救民于水火的良方。

1958年，水电部成立刘家峡水力发电工程局（现为水电四局），承担刘家峡和盐锅峡两个水电站的施工任务，拟订了"两峡同时上马，重点刘家峡，盐锅峡先行，八盘峡后跟"的施工方案。刘家峡水电站工程于1958年9月27日正式动工兴建。

　　也是这一年年初，是巧合也罢，有意也好，对景泰川的勘测工作也正式展开。参加完相关会议之后，李培福长出了一口气，按捺不住心头的喜悦，他舒心地伸了伸双臂。

　　1958年1月15日到2月15日，省水利局（水利厅前身）和定西水利局（当时景泰、靖远、皋兰、永登都属定西专区）组织技术力量，并邀请铁道部第一设计院、水电部西北水电设计院工程技术人员十五六人，查勘了引大通河水灌溉皋兰北山的线路。

　　这是一个现在看来，在当时并不切合实际的勘测和方案，但是用水利改变甘肃贫穷落后面貌已经形成了共识，毛泽东关于"水利是农业的命

*荒芜的大漠，在建设者的眼里都是宝地。

脉"的指示，更是让这种探索和考察迅速展开。

1958年3月，吴光彦第一次进入景泰川。那时他在甘肃省农垦局工作，领导交代的任务是对景泰川测区进行勘测和土壤调查工作。省农垦局有意景泰川这片千里沃野。当时，景泰川划分为三个测区（景泰川、古浪裴家营、大靖），这次的任务主要是景泰川测区。

吴光彦当时和其他几位同志带领农垦局勘测队入景泰川测区进行工作。景泰川测区包括一条山、兴泉堡滩、寺儿滩、宽沟以下八道泉子、猎虎山、芦阳镇黄草、城北墩、娃娃水、草窝滩、白墩滩、芦草林子、漫水滩、刘家窖、红沙岘子等。

当时的景泰川十分荒凉，大风一吹黄沙漫天飞，给野外勘测作业带来很大困难。勘测工作常年在野外作业，生活条件和工作条件都十分艰苦。勘测队员常年和风沙做斗争，和大自然做斗争，常年在荒无人烟的地方工作，吃在野外，住在地窝子、帐篷，工作时间又长，成天不见天日，中午吃的干馒头，喝凉开水，这样的生活，时间长了，十个勘测队员就有九个得胃病。经过1958、1959两年艰苦的工作，完成了景泰川测区的一万分之一的测图任务和一万分之一的土壤调查图和土壤分布图。

就在这次勘测中，吴光彦认识了谈嘉言，两个人的交流交谈，让吴光彦知道并理解了景泰人民渴望水的焦急。

景泰川的千里沃野，吸引了众多有志于此的创业者。但是当时的政治环境却使李培福又陷入一种迷惑之中。他用沉默来解读许多政策。3月3日，中央发布《关于开展反浪费反保守运动的指示》，强调要采用大鸣、大放、大辩论，利用开现场会议和展览会等多种形式，"揭露和批判浪费、保守的现象和它们的危害性"，并说这是一个"生产大跃进和文化大跃进的运动"，抓紧这个运动，"就可以用同样的人数和同样的财力、物力，办出比原定计划多百分之几十以至数以倍计的事业"。

"人民公社""大食堂""大炼钢铁""大跃进""大鸣大放"等运动，接二连三展开，务实的李培福却不断接到老百姓断粮断炊的报告。但急于求成的"大跃进"，在某种程度上却加快了甘肃水利建设的步伐。

1960年到1962年，吴光彦第二次走进景泰川。对草窝滩石门沟、四井沟到黄河边沿寺和沿寺坪，做了多次调查，测过五千分之一带状图和土壤调查及分布图，多次研究，论证从黄河引水到草窝滩的可行性。那时，省农

▲ 勘测景泰川（田萍摄）

垦局的目标很清楚，想在草窝滩办几个国营农场，当时中央农垦部也多次派人来看过景泰川测区。

开发和建设，似乎成了当时这些热血青年不容推辞的责任。在一张白纸上作图的理想，让他们产生了无穷的激情和动力。当时因为条件限制，测图的方法几近原始。一架大平仪由八个人组成的一个作业组操作，他们的分工非常明确，观测一人，记录一人，计算一人，打旗子一人，立尺子四人，这八个人只有互相密切配合才能完成作业。观测员读出一个数字，记录员把数字记录在规定的记录本上，计算员马上要把观测的数字和高程的数字计算出来。最苦的是跑尺子的同志，在一个三角点上观测要转一大圈，跑外圈的两个人跑的路最多，跑内圈的两个人还好一点。遇到风沙突起的时候，观测员每喊出一个数字，就会吃到一嘴的沙子，而记录员支棱着耳朵听，最后耳蜗都被填满了沙子……

搞地形测量对测图有严格的要求，要求地形、地貌上的实际情况都要非常真实地反映到图纸上，等高线都要在现场描绘出来，特别是村庄，庄名，道路，通往方向，公路，小路，河流，水流方向，大、小沙河，铁路，火车大、小站都要注明，荒地面积和耕地面积也都要在图上注明。

与此同时，吴光彦他们对景泰川测区的土壤也进行了调查，对景泰川测区土壤进行了分析、化验，对土层的厚度等都提供了报告。让他们乐此不疲的动力竟然就是这片荒滩。也许只有他们心里才清楚：要是有水，这片土地就是一个粮仓呀！

在1960年到1963年对草窝滩、石门沟、四井沟到沿寺、沿寺坪测制了千分之一带状地形图和土壤调查分布图之后，从黄河提水，开发草窝滩的呼声渐高。

1963年11月，农建十一师成立后，省农垦局将河西地区的下属单位和各种资料一并移交农建十一师。从1969年1月开始，做景泰川电力提灌工程的查勘、规划和初步设计时，所用的图纸资料，除了使用国家测绘总局西安航测二大队提供的部分万分之一地形图外，主要使用了原农垦局也就是吴光彦他们移交给农建十一师的这些测绘图和有关资料。

勘测正在进行，但是饥饿却笼罩在陇原大地上。老百姓吃不饱肚子的严酷现实，促使政府部门展开救济工作，甘肃省发放救济粮款、衣物。同时，省、地、县工作组在进一步了解灾情时发现，由于持续干旱，问题越来越严重，必须从长计议，安排好群众的生产生活。在这种情况下，甘肃省民政部门又起草了向中央、国务院上报的《关于请求中央调入粮食的报告》，送省上主要领导审阅后用特急电报发出。

李培福翻阅报告的内容，眉头紧紧拧在了一起。《报告》中反映："今年以来，我省农业生产受灾严重，成灾面积1900多万亩，占粮田面积40%以上。主要产粮区的庆阳、平凉地区减产4成以上，中部干旱地区在去年受灾的基础上，又减产近3成。环县、会宁、靖远、榆中等13个县的320多万亩粮食作物夏秋都没有什么收成，全省预计粮食总产75亿斤左右，比去年上报国家产量85亿斤减产10亿斤。由于灾情严重，农村缺粮面宽量大，今年10月到明年接上新粮，农村回销粮需要10亿斤。鉴于今年我省受灾确实严重，尤其是连续几年受灾的地区，集体、社员家底都很薄，社会余缺调剂的潜力很小，农村回销今年10月至明年3月最少需要近3亿斤，加之我省粮食库存下降，周转困难，需增加粮食4亿斤。明年4月至接新，农村缺粮面更大，回销量增多，还需调入4亿斤。目前，我省灾区缺粮群众的生活只安排到9月份。部分秋粮绝收的社队，10月份要继续回销，但因农村回销指标已经突破，至今尚未安排下去。再加上8月中旬全省粮食库存仅有7亿斤，比去年同期库存减少2亿5千万斤。因此，急切要求中央在9、10月份先调入2亿斤。"

2亿斤，这是一个多么严酷的事实呀，种地的农民种不出可以果腹的粮食，一种深深的忧患，又让李培福难以安睡。

测绘员的身影活动在荒原上的同时，饱受饥饿折磨的当地农民，也在思虑谋求改变自身的处境，寻找新的生路。

要做水的文章

　　1963年5月24日，景泰县第三届人民代表大会第一次会议上，尾泉村代表何天普提出了提取黄河水灌溉景泰土地的提案。这个一心想做黄河水文章的农民，认为只要想办法，利用发达的科学技术，一切都能成为可能。而景泰县的农民要想过上好日子，唯一的出路就是提取黄河水，浇灌景泰川。当时，这个建议一提出立即点燃了大家的激情，景泰县做了两条提水线路的踏勘工作：一条是从常生窑提水，经过胡麻水、大水到喜集水；再一条是从阳洼圈提水，经过米家山到喜集水。1963年8月19日，景泰县就此向省人民委员会做了书面报告。1964年，中共景泰县委、景泰县人民委员会，又联合向省委、省人委提交报告，并抄报西北局经济计划委员会，再次请求兴建提灌工程："根据群众的要求，我县（景泰县）又进行了勘测，以长生窑线路、五佛沿寺坪两条线路进行对比，五佛线路较为经济，有其开展的价值。在扬程278米时可灌地80000亩，扬程达到338米时，可灌地245000亩，工程建成后年产粮食一亿四千七百万斤，经济价值尤为可观。"

　　1964年9月15日，政协甘肃省第三届委员会第一次会议在兰州举行，选举了政协甘肃省第三届常委会，高健君为省政协主席。16日，甘肃省第三届人民代表大会第一次会议在兰州举行，选举邓宝珊为甘肃省省长，胡继宗、杨一木、葛士英、李培福、王孝慈、韩练成、何成湘、王国瑞、赵文献为副省长。

　　李培福作为分管农业的副省长，自觉肩上的担子有多重。他越来越多地把注意力放在了水利工程上。提高粮食产量，解决群众温饱，只有一个办法，就是要有水，要想获取足够多的灌溉用水，只有建设提灌工程了。

　　提灌工程，首先需要解决的是电力。水电不分家，能不能通过自身发电，来解决提灌的动力？基于此，水电部西北勘测设计院进行黑山峡初步设计时，在报告中提出把景泰川这片荒地作为移民区的开发方案，并编制了《开发甘肃景泰一条山电力提灌工程初步规划意见》。当时选定的线路是从新红崖提水，经过大涝、芦阳岘到娃娃水进入草窝滩。但要实现这个移民计划，首先要建设黑山峡水电站，因这个设想的工程量极大，最终只好选择放弃。

但是，探索之路并没有就此终止。

1964年春节前后，化成受省人民政府农办主任梁大均的嘱托，到景泰县进行社会调查。全国正兴起农业学大寨的运动，省内其他地方都在兴修水平梯田，发展小型水利工程。景泰因连遭两年大旱，兴泉、芳草、芦阳、条山等地的地下水位普遍下降，泉水不能自流了，要靠机器抽水灌溉。机器一旦出现故障，人畜都会发生水荒。

化成了解到，当地老百姓走不通"水路"，村村队队逐步开始开展铺压砂田。墒情薄的新砂地，亩产只有百十斤，中老砂田，往往连籽种都收不回来。庄稼大面积歉收，国家调拨的回销粮有限，口粮严重不足成为景泰县的大问题。而景泰中部、西部、北部兴泉堡滩、寺儿滩、草窝滩、漫水滩、鸡爪子滩，土地肥沃，一望无垠。滔滔黄河水，穿越景泰东部，却因为水低川高，拥有百万亩荒地资源的景泰人民，世世代代盼水、想水、望河兴叹。

化成将调查、了解、搜集到的这许许多多反映群众艰辛的材料，整理成《景泰人民的现状与渴求》的调查报告，呈报省人民政府农办。李培福主要分管农办和全省农业工作，这份报告，更加坚定了他关于建设水利工程发展甘肃农业的想法，也更加坚定了他的信心。经他主持认真修改后，送请由胡继宗主持的省长办公会议讨论。这次讨论，肯定了调查报告"内容丰富，基调很好，反映了人民的愿望和要求"。同时要有关部门看看，讨论切实可行的办法。

缘此，化成担任了李培福的秘书。在1966、1967两年中，化成随李培福专程到景泰考察，还有一次随李培福去河西途经景泰，由县上领导陪同，到黄河沿岸的五佛寺、草窝滩、兴泉滩、白墩子滩、漫水滩实地考察。李培福和县上的领导在座谈中说："你们提出提黄河水浇灌草窝滩的要求，这是个颇有远见的设想。只是现在我们省的资金困难，还不能搞。待资金好转了，搞个大的提水工程，不仅是草窝滩，几个大滩都能得到灌溉。如果地你们种不过来，可以吸收办农场的一些大厂矿参加，有钱出钱，有力出力，共同建工程，分给他们一些地种。边远的地还种不过来，还可从中部干旱县搞些移民耕种。"

李培福看似轻描淡写的交谈，却流溢着自信和沉稳。每一个字，似乎都在他的心中浸润了很久，他用自己的心血和智慧，赋予了这些字强大的生命力，以从未有过的活力，撞击着每一个人的心。李培福缘此两眼熠熠生辉，每一个在场的干部都听得热血沸腾。从中不难看出，提灌工程的具体运作，在李培福的心中，已经酝酿了很久，他只是在静待时机。

电力提灌工程，第一次出现在书面报告中。正在进行的刘家峡水电站建设，让这个名称的出现合乎情理。1961年，刘家峡水电站的建设因国家经济调整缓建，1964年复工。经过十五个月的艰苦奋战，终于打通了导流洞。1966年汛前建成上游围堰，从而使电站基坑具备常年施工条件。1966年4月20日，刘家峡水电站拦河大坝混凝土开盘浇筑。

正在顺利进行的水电站建设，给了建设者们美好的向往，让他们干劲十足。经历了艰难的厂矿企业，也在极力寻找改变贫穷的途径，增加副业生产以改善职工生活。

1966年5月28日，中央发出关于设立中央文化大革命小组的通知，并规定由这个小组负责"文化大革命"的领导工作。

1966年，为了响应毛泽东走"五七道路"的号召，建工部七局、兰州炼油厂、白银有色金属公司、兰州石油化工机器厂、兰州化学工业公司等十一个大型厂矿企业提出《联合开发景泰县草窝滩荒地调查报告及初步规划意见》，并联合向省人委报告，提出共同开发草窝滩，筹办"五七"农场。这些有经济实力的企业联合动作，很快引起了省上领导同志的高度重视。

这一年，李培福来到景泰县视察工作。因为身体的原因，李培福已经离不开手中的拐杖。但是，他仍然充满热情，奔波在辽阔的景泰川。此时，他最清楚，景

*传统的耕种模式加上缺水，食不果腹的困境始终笼罩在老百姓的头上。

泰川已经是一个香饽饽了，但如何让这里的农民摆脱贫穷，过上好日子，还需要积极的努力和争取。他认真听取了县委县政府的工作汇报，在为他们争取引黄灌溉方案激动的同时，突然脑子灵机一动：如果贫穷的景泰人民，能搭上这些有实力的企业开发草窝滩的便车，岂不是一举两得的美事？不，应该是，着力改善景泰川老百姓的生活在先，而实现这些企业为职工谋福利的目标在后。如何把两者有机地联系起来呢？

在半天的汇报中，越来越多的烟灰落在了李培福的肩背。

开发景泰川的设想，从蓝图逐步走向实际。1968年3、4月间，白银公司、兰炼、兰石、兰化等单位，为了加快联合开发景泰草窝滩的计划，选出代表到省计委汇报。当时，很多领导都忙于"文化大革命"的开展，具体生产工作少人问津，几个代表就到生产指挥部找原副省长李培福汇报了工程规模，李培福思考再三之后回答：暂时无把握，先在省计委挂个号，以后再说。

1968年7月，"文革"后期，甘肃省委讨论甘肃农业发展问题。李培福乘机提出："甘肃的农业要以河西改水节水、提高单产为依托；中部地区要以改变干旱这一基本生产条件为目标。定西不定，甘肃难定。兰州周围有条件的县，要在黄河上做文章。三角城电灌工程（在榆中县，1965年5月省政府决定兴建的）花钱高峰过后，还可以在景泰开发一处电力提灌工程。那里我看过几次，有上百万亩的土地资源，有充沛的黄河水源。只是过去川高水低，没有电力把水提上来。现在盐锅峡、刘家峡电站相继竣工了，电力充裕了，搞这个事情就在于我们的决心了。我们不能端着金饭碗，提个讨饭棍，年年向中央伸手要粮。应该搞它几个翻身工程，扭转被动。今后每年从全省的水利投资中，拿出20%，发展集中连片的大型提灌工程，不但可以改变这一地区年年吃返销粮的局面，还可以促进这一地区气候区域性转化，促进农业大面积增产。"

由于前期的充分准备和调研，李培福的建议内容翔实而充分，省委经过讨论，同意他的意见，并委托他组织省上有关部门领导、专家，亲自率队到现场进行踏勘，提出有可行性的建设方案，报省委、省革委会研究决定。

也就是这一年的秋天，甘肃省农委主任窦述主持召开了专门研究河西水利建设的会议，历时半个月。景泰县派贾梓才、李兴祯等人出席会议。会上武威地区重点提出要针对开发草窝滩提出初步计划，绘制万分之一平面图，建议开发一百万亩，这些得到了省委、省革委会的重视。省革委会副主任胡继宗、李培福，农建十一师副师长张兴汉等参加了会议，陈可言也参加了会议。会上张兴汉提出了河西的农垦力量要分流一部分转向景泰，开发草窝滩的意见。陈可言记得清楚，在这次会议上，胡继宗提出：要派人去现场踏勘草窝滩，并要求向他提交专题报告。

越看越踏实

李培福带一队人马，立即前往景泰，踏勘整个景泰川。

这次考察，参加的成员有省农办主任窦述、省农垦建设兵团司令员彭思忠、农十一师副师长张兴汉、省水电局副局长陈一枫、景泰县委副书记贾梓才、省水利水电设计院院长梁兆鹏、李培福的秘书化成以及省地县有关方面的人员。

踏勘第一站，李培福率队来到了黄河边。金秋十月，再贫瘠的山丘，也呈现了丰富的色彩。考察队从芦阳旧县城出发，经五佛的乡间车路东行，到黄河岸边。

当一溜小车卷着尘土从地头驶过，正在地里带领社员劳作的张九麦直起了腰，周围的姑娘们开始叽叽喳喳，猜测从哪里来的这么多屎爬牛车

李培福和老乡拉家常

*深入调查是李培福对工作的起码要求。

车，上面都坐些什么人。张九麦心里清楚，也许是上面来领导了，要是和他们生产队有关，不一会儿，大队的喇叭就会通知她尽快到队里。那会儿，她已经是大队妇女主任了。看着还没干完的活，她催促社员们："赶紧干，完了回家！"

当小车在黄河边的沿寺停住后，一行人跟着一个拄拐杖的老人往山上走去。正从芦阳办事回来的沈庆云看到了这一幕，他纳闷：这个时候，这些人上山干什么呀？或许又是来看寺庙的游客？

沈庆云不知道，张九麦不知道，当地目睹此情此景的乡亲们都不明白，这一行人的到来，已经拉开了他们新生活的序幕。

李培福站在沿寺的山顶上，矗立良久，他不说话，别的人即便是交谈，也是压低了声音絮絮叨叨。李培福的目光走下山梁，掠过河面，最后停留在河东的平川上。谁也不知道这一刻，他在想些什么。

黄河在这里平缓了许多。水面舒展，像就要凝固的液体，近似笨拙地流动。宽阔的河面，反射着冬日的阳光，像一把碎金子洒在了河面上，不时闪烁着点点光亮。空气中，全是深秋特有的气味，清冷的空气，在给人寒冷感觉的同时，也让人变得更加清醒。

沿寺近旁就是苟家滩。苟家滩位于沿寺黄河东岸，明清以前为沼泽地，后经黄河潮水涨落冲刷形成沙滩，现已拦河成田。红四方面军西征，经多个渡口从靖远西渡黄河，苟家滩就是其中的一个渡口。渡过黄河的红四方面军，从这里开始著名的条山战役，从这里开始了惨烈的西征之路。

这是一个起点，从这个起点开始，红四方面军走上了英勇而惨烈之路，从这个起点开始，滔滔河水，能否穿山越岭，流进焦渴的土地？李培福心中波涛汹涌。他已经熟记了黄河到山顶的高程：370米。简单的数字，但需要怎样的办法，才能把河水提取上来？

凌厉的山风一阵紧似一阵，李培福凝眉迎风站立，双手拄着拐杖支撑自己的身体，看似平静的表情，心中却翻腾着滔天巨浪。脚下，五佛寺望河楼的风铃被风儿推动，叮叮当当的声音似乎唤醒了他，李培福招招手，带领一班人马默不作声地走下了山头。

从沿寺这个起点开始，李培福开始了自己的西征之路。每一步，每一寸，都认真踏勘，七十五公里的山山沟沟、梁梁峁峁，慢慢在他心中成为一条波光粼粼的水渠，这条渠里，奔涌着黄河之水。

越走，李培福的心里越亮堂。从沿寺、车木峡、新红崖等取水地点开始，务实的李培福和一班人马，认认真真踏勘了四井沟、石门沟渠线走向。

四井沟和石门沟这两条沟是灌溉景泰川百万亩良田的门户和要道。四井沟、石门沟山势陡峭，处处流溢原始的自然风貌。洪水沙沟人迹罕至，偶尔从悬崖峭壁的草丛里飞起几只野雀，尖叫几声，迅速消失在湛蓝的天空。懒洋洋的阳光洒在沙沟里，腾起一层似有若无的光的帐幔。三辆北京吉普卷起的尘土，似乎扰乱了山谷的清静。沉寂千年的山川，第一次迎来人类如此盛大的探访。

更多的时候，当其他人员在忙活的时候，李培福总会选择一个高的地方极目远眺。凌厉的西北风接连吹过之后，腾格里沙漠就腾起一层薄雾般的纱幔。呛人的土腥味钻进鼻孔，驻留在脸上，皮肤立即紧绷了起来，干燥的空气，很快皴裂了嘴唇，一片片干皮打着卷儿挂在嘴唇上。在草窝滩边上的山冈上，目光由着性子跑，也望不到边际。秋天簇生在沙丘之上的白刺，挂了一颗颗熟透的红刺果子，给荒凉增添了几分生机。而连连绵绵的沙丘，很像大海的波涛，起伏到遥远的天际。附近农民耕种的撞田，像一块块破旧的补丁，缀在荒芜的莽原之上。几股旋风卷起高高的尘柱，变换着不同的姿势，盘旋，上升，却又在不经意间消失不见。在这个时候，不由得让人想起"大漠孤烟直"的诗句，原来并不是真的在写炊烟，而是为了描写这些接二连三的尘柱了。

考察队穿过草窝滩、白墩子滩、漫水滩，已经到中午时分了。在白墩子林场，考察队找到一位年轻的向导，想沿山而过。也许那位向导从没见过这阵势，也没坐过小车，不大一会儿工夫，自己就迷失了方向，将考察队领进一条三面环山的深谷里，左冲右突，就是走不出山谷，没办法，大家只好纷纷下车找路。

梁兆鹏是位从事水利工作多年的爬山老手，他一路领先，和化成等几位年轻人攀上一座高山，仔细看了半天，一点路的影子也看不到，考察队只好原路返回。当考察队好不容易闯到寺儿滩时，已是下午一点多了。匆匆地在村子里转了转，驱车赶到一条山火车站附近的农垦十一师三营驻地。饭菜上来了，端上来的全是自产品，旱地的黄叶白菜，夹杂点葱花猪肉，自产的小麦蒸的馒头大盘大盘地往上端，很黑，又很碜。但饥不择食，胡乱凑合着两个馒头下肚，又看了看农垦建设情况，待到返回景泰县城芦阳镇，已是张灯时分。那时，县城还没电，煤油灯光如荧，明光锃亮的灯罩子放大这点灯火，屋子里倒也明亮很多。

现场踏勘了几天，考察队向省上提交了可行性开发论证报告。省委、省革委会讨论时，李培福亲自汇报。他多次视察景泰，对这里的山山水水了如指掌，谈得真实具体。经过反复酝酿讨论，决定开发景泰电灌工程，立即动手制定规划、设计、施工方案。省上经过反复酝酿决定由景泰县、各厂矿、军垦三方联合开发草窝滩。会上还决定由水利厅承办，河西建委协助，召开河西水利建设规划会议。

会议结束后，水利厅派出相关领导去景泰现场踏勘。当时任务很紧，交通不便，景泰县派县医院救护车，同县水利局李兴祯等一起踏勘了草窝滩、白墩子滩、漫水滩、寺儿滩、兴泉堡滩等好几个荒滩。通过踏勘，认为确有开发价值。但提出这些滩并不连成一片，草窝滩只是其中的一个滩，它概括不了这个工程的名称。因此，水利厅给胡继宗同志的专题报告中阐述了这个理由，建议定名为景泰川电力提灌工程。

景泰川电力提灌工程，这个注定要载入历史的名词，就此诞生。

在景泰川老百姓热切的希望中，工程有了具体内容："景泰川电力提灌，可发展水地一百万亩，全部工程计划1980年完成，全程四百七十多米，渠长二十三公里，总输水量三十三秒立米（加三十五秒立米）。1975年完成扬程三百二十米以下的第一期工程，总干渠输水流量十五点六秒立米，可发展灌溉面积四十七万亩，拟由军垦重点开垦，安排黑山峡移民，解决景泰县生产用地，并作为白银、兰炼等国营工矿单位举办五七干校基地。"

千呼万唤始出来呀，熟睡中的景泰川人民，在不知不觉中，迎来了新生活的曙光。

千锤万击

陈可言到兰州后，开始了他的新生活。当时的西北院，办公的地方是一座三层小楼，住宿倒是一幢新建的五层家属楼，天气比北京凉，一直到秋天，都穿着衬衣外加一件中山装。

陈可言来兰州，正值"大跃进"时期。和全国各地一样，甘肃轰轰烈烈大搞一个水利工程即引洮上山工程。当时西北院经过研究，承担古城、大营梁等几个电站的勘测设计，由陈可言负责实施。

陈可言第一次去渠首古城电站查勘，是一个寒冷的冬天。他乘坐大卡车，到了引洮上山工程局所在地会川，下车后冻得两脚都站不住了。以后再去，陈可言可是接受了教训，借上老羊皮大衣、毡靴，自己买了顶皮帽子，如此一武装，就能抵御任何的寒冷了。

一次陈可言到达宗旦岭的施工现场，看到人山人海，万头攒动，场面之大，让人震撼不已。可是，水利专业出身的陈可言，很快发现施工现场是一个深劈方，一层一层地挖山开渠，工程量之大，难度之高，远远超出了想象。但是，这个大工程很快下马了。

陈可言看似简单的工作经历，其实遭遇了不同一般的坎坷。甘肃的整体情况，很快在他的心中明晰起来，并给了他极强的工作动力。周总理到甘肃视察，看到定西地区的贫困情况，掉下了眼泪，并做了指示。甘肃水利工程建设的步伐逐渐加快。后来甘肃省又组织了引洮工程的查勘，由梁兆鹏任组长，陈可言任副组长，从古城开始，沿着地图上都有的引洮渠道痕迹，他们一步一个脚印，翻山越岭察看。走得太累了，陈可言便找了一根木棍拄上，走起路来轻松了许多。同伴们开玩笑说是要饭棍。后来大家也都拄上了，又美其名曰"打狗棍""救命棍"。有一天查勘到梁兆鹏过去当过领导的地方，突然下起了大雨，大伙儿的衣服全都淋湿了。晚饭后生上炉子，他们把衣服烤上，全都钻进了被窝。风雨交加的夜晚，陈可言认真反思这几天查勘的情况，他觉得，引洮工程的设想没有错，甘肃中西部没有水，要想解决老百姓的实际困难，那比登天还难。只是当时没有按科学规律办事，这么大的工程连个完整的规划都没有，一句口号，千军万马就上了阵，热情和干劲，取代不了科学的规划和施工。再说了，这个工程也没有从实际出发，那时候上马这个工程，甘肃的经济实力是怎么都支持不下来的，最后被迫下马，也在情理之中。

为了三线建设，这是成立西北院的本意。陈可言在水工组，是黑河黄藏寺初步设计的项目负责人。黄藏寺水电站要为404厂供电，首先让陈可言带队进山去查勘黑河干流，进行初步规划。水利工作者，大多时候都是在野外工作。领命之后，陈可言一行从张掖出发，翻过俄博，经祁连到达黄藏寺，雇好了马匹、向导，在黄藏寺准备了一个多月，开始进山。

向导走在最前面，刚上到山顶小道，向导的马在跳一个小坎时摔到山下，马一直摔到谷底，肠花五脏都出来了。大队不得不退回到原出发点，拟电报告诉院里："摔死一马人无恙。"副院长翟东平接到电报十分着急，也没看清就说，什么摔死一马人，还无恙，当即电令"速回"。黄藏寺初步设计也没有完成，半途而废。

后来陈可言去新疆巴里坤军马场，处理水库的防渗加固。翻越天山后，气温急剧下降，陈可言所在工作室在半地下室内，屋顶上装有几块玻璃采光，从军马场借了一件皮大衣才能御寒。这次的工作并不复杂，陈可言查看后提出了防渗加固处理措施。

在此期间，陈可言还担任了青海北山寺的项目负责人，当时，这项工程是青海最大的水电站，装机容量4000千瓦。青海省在设计中途，看到问题复杂，请求西北院支持设计。陈可言受命后，立即动身前往踏勘。水电站沿山动力渠道有四个大滑坡，一个还处于前池附近。前池地基看起来像砂岩，经过化学分析是含有99%石膏的石膏层。电站不大，问题不小。开始苏联专家还在，提出的设计方案，由于投资偏大，又遇1960年经济困难时期，决定缓建。直至1962年，水电部水电总局领导到青海视察，查看了北山寺水电站，认为应当继续建设，以后就是调相运行也是必要的。踏勘之后，陈可言在设计中于前池滑坡采取减少下滑力、建设廊道排除地下水，前池采取钢板衬砌，杜绝渗水，在厂房水下部分混凝土使用抗酸水泥，并在基础底下及周围均铺设沥青砂浆等，防止地下水侵蚀。最终工程建成投产，至今正常运行。

接二连三的工程，给了陈可言实际锻炼的机会。所学又能所用，并不是每一个知识分子都能遇到的幸事。陈可言遇到了，也做了选择，在这种机遇中锻炼成长。

陈可言在"文化大革命"之初就受到诬陷。他一开始就看不惯造反派那一套。由于不理解，看不惯，他没有参加任何群众组织，只觉得自己有机会做好分内的事情，就很不错了。但是，秉直的性格，却在不知不觉中把自己拖进了运动之中。陈可言等十四名中级干部联合署名贴出一张大字报，就西北院存在的问题，揭露真相，震动了西北院，造反派虽然恨他们入骨，但也无计可施。不久，造反派想方设法找了一个理由，让陈可言去宁夏农场劳动。没想到，那里也不平静，"战争"的火药味很浓，几乎每天都在提心吊胆中过日子。一天晚上，突然传来一阵阵吼声，吓得同屋的李士元忽地翻身起来，一屁股坐在了床边的行李袋上。一屋子的人鸦雀无声。陈可言站起来，到外边看了一圈，隔壁的同志说没事，是他们屋有人发癔症，回屋一说，李士元号啕大哭：这都过的是什么日子呀！

有一天，有人告诉陈可言，兰州在武斗了，让他赶快送妻子梁淑凤回北京去生孩子吧！随后，这些一同接受劳动锻炼的知识分子联合给农场领导说：老陈病了，可能是阑尾炎，急需要回兰州检查治疗。就这样，陈可言回到兰州。他一看，兰州确实乱了，已经没有正常的城市生活秩序，说不定，会发生意想不到的事情。陈可言赶紧买了张卧铺票，送梁淑凤回北京了。

送走梁淑凤之后，灾难找上了陈可言，在一次批斗会上，他被造反派打伤，爬在床上疗伤的陈可言痛苦不堪，他知道，全国的水利工程建设开展得如火如荼，甘肃，这个缺水的省份更应该迎头赶上呀，在这个时候，如此严重的内斗内耗，需要消磨多少人的心血呀！

因为搞水利，陈可言对全国的水利工程了如指掌。位于河南省林县（现林州市）正在上马一个声势浩大的水利工程。林县处于河南、山西、河北三省交界处，历史上严重干旱缺水。为了改变因缺水造成的穷困，林县人民从1960年2月开始修建红旗渠。他知道，林县和甘肃的许多地方一样，是个水源奇缺的贫困地区。"水缺贵如油，十年九不收，豪门逼租债，穷人日夜愁"，不仅仅是旧林县的真实写照，放到甘肃任何一个地方，都是这样呀！

陈可言一直在关注这个浩大的水利工程。从1957年起，林县先后建成英雄渠、淇河渠和南谷洞水库、弓上水库等水利工程。但由于水源有限，仍不能解决大面积灌溉问题。"引漳入林"工程，正是在这种背景下，在河南省、地各级领导和山西省平顺县干部群众的支持下，在各级水利部门及工程技术人员的帮助下，县委、县人委组织数万民工，从1960年2月开始动工，计划经过十年奋战，建成以红旗渠为主体的灌溉体系，实现灌区有效灌溉面积五十四万亩的宏伟目标。

而在遥远的西半球，那个被称为美帝国主义的国家，正在轰轰烈烈大搞水利工程建设。对于专业知识和科技发展的情况，总能通过各种渠道传到专业人员那里。陈可言知道，田纳西工程建设开展于罗斯福新政时期。

1933年5月美国国会通过并成立了以霍普金斯为首的"联邦紧急救济署"。到1934年底，有大约200万个家庭得到了救济。在救济困难家庭的同时，还实行了以工代赈计划，成立了公共工程署等机构，管理公共工程项目，以吸收更多的失业者参加劳动。田纳西流域的水利工程就是这样一个工程。这一流域原是美国的一个贫困地区，多数居民没有电用。

1951年5月，以设计者埃德蒙斯顿工程师名字命名的埃德蒙斯顿水利工程提出方案论证。这个工程的泵站位于加州贝克斯菲尔德以南四十七公里，计划从加州大渡槽取水，翻越蒂哈查皮山，送水至调水工程终点——洛杉矶市和里弗赛德县。其设计最大流量为每秒126立方米，净扬程为587米。就扬程和流量而言，是美国20世纪最大的泵站。

可是，在这个关键时刻，正当自己雄心不已的时候，却被打倒了，壮志未酬的悲哀，让陈可言流下了痛心的泪水。他不知道自己是否还能站起来，是否能实现平生的志向和抱负。

草船借箭

1964年4月14日，江苏淮阴水利学校毕业的李恒心风尘仆仆来到兰州。他们一行十几个人，在响应支援大西北的号召下，踏上了这片陌生的土地。

和江苏的青山绿水是截然相反的两种景致。尽管事先做了多种猜想猜测，眼前的事实还是大不相同。四月的兰州，似乎还沉睡在冬天里。这里和家乡花团锦簇的春天相比，用人间天上的比喻最恰当不过了。二十三岁的李恒心感到，唯一相同的就是高涨的革命热情。刚来的那一天，兰州出了一个号外，是两条具有爆炸性的消息：中国第一颗原子弹爆炸了，苏联赫鲁晓夫下台。穿行在兰州破烂不堪的街道，有这两条消息陪伴，李恒心来到和平饭店，来到和政路和平门、东岗西路，两边都是土坯房；当时，东方红广场所在的位置是一片瓦砾，在南关十字还有一截土城墙。

逗留兰州的几天时间里，李恒心走遍了城关区。在如今广场的西南角，他吃了一碗牛肉面，庆阳路有一家阳春面馆，味道很不错。在兰州经历的第一件尴尬事，竟然是在街头溜达的时间长了，内急，却找不到厕所。情急之下，李恒心跑进张掖路小学，谎称找人，这才解决了内急。

李恒心前去报到的单位是甘肃省河西建设规划委员会，简称河西建委。当时他们一起前来报到的有十九个人。李恒心被分配到农建十一师，后来搬到了张掖，属于水利规划设计队。

*回忆让李恒心变得沉默。

1965 年到 1968 年，李恒心在河西度过了自己刚参加工作的几年艰苦的生活。这几年的冬天，他们住在张掖，夏天就到野外去工作。当时，安西有一个水利厅的水利建设指挥部。而所谓的指挥部，很像一个羊圈，干打垒砌起的土坯房子，进出都需要人弯腰低头。然而，就是这艰苦的条件，竟然没有人嫌弃，一百多人在这里住了两年，工作了两年。

安西是世界有名的风库，当地人形容"一年一场风，从春刮到冬"，可真是再形象不过了。当时正值三年困难时期，生活的艰难可想而知。就是在这样的条件之下，这些热血青年，参加了双塔水库的除险加固、安西的建设规划、敦煌的北部疏勒河的规划、疏勒河安西段的整治等工作。李恒心主要的工作就是工程测量、河水的检测、地下水的观测以及设计整治措施。

酷烈的生存环境，很残酷地磨砺了这批刚从学校走上工作岗位的热血青年。而这种磨砺，不仅升华了他们所学的知识，更给了他们坚强坚韧的品质。更多的时候，苦难成了一笔最最宝贵的财富。

就在这个时候，轰轰烈烈的"文化大革命"开始了。被强化的集体主义观点，压抑了很多心底真实的想法。在这种政治气氛下，李恒心到了玉门镇，参加玉门镇的水利规划。当时昌马水库还没建设。1968 年，参加金塔县鸳鸯池水库更新改造。同时，为鸳鸯池水库下面四公里一个叫解放村的村子，搞了一个水库。

一边参加建设，一边经历谁也不知道结果的政治风浪，李恒心不知道自己的出路在哪里。但是，冥冥中他的未来和前途，已经发生着不可逆转的改变。

李培福带队前往景泰川现场查勘时，趴在床上养伤的陈可言和奔波在鸳鸯池水库的李恒心都不知道，这次踏勘，竟然和他们这一辈子的人生，有着密不可分的关系。

1968年12月，甘肃省委、省革委会决定建设景泰电灌工程，并让李培福同志担任工程筹备领导小组组长，抓紧完成规划、设计、施工方案，再经省委、省革委会讨论通过后，付诸实施。筹备领导小组成员有：省农办主任窦述、省农十一师副师长张兴汉、省水利厅厅长曹布诚，武威地委书记陈如意、景泰县委副书记贾梓才，以及兰炼、兰石、白银公司、建工部七局分管农业的副厂长等。筹备小组在省农办设办公室，化成、吴之海、胡宝祥等为专职干部。在景泰县设景电工程现场指挥所，由梁兆鹏、唐伯康（军代表）、贾梓才、邓文盛、李兴祯等组成现场指挥所领导班子。

李培福把喜悦藏在心里。几年的绸缪，终于走出实质性的一步，对他这个有名无实的领导来说，已经是不可多得的机遇了。

筹备领导小组面临三项任务：组织勘测设计力量，尽快地拿出景泰川电灌工程百万亩勘测、设计方案和施工预算，提交省上讨论通过后实施；组织力量将兰炼在靖远五大坪的小管道上水工程北迁，以解决景泰电力提灌工程总干渠泵站、渡槽、隧洞大量施工用水问题；划分各单位耕地区域，以调动包括景泰县人民在内的各方面力量共同建设工程的积极性。

这是这场攻坚战的前奏，也是尊重科学规律的必然决策。三个目标，像三座沉甸甸的大山，压在李培福的身上。但是面对如此艰巨的任务，李培福却开心地笑了。他之所以开心，是因为这个伟大的工程，终于拉开了序幕，同时，也为自己率领的筹备小组的整体实力而开心。在这个筹备领导小组里，个个都是来自各行各业的精兵强将，有这一班人马，有什么样的任务不能完成？

紧张的筹备工作开始进行。在一支接一支的香烟中，千头万绪的工程，在李培福心中一一展开。一张施工图纸铺在他的面前。李培福长出了一口气，"面向群众"，他又一次想起这四个大字。这四个字，几乎成了他战胜一切困难的法宝。

李培福又点燃一支香烟。他突然问自己，自己究竟做了如何辉煌的成绩，得到主席的肯定并获得如此崇高的荣誉？

李培福的思绪回到了从前。

1935年2月，国民党发动了对陕甘边区革命根据地的大规模"围剿"。庆北县苏维埃政府和游击队撤离后，李培福等人就地坚持斗争。他两次险遭不测,但毫不退缩,历经周折,重新组建起庆北游击队,恢复了庆北办事处,并任主席,带领游击队打击消灭民团和土匪,使庆北苏区得以稳定。1936年,蒋介石拒绝议和,坚持内战,调集十六个师和三个旅的重兵,对陕甘苏区发动了新的"围剿"。迫不得已,中央做出了西征的战略决策,并要求陕甘宁省委派出干部随军进入新解放区,开展党的组织和革命政权建设工作。时任关中苏区苏维埃政府副主席、党团书记的习仲勋同志接到中共中央来信后,急忙赶回陕甘宁省委驻地吴起镇刘家渠接受命令。

当年5月28日,习仲勋随西方野战军左路军红十军团向甘肃省东部的曲子镇开进。曲子镇是当时国民党曲子县县政府所在地,是庆阳通往宁夏的咽喉要道,驻守有国民党军35师马鸿宾部105旅旅部一个特务连、骑兵团一个排和国民党环县保安大队,约三百人。它是左路军确定夺取的第一个目标。

5月30日,左路军到达甘肃省东部的元城地区待机。时任庆北游击队总指挥的李培福立即派出四叔父李淮、伙夫张德贵给红军当向导。李培福带领二百多名游击队员也向前进发。6月1日下午3时,曲子战斗打响,晚上10时多,战斗胜利结束,经过激烈战斗,红二师共毙伤俘敌三百余名,俘获105旅旅长冶成章、副旅长杨有福。

曲子、环县一带解放后,当即成立了中共曲环工委,党中央和陕甘宁省委决定习仲勋任书记,李培福任曲子县苏维埃政府主席。不久,环县县委成立,习仲勋又调任环县县委书记,县委机关设在洪德城杏儿铺。

6月上旬的一天,在八珠塬开展革命工作的李培福忽然看见前方有一个高个子的年轻人,穿着一身破旧的黑色衣服,肩上背个包袱,大步流星地往前赶路。他觉得十分眼熟,紧跑急追走近一看,原来是习仲勋。习仲勋在担任陕甘边区苏维埃政府主席时,经常到庆北苏区检查工作,和负责庆北苏区工作的李培福多次交往。今天,两人相见,分外高兴,两双大手紧紧地握在了一起。

李培福问习仲勋干啥去,习仲勋说转道上环县。李培福看他只身一人,又没带枪,而所行一路都是新区,地域偏僻,山大沟深,人烟稀少,土匪、民团、散兵又多,很不放心,就从自己一行人中拨出一匹马,拿出一把盒子枪交给习仲勋,并派自己的通讯员小李前去护送。习仲勋再三推辞不掉,只好接受。两位战友高兴地话别后,挥手奔赴各自的工作岗位。

李培福任曲子县苏维埃政府主席后，立即赶到曲子。当时街上还有很多国民党军队遗弃的物资，红军正在打扫战场。地方事务由红军宣传队负责，宣布曲子县苏维埃政府成立的布告已贴在街头。县政府设在一个旧商号里，店主王得仁不知跑到哪儿去了，房子里乱糟糟的。李培福带人砌灶安锅，收拾利落，就开始办公了。

当时的县政府除了一颗方形大印之外，一无所有，一切都要从头开始。过了几天，县政府的工作人员陆续到齐。他们当中有红军派来的军队干部，有随红军西征来的地方干部，有从当地选拔来的积极分子。李培福把大家组织起来分了工，成立了政府各职能部门，还搞了一个合作社。然后，深入各区、乡发动群众，建立基层政权。经过一段时间的工作，各区、乡的苏维埃政府都建立起来。

李培福在曲子时，陕甘宁省委和省政府也在曲子。省委书记李富春和省委白区工作部部长蔡畅就住在县政府隔壁。李富春常来了解情况，指导工作。李富春十分注重提高干部的文化水平，他知道李培福文化水平不高，在口头布置工作后，还经常写成书面指示，字写得又大又清楚，为的是让李培福照着练字。

李富春对干部生活上很关心，政治上要求也很严格。曲子刚解放时，县政府给一个姓李的商人安排了商会会长职务，后因他表现不好，出了些问题，被保卫局押了起来。有人出面活动说愿出一千大洋把他赎回去，李培福同意了，赎金也如数上交了。此事被李富春知道后，对李培福进行了十分严肃的批评教育，指出李培福对此事的处理主要错误有两方面：一是没向省委汇报；二是没有经过讨论。这件事对李培福教育很大，他诚恳地表示坚决改正，以后常以此为戒。

1937年11月，华池县在大沟门召开人民代表大会，李培福当选华池县抗日民主政府县长。李培福文化水平不高，写东西也很困难，可他硬是彻夜伏案撰写修改，完成了工作报告，面对两百多位代表，宣读了县政府的施政纲领。

1938年，抗日战争进入相持阶段，日本帝国主义将矛头指向各解放区战场，对抗日根据地实行烧光、杀光、抢光的"三光"政策。国民党政府停发了对八路军的供给，陕甘宁抗日根据地经济十分困难。最困难时，连一般的吃饭穿衣都成了问题。1939年，国民党顽固派在发动反共高潮同时，对陕甘宁边区开始实行经济封锁。

为了克服面临的严重困难，党中央提出"自己动手，丰衣足食""发展生产，保障供给"的号召，中共中央于1939年底、1941年初在延安两次召开生产动员大会，发起了大生产运动。

在大生产运动中，李培福以身作则，规定从县长到一般办事员每人一把锄头，农忙季节上午劳动，下午办公，要求县级以上干部每人每年生产粮食两石，区干部一石，乡干部六斗。1940年至1942年，全县机关干部收入细粮296.6石，做到了机关经费和伙食全部自给。

1943年《解放日报》以"干部积极肯干，每次工作最先完成"为题撰文，对李培福等华池领导干部的工作进行了肯定。文章说："华池自县长以下的干部许多都是有丰富斗争经验的，地方干部工农分子和各阶级进步人士，他们具备许多宝贵的优点，如：一、对革命事业忠诚；二、埋头苦干的精神；三、切实朴素的作风；四、积极性高，责任心强，凡上级给的任务都不打折扣地执行。"

回忆过去，让李培福的情绪变得激动。当年的生死拼搏，不就是为了给老百姓谋求美好的生活吗？和当年的艰难险阻相比，在和平年代搞建设又能艰苦到什么程度？如果说当年取得的成绩有什么诀窍，那就是自己面对群众，点燃了他们心中的激情，汇聚了他们的力量，最终完成了一个个看似艰难的任务。只要面向群众，实事求是，急群众之所急，想群众之所想，还有什么难以克服的困难呢？

调遣勘测、设计队伍的工作开始了。当时由甘肃省生产指挥部下文，抽调省水电局、农十一师、河西建委、省水利水电设计院、省黄羊镇水校、西北勘测设计院，和当时就在景泰搞地质水文钻探的水电部水文第三大队、白银公司、景泰县六百多名党政技术干部和县上组织的由两百名民工组成的民工服务大队，按各自原来的业务性质，分队设点，开始了景泰百万亩电灌工程的土地规划、水文地质、土壤普查、渠线走向、泵站建筑物设置等的勘测、设计、预算工作，绘制总干渠带状图。那时，筹备领导小组宏观上负责各路人马的调配，现场指挥所具体指挥作战。除了民工服务大队的生活补助和干部发薪外，所有人员都是借调，工资、车辆、油料、生活都由原单位负责。水文大队原来就在条山气象站和条山、秀水村民家里借宿；服务大队安排在县级机关集体食宿；其他三百多人，连同家属、子女六百人，县城芦阳民房安排不下，一部分住到城北墩村民家里。

电力提灌工程，这是他们以前从未遇到过的工程，不是靠一把镢头就能解决问题的工程。李培福深知这一点。引洮工程的经验教训让他深知，搞水利建设，没有正确的科学理论做基础，一切都是瞎扯淡。这个工程，首先需要解决的问题就是人的问题，需要一大批具有专业知识的知识分子，以他们为龙头，做基础，才有可能实现这个宏伟目标。人从哪里来？

想到这个问题，李培福无声地笑了。他笑得很果断，很有深意。是呀，在那个特殊的年代，一些有思想、有抱负的年轻人，却因家庭背景、政治问题在不同程度上遭受了磨难。很多的"五七干校""牛棚"中，都有他们的身影。而这些人，怀有一腔热血，却没有施展拳脚的地方。用他们，充分发挥他们的聪明才智，培养工程所需要的人才，就没有成不了的工程。

一个人，一生中所能拥有的重要的机遇和平台，也就那么有数的一两次。这个机遇和平台，却可以成就一个人一生的事业和成就。人生短暂，

*浩浩荡荡的勘察队伍开进荒原。

真正要想实现自己的抱负，这个机遇显得尤其重要。遭受挫折的李培福，深深感到了这一点，他坚信，那些心怀壮志的知识分子，一定也有着和自己一样的情怀，只是在那个特殊的年代，每个人都小心地压抑着这一愿望罢了。

李培福透过缭绕的烟雾，看到了闪烁的希望之光。草船借箭，借工程这条船，动员省内各机关单位到景泰来大办农场，还愁技术、资金、设备、人员的问题吗？

慢慢清晰的思路让李培福感到兴奋。是呀，这个想法，对工程、对机关单位双方都有利，实行起来应该不是问题呀。景泰川大片的土地，是兴办农场的好地方，既满足了这些厂矿企业为职工谋福利的愿望，又解决了工程所需的保障，这样一举两得的好事，还有行不通的道理？这不是草船借箭，而是金船借箭呀。家有梧桐树，还怕引不来金凤凰？

有了好主意，就不愁无米下锅了。既然是筹备，李培福首先与兰炼交流，按照省委的部署，和盘托出自己的想法，动员他们将兰炼农场从靖远旱坪川搬迁到景泰川。

在李培福的眼里，兰炼农场，可不仅仅是一个农场呀。兰炼不仅是甘肃省的金疙瘩，它的一举一动，对省内其他厂矿企业，更有着举足轻重的影响和号召。同时，兰炼雄厚的经济实力，更是这个工程所需要的经济保障。

事实证明，李培福搬来兰炼农场的同时，也吸引了更多的厂矿企业。此举不仅为整个工程的建设创造了条件，而且开了省会兰州大批厂矿、机关单位来景泰大办农场的先河。从兰炼开始，引来了七八十家，甘肃省和兰州市相当一批大、中、小厂矿、机关、学校，纷纷前来办农场。继兰炼之后，企业有兰石、长风、白银公司、万里、兰钢、兰化、十一冶、兰州机床厂、综合电机厂、建工七局等，学校有工大、兰大、医学院等，都分别选了条件优良的地段，围绕在指挥部周边的大片地域。总干渠两边，草窝滩、席滩、长城内外，或铁路、公路两旁，周围百余公里的荒野上，随处可见兴建的农场厂房。

借来箭，就有了工程所必需的基础保障了，看着热火朝天的场面，李培福长出了一口气。开始其他方面的筹备了。

东风来了

1969年2月，春寒料峭。呼啸的西北风砭人肌骨，时间概念上的春天，并没有真正意义上的温暖。但是在罗文深的心底，却蓬勃着二十岁青年的热血和激情。在前往当时的景泰县城芦阳县人委大院的路上，所有进入眼帘的景物，都有着春天的灿烂。高中毕业刚回乡接受贫下中农再教育的罗文深觉得，美好的生活和机遇，正在向他招手。

在不到十天的时间里，和他一同前来报到的复员军人和回乡知识青年有五六十名。这些人汇聚在一起，景泰川电力提灌工程筹备所变得充实起来。服务大队的名号和责任，预示整个电力提灌工程的准备工作正式展开。

报到后的第二天，服务大队的所有人员被安排到现场指挥所后院的一间会议室中参加学习。事先得到的消息是，将由省上的大领导做开学动员报告，这个消息让罗文深心跳不已。

尽管祖祖辈辈盼水想水的迫切，留给罗文深很深的印象，但景泰川电力提灌工程能否真正从根本上解决问题，或者能有一个怎么样的明天，和众多当地的父老乡亲一样，他心里并不是很清楚。

学习班会场设在现场指挥所后院的一个大会议室里。早上七点多，罗文深他们就进入会场，去参加开学典礼。会场布置得简单而庄重，"景泰川电力提灌工程干部培训"的横幅标语，让每个人都感觉到了自己肩上的责任。

大约刚到八点半，省上领导一进会场，全场响起了热烈的掌声。在当时流行的"敬祝"程式之后，主持人将台上就座的各位领导向他们一一做了介绍。坐在正中的是李培福，他的两边坐着梁兆鹏和县上的几位领导。

李培福穿着棉袄，上面罩了一件深灰色中式外套，有点臃肿，但朴素的感觉扑面而来。罗文深突然想到，附近的老乡们都把这位副省长称为"李老汉"，一下觉得很形象，很贴切。

开学典礼正式开始。李培福以副省长、景泰川电力提灌工程筹备组组长的身份做了讲话。罗文深看得清楚，刚开始的时候，李培福还拿着讲话稿在念，但很快，他撇开讲话稿，滔滔不绝，讲了起来。

是呀，面对这些朝气蓬勃的年轻人，前期紧张的筹备工作和踏勘，不就为着这一天的到来吗？李培福难以按捺心头的激动，景泰川的未来在他

*想起刚参加工作的情景，青春似乎又回到了罗文深的脸上。

心中徐徐展开："这个工程建成后，这一带就不再是风沙漫日头，干旱缺水了。到黄河水上到景泰川，展现在咱们面前的就是一个美好的米粮川了。到那个时候，黄沙漫漫的荒滩，就会渠道纵横，条田连片，绿树成荫，机器轰鸣，生产蒸蒸日上，昔日荒滩就会变成一个花果川、米粮川，成为咱们甘肃的一个大粮仓。那个时候，父老乡亲，就不会再为吃不饱肚子而发愁了，再也不会去背粮了……你们附近的那个五佛寺，每个月都有人去烧香拜佛，几千年了，可是结果呢？仍然没有给你们祖祖辈辈带来好日子。今天，党和政府却给你们这个机遇，这个改变命运的工程……"

这是第一次在公众场合，李培福展现出自己心中的美好画卷。所有的努力，都是奔着这份美好而做出的努力。而且他坚信，这幅美好的画卷，正是每个人心中的希望。

阳光透进会议室，李培福摘掉了帽子，光着头，脸上泛着红润的光泽，他越讲越激动。罗文深这些年轻人，简直被他带进了一个神奇的世界，每个人都瞪圆了眼睛，微张了嘴，大气也不出一下，认认真真享受那期望的美好。不，似乎李培福描绘的那种美好，已经到了他们面前，他们能听到哗哗的流水声，能闻到小麦的清香，能看到大片大片绿色的田地……

李培福略带庆阳口音的话，极富感染力，再加上他的热情，如一块磁力强大的磁铁，紧紧吸引了这些年轻人。看到大家都入迷了，他话锋一转，开始讲工程建设将会遇到的种种艰辛。李培福列举了五六十年代由他指导和组织的北塬引水工程、引洮工程等几个例子，反思了工程中存在的问题。当话题转到对这些年轻人的期望时，李培福朝着旁边的贾梓才笑着说："看到你给我挑选的这些小伙子，我就打心眼里高兴。"

随后，李培福抬高了声音："你们的运气的确好呀，祖祖辈辈盼水、上水的愿望就要在你们这一代实现了。搞这么大的一个工程，是造福子孙后代的大工程，是一次创业，也是一场会战。这要和打仗一样，只能打赢，不能败下阵来。你们要有充分的思想准备，要有必胜的信心，要能够经得住考验。咱们大家一起熬几年，干他几年，豁出命去干，我就不相信搞不上来黄河水！"

春寒料峭的日子里，李培福的报告，像一堆熊熊燃着的大火，点燃了每个人的心中之火。在一阵热烈的掌声中，李培福结束了他的动员报告。

掌声包含着前所未有的力量。李培福清楚，再没有比这更强大的力量了，这可是积存了几千年、祖祖辈辈的力量。生活在黄河边讨饭吃的悲哀和穷困，如积累多年的干柴，而这个工程，就是一粒火星，很快就会燃起熊熊大火。"面向群众"，李培福又一次想起了这四个字。

1969年3月19日，时任党中央总书记的邓小平一行视察刘家峡水电站。邓小平说："没想到工程搞得这么快，搞得这么好！"

1969年8月，拦河大坝全部浇筑完毕。左右岸副坝也于1968年、1969年浇筑完工。

1968年10月15日，电站下闸蓄水，第一台机组于1969年3月29日并网发电。

景泰川电力提灌工程，有了看得见的动力保障。

总干渠的走向，涉及百万亩肥沃良田的合理、科学开发。为了准确地确定其走向，在工程技术人员工作的基础上，1969年4、5月间，李培福带领张兴汉、梁兆鹏和工程规划设计、测量人员，以及景泰县委副书记贾梓才、县水电局副局长李兴祯等二十多人，乘北京吉普和解放牌卡车，由县城芦阳镇出发，开始了纵贯灌区的、决策层的，也是施工前的最后一次踏勘旅程。

黄河岸畔的田地里麦苗青青，柳絮如朵朵雪花，有些令人讨厌地翻飞飘荡。沿着四井沟上行，穿草窝滩，过漫水滩，纵贯鸡爪子滩。一行人边走边规划，不经意间，已经到了日落西山、暮鸟归巢的时节了。

大漠的夕阳总是具有独特的魅力。长河落日圆的美景，并没有因为缺少长河而逊色多少。落日燃烧了西边天际一抹云彩，如同烧红了一块铸铁，呈现粗犷而坦荡的美。整个西天，都让这块红透的铸铁辉映得绚烂无比。

景泰县红砂岘村正浸染在这绚烂的晚霞之中，土苍苍的山村，因为这道晚霞，似乎被罩上了一层红色的纱幔。李培福带领的车队，就披了这晚霞，风尘仆仆开进了村子。车一进村，惹来了看热闹的小孩、小媳妇、大小伙子。偏僻的小山村，从未来过如此多的小车，也从未来过如此之多的城里干部。

生产队长着急了，一听说来的不仅仅是"县太爷"，还有省城的大官，一时竟然不知如何是好。在景泰县工作人员的提醒下，这才回过神来，赶紧安排这些人的住宿和吃饭问题。李培福、张兴汉、梁兆鹏和贾梓才等几个人被安排在一位六十多岁的老人家里。晚饭吃的是老百姓的家常便饭，面条加洋芋条，没有青菜，炕桌上只摆着盐碟碟、醋瓶瓶。

山村虽小，却也有待客之道；生活清贫，却不乏真诚热情。吃过晚饭，熬好的茯茶被主人恭恭敬敬端到客人的面前。暗红的茯茶滚烫溢香，不仅解乏，还能醒神。主人害怕客人没有吃好，又煮了一锅土豆，等到土豆熟了的时候，也就到了半夜了。吃几个土豆睡觉，已经是贫困的村民所能提供的最好招待了。煤油灯罩被主人擦得一尘不染，捻头也被调整到了最大的程度，低矮、破旧的房屋，迎来从未有过的光明。

偏僻的山村，平时没有什么可供村人热闹的事情。一家来了客人，就算是全村的客人了，谈天说地能持续大半个晚上。更何况乡亲们听说来了省上的大干部，都摸黑串门来了。大黑狗拴在石头垒的东墙脚下，"汪汪汪"叫个不停。三间堂屋，坐的、站的、蹲的，扎了满满一屋。年轻姑娘、媳妇，腼腆得怕见生人，却又都想看看这些省上来的人，一个个抿着嘴笑着，从窗孔里觑着，叽叽喳喳评说着各自认为看见的"省上大干部"。他们都不知道，这些突然造访的大干部，将改变他们的生活和命运。

李培福见来的人多，立即忘记了疲劳，喝着茯茶，抽着烟，和乡亲们拉起了家常。问住户、庄稼、副业，问有没有断炊的人家。话题很自然地拉到了水利工程。坐在炕头上的李培福，更像山村最有权威的长者，他说："省上已派来水利队伍，要把黄河水从五佛寺提上来，浇灌景泰、古浪百万亩大川。"随着乡亲们好奇的眼神，他尽情描绘上水以后这里将要发生的翻天覆地的变化。

六十多岁的房东老人，听到兴头上，情绪激动了。他说，在他还是娃娃的时候，听老人说，这红砂岘一带是个有龙脉的宝地。老人们说，这里有朝一日，必有神明显灵，贵人理政，出现盛世丰年。但是，不知从什么时候起，兵荒马乱，树被砍光，山烧得秃了头，只剩下这一星星泉水，养活这里的山野村民繁衍生息。前一晌，听村干部从县上回来说，要把黄河水弄到这里来，谁听了都不信。"自古黄河向东流"，哪有向西之理？可又一想，共产党里能人多，说不定用什么办法会把水搞上来。

李培福几个人，你一言我一语，讲述把水搞上来的可能性。当他们听说要建多级泵站，逢山凿隧洞，遇沟架渡槽，用电带动机器把水抽上来时，对于只见过手电筒，再无任何水电知识的山区庄稼人来说，个个听得云山雾罩的。生活在这里的人们，连县城都没去过，更谈不上见过黄河。听起这些上水的言谈，真像是在听另一个世界的故事。房东老人不断点头称好，但也认为是遥不可及的事情："那大概是猴年马月的事哟！红砂岘像我这把年纪的人，恐怕只能听听，见是见不着了。"

煮好的土豆端上来，前来串门的村民们都知趣地回家睡觉。吃完土豆，已经到深夜了。天刚亮，李培福又带领大家，向古浪裴家营方向行去。接连几天，百万亩总干渠路线终于定了下来。

1969年7月9日上午，报告上呈后，李培福、梁兆鹏等筹备小组的成员，在宁卧庄向省革委会领导汇报相关的情况。省革委会的领导非常重视这次研究讨论，整个会议，从早上谈到下午6点20分才结束。

李培福等人，分别向在场的领导汇报了工程的前期筹备情况，工程建成之后的效益和作用，同时提出工程分期实施的建议和意见，以及今后需要解决的问题。

汇报得到省上领导的肯定，在场的领导对筹备小组的工作感到满意。经过几个方案的比较，都认为可以按照小方案进行施工，分期完成这个浩大的工程。省上领导敏锐地感觉到，通过这个工程的实施，可以带动本省的科技发展，提高生产力，增加经济效益，这是一个难得的契机。经过认真讨论，会上确定：水泵问题要本省自己生产，借此机会，扩大兰州水泵厂；电的问题要刘家峡电厂安排，同时比对研究从刘家峡输电更经济，还是在本地修建电站更经济、科学。借此机会，组建和历练一支水利建设队伍，为甘肃将来的发展打下坚实的基础。成立农场，各厂矿企业抽人实施，动员一批民工，参加工程建设，解决工程机械不足的问题。

这次会上，就工程所需要的材料和资金，省革委会的领导也拿出了一个初步的意见：所需要的材料，报请国家给一半，省上拿一半；资金争取国家投资一个亿，其余的由地方解决。参加建设的厂矿企业，纷纷要求划地。这个工作要抓紧进行，明确责任，也要明确利益。原则上不搞移民，建议尽快专门召开划地会议。会议所涉及的内容，由李培福专门前往北京，向中央汇报。

省革委会的肯定和安排，给了景泰川电力提灌工程筹备小组前所未有的力量。汇报会结束后，李培福又立即召集筹备小组的成员召开会议，就省上领导的安排，做了具体的落实和筹划。会议确定：尽快落实第一期工程所需要的小方案，成立两千多人的工程局。开两个会，一是在兰州开划地筹备会，而后再到景泰开会，具体划地。二是和生产厂家，就水泵试制生产专门开个会进行讨论。

李培福的烟越抽越凶，脊背后的衣服上，落满了烟灰，在烟雾缭绕中，他语重心长地说："省上领导做了安排的，我们要严格执行，没有安排的，我们也要积极行动。施工前的准备千头万绪，任何遗漏，都会带来不利的因素。比如工程人员居住的房子，冬季用煤，交通道路等基础保障，也要同时落实到位。有利的因素来之不易，千万不敢因小失大。"

1969年8月23日，李培福主持会议研究向省上汇报的问题，将吊吊坡河床发电与兰州供电做比较并向省上汇报情况。对工程从战略上讲实施大方案，从战术上讲先进行小方案，先小后大，逐步实现。后来，省上领导听取了自建电站和使用刘家峡电力的比较后，否决了在吊吊坡自建电站的方案，决定应该集中有限的资金保障工程建设，做出由刘家峡电站向景泰川电力提灌工程输送电的决议。

景泰川电力提灌工程，加快了前行的步伐。

李老汉吹响集结号

景泰川电力提灌工程指挥部坐落于景泰县原驻地芦阳北街县政府大院，在低矮的大门上，悬挂着"甘肃省革命委员会景泰川电力提灌工程指挥部"的牌子，在大门西边的墙上，绘制着景泰川电力提灌工程泵站上水灌溉示意图，"两年上水，三年收益，五年建成"的标语耀眼夺目。李培福住在背靠城隍庙的向东的两间平房里，贾梓才家住在向西的三间平房里，早早晚晚，说说话倒也方便。这座院子，自然成了这个浩大工程的中心。罗文深他们几个住在李培福的隔壁，爱和年轻人开玩笑的李培福，常常惹得他们大笑不止。李培福和年轻人开玩笑，不光斗嘴，而且还爱动点手脚，但这个动手脚，也是老人对年轻人的一种喜爱。有一天晚上，李培福喊："小罗，你去取一下材料。"罗文深急忙按照要求去取。等拿来了，李培福很高兴，用拐杖在他的额头左面捣了一下，没想到，却起了一个大包。七八天之后，这个大包还没消失。李培福像做错了事情的孩子，看也不敢看这个大包。恰逢罗文深的父亲来看孩子，李培福满怀歉意地真诚道歉："我和小罗开玩笑，不小心，把你儿子捣了一下……"那神情，让许多人悄悄笑了起来……

此时，轰轰烈烈的"文化大革命"还在进行，还在喊着"以阶级斗争为纲"的口号。许多技术人员和建设者，能背着铺盖卷来到这里，确是未曾想到的命运之中的转机。李培福在调集建设人员时，遇到前所未有的尴尬，工程需要的一些专业人员，身上大都背有不同程度的问题，"臭老九""走资派""学术霸权"等等，而这些人，大都在"干校"、在"牛棚"接受劳动锻炼。

怎么办？

这可是全国第一个高扬程的提水工程呀：把黄河水提上四百多米的高处，是搞搞斗争就能做到的吗？是喊喊口号就能实现的吗？这个工程，没有可借鉴的先例，全要靠自己，靠这些"牛鬼蛇神"来设计，来实现。他们是这个工程成败的关键呀。

借鉴几个失败的水利工程，李培福深知，热情取代不了科学，只会坏事。热情以科学技术、科学理论为基础，才能如虎添翼，能成就很多大事。"面向群众"，其实就包含了实事求是的朴素原理呀：正确面对眼前面临的实际困难，寻找解决的办法，才能真真正正为群众谋福利，否则，就是祸国殃民了。李培福从这四个字里，似乎又悟出了新的含义。他在不同场合，向省革委会的有关领导，谨慎地表达了这一层意思，当得到默许之后，眼前顿觉豁然开朗。

"只要是工程上有用的人，我们都要，他不来，我们请来，来了就好好用，让他好好发挥作用，不然我们还有什么办法把黄河水搞上来？"李培福袒露自己的心怀，统一指挥部成员的思想，指挥部的各级组织，在具体的筹备工作中，认真贯彻了这条正确的用人方针。

很多在"牛棚"或者还戴着各种帽子的专业技术人员，正在接受劳动锻炼和"靠边站"的屈辱。他们内心的一腔热血正在逐渐降温，并感到迷茫。他们没想到的是，景泰川电力提灌工程这个救命工程，却给了他们起死回生的机遇。很多具有专业知识的人员，被纳入这个工程建设的名单。为了化解很多矛盾和减少不必要的麻烦，李培福打出一面旗帜，就是让这些人到景泰川"戴罪立功"。在这个旗帜下，筹备组放手大胆地召集这些技术骨干和技术工人。

然而，在当时使用那些"走资派""臭老九"可不是一件容易事，稍有不慎，就会遭遇很大的政治风险，但李培福却坚持了这一用人原则。

有一次一位"革命者"向李培福告密说：某某有港台关系，使用要慎重呀。李培福骨子里对这种拿别人的命运讨好领导的做法反感至极，这些人，往往打着更积极、更革命、更负责的旗号，其实干的全是损人利己的事儿。他当即气愤地说："解放几十年和台湾一个信儿都没有，有什么关系？不用这些同志，你，我，能把黄河水引上草窝滩吗？"

这些告密者，自然不肯就此罢休，通过各种渠道，这些信息反馈到了省革委会。"李培福要的多半是有问题的人"这种说法越来越多，这顶政治帽子在当时可是有不小的分量呀。

李培福听到这些说法后，再一次陷入沉默。然而沉默之后却是更加果断坚决。他斩钉截铁地说："不要管他们的那一套说法，我们按我们的需要办，照他们的办，我们的事业就完了。"李培福语重心长地说："要让有各种各样问题的同志，有个奔头。"

有个奔头，在那个特殊的时代，为这些"有问题"的年轻人，点亮了心头的灯盏。也是这个奔头，从另一种意义上来看，恰好解放了生产力，让这些在迷茫和屈辱中的知识分子，找到了释放自己能量的平台，拥有了实现自己梦想的机遇。李培福深知这一点，他以领导者、决策者的身份，恰如其分地疏导和张扬了人性中的自我价值，正是这个决定和坚持，成了景泰川电力提灌工程必胜的基础。

调一位技术骨干时，原单位多次向他们反映，这个人有重大的历史问题，要做处理，不宜使用。当时这个同志恰好要承担一项重要的设计任务，从专业的角度来说非他莫属。李培福凝眉沉思之后做出了决定："马上去查证，要派实事求是的同志去查。"经过两个多月的反复调查，证明那位同志没有问题。李培福知道结果后高兴地笑了："我们又得到了一个有用的人。"以此为例，他提醒筹备组的工作人员："现在，说什么话的人都有，我们要头脑清醒，防止上当。人，都有点历史，都有家庭关系，如果这些都成了问题，谁去给人民干事？"

"靠边站"的陈可言，就是在这样的背景之下，来到了景泰川电力提灌工程，来到了李培福的身边。

当时，李培福委托筹备组的工作人员到西北院要人，选上了"靠边站"的陈可言。陈可言毫不犹豫拿上所有的家当，来到景泰县。

当时的景泰县，人们形容县城之大，有一句调侃：东头吸烟，划根火柴就到了西头。指挥部为陈可言家准备了老百姓院里的三间正房，高大宽敞；后来张自强来了，家里人口多，东西也多，给他准备的房子是两间很窄的单间，实在难以住下，陈可言就主动把大房换给了他。

陈可言到景泰已是1969年11月。首先要生炉子，做饭，取暖，但找不到劈柴。得知老百姓是到沙沟里去挖草根，无奈中，陈可言只好前去找柴火。

这是从未遇到过的难题。陈可言无助地在路上转悠。土苍苍的县城，土苍苍的山，凌厉的北风吹过来，卷起一个个尘柱。一瞬间里，陈可言走过的路迅疾地在脑海中翻片，一种近乎悲凉的辛酸潮湿了眼眶。就在这时，他看到有家单位院内堆着一堆刨花，给他们说明情况后，他在刨花堆里找了几块劈柴，这才回家生着了炉子。当温暖的火苗跳跃时，陈可言的心情又慢慢好转了起来。也好，远离那个是非之地，在这里专心做自己的专业，为老百姓谋取实实在在的福利，何尝不是一件很有意义的事情？更何况塞翁失马焉知非福呀！

调整好心态的陈可言，第二天就去办理了粮户关系。食油每人每月六两，在粮食定量上，因为他是指挥部工程师，劳动强度小，只有二十八斤，其他干部、技术人员都是三十二斤。陈可言苦笑了一下，他知道，景泰县太贫穷了，是甘肃十八个干旱县之一，不少老百姓每年都要到宁夏等地去"背粮"。没有钱买火车票，就扒车，到站就下来；有的火车到景泰不停站，背粮的老百姓慌忙跳车，每年都有摔死的……这个待遇，对他们这些被下放的人员已经是最好的照顾了。

到景电指挥部报到后，陈可言担任景电指挥部工程技术负责人，后来被任命为工程技术组组长，全面负责勘测设计、施工安装，直至运行管理。

陈可言长出了一口气，他觉得自己找到了自己想要的位置。只要能实现自己用专业知识建设祖国的愿望，其他的一切都不重要了。

在痛苦中等待

1969年，同样在水电部西北勘测设计院工作的姜作孝刚刚结束了被批斗的生活。惊魂未定，惶恐不安，是对他们这些遭遇"革命洗礼"的干部心理状态最好的表述。

神情极度憔悴的姜作孝，不知道自己究竟犯了什么错，更不知道前方的路在哪里。在高分贝的革命歌曲骤然响起时，他的全身就会情不自禁地哆嗦起来，一种从未有过的孤独和恐惧，紧紧包围了他的身心。在那悲哀的时刻，他突然感觉自己是被时代、被社会剔除在外的一分子，立志报国的雄心壮志，成了一个遥远的梦。

1930年2月5日，姜作孝出生于河北省涞水县李各庄村。家乡地处平西抗日根据地腹地的涞水县山区。平西抗日根据地的首脑机关长期驻在下峰口、河东、计鹿等地，领导着这一地区的抗日战争。平西抗日根据地凭借着险要的地势，像一把插入敌人心脏的尖刀，直接进逼日本帝国主义侵华的政治、军事、经济、文化的中心——北平，进逼平汉、平绥两条主要铁路线，牵制着日寇侵略者的大量兵力。平西人民为八年抗战做出了牺牲，平西人民对根据地的建设和对敌斗争做出了重大贡献。姜作孝，就是和这段历史一起成长起来的一代人。

姜作孝人生中最重要的转折是1944年1月到晋察冀边区第六专署参加工作，又从专署奔向延安。1943年高小毕业以后，按当时的惯例就要参加抗日工作了，姜作孝被分配到晋察冀边区第六专员公署。1944年元月到专员公署报到，在专署办公室的文印组工作，具体工作就是刻钢板。然而，命运却出现了意想不到的转折。

时间大约是在5月的下旬，专署办公室的主任突然找姜作孝去谈话，他不知道是什么事，心里非常不安。办公室主任说："领导已经同意让你去延安学习了。你父亲前天找了专署的领导，说你们的一个亲戚段良弼先生要去延安，你父亲要求让你跟段良弼先生一起去延安，领导同意了。"

在抗日战争时期，许多像姜作孝一样的青年都有着一个到延安学习的愿望，但它又不是什么人都可以得到的机会，姜作孝自然别提有多高兴了；但他没想到，前往延安学习的道路竟然是如此艰难曲折。1944 年 8 月，在晋察冀边区联合中学旁听一个月的课后，姜作孝从晋察冀边区政府的驻地阜平县界北村出发，到晋察冀边区联大报到。那时联大在河北省灵寿县漫山村，界北村离漫山大约有一百华里，沿途虽都属于根据地的老区，但途中有的地方离敌人据点很近。比如

*回忆让姜作孝陷入长时间的沉默。

要路过的灵寿县陈庄村是老抗日根据地，但对面的高山顶上就有日本人的炮楼，路过的行人可以看得清清楚楚，只是这时敌人已不敢下山骚扰了。姜作孝只有十五岁，为了路上安全，边区政府安排了一人与他同行。这也是姜作孝第一次出远门。

1945 年新年刚过没几天，姜作孝一行三人，得到晋绥军区的许可，离开了蔡家崖晋绥军区司令部招待所，重新踏上了去往延安的路。过了黄河走了六七天的时间，终于到了革命圣地延安。

1945 年初，姜作孝还在中央组织部招待所等待分配的时候，听说中央党校大礼堂晚上要演戏，据说还是唱京戏。在招待所闲着没事，总想去看看。姜作孝高兴极了，这是他第一次进大礼堂看戏。但如果用现在的标准来看，那里根本不像礼堂，没有座椅，座位是一根长木头，两头支了个桩子，地是土地面，没有照明设备，只在舞台点起两盏汽灯。后边的人只有站在木头上才能看见。快要开戏的时候，只见前边的人一下子都站起来了，有人在喊"毛主席来了！"听得前面响起了一阵热烈的掌声。姜作孝看到毛主席举手向大家示意的身影。

在延安中学的学习生活非常紧张，半天上课，半天自习。但学生们的学习热情很高，精神也很振奋，姜作孝深知自己能到延安学习的机会来之不易。虽然姜作孝那时年龄还很小，并没有什么宏图大志，但是努力学

习、发奋成才的志气和信心还是有的。

1945年8月15日，一张号外传来了令人振奋的消息：日本投降了！瞬时间，全国人民沸腾了！延安人民沸腾了！延安中学沸腾了！同学们站在漫山的窑洞前面兴高采烈，欢呼跳跃，奔走相告。

1945年的最后几天，姜作孝们被分配到抗战胜利后晋察冀边区的首府张家口市，他们带着中央组织部的介绍信，到华北局报到。春节过罢，回到张家口以后，华北局找他们几个从延安中学来的同学谈话，决定让他们到工业专科学校学习。到了工业专科学校以后，因为他们的学历只有初中一年级，不符合那里的招生要求，没有几天就把他们调整到刚刚成立的张家口市立中学学习直到参军。1947年1月，晋察冀边区联中一批参军的同学，进入晋察冀军区军政干部学校学习。大部分同学被编入驻在河北省灵寿县女东庄的政治大队。1947年的4月，姜作孝提前结束了军政干部学校的学习，被分配到晋察冀军区供给部。姜作孝打起背包到当时驻在河北省曲阳县罗家峪村的军区供给部政治处报到，从此，姜作孝开始了自己的军旅生涯，在北戴河疗养院工作。

在此期间，姜作孝意外收获了自己的爱情。1953年"三反运动"学习，后勤处和团卫生队是一个小组，学习地点是在卫生队的办公室。姜作孝参加小组学习的过程中，和当时卫生队的医生刘桂芬相识了。刘桂芬是

*往事依稀，白发苍苍的刘桂芬脸上流露出孩子般难为情的笑。

1950年从白求恩医科大学毕业以后分配到卫生队的。在参加后勤小组的运动学习过程中，姜作孝和刘桂芬只是见面点点头而已，况且当时正在运动当中，姜作孝又是从政治机关下去的，男女之间的交往，更不敢有什么非分之想。

但是，姜作孝却发现了自己内心世界的隐秘，刘桂芬似乎总在不经意间出现在心底，这在以前可是从未有过的情况，更何况出现在心底的是一位女性。他不知道刘桂芬是否也有这样的感觉，但他自信地认为彼此都给对方留下了比较好的印象。工作结束回到机关以后，姜作孝无法克制

那种涌动的情愫，和要好的同事谈论此事，大家都支持他和刘桂芬发展关系。但是如何从一般的男女关系，向前迈进一步，却是非常困难和花费心思的问题。

爱情的力量，总会让人做出一些连自己也不敢相信的事情来。姜作孝辗转反侧几个晚上之后，下定决心先打个电话试探一下再说。电话打过去反应不错，这让他心花怒放，一时间都有点得意忘形了。可是没几天又打电话的时候，兜头一瓢凉水却浇了下来。

电话打通之后，接电话的是卫生队的队长，口气非常怪异地提出了一连串的问题，问姜作孝找谁，干什么。等弄清楚了之后，却很果断地挂断了电话："人不在!"

姜作孝一听坏事了，电话是不能再打了，要想知道真实情况，只有约一时间见面详谈。可是，如何约会呢？正在一筹莫展之时，一位大姐主动提出，要姜作孝写一封信，由她给送去。鸿雁传书取得了意想不到的效果，两个年轻人确定了恋爱关系，并顺利向前发展。

他们打了结婚报告。姜作孝的结婚报告审批并不顺利，一直在政治部组织部的组织科压了数月。到了1952年9月底的一个晚上，姜作孝总算得知结婚报告被批准的消息。星期一上午，姜作孝带着政治部的批件，到后勤油料部办公室办和刘桂芬的结婚手续，请他们给岩会油库写封公函，同意结婚并批准婚假。

办完结婚手续，已经是9月20号了。结婚需要的东西，姜作孝还都没有准备，连最起码的被子、床单、枕头、枕巾等都没有准备一件。但思想上并没有觉得还缺什么东西，因为在当时还是供给制，对于结婚添置东西并没有多少奢望。姜作孝准备了一条斜纹花布被面，还是天津生产部处理的布头。结婚的房子是后勤政治部的一所在苏州胡同的院子，是解放以后接收的公房，是一个东西长、南北狭窄的长条形院子。从布局来看，院子原来的主人还是一个小有地位的人士。阁楼上空空荡荡，看得出，这个房子已经很久没有住过人了。姜作孝结婚的新房就选在这间小小的阁楼上。从政治部领了一个旧双人床，一张两屉桌，算是家具，床单、枕套、枕巾是同事们买的。忙活了两天，总算是可以住人了。这时已经是26号了。

姜作孝带上批件，到刘桂芬的工作单位，把她接到北京想赶在国庆节前结婚。时间显然已经非常紧张了。火车从石家庄到北京就得八个多小时。姜作孝马不停蹄，总算在9月29日，从山西的岩会"娶"回了刘桂芬。9月30日晚，机关协理员在食堂为姜作孝和刘桂芬举行了一个简短的婚礼。协理员讲了几句祝福勉励的话，陪一对新人在食堂吃了一顿饭，之后，姜作孝和刘桂芬从东堂子胡同回到了苏州胡同那个小阁楼上的婚房。

1964年年初，姜作孝接到了转业的命令。转业的地方就是西北勘测设计院。就这样，姜作孝于1964年5月离开了部队，转业到水电部西北勘测设计院上班，走上了新的工作岗位，开始了一个崭新的工作、生活环境。在西北勘测设计院，姜作孝被分配到院人事科当科长。在人事科只待了一年，又改任劳资科长，后又任院工会副主任。到1966年"文化大革命"开始，姜作孝也面临无法预测的变故。

1966年的12月29日，再过两天就要过年了，院里接到白龙江总队的电报，领导通知左中汉和姜作孝立即出发。在那个年月，革命群众的要求，谁也不敢怠慢，年也没有过，怀着一种凶多吉少茫然的心情，昼夜兼程从兰州乘火车，途经陕西宝鸡、四川广元，后改乘公共汽车于1967年元旦的下午，赶到了白龙江勘探总队的驻地甘肃文县碧口镇。

走在碧口镇街上的时候，姜作孝看到街道上空满是横挂着的红红绿绿的标语。开始他以为是庆祝新年的标语并没有在意，但在一转头间，突然发现标语上有"姜作孝"几个大字，这时他才意识到满街的标语是专门为"迎接工作组"的到来而悬挂的，有的还在他们的名字上打了红色的叉。标语不外乎是工作组必须老实交代、工作组是如何镇压革命造反派的等等。姜作孝顿时感到了特别的恐惧。但到了总队以后发现，除了个别人而外，多数人好像并没有什么恶意，这里要比街上大标语的气氛宽松不少。造反组织要他们工作组交代的核心问题，就是当时的工作组是如何与总队领导"密谋镇压革命造反派"的，要交出镇压革命造反派的黑名单。1969年，造反派诬蔑姜作孝为"黑高参"。

就姜作孝个人而言，在经历过的许许多多政治运动中，积累下的经验和教训还是不少的，尤其"文化大革命"一开始就批斗了他近半年，更使他清醒了许多。姜作孝非常欣赏中国那句古训，叫作"祸从口出"。从运动一开始他就严守这一信条，决不说多余的一句话，不写一张大字报，为的只是能够躲过"文革"这一劫。但是，他终究没有躲过这场史无前例的大运动。

1969年夏季，姜作孝听说原副省长李培福来设计院要人，要到景泰搞水电设计工作。自从李培福来过之后，各种专业的技术干部，陆续前往景泰县报到。姜作孝无心过问，只有独坐羡慕的份儿，在他心里，这样的"好事"，已经不会落在自己身上了。但是，在心底却充满了好奇：这究竟是一个什么样的单位？敢要这些"臭老九""走资派""保皇派"？

　　纠结和犹豫中，姜作孝却突然接到了院里的通知，要他到景泰川参加新的工作，接受劳动锻炼，戴罪立功。惶恐不安中，仅仅过了几天，景泰川的一位军代表到院里找他谈话，向他介绍了景泰川电力提灌工程的情况，并直言把他的工作安排在了工程后勤组，征求他是否愿意。

　　喜悦和激动充斥了姜作孝的全身。冬日的阳光如此温暖而明亮。能有什么意见？他按捺不住自己狂喜的心情，心里怦怦直跳，像自己这样的人，在"文革"动乱的日子，身心受尽了迫害污辱，还有什么比分配到工作更为高兴的事呢？高兴中的姜作孝，都不知道军代表是怎么走的，像孩子一般兴冲冲回到了家中。以往阴郁寒冷的家，竟然是如此温暖宜人呀。

　　1969年11月28日，姜作孝和爱人刘桂芬带着十三岁的孩子离开了兰州，前往景泰川电力提灌工程指挥部报到。在芦阳镇，景泰川电力提灌工程后勤组已经为他安排好了住处，房东是一位中学教师吴老师。

　　这一年，姜作孝三十九岁，正值盛年。这也是他1949年进城之后，第一次回到乡村。重获新生的姜作孝，贪婪地呼吸着乡村虽然寒冷但却清新的空气，一种冲出牢笼展翅蓝天的喜悦，让他充满了活力，在这个崭新的环境，他觉得自己开始了新的生活。

*风雨同舟，姜作孝和刘桂芬走过了一段难忘的岁月。

一对患难夫妻

达慧中和丈夫李士元在前往景泰的卡车上颠簸着。夫妻两个谁也不说一句话，而心情却如无根的浮萍，也随着卡车上下颠簸。他们不知道要去的地方，又将会如何对待他们的到来。1969年，这个寒冷的冬季，似乎冻僵了他们所有的想法，一种任凭命运摆弄的无奈，清晰地写在他们无助的脸上。

他们想不通，随着林彪的一号令和"文革"的斗、批、改，一个好端端的水电部西北水利水电勘测设计院似乎在几天时间里就给拆散了，而他们也莫名其妙地被打成"保皇派"。如他们这样的"老保"，只有听从调遣，被分派到条件最苦的地方劳动锻炼，"戴罪立功"。去之前，他们只听说有一项提水灌溉工程正准备上马，需要他们的专业知识。在庆幸的同时，也听说那是个连树都不长的地方，"一年一场风，从春刮到冬"，喝的苦咸水，社员讨饭已成风……

*现居北京的李士元和达慧中两位老人。在接受记者采访三个多月后，李士元不幸离世。

渺茫的前途，颠簸的行程，让他们像在海上迷失了方向的船只，不知哪里是停泊的港湾。想到设计院因为斗争而人人自危的情景，他们认为只有横下一条心来，就是上刀山下火海，也只好去闯一闯了。

黄昏时分，当太阳像黄纸剪的圆片贴在昏暗的西天时，达慧中夫妻来到了景泰破旧的小县城芦阳城关镇。天傍黑的时候，他们被带到农民刘正中的土院子里。屋里油灯昏黄的光在摇曳，豆大的光点，看不清屋内的情形。燃烧的炉火发出红红的光，照在一个苍老的农民的脸上和几个小脑袋瓜上，孩子们用好奇的眼光盯着他们。刘正中安排他们住在刚盖好的一间小土屋里。可是，这间土屋只有炕沿和炕洞，却没有炕面。夫妻俩从指挥部借来两副床板，搭在上面，形成了一个炕、床结合的铺面；但好歹可以睡觉了。一夜凛冽的寒风，毫不客气地从炕洞里钻进来，透过床板侵袭他们的身体，寒冷让所有的劳累变成了一种折磨。第二天一早，女房东急忙跑过来问："我们夜里睡着热炕还冻得很呢，你们冷不冷啊？"

夫妻俩哆嗦着身体苦笑："还好，还好。"

然而，等洗脸的时候才发现，毛巾已经被冻成了大冰坨，就连牙膏，也冻得挤不出来了。

景泰川的生活，就从这个极其寒冷的夜晚开始。夫妻俩相视一笑，苦涩，辛酸，但更多的是无奈。他们不知道，在这里自己将要面临什么样的艰难？好在，他们在这里可以从事自己的专业工作，或许，只有这一点，才是对他们最好的安慰了。

继续吹响的集结号，召集更多的专业技术人才前往景泰川。荒凉的景泰川，以前所未有的感召力，汇聚四面八方的青年才俊。

1968年底，李恒心就听说省上要搞一个大的水利工程。后来发生的一切，都显得突然而不合情理，似乎在一夜之间，河西建委消失了，主要领导调到水利厅。而他们驻留在营地的人，只是接到了一纸通知，河西建委所有的人整建制调到景电工程指挥部。

1968年冬天，河西建委先遣队几个人来到了景泰县一条山镇，这些人组织人员盖了八栋房。每一栋不超过十间房。八十间房，盖好了等着迎接大部队的同志前来报到。

1969年正月初三，李恒心一行三人坐火车前往景泰。初三，是春节放假的最后一天，但在传统上来说，也意味着春节刚刚开始。享受安逸，享受天伦之乐，享受走亲访友的乐趣和温暖，是那样充满了诱惑。可是，这一切对他们来说，已经很遥远了。冷清的火车上，没有几个人，列车员蜷缩在值班室里睡觉，他们三个人似乎谁也没有睡意。随着列车单调的哐当声，李恒心内心五味杂陈，不知是什么滋味。

到一个陌生地方去的未知，让身心如悬在半空一样很难安静，更何况是在这个本该享受热闹的节日。

下午四五点，在忐忑不安中李恒心下了火车。冷清的小站上，没有多少往来的乘客。一条起伏绵延的山脉，隐没在荒滩之中，让人很容易联想到这个地方为什么叫一条山了。仔细凝目，在荒滩中，突然从地下钻出一些人来，那景观让人目瞪口呆，很像漫步在辽阔的草原，突然一群地老鼠从草皮下面钻了出来一样。后来他们才知道，原来是住在地窝子的十六团兵团战士在进进出出。不远处，一眼人工修的水井在吐露清泉，几棵沙枣树长在旁边，僵硬的枝条在寒风中颤抖，骆驼刺在风中发出近乎悲哀的呜呜声。同事开一辆嘎斯车，把他们拉到了芦阳县城。

新盖的房子因为距离指挥部较远，李恒心报到后，住到县一中。刚住了一个月，又搬到城北墩三队罗正荣家中居住。后来，这个村子成了技术人员的大本营。

城北墩村是一个荒凉而贫穷的村子，因在芦塘古城北边的烽火墩而得名。蜿蜒曲折的明长城穿村而过，蜿蜒十几里，显示着从未有过的苍凉和悲壮。对于长城，李恒心已经不陌生了，在河西走廊踏勘的日子里，几乎每天都能在荒凉的戈壁滩上看到长城的残垣断壁；他想不到的是，这些长城，像某种象征，一直在自己的身边如影随形。或者说，这万里长城，和自己有着一种天然的缘分，给他某种意义上的提醒或者启示。

来村子时间不长，李恒心通过和村里的人交谈，知道了村子的基本情况。自古以来，这里水资源就十分贫乏，长城内外找不到几棵树，见不到几片绿，旋风四起，飞沙走石，自然环境恶劣，少有人烟。解放前陆续迁来几十户人家，垦荒地，繁衍生息。长期以来靠天吃饭，维持生活。每逢天旱缺雨，老百姓就跪拜老天祈求施舍雨水，但始终无济于事，龟裂的荒原一片焦土，带给人们的仍然是饥饿贫穷。1929年发生了百年不遇的大旱，饿殍遍野，全村饿死数十人。祖祖辈辈，人们渴望着水，企盼着水。解放后，人们以极大的热情，鼓足干劲，依靠集体力量掀起了铺压砂田的热潮，凡能取上砂的沟沟岔岔，都留下了压砂者的足迹。在当地老乡中流传着一句俗语："田种五处，把老天爷固住"，这个"固"的意思就是，看你能把我怎么办。但是传统的信条遇到久旱无雨的时候，仍然是广种薄收。"天不下雨地下找"，为了生存，人们奈何不得黄河，各生产队只好纷纷派人掘井探水。二队挑选了数十名身强力壮的小伙子挖井，拼命干了一个多月，掘开几个黑窟窿，就是找不到水。不甘心的社员们继续找水挖水，全队的生产力大干了三个多月后，终于挖出了城北墩村的第一口水井。虽然水量不足，一台抽水机抽抽停停，但断断续续的水流，还是给了大家前所未有的信心和希望。新发展的几十亩水地，虽然产量也只有三百多斤，但是水对于土地的作用，让社员们充满了期待。

因为他们所从事的水利工程，老乡们对李恒心们的到来表现出了前所未有的热情。那种急于想借这个工程摆脱贫穷的愿望，让李恒心这些年轻人感到自己肩负的使命和责任重大。

集结号继续吹响。1969年的春节，邱建邦正在酒泉郊外的"五七干校"积肥备耕。冬天的寒冷，冻结了粪便的臭味，但是如冰块一样的肥料，一镢头下去，也只能划出一道白印子，刨下很小的一块来，更何况是从未干过如此体力活的知识分子了。不时溅起的碎块，有时就毫不客气地钻进了嘴里，邱建邦一口口吐着，从未有过的劳累和烦躁，让他失望至极。

就在这个时候，邱建邦突然接到通知：到景泰县开发草窝滩。一瞬间的愣神之后，邱建邦立即扔了镢头，撂下粪车，喜滋滋地赶回宿舍收拾行装。当天，他搭乘东去的列车，连夜赶赴景泰县。

邱建邦忘不了到达一条山车站后的情景。黄昏时分的车站，冷清的站台外停着一辆破旧的卡车，在等候他们的到来。汽车把他们拉到了宿营地条山大队，刚卸完了车，正在收拾行李、支床铺，院子里就锣鼓喧天地热闹起来。原来是现场指挥所的领导，一位执镲，一位提锣，从十几里外的指挥部赶来迎接他们。一瞬间里，邱建邦的双眼湿润了，刚出"牛棚"，有了新的工作，又受到如此隆重的欢迎，让他受宠若惊的同时，暗下决心，一定要在新的环境里干出个样子来，再也不要回到那让人想想都害怕的"牛棚"了。

省水电局、农建十一师、河西建委、省水利水电设计院、省水利学校、水电部西北勘测设计院、水文第三大队（当时在景泰搞地质水文钻探）、白银公司等三十多家单位抽调的各类专业技术人员，迎着凛冽的寒风，从各自单位，从四面八方，向景泰川这个千古荒原汇聚而来。他们分别毕业于清华大学、天津大学、华东工学院、哈尔滨工学院、成都工学院、同济大学、西安交通大学、武汉水利学校等大中专院校，有的还是留苏学生。他们来自天津、上海、江苏、河南、安徽、浙江、福建、广东、四川、山西、辽宁、吉林、黑龙江、山东、内蒙古、陕西、青海、甘肃等十九个省市区，有六百人之多，形成了甘肃水利建设史上最为强大的工程技术力量。

汇聚在一起的工程技术人员，让景泰川这个荒凉的小地方，一下子显得热闹了起来。

这种热闹，当地的老百姓似乎只从电影上看到过。说真的，好多人还是第一次见汽车这种神秘的机器。一有汽车开进来，村里的老人和孩子们都会前来围观，为这突如其来的庞然大物惊叹不已。从车上下来一群城里人，男的白净，女的漂亮，一个个说着带有天南海北口音的普通话，有的喜笑颜开，有的愁眉不展，也有的，如他们一样惊讶地看着眼前的一切。每个人都紧张地从车上往下卸大箱小箱的仪器、铺盖卷和一捆捆红白相间的长杆。知道原委的村干部带着少见的笑脸忙个不停，招呼村里的年轻社员一同上前帮着卸车。

老人悄声嘀咕："这是干啥哩，来了这么多人？"

"听说是省上派来的测量大队，说往咱们这里抽黄河水呢。"

自然有消息灵通的人，捕风捉影知道一点内情。突如其来的回答，让问话的人惊异地睁大了眼睛，随而笑道："你这是在做梦吧？睁着眼睛说梦话哩！我活了一把年纪了，还没有听说过黄河水会倒流，还会上到咱们城北墩村来！"

"是你还在梦里哩，黄河水，不光要到城北墩，还要到更远的地方去，要到草窝滩。这些人，有办法把河水引到上梁山上，让水在山尖尖上跑趟趟！"

知道消息的人说得更加坚定，说得更加神秘而肯定。就在众乡亲纷纷猜测，七嘴八舌的时候，村里召开了一个会议，村干部鹦鹉学舌般传达了公社的会议精神："社员同志们，毛主席派来了测量队，给咱们农民搞很大的水利工程来了。他们要把黄河水往咱们这里提，咱们的旱地都会变成水浇地，荒滩也会变成良田，人也能吃上黄河里的甜水。有了水大家再也不用背粮，不会饿肚子了。听测量队的同志讲，提上来的水比北面沙河淌过的大山水还大。将来的城北墩是个啥样？肯定是炒面加锅盔，白面馍馍蘸白糖，吃饱肚子没问题，想吃什么有什么！这回测量队来的人多，跟前的三队、四队和娃娃水队的社员们，家家要腾出上好的房子，打扫干净，填热炕，全力支持好测量队的工作。"

原来不是谎言，原来真是要引黄河水！村干部的讲话，一下子点燃了群众的热情。不管房子宽裕不宽裕，村民们都腾出家中的上房，如欢迎想念的亲戚一样，争着抢着请技术人员到自己家里去住。一时间，村里村外，谈水、论水、说水，水成了村里人的热门话题。外出的人听说要搞水利工程，也陆续跑回家，准备大干一场。

来自全国各地的六百多名党政干部和技术人员，汇聚到这里，景泰县调来的服务大队的二百多名民工也汇聚在指挥部，罗文深也是其中的一员，八百多人的身影活跃在芦阳镇……

有了技术人员这一强有力的大军，李培福开心地笑了。这些青年才俊的到来，为还没开工的工程提供了强有力的保障。但是，他们仅仅是技术力量的保障，大量的土工作业，还需要一支更为强大的力量。

景泰川电力提灌工程上马，是非常时期的一个浩大工程。资金短缺，省内紧张的财政，很难筹集工程所需要的全部费用；生产技术设备紧缺，那个时期，可供工程使用的机械设备少之又少，很多土石方的施工作业，只能靠人工来解决。李培福想到将受益于这个工程的老乡们，脸上流露出必胜的笑容。

为了确保工程顺利进行，李培福按照部队编制，决定成立三个团：民工团，工程团，军垦十六团。工程团主要由技术人员构成，负责踏勘、设计、测量、安装、调试等项目。而军垦十六团是部队编制，管理、使用都是部队现成的体系，不但没有问题，而且是工程组织管理的旗帜和标杆。主要的问题，就是组建民工团。

去工地的孩子吃双份

景泰川电力提灌工程筹备期间，最为高兴和激动的就是生活在景泰川的人们。生于斯长于斯的老乡们，由盼水、望水，到搞小水，到搞大水，搞彻底翻身的大水，已成为景泰人民梦里都在呼唤的心愿。所以，没有人比李培福更清楚当地政府和老乡们的心思了。对组建民工团并确保工程实施，李培福坚信当地群众的力量。

当时提出的口号是"国家投资、农民投劳、企业集资"。在工程筹备阶段，景泰县就多次召开会议广为宣传。在一次县上召开的三级干部会议上，李培福前来，亲自做了动员报告，给这堆已经燃烧的柴火上添了油。随后，景泰全县各村社都积极抽调劳力，准备参加景泰川电力提灌工程的建设。当时，由于条件限制，对参加工程建设的民工提出的要求是：自带口粮、自带被褥、自带工具、自带车辆。

综观世界上任何一个水利工程，也都没有这样用工的先例。正如前面所说，李培福深知当地群众的愿望和需求，当地群众更是盼望这个救命工程，不需要多的诱惑和条件，一句话，一个信念，一种希望，就成了强度很高的黏合剂，把大家紧紧结合在了一起。独特的年代，有着独特的感召力和独特的办法呀！

这个夜晚，伴着煤油灯火光的摇曳，许多普通老百姓彻夜难眠。在社员大会上，明亮的汽灯映着张九麦因为兴奋涨得通红的脸，她传达县上、公社的会议精神，呼吁社员们积极报名参加工程的建设，她激动地保证："我会带铁姑娘班重新走上工地，参加这个景泰人民等待了几千年的工程建设！"

▲年轻的铁姑娘张九麦

在正路公社张延菊的家中，几个孩子围在妈妈的身边，迟迟不愿意睡觉。苍老的妈妈也不吝惜灯油了，给孩子们讲黄河水引上来的种种好处，但是她实在找不到更好的实例来说明水上来之后的好处，完了只好说："至少，黄河水上来了，我们就能吃饱肚子，不再去银川背粮了。"

这是多么好的未来呀，能吃饱肚子，不再背粮受苦，还有什么比这更让人兴奋的好事吗？张延英因为背粮，去过银川，她知道那里平展展的土地是多么的丰饶，一年下来，生产的粮食都要撑破粮仓子了。她一次次跑到门上，看看当生产队长的大哥开完会了没。每一次的狗叫声，都让她不顾一切地冲出门去。妹妹张菊英笑她："姐姐，你这是吃了转珠子了吗？"

张延英正告她："你管我吃了什么！告诉你，去提灌工程搞建设，只能是我，你可不许去！"

终于等来了开完会回家的大哥。大哥不仅证实了要把黄河水引上景泰川的事实，而且说："要组建民工团，要各生产队都派出精壮劳动力参加建设。只是，所有的社员都要自带口粮、自带被褥、自带工具、自带车辆参加工程建设。"

话音刚落，张延英跳了起来："大哥，赶快给我报名，我一定要去工地参加建设！"

大哥看看妹妹，轻轻说："你先别高兴，听妈妈说让谁去谁就去。"

白发苍苍的妈妈轻轻吐口气，煤油灯的火光摇晃了起来。等光亮安静了下来，妈妈坚决地说："只要工地上需要，你们姊妹们都去！自带口粮算个啥！从今后，上工地的娃娃吃双份，我们就是从牙缝里抠，也要省出上工地的口粮。你们谁去了，都要下死力好好干，这可是为自己干，为了自己的活路呀。"

八个孩子，对着妈妈认真点了点头。

报名开始了，沈庆云举起了手，乔正奎举起了手，李智仁举起了手，无数老百姓果断地举起了自己满是老茧的大手……

洪镒受命前来指挥部报到。洪镒也和当地的老百姓一样，被一种前所未有的热情燃烧着，这个足以让父老乡亲翻身的工程，给了他从未有过的希望和感动。在抽调干部参加工程建设时，洪镒毫不犹豫地举起了手。到指挥部报到后，洪镒被任命为民工团团长。两千多个民工，按照所属的公社被分为七个营。洪镒遵照上级安排，完全按照军队体制编制，生产大队是连，公社一级叫营。

1969年7月份，蒋成林被调到五佛，在公社当党委常委。景泰川电力提灌工程筹备时，他被抽调到民工团参加工程建设。妻子看到他开心的样子也笑了："去吧，你不就等着这一天呢吗？"

蒋成林瞪圆了眼睛："你不想吗？这个工程，可是我们唯一的希望了！"

到指挥部报到后，蒋成林被任命为五佛民兵营教导员兼营长。洪镒说："蒋营长，你可是当过兵打过仗的，五佛营可是民工团的主力军，是成是败，就看你的了。"

蒋成林笑了："来的都是主力军，没有哪个老百姓愿意过穷苦的日子。"

随着各路人马的蜂拥而至，李培福发现，驻地的吃水成了一个严峻的问题。这里的人畜饮用水，是从芦阳东关沙河流量很小的泉眼拉来的。施工人员没有到来之前，这点水还能凑合，但一下子来了这么多人，吃水就供不应求了。工程技术人员与当地居民拉水排起了长队，可是，流量不大的泉眼，再也流不出更多的水了，竞相取水的紧张局面，不时会爆发一些小的争吵。

早起散步的李培福看到这种情况后，立即做出指示，要求尽快解决人们吃水难的问题。地质勘探队的施工人员做了勘测之后，把水井的位置选在了指挥部的院子里，立即开始施工打井。

李培福说："我们兴建景电是为了从根本上改变景泰的干旱面貌。眼下迫在眉睫的就是要解决饮水难的问题。当地居民、社员群众做饭要用水，职工外出工作要带水，工程用车需要加水……你们一定要抓紧时间再打一口井，解决职工和周围居民的吃水问题。"

很快，这眼机井打成了，用柴油机抽水，供应指挥部和附近群众两千多人的生活用水。早上六点至八点，下午七点至九点，挑水拉水的男女老少，笑容满面地来来往往，络绎不绝。

从省长到老汉

景泰川电力提灌工程，在筹备期间，开始了开工前的最后一次勘测和设计。

如今看来，类似的边施工、边设计的施工方式，是极不严肃、科学的，但在当时来说，却是最正确的选择。

李培福承担了许多别人无法理解的压力。在那个特殊的时代，一个工程一夜之间可以上马，同样，一个工程在一夜之间也可能下马。关于电力提灌工程，很多人有着不同的说法和意见。担忧电费太高，本来就很贫穷的老百姓能否用得起耗资巨大的水利工程？如此高扬程的水利工程，在国内尚无可借鉴的先例，能否顺利施工并确保成功，确实是一个没人敢保证的未知数。按照原先的设计，扬程高达七百多米，可灌溉面积一百万亩，这是景电工程的大方案。工程测量面积涉及景泰几个大滩，古浪黄花滩、海子滩等八大荒滩。

李培福向省革委会汇报了相关情况。为了避免引洮工程那样的失败，宁愿求小求成，绝不求大，最后统一了思想，决定先搞景泰水利工程，上十方水，灌溉三十万亩地。这个工程为一期工程，在这个基础上，再进行二期工程，实现灌溉一百万亩的目标，解决古浪的干旱问题。

事实证明，在当时的条件之下，这个选择是正确而明智的。围绕一期工程具体施工计划的踏勘开始了。汇聚在此的技术人员，按照分工，拉响了开工建设的序幕。

典礼之后，服务大队被分成四五个班进行学习讨论。一天晚上，罗文深所在的二班的班长张富让他给全班同学念学习材料。李培福和梁兆鹏、化成等几位领导来到他们班住的大宿舍。李培福看房子里灯泡的瓦数小，就让化成叮嘱总务人员，立即换一个瓦数大的灯泡。李培福随和的举动，立即消除了这些年轻人的紧张，气氛开始变得活跃起来。

忘记自己的身份，或者有意把自己的身份抛之脑后，在你不把自己当领导的时候，周围的人恰恰会在心里把你当成真正的领导而加以尊敬。但李培福的举动，并不是主观上的故意或者有意。当然，这种方式在一些人的眼里，可能是不成体统的举动。李培福不管这些，或者是根本不在意这些刻意的"体统"。当一个领导全身心投入到具体的事业和工作中的时候，很少会顾及自身所谓的官仪了。

李培福随和地问他们晚上冷不冷，都是从哪几个公社来的，还问及这些后勤服务组的年轻人们家里的粮食够不够吃。

拉家常的聊天，让所有的拘谨烟消云散。在这个时候，罗文深又一次想起老百姓们管李培福叫"李老汉"的事儿，止不住笑出了声。

李培福问他："你笑什么？"

罗文深涨红了脸，但还是说出了自己真实的想法："我们这里的老乡们都说您没有官架子，都叫您'李老汉'。这会儿看您这么随和地坐在草铺上，我才知道他们为啥叫您'李老汉'了。"

李培福对此饶有兴趣："你这个小伙子，把话说完好不好？你知道为啥叫我'李老汉'？"

罗文深大着胆子说出了自己心底的话："这些日子，您经常在老乡中间了解情况。老乡们在土地上吃蹴，您也吃蹴在一起。您也不嫌弃老乡们的炕头，随便坐了就和老乡们拉开家常，了解他们的生活。他们不叫您'李省长'而叫您'李老汉'，那是把您当成自己人了。更何况，您是来改变他们生活的人，这个叫法里，包含了老乡们对您的敬重。"

李培福听完哈哈大笑："你这个小伙子还真有意思，对一个'李老汉'能说出这么多意思来。"完了，李培福收住了笑声，认真地说："这就对了，领导和老百姓本来就是一家人。领导只能是老百姓的领导，是带他们过上好日子的领头羊。如果老百姓把你当神一样供起来，那可就危险了，不光是敬而远之，很可能就成了孤家寡人了。那个时候，就是真正的脱离群众了。"

罗文深的一番话，吸引了梁兆鹏的注意。他看到罗文深念的材料上写有名字，就侧过身子拍了罗文深一下，说："我知道你叫什么名字了。你们要好好学，好好干，工程胜利后，需要人的地方多着哩！"

服务大队绝大多数人或被分配到地勘队挖探，或到测量队跑花杆，只留了为数不多的几个人在指挥所帮忙。指挥所管人事的领导叫罗文深到他

*地窝子，就是建设者们最初的家。

的房间，通知他留在机关工作，搞些抄抄写写的事儿。罗文深没有想到，自己就这样开始了在水利建设战线工作的生涯。

用心测量

筹备工作一经展开，面临急需解决的两个问题：一个是完成施工前最后的勘探设计；一个是尽快完成兰炼上水工程，确保工程用水。

李恒心被分配到规划设计连，承担从沿寺到上沙窝的泵站勘测设计、灌区的渠道测量。规划设计连又分为规划组、渠道组、泵站组、概算组。按照总体设想，在灌区规划设计总干渠、干渠、支渠、桥梁、隧道、倒虹吸等设施。李恒心所在的规划组有十几个人，从1969年年初开始，进行工程的前期测量。

在沙漠鸟儿单调的鸣叫声中，农家饲养的公鸡高声和鸣，景泰川的黎明就在晨光中显现。李恒心和同事从睡梦中醒过来，伸伸酸痛的肢体，开始起床。这个时候，也就是六点多的样子，简单地洗漱，简单的早餐，完了就带上水壶，装上馒头，背上背包出发了。一天的工作，就这样开始了。

先是坐汽车前行，到达前一天收工的地方之后，就开始测量。单调的测量生活，在不同的数字中变得生动有趣。根据地形变化而设计规划不同的设施，让满目荒凉的荒滩变得整齐划一。十九岁的刘得福是芦阳西关村人，和罗文深一样，被招到了景电工程现场指挥部服务大队。罗文深留在了指挥部机关工作，刘得福被分配到了测量队。刘得福主要的工作就是跟上技术员，扛设备，拿标杆，挖基础探坑，进行地质调查。年轻力壮的刘得福根据技术员的手势，拿了标杆跑来跑去，完了，按照专家的定点，再挖一个基础探坑，根据要求取好土样。一天的时间很短，但一天的时间有的时候又很漫长。中午到了，就着一壶水，一个咸菜疙瘩，狼吞虎咽两个馒头就算解决了午饭。天热的时候，荒漠的地表温度高达五六十度，很多技术人员没有草帽，一望无际的荒漠里更没有乘凉的地方，他们只好直挺挺地任凭烈日暴晒。没有几天的工夫，一个个都成了黑人。刮风了，荒漠中的风沙比烈日更加残酷，一张嘴就是一嘴的沙子，一睁眼沙子就会填进去。遇到刮风天，吃馒头都嚼着沙子……但是，没有一个人感觉到苦。一种人生就是如此的担当，化解了所有的苦难，他们心中只有一个念头，就是尽快完成任务。

大漠的黄昏，在勘测队员极度的疲劳中显示出少有的美丽。就要落下的夕阳，将西边的天际烧得通红，红的晚霞和湛蓝的天空，在一瞬间里有一个强烈的对比和反差，红得鲜润，蓝得幽深。在很短的时间里，不断变化的景色，是勘测队员们最美的享受，那好像是千年荒漠给他们最好的礼物和安慰。

很圆的太阳像含情的眼睛，不再耀眼，好像在流淌不舍的情感。晚风卷起一个又一个的尘柱，尘柱摇晃着身子，慢慢融入幽深的天空。夜幕慢慢降临，明亮的星星，已经从天幕上探出身子，一闪一闪，拉开夜的序幕。

按照规定，下午六点多的时候，就会有汽车来接在野外工作的测绘人员。但有的时候，司机找不到测绘人员，根据事先商量好的办法，测绘人员会点火发信号。荒漠之中有的是柴火，熊熊燃着的大火，在广阔的沙漠里格外显眼。司机看见火光，就会找过来，拉上疲惫的勘测人员返回宿营地。

吃过晚饭之后，技术人员根据白天勘测的结果，还要在晚上画出图来。由于住在老乡家中，没有桌椅板凳，床铺上、炕沿边，就成了这些年轻人最好的办公桌。李恒心惊讶，在这样的环境中，竟然没有一个人埋怨叫屈。

累了的时候，李恒心就会走出房间，静静地走上一阵。乡村的夜晚总是那么宁静，偶尔的狗叫声，也好像是必需的点缀。看着漫天的繁星，李恒心总会想到自己的家乡，总能想到家乡的山清水秀，鸟语花香。江苏到处都是秀美和温馨，穿一件衣服，永远都是新鲜的感觉，不像这里，衣服几天就会晒得花白。可是，这里是自己事业的天堂呀！

景泰川工程的勘测、设计，没有一分钱的野外施工津贴，也没有一分钱的奖金，人们只从各自单位领取七八年未上调过的工资，没有一声怨言，个个争先恐后地干着，拼命地为甘肃这一大型电力提灌工程而努力着。让这些年轻人欣慰的是，当时的物价还比较低，景泰县饭店的羊羔肉，一碗三角钱，隔三岔五，解解馋也不算大的负担。吃一个羊羔头，才一角五分钱。从五佛寺拉上来的黄河鲤鱼，一斤也只要四五角钱。这里的老乡饮食习惯是早上黄米㸆饭下酸菜，中午面条下白菜；勘测、设计队伍，也是顿顿馒头、白菜，白菜、馒头，一个月吃一两次荤菜。那时的社会风气淳朴，职工们学习雷锋"工作上向最高水平的同志看齐，生活上向最低水平的同志看齐"，人与人之间，互相比简朴，比吃苦，比干劲，比贡献，赤诚相待，襟怀坦荡，投机取巧、吹牛拍马的行为会被人看不起。

搞野外测量的人员，除了勘测渠线要走白墩子、红水、古浪海子滩的技术人员乘坐解放车外，在其他地方出工的人员都是步行。一人一双驼色翻毛皮鞋，背上仪器、测杆，带上干粮、水壶，男男女女，老的少的，或五六人一组，或十几人一队，浩浩荡荡，奔向各自工作的地方。

李培福也时常去现场查看，但因为他年纪大，跟大家一同步行有困难，多是晚走一会儿，乘车前往。

▲李培福和基层干部合影

真实的情况也是如此，指挥部的领导大多数时间都会到施工一线，技术人员也在一线奋力苦干。

刘得福笑罗文深："原以为你留在机关会轻松许多，但看看你的熊猫眼，也比我轻松不了多少呀！"

罗文深笑笑："要想轻松，就别来建设工地了。"

月亮戴了个圈

这注定又是一个不眠之夜。刚吃过晚饭，现场指挥所又续上白天的会议，研究工程和灌区的踏勘问题，确定第二天要走的路线。散会后，梁兆鹏和罗文深几个向各自的宿舍走去。

月亮似乎并不明净，显得朦朦胧胧的，在月亮的周围，圈了一个光晕。罗文深看到这个光圈，马上说："明天可能又要刮风了。"

梁兆鹏问他："你这是个啥说头？"

罗文深说不出依据来，只好嗫嚅道："家里老人们都这么说，月亮戴的这是风圈，第二天十有八九是要刮风的。"

第二天早上，天气虽然雾蒙蒙的，但还看不出有刮大风的征兆。七点半，梁兆鹏一行二十多人带上干粮，挎上行军壶，乘坐卡车从县城出发了。汽车行至城北墩村口，罗文深看到河西建委水勘队的李恒心等二三十人已经出了村，正在路边等卡车。按照昨天晚上的计划，他们都要到红水公社白墩子滩和梁家槽子一带去测量。

两辆卡车出发后，梁兆鹏对罗文深开玩笑："看来月亮带圈就要刮风的民谚不准确了。"

罗文深也笑了："不准确就最好了，一刮风，我们都要受罪。"

下午三点前，天气还算可以。测量人员先在白墩子滩跑跑停停，下了车又上车，算是顺利完成了一个区域的勘测和规划。似乎是突然之间，老天爷就变脸了。先是在西天扯起一道朦朦胧胧的黄色帐幔，不大工夫，天就变得黑咕隆咚，骤然而起的大风，卷起沙土一个劲儿地打来，像针尖一样刺在脸上，钻进人的怀里。测量队员戴着大罩防风风镜都显得无济于事，不得不本能地半眯着眼睛。两辆汽车也走得越来越慢。坐在驾驶室的梁兆鹏看到不能再继续作业了，让司机停了车。

梁兆鹏跳出驾驶室，举手示意后面水勘队的车也停下来，并从两辆车上喊下几个人，他们聚在一起头对头商量着什么。然后梁兆鹏挥手示意车旁的那几个人都上车。汽车又要启动时，梁兆鹏没说一句话，爬上汽车车厢。站在车厢上的同志这才意识到他是要让出驾驶室的座位，都一个劲儿地劝他下去坐。梁兆鹏一边谢绝大家的好意，一边硬是推着身体较差的一名技术人员去坐驾驶室。你推我让当中，大家都拗不过梁兆鹏，只好遂了他的意。梁兆鹏在车厢里开起了玩笑："小罗呀，这个民谚还是很准确呀，以后记得随时预报天气情况呀。"

▲梁兆鹏

一句话，说得大家哈哈大笑，梁兆鹏随即做出了决定：风太大，有的人又穿得单薄，索性改日再看梁家槽子那一片。看到领导和自己同甘共苦，车上的技术人员都感到了一种从未有过的温暖。风沙，也似乎不再那么可怕。

两辆车缓慢向宿营地行进。开始，水勘队的车在后面只拉开二三十米远的距离。但不大一会儿，风势更加猛烈，天空变得更加漆黑，能见度也降到了最低点，狂暴的沙土打得驾驶室噼里啪啦直响。才走了几百米，就怎么也看不到后面水勘队的汽车了。大家猜测后面的车出了故障，有的估计是迷失了方向。无论是出故障还是迷失方向，这么大的风，不走在一起怎么行？梁兆鹏心里更着急，他让车上前面站着的同志敲驾驶室后窗让停车，又让大声告诉司机按喇叭联系后面的车辆。但是汽车喇叭声，很快被狂暴的大风吞噬得干干净净。等了几分钟，还不见水勘队的车。

梁兆鹏沉思之后，果断命令汽车掉头返回去。但是返回去找了一大截，还是不见水勘队的车。随着大风，气温急剧下降，穿得单薄的技术人员冻得直打哆嗦。看看时间，已经到下午四点多了，梁兆鹏决定让车子调头往回返。

可是周围一片漆黑，大风还在不停咆哮，漫天飞舞的沙子打得人眼都睁不开。哪是来的路？汽车头掉来掉去，哪是东哪是西谁也分不清楚了。好在有的技术员带了指南针，靠指南针判出了东南向，告诉了司机。汽车又在这压根儿就没有路的荒沙滩上缓慢地爬摸着，摇晃着，大概颠簸了一个多小时后，仍然没有爬到先前几天走过的路上。大风的凶劲丝毫未减，梁兆鹏和车上的技术人员，一个个都被吹成了"土人"，在风沙的肆虐下瑟瑟发抖。

大约到了晚上七点半，他们才赶到城北墩村。这时风也变得小了，老天爷好像和他们开了一个玩笑，天上的星星也开始挤眉弄眼了。回家的感觉，让一直挨着饥渴、被冻木了的技术人员缓过了劲儿，大家又开始说笑起来。进村一打听，水勘队的同志早在半小时前就到了驻地，大家更高兴了。谁也想不清楚，就在咫尺之远，两辆汽车竟然谁也没有发现谁。

安顿好技术人员之后，梁兆鹏才和其他人员回到现场指挥所，这时已经是晚上八点多了。大家借着灯光互相拍打身上的土时，就互相笑开了，你说他"像是坟里挖出来的人"，他笑你"真像只大土猴"。梁兆鹏看大家的那个欢乐劲儿，也会心地笑了起来。罗文深上前要过他的那件狐皮领蓝大衣和"火车头"马绒帽，一抖就冒起一股子土。狐皮领子和马绒，成了细小沙粒最好的去处，又抖又拍，沙尘没弄干净，地上已经有了一层。

就是在这种艰难的环境中，一幅美丽的蓝图正在徐徐展开。此时，工程正在紧张筹备进行中，李培福作为党的九大代表，正在北京参加党的第九次代表大会。

贺建山、梁兆鹏面临的任务就是既要抓紧制定上四十个水、灌一百万亩地的大方案，也要拿出上十个水、灌三十万亩地的小方案。因为他们清楚李培福的真实想法，小方案并不是这个工程的最终目的，大方案才是他所希望的最后结果。

5月22日和23日，指挥所发出通知，27日在县城指挥所召开排以上党

▲李培福和他的班子成员

员、干部代表会议。会前的26日晚召开了预备会议，研究了会议日程、编组，通过了由梁兆鹏、唐伯康、邓文盛、陈海图、李兴祯、黄裕升等六位同志组成的会议领导小组。在这次为期十天的会议上，结合传达党的"九大"精神，集中讨论了如何加快工作进度，尽早向省上提交方案等一些重大问题。6月上旬末，梁兆鹏主持指挥所会议，传达李培福新做出的一项指示，内容是争取于月内向省革委会汇报，两个方案要搞得实实在在。新的进度要求一宣布，指挥所上上下下更加繁忙了。

6月的景泰川，春天似乎才来到这荒漠之中，不，应该是直接进入了夏天。山野中有了一点绿意，各种野花，害羞地绽开了花蕾。流淌的空气，温度在升高。脱去了臃肿的棉衣，每个人似乎都焕发了青春，变得轻盈而矫捷。

又是一个星期天，指挥所又在开会，主要是研究讨论工程设计方面的事。罗文深在一旁记录。会议从上午九点开始，一直开到中午。中间吃午饭的时间就算是休息了，碗筷一放，又接上开。到下午四点半，会散了，大家从会场往出走。因为连着好几个星期都没休息过，罗文深想抽空儿去洗衣服。积存下来的脏衣服，都已经有味道了。

罗文深还没走出会议室的门，就被梁兆鹏叫住，让他立即去通知王德昌做准备，说晚上八点前就得赶到规划设计队，有事要商量，并让他顺便给食堂说一声，提前一点儿开晚饭。

规划设计队的宿营地离县城芦阳有二三十华里地。提前吃了晚饭，已经是下午六点了。梁兆鹏、罗文深等四人骑着自行车前往规划设计队。

田野里的麦苗已经遮住了地皮。绿油油的麦地，似乎最能消除一身的疲惫。清新的空气，混合了山野的清香，沁人心扉。自行车在砂土路上轻快前行，由于路面不平，很多的坑坑洼洼不时抛起自行车，自行车几乎是蹦跳着前行，车铃不打自鸣。一群鸟儿在周围欢叫，凉爽的晚风一阵阵吹来，似乎在给骑车的人们鼓劲加油。

过了芦阳沟和咬牙沟，眼看快到红鼻梁了，罗文深骑的那辆自行车掉了链，大汗淋淋的梁兆鹏开玩笑："小罗呀，怎么在关键时刻掉链子呢?"

一阵笑声过后，四个人推着自行车开始步行。等他们赶到规划设计队，已经是晚上八点多了，规划设计队的负责人王一仓正在院子里洗脸。原来，他们十几个人外出踏勘才回队，连晚饭都没吃呢。趁他们洗漱、吃饭的工夫，梁兆鹏提议说去看看住在农民社员家的其他同志。

暮霭已经轻轻拢在村子的上空，傍晚的空气里流淌着淡淡的炊烟的味道。走到一家院门口，一位中年妇女从院里往出走，罗文深急忙上前打问里面住的谁，她说黄中理全家住在她家的一间房子里。

老黄和妻子杨玉朋伏在一盏油灯下，正翻阅资料。两个孩子在另一盏油灯下写字。神情专注的夫妻俩，没有注意到梁兆鹏等人什么时候进来的，倒是孩子们首先发现了他们。杨玉朋站起身，热情麻利地赶紧沏茶让座。老黄收拾起资料，还没拉上几句家常，夫妻俩就讲开了电力设计方面的事情。尤其是快人快语的杨玉朋，谈设想，提建议，梁兆鹏边听边记，脸上满意的神情似乎是一种鼓励，夫妻俩敞开了心扉，越讲越兴奋。就在这个时候，吃完饭的王一仓来请领导去队部："大家都吃完饭了，在等着领导讲话呢。"

队部办公室挤着十来个人，三四盏油灯共同发力，屋内的灯光还算明亮。紧张的会议就此开始，没有客套，没有寒暄，先听取了设计进展的情况汇报，大家开始交换泵站设计的想法和思路。在讨论中，梁兆鹏一再启发大家畅所欲言。会议进行得十分热烈。一直到晚上十二点，一些单项设计方案还在比较中有所争议。考虑到第二天大家还要照常工作，梁兆鹏和王一仓交换了一下意见，宣布休会。

已经是午夜了，也没有赶回去的必要了。散会后，王一仓带他们到队部东头的一户农民家里去睡觉。路过一家院门口，王一仓指着院内亮着灯的房子说，里面的同志肯定还在加班呢。

梁兆鹏示意大家抬高了脚步，轻轻走进房子一看，果然是几位技术人员还伏在油灯下，静心地画着图。他们神情专注，没有发现来人，似乎忘记了时间，忘记了整个世界，只沉浸在自己的世界里。铅笔在图纸上划过的声音，是那么清脆……

轻轻退出来之后，罗文深鼻头一酸，眼睛潮湿了：这些来自五湖四海的同志，都是在为景泰川的明天而呕心沥血呀。梁兆鹏感叹："我们有这么敬业的技术人员，有什么工程拿不下来？"

等等，老母鸡正在下蛋

其实，来参加景泰川电力提灌工程建设很多的技术人员，在遭受了"文化大革命"之后，每个人都渴望重生。为了扔掉头上屈辱的帽子，几乎是憋了一口气，利用这个机会，表明并实现自己的追求和人生价值。

在当时的政治气氛下，从"牛棚"里出来的知识分子，在工作之前，都要接受一定时间的锻炼和教育。邱建邦等人最先的任务是挖菜窖、搭伙房、整理营地。更多的时间，更主要的活动内容是：参加毛泽东思想学习班访贫问苦、请苦大仇深的老贫农讲旧社会的苦、和贫下中农一起劳动、吃"忆苦饭"等一系列的阶级教育课，接受贫下中农再教育。

这些机械而形式化的内容，却给邱建邦留下了很深的印象。其中最让他震撼的是当地人民普遍说的一句话："二十年来，我们虽然在政治上获得了解放，但经济上并没有彻底翻身。"

这句话，也就是听听而已，经验告诉他，坚决不敢在其他场合说上第二遍。但是，这句话竟然如此强势地驻留在他的心底，久久挥之不去。随着对当地情况的不断了解，他对这句话的理解也就越加深刻。每逢天旱，当地老乡就面临着绝收的尴尬，他实在想象不出仅仅只有一尺来高的小麦能有多少产量，更无法想象蹲在地上拔小麦的乡亲们是多么无助而心酸。面对这样的年份，要想活命，乡亲们就只能靠到外地去背粮，背粮扒车死人的事时有发生。当地大部分群众喝的是苦水，终年吃不到蔬菜。

在踏勘到一个叫红墩子的地方时，食堂管理员跟随他们一起顺便收购一些鸡蛋。邱建邦看得清楚，一个小娃娃，一次次跑过来看看管理员收购别人家的鸡蛋，又一次次跑回自己家里。当他们准备要返回时，这个娃娃拉着管理员说："你们慢些走，等等，我家老母鸡正在窝里下蛋呢。"

邱建邦这才明白这个小娃娃一次次跑来跑去的原因。当时一个鸡蛋才四分钱！这个小娃娃，那么小的年纪，就这么懂事，四分钱，对他或者对他的家庭，又意味着什么？这场面，不仅震撼了邱建邦，也深深地震撼了每一个在场的水利工作者的心，一种使命感油然而生。邱建邦暗暗下定决心，一定要勤奋工作，彻底改变当地老乡的穷困生活。

这种使命感产生的力量不可估量。老乡们说得没错，政治上翻身了，

并不等于经济上也翻了身；更重要的是，生活的贫穷，让他们失去了对政治上翻身的自豪和骄傲。酷烈的生存环境，再一次让邱建邦感觉到了这个工程的意义和价值。

一期的勘测设计工作，由省内各有关单位抽调人员进行会战。邱建邦和从十一师来的一百人被编为一个连，主要承担了灌区土壤调查、北干渠上段的测量和规划设计、会同驻白墩子的七连进行北干下段的测量，以及总干四、五泵站的设计等工作。已经厌倦了天天喂猪、积肥、种地、挨批斗的"老九"们，个个情绪饱满。开始工作的第一天，全体人员浩浩荡荡从条山大队徒步出发，经十六团三营的雪山子到四金沟口，又折芦阳镇返回宿营地，踏勘了一圈。第二天又乘车到宋家庄、长岭山一带。返回途中，汽车的油用完了，大家齐心合力，高喊"下定决心"的口号，硬是把卡车从几公里之外推回了营地。当时大部分是野外作业，又值隆冬季节，每天早出晚归，在野外吃的是冷馍，喝的是凉水；偶尔碰到一间牧羊人住的羊房子，把馒头烤一烤，喝上一杯热开水，若能再睡上一觉，简直就是很难得的享受了。然而在享受的同时，也可能会带来意想不到的麻烦，饥饿的虱子，会趁机钻进他们的衣服，并借此繁衍生息。

条件虽然艰苦，环境虽然酷烈，尽管劳动强度也不比在"五七干校"里的劳动更轻松，但是大家的心情却大不相同。这毕竟是他们的专业，是他们报效国家造福人民的安身立命之本。

三分天下之争

踏勘设计在顺利实施，另一项必要的筹备工程，也在轰轰烈烈地进行之中。

1969年9月，按照指挥部的要求，兰炼必须先在景泰川建设一座小型柴油机提灌工程。这个提灌工程，不仅是工程用水的必要保障，也是提振信心的希望工程。黄河水能不能倒流，就要先看这个工程能不能按照计划完工了。

李培福几次来到兰炼驻扎地，督促施工人员拿出方案。大型厂矿企业的优势力量充分发挥了出来，在很短时间里，兰炼调集车辆、设备，组织职工、民工一千五百余人，在刀棱山上展开了上水提灌工程大会战。他们住在荒滩上临时搭起的帐篷内，冒着严寒，喊出"大战一百天，水上草窝滩"战斗口号。

在这个口号声中，施工人员在深山沟壑中开挖渠道，焊接管线，安装机泵。连续奋战了108天后，完成了0.3立方米/秒的五级提灌工程，安装水泵10台，跨越3座山、5道深沟，铺设直径630毫米、扬程300米的上水管线13公里。

随着柴油机的轰鸣，第一次将黄河水引上了灌区草窝滩。这项提灌工程的建成，为景电工程大规模施工用水，提供了方便。精明的兰炼人，在进行提灌工程的同时，率先开发自己的农场。兰炼垦荒大军，日夜奋战在一万多亩的荒原上。他们苦战一个冬春，移动土方八十万立方米，平出土地三千亩。

千年荒原的寂静，被建设者们的劳动打破了。奔涌而来的黄河水，流进了平整好的土地，孕育着令人兴奋的希望。稍稍沉淀就能饮用的黄河水，带着特有的绵软和甘甜，润泽了生活在荒原上的人们焦渴的心田。原来一切都不是梦，原来黄河水也可以倒流，用黄河水浇灌这大片的土地指日可待了！

随着兰炼农场的开发，另一个迫在眉睫的问题摆在了面前：开发景泰川，荒地的面积该怎么划分？

*拓荒大军开进荒原。

　　根据省革委会的要求，需要尽快进行灌溉渠的土地划分。1969年8月，在兰州开过一次会议之后，工程指挥部为调动景泰县的社队、五十七家厂矿企事业单位、国营条山农场联合建设景泰川电灌工程的积极性，形成合力，让大家吃上"定心丸"，省委、省革委会确定景泰川待开发土地"三分天下"。

　　会议由梁兆鹏、贾梓才、唐伯康三个人主持，他们分别代表了三个单位。参加会议的有兰州、白银三十六家大中型企业的厂长（以后增到五十七家），景泰县七个公社及县农业、水利部门领导，农十一师十六团即条山农场政委梁仲奎、团长刘德录、参谋长张焕文等同志。会议在统一思想认识之后，先在图纸上以渠系控制，切块划分土地。厂矿单位七局、兰炼、兰石、白银公司、884厂五家单位，划在总干上水即可灌溉的总二、四支渠段；其他厂矿，划在西干渠二支渠渠段；景泰县按社队就近耕种的原则，划在总干一、三、五支，二、四支下段，西干一、三、四、五、六、七、八支渠下段，及北干渠下段；国营农场以铁路为界，划在西干各支渠上段、北干上段。面积是厂矿九万亩，景泰县十三万亩，国营农场八万亩。

　　看似公平的土地划分，却在背后酝酿着一场风波。化解这场风波，则需要决策者过人的胆识和智慧。

　　朝思暮想的工程顺利进行，景泰人民的千年梦想就要实现了。但在土地划分之际，贾梓才就不断听到景泰人民的一些说法。这些说法，很明显是一种在利益面前争取最大化的地方主义。但是，这种诉求在为了保护十几万景泰人民利益的旗号下进行，立即变得微妙起来。贾梓才知道，自己在这个问题上如果保持沉默，将会被景泰的父老乡亲视为千古罪人。

当梁兆鹏宣布土地分配结果后，厂矿企业和军垦表示了默认，但短暂的沉默之后，景泰县的一些领导开始说出自己的想法：作为"坐地户"，景泰县的土地有点少，有点亏，厂矿企业和军垦，分到了"地心心"，而他们只分到了"地边边"，土地面积少，土地质量差。

面对这种局面，贾梓才的一句话把分配结果推向了颠覆性的局面："景泰十几万老百姓生活在饥饿中，这个工程是他们的救命工程，指挥部能不能考虑在分配政策上有所倾斜？"

勉强接受分配方案的厂矿企业和军垦自然不干了，他们很直接地袒露了自己的想法："如果你景泰县觉得吃亏，那么你们自己去干好了，我们退出。"

划地领导小组讨论平衡时，贾梓才与唐伯康争执起来，梁兆鹏从中调解，进而成了真正的"三足鼎立"。梁、贾、唐三个会议主持人，争吵得面红耳赤，说要到省上找李培福仲裁。当时李培福正忙于七局八公司七队的调遣工作，接到电话后，立即赶到景泰。

骑虎难下的尴尬，让顺理成章的决策陷入被动的局面。李培福听说之后，却笑了。本来，在利益面前争吵，是很正常的现象，尤其这些参与争吵的领导，都是代表了各自代表的人民群众，为老百姓争取利益，保护他们的利益，恰好说明了这些领导的责任心。争吵是必需的，也是应该的，而如何化解这些矛盾，则需要决策者的智慧和耐心。

这些矛盾在深谋远虑的李培福心里根本算不上什么难题。面对三方代表，李培福点燃香烟，只是笑眯眯地看着他们，任凭他们吵得天翻地覆。完了，采取各个击破的策略，分别找他们谈话。

面对贾梓才，李培福首先给予了他很高的评价："你为景泰县老百姓争取最大的利益，这没有错，景泰县的老百姓会记住你的。很多的事情，只要自己做了，争取了，能给老百姓一个交代，讲清楚其间的利害关系，就已经很不错了。"

手足无措的贾梓才涨红了脸。他是一个务实的领导干部，身先士卒，不拘小节，一心想着为老百姓谋取福利；但面对这样的情况，他也不知该如何取舍。他不知道李培福的意思，有些无助地看着他："可我，怎么向老百姓交代？"

李培福严肃了起来："其实这些问题，是你们领导层的问题。你们首先要考虑的是，这么大的工程，仅仅依靠景泰县能不能拿下来？能不能完成？如果为了这么点小事而耽误了整个工程，又该如何向十几万老百姓交代？"

贾梓才恍然大悟，心悦诚服地向李培福认错，改变了自己的看法。三方代表又坐在了一起，在香烟缭绕中，李培福语气平稳缓和，他对在座的景泰县领导一一点头称赞："你们提出的意见是非常正确的，我完全理解。这说明，景泰县的人民拥护你们没有错，你们是他们的好领导。只是我想请你们仔细想一想，这个浩大的工程，省上尽管全力支持，但有多少家底我不清楚吗？我们将要面临许多问题和困难，如果没有这些厂矿企业的承担就很难拿下来。没有这个工程，所有的利益是不是都成了零？兰炼最先的小管道上水，供大工程建设施工用水，先期投入了多少资金？兰石承担的大型钢管的加工，白银公司承担的总干渠部分开挖，七局、884厂、八冶承担的部分泵站建筑安装等，这些都是工程的关键，这些问题，不是靠人力和热情就能解决的，如果在划地上寸土不让，导致了工程下马，篮子里没有了鸡蛋，大家不是白费口舌了吗？有意见很对，提意见也很正确，但不能因小失大。这些道理，一定要给老百姓讲清楚。"

贾梓才率先自我批评，景泰的领导都相继发言，检讨自己心胸狭隘、目光短浅。

李培福拄着拐杖，深深吸进一口烟。这是他早已谋好的棋局，在这个关键时刻，千万不敢出现任何的差错呀。在这个时候，沉着而坚定的"李老汉"，给了许多人不一样的感觉，来自心底的敬重油然而生。而产生这一切效果的唯一原因，就是他那一颗无私而公正的公心，也在这个时刻，你才能真正理解什么叫公正无私、大局为重。

"三分天下"的局面就此形成。县社、厂矿、国营农场三家在"两年上水，三年受益，五年建成"的计划中，汇聚了前所未有的力量。荒凉的景泰川，在一分为三的格局下，绽露出勃勃生机。

事后，李培福找来化成，对他说："事要从实际出发，量力而行。要有几个能干实事的人盘着干（庆阳方言，即'盯住干'的意思），就能干成，不能贪得太大。景泰川工程分期建设，就是考虑了省情、县情，欲速则不达。我们这些人，过去往往头脑发热，主客观不能很好结合，凭良好的愿望，办过一些蠢事。这次可要牢记历史经验。景泰工程，潜在的力量很大，要把地方、厂矿、农场三方力量拧在一起，有可能苦干上几年，一举成功。我都五十好几了，干成这个工程，也是给人民一个最后的交代。要向群众做好宣传，组织群众，武装群众。群众懂得了这是给他们子孙后代造福，眼前虽苦一点，也就有个奔头了，那力量估也估不透。现在，万事俱备，只等开工。开工前，还要开个县三级干部会议，专门讲工程，讲希望，讲远景，要把大伙讲得摩拳擦掌，坐不住，争着要上工程做贡献，有那个势头就好办了。开工大会，专门给施工队伍、民工做宣传，这两篇讲稿要下个功夫写好，各有侧重，主题是鼓劲，用写实的办法，不搞空口号。"

按照李培福的意思，化成抓紧完成了讲话稿的草稿。三级干部会议的动员报告，在他的精心指导、精心修改下终于完成了。

讲话那天，李培福起得很早，把平常宽松的便服换下，穿了一身深蓝色的毛料中山装，在住房的外间办公室，来回踱步，构思着演讲的细节。这次讲话，县、社、队三级干部和县级机关干部都参加了，能坐几百人的大厅，座无虚席。

讲话中，李培福开头按讲稿讲，到了后来，又穿插了一年来在景泰各地了解到的生动事实，到会的同志都安静而专注地听着。当讲到群众渴望水、渴望变革、渴望建设工程的生动事例时，在场的不少同志感动得眼眶里涌上泪花。讲到景泰川工程建成后的远景时，他说："这一点，在座的同志将来都可以见到。到那时，河水哗哗流，满川一片绿，条田成网，林带成行，居民点星罗棋布，柏油马路四通八达。吐翠的葡萄，红透的苹果，坠满枝的啤酒花，满地的大西瓜，你分不清这里是景泰

▲李培福当年居住生活的地方

川，还是兰州的雁滩。"

到会的同志们欢呼雀跃，讲话不时地被掌声打断。贾梓才会后对化成说："李省长这下可真把全县人民动员起来了。我到景泰十几年了，许多事实我都没听过，感人，实在感人！"

紧锣密鼓的筹备工作日趋完善，两套方案的踏勘结果汇报到省上，得到省上领导的有力支持，同意李培福提出的先上一期工程的计划，要求省上各单位在争取中央资金援助的同时，全力配合景泰川电力提灌工程的实施。

1969年9月，甘肃省委、省革委会决定撤销筹备小组，成立景泰川电力提灌工程指挥部，李培福任总指挥。计划景电一期工程于1969年年底开工，工程分两期进行，一期工程保证于1971年国庆节前上水草窝滩，1972年开始发挥效益，1974年5月主体工程建成，实现两年上水、三年受益、五年建成的目标。

李培福卷起铺盖，来到了景泰川电力提灌工程指挥部。临走的时候，他撂下一句话："水不上景泰川，我就不回兰州城。"

第 五 章
史无前例的工程

齐聚龙王炕

1969年10月4日，景泰川电力提灌工程指挥部与景泰县革委会召开联席会议，由梁兆鹏介绍工程情况。景泰县革委会主任贾梓才谈了四点意见：县上逐级传达省革委会关于工程建设的决定；保证民工三千人上工程，农闲不限，受益区按9%抽调，非受益区按4%抽调；对工程上来的两千多人，景泰县想办法安排房子；粮、肉供应2月份前没问题，冷库有两千五百头猪及三千只羊的肉，块煤也没问题，但吃菜有问题，煤油供应紧张。

景电一期工程，就在这个物质基础上，正式拉开了建设序幕。

围堰，在任何水利工程中，都是举足轻重的第一炮。围堰的成功与否，决定着工程的进展是否顺利，也预示着工程能否有一个好的开头。当然，这一切都和科学的决策和实施密切相关。

景泰川电力提灌工程的第一炮，选在了沿寺下面的龙王炕。这里水面平静，水势平缓。静静流淌的黄河水下面，藏着一个流传千年的故事。

在这段河流中有一块礁石，因为这块礁石的存在，水流在这里骤然湍急，流水和礁石相撞发出激越的声响，溅起雪白的浪花，然后一分为二向下游流去。这块礁石就是当地有名的龙王炕。相传龙王云游四海，踏云踩雾行至沿寺，正逢水妖兴法作乱，河面上黑雾弥漫，波涛汹涌，龙王大怒，问是何方妖怪，竟敢在自己的地盘上如此放肆。遂抽出龙剑，砍下山崖巨石一块置于河中，把水妖紧紧压在了下面。巨石镇守其上，水涨石高，水落石落，水妖从此不再祸害一方。被龙王砍下巨石的山峦，从此就成了刀棱山。消除妖患之后，龙王对此地念念不忘，每次巡游到这个地方，都要降下云头，躺在这块石头上歇歇脚，久而久之，"龙王炕"便由此得名。传说凡人能在龙王炕上歇一歇，千灾万祸都将化为尘埃。

另外一个传说就很有颠覆的意味了，具体内容，倒和景泰的实际情况很相近。传说据此河道的龙王懒惰嗜睡，他一觉睡过去可不要紧，接连几年都没有一点雨水，可把景泰人害苦了。后来听说龙王在水面下睡大觉，忘了行雨，村里的老人们一商量，干脆把龙王的塑像从庙里抬出来，放在河中的礁石上，用鞭子抽打，借此唤醒龙王。熟睡中的龙王被鞭子抽醒，睁眼一看，才明白是怎么回事。仔细想想，都是自己的过错呀，赶紧升空行雨，才免了鞭挞之苦。以后，只要天不下雨，当地人就会把龙王的塑像抬到这块礁石上鞭挞，久而久之，这块石头就成了"龙王炕"了。传说龙王睡觉的河底下，有许多的金银珠宝。

传说毕竟是传说，但传说诞生的地方，肯定有着不同于一般的风景和美丽。传统文化中，围绕龙凤，总是有说不完的话题。有龙必有凤，两者结合才能龙凤呈祥。常言道，"没有梧桐树，不落金凤凰"，而沿寺周围的梧桐树，又给关于凤凰的演绎提供了想象的基础。相传，远古时期，有凤凰携幼凰自南山飞临黄河，觅景栖息，见沿寺风景秀丽，梧桐丛生，便落于梧桐树下一块巨石之上歇足，此石留有一大一小两个凤凰爪印，虽经千年风侵雨蚀至今依稀可辨，"落凤石"因此得名。据说，有了落凤石，人们才在凤迹旁边凿山开洞，修建了沿寺石窟。

这个孕育美好传说的地方，迎来了更大的盛景。景泰川电力提灌工程的起点将从这里开始，在龙凤的相伴之下，黄河水一跃而上刀棱山，开始它润泽万民的使命。

平缓的水面，自然是围堰的最好选择。在工程筹备阶段，李培福就组织技术人员进行相关论证。他们面对的具体情况是，没有大型的机械设备，在黄河上围起一个开展泵站施工作业的工作面，谈何容易？这不是一条小河小溪，而是波涛汹涌的黄河呀。

生活在黄河沿岸的祖先们，为了生存，早已经积累了与河水做斗争的宝贵经验，草土围堰就是这一智慧的结晶。草土围堰是用一层草一层土再一层草一层土在水中逐渐堆筑形成挡水结构，是一项传统的河工技术。虽然是一项成熟的技术，但具体实施起来，谁的心里也没有底。

▲选址龙王炕

　　技术人员在认真测算水流的速度，计算围堰的工程量和需要的土石方。有关人员按照李培福的安排，远行到宁夏借鉴围堰的技术和施工方法，并从民间请来几个土专家。李培福下了死决心，一定要打好工程第一仗，一定要为这个工程开一个好头！

　　计算结果出来了。技术人员和土专家面对如此庞大的数字，几乎不敢相信自己的眼睛：草土围堰需要做到长180米、顶宽12米、底宽14.5米，只有如此规模的草土围堰，才能使黄河改道，满足一泵站泵坑施工的要求。而要完成如此规模的围堰，需要稻草、麦草240万斤，10米长的粗草绳4万根，细草绳16万根，黏性土11000立方米！这些数字蕴含的工作量和准备工作，该是一个什么样的概念？

　　负责技术施工的陈可言沉默了，梁兆鹏心里更是担忧：这里的老百姓肚子都吃不饱，哪来这么多草？没有粮食，又哪来的草？陈可言和梁兆鹏多次就这个问题进行了交谈。他们认真审核计算结果，但没有发现任何错误。这项技术，是长期生产实践中得来的，根据各地实践经验，围堰断面宽为水深的2～3倍，这是一个死数字，随意改动，将会带来失败。为了确保工程成功，只有把断面宽度适当加大。草土的结合体沉陷幅度较大，在具体的施工中必须留备足够的起高……

这可真是一个浩大的工程呀！红旗渠从1960年2月开始动工，经过十年奋战，先后于1965年4月5日总干渠通水，1966年4月三条干渠同时竣工，1969年7月完成干、支、斗渠配套建设。前后总投工5611万个，也才完成土石砌方2225万立方米呀；而这个工程，仅仅草土围堰，就要完成11万立方米的土石量。

*救命工程让每个民工充满希望。

但是"开弓没有回头箭"，工程进度已经不允许他们后退，各路民工，源源不断地来到指定地点。在黄河枯水季节来临之前，各项准备工作都必须要到位，任何一个环节的不足和欠缺，都会导致工程停滞或者到明年再重新施工。

民工团的团长洪镒，和副团长高仰昆、张保林，面对蜂拥而来的民工，忙得不可开交。不管面临的工程怎样，先安顿好这些民工的吃住是首先需要解决的问题。他们经过事先研究决定，以公社为单位组建芦阳、五佛、寺滩、喜泉、正路、红水、中泉七个民工营。但这是一支两千多人的队伍呀！前来报到的民工自带口粮、木料、工具、灶具、被褥等必需的生活用品，如果安排不到位，那可真是会乱成一团糟。为了避免这一现象，他们在施工点周围事先踏勘，为各公社的民工划分驻地。

张开荣是芦花下塘村的生产队委员，二十三岁的张开荣受命带领社员前去报到。他们距离施工地点九十多公里。

鸡叫头遍的时候，张开荣就爬起身，背上老婆准备好的被褥和干粮往生产队的饲养院赶。按照计划，生产队的马车送他们到工地。在前往工地的二十四个人中，有八个女社员。没想到，等他赶到饲养院时，大家都已经赶到了。装好马车，就着朦胧的晨曦，大家出发了。

这个时候，李培福的名字已经走进了很多老百姓的心中。在各级动员会上，说得最多的就是这个人的名字。李培福负责把黄河水引到景泰川，每个社员都得听他的安排和指挥。这个李培福，到底是个什么人呀？吹牛怎么也不打打草稿？张开荣压根儿就不相信黄河水能到景泰川。自古水往低处流，水还能从沟底里跑到山上去？这个省长也好，老汉也罢，这次可算是要丢人现眼了。张开荣一肚子自己的想法，但面对社员，还是咽下了几次就要蹦出嘴的牢骚。

经过一天半的赶路，他们在晚上到达了指定地点。这时张开荣才感觉到这个阵势有多大。整个沿寺的山坡上，沟壑里，都是从各地赶来的民工，他们这几个人算什么呀。没有工棚，没有住房，和衣在山上滚了一夜。好在深秋的天气还不是那么冷。

首要的任务就是先解决住的问题。张开荣组织自己的社员开始在山坡上挖地窝子。这种简易的住处，对他们来说并不陌生。二十四个人，一个里面住八个，最少也要挖三个。

晚上他们在山上睡觉，白天抓紧挖地窝子。一日三餐，都吃着从家里带来的炒面、馒头。第五天，他们总算挖好了地窝子，利用别的生产队打好的锅灶，做了一顿揪面片。吃的水，是直接从黄河里提上来的，浑浊的黄河水，只要稍沉淀一下，就变得清亮了。从黄河取水上山的时候，张开荣还在心里嘀咕：就这么一桶水，提上山都很艰难，怎么就能把黄河水送到山上去呢？

秋天的沿寺，透着秋的萧瑟，也呈现出秋的丰硕和美丽。山坡上的草，河堤旁的树，每天都在变换着不一样的颜色。汇聚在山上的民工，似乎不知道自己身处的艰难，更不在乎自己住在什么地方，吃几口炒面，喝点凉开水，满脸都是无忧无虑的笑意。稍有闲暇，不是在黄河边溜达，就是到芦阳县城逛街。躺着休息的时候，就敞开聊黄河水怎么从山下爬上来的话题，一个个争得脸红脖子粗，但黄河水爬上山头后的美景，却是每一个人诚心的向往。早来的民工，等着更多的民工赶来，越来越多的人，让他们慢慢自信起来，有这么多的人，就是再大的工程，也不愁干不下来呀。可是，这么多的人，怎么才能把黄河水弄到山上呢？抬吗？

这是当时真实的情况。前来报到的民工，大都是没有进过学校的社员，有些人，连自己的名字都不会写，肚子里装的一点墨水，还是在生产队扫盲班里学到的一些皮毛。但他们都充满了热情，对未来的生活充满了向往，更关键的是，他们有一副健康强壮的身板，有这一点，就足够了。

宽沟大队九个生产队，三百多社员步行来到沿寺。马车上垒着小山一样的被褥。早上七点多开始出发，到了下午五点多才到。他们驻扎的营地在沿寺的滩里。当晚没有饭吃，李智仁的肚子咕咕叫个不停，实在坚持不住了，他爬起身，吃了一阵妈妈给他装的炒面。第二天一大清早，李智仁报名去打柴，兵马未动粮草先行，吃不上饭，还干什么活呀？大家伙都知道他不经饿，到什么地方，首先要操心的就是吃喝，有他在，这些事就不用愁了。

山里面的桦柴很多。柴叶子被季节染成了红色、深红色，最后就掉落在地上。一丛丛柴火，很像一朵朵深红色花朵，铺满一个又一个的山坡。李智仁粗壮的大手伸出去，连根拔下来，根本用不着镢头铁锹什么的。干这些活的时候，你总有一种感觉，好像这些柴火已经被人挖了下来，就等着他去拾一样容易。其实不然，力气小的，就是用镢头铁锹，也不是三两下就能挖下来的。身强力壮的好处呀！不大一会儿，李智仁就背了四次，堆起小山一样的柴火堆。别的生产队的感到吃惊："你一会儿的工夫竟然干了我们五六个人要干的活？"

别的社员在挖地窝子。李智仁喊，你们加油干，我给你们做饭。找来三块石头，李智仁支起铁锅，添满水燃着了火。没有多的讲究，抓进去一把黄米，切了几个土豆扔进去，李智仁就开始和面。等和好了面，锅里的水已经沸腾。再往火里扔进去几棵柴火，李智仁开始揪面片子了。粗壮的手指，能揪出的面片子，也只能称为面疙瘩了。一阵风吹来，燃尽的柴灰、沙尘一起飘进锅里。没有菜，李智仁抓一把盐扔进去，再倒进一点醋，扯开了嗓子喊："开饭了，开饭了……"

他们小队是全大队第一家吃到热饭的。甜米甜面，饭的香味毕竟不同一般，李智仁所属小队的社员们端了大碗呼呼啦啦吃出了一种气势，似乎整个荒滩里都飘着饭的香味。李智仁吃饭从不用碗，直接将饭盛进和面的脸盆，一口口吸进肚子里。其他生产队的人惊呼："这家伙，这一脸盆就是我们五六个人的饭呀！"

地窝子挖好之后，没有时间晒干，李智仁背来柴火。在他看来，漫山遍野都是取之不尽的东西，只要肯干，就没有解决不了的问题。点着柴火烧干潮湿的地窝子，然后盖上顶棚入住。睡在暖和的地窝子里，社员们开心了，都夸李智仁办法多，李智仁憨憨地笑了："只要你们让我吃饱肚子，让我干什么都成。"社员们一下子没有了声音。

没有得到答复的李智仁突然感到有点伤心，在黑夜里，他重重叹了口气。

李智仁所在的生产队有了一个新的名字：寺滩营宽沟连一排。他自然是这个排的排长了。

相比外地来的民工，五佛营的民工因为离家近，条件自然好了许多。但是只有营长蒋成林知道，五佛营，将在整个工程中，承担最重最艰巨的任务。他是五佛民兵营的教导员兼营长。五个连的民工，最多的时候达到

*当年建设者们住过的窑洞。能住上窑洞，算是好的住处了。

一千五百人。但是，在所有的民工中，五佛营的民工更清楚这个工程的重要性，清楚这个工程对他们意味着什么。这是他们的救命工程呀，但凡参加的民工，都蓄积了一身的力量，等待开工的一天。蒋成林了解民工营的情况，深知这一点。但是，民工们的生活太困难了，当时的生活条件是相当艰苦的，不管是民工，还是干部，都从家里带上干粮炒面上工地。保管

来耀天的家境不好，整天能看到他拿红枣在工地上和民工交换干粮，用换来的干粮填饱肚子之后，忙活自己要干的事情。五佛营的驻地在沿寺旁的沙河里，在地窝子上搭上椽子和竹帘子，就是民兵的宿舍。在这种条件下，民兵们的精神面貌仍然很好，干劲很足。黄廷福把民兵营的文艺和体育活动搞得有声有色。

大集体的生活，让很多人产生一种必然的依赖，这种依赖，是一种合力。自带干粮参加建设的民工，竟然没有一个人想过或者提出意见：这么大的工程，凭什么我们吃不饱肚子还要来干？在他们的心里，都很骄傲和自豪地认定：这是我们的工程，是我们自己的工程，为这个工程，就是倾家荡产也值得！

在沿寺山下大约五百米的黄渠两侧，生长着多年栽植的三千多棵杨树。这是五佛水管所营造的护渠林，平时精心管护，严禁砍伐。李智仁初来乍到，建地窝子的椽子少了，他就盯上了这些树木。要整棵砍伐，他还没有那个胆量。晚上他偷偷带人去砍了一些树枝，但很快被水管所的人发现了。正当他不知所措的时候，水管所的人却笑了："晚上砍树很危险，要砍，你们白天来砍，看上哪个砍哪个。"一句话说得李智仁惊讶不已。没想到水管所的人替他宽心："这是我们的救命工程，是我们自己的工程，理当如此呀！"

为了解决民兵营建房所需木料问题，水管所毫无保留地献出了这些木材。有的时候，水管所的人亲自砍了送去。只要民兵营和工程团需要的东西，五佛人民都会无私地奉献出来，没有任何怨言。

也许，生长在黄渠边的这些杨树，更能理解人们对水的渴望，更能理解黄渠边的人们，那种无私的奉献是为了什么。

在各地民工完善自己住宿条件的时候，五佛营率先拉开了工程建设的序幕。

一期工程一泵站的建造地址选在黄河龙王炕上游一百米处。从沿寺沙沟到泵站只有几条羊肠小道，最宽的地方也只能过架子车，绝对谈不上行驶汽车。疏通道路是草土围堰和建设一泵站的关键。路不通，建筑物资运不进去，对工程的影响可想而知。

然而，修这条路并不是那么简单的事情，一面是刀棱山的悬崖峭壁——也许，龙王锋利的刀刃，就是从这里劈下了一块巨石扔进了黄河，一面是黄河和黄渠，要想修通施工要道，不仅要占用一部分黄渠，还要再学龙王，从陡峭的山上劈下更多的石头。

这项艰巨的任务，经研究决定落在了西源民兵连的身上。西源民兵连二百多民兵，在连长指导员的带领下，开始了劈山斩渠的鏖战。紧邻黄河的黄渠好办，铲平，推倒，黄渠两边的树木，水管所已经给工地砍伐得差不多了，工程量不大，但是，七八米高的悬崖峭壁，实在是一块难啃的腰节骨。但为了打通这段咽喉要道，指挥部做出决定，要人给人，要物给物。在具体的施工中，为了加快进度，少一点劈山的难度，施工的民工打起了望河楼的主意：炸楼，总比劈山容易一点吧？张泰山连长和张清治指导员一商量，决定炸楼。但只炸了一小部分，现场的技术人员赶紧过来劝阻：这个望河楼，可是文物古迹，千万不敢破坏了。一句话，吓得他们再也不敢打楼的主意了，只好咬着牙，和坚硬的岩石开始较量。

苦战十五天，总算完成了长两公里宽八米的进场公路。

初战告捷，蒋成林长出了一口气。作为营长，如何完成上级交给他的任务，这个压力只有他自己知道。尤其在那个特定的年代，稍有不慎，一顶帽子就会把人压倒在地上。但通过这个小小的尝试，他感觉到了民工们不容小觑的力量：只要组织得当，就没有干不成的事情。

草土围堰的施工方案定了下来，因为五佛营的民工都生活在黄河边，不害怕水，很多人都会水，所以指挥部决定由他们承担草土围堰的一线施工。但是，民兵营从上到下，竟然没有一个人相信用草和土能堵住黄河水。蒋成林找来黄廷福："你不要再只搞唱唱跳跳的事情了，要统一大家的思想，消除大家怀疑消极的态度，坚信必胜的信心很关键呀！"

在那个年代，思想政治工作似乎很好搞，借用李培福的话，"谁反对就批斗谁"，"谁捣乱就批斗谁"，很快把不相信的怀疑，打压到了肚子里。

没事干了你到别处晒太阳去

施工的日子逐渐临近，万事俱备只欠东风，而这股东风就是"草"。能不能在短短的一个月时间里汇聚来这么多草，成了让指挥部头痛的问题。

这一天，蒋成林安排完民工营的事情，恰好遇到李培福、贺建山、梁兆鹏。一见面，就聊起了工作上的事。征收草的事情虽然已经安排下去，但是否能够按时到位，谁心里也没底。

蒋成林信口说："只要是草都可以呀，有麦草的拉麦草，有稻草的拉稻草，稻草用来搓绳子，把麦草捆成草捆子，一样可以用呀。"李培福用拐杖捣捣地："我说你搞清楚没有哦，现在缺的就是搓绳子的稻草，有了稻草，我还愁个啥呀？"

蒋成林立即建议："我听说五佛乡正在开党代会，您去现场讲一下上水的意义，肯定会有意想不到的效果。稻草，只有种水地的黄河岸边才有，山区想拿也拿不出来呀。"

李培福、梁兆鹏、贺建山三个人相视一笑，对蒋成林点了点头。

李培福拍拍他的肩膀："这建议不错，我们去一趟。如果真有效果了，好好奖励你蒋营长。"

公社书记王德才正在主持公社的党代表会议。参加会议的都是公社各生产队、各生产小组的党员积极分子。看到李培福、贺建山、梁兆鹏，王德才很快清楚了他们的来意。其实，自从参加了县上的三级干部会议，听取了李培福的动员报告之后，王德才在任何一个会议上，都认真落实了李培福的讲话精神。他的心里，倒是有着万无一失的把握。聪明的王德才知道指挥部三位领导前来的用意，立即终止了正常的会议，请李培福给大家讲话。他颇有深意地看着自己尊敬的省上领导："省长，这里就是一堆干柴，就等您点火了。"

李培福用拐杖捣捣地面，和蔼的目光从每个代表的脸上扫过。李培福在热烈的掌声中坐下来，拉家常般说出了自己的愿望："我们期望的工程到了节骨眼上，在座的每个人都比老百姓更清楚这个工程对我们意味着什么，只有各尽其力，各显神通，才能确保这个工程顺利进行。我们能不能过上好日子，就看这个工程能不能顺利进行了。你们都是受益群体，水上来，你们先受益，是近水楼台先得月。所以呀，在草土围堰这个关键的施工上，你们要起带头作用。景电一期工程灌地三十万亩，是景泰人民的救命工程。在景泰搞这样大的电力提灌工程，在全国是数一数二的。这是省革委会对景泰人民的关怀。现在草土围堰工期很紧，没有稻草。今天就是向各位代表求援，帮助工程指挥部解决这一难题。看看你们能不能贡献二十多万斤稻草和一些绳子出来。我们要广泛发动群众，汇聚群众的力量，成就草土围堰的工程。我们要喊出一个口号来，这个口号就是'自力更生，献草光荣'！"

平实而坚决的要求，和蔼而亲切的态度，让在座的每一个人都感觉到了一种神圣的使命感和责任感。这个为工程日夜操劳的省上领导，略带憔悴的脸色和语重心长的话语，打动了每一个人。王德才从与会代表的眼神中看到了被点燃的大火，他果断结束了会议，没有别的话："大家立即回去动员群众，就按照李省长的要求去办。"

与会代表没有一句话，但一个个却神色凝重地起身离开会场，连夜赶往各自的生产队。李培福清楚，在这些人的身后，可是代表着十二个生产大队六十一个生产队，一万多名老百姓呢！

当晚十一点了，李培福要求陈可言、化成连夜到五佛："你们一个定围堰施工方案，一个到公社动员群众运草，五佛公社的党代会上，我已经讲了动员群众运草的问题。你们去和公社王德才同志一起发动群众，各大队来个运草竞赛。明早九点，我要到现场听你们研究的施工方案，看你们草车出动的情况。"

陈可言和化成赶快借了两辆自行车，又到食堂买了几个馒头就出发了。

月光很亮，两个人骑自行车从芦阳赶往五佛。月光铺满了四十多华里的路面，两辆车子各沿一条车路槽子前行，两个人一手扶车，一手拿出馒头吃。

车轮转动的声响不时惊起田里的鸟儿，鸟儿扑棱着翅膀飞到很远的地方。走了一个多小时，到一泵站的沿寺工地，已是凌晨两点多了。工地上还在运土转草，灯光月光，山色水色，都溶在诗情画意之中。喝了几口水，陈可言去研究他的方案，化成又骑车去公社催草。

等化成喊起公社的领导分头到各大队喊人、套车、装草的时

▲背草的老乡

候，太阳已映红了滚滚黄河。运草的队伍从四面八方出动了：马车、架子车、骆驼、毛驴……十里乡间便道，连成了一个草的洪流。

当化成早上九点随草车赶到沿寺工地时，李培福早已从芦阳赶到工地了。他还是那样和蔼可亲，高大的身躯站立在山冈上，手里挂着常年不离手的黑漆拐杖，满脸笑容。李培福看到化成，高兴地大声说："好哇！蛮有气势的！群众的力量真大！照这个送法，加上芦阳这一带送的草，一周时间就可以开工了。你不能回去，你就住在社里和他们一起盘着干。"

其实不用"盘"，老百姓运草、献草的积极性已经被调动起来了。五佛生产队一队队长刘仓，在听完李培福的讲话之后，赶到家里已经是太阳西下。就手抓了一个黑馍馍，边吃边开始工作。按照刘仓的要求，一队至少要拿出两千斤稻草，而且要送到工地指定地点。这个时候，秋收早已经结束，稻草被分到了社员家里，如何收集，如何运输，都需要他亲自来安排。他嘱咐生产队里的马车待命，按照人头分摊所需的稻草，每个人最少一百斤，多了不限。他在村街上吆喝，马车跟在后面，不一会儿，马车就装满了社员拿出的稻草。一些社员干脆对他说："你就缓缓吧，我们知道做什么，也不用你安排马车了，我们有架子车，直接往工地送。"有的社员想得更周密："我们直接搓成稻草绳子，算数不？"

从分配任务到自觉捐献，自主承担，这把火，烧出了新的内涵和意义。

张九麦带领铁姑娘班的姊妹们，直接把草装到架子车上，浩浩荡荡运往工地。在运送稻草的同时，安排队里连夜搓制绳子。

"自力更生，献草光荣"的口号很快传进千家万户。一时间，景泰县各公社、各大队、各生产队、各个社员，纷纷行动起来，向五佛沿寺献草。手扶拖拉机、马拉大车、人拉架子车，还有自制的单轮木质小推车，一齐涌向五佛沿寺。

第一天的送草让李培福感到振奋。第二天，李培福起床之后有点担心：不知道今天的情况如何？他安排梁兆鹏去看一下实际情况。陈可言、梁兆鹏按照指示前往五佛去查看，但车子没走多远就没法行驶了。一路上都是送草的人和车，社员们一个个喜气洋洋的，像去参加盛会一样，推着草车前行。他们不但没法前行，就连掉头也很困难了。看着川流不息的人群，梁兆鹏被感动了：在这个时候，他才理解了人民的力量，人民的热情……不几天，五佛公社的草全部到位，不只是他们期望的二十五万斤，足足有四十万斤稻草被群众送到了工地上。

李培福"献草光荣"的号召一传开，动员起来的景泰农民群众，正如当时的一些老同志形容的，完全和战争年代支前一个样。山区的许多农民把准备来年用于盖新房的好麦草献了出来，碎毛攒毡，集腋成裘，一辆辆草车浩浩荡荡驶向工地。

按照指挥部安排，罗文深等人前往向阳公社西源村、老湾村参加献草运动；其实，已经不需要他们做动员工作了，他们这些人，倒是接受了一堂生动的教育课。

粮草粮草，粮和草在老百姓的眼里，是一个位置，同样的分量。没有粮食就没有草，没有草也就没有粮食。草在农家中，也是必不可少的生活需要，烧饭、铺炕、喂牲口，少了日子就没法过。但是，在李培福的号召下，这些需要竟成了可以克服的困难了。一位老太太，硬是把她家里仅有的一架子车草主动献了出来，并要她的孙子拉到工地上。罗文深提议给老太太打个收条，老太太说啥也不要，只是老泪纵横地说："民国十八年，我的两个弟弟去宁夏中卫逃荒要饭，饿死在路上连尸骨都没找回来，谁管过我们穷苦人？今天，国家引黄河水浇地，为的是让我们吃饱肚子，过好日子。我这个老婆子就献上这么些草，你们收下它吧。"

老太太声泪俱下，罗文深的眼睛也潮湿了。这几句落地有声的肺腑之言，感动了在场的人们。许多社员群众，都不约而同地回家抱草、捆草。景泰农民群众赶着马车，拉着架子车，人背，在一片紧张繁忙和昼夜兼程中源源不断地将草运送到工地。

同时，赶来报到的民工，也按照要求，前往一些生产队拉草。寺滩乡芦花大队的社员曾国祥赶着生产队的马车，前往正路公社拉草。他去的地方，应该是距离沿寺最远的生产队，来去一回，需要四天的时间。驾辕的是生产队最好的红骟马，拉车的

*一车车麦草从各地源源不断地运往工地。

是三匹肥壮的骡子。一车草，装好了足足有两千斤。曾国祥路上不敢耽搁，白天能走多少路就走多少路。晚上卸了车，还要给牲口喂草喂料。有一次只顾着赶路，错过了村子，他感觉自己还有体力赶路，但是驾辕的红骟马已经开始打摆子了，行进到的地段，又是崎岖的山路，再走下去，就算人能坚持，只怕牲口吃不消了。没办法，曾国祥只好露宿野外。

山风在晚上似乎更加尖锐而清冷，打着呼哨，一阵紧似一阵地刮过去。不敢点火，不光是舍不得车上的麦草，更害怕火星子乱冒烧着了大车。操心好牲口，曾国祥圪蹴在草车上，盖上随身带的铺盖卷，开始安慰咕咕叫的肚子。吃的是从家里带来的炒面，但是水壶里的水早已经冻住了。干炒面吃进嘴里，实在无法下咽，只好不断地在嘴里咀嚼，用唾液搅拌了，一用劲，才能下到肚子里。用野草籽做的炒面，尤其干涩得难以下咽，面的腥味，慢慢就使人没有了食欲。以前，他们吃这些炒面的时候，都是屏住呼吸，就一口水直接冲进肚子。这种吃饭，被他们称作"哄肚子"。没有水，真的是难以下咽呀。

曾国祥索性装起了炒面，躺在大车上看星星。他突然想起了家里的热炕头，如果在家里，即便是吃不饱肚子，也不用受这个罪呀。可是，这个活，来的人都干得毫无怨言。他不来拉这个草，肯定还会有别人来拉，他也不会受到什么批判，"谁不听话就批斗谁"，也仅仅是说说罢了，一个平头老百姓，又有什么可批判的呢？只是这个麦草，真就能堵住黄河水吗？这个黄河水，真就能爬上山头，给他们想要的日子吗？

星星开始眨眼，曾国祥脑袋发沉，慢慢迷糊了过去。一觉醒来，太阳已经爬了上来。曾国祥赶紧翻身要起来，突然感觉到全身僵硬。这种僵硬，不仅仅是寒冷的天气导致的。他脱下鞋子，这双布鞋，因为鞋底上落鞋底，补丁上落补丁，足有十几斤重，脚上的毛袜子，也是补了又补。脱去袜子，曾国祥才看到，脚丫子上全是水泡，有的已经烂了。曾国祥找了一根硬一点的草芥，刺进水泡，挤出脓水，感觉

▲ 当年赶马车运草的曾国祥

186 >>>

好了一些。他这才发现，自己的双手已经冻得肿成了馒头，手背上，全是细小的口子，汪着鲜红的血，一伸一缩，那血水就流了出来。曾国祥忍着痛，开始套车，又开始赶路。他突然难肠起来，眼睛湿湿的。他摇摇头，猛地甩起了鞭子，鞭梢在清冷的空气里，抽打声清脆而响亮……

终于到了沿寺，曾国祥发现，仅仅几天，这里已经是草的海洋了。在指定的地点，他开始卸车，一把把下去，手上的血就染红了麦草。草场上的人急忙让他歇歇，帮他卸车。曾国祥要来一壶水，开始吃炒面。

就在这时，过来一个戴着帽子、挂着拐杖的老汉。老汉看着他吃炒面，笑眯眯地说："小伙子，吃饱了要加油干呀！"

曾国祥挪挪身子，扭过头去："你说得轻巧得很，要是能给我吃上些白面做的炒面，干啥都行呢。"

老汉哈哈大笑："看你这点出息，等工程成功了，我就请你吃白面馍馍，可着肚皮吃！"

曾国祥翻了翻白眼："没事干了你到别的地方晒太阳去，我吃炒面不想和你说。"

老汉急忙点点头："你吃你吃，我到别处转转去。"

等老汉走远了，过来一个人，坏笑着问曾国祥："你娃真不知天高地厚呀！你知道那个人是谁吗？他就是省长李培福呀。"

曾国祥张大了嘴，瞪圆了眼睛，一口炒面再也咽不下去了：妈呀，省长就长这个样吗？

城北墩生产队的社员们也行动了起来。生产队组织大批劳力拧草绳，同时调动全生产队的二十五辆马车三天送草二十二万五千斤。

不几天，沿寺的施工地段，就堆起了一个草的山峰。清冷的阳光照在草堆山上，闪烁着温暖的光泽。

李智仁带着自己的人，在装土袋子。在指定的地方，他们拉来土，装好土袋子，码好放着。他看到，黄河里来了许多羊皮筏子，还有许多小船，来来回回地跑趟子，热闹得不行。在草场里，很多人在搓绳子。一个下午，李智仁闲转悠，看到稻草搓的绳子，突然想到了山里的芨芨草。稻草搓的绳子能用，芨芨草搓的绳子不是更好吗？再说了，山里草本来就不多，用芨芨草绳子顶了麦草，岂不是两全其美的事儿吗？他找寺滩营的领导说了，没想到立即得到了批准。

用芨芨草搓绳子，对山里人来说，可是必须具备的生活技能了。漫山遍野的芨芨草，一年总会长出很多的芨芨秆。芨芨秆韧劲十足，拔来晒干了，再砸扁砸毛了，喷上水，两只手开始搓，搓出的绳子匀称结实。生产队里的社员曾明元、肖闰年、马占德，都是搓绳子的好手，一天就能搓出很多草绳来。

张开明带人在黄河边捆草。每个草捆子都要捆成一米长、一抱粗的捆子。用芨芨草搓的草绳，对付这些草捆子，可是容易多了。不几天，就捆好了很多的草捆子。按照技术员的说法，所有拉来的草，都要捆成草捆子。张开明看着山一样的麦草，情不自禁地喊：妈呀，这要捆到什么时候去？

各项准备工作紧张有序地进行着。李培福拄着拐杖，来到一个山坡上，悄悄看着眼前车水马龙、人来人往的场面。什么时候开工，成了他心中的一个纠结。因为省上没有明确的开工日期，这一点，给他提供了相对多的自由，但也让他为难。是等所有的资金到位、设备到位了再开工，还是先开个头，边施工边等待？

▲多拉快跑的马车赶车员

李培福的心中，涌起一种熟悉的激动。这种激动，是临战之前的兴奋。其实，在人们称他为"李老汉"的时候，李培福就会自觉不自觉地想起自己的另一个名号"李疯子"来。这个名号，是战友们对他在战争年代临危不惧、敢想敢干的最好褒奖。

李培福不由自主地想起了从前。庆北办事处成立后，敌人千方百计要扼杀革命政权，屡次施展偷袭诡计。有一次，敌人趁游击队外出，包围了办事处驻地杨寺岔。当时，李培福正一个人在家里写标语，待发现敌人时，已相距很近了。他拔腿就跑，钻进了土沟。敌人穷追不舍，叫嚷要抓活的。他们曾出一千块大洋的赏金捉拿李培福，哪能放过这个机会？李培福拼命跑，鞋忽然掉了。捡鞋时他灵机一动，顺手将鞋扔向敌人，吓得敌人全趴在了地上。待他们爬起来再追时，李培福已经跑远了。他找了个居高临下的好地形，抽出腰间唯一的一颗手榴弹，等敌人追来时扔了出去，转身钻进了梢林。

还有一次，李培福外出开展工作，正在炕沿上坐着吃饭，忽然来了几个敌人，堵住了窑门。李培福见状急中生智，将吃饭的黑碗扔出门外，大声喊叫："炸弹！"敌人被这雷鸣般的喊声和飞来的异物吓蒙了，慌忙卧倒。李培福飞身蹿出门外，跳下崖畔，钻进梢林。如梦初醒的敌人反应过来后，其中一个抢先追下来，被躲在暗处的李培福一闷棍打倒，夺了枪就跑。敌人见他如此勇猛，又有枪在手，往梢林里乱放了一阵枪，再没敢追。

更具有传奇意味的是中庄原战斗。这次战斗是从捉拿叛徒朱孝开始的，可惜没捉住。朱孝连跑带喊逃进了敌人防区。住在赵洼的马家兵出来二百多人，双方接上了火。顿时，枪声大作，子弹在夜空中像雨点一般打来，手榴弹也在他们身边炸起滚滚硝烟。李培福头上盖了一层土，棉袄被子弹打穿了，鞋也被子弹打掉了后跟，但就是没伤着皮肉。李培福见敌众我寡，再打下去对己方不利，便下令边打边散。敌人根据朱孝的报告，知道游击队只有四十多人，妄图一口吞掉。到黎明，游击队撤到张湾附近，敌骑兵已追到跟前。李培福指挥游击队上了中庄原。突然，一道很深的崾岘挡住了去路。如果一起过崾岘，不等冲到对面山坡，就会遭到敌人居高临下的射击，处境很危险。李培福当机立断，组织一部分人阻击，一部分人撤过崾岘。他带领部分战友连续打退敌人的两次冲锋，掩护大部分同志撤过了崾岘。待敌发起第三次冲锋之前，他和剩下的几名队员同时扔出几颗手榴弹，打了一阵排子枪，然后也冲过了崾岘。敌人第三次冲锋果然开始了，他们高喊着"抓活的"，腰里还挂着准备捆人的绳子，下了马一窝蜂似的涌下崾岘。李培福见这时游击队处于有利地形，在崖边高喊："你们来吧，老子不跑，在这儿等你们！"气急败坏的敌人冲下来的更多了。这时，游击队集中火力，一齐射击。最后，敌人不仅没捉住"活的"，反而扔下一些尸体，狼狈逃窜了。其他地方的民团武装再没敢轻举妄动，庆北苏区相对安定了许多。因为李培福在关键时刻敢打敢拼，大家送他一个绰号叫"李疯子"。同志们钦佩他这个"疯劲"，敌人怕他这个"疯劲"。李培福常说："在关键时刻，没有点疯劲也不行，不疯就得死，那是逼出来的！"

回忆从前，李培福的情绪变得激动了，从"李疯子"到"李老汉"，再从"李老汉"到"李疯子"，李培福点燃了一支香烟，深深吸进一口去，又接连猛吸了几口，他突然扔了香烟，下山了。

草土围堰

1969年10月15日，这是一个注定被写进历史的日子。

这一天，甘肃省景泰川电力提灌工程誓师大会，在景泰县城芦阳隆重召开。临时搭起的主席台四面还透着阵阵凉风。省、地、县和县直机关发来的贺信整整齐齐地摆在长条桌上。"甘肃省景泰川电力提灌工程开工典礼"的横幅和台前两边"艰苦奋斗、勤俭创业，建设景电工程；精心设计、精心施工，造福景泰人民"的楹联，把大会主席台装点得大方朴素，庄严肃穆。

*李培福在誓师大会上讲话。

开工典礼，或者是开工仪式，包含了许多层面的取舍。把生米做成熟饭的孤注一掷，更显示了少有的果敢和豪迈。其实，原定的开工日期是10月1日，但是因为一泵站的选址问题，一直拖到了这一天。

一泵站基坑选址争论的焦点是：担心岩石破碎，水下钢筋混凝土浇筑后从底板渗水。本来打算在新中国成立二十周年纪念日1969年10月1日破土动工的，推延到10月10日了，还在那里争论不休。李培福为此焦心、急不可待，但又十分谨慎，细心听取争论双方的意见，捉摸着决策方案。最后定位的两天里，他拄着拐杖，跟着定位的队伍，一起参加现场讨论。在沿寺龙王炕河床左岸，他点着拐杖说："我看定位在这里就好。怕底板漏水，加钢筋层浇筑。尊重科学，要在科学施工上想办法。"

决定了一泵站的位置，声势浩大的誓师大会终于在10月15日举行了。这一点，除了李培福，少有人去认真品味。已经被点燃起的热情，早就需要这样一个场合尽情释放了。工程团八百多名技术员，换上了崭新的衣服，给荒凉的场地增添了一抹鲜亮的色彩。厂矿企业的施工人员，排好了整齐的队伍，站在指定的位置。农建十一师十六团的战士们，雄赳赳气昂昂地排列在会场左边，展示了军人的风采和建设者的豪迈气概。就连稀稀拉拉的民工团，也排起还算整齐的队伍，来到自己的位置。

震天的锣鼓敲了起来，平静的水面因为这激荡的锣鼓，荡起微微的涟漪。翻卷的红旗，是整个会场声势最大的景观。一大早前来看热闹的老乡们，面对这么多翻卷的红旗，心里有了疑问："不会是一个人扛着一面红旗吧？"

寺滩公社的社员王自达，站在民工团的最前面。他看到一个挂着拐杖的老头走在最前面步入会场。老汉似乎被太阳晒焦了，脸色黑黑的。民工们一阵骚动，很多人在叽叽喳喳，说这个人就是省长。三十几岁的王自达暗自好笑：这个老汉就是省长吗？

10时30分，大会正式开幕，高音喇叭里传出李培福开工动员洪亮的号召声。他说："省委、省革命委员会根据景泰、古浪人民多年的殷切期望和要求，批准开发建设景泰川电力提灌工程。这是景、古两县人民政治、经济生活中的一件大喜事。干旱，是甘肃中部发展农业的极大威胁和障碍。你们这里的人从孩子懂事起，就明白水的可贵，吃尽了干旱的苦头。常言说：不怕千日苦，就怕代代穷。现在我们和乡亲们一起，吃几年大苦，流几年大汗，熬上几年苦日子，下决心把黄河水提上草窝滩，提上漫水滩、寺儿滩、兴泉堡滩，要让千年荒滩为你们造福，为你们献粮。要在今天在座的我们这一代人手里，把景泰川建成米粮川、花果川，建成甘肃的粮仓！让我们自己用双手，长满厚茧的双手，来结束这里吃粮靠两川的辛酸历史吧！"

开工典礼在几声山摇地动的爆破声中结束。这几声为开工大造声势的定向爆破，所用的两吨炸药和雷管、导火索，还是从景泰县炸药库借来的。爆破声在山谷中回荡，腾起的硝烟味在空气中弥漫，紧跟着会场里鞭炮齐鸣，锣鼓喧天。等鼓乐停止后，李培福宣读了党中央、全国各地、全省各单位的贺信，并做了意义深远的动员报告，从毛主席的教导到敢教日月换新天，从景泰的过去到黄灌区新面貌，从党的政策到人民的生活……字字句句，掷地有声："父老乡亲们，新中国建立二十年来，我们虽然在政治上获得了解放，但经济上没有彻底翻身。党中央毛主席关怀我们，省委、省革委会根据景泰、古浪人民多年的期望和要求，批准开发建设景泰川电力提灌工程，我们调集建设大军，引黄灌溉，开发景泰川。只要我们齐心协力，到时候，荒原变良田，沙漠成绿洲，高楼起大川，陇原赛江南!"一席话感动得景泰父老乡亲热泪盈眶。

誓师大会结束后，草土围堰的战役正式打响。从龙王炕开始，成了名副其实的龙头工程。

*上图:从外地请来的草土围堰的老把式。

下图:草土围堰开始,人海战术显示了威力。

草土围堰工程对蒋成林所带的五佛民兵营来说，是一件非常新鲜的事。指挥部出面请了张子良老工程师，又从宁夏请来搞过围堰的十几位农民，承担压堰技术的指导和示范。除此之外，再没有任何技术的保障和指导了。

蒋成林心里忐忑不安。五佛营的民工，虽然都住在黄河边上，但却没有搞过这样的压堰工程，就像一些民工说的，黄渠决口了都没办法，更别说堵住黄河了。但是，工程指挥部还是决定由五佛民兵营承担草土围堰最艰巨的工作：跟随从宁夏请来的师傅，往黄河里压草捆，再往草捆上铺草压土。蒋成林事先摸过底，住黄河边上的小伙子，在黄河里都能游几下，一旦摔在河里，也不会马上就有危险。但是民工对堵住黄河水一直心存疑虑，这是他最担心的地方。他和洪镒做了交流，洪镒挥挥大手："这个就看你蒋营长的了，工程只能成功，不能失败。"

在张子良工程师和宁夏师傅的指导下，战斗打响了。蒋成林组织民工，把捆好的草捆从河岸上放到黄河水面上，拴在草捆上的稻草绳往后拉开，像鸡毛一样，一层层向河水慢慢压去，然后在草捆上撒上长草，再铺上三十厘米厚的土。压堰是从上游开始往下游压，一层草一层土要不间断地按指定位置向河里倒。这送草土料的民工付出了多少艰苦劳动可以想见，而做压堰技术指导的宁夏能手和水性好的民工，除了把草捆一捆一捆压到准确位置，还要时时警惕掉进河里丧生的危险。依此，多次重复，围堰慢慢在黄河中站稳了脚跟。

在师傅的指导下，民兵营很快掌握了这一技术。很多人看到草土围堰慢慢在河水中前行，再也不怀疑这个技术了。工程在有序进行中。

这是一个很大的场面，缺少机械的尴尬，只能用人海战术来支撑这一工程。草土围堰用土量特别大，兄弟民兵营把土运到黄河岸边，五佛民兵营再把岸边的土运到草土围堰的每个角落。要求速度快，量还不能少。

在一时的慌乱之后，慢慢展现出了紧张而有序的劳动场面：其他营的民工，在洪镒和各营长的指挥下，从很远的地方，源源不断运来符合条件的黏土，捆草捆的民工抓紧捆制草捆，捆好的草捆被一个个运到围堰上，又交到围堰一线的技术人员手中，河水中，羊皮筏子、小汽艇来回巡视……为了确保工程进度，按照李培福的要求，机关的同志，白天或在工地劳动，或在机关工作，晚上都分前后夜班轮流往围堰工地背草捆，工地上难分哪是民工哪是干部。

慢慢地，蒋成林摸着了门道，由于劳动强度大，他又组织了四班人员，每六小时轮班一次。五个小伙子往架子车上装土，三个姑娘往围堰上运土。五秒钟装满一架子车土，姑娘们一分钟在六十多米的距离上往返一次。

随着工程进展，需要的草捆子越来越多，捆草，成了最大的事情。捆草最紧张的那些天，也是气温最低的几天。为了安全，指挥部规定在草料场上不得点火取暖。虽是寒气逼人，但草场上搓绳捆草的景象依然如火如荼。

一天晚上，梁兆鹏叫张忠和罗文深到草场了解搓绳捆草工作进度。越来越低的气温，在午夜时分降至冰点，清冷的河风钻进领子里，让人止不住全身哆嗦一下。草场上，一位六十来岁的农民正坐在草堆旁搓草绳，看了来人一眼之后继续搓了起来。

梁兆鹏问他累不累，他说他是看草场的，只是操心草场安全，干的是不出力气的活，累倒是不累，就是这草要闷湿了才能搓，搓的时间一长，手就冻得招架不住了。

走到向阳民工营捆草捆的那一片，和一位正在捆草的姓李的小伙子交谈，问他一天能捆多少个草捆子。小伙子回答说，白天捆了五个双草捆、二十个单草捆，晚饭后又捆了十七个双草捆、五个单草捆。梁兆鹏一听就高兴了，当场夸奖了他，并让罗文深记下这个数儿，回去就告诉工地广播站宣传表扬。

二十二岁的何永奎和马茂英在五佛老湾村七组，两个人新婚不久，蜜月还没结束，就来黄河边参加草土围堰的工程了。两人分开住在地窝子里，干活也不在一起，但在劳作之余，偶尔的相逢和相视一笑，都给对方一种幸福而甜蜜的享受。两个人互相鼓劲：这个工程修成了，以后的日子就更加甜蜜了。

▲草土围堰现场

张九麦带领铁姑娘班的李小华、魏英霞、魏幸福、杨士梅等来到了施工现场。这些姑娘们一到工地，就成了一道亮丽的风景。张九麦负责驾辕，左右各有一个姑娘发力推车。几趟跑下来，汗水从脸颊流了下来，张九麦干脆脱了外套，在很冷的天里只穿一件单衬衣，但是很快就汗流浃背了。这些姑娘，似乎没有感觉到这种艰苦，涨红的脸上，有汗水更有发自心底的喜悦，她们像梭子一般飞快地在围堰上奔跑着。

为了让每个民工休息好，蒋成林要求严格按照规定时间进行交接班。当时，民兵营没有几个戴手表的。蒋成林只好把营里的马蹄表装在上衣口袋，或挂在临时电灯杆上掌握交接班时间。干疯了的姑娘小伙子们，为了多干一点活，竟有人把钟表往后拨一点，蒋成林知道后，再也不敢把表挂在电灯杆上了。

用现在的眼光似乎很难理解这些行为。集体主义，在这个时候，似乎有了更为特殊的体现和展示。这种发自内心、心甘情愿的自我体现和展露，是令人感动和深思的一种现象。如果说这些人缺少个性和独立思考的能力，那么人性本身的弱点又是怎样被他们剔除而化为乌有的？当领导干部真正做到了面向群众，为人民服务，作为主体的人民，就用这种令人感佩的群体精神，很好地阐释了这一理论。两者融为一体的集体主义精神，

*初步形成的草堰蔚为壮观。

是一片肥沃的土地，有了它，就能生长出鲜花和果实；集体主义精神是熔炉，有了它，就能炼出真金；集体主义精神是阳光，有了它，一个国家，一个民族，就会有长足的发展动力，永远屹立于世界民族之林。

草土围堰工程顺利进行的时候，突然出现了一点差错。工程进行到第五天的深夜，草土混合体突然脱落，有一段混合体下沉、分裂，随着河水流进了黑夜。

闻听消息，李培福和指挥部的一班人，立即赶到现场，组织维修、矫正。李培福严厉地说："要谨防有人破坏捣乱。在这个关键时刻，谁要破坏捣乱，就批斗谁！"

这句话，成了李培福的撒手锏。在特定的年代，这句话可顶得上千钧之力呀。在大家的齐心协力下，重新接好了围堰，工程更加小心地向前稳步推进。

经过连续八个多昼夜的艰苦奋战，一期围堰于10月28日比原计划提前八天合拢了。当最后一组草土结合体沉入河底，与岸边紧密相连时，在场的所有人员都高兴地跳了起来。

黄河，终于按照人们的意愿让出了一块地方。原来，黄河也可以被堵住，被堵住的黄河，同样可以按照人们的意愿，飞上山梁，流到景泰川。

首战告捷，极大地鼓舞了施工人员的信心。

草土围堰经过艰苦努力，终于打出了水面高度，到了安全位置。人们松了一口气，想休息一下。但工程指挥部决定，为了防止第二年洪水期不能淹没泵站泵坑，必须加高草土围堰。

短暂的胜利之后，人的体力出现了一时的倦怠。加高工程开始后，由几个民兵营共同挖土加高。经过前一阵高强度的劳动，从民兵营领导，到民兵，体力上都有很大消耗，施工力度显得力不从心，加高工程进展缓慢。工程指挥部的一些领导认为五佛民兵营离家近，上工人数没有保证，很多民工出工不出力。

蒋成林听了以后，思考着新的办法，最后，他向指挥部提议，把加高工程分为几个施工区，由各营承担任务，各自完成自己的工作量。指挥部采纳了这个建议，将加高任务按各营人数多少分配下去完成。

五佛营接到任务后，蒋成林立即组织召开各民兵连长会议，进行动员："五佛营在前段草土围堰上出了力，流了汗，在最后也不能落后。"连长们一致表示："组织三班倒，两天完成。"一天夜里十一时左右，指挥部的领导贺建山到围堰上检查工程进度，一看，全是五佛营的民工在加班加点干，才明白前一阵关于五佛营的说法，太缺少依据了。

加高工程结束，一条长180多米，断面顶宽12米，底宽14.5米，厚度6.3米的月牙状草土围堰，稳稳地矗立在黄河之中。它像一道铁壁铜墙，逼走奔腾的黄河水，圈出了一块泵站建设用的空地。

黄河底上挖个泵坑

草土围堰的成功，不仅给施工者带来信心和希望，也使甘肃省革委会的领导形成一个统一的意见，全力推动工程的实施。只有在这个时刻，才能理解李培福"先开工，开工了再说其他的事情"，到底蕴含着怎么样的智慧和用意。李老汉，李疯子，稳健和果断相得益彰。

1969年11月，甘肃省革委会召开会议，研究景电第一期工程建设问题，集体决策修建景泰川电力提灌工程，并确定了"两年上水，三年受益，四年建成"的工程建设目标。省革委会主任胡继宗说："我认为景电工程应该搞，这是解决我省粮食过关的问题。"他紧跟着重申："工程上马了，没有后退的余地，一定要克服困难，就是拿辘轳绞，也要把水绞上去！"

李培福要的就是这句话。很多时候，要想做成一件事，更多的是干事者的主观能动性。只要认准了要干的事情，就要想方设法去获得上级部门的支持和肯定，并用事实支撑领导决策的勇气，用实际行动，获得政策上的倾斜和护卫。在某种意义上，景泰川电力提灌工程，在这个时候才算是正式开工了。

为了给混凝土浇筑施工打好基础，工程团机械施工连按照指挥部、工程团的施工部署，围堰合拢后就在堰堤上摆放了四台抽水机，昼夜不地从围堰内向外排放积水和渗水。经过十二天的连续排水，堰堤内的河床最终露出青色的岩石。

没有传说中的金银珠宝，只有裸露的岩石，闪烁着冰冷的光泽。千万年不见天日的河底，令人失望地祖露在阳光之下。

1970年1月9日，一泵站基坑开挖的战役打响。在开挖泵坑的同时，一

<<<　197

泵站的厂房设计等工作，在陈可言的主持下同时展开。

　　泵站基础开挖前，五佛民兵营要把在泵站后四十公尺高的石山开挖进去三十公尺，同时在陡壁上开出泵站上水管道。五佛民兵营历年多次在黄河上压坝，挖石头是有经验的。这一项任务由民兵营副营长郭宗泽带领，组织各民兵连二班或三班开挖。一次，郭宗泽组织打炮眼，用四公尺长的钢钎，亲自抡大锤，像蚂蚁啃骨头一般，打成一个个炮眼。爆破后，炸下块石几百方，够三个班三四天拉运。

*一锤锤向岩石挑战。

当时的干部是干着指挥，而不是站着指手画脚。对于石崖上的危石，郭宗泽为了保证安全，亲自爬上去撬。有一次险石坠下来，要不是他跑得快，就被石头砸中了。在一次总结会议上，蒋成林向郭宗泽提意见：领导干部必须保证安全，一旦出了事故，无法向党和人民交代。从此以后，每次交接班时，都强调安全问题，每一班都有一个安全员。最终，五佛民兵营顺利地完成了悬崖陡壁的开挖工程。

　　泵站基础的开挖，从黄河底部整体岩石上，下挖到一定的位置。蒋成林带领的五佛民兵营又成了挖基坑的主力。草土围堰里面的水抽干后，首先清除浮石，浮石下面全是整块岩石，坚硬如铁，必须从这坚硬的岩石向下开挖四五公尺。打炮眼是比较苦的活，同时也很费时间。工程团配合风钻工协助民兵营打炮眼，每班下班前打好一百多个炮眼，由蒋成林指挥装炸药和点火。

　　根据在部队学过的爆破技术，蒋成林认真计算导火线的长度，按照从点火跑到隐蔽坑的距离测算出安全长度，每一次点火，蒋成林都捏着一把汗。一次正在紧张地装药阶段，十六七岁的小民兵未老六，莫名其妙地点着了一个炮的导火线。燃烧的导火线发出"嗤嗤"的声音，冒着的黑烟预示着灾难就要来临。因为当时还没有发出点火命令，其他二十几个民兵有的正在装炸药，有的正在封炮眼，全部暴露在爆炸范围之内。点着导火索的未老六吓呆了，就在这千钧一发之际，未老六身边的一个民兵，掏出身上带的小刀，果断割断了燃烧的导火线，这才避免了一次大的事故。在场的民兵长出了一口气，头上都吓出了冷汗。大家看险情过去，七嘴八舌赶走了未老六。

蒋成林却认真了起来，为了吸取这次教训，当即组织大家学习安全知识，告诫大家要按规程操作，千万千万注意安全，同时形成了必须严格遵守的程序。每次点火之前，蒋成林都要大声问："准备好了没有？"

在场的每一个民工，都要齐声应答："准备好了！"

蒋成林这才开始下命令："点炮！"

一时间炮声隆隆，乱石飞向高空，有的飞向黄河对面，落在黄河中间的石块，打出了十几米的水柱。

按照施工要求，为了防止围堰出现意外，绝对不能大量实施爆破作业。对付坚硬的岩石，只能是用小炮炸，用钢钎撬，一块块啃下来。基坑开挖快到控制高程时，工程团的技术人员提出：为了保证泵站基础的整体性，减少岩石裂缝，保证坚固，不准再放大炮，但任务还得如期完成。民兵营组织了一次攻坚战，从各连抽调体力强、有眼力的青年民兵，以蚂蚁啃骨头的精神，开挖好基础，硬是用大锤砸，钢钎撬，完成了工程任务。有时打上二三十公分的炮眼，一点一点地用十字镐挖，用钢钎撬。有的民兵手上虎口流血，在钢钎上留下醒目的印记。

基坑开挖的那些天，正是隆冬腊月，寒冷的天气似乎又提高了岩石的硬度。风钻或钢钎打上去，岩石表层只是个白茬茬；用镐头去挖冻土层，镐尖也只是在上面划上一道白印印。面对如此难啃的腰节骨，需要的不仅仅是体力了，更需要一种精神和毅力。

身高力大的李智仁被派了上去。十磅的大锤在他手里抡出了花子，只要扶钢钎的人能受得了，他会一气儿抡上十几下。有的时候，他能砸弯了钢钎，自己却脸不红心不跳。可惜，没有几个人能和他配对，大多数人无法承受这么大的力量，不几下，虎口就被震得鲜血淋漓。李智仁只好在技术员的指导下打风钻。可是他的力气太大了，常常因掌握不住力量，卡死风钻或者损坏了风钻钻头。在他眼里，风钻钻头应该是一把坚韧无比的利剑，能轻松刺入岩石。但是，他会使蛮力，却掌握不住使用风钻的技巧。

一种有劲使不上的无奈，让他苦不堪言。更关键的是，正在干活的当儿，肚子里"咕噜噜"一声响，整个人如泄了气般就会疲软下来。李智仁最害怕这一刻了。他知道，肚子一响，就是自己的难来了。人吃五谷长精神，没有了五谷，什么精神都长不上了。早上的八个黑面疙瘩，虽然吃了四个人的口粮，但对他来说，仍然是个半饱。泄了气的李智仁如泄了气的皮球，急需要粮食的补充；可是，用草籽做的炒面，也没有多少了。高大的身躯，像面条一样软塌塌地摇摇晃晃。

超常的重体力活，吃不饱肚子的尴尬，是每个民工都存在的无奈。条件好一些的生产队，由集体决定，给参加施工的人员一些粮食补助；但条件差的，只能靠自己来解决了，家里有什么就吃什么，能带多少就带多少。一个人在工地施工，几乎是一家人在倾力支持。

▲依山傍水的一泵站

日日夜夜地苦战了一个多月，开挖进度仍不理想。2月底开始，李培福几次到工地督战，指挥部、工程团两级机关的许多干部，包括副指挥贺建山、张自强、陈可言、化成等和工程团测量连、规划设计连等单位凡能挤出时间的工程技术人员，都积极投入到了开挖基坑的紧张劳动中。

陈可言对眼前的一切，都看在眼里。他知道，承担一泵站施工的寺滩民工，如李智仁一样，在休息的时候，就从他们自带的口袋中抓出一把炒面吃，糊得满脸都是白面，互相之间嘲弄对方是"白屁股骚胡（公山羊）"。有些公社的民工，根本就没有这样的炒面吃，可能都是在饿着肚子干活。

然而，他们的日子并不比民工好上多少，每天都是老三篇，两个混面馍馍加白水煮海带丝，能填饱肚子就是万福，哪来的补充营养之说呀。更糟糕的是，那段时间因为劳动强度加大，加上天气寒冷，他被造反派打伤的腰伤又复发了，有时痛得干脆直不起腰来。为了止疼，贴上不是从武威弄来的狗皮膏药，就是从北京捎来的膏药，弄得裤腰上都是膏药，洗都洗不掉，全身弥漫着一种浓重的膏药味。但为了以身作则，陈可言仍然坚持到基坑劳动，从不因为自己的腰伤而请假。工程指挥部机关干部，设计队、测量队、地勘队的职工，职工医院的白衣战士，都纷纷到工地参加劳动。两鬓斑白的李培福，瘦弱的副总指挥贺建山，都加入了义务劳动的行列。李培福风趣地对一些技术领导说："你们参加点体力劳动很有益处，对身体好，也利于与工农沟通感情。整天坐在房子里算算画画，不知道工人、农民流汗的滋味，还会出现今天说超挖了，明天又说欠挖了的摩擦。紧要关头，咱们老王打狗，一齐下手，一边测算，一边流汗。盘着干很有好处，你们说够标准了，我们决策拍板也就更放心了。"

人海战术，在这里显示了非同一般的效果。蚂蚁搬家是一种奇迹，一泵站基坑的开挖，更是一种罕见的壮举。密密麻麻的人，布满了整个作业面，一寸寸，一尺尺，倔强地开挖着需要的尺寸。

刘仓在河床底打炮眼，他被同伴们称为"炮工"。刘仓先用风钻打洞，然后装进防水炸药。因为有具体的要

*李培福要求机关干部到一线和老百姓一同劳动。

求，装药不能过量，刘仓就细心琢磨，根据岩石的纹路、形状，摸索出黑虎掏心呀之类的爆破方式，力争用许可范围内的药量，爆破出最好的效果。

基坑开挖在连续作战中艰难进行。按技术规范要求，基坑底部的开挖与设计标准的误差不得大于五厘米。这在主要由人工开挖并附带机械作业（风钻打眼放小炮）的情况下，是凭毅力和耐心才能办到的。达到这样的标准，要耗费多少人的力气和心血，但就是为了达到这个标准，从基坑开挖到开盘浇筑之前，那些负责现场施工的技术人员不怕被扣上一顶"反动技术权威"的大帽子，硬是在那里找着微小差错而板起面孔，红着脸"吹毛求疵"。也不怪他们如此严格，基础泵坑，就是要把一泵站的厂房，牢牢地

和河底的岩石融为一体，深度不够，尺寸偏差，修建起来的厂房就成了"水上漂"。

时间在飞快流逝，转眼到了腊月二十九，指挥部决定放三天假，让民工和技术人员回家过年。工程技术组组长陈可言却陷入了沉思：一泵站的施工始终要抢在时间前面，早一天完成，安全系数就大一些，如果黄河来水突然加大，草土围堰堰体出现意外，那就全完了。他建议春节期间也不应停工，抓紧时间施工，争取更多的时间在汛期来临之前完成浇筑。

李培福想了想，对陈可言说："三天年，是我们中国人的传统，谁家都讲究个团团圆圆，原则上还是放假三天，实行革命的人道主义，方法上可以灵活，在不强制的前提下，可以发动群众。"

正如李培福所言，三天年在传统中的重要性，民工们一听放假，该回家过年的都回家了。但是指挥部干部大都是拖家带口来到景泰的，没家可回，向农民借住的"小家"，也没多少"年"味。所以，陈可言没发动群众，倒是发动了干部，在春节三天里，不计报酬，不图名利，只为工程的顺利进展，继续劳动。他们把"年"搬到了工地上，一班人施工，一班人在工棚里划拳喝酒。因为每天早上放一小炮爆破，一天的工作量都有了。所以，酒后工作也不会出什么问题，不但不出问题，工作效率还提高了，比平时挖得还快一点。因为过年，你家送来一碟小菜，我家送来几个软儿梨，他家的孩子放几个鞭炮，倒让这个大家庭有了点"家"的味儿，"年"的气氛。

抢在洪水前

完成土地土壤勘测之后，邱建邦们被正式调入指挥部编在三连工作。三连主要由水利厅设计院、水电部西北院、农建十一师、河西建委、黄羊镇水校等单位的一些人员组成，承担着整个工程的规划设计和施工指导任务，又称设计施工连。连部设在芦阳中学。人员多数在现场，有的搞设计，有的搞施工，有的跑设备，有的驻厂家，也有人筹建附属企业，甚至还有人在劳动锻炼，工作各异。邱建邦几个刚从原单位把家属接来，尚未安置就绪，就被派往沿寺进行一泵站设计去了。

虽然不在工地上抢镐头，但住在八面透风的帐篷里，那滋味也好不了多少。白天无暇顾及火炉子，深夜回来又来不及再生火，炉子上的水壶经常冻成冰疙瘩，洗漱只好到黄河边去提冰水。工程技术总负责人陈可言、王钟浩和他们同住一顶帐篷，面对同样的艰难。按照李培福的要求，机关干部也要去施工点参加劳动，盘着干。为了不影响设计，陈可言他们主动承担了劳动，让邱建邦几个专心设计一泵站。

冬天的脚步渐行渐远，春天悄悄来到人们的身边。一声声爆破声，如春雷般喧响在荒凉的山谷。景泰川电力提灌工程，迎来了第一个春天。沿着干渠走向，渠道在开挖，二、三、四泵站的基坑陆续展开施工，芦阳渡槽的浆砌块石桥墩的备料工作也在加紧进行。

经过将近三个月时间的开挖施工，到1970年3月，基坑开挖战役告捷，总算具备了开盘浇筑混凝土的基本条件。

按照预算和设计，一泵站水下浇筑砼工程，是要将五千多立方米的钢筋混凝土筑起泵站主、副厂房的基础和墙体。泵

*浇筑泵坑。

站施工场地处在西傍大山、东依黄河的狭长地带，清基倒出的石碴本来就堆积如山，现在又要将大批量水泥、钢材、木材等主要物资运进施工场地，进料十分困难，给施工带来的难度就更大了，而完成浇筑的期限是5月底之前。指挥部初步确定，将开盘浇筑时间定在3月10日，工期绝对不能延误。如果这个时间不能开盘浇筑或在5月底前完不成浇筑任务，黄河洪水到来淹了基坑，工程工期则又得推迟一年，这不仅会造成巨大的经济损失，而且会带来严重的政治影响。

面对紧迫艰巨的浇筑施工任务，李培福等领导心急如焚，但又不得不面对技术工人严重不足的现实。

李培福找来李辗："小李，你到武威去，去找专员，就说我说的，把那四台搅拌机给我按时送过来。"

李辗带着李培福的书信，立即前往武威。四台搅拌机，可是了不得的施工设备，当时都调集在武威西营水库的施工工地。

前往武威的路上，李辗忐忑不安，他知道四台搅拌机对一泵站泵坑的浇筑意味着什么。省里的几个水利工程，都在打着这四个宝贝疙瘩的主意。

武威专员看了李培福的书信，沉默良久，总算点头答应了，表示会按时把搅拌机送到景泰。李辗七上八下的心总算落了下来。武威专员看了看紧张的李辗，笑了："李省长还在抽烟吗？有个烟你带回去给他。"

李辗接过烟，这才明白，要不是李培福的书信，调走四台搅拌机，可真是痴心妄想。

在来景电工程之前，李辗在省水利学校工作。学校停办之后，李辗也被打成了反动学术权威。到工地之后，被分配到了食堂管煤。梁兆鹏知道后，惊讶不已："怎么能让武汉大学的高才生管煤呀？这不是浪费吗？"李辗这才被重新安排到了计划组并担任副组长一职。

泵坑浇筑，需要架子工、钢筋工、模板工、浇筑工、搅拌工、木工……如此多的工种，需要多少成熟的技术工人呀？几乎所有参加工程建设的人们都在捏着一把汗，有少数人也对浇筑战役能否成功持怀疑态度。但话又说回来，打胜草土围堰、基坑开挖两个战役后，绝大多数人对建设工程的信心更足了，士气更高了。施工前线领导正是准确地把握了工程建设的形势，筹划着这场关键战役的打法。如何把大家的力量凝聚起来，喊出一个响亮的口号鼓舞士气？

3月7日晚8点钟左右，工程团梁兆鹏、胡同民（军代表）、雷枫桐三位领导住的那间房子里亮着灯。罗文深要请示工作，揭起门帘进屋一看，三位领导各自坐在自己的床铺上，凝眉苦思。

看他们像是在谈什么重要的事，罗文深转身正要出门，梁兆鹏却示意他也坐下听。他说，马上就要开盘浇筑了，最重要的一项工作就是要鼓舞大家的士气，需要有一个明快而简洁、富有战斗力的口号。几个领导你一言我一语地对了好一会儿，对着对着，四句话二十个字的口号就对出来了。胡代表正要将口号重复一遍，梁团长用商量的口气对胡代表说："我怎么又想起了一个'抢'字，似乎比我先头说的'浇'字更恰当，改一下怎么样?"

一向沉着老练的胡代表听了之后,高兴地拍案叫绝:"太好了!老梁的这一个字改得太好了!"接着,他朝着雷枫桐问:"老雷,你看怎么样?"

雷枫桐一边说好,一边又重复了口号的前两句:"大战五十天,抢出洪水面。"

胡代表马上接了后两句,"革命加拼命,建设景泰川"。李辗一拍手:"顺口,有力,又很好记。"

几位领导切磋出这四句口号,像是吟诵出了一首诗,十分兴奋。梁团长重复口号时,特意让罗文深记录下来,并让他赶写一篇广播稿,将这个口号插进去,第二天上午就由工地广播站播出。

李培福知道后,反复吟诵这四句口号:"大战五十天,抢出洪水面。革命加拼命,建设景泰川。"完了他用劲捣捣地面,高兴极了:"好好,就按照这个口号去搞。只是要给大家讲清楚抢出洪水面的具体内容和意义,如果抢不出来,我们将面临怎么样的困难,把危害给大家讲清楚,这样才有动力。"

黄河岸边的沿寺和四井沟的崖畔山谷上,建设者们捡来河沟里的白卵石,精心镶嵌出十几幅大型宣传标语。诸如:"发扬革命传统,争取更大胜利""精心设计,精心施工""百年大计,质量第一""自力更生,艰苦奋斗,顽强拼搏,建设工程""勤俭建景电,造福于人民"……镶嵌在山上的标语,气势宏伟而醒目,渲染出一派火热的建设景象。

朗朗上口的战斗口号,对姜作孝来说,却是一道道军情火急的告急书。在新的岗位上,姜作孝信心百倍,然而,在物资极度匮乏、供销体系特殊、运输工具落后的情况下,要想保证工程所需的物资供应,可真不是件容易的事情。当时最紧张的是物资、材料的供应。建设要上去,首要的是物资供应要赶上。可是,工程团团长梁兆鹏和后勤组组长姜作孝都清楚当时面临的现实。梁兆鹏把手放在姜作孝的肩膀上,说:"老姜呀,我知道材料供应工作有着难以想象的困难。怎么样?想好办法了吗?"

姜作孝有苦难言,但是对着梁兆鹏期望的眼神,还是果断地点了点头。他心中有一个信念:就是上刀山下火海,也要确保工程所需要的物资。

景泰川电力提灌工程建设采取"三边四自"的方针。"三边"即边设计、边施工、边受益,"四自"即自己设计、自己施工、自制设备、自筹资金。既定的施工决策，注定了不可能有一个完整的材料供应计划，更不可能有一个充分的备料时间。在当时的计划经济年代，这也使物资供应工作始终处在一个极为被动、非常困难的局面。特别是，指挥部又是一个集设计、土建、安装、运行管理为一体的一条龙体制，这就更加扩大了物资供应范围，增加了物资供应难度。也就是说，物资供应范围不仅是土建、安装的材料，连同土建安装的工器具以及工程初期运行期间的备用件，统统要负责供应。简而言之，没有事先的通知，当工程需要什么物资，后勤组就要准备什么物资。从需要到准备再到提供，可供利用的时间空间小到最小。

为了杜绝浪费、贪污腐化，李培福从工程一开始，就明确规定了财务高度统一的原则。在资金严重不足的情况下，所需物品由后勤组统一采购，这确实是一种最恰当不过的选择。当时指挥部所属各队、厂矿企业等单位都是新组建的，大家都是白手起家，欠缺的物资很多，借采购物资之名，趁机添置些东西装备自己，是情理之中的事情，但是工程有限的资金，绝不容许这种情况发生。

受到李培福高度信任的姜作孝，成了全权的财务大臣。在一段时间里，但凡涉及钱的支取、物的购买，都要他亲自签字，整天忙得焦头烂额。有时走在路上，还有人跟在屁股后面追着让他签字。然而，摆在后勤组面前的任务，是尽快落实工程所需要的钢筋水泥模板，没有这些物资，"抢出洪水面"，可就真成一句空话了。千斤重担压在肩上，姜作孝夜不能寐。那几天，指挥部主要领导也亲自出马抓物资督运，这就使梁兆鹏和姜作孝的思想负担更加重了许多。工作人员都看得清楚，指挥部一些领导的脸都急青了，严肃得像结了一层冰，冷得吓人。梁兆鹏、姜作孝的脸色不仅是急青了，而且是急黑了。一位是施工前线的主要指挥，一位是后勤供应的主持者，他们不急，谁急？

好在，省委领导在会上做了明确指示，要求各方大力支持确保工程顺利进行。这是姜作孝唯一可以利用的令牌和救命稻草。实际情况也是，在工程建设中的物资供应，自始至终都得到了省上领导和有关部门的大力支持。

当时面临的不仅是物资缺乏，还有的是，要来了物资，却又没有好的运输工具。当时工程上的车辆不多，虽然叫车队，但车辆少得可怜。1969年至1970年只有七八辆车，这些车辆还是从昌马工地退下来的旧车。其余是河西建委、兰州木材队随人带来的，也都是旧车；而且车型极为复杂，有解放、跃进、吉尔、嘎斯太拖拉等，一个车一个情况，坏了干着急也没办法，备用零件又不通用。

开盘浇筑在即，沿寺工地告急。所需要的水泥、钢筋远远无法满足需要。开工前夕，姜作孝和管车辆调度的魏更生坐着拉水泥的大卡车，总算将一批水泥从一条山仓库组织调运到沿寺工地。

姜作孝跳下车，快步迈进梁兆鹏的房间。正在开会的梁兆鹏和其他几位领导同时起身迎上去，可见他们都在等着姜作孝，见着姜作孝，就等于看到了水泥。梁兆鹏握着姜作孝的手，亲热地说："大管家，现在可以满足开盘需要了，供应能续上就行，你也稍松口气，不要太累着了。"

姜作孝半开玩笑地说："你老梁的这台戏还没唱呢，我能松口气吗？大干五十天，抢出洪水面，说出来，就要做到呀！"

大家同时哈哈大笑，爽朗的笑声，充溢于梁兆鹏简陋的办公室。

3月10日上午，一泵站基坑吸水池前坎和积水池底板的钢筋绑扎就位，支护用的模板钉得严严实实，基坑旁的卷扬机、搅拌机和蹦蹦车等施工机械就位，参加头班施工的人员也都进入现场，开盘浇筑的一切准备工作就绪。12点30分，随着陈可言一声令下，浇筑战役打响了。运送混凝土的蹦蹦车、架子车有序地往返穿梭，搅拌机和捣震器械发出的声响震耳欲聋，整个工地紧张而有序地运转了起来。

泵坑浇筑，一开工就没有停下来的说法。按照工日计算，要在五十天完成浇筑任务，至少要有三百名熟练技工，而当时上到工地的木工只有十七名，架子工二十九名，混凝土工十一名，钢筋工二十六名。技术工种的严重缺乏，领导们事前不是没有考虑到，但面对工期紧

*建设者在操作简陋的机械搅拌混凝土。

这样一个实际状况，浇筑施工还得往前赶。急需的工种除了由施工前训练的一批其他工种人员代替外，解决的办法只有一条，就是由民工顶技工用，技工带民工干。

民工王国翠被安排从事混凝土搅拌工作。慢慢地，他发现了一个问题，搅拌机是固定的，混凝土搅拌好一次之后，总有一个重新配料装料的过程，而且随着浇筑的地点不断变动，运送混凝土又需要许多人工。思来想去，他想出一个好主意：挑战搅拌机。他组织了几个组的民工，一组十几个人，一面十个人，组成一个混凝土生产线，配料，和水泥，洒水，等到浇筑现场，混凝土已经搅拌成型，只要手里不停下来，混凝土就源源不断地流进浇筑的模具。

一次李培福前来视察，看到这种干法大加赞赏，他问是谁的主意，大家都指指王国翠。王国翠涨红了脸，嘿嘿笑着看着李培福，李培福也笑了，用拐杖指指混凝土，夸奖他："敢想敢干，不错呀！你这个小伙子不虚瓜冒泡。不错，是个好同志！"

挖完泵坑之后，刘仓又成了混凝土工，他主要负责配料工作。两个师傅带他一个徒弟。一车沙配多少水泥，一车石子多少斤，都要过秤，不几天，刘仓就学会了配料，自己又带了两个徒弟开始配料，指导他们严格按照标准进行配料搅拌。就这样，不几天他的徒弟又成了师傅，滚雪球一般地循环，缓解了工程用人的需求……王国翠和他开玩笑："没看出来你还是多面手呀？"

刘仓把脖子一扬，得意地嘿嘿一笑："你以为就你能呀？能人多着呢！"

用民工顶替技工，这种办法比较快地解决了技工严重缺乏的问题，同时也为以后其他单项工程建设培养训练了大批的技术民工。但到后来，随着浇筑面积扩大，工地上的技工仍然显得十分紧缺，施工人员的倒班还是排不开。任劳任怨的工人师傅们并没有在艰苦繁重的任务面前低下头，他们主动提出实行三班人马四班倒、两班人马三班倒的轮换作业制。大家夜以继日，连续作战，风雨天照常干，节假日都没休息过。有些工种的工人、民工和施工技术人员有长达四十八个小时甚至七十二个小时不下火线的。常常看到的情况是，一些老师傅，一手拿着馍馍一手拿着工具，边吃边干，有时发现问题了，一着急，竟然忘了嘴里的馍馍，一说话，喷出一嘴馍馍渣来……

水下浇筑模板支护工作量特别大，在基建连木工出身的负责人李朋林的带领下，木工排的王书成、杨维贵等老师傅们昼夜不停地轮班作业。许多木工在支模中手指头被砸烂，放在嘴里吮一下就继续干。一位从事木工工种的民工从两米多高的脚手架上滑下来，基坑木板上露出的钉子穿进脚心，这个民工，竟然自己悄悄拔出脚丫子，虽然血流不止，但他还是坚持干了几个小时，直到被人发现了，才被强制送到医务室去包扎。

　　在很多人的眼里，这些活计也许就是粗活、笨活，没有多少技术含量；其实不然。任何一个工种，如果不精通，都会酿成大祸。特别是当时参加施工的民工，平时就很少和钢筋水泥打交道，更不清楚其间的配合和技巧，边施工边学习，可算是让他们见了世面。在这些工种中，钢筋加工、绑扎技术要求严，工作量大，而钢筋工人数又最少，李忠元、李文发几位老师傅既要亲自加工制作钢筋构件，又要指导徒工、民工绑扎钢筋。施工技术上出了问题就要返工作业。李忠元老师傅为了避免返工，白天黑夜坚持在工地上，困倦得实在支不住了，就到工地席棚里打上个盹儿。他平常说话声音本来就沙哑，绑扎钢筋时谁要是出一点儿差错，他马上就令操作者拆开重新绑扎，并亲自做示范，又一个劲地提醒大家。到浇筑接近尾声时，李忠元师傅的嗓子更沙哑了，即便是他用尽力气说话，要是别人不仔细听，也听不清楚他说了些啥。气急的时候，他也会骂，这些民工咋就这么笨呀；但是他很快就会醒悟过来，这些民工，以前连钢筋都没见过，能做到这个程度，已经很不容易了。来自尾泉的民工尚克兰才十六岁，她在师傅的指导下，捆扎钢筋，右手拿钢筋钩子，左手拿一把细铁丝，钢筋传过来，就要麻利地缠绕铁丝，固定钢筋。

　　王国翠看得清楚，负责装模板的魏师傅，装好模板之后就拿过震动棒。因为工程质量要求很严，魏师傅害怕有马蜂窝，更害怕露出钢筋，对一些细小的瑕疵，都要认真处理。防水剂和水泥，魏师傅直接用手和，手被严重腐蚀，脱皮很严重。

　　王国翠说："魏师傅，你怎么就这么笨呀？你不会用铁锹和吗？"

　　魏师傅笑了："你傻呀，防水剂有多贵知道不？哪敢用铁锹和呀？"

　　用被腐蚀的手和好水泥，魏师傅一只手拿了水泥处理缝隙，一只手拿着馍馍吃，那认真的样子，让王国翠再也说不出话来。

油泼辣子

李培福和陈可言不时到工地督战，发现问题，就地处理解决。一天跑来跑去，和施工人员一样辛苦劳累。有一次来工地，快到午饭时，工程团梁兆鹏请他们几位到团机关吃午饭，食堂照样是海带豆腐汤和馒头。管理员看是指挥部领导来吃饭，心里着急了。他跑到梁兆鹏身旁悄悄说："再啥菜都搞不到，怎么办？"

李培福看出管理员的心思，他开玩笑说："没办法就凉拌呗，有辣子给一些就行了，还要什么菜。"

梁兆鹏一听，马上想起了李培福有爱吃辣子的习惯，就让食堂用油泼了一小碗红辣面。油汪汪的辣子端上来，李培福连声叫好，喊着说，"今天可是改善伙食了！"紧跟着用馒头夹着辣子，津津有味地吃了一顿午餐，而且边吃边说"这个辣子泼得好吃"。在场的人员都被他的吃相和说法逗笑了，在笑着的同时，敬佩之情油然而生，感觉这个老汉，怎么就那么亲切随和。

身先士卒，同甘共苦，在忙碌的工地上，不说话，你很难看出哪个是干部，哪个是工人。大家的穿着都差不多，差不多都在撅着屁股忙忙碌碌。后来，民工们总算发现了干部们和自己的不同之处：兜兜。原来，那个时候，干部们大都穿中山装，外贴的口袋比民工们习惯穿的衣服多出两个兜。但是，李培福习惯了穿传统的对门襟衣服，上面只有一个装钢笔的兜。

浇筑最前沿是这样争分夺秒地抢时间，支护模板的后续加工环节也呈现出一片繁忙景象。一天晚上一点多钟了，五十八岁的木工老师傅牛世平还在带着一班人叮叮当当地钉模板。当时牛师傅尽管眼睛都熬出了血丝，眼屎挂在眼角上，但在和徒弟们说几

*木工组的干将，全国劳模牛世平。

句话的工夫里，他都不肯停下手里的活儿。这位曾赴京受过毛主席接见的老劳模、老党员，干工作仍然是那样不服老！

5月23日晚上9点多，一泵站下游侧墙后墙最后浇筑完工，浇筑战役在历经四十三个日日夜夜的艰苦奋战之后提前告捷。整个工地灯火更加辉煌，满身泥土的建设者带着胜利的欢笑，准备向指挥部报喜，而有的民工，身子一歪，就响起了鼾声。

陈可言长出了一口气，泵坑总算赶在汛期到来之前顺利完成了。但他还有着其他的担忧。一期工程"三边四自"的建设方针，有力地保证了工程建设的高速度，促进了省内相关设备制造行业的发展。但是对工程建设者们却是一种压力。尤其是一泵站"大战五十天，抢出洪水面"的口号，就更加重了这种压力。在设计方面，既要保证设计质量，又要满足工程要求，还得考虑库房现有材料，最头痛的是泵站主要设备的基本参数和外形尺寸都不齐备。这就好比还不知道设备的形状大小，就要给它安家做窝，因而导致基础资料一变再变，设计不断反复，常常通宵工作到第二日的清晨。

量体裁衣和根据布料裁衣，有着本质的区别。而当时的实际情况恰好是根据布料来裁衣。一泵站设计时没有厂家机组资料，还没有进行厂房布置，领导就要开工浇筑，这可给陈可言这个技术负责人出了难题。陈可言只好凭着自己搞电站厂房设计的经验和仅有的主机参考资料，说服设计人，采取布置上留有余地的办法展开工作，使泵坑顺利按期开挖。更让他苦恼的是，有限的时间不能全部用在计算和绘图上，每天除了学习毛泽东著作外，还要参加例行的"大批判"运动，开挖吃紧了，领导就把熟悉泵站布置的所有设计人员派往基坑，砼开盘前要验收隐蔽工程，施工过程中要对工程质量进行监督检查，构筑物竣工要进行阶段验收等，都要设计人员参加。那一段时间，设计人员都成了多面手，解答施工过程中提出的问题，更是责无旁贷。单位协调配合也需要时间，有时图纸还没出来，后勤上就催要材料规格用量，加工上就索要钢筋型号尺寸……

面对现实，陈可言只能采取默认。但是在"天天读"的时候，他的思想就开始开小差，一个个计算公式在眼前晃来晃去，许多计算方式，在这样的环境下，竟然有了新的突破；在"大批判"时，他不知道主持者在说些什么，思想和注意力情不自禁地到了设计图纸上，哪些地方需要重新纠正，哪些地方还需要重新计算……

这是一段多么令人感怀的岁月呀！和陈可言一样，许多工程技术人员就这样争分夺秒、夜以继日地工作着。凭着这种毅力和精神，终于满足了工程建设的需要，满足了施工进度的要求，实现了"大战五十天，抢出洪水面"的目标。工程完工后，参加一泵站设计的人员也相继分别转到二、三、四、五各泵站，开始新的工作。

5月23日晚上，浇筑工程胜利完成。5月24日，工程团团长梁兆鹏、技术组组长陈可言和一些土洋专家，在一泵站工地上研究拆除草土围堰方案。

这个景泰川电力提灌工程的龙头工程，已经完成了它的使命。耗费如此多的人力物力之后，换取了一泵站坑基的建设。如今，它又成了最大的累赘和负担。如不及时拆除，洪水来临，围堰对基坑墙体的冲击难以估计，造成的后果也将不堪设想；如果不清除干净，草土拥进基坑，草绳缠绕住基坑设施，将会导致泵站不能正常运行，为今后的使用埋下隐患。白天讨论了一天也没有得出结果。当天夜里，指挥部在李培福的主持下继续召开会议，有关人员向总指挥李培福汇报了草土围堰的拆除方案。有主张用炸药炸的，但担心对泵站构成威胁；有的主张人工拆除，但人工拆除需要很多时间，又有很多不确定因素，如果赶汛期来临前还不能拆除干净，那就危险了。争来吵去，最终也没有定下可行的方案。李培福果断地结束了会议，要求参会人员第二天去现场解决这一问题。

"文化大革命"极"左"路线的干扰对工程影响也是非常严重的。工程施工紧张进行，陈可言作为工程技术组组长，负责从勘测设计到施工安装的技术工作，但按政治学习规定，每天早上要"天天读"一个钟头，这让他时刻提心吊胆。这天，李培福派人来叫他一起去现场研究草土围堰如何拆除。学习组长去向军代表请假，军代表不同意并去找李培福，义正词严、咄咄逼人地说："天天读，雷打不动。"

李培福一听就火了，说："谁说的？"

军代表说："林副主席讲的。"

这句话把李培福气坏了，立刻顶了一句："放屁！我明明听到是你刚说的！"

面对李培福的强硬，军代表无计可施，自此，但凡有重要的工程设计，一些技术人员就不去参加"天天读"了。

※政治学习一刻也不放松。图为木工组正在学习。

25日早上，李培福与专家们一起来到黄河岸边，陈可言指着草土围堰说："从上游拆除比较容易，但风险较大；从下游拆除难度大一点，但比较保险。"

李培福若有所思地点点头，他突然想起了什么，问陈可言："施工时，围堰断了的地方在哪一块？"

陈可言恍然大悟，那个断茬，不就是拆除围堰最好的地方吗？当初断了的地方，就是围堰最薄弱的环节呀。他兴奋地指了指："就在那里！"

一行人向陈可言所指的方向走去。李培福边走边用拐杖指着说："我看就考虑从那里开始拆除。"

但是，刚走到断裂处，陈可言就感觉到了脚底下的堰体硬度有问题，像漂在水中一样，晃晃悠悠。他赶紧制止大家向前行走，用脚试了试，原来断裂处已经有水渗出来了。李培福拿拐棍向渗水处一指，做了最后的决定："就从这里开始拆除吧。"

然而，一行人还没走多远，围堰就从以前的断裂处慢慢断裂开来，缓缓飘向黄河中央。失去控制的黄河水，立即咆哮着扑向堰体，草土混合体被撕开一个口子后，马上变得不堪一击，随着河水很快淹没在黄河里，似乎在一眨眼的工夫里，漂逝得无影无踪。而一泵站用混凝土浇筑的基坑，巍然矗立在河水中，被撞击成粉末的浪花，溅起一团白色的泡沫之后，一切又归于平静。

陈可言被眼前的情景震惊了，他突然感到侥幸，原来断裂处在当初就已经埋下了祸根，如果泵坑浇筑没有按照原计划进行，或者迟上几天完工，那一切就都完蛋了。在所有人的欢呼中，陈可言头上冒出了冷汗。他敬佩李培福的细心细致，更责怪自己疏于看守围堰的粗心。

陈可言细微的表情变化，并没有逃过李培福的眼睛；然而，李培福只是很有深意地看了他一眼，什么话都没有说。

此时，无声胜有声。

两大战役胜利之后，施工的红旗在全线飘扬。洪镒忙得不可开交。大量的土建工程都由民工团承担，从沿寺一泵站到四泵站，总干渠上的各工程项目陆续展开。所属景泰民工团的七个民工营，在刀棱山沟几十公里的施工范围内，摆开了战场。

荒凉偏僻的山沟里，人欢车沸，热闹非凡。炸山的炮声汇成巨大的声浪，震醒了沉睡千年的荒山；夜晚，歌声、笑声，和夜战的钢钎声、打夯声，此起彼伏，响成一片。目睹眼前的情景，洪镒由衷地感叹，这些民工，忍饥挨饿，昼夜苦干，但精神面貌是如此之好，正应了当地的一句俗语：鞠略（山羊）瘦着哩，尾巴翘着哩。

慢慢恢复的腰伤，让陈可言有一种重新活过来的感觉。肉体的痛苦和精神的痛苦一样，无法排遣就是负担，就是累赘。而一旦解除了，身上的活力就会加倍爆发。陈可言沿着总干渠，认真查看从一泵站到四泵站之间的渠线。这里地形复杂，穿山跨沟，翻山越岭，不管是设计还是施工，都要引起足够的重视。按理说，各施工点都有专门的技术干部负责，但陈可言总是放心不下，只有亲自察看后听取方案反复比较，才有一种踏实的感觉。

那条长长的水沙石路

1969年初，工程勘测设计队伍开进景泰川，虽然说住宿条件不那么好，但是在景泰县政府极大的宣传力度之下，毕竟都能借住上民房，或住在带来的帐篷里。到了后来，数千民工、军垦部队战士和其他施工队伍都一起涌入工地现场，山沟里哪来这么多的房子？又从哪里能搞到需要的帐篷？

▲ 简陋的临时指挥部

就说工程团吧，在沿寺北面建的那几栋临时工房，就是工程团团部和工地医务室用。民工团在红鼻梁东面的山湾湾里建起了几间办公用的简易房。施工队伍90%多的人只有在工地现挖坑现搭地窝子住。几天光景，工地沟沟岔岔里就星星点点地搭起了上千个地窝子。然而，山里的天气又潮又凉，现搭的地窝子住上一夜，被子湿乎乎的几乎要拧出水来。有的人脊背上起了一层紫疙瘩，疼痒难忍。为了尽可能避免患上潮湿症，白天大家都把被褥和铺的麦草抱到地窝子外面的山坡上晾晒。工程团团部用的两排房子本来就十分紧张，工程团的三位领导都挤在最后一排西头的第二间房子里，既当宿舍又当办公室。后来，指挥部给工地调来了一台50门的电话总机，实在调不出房子安置，两位干部主动提出住到地窝子去，将腾出来的房子当电话总机室用。

因地制宜，就地解决，指挥部无法解决这么多人的住宿问题。好在热情高涨的职工们不等不靠，自己想办法解决。工程团团部附近和后来建了预制厂的那一片，也搭起了十几排地窝子。这些地窝子比山沟里的那些要好得多。先用推土机推出一条沟，等距离地在沟的一面开若干个口子，又将每个口子挖成40度的斜坡，这就算是门道了；沟上搭上棚，抹上房泥或加上油毡，就是窝顶；门框、门扇架到沟口上，再用席子将这一条沟一间一间地隔开，就成了住家、办公用的"房子"了。

简易的地窝子，分配起来也是很紧张的。住家的，不论是几口人，一户只能分一间。单身汉三四个人住一间还分不过来。工程团有几个连队的带家户，除借住民房的来回走着上班外，就这样住下了。

衣食住行，是人们生活的最低保障。轰轰烈烈上马的工程，没有时间也没有资金在这方面有更多的投入。好在，工程团的干部职工，多的都是水利工作者，习惯或者是在意识上，都能接受在野外工作的艰难；加上当时的政治气氛，以及许多被戴了"帽子"的人们，更多地压制了内心的想法和诉求。工程上马后，为了解决吃水问题，指挥部给施工队伍统一提供拉送饮用水的大铁桶，但就这大铁桶都十分紧张。景泰各民工营、连都是自带装过汽油的大铁桶，指定专人用马车或者驴车拉运，勉勉强强能供上饮用水。

一泵站施工最紧张的阶段，也是生活供应最紧张的一个时期。那时，景泰全县有水的地方不多，种菜也很少，黄河沿岸的公社生产队，也不像今天这样大面积种菜。人们在有限的水浇地里，恨不得种出更多的粮食填饱肚子，根本没有种植蔬菜的意识。当地买不上菜，从外地拉菜也很困难，工程团机关和连队食堂几乎每天都是海带豆腐汤这一样菜。主食就是四两一个的馒头，或者是用苞谷面做的发糕块。早餐就只是馒头、发糕和苞谷面糊糊了。

俗话说："巧媳妇难为无米之炊。"供应跟不上，又极其单调，团机关食堂的大师傅整天拉着个愁云遍布的脸，谁见了，都不敢嚷嚷伙食怎么这么差。

这就是景泰川电力提灌工程面临的真实情况。外表看似轰轰烈烈，红旗翻卷，但实质内里却在发生着变化。任务艰巨、伙食单一、居住困难、民工生活差等等客观存在的问题，导致一系列弊端逐渐暴露出来。

为了确保社员上工地搞建设，各生产队都采取了不同的补助措施。比如说给参加建设的社员记满工，一个劳动日记十分工，每个月从生产队的积存中补助十几斤粮食，条件好一些的，每个月给社员杀上一只羊或者送点猪肉。然而由于分工不同，有些社队劳动量大，有些社队劳动量小，可一个劳动日的补助却是一样的。这种补助方式，短期内改善了民工的生活，调动了民工的积极性，加快了工程建设进度，可时间一长，各社队有了比较，比较之后就在思想上产生了巨大的落差，自然出现了一些消极怠工的现象。出工不出力，在生产队劳动的"大锅饭"作风，慢慢在工程上显现："上工一窝蜂，收工一溜风"，"农业社的活，慢慢磨，干得快了划不着"，"挂着铁锨把，眼皮就打架；擦了铁锨头，就往窝铺上溜"。有些生产队为了完任务，更是更换选派一些小孩、妇女、老人来参加施工，青壮年通通被调回去参加生产队的劳动。

"财不患寡而患不均"，民工中出现这种情况是再正常不过了，也是人性的自然流露。本该是工程本身需要承担的责任，分散到各个生产队上，分散到每个民工家里，时间短了好说，时间一长，就很难办到了。

*当年最好的建筑八栋房，工程队的驻地。

随着工程进展顺利，许多职工的家属也纷纷来到工地，住房矛盾显得更加突出。刘德福的隔壁，住着一位姓赵的技术员，晚上出去到开水房打水。打上开水之后，却起了风。因为大家住的都是地窑子，都长一个样，他怎么也找不到回家的路。从一个地窑子走到另一个地窑子，就是找不到自家的门。他老婆久等不见回来，着急了，急忙喊人去找，结果刘德福们在八公里之外的地方才找到都快哭鼻子的技术员……

如果说简陋的住房、只能维持生命的伙食是可以克服的困难，那么，在那个特殊的年代，除了这些困难，许多无法想象的辛酸，则落在一些特殊的家庭。在景泰川电力提灌工程的施工现场，许多技术员家里都是双职工，举家来到这里，陈可言和梁淑凤，李士元和达慧中，杨玉朋和黄中理……他们面临的生活，要比单身职工更加艰难。

1954年，杨玉朋高中毕业参加高考，选择了50年代比较吃香的电机系，第一志愿选择了清华大学，可惜失之交臂，幸被第二志愿的四川大学工学院录取。在这里，她和黄中理相爱并确定了恋爱关系。

黄中理和杨玉朋在同一学院但不同班。黄中理爱好打篮球，杨玉朋热衷于看球。杨玉朋明亮的眸子随着篮球飞来飞去，运球的黄中理也就不陌生了。大一下半学期，在吃中饭和晚饭时，学校食堂的高音喇叭都要播放四川省大学生合唱团演唱的《黄河大合唱》。《黄河颂》由黄中理独唱。他的声音浑厚有张力，《黄河颂》唱得雄壮、抒情。自认为唱歌还不错的杨玉朋，只能遗憾自己唱歌的天赋还未被学校发现。通过一次年级活动，两个人逐渐熟悉了起来。

大二暑假，两个年轻人都有一起回昆明探亲的意愿。黄中理来约杨玉朋搭伴回家，征得家里同意后，两人这才同行。当年回昆明还是乘汽车，不过比入学时的敞篷卡车好多了。在四五天的行程中，两个人谈学校的功课，谈唱歌，谈打球，黄中理还把他从《电世界》杂志上看到的各种知识讲给杨玉朋听，杨玉朋觉得黄中理知识丰富。交往中，彼此都留下了很好的印象。一对男女青年同行回家探亲，总会引起家长的怀疑，以为在谈恋爱。杨玉朋对父母做了解释，否认了谈恋爱的事，所以杨家父母并未专门招待黄中理。但是黄中理并没有对家里解释和否认，所以他们家非常热情，专门请杨玉朋到家里吃饭。黄中理的妈妈做了一桌好菜款待杨玉朋，不停地往她碗里夹菜。杨玉朋觉得黄中理的妈妈十分亲切、慈祥。暑假回昆明探亲，一个来月中频繁接触，增加了相互之间以及对对方家庭的了解，回校后，两人开始恋爱了。

杨玉朋非常思念父母，也十分留恋昆明。1958年毕业时，父母也希望她能回到昆明。但遗憾的是，当时分配云南的指标只有一个。1958年，正是"大跃进"时期，西北建设非常需要人才，当时的分配指标中，西北就占了十多个。杨玉朋和黄中理已经确定了恋爱关系，两人一商量，就选择了水电部西北勘测设计院。

因为爱情，他们放弃了四季如春的昆明，来到苍凉荒芜的兰州。当然，除了爱情，涌动在他们心中的理想主义情结，也是一个主要的原因。

黄中理和杨玉朋所处的时代，是一个深受苏联影响的时代。好多人学的是俄语，看的是苏联的电影、小说，唱的是苏联歌曲，欣赏的是苏联的舞蹈、音乐。当时苏联的电影《金星英雄》和《第聂泊你好》，留给杨玉朋一生难以忘怀的感动。电影呈现的内容都是苏联建设水电站的故事。

▲黄中理和杨玉朋

《金星英雄》的主要内容是一个因建水电站获得金星奖章的人，在他的带领下，经过艰苦努力，建成了一个水电站。电站发电了，黑暗的村落遍地"星星"，一片光明，人们欢呼雀跃……《第聂泊你好》是在第聂泊河上建设一个大型水电站，多种大型机械作业的宏伟场景，令人大开眼界；特别是电站建成，巨大的电站水库，美丽的风光，令人陶醉。电影的结尾是建设者们乘坐着大卡车，唱着歌，又转移到另一个工地的豪迈情景。

两部电影，促使杨玉朋选择了水电专业。她和黄中理填报了前往西北的志愿，双方家长虽然都很失望，但他们非常开明。等他们回昆明探亲时，考虑到两人从此将远离父母，为了让他们彼此有个照应，安排两个人领了结婚证，双方家长在一起吃了顿饭，就算结婚了。当年的结婚实在是太简单了，没有任何仪式，连张结婚照片都没有，全部的家当，就是学生时代各自的被褥。

1962年3月，杨玉朋回到昆明探亲，生下了儿子。后来又生下了他们的女儿。1969年，黄中理和杨玉朋，将两个孩子陆续带到了景泰。

边建设、边设计的施工要求，让设计工作日趋繁忙。紧张的工作，杨玉朋和黄中理都没有时间照顾两个孩子，无奈之下，只好把孩子全权委托给房东大嫂，除非孩子生大病，他们在平时总不敢请假。女儿多次发高烧住院，让公社医院医护人员心疼不已，得知他们两人都在工地工作，主动承担了照顾孩子的工作；儿子的小手，冬天常被冻得肿成了两个馒头……两个孩子身上长满了虱子，晚上，杨玉朋不得不学当地农民的样子，在油灯下为孩子抓虱子，藏掖在衣服中的虱子，常常染红了她的指甲盖。白的虱子一溜一溜的，指甲盖划过去，噼啪直响……很快，两个孩子就和农村的小孩没什么两样了……实在没有办法，黄中理和杨玉朋商量，将两人的老母亲千里迢迢轮换请到景泰来照顾孩子。

生活、工作本身带给他们的劳累已经足够艰难，除此之外的政治生活，更让他们感到身心俱疲，但又不得不如此。清早，夫妻两个要从兴水赶到沿寺"早请示"，晚上双双再去"晚汇报"。当时，知识分子作为重点学习和改造的对象，"晚汇报"扎实而时间漫长，散会后，从沿寺到兴水，路上的行人已是寥寥无几。

机电组只有他们一家住在兴水，黄中理出差时，是杨玉朋最最害怕和纠结的时候。不去学习，那是万万不行的，随之而来的各种"帽子"想想都害怕；去学习吧，晚上政治学习结束后走在回家路上，那种恐惧和害怕，真是让她欲哭无泪。四周无人，空旷的荒野上，只有啸叫的风，路上漆黑一片，偶尔的狗叫声从远处传来，还有不知名的鸟儿发出近乎瘆人的怪叫，一个个小旋风转着圈从身旁刮过去，自己踢踢踏踏的脚步声，在寂静的夜里显得格外响亮，也成了一种怪异的声音，总感觉有什么东西跟在自己的身后，杨玉朋的头发根子都竖起来了……

为了壮胆，只要黄中理一出差，杨玉朋就带着七岁的儿子到沿寺来给自己做伴。但又怕孩子淘气扰乱那种近乎虔诚的学习。杨玉朋不断用恶狠狠的眼光瞪着儿子，要他安静地坐在自己身边看小人书，或者是强迫他蜷缩在一个装资料的大木箱上睡觉。待到学习结束，杨玉朋又只能狠心地把儿子从睡梦中唤醒，让他提着马灯坐在自行车的横梁上回家。一路上，母子两人大声地说话，有时还高声唱着革命歌曲。有听到的老乡说，这母子俩有啥高兴事了，大半夜还在唱歌；殊不知，这是他们祛除恐惧的唯一办法了。回到家里，女儿还没睡，蜷缩在被窝里抖成一团，女儿说："妈妈，我害怕……"

从兴水到沿寺之间的奔波，构成了他们生活的日日夜夜。艰辛和困难，时刻伴随着这批来自全国各地的建设者。在大战五十天的时候，黄中理从外地出差回来。出差期间，黄中理本来就已经感冒发烧，回家时，站在解放车的车厢上，迎着大风从条山回到兴水，经冷风一吹，病情愈发严重了，高烧几天不退。没办

*黄中理、杨玉朋一家人在工地。

法，杨玉朋借来生产队的架子车，自己驾辕套着绳子在前面拉，儿子在后面推，从兴水赶到沿寺医务室去给黄中理打吊针。架子车经过大沙沟口时，突然狂风骤起，飞沙走石，昏天黑地，母子俩寸步难行。风沙中，杨玉朋流着汗和泪在前面拉，七岁的儿子在车后推，吃力地向前挪动，一步，一步，再一步……

居无定所，食不饱腹，医无去处，孩子们无学可上……这就是建设者们在当时真实的生活。其实，这些矛盾在工程开工之前，李培福和贺建山就做了考虑。为了解决职工的后顾之忧，指挥部决定同时在一条山这荒无人烟的沙丘上建职工宿舍。面对诸多困难，只能一个个逐步化解了。

然而，正常的需求，合理的决策，却引来了轩然大波。在当时"文革"极"左"路线的影响下，这样一个起码的生活保障措施，却遭到了指挥部成立以来最大的非议。黄河边五佛寺工地贴出不少大字报，进行所谓的路线分析，提出"先治坡还是先治窝"的问题，认为先搞工程，以后再盖宿舍才是走大寨先治坡的社会主义道路。

被疯传的大字报，大有山雨欲来风满楼的态势，这也引起了指挥部党小组组长李培福的重视。

李培福找到贺建山和陈可言，爆了粗口："走，我们去看看，看看那些狗日的在说些什么。"

几个人坐上他那唯一的一辆帆布篷苏联吉普，赶到五佛寺看大字报。张贴的花花绿绿的大字报果然很多，但大都是千篇一律的八股文，很大噱

头的开头，说的都是鸡毛蒜皮的事情，但是，越看却越让人气愤难当。陈可言对这种举动深恶痛绝，一种恨不得要撕碎大字报的冲动，让他涨红了脸。

李培福似乎也动了情绪，当他看了两三张之后，把拐杖往地上一捣，气愤地说："走，不看了！"

看大字报的结果，是让李培福坚定了自己的决策："让大家长期住在地窝子里，不是长久之计，我看坡也得治，窝也得治，房子还是要盖。"

▲建设者们曾经居住的地方

这不仅是施工准备工作的重要组成部分，也是完全符合当时实际情况的，大家一致同意他的意见。这一意见也得到了省上领导的同意。

尽管李培福说出了大家要说的心里话，但是由此要承担的风险和责任，都将会算在他的头上。为了遏制这种刁难，李培福也果断出击："谁干扰工程的正常进行，谁就是最大的敌人，我们就要批斗谁。这个工程，可是得到中央、省革委会肯定和支持的，谁反对，就是反对中央，反对省革委会！"

李培福的强势，果断刹住了这一股邪风。

包工是个好办法

暂时被压制下去的邪风，现在却以另一种姿态呈现了出来。"治坡治窝"发生了矛盾冲突。"坡"是大家的，甚至是别人的；而"窝"是自己的，治好了谁也拿不走。所以，工程团职工中，部分人心思用在"治窝"上，瞅空子鼓捣自己的"窝"，对"坡"的感情远远没有对"窝"的感情深，"坡"上混工资，"窝"里过日子。

这种现象的出现，正常而不奇怪。职工生活本来就相当困难，指挥部无力解决，还不允许自己改善改善？指挥部后勤建材管理摊子大，铺得开，有着很多可以改善住房条件的材料，姜作孝再能干，也无法安排人一天二十四个小时眼巴巴地盯着材料，不时发生的材料丢失情况，恰好说明了职工的需求。但是，偷窃的行为怎么也说不过去。如果能发动群众，调动群众的积极性，把工程建材当成自己的财物，那么，从群众眼皮子底下偷东西，除非是神偷，一般人就没那个本事了！

李培福召开指挥部党委扩大会议，一一摆出了上述问题，要大家讨论，拿出解决的办法。当然，首先要解决的是工程进度问题，是如何保证工程顺利进行。

会上，大家七嘴八舌，各抒己见。李培福在烟雾缭绕中沉默不语，听着大家的建议。有人主张开展运动，抓典型，开批判会，团结工农兵，高举"阶级斗争"这面旗帜，在运动中要速度，斗争中出成果。有人提出纯洁管理队伍，把管理队伍中的"五类分子"及其接班人清除出去，吸收一批根正苗红、思想过硬的人员进入管理层，向管理要速度，在管理中出成果。

在一阵吵吵嚷嚷之后，副指挥贺建山小心地提出了自己的看法。他认为这些问题的出现，主要是责任不明确，如果分片分点分部门落实责任，只要责任到头，这些问题就可以迎刃而解。

这一说法，让李培福眼睛一亮，他挥手驱散眼前的烟雾，一连声追问贺建山："老贺，怎么才能责任到头？你能不能说详细一些？"

以稳健著称的贺建山笑了笑，顾左右而言他："这个，我还没想好，大家继续讨论，继续讨论。"

会场出现了短暂的沉默，大家反倒不讨论了。

化成看看李培福，又看看贺建山，猜测领导细微的变化。他清楚，几乎在场的所有人也都知道，贺建山所说的责任到头，实际就是承包制，是刘少奇曾经实行的"三自一包，四大自由"，当时正在风头上，全国批刘少奇及其"资产阶级路线"，此时讨论包工制，岂不是引火烧身？

然而，面对施工中出现的这些问题，除了采取这个办法，还真没有更好的措施了。打着阶级斗争的旗号，当然也是行之有效的办法，可是吃着这样的饭菜，住着这样的地窝子，于心何忍？那些农民，本来就已经付出了很多，现在这样去搞，只会更加让他们出工不出力了。

化成略一思考，率先打破了沉默。他哈哈笑着，似乎讲着和会议无关的故事："大锅饭，出工不出力，最厉害的就数农业生产队了。但是，生产队队长很聪明，为了解决这些问题，想出了很多的办法。我听说一个生产队翻粪，准备运送肥料，一堆粪，按照以前大家都来干的惯例，调十个全劳力社员，十天还干不完，总计工分一百五十个到两百个。生产队长脑袋瓜灵活，在心里算了一笔账，如果实行包工制，承包给某一家，则只给三十个工，有人就会抢着干，并且干的时间短，三五天就能干完，而且质量还好。再比如，收庄稼，黄田不等人，那是一个抢时间、抢速度的活儿，所谓'龙口夺食'，来不得半点马虎。但是，如果实行开工制，有人才不管什么'龙口虎口'的，几十个人，巴掌大的一片地，半天了还收不完，队长跟在屁股后面督促，又喊又骂还是无济于事。因为一下子干完了，就没地方挣工分了。如果实行包工制，则同样的工分收完田，速度要快十倍以上。所以绝大多数生产队收黄田，都采用包工制，为的是辛辛苦苦得来的粮食不要给糟蹋了。"

化成看似轻描淡写的讲述，却让每个人心中都明白了。这个不就是"三自一包"吗？但是，你能说这个"三自一包"不正确吗？不正是这个"三自一包"，才在最短的时间里获取了最大的利益吗？贺建山看着化成笑了笑，低头在笔记本上飞快地记录什么。

▲ 在工地率先承包干活的王自达

烟雾中的李培福微微点头，围绕他的烟雾一阵骚动。化成的话，让他突然想起一件事来。在草土围堰的时候，寺滩营的民工负责从远处运土，那个办事员叫王自达，看着大家拖拖拉拉地运土，就出了个"馊主意"。他的这个主意就是承包车数，一个人四十车子，干完就可以休息。

李培福前去视察工作，看到很多民工在休息，很惊讶，就上去询问究竟。这才知道，他们已经干完了一天的活。一个民工扬了扬手中的纸条："不信你看，四十车子，一车也没少。"

原来，每拉来一车土，王自达就给民工一张盖了私章的票。李培福找到了王自达，问他："你是不是在给民工发票？"

王自达心里直打鼓，红着脸说："发了。这个办法好，你看看，不到半天，就干了一天的活。要是以前，一天都拉不来这么多的土呀。用这个办法，领导再也用不着喝神断鬼了，社员们自觉着呢。"

李培福若有所思地点点头，瞥了一眼王自达："你哄得把社员累坏了怎么办？"

王自达在心里松了一口气："累不坏。我们在生产队劳动，经常用这个法子，社员们也愿意这么干。"李培福想了想，转身离开了。

往事让李培福果断地扔了烟头，他看看沉默的会场，再没要求贺建山发言，而是直接说："我看，要解决这些问题，唯一的办法是实行包工制。"

会场一下子静得出奇，心跳的声音清晰可闻，人们生怕漏听了一个字，都支棱着耳朵看着李培福。

"现在，泵站、渡槽、隧洞等重点工程均已展开，渠道开挖、衬砌，道路整修，平田整地等等工程，都可以实行包工制，包工、包料、包工期、包质量，特别是渠道的开挖衬砌，要四包到底，严把质量关，一旦翻工，就要给予四赔处罚：赔工、赔料、赔工期、赔质量。"详尽的表述，好像不是才做的决定，给人的感觉是他好像已经深思熟虑很久了。

参会的所有人都发出了会心的笑声。人们按捺不住心头的喜悦，悄声七嘴八舌地开始议论了，实行这个办法，肯定不会返工的，因为真要返了工，赔工、赔料能行，赔工期、赔质量恐怕就不可能了。谁敢赔？谁能赔得起？而这样做的好处实在太多了，加快工程建设进度，保证工程建设的目标顺利实现，便于材料管理，保证工程建材不再流失……

李培福继续讲，他借用了王自达的一句话："只有这样，才能充分调动民工的积极性，你们也不用喝神断鬼了，也能睡个安稳觉了。"

大家哈哈大笑起来，再没有听清楚李培福后面说了些什么。会后，各工点组织人马，分头实施大包干。人们的积极性被充分调动起来，工程速度空前加快，建设场面热火朝天而秩序井然。

每天六角钱

工程在顺利进行，但是其他问题一直沉甸甸地压在李培福的心上。他知道，让民工自己承担生活负担而参加工程建设，不论从哪个角度来讲，都觉得心里亏。这些朴实的农民工，承担的已经太多了，给予他们一定的补偿，是在情理之中的事情，不给工资，在一些方面适当补助一下，也没有什么错吧？

李培福把自己的想法全盘端给贺建山，征求他的意见。贺建山想了想，点头同意："先让人认真核算一下，拿出一个方案来，我们再定？"

就在这时，民工团团长洪镒又找到了两位领导。为了民工的问题，洪镒已经多次找过他们反映情况了。李培福看到洪镒进来，笑了："来，赶紧坐。又是帮你的部队要口粮来了？贺指挥刚才还在考虑这件事情呢。"

洪镒坐下来，感动地看看贺建山，说出了存在的困难。1970年春季，由于景泰连年灾荒，在工地干活的民工，能从自己家里拿来的食用米面和馍馍越来越少，油和菜根本没有，营养严重不足，许多民工日渐消瘦，不仅不能适应紧张的工程劳动，而且一些人视力开始下降，很多人患了夜盲症。很多民工的家里，再也无法承担这额外的负担，一些民工心生退意，坚持不住了。

李培福看了看贺建山，掐灭了烟头。洪镒看到，还有半截烟没抽完，但是李培福掐灭烟头的时候，好像用了很大力气，都把烟卷碾得粉碎了。李培福看看贺建山，严肃地说："这个事情不能再拖了，世上没有既想马儿跑得快，又不让马儿吃饱肚子的道理。这样下去能够持久吗？不！要搞点补助。我们还不是搞过'以工代赈'干北塬工程吗？要向省上申请，如实讲明群众的困难，没有一点补助，群众难以为继啊！"

预算方案出来了，工程能做的，就是给民工发放一些补助。受益区民工，每人每天补助人民币六角；非受益区民工，每人每天补助人民币九角。

这是指挥部精打细算，从工程款里抠出来的最高标准了。按照这个标准，一年需要七十多万元。七十多万元，在当时可是一笔不小的数目，但是李培福知道，这些费用，和民工实际的付出，那可真是差远了。他果断做出决定，在向省革委会汇报的同时，落实了这一决策。

效果是不言而喻的，有了这每月十几元钱的补助，民工的积极性被调动了起来。在有些生产队，出现了抢夺名额的场面，很多人都想来搞建设，都想来挣这十几元钱。

但是，职工和施工者面临的困难，还远不止这些。自己养活自己，自己补助自己，是李培福一贯的主张。在工程开工之际，李培福就找了景泰县革委会主任贾梓才，要他给一块"旱涝保收"的荒地，作为工程的小农场。贾梓才毫不犹豫，这是给工程的施工人员改善伙食，景泰县虽然穷得没有米面油肉，但一块荒地还是有的。他思来想去，把宽沟山一带的荒地划给了景泰川电力提灌工程，用作生产用地。

开荒种地是李培福的拿手本事。1938年，他响应中央号召，在黄土高原上就开展过大生产运动，在短短的三年时间里，开垦出十五万亩的荒地。在他心里，牢记一句话：穷不怕眼前，就怕长远。意思是眼前的穷苦并不害怕，害怕的是没有长远的打算。为了保障工程有长足的后劲，李培福决定调人员建立工程上第一个农副业生产基地。他同景泰县革委会商量，借用农业技术人员张兴诗、马占岳，带领复员转业军人李景春、刘作汉、张秉连、吴学书等人，前往宽沟山开荒。他的要求很简单，力争在来年春天平整好土地，不能耽误了播种。

二话没说，这些人从家里背上口粮，到近百里外的寺滩公社宽沟大队开垦荒地。在旷野中落脚，困难可想而知。没住的地方，自己挖窝棚；没柴烧，好在荒野之中全是柴火；没水吃，自己去挑。自力更生开垦荒地，一个冬天下来，竟开垦出了五百多亩荒地。按季节，播种了耐旱的小麦品种"红秃头"。要是没有意外，如今小麦该破土露绿了吧？

*干部职工在白墩子农场参加劳动。

然而，远水解不了近渴。对于民工生活上的疾苦，李培福、贺建山等领导人知道，这点补助实在解决不了什么。想方设法，他们又申请来四十万斤粮食，每天给施工人员补助一斤的口粮。李培福又想法设法弄来四万斤黄豆给民工团，要求他们办起豆腐房。

　　洪镒自然喜不自禁，立即安排团部买了一头毛驴和一盘石磨，安排专人每天磨制豆腐，分给民工改善伙食。

　　来自芦阳西关村的刘德福，成了做豆腐的最佳人选。他能被选中，主要是因为他在闲暇之余，向大家伙吹嘘豆腐如何好吃，如何才能做出豆腐。在做豆腐之前，他做后勤保障工作，向施工一线运送洋镐、铁锨、大锤、架子车等生产工具。那会儿，只图嘴上的快感，喜欢看听的人那副馋涎欲滴的模样，没想到歪打正着，自己摊上了做豆腐的事。

　　洪镒找到他，他再没有拒绝的理由，只好答应了下来。其实，对做豆腐刘德福还真不陌生。小的时候，他经常看家里人自制豆腐，对豆腐的制作方法和流程，都烂熟于心。家里制作豆腐的石磨直径只有一尺五左右，磨盖上有一个直立的木柄，经过无数双手的把握推拉，木柄已经被汗泽浸润变得光滑透亮。木柄对应的一边有一个磨眼。整个磨盖中间低，四周略高。将磨盘固定好，磨盘下面放一口大锅，推磨的人动作不急不慢，小石磨悠悠地转着，乳黄的豆糊就顺着磨槽从四周留下来，流入锅中。往磨眼喂豆子和加水，全靠日常积累的经验，多了少了都磨不出好的浆子。磨完豆子，就开始挤浆了，舀一碗豆糊装入布袋之中，倒入滚烫的开水，放在一个特制的带漏斗的木槽中使劲挤压，乳白色的浆体便流了出来，经过反复挤压，直至袋内只剩下一点豆渣。接着就是点浆了，这是做豆腐的最后一道工序，也是技术含量最高的工序。点浆用的是自酿的食醋和盐。点浆者等到白浆烧热快开时，看到哪儿将要翻滚就往哪儿浇醋。于是白色的浆体逐渐凝结成絮状，块状，漂浮在锅面，这就是豆腐脑儿了。点浆看似简单，其实需要丰富的经验，要掌握好火候，火太大，豆腐会有焦煳味，太小，豆腐太嫩，不易成形。醋、盐的用量也要合适，酸了，咸了，淡了，都会影响豆腐的质量。煮到泛黄时，捞出来倒在案板上的一个方形木框内，摊平，盖上面板，压上重物。等水分挤干了，豆腐也就成形了。

　　刘德福很快就上手了，做出了喷香的豆腐。每天早上三点起床，套磨开始做豆腐。他一天要供应七个民工营的豆腐。规定一个月每人一斤豆腐，磨完赶中午点出来，要赶紧送到连队。

剩下的豆腐渣也派上了用场。刘德福建议洪镒办了个小型养猪场，养了十几头猪，让民工隔一段时间有一次肉吃，从而改善了大家的生活，参加劳动的民工身体状况也好多了。

民工团的豆腐出了名，刘德福的手艺得到了大家的公认。有一次，洪镒遇见姜作孝的妻子刘桂芬，给她切了两块刚出锅的豆腐，这可把刘桂芬高兴坏了。回家做了，姜作孝两口子都感觉似乎从未吃过这么好吃的豆腐。这个时候的豆腐，都可以和肉媲美了。

力量来自面向群众

1970 年 6 月 29 日，甘肃省革委会主任胡继宗亲临施工现场视察，明确提出了"明年国庆水上草窝滩"的具体要求。

所有来景电工程视察、参观的领导同志，都对李培福满怀敬重，对他的功劳都很认可。省军区司令员、省生产指挥部指挥张忠看到李培福年近花甲，仍然坐镇一线指挥，深有感触地说："干劲不减当年，不减当年啊！不愧是边区时期的模范县长，毛主席亲笔题书'面向群众'表彰过的先进典型。在省政府任副省长分管农业多年，快要到离休的年岁了，还要给人民办这么一件大好事。干劲可嘉，精神可贵！"

张忠司令员对李培福说："老汉，一泵站建成，全线建设项目铺开，还有检查督促兰州设备制造单位的工作，你可越来越要变成个大忙人了。要把能干的干部都'追'下去，让他们督战。你是景泰、兰州两头出击，土建、设备、输变电三个同步上，两年上水有希望。我们这些人到兰州给你吹东风，到景泰给你打气，咱们一起往上拼，没含糊的。"

工程施工全面铺开，胡继宗经常深入工地视察，掌握情况，召开省上有关单位参加的现场会议，解决资金、物资等实际问题，决策工程重大方案。

这种顺水顺风的环境，多少给李培福一种安慰。他的精神似乎好了很多，他似乎时时刻刻都在工作，身边遇到的任何事情，都是他的工作范围。

茶余饭后，李培福总会叫上化成，走出指挥部的大院，四处溜达。他喜欢在县革委会大门外的开阔大街上，和县城北街的一些老年人，席地而

▲1970年6月29日，胡继宗视察建设工地

坐，天南海北地攀谈。地方的风土人情、农家趣闻、生活琐事、政治风云……许多鲜为人知的事情，他都从民间最先知道了。建设景泰川工程，千人万众"菜篮子"，要由当地提供。但农民顾虑："种了卖不了怎么办？"他得知这个消息，就让县上尽早考虑，安排供需挂钩，签订合同。合同上签了的，就得按合同供，不让农民吃亏。这或许就是最早的"订单"农业了。

他听到，职工住的农家，有的孩子大了要结婚，房子紧，婚期没法定；有的职工在农家生了孩子，当地风俗，不够满月不让出大门。他想，这么大的工程，这么多的职工，婚丧嫁娶，势必经常遇到。将来，一定要建设职工队伍自己的生活基地，借宿短期可以，长久了，农民的房子也周转不开。正是这些情况，加快了他对工程基地建设的决策。

有一次，李培福带化成抽空下到中泉乡去视察，发现那里的农民生活有困难，口粮严重不足，劳动工分与工值倒挂。劳动工日越多，欠集体的越多。人口外流严重。但是，在公社大门外的那堵土筑的高墙上，大红标语却是："鼓足干劲学大寨，三年实现昔阳县。"

李培福看了说："不结合实际，瞎吹，人都跑得不见了，还歌舞升平！"

回来之后，李培福把县委、县革委会的几位领导找来研究，立即召开三干会议，发动群众，生产自救渡过灾荒。那次生产自救三干会议，他亲自到会做了动员讲话。讲话中，他联系自己的经历，语重心长地说："做一个县的父母官，心里要装上群众吃饭、穿衣的大事。尤其是在荒年，万万马虎不得。这个教训过去是用人命换来的，考验一个干部是不是有群众观念，就看他在关键时候，能不能带领群众，组织生产自救渡过灾荒。"

面向群众，这个两鬓斑白的老人，时时刻刻把面向群众的工作作风，落实到了每一处。

忙里偷闲，李培福驱车来到宽沟农场。6月的天气，小麦已经在拔节吐穗，迎风摇曳的麦田，给了他无限的遐想和希望，他一手拄着拐杖，一手从麦苗上拂过，尖尖的麦叶给他痒酥酥的感觉，更让他心里有了一种温暖的踏实。

1970年7月13日，指挥部召开办公会议，讨论胡继宗的指示。反复思考之后，李培福提出："大战一百五十天，完成土石方一百万方，革命加拼命，明年上水草窝滩！"

为了保证这一目标顺利实现，李培福决定下大力气改善职工及农民工的生活。1970年7月19日，指挥部发出关于大力开展农副业生产的要求：办好宽沟农场、猪场、羊场及条山豆腐房；工程团要办好白墩子农场、猪场、鸡场及沿寺豆腐房。

不得不说，在那个人人自危的年代，景泰川电力提灌工程创造着一种奇迹。它萌生于"文化大革命"之期，上马于"文化大革命"后期，像一叶扁舟，在惊涛骇浪的政治漩涡中颠簸起伏。在一定程度上，它成了许多在"文化大革命"中受害者的乐土，在这里，他们终于有了一块属于自己所学所为的平台。所以，这叶扁舟始终载满欢乐、坚韧、信念，勇敢驶向辉煌的目标。实际操作驾驭这叶扁舟的舵手，无疑就是这个外表平凡、举止笨拙、目光深邃、领导有方的老汉李培福。

过去的辉煌，因为无力于政治的风浪，不屑于浮夸的工作作风，李培福失去了自己原有的权势、位置，痛定思痛之后的结果，却更加坚定了他为群众服务的决心。无数个深夜，毛泽东给他的嘱托"面向群众"，一次次在他心中徐徐展开，每一次，都给他无穷的力量和新的教益和领悟。这位伟大的领袖，在给他指明前进航向的同时，也给了他以及这个时代难以忘记的启发。面向群众，就有了正确前行的方向；面向群众，才能真正为老百姓谋取福利；面向群众，才能让自己永远立于不败之地，才有可能实现自我价值并有所作为。这个真理对所有的领导者而言，永远是颠扑不破的真理和信仰。

洞悉和深刻感悟了这一点的李培福，更有自信和力量驾驭这个工程的航向，他隐隐约约，已经看到了胜利的曙光。

从某种程度上来说，在李培福极力倡导下，省革委会决定的"三边四自"方针，恰好就是面向群众、实事求是的最好阐释。边设计、边施工、边受益，自己设计、自己施工、自制设备、自筹资金，这些方针政策，包含了为老百姓谋福利的良好愿望，更蕴含了依靠群众力量求发展的正确方向。当然，期间也不排除"人有多大胆，地有多大产"的政治意味，但正是这些方针，激发和调动了人的主观能动性，团结了人们自力更生的力量。

下　部

第 六 章
开弓没有回头箭

没有管子自己造

景泰川电力提灌工程全线开工后，几经努力，在解决后勤保障供给之后，总算进入一个良好循环的态势，但是各种问题也接踵而来。这些问题，恰好是工程中举足轻重的问题，任何一个问题得不到解决，都将导致工程事倍功半，或半途而废。

首先是各泵站的爬坡管道还没有着落，十二个总干渠的渡槽架设也是一个未知数。根据工程设计预算，共需直径1.4米的压力管道17.1千米，如果全部采用10毫米的钢板制造，就需要钢材5000多吨，如此数量的钢材，在当时钢材奇缺的年代，根本无法解决。

1970年6月，景泰川电力提灌工程指挥部召开专题会议，研究解决爬坡管道的问题。李培福听取了方方面面技术人员的意见，听到了许许多多的"不可能"：因物资匮乏，用钢制管不可能，大口径预应力钢筋混凝土压力管道不可能，短时间内兴建预制厂不可能，厂房建设投资不可能。但在这许多"不可能"中，他听出了一个唯一的"可能"：只能试制生产大口径钢筋混凝土压力管道。而且按"两年上水"的奋斗目标，必须在一年内试制成功。这不是一个只靠胆量和信心就能完成的项目，需要科学的依据，需要科学的推理和决策。

一天夜晚，李培福找到正在工作的陈可言，他提议出去走走。

月光朦胧，像一层薄薄的雾铺在细碎的砂石路上。朦胧的月光总会懒散了人们的思想，让身心沉入一种轻松、浪漫的境地。远离了工地办公室，周围的一切都变得安静，各种虫鸣声此起彼伏，就要成熟的粮食，已经在散发诱人的清香。各工地组织唱歌的声音，隐隐约约飘过来，成了一种绝好的点缀。

"前些日子去了我们的宽沟农场，"李培福轻轻咳嗽了一下，打破沉默，拐杖在夜空中画了一道弧线，"那庄稼，好着哩。秋后，我们就能吃上自己种的小麦了。宽沟人说，这个景电人就是能得很，生荒地也能长出这么好的庄稼。"

他们行走在细碎的砂石路上，发出细碎的脚步声。月光铺就的路面，随着他们的走动，似乎有了轻微的动荡。李培福显得很有兴致："困难就是专门给我们这些人准备的，但我相信，只要我们努力，想办法，依靠人民群众的力量，就没有过不去的坎。"

手中的拐杖，在眼前有力地划过，带着风声，也带着一种心情。李培福看了一眼沉默不语的陈可言，无声地笑了。说实在的，他打心眼里喜欢这个耿直的东北汉子，这个高大的男人，有着难能可贵的专业知识，有着丰富的施工经验，他是一个已经把所学实践化了的专业人才，更有着棱角分明的个性和自己的主见，任何技术上的难题，经过他的深思熟虑，就没有攻克不了的说法。尤为关键的是，他知道什么是艰苦，什么是幸福，在他的心里，有一种为人民谋取幸福的愿望和力量，而这些，不仅是他个人的性格，更是这个工程所要拥有和具备的个性呀！要不是文化大革命，他也许还来不了这个建设工地。

陈可言还在沉默。他的心境，在朦胧的月光中变得清醒而沉重。他知道，老领导要他出来走走的用意。对

*摊开图纸就讨论。

身边这个老人，他充满了来自心底的敬意。和他在政治上的遭遇相比，自

己的简直算不得什么了。可是，就是这个老人，在这个本该就此借机安享余生的时候，仍固执地为民请命，奔波在这荒凉的山川。在他身上涌动的情愫，不仅仅是个性使然，更是为了穷苦的老百姓。或者说，与生俱来为民谋取福利的品行，深入骨髓面向群众的处事原则，让他永远都不会计较个人得失，永远也不会放弃一切机会做一点事情，傲然挺立，毫不掩饰地向人们展示：这就是李培福，我就是李培福，整不垮打不倒的李培福。

陈可言看了一眼李培福，还是不说话。李培福却从这眼神中感觉到了一种东西，也不再说话。在默默的行走中，陈可言的心中却在翻江倒海。他知道遥远的美帝国主义，也在同步进行着世界上流量和扬程最大的泵站：埃德蒙斯顿泵站。可是，那是用一亿七千万美金展开的工程呀！每七条出水管合并成一条长约两千七百米的钢板衬砌混凝土隧洞，需要多少吨钢材？那可是成千上万吨的钢材呀！自然，尽管我们天天喊着消灭美帝国主义，解放全人类的口号，但所具备的实力，远远无法与其相较呀！

再看国内，已经完工，正在全国轰轰烈烈宣传的红旗渠，从1960年2月开始动工，经过十年奋战，才于1969年7月完成干、支、斗渠配套建设。十年呀，以红旗渠为主体的灌溉体系基本形成，实现灌区有效灌溉面积也才五十四万亩。陈可言清楚，红旗渠以浊漳河为源，渠首位于山西省平顺县石城镇侯壁断下，总干渠长70.6公里，但纵坡为1/8000，虽然全部开凿在峰峦叠嶂的太行山腰，但完全是自流灌溉，虽然穿越沟壑群山，却没有像景泰川电力提灌工程如此高的扬程，需要如此繁杂的技术，更何况景泰川电力提灌工程正面临一种"巧妇难为无米之炊"的尴尬。中国古代的水利工程，都是因势相形，顺其自然而巧妙引导，大型提灌，毫无先例借鉴。如果最终完成工程建设，那可真是中国水利史上的奇迹呀！

创造奇迹，就要承担相应的风险。陈可言心中燃起了熊熊大火，他突然停住脚步，面对李培福，一字一顿说出了自己最终的想法："试制生产大口径钢筋混凝土压力管道。除此之外，我们无路可行。等钢材，等援助，可能会让整个工程半途而废。"

李培福点点头，月光下，他的目光深邃而宁静："可行吗？"

陈可言略一迟疑，但还是果断地点了点头："只有试制生产大口径钢筋混凝土压力管道。"

那几天，陈可言所在的办公帐篷灯火通明，陈可言召集有关工程技术人员经过多次反复研究论证，提出试制生产直径1.4米的预应力钢筋混凝土压力管代替钢管的可行性报告。

李培福看完可行性报告之后，当即决定：在施工现场黄河边的沿寺土法上马预制厂！经过反复斟酌、筛选，任命曹子建为厂长，全面负责筹建厂房、试制压力管道的工作。

李培福找来曹子建，交代了试制压力管道的重要性和紧迫性。他拍着曹子建的肩膀，语重心长而又不失诙谐地说："管子是上水的关键，你老曹就是'曹关键'，到时间没有管子，你就是用手捏也要捏几根管子，把水给我送上去。按照省革委会领导的说法，就是用轱辘绞，也要把水绞上去。"

曹子建接受了这项硬任务。面对一片荒滩，他苦笑了：别说试制生产大口径钢筋混凝土压力管道，先解决厂子的问题吧。可是拿什么建？如何建？

曹子建问陈可言："你这个技术组长给我交交底，试制压力管道，到底能成不能成？有多大把握？"

陈可言笑了："只要你用心了，没有做不成的事。"

曹子建摇摇头："等于没说嘛。只要能试制生产大口径钢筋混凝土压力管道，我把心都掏出来，爱怎么用怎么用。"

细心的副指挥贺建山看出了曹子建内心的纠结和彷徨，他找来曹子建，勉励他："要自力更生，艰苦奋斗，因陋就简，土法上马，边生产普通涵管，边筹建试制压力管道。"

曹子建认真品味，细心琢磨，很显然，贺建山细化了"三边四自"的方针和内涵，这席话，也成了他建厂的方向和宗旨。此时此刻，他已经深深感到了领导们的焦灼和压力，很明显，上水所需的压力管道，已成为景电工程上水的咽喉，卡住了

▲预应力管道制造厂

脖子，如果不很快解决，就是土建工程建成、机电设备就位，1971年国庆上水仍是一句空话。难怪李培福叫自己是"曹关键"呀！一种紧迫感和使命感，让曹子建顿觉肩头的压力。

1970年7月，甘肃省景泰川电力提灌工程指挥部预制厂，在景泰县五佛乡沿寺的一片荒滩上正式开始筹建。

也许在这个时候才能理解，什么是白手起家、自力更生的意思，就是在一张白纸上描绘美丽的图画。荒凉的工地现场，生活条件十分艰苦在情理之中，因为建厂的一切工作都须从零开始。曹子建经过大概的规划，带领人马自己动手挖地窝子住，自己动手盖工棚当办公室。职工们几乎是顿顿吃干咸菜，喝酱油汤。

曹子建所能做的，就是一遍遍重复和要求大家克服困难，发扬奉献精神。"工程能不能成功，就看我们的了，弄不成管子，我们就是这个工程的千古罪人。当然，弄成了，景泰人民都会感谢大家的！"好在大家精神愉快，干劲十足，齐心来挑战这个不知道什么玩意的压力管道试制。

建厂仅仅是一个方面，只是一个表象，实质的东西，就是如何研制压力管道呀，一切都得围绕这个管道而建设。可是，谁也不知道试制这个管道需要怎样的厂房，怎样的设备。

曹子建不敢怠慢，一面派工程技术人员到陕西、河南参观，学习压力管道生产经验，搜集有关设计图纸资料；一面按照生产普通管道的要求设计建设预制厂。同时，组建由工程技术人员顾艳春、老工人张玉山、李廷枢（木工）、鲍耀先（钢筋工）、李守亚（砼工）等，和新参加工作的青年工人一班人马组成的生产小组。露天现场开始生产总干渠所急需的直径600、800、1000毫米的普通钢筋混凝土涵管。曹子建还下达了死命令：保证在10月底前完成一公里的生产任务。他知道，这样一是体现边生产、边设计的办厂方针，也是为试制大口径压力管道积累经验。

工程技术人员顾铨、王治章、刘成英等人研究制定建厂总体规划和布置方案，他们的设计和研究，主要围绕试制大口径压力管道而进行。与此同时，外出人员反馈的信息和搜集的资料，让他们慢慢对试制这个大家伙有了一点了解。根据外地生产预应力钢筋混凝土压力管道的经验，新建一座制管厂，包括主厂房、附属车间、机械、电器、交通等，在当时一般基建投资都在200万元左右，建成投产最少也得两年时间，而且都是生产小口径的预应力压力管道。

可是，指挥部要求他们生产的是直径1.4米的大口径压力管道，直径几乎是这些小口径管道的两倍多！按照这个标准推算，在土建和机电设备等方面的投资，都要比小口径压力管道投资高，至少高一倍以上！

然而，曹子建知道，根据景电工程的实际情况，投资太大是根本不可能的，时间要求上也必须在1971年7月1日前试制生产成功。没有足够的投资，没有足够的时间，一年，仅仅一年的时间呀！参观学习的个别同志也担忧，向他表达了自己的看法："我们的管径比人家大得多，如果无法满足生产条件，很可能会造成更大的损失。而在全国，似乎还没有生产这种压力管道的厂家，无法借鉴别人的经验呀！"

曹子建左右为难，举棋不定，可是，他没有更多的时间可以浪费了。他突然想到李培福的"面向群众"，脑子一动，何不学学李指挥的办法呢？更何况，这是毛主席对他的嘱托，一定有深刻的道理和妙用。

曹子建心头一亮，立即深入发动群众，提倡人人献计献策，把对工作的热情和科学求实的态度结合起来，倡导有条件要上，没有条件创造条件也要上。

在会议上，曹子建如实讲述了压力管道在全国的生产现状，景电工程面临的实际困难，重申预制厂必须肩负的责任和使命。没想到，一石激起千层浪，大家的积极性都被调动了起来，大家的主人翁意识迸发出了前所未有火花。

根据群众建议，从工程的现有条件出发，只能大胆修改原来的建厂设计方案。在工程技术人员和老工人参加的分析研讨会上，大家一致认为按照外地经验，修建牛腿排架柱、钢筋混凝土结构的厂房，对于景电工程的预制厂显然是不现实的。而露天生产是唯一可行的办法。但露天生产史无前例，能否成功还需要理论支撑。

研讨会气氛热烈，曹子建边听边记。经过大家讨论，达成了共同的认识：露天生产，修建几个蒸养池在理论上还是可行的。但是，紧跟着一个无法回避的问题是：景泰风沙多，遇到刮黑风、下大雨和冬季严寒就得停止生产，这样在时间上就保证不了按期上水的需要。

遮风挡雨，问题似乎简单了许多，只要解决了遮风挡雨的问题，露天生产就不存在任何问题了。很快，有人就提出了浆砌块石基础、砖柱、土坯墙、木桁架、草泥屋顶的干打垒土厂房的方案，大家一致认为这一方案是可行的。

然而，新的问题又出现了：这样为遮风挡雨搭建的棚户厂房，能否经得起十吨龙门吊车行走时的震动？这个大家伙是试制大口径压力管道所必需的设备，来回的走动，对土厂房的威胁显而易见。

新的问题，导致研讨会出现短暂的沉默。然而，具有丰富实际工作经验的工程技术人员顾铨和老工人张玉山，几乎在同时打破沉默，要讲自己的建议。顾铨微微涨红了脸，建议老工人张玉山先说。张玉山也笑了："怕是我俩想到一块去了。"

顾铨高兴地脱口而出："你是说在土厂房的上、中、下各加一道圈梁吗？"

张玉山一拍巴掌："就是。我们要解决的仅仅是龙门吊车来回行驶对厂房造成的震动问题，害怕遮风挡雨的厂房会有危险，加上上中下三道圈梁，不就解决这一问题了吗？"

研讨会上响起的掌声，表明了大家对这一方案的认同。曹子建感激地笑笑，长出了一口气。他突然感到，一个成功的领导，不一定具备专业的知识，也不一定要在那里指手画脚一定按照自己的想法去做，而是要能调动所有的职工群策群力，最后由大家来共同做出决定。而领导在这里扮演的角色，仅仅是一个组织者，引导者。

座谈讨论会成果丰硕。除了制造预应力钢筋混凝土压力管道需要的机电设备，诸如10吨龙门吊擎、直径1.4米的内外钢模具、橡胶套、蒸汽锅炉、高压给水泵和水压试验机是关键设备，必不可少，这些东西，实在是无法自力更生了，需要到兰州加工或到外地购置，其他一些设备尽可以因陋就简，自力更生。会议决定，10吨龙门吊车设计由工程团设计队精通钢结构的工程技术人员孟信承担。直径1.4米的内外钢模具，虽是国家建委建材研究院标准图纸，但还未在实践中应用和检验，仍存在很多问题，需要在结构上做大量的修改或重新设计，技术人员孟祥环、王盛林和陈乐衡承担修改设计任务。龙门吊车、内外钢模具和水压试验机等在兰石厂加工制造，由技术人员刘茂祖驻兰联络催办。橡胶套加工制造由孟祥环修改设计后带邢作光前往西安请红旗水泥制品厂帮助解决……

不可逾越的鸿沟就这样被轻易跨了过去。最后计算成本，由于推翻了原来的建厂设计方案，由计划投资的96万元，降低到33.3万元。反复论证讨论后，曹子建上报工程指挥部审核，很快得到了批准。

李培福笑呵呵地说："你这个曹关键呀，在关键的时候就有办法了。好，好，就等着你的管管子了。"

曹子建由衷地说："李指挥，我是听了您的教导之后，跟您学，才有了这个方案的。"

李培福一愣："我的教导？"

曹子建笑了："面向群众呀！"

李培福恍然大悟："呵呵，好，好，就是这个道理，你这个曹关键呀，还真是不简单。"

建厂方案批准后，付诸行动就容易多了。看似简单的土木工程，和钢筋水泥打交道的预制厂，其实汇聚了很多优秀的人才。曹子建对此充满信心。制管车间主厂房由工程技术人员顾艳春等具体负责施工。顾艳春是清华大学水利系毕业生，志愿来大西北参加甘肃水利建设，甘肃省黄羊河水库等水利工地上曾留下了她智慧的结晶。她还在省水利学校教过书，是水利工程建设不可多得的人才。来预制厂参加建设时，她已经是两个孩子的母亲了。顾艳春对待工作，就像对待自己的孩子一样，耐心细致，有着母亲的爱怜，更有着男人的坚毅。风里来，雨里去，跟班劳动，不离现场，工作泼辣，精心组织现场施工，职工和民工都非常喜欢这位没有一点架子的清华高才生。老木工张玉山已年过五十，但干劲不减当年。张玉山可以说是新中国成立以后，甘肃的老水利了，甘肃省北塬渠、昌马工程、双塔堡水库及金川峡水库等工程，都留下了他的足迹。他是在参加了景电工程一泵站"大战五十天，抢出洪水面"的战斗后又来参加预制厂建设的，制管车间主厂房木结构的加工，是由他参与组织实施的。老工人脑子不老，经验丰富加上他勤于思考，在施工中几乎没有什么可以难住他的。让顾铨佩服的是，张玉山自制木扒杆，把15根重1吨以上、长16米的木横架，一根根吊装到15米高的砖柱上。这些大家伙，在他的木扒杆上，简直就像摆弄一根根火柴棍一样简单。

来自景泰县红水、五佛乡的一百多名农民工，也是预制厂建设和生产的主力军。在这些民工中，有很多能工巧匠。生产普通的涵管之外，他们还承担了开山炸石、取土脱坯、沙石备料、基础开挖、制浆砌块石、建砖柱和土坯墙等体力活。这些看似粗笨的活计，都需要一定的技术技能……

预制厂在顺利建设之中，而相关的工作也在紧张进行之中。

一项大型电力提灌工程，牵涉着方方面面。土建工程，尤其是控制工期的工程，要与其他工程同步；输电工程要与土建工程同步；设备加工制造，也要与土建工程同步；斗、支、农渠的建设，要与总干渠的建设同步；平整土地，做到水到渠成，渠成地平，上水就能灌溉，都要踏上总体建设的拍子。

*先难后易，一根根口径小的预制管道就这样生产了出来。

这些"同步"，需要领导者花费更多的精力。李培福的精力大部分转移到了这些"同步"上。

从白银到景泰110千伏输变电线路、总变电所建设，及3个35千伏输变电线路、变电所的建设，需要尽快展开。他把省水电局局长、工程指挥部副指挥曹布诚及其下属主管部门的负责人召集到现场，按总投资和设计概算，切块包干，安排时间进度，另组班子，另辟战线，独立完成。

提灌工程所需要的机电设备，也进行了具体的安排。兰州甘工大承担的水泵设计，兰州水泵厂承担的大水泵铸造，兰州综合电机厂承担的2000千瓦大电机的设计制造，兰州"五七"修造厂承担的750千伏安变压器试制生产，兰石厂承担的12毫米厚、口径1.4米的钢管卷压焊接……

李培福的身份，在这里也充分发挥了作用。利用这个身份，他召集省计划、工业主管部门领导及生产厂领导开设备制造会议，安排试验经费和加工制造投资，并由吴之海驻兰联络催办，派出技术干部，驻厂抓进度、质量。而且，半年举行一次设备会议，汇报加工制造情况。对于斗、支、农渠建设和平田整地，按上水年度控制灌溉面积，他指名由县革委会副主任朱子谦挂帅，组织县农田建设班子，现场督战。每隔半个月时间，他都要亲临现场察看、指导。

各个环节，如同一个个紧密咬合的齿轮，在李培福的统一调度下，有序运转，推动整个工程稳步向前发展。

有水还得有电

电力提灌，既要有水利，还要有电，两者缺一不可。在水利工程紧张进行的同时，电力工程也在紧锣密鼓地进行中。

五十六岁的省水电局副局长曹布诚主持了景泰川电力提灌一期工程的供电建设。李培福笑言："老骥伏枥，志在千里。能不能把刘家峡的电从千里之外送过来，就看你老曹的了。电力提灌，你这个副总指挥可是占了一半呀！"

从1970年春天开始，曹布诚亲自带队，多次到景泰勘察景泰川电力提灌工程送变电工程路线和变电所位置。

一辆北京吉普，颠簸在崎岖不平的路上，卷起的烟尘慢慢消散在春天湛蓝的天空里。几乎没有一条真正的路，汽车在高低不平的沙丘中间起伏跳跃。吉普车开了半天也没见到一个人。似乎在不知不觉中，湛蓝的天空消失了，腾格里大沙漠中升腾起的北风呼啸而来，很快，风沙弥漫，什么也看不见了。封闭不是太好的吉普车里弥漫浓重的土腥味，只感觉耳朵里、鼻孔里、衣兜里都装满了沙子。在这种情况下，捂住嘴巴用鼻子呼吸，就是最好的办法了。因为一张嘴，嘴里就会涌进黄沙。同车的技术员李玉彤用纱巾包严了脸。然而，弥漫的风沙让司机无法辨认前行的方向，汽车很快被周围的沙堆堵住了，散热器里钻进了沙子，导致车子发动机熄火，大家只好坐在车里等待风沙停了以后再想办法。

面对这一切，曹布诚并不陌生。中华人民共和国成立初期，他曾担任景泰县第一任县长，那时到农村去遇到大风沙时的情景和眼前的情况几乎一模一样。那时他这个县长的"专车"也只是一头小毛驴，唯一不同的待遇就是，为了确保安全，有一个老乡帮着赶驴。每次遇到风沙，赶驴的老乡脱下身上的破袄，盖到他的头上，和毛驴挤在一起。等风过后，棉袄就变成了沙袄，整个人都成了土人，分不清眉眼了。

曹布诚在风沙中心潮起伏，弹指二十多年，眼前的情景似乎没有发生任何的变化。二十多年呀，这块土地仍然笼罩在贫困之中。对这个地方，曹布诚充满了感情和眷恋，这也是他抱病领受这个任务的关键原因。从这里，他经过一番锻炼之后，走向了更高的位置。当地人民养育了他，他也深知当地人民望河兴叹、沿街乞讨的生活。他想不通："二十多年了，我们这些干部，究竟在做些什么？又为人民谋取了哪些福利？"此时，他更理解了李培福热心这个工程建设的奔波呼吁，更理解李培福将这个工程称为救命工程的用意了。

按照省革委会的具体安排，由甘肃省水电局承担景电一期工程35千伏及以上输变电工程，曹布诚是这项工程的总指挥，也是景泰川电力提灌工程的副指挥。他清楚李培福对自己所说的话，景电工程两大组成部分之一的电力工程是整个上水工程的关键，可以说没有电就没有水。黄河水能不能流到景泰川，就看电力设施能不能提供这个动力了。曹布诚满怀热情：是时候和机会，来回报这片贫瘠的土地和善良的老百姓了。

曹布诚的心里，早已经装满了工程在理论上的数据。按照规划和设计，景电一期提灌工程是400多米高扬程的大机组，每秒10立方米的流量，在甘肃省或者在全国来说，当时都是数得着的大型水利项目，完成后可以灌地三十万亩，是名副其实的省上重点工程。

这个工程规模，要是在20世纪90年代建设，只要有计划，有3000万投资，组织得好，一年建成是可以办到的。但在1970年这个非常时期，就没有那么容易了。虽然此时已经是"文化大革命"这场浩劫的后期，但经过这场浩劫的蹂躏，全国各地的经济建设都遭到前所未有的破坏。甘肃也不例外，省上资金非常困难，接受任务后，甘肃省水电局将这个项目计划申报水电部也未获得批准。最后，省革委决定从景电一期总投资中挤出480万元，让省水电局包干建成。

"三边四自"，480万元，就是曹布诚为景泰川电力提灌工程保证动力的全部家当了。然而，这个20世纪30年代就参加革命的老干部，对组织交给的任务只能无条件地去完成。他怀着对景泰县父老乡亲

*电力部门的技术人员一丝不苟。

245

的热爱和同情，在省上领导面前立下了军令状，拼了命也要在1971年国庆前供电，绝不影响水上草窝滩。

说起来容易，做起来却十分艰难。风沙停止后，曹布诚在司机修车之际，走下车，看着风沙肆虐过的连绵沙丘，深深吸了一口气。

预制厂按照计划，已经有了一个大致的模样，曹子建灰头土脸满身泥巴，干得不亦乐乎。电力线路的踏勘工作按照计划正在实施，对曹布诚，李培福充满信任，他知道，如老曹这样的老革命，都是满怀了一腔为人民谋福利的热忱，有他负责，工程的动力就有了保障。眼下，主要的还是工程本身的建设。

就在这儿

李培福正在为三泵站的选址而纠结。

刀棱山离景泰县城十余公里，景电一期工程的三泵站就要修在这座山的旁边。两山夹一沟，狭窄的地形，可供泵站修建选择的余地很小，既要泵站位置符合工程要求，又要提防山沟里万一爆发洪灾。这些原因，导致了三泵站位置迟迟难以决定的尴尬。

在这之前，设计队组织人员，对刀棱山的地质结构，有过一次严格的踏勘。

钻探队和来自东北平原的王成玉接受了钻探踏勘的任务。王成玉算是领教什么是山的概念了：刀棱山夹着山沟，真正是山大沟深，只身一人爬起来都很困难，更别说搬运笨重的钻探设备了。当时正值11月份，天寒地冻，似乎呵口气都要凝结成霜。技术领导带领各班组长和有关人员进行现场踏勘，确定了在刀棱山的钻探工点，炊事人员用竹帘子搭起简易的伙房，王成玉他们搭起了七八顶帐蓬，对刀棱山钻探踏勘的工作就算展开了。

钻探队的技术人员带领民工，有的赶修上山的小路，有的平整钻台，有的往山上搬运生活用具。寒冷的天气，面对超负荷劳作，工人们也无可奈何，开工不大一会儿，大家伙就已经汗流浃背了。修好了上山的小路，钻探队组织人员往山上运钻探机械。由于山高路滑，机械重，上山的路很不好走，王成玉感觉就是不拿东西光人上山都很困难，更不要说拉机械和扛上管材爬高山了。刚爬上几步就气喘吁吁，两腿发软，一个个脸通红，汗流不止，大张着嘴直喘粗气；但只要坐下来休息片刻，寒冷就会迅速吞噬身体的热量，一种就要被冰冻的感觉，又促使人们赶紧站起来行走。经过来来回回的不懈努力，总算把机器材料都运上了山。几吨重的红土也被钻探技术人员和民工们一筐一筐抬上了山。

钻塔总算搭起来了。但是钻探没有水便无法工作，而这时又是滴水成冰的季节。机长带上几名工人用喷灯上下烤冻实了的水管，但烤了山上的，山下的又冻住了，顾了这头顾不了那头，很难展开钻探作业。后来大家想了个办法，干脆在山下把水加热，再送往山上，这样才解决了钻探用水的困难。

中泉乡尾泉村的民工尚可琦在山下负责烧水。在这之前，女儿已经在工地上干了一段时间，天冷了，他和生产队商量了一下，就来工地换回了女儿。

烧水的工具是一个大铁桶，在下面加了煤炭，把水烧到需要的温度，等其他民工来挑到山上去。烧水，这看似清闲的工作，却给了尚可琦难熬的折磨。面对大火的一面，给人一种似乎要烤焦的炙热，而背对大火的一面，却似乎要被呼啸的北风冻住了。一双脚，需要不时跳来跳去，而来自地面的寒冷，却很尖锐地钻进鞋子。有时水烧开了，从山下挑到山上，要是速度慢一些，照样会被冻住……

钻探结果表明，要建三泵站的位置，有积层很厚的风积沙。三泵站位置选不定，李培福心里着急。他拄着拐杖，溜达在工程技术员的宿舍、办公场地。

有一天，李恒心正在宿舍工作，李培福走了进来。李恒心急忙让座。李培福心事重重地挥挥手一言不发。李恒心知道，三泵站选址，因为既害怕受到洪水的冲击，又要避开风积沙，领导们正举棋不定，大家各执一词，都有自己的看法。这几天，只要有时间，李培福就会到他们宿舍串门，和他们聊各种方案，不同位置建泵站的利弊。在确定三泵站位置的前一天，在大家各抒己见之后，李培福站起身，他似乎自言自语般说道："设计人员能拿出一千个方案，如要讨论，怕能讨论三年了。在这个时候，就需要领导的决定，当然领导的决定还是要建立在比较之上。"

李恒心送李培福走出宿舍门，他突然感到，人们为什么要叫他"李老汉"了，步履蹒跚的总指挥，已经有了老人的步态和苍老了。

李培福登上刀棱山，召开了现场办公会议，他用拐棍一指，不容置疑地下了结论："三泵站位置就选在这儿，谁再翻案就批判谁！立即准备开工，不敢再耽搁了！"他用严肃而冷峻的目光看了看在场的人员，头也不回地走了。

李培福所选的位置，也是众多方案中的一个，位置正好是紧靠刀棱山的位置。看似随意简单的定夺，其实是做了很多工作，李培福也是进行了深入的比较之后才做出决定的。

陈可言心中没有底，但李培福的"谁再翻案批判谁"就是死命令，有了这道死命令，开挖工程按期开工了。三号泵站开工后，由正路公社的民工开挖。一天，陈可言放心不下，一大早就赶到工地。营长张悟说："风积沙层很厚，挖了一方，我看还有两方都不止。"

这正是陈可言所担心的问题，是挨批斗还是实事求是，在他脑子里飞快地进行比较取舍；但是骨子里的耿直，忠于事业忠于科学理论的素养，让他的眼睛里揉不进一粒沙子。陈可言没有声张，抓紧时间再一次进行研究。他仔细调查、分析了大沙沟的洪水的河道、流量情况、地质条件，在采取防洪措施的前提下，最后还是把三泵站的位置，移到现在的位置。

张悟提醒他："你可不敢犯错误。"

▼泵站建设

陈可言毫无表情："我只想对工程负责，对老百姓负责，总指挥那里，我去说，你按照新的改动抓紧施工。"

张悟点点头，在具体的施工中，他不得不佩服陈可言的挪动。好在，李老汉的拐棍不是图纸，也没有精确的数据，所以在施工当中稍稍移一下位置，避开风积沙，对工程顺利进行，是件有百利而无一害的事情。只是他担心，陈可言汇报了之后，李培福会怎么对待他？同时他也多了个心眼：也许，陈可言不会向李培福汇报，这件事，只有他们两个知道，只要工程不出问题，谁也不会追究挪动的责任。

但是事后，陈可言如实向李培福做了汇报，并陈述了挪动的理由和好处。李培福听了之后，并没有批判陈可言，而是哈哈大笑："你挪了什么？我指的就是那儿呀！"

陈可言一愣，随即明白了李培福的用意，微笑着离开了。看着陈可言的背影，李培福笑得更开心了："有这样负责任的年轻人，还有什么干不成的工程？"

从工程的角度出发，保证质量，陈可言的敢于直言是出了名的。工程刚开工，人员来自四面八方，但是"设计革命化"，签字被视为"技术权威"为自己"树碑立传"，当时设计的图纸上，不仅没有设计、校核、审查等环节的签字，就连描图员也不签字。有一次，陈可言发现三泵站前一个渡槽的图纸，高程对不上，问题严重，立即向领导如实做了汇报，说明签字是对工程的负责，否则出了问题，就要返工，造成的损失不可估量。最后经领导研究同意，立即纠正，按规定签字出图。为了打消大家对"技术权威"的畏惧，在一张图纸上，先由李培福和陈可言带头签字，随后，这一规定被落实到每一个人身上。

歌声里的军垦人

刀棱山是整个工程的要害部位。陡峭险峻的刀棱山，横亘在景泰川电力提灌工程的起点。一面是一泵站，一面是一号、二号隧洞，二泵站、三泵站，难啃的腰节骨都集中在了这里。李培福把指挥所挪到了四井沟四号隧洞附近，靠前指挥。

沉寂千万年的刀棱山下的四井沟一带，迎来了前所未有的欢乐和热闹。施工队伍、指挥机关在山根下开山洞，挖地窝子，搭帐篷，随处都是安营扎寨的施工队伍，千万年沉寂酣睡的山沟，被施工人员闹得天翻地覆。

军垦十六团的指挥所，正好在一号隧洞的山下，这是一片比较平缓的坡地。数座简陋的地窝子既是办公室又是宿舍，除去上工地外，这里就是他们温暖的家。

三泵站两个变电所基础开挖都是凭气力的活。工程建设干了几个月后，生活、施工搞得都不错，承担工程的这支队伍，全是二十岁以上二十八岁以下的军垦战士。

参加水利水电工程建设，对于每个军垦战士都是陌生的工作。他们大多是来自天津等地的知识青年。

▲军垦战士

1968年底，中央发出"上山下乡，接受贫下中农再教育"的号召，这些年轻的学生，就是为了响应支援大西北的号召而来到这里的。在他们的青春岁月里，被盲目点燃的热情和信念已经经历了疯狂的燃烧，这些热情和信念，在褪去红袖章，停止喊口号之后，受到了垦荒、浇水、播种、灭草、收获等诸多劳动环节的沉淀和冷却。不知不觉中的成长，让他们思考了很多，也成熟了很多，在纯洁自己信念的同时，不得不面对无法回避的现实，利用一把铁锹，开始了自己不一样的生活。

军垦战士来到这里，似乎纯属偶然。景电工程划地之后，因为"三分天下"的规划，条山农场被编为军垦二师十六团。为完成景电工程建设，二师师部决定：原农场的职工，也就是条山农场的职工，就地搞好生产，提供后勤保障。重新从酒泉、张掖、武威的军垦基地黄花、老寺庙、西湖、生地湾、小湾等五个团场里面，整建制抽调五个连队，每连240人，男女各半，共1200人参加景电工程建设。放下手中的镰刀，来到景泰川电力提灌工程施工现场，这些年轻人又承担了新的工作。按照分配，一连指导员王扶盛、连长范中发，率领两个男排、两个女排军垦战士，来到四泵站坡下的山㘭上，240人承接了四泵站的基础开挖，四号隧洞的衬砌工作；二连指导员马永田、连长谢双林，率领两个男排、两个女排的军垦战士，进点884农场古长城烽火台下，240人承接四泵站至北干分水闸、西一泵站的浇筑任务，包括条山山顶水池及招待所、工程指挥部机关和商店的建设；四连指导员杨国君、连长李文才，率领两个男排、两个女排240人，驻扎在二泵站变电所对面沙㘭上，承担变电所建设，二号隧洞的开挖，浇筑，衬砌任务；五连指导员胡开春、连长顾光情，率领两个男排、两个女排240人进点总变电所下面的山坡，承担三泵站基础开挖和四号隧洞衬砌工作。

几乎在所有的腰节骨上，都有军垦战士的身影。而对于这些男女青年来说，开挖隧洞、浇筑、修路、建房……样样都是平生第一次。

刀棱山上，有民工的影子，更有军垦战士热情洋溢的歌声。军垦战士绝大部分是文化型劳动大军，他们在浇筑中学会了砂石料筛选、配灰比、过磅、上料、振捣、抹灰、养护等一整套技术。开挖总干二号隧洞，要过水12秒立方米，底宽5米多，洞高6米多，净深160米，要限期不高不低不偏不斜地打通、浇筑成型，的确有很多学问。指挥部知道军垦战士没有干过这种工作，安全上弄不好就会出大事故，于是派来得力的测量和施工技术人员，手把手教着干，一天二十四小时不停地干。

军垦战士不会打眼、装药、放炮，就到一号隧洞，向正在施工的中泉民工营学习取经。超强度的劳动，让小伙子们更加强壮威武，而姑娘们的腰身在不知不觉中变粗，双腿变得更加粗壮有力，一双手，再也没有细皮嫩肉，粗粝、坚实，布满了老茧。等熟悉了各项技能，就在隧道两端的进、出口开辟两个工作面同时开挖，每天放三次炮，出渣是三人一辆架子车，你追我赶。号子声、吆喝声、歌声，军垦战士中间展开了赛进尺、赛质量、赛安全、赛团结等各种活动，大家伙干得热火朝天。

这种近似军事化的生活，让东风连的连长李文化感到兴奋，让他有一种久违的感觉。这是一个坚强的老兵，1951年参加过朝鲜战争，美国人的炮弹在他的身体上留下了难以消除的印记。

在军垦战士的歌声中，李文化带领自己连的民工，修建二泵站的出水口。很多石头，需要从山底下往上背，方法不得当的社员，常被坚硬的石头磨破脊背。李文化灵机一动，他想到在朝鲜战场上朝鲜人民背送物资的办法，就做了一个背架，用这个背架来背石头，果然轻松了很多，效率也提高了。一天八个小时，可以背上五六趟。经历了枪林弹雨的李文化，这些苦在他眼里已经不算什么。唯一难受的就是装在肚子里的苞谷面和红薯片，这些东西，可是一点都不给身体长精神。

*一块块石头就这样被背到了工地。

　　唯一的消遣，就是唱歌。卸下石头，往山下走的时候哼上几句，晚上吃了饭，听到军垦战士唱歌，也就来了情绪，大声吼上几句。李文化很擅长搞这一套，组织社员们演个节目，唱个歌，在那一片的民工中，他们连的文艺表演最好。李文化最喜欢吼秦腔，粗犷的吼声，和军垦战士的歌声有得一比。在他唱秦腔的时候，军垦战士往往会停下歌声听一会，完了，还会传来隐隐约约的叫好声。李文化最喜欢《辕门斩子》杨延景的唱词：

　　　　当真的，是她呀啊！
　　　　听说来了穆桂英，虎位里坐不住杨总兵。

穆柯寨与她交过锋,女子的武艺盖世能、盖世能。

假若劝桂英投大宋,破天门何愁不成功。

命她挂帅把兵领,宗保儿马前做先行。

一对夫妻相拥命,帷幄决策有公公。

我将妙计安排定,假意儿试探穆桂英。

我这里转身虎位里坐,开言来再叫桂英听。

小姐不在穆柯岭,你来在宋营因甚情?

在家里,李文化也会哼唱一阵,妻子张守兰也爱听他唱,边听边感叹:我就是那个穆桂英呀,从二十岁上和你结婚后就没过过一天好日子。那会儿看你人英俊,又在部队上,就答应了婚事,越想越后悔呀。

两个人1958年结婚后,已经有了七个孩子。李文化不是当兵在外,就是上了战场,回到家,又上了工地,家里的事情,就全靠张守兰了。张守兰特别能吃苦,背土,自己拿铁锹直接上到背篼,男人抱不动的石头,她能抱动。男人上了工地,生产队的活,就全指望这些女人了。

一有闲暇,李培福就会拄着拐杖,从自己的临时办公室出来,爬上军垦战士的施工点或者生活驻地。在他的内心深处,对军垦战士有着一种特别的关心。这些远离父母的孩子,总会让他有一种父亲对儿女的柔情。

有一次,李培福来到一号隧洞工作面,刚爬到半山腰,就听到一阵清脆的竹板敲打声,欢快清脆的快板声,被山风吹送着传入耳际:

敲竹板嗒嗒响,

大家听我细细讲。

十月里秋风凉,

同志们施工日夜忙。

轮臂肘摔锤忙,

锤锤砸向石山冈。

石山冈轰轰响,

开山劈石争第一……

鼓舞斗志的快板,让李培福感到开心。来到现场,他才知道说快板的小伙子叫罗玉华,在连队炊事班做饭,想到战友们战斗在工地,这个小伙子每天主动烧好开水,再给工地送过来。挑着两桶从大沟进小沟,上山扒丘，一趟子下来，肩膀都磨红肿了，两腿肿得又粗又硬，但他还是一天又一天坚持了下来。乘着大家喝开水休息的时间，还要自行编上几句快板，给大家伙提提神儿，鼓励战友们努力完成任务。

李培福一连声叫好称赞。歌声似乎给了他少有的兴奋。他问战士们苦不苦，手上打下泡没有，想不想家。战士们早已经熟悉了这位可敬可爱的老汉，和他交流总是无拘无束，谈笑风生。离开工作现场，李培福把连里的领导，指挥部派出的施工员、测量员叫到跟前，一再叮咛："这些娃娃都是天南海北来的城里娃，他们少小离家，立志报国，在家里都是宝贝疙瘩。在这里，你们就是兄长，要提醒他们悠着些干，千万不能把他们累垮了。特别是安全上，一定要小心谨慎，不能出一丝丝的差错。要是出了问题我要拿你们是问。"

说实在的，这些大城市长大的姑娘小伙子们，当年因为绿军装的诱惑，怀着崇高的理想，兴高采烈来到河西，参加祖国的边疆建设。他们也许没有想过，他们要面对的是一种怎样的生活，更不知道自己将要面临什么。从披星戴月、开荒造田、挖渠引水、种植庄稼，到今天头戴安全帽、身穿工作服、握钢钎、打大锤的生活和经历，和他们当初的响应、理想、抱负，该有着一个怎样的反差呀。也许，他们在给父母、朋友的信件中，没有施工过程中胳膊疼痛难忍，肿得无法动弹，吃饭也很困难的描述，也可能他们只讲述自己抡大锤从十下到数十下，再到数百下，终于掌握了劈山修渠的本领，借此安慰自己的亲人。但是，在他们的内心深处，在夜深人静的时候，只有自己才知道这其中不知经历了多少风风雨雨。

人呀，最善于把自己隐秘的伤痛藏匿起来，尽可能掩饰流血的伤口，把自己最美的一面和美好的青春，呈献给肆意蹂躏自己的现实，然后，忍着伤痛，在残酷的现实中，寻找自我安慰的力量，尽可能抓住那一缕被称为希望的光芒。

李培福对军垦战士有着一种特殊的情感，指挥部对这些军垦战士工作、生活上的困难也十分关心，只要找上李培福、贺建山的门，一般在可能的范围内，他们就会立即指示，要求抓紧去办，而抓落实的姜作孝、陈可言也总是很快帮他们解决。

军垦战士当时的生活不能仅用艰苦来形容了。连队干部都是部队转业的，月薪90多元，和地方上比起来还算富裕。战士男女一样，月生活费加上地贴补助，每月只有29.16元。难怪他们自嘲是042916部队的。如此低的工资，有些青壮年男战士，一月的工资都不够吃饱肚子。为了支持这支队伍坚持长期作战，在后来，上级单位给予每人每天劳动补贴4角。他们的日常伙食是"一黄两白"，即苞谷面、白菜、白开水。

吃水问题，也是建设期间军垦战士在生活中遇到的一个大难题。二连连长谢双林最头痛的就是吃水问题，一个连队240人吃水，要从兰炼农场场部至884农场往返十里路拉水。当时连队又没有汽车、拖拉机，全靠架子车、人力拉运。为了保障吃水，每天不得不固定一个男子班专门拉水。半盆清水，早、中、晚洗脸，留着晚上休息前洗过脚才能倒掉。遇到工休日，大伙到兰炼水池附近去洗衣服，热热闹闹结伴而行，那场面，像去参加什么隆重的节日一样……伴随着他们的，就是那首由贺敬之创作的《红旗永远扛在肩》的军垦之歌：

　　　　天山高峰高上天,天大重担战士担。
　　　　革命不怕千般苦,创业不怕万重难。
　　　　武器永远握在手,红旗永远扛在肩。
　　　　社会主义大建设,要把沙漠变良田!
　　　　社会主义大建设,要把沙漠变良田!

　　　　天山高峰高上天,天大重担战士担。
　　　　井冈山巅战火红,披荆斩棘南泥湾。
　　　　革命道路几万里,红旗飘扬在天山。
　　　　毛主席的教导永不忘,战士脚步永向前!
　　　　毛主席的教导永不忘,战士脚步永向前!

　　　　天山高峰高上天,天大重担战士担。
　　　　天山北,天山南,今天处处赛江南。
　　　　南泥湾南泥湾,春风度过玉门关。
　　　　玉门关外红旗下,塞上千里胜江南!
　　　　玉门关外红旗下,塞上千里胜江南!

歌声似乎又激起了李文化的兴趣，他粗犷的声音从远处传了过来：

听说来了穆桂英，

虎位里坐不住杨总兵……

因陋就简的遗憾

任何一项事业，都需要团结一致的领导班子，更需要认真负责、个性鲜明的骨干力量。李培福和贺建山、李培福和陈可言之间的默契配合，似乎很好地证明了这一点。

李培福和陈可言之间的第一次争执，在修建芦阳渡槽的时候发生了。如果说，挪动三号泵站的位置，是陈可言采取了另外一种方式，表达了自己的不同意见并坚持了正确的方向；那修建芦阳沟渡槽时，则毫无回旋余地地发生了正面冲突。

修芦阳沟渡槽时，物资发生了严重的短缺，水泥缺，钢筋缺。施工人员到达现场后，面临等米下锅的尴尬。陈可言几次找到姜作孝，姜作孝一脸无奈："没有水泥，没有钢筋，我在想办法呀。"

工程不等人，李培福亲自过问，亲自督战。但是，水泥奇缺，钢筋奇缺，看着姜作孝一脸无辜、嘴干舌燥的样子，李培福知道，他已经尽力了。

*大量的农民成了娴熟的技工。

但是工程不能就此停止。李培福思来想去，下达了命令："就是用白灰砂浆砌也要砌成！马上开工！谁反对就批斗谁！"

这可是百年大计呀，白灰砂浆垒起来，能经得住大风雷雨的考验吗？

陈可言坚决反对，认为这样做，是对工程不负责任，贪急求快，势必酿下祸患。

李培福非要搞白灰砂浆，陈可言等技术人员一定要搞混凝土。双方各执一词，互不相让。

李培福生气了，他用拐杖捣着

地面，脸色铁青，声音比平时高了许多："去你们的混凝土吧，中国古代有水泥钢筋吗？西安大雁塔就是用白灰砂浆砌成的，几百年不也没有倒下来吗？如果没有钢筋水泥，我们这个工程就不干了吗？我们要等到何年何月？要坐等老死吗？"

陈可言犯了倔劲，毫不退让："大雁塔的基座大而平稳，渡桥的桥墩才有多宽？没有钢筋水泥，一场风都有可能吹倒桥墩！"

李培福直接是吼出了声："有可能，你说的这个有可能到底有多大的可能性？就因为你的这个有可能，就要让我这么大的工程停滞不前吗？"

张永泰带领喜泉民工营的民工承担修建芦阳渡槽的任务，他刚好在场，两个人激烈争吵，让他茫然无所适从，但是他在心里直为陈可言担心：李老汉已经说了谁反对就批斗谁的话了，你至于这样犯倔吗？

张永泰鼓起勇气对陈可言说："就按照李指挥说的办法干吧，白灰砂浆，也能成……"

陈可言脖子一梗，语气严厉而粗暴："你知道个屁！"

在一旁的贺建山看到局面一发不可收拾，果断上前制止。贺建山说："你们都在批评别人，现在这样搞，谁来批评你们？有问题，就不能心平气和地说吗？一个要白灰砂浆，一个要钢筋水泥，中和一下，想想看还有没有别的办法？"

李培福和陈可言的争执到此为止。后来，按照贺建山折中的提议，陈可言在具体的施工中采取了这样的办法：白灰灌浆每到五米的时候，就打一个钢筋混凝土的垫层。三十多米高的渡桥桥墩，在这种办法下，展开了施工。施工之后，李培福和陈可言经常来视察，两个人仍如以前一样说说笑笑。

后来修建八号渡槽，八号渡槽的桥墩有三十米高，因为水泥钢筋到位，就完全采用钢筋混凝土修建。有一次，陈可言陪李培福前去查看。李培福先用拐杖敲敲桥墩，后来拿钢管敲墩子，声音清脆，有着金属的敲击声。李培福边敲边自言自语："芦阳沟渡槽搞坏了，要是这样搞多好。"

李培福扭头看着陈可言感叹："芦阳沟渡槽的桥墩是不是太单薄了？"不等陈可言回答，他转而又说："没事，没事，立木顶千斤。"

后来在兰州饭店召开有关会议，李培福语重心长地对参加会议的施工人员嘱咐："以后五米以上的渡槽桥墩不能再用白灰浆砌块石了，一定要用钢筋混凝土。"

当时在做记录的李恒心笑了，他抬起头，发现李培福正望着自己，李培福也笑了。这笑的意思，也许只有他们两个人能心领神会。

1993年，刚参加工作的杨捷来到这座桥墩面前。

青春年少的杨捷围绕这座桥墩转了一圈又一圈。白灰，砂浆，堆砌如此高的桥墩，需要怎样的勇气和冒险精神？在施工中，这样的工程是违规的，是不合格的，但是，它却如此不加掩饰地矗立在眼前！

杨捷，新一代的水利工作者。她出生于景电一期工程上水之际，工作于二期即将完工之时，利用工作之余的时间，她经常来到一期工程的渡槽，思考让自己吃惊而又不解的一些问题。

"来的次数多了，我总算找到了答案。"杨捷说，她总算理解了这个工程建设时期面对的困境了，当时国力不强，各种物资匮乏，诸多技术尚不成熟，但就是在这种情况下，尚能完成如此宏大的工程，人的因素起了决定性的作用。"为了节省成本，建设者们充分利用了自然地形地貌，这样的施工，需要用脚步一步步丈量，需要用心一米米计算，需要倾注所有的心血和精力……"

正是这种尽职尽责的执着和坚持，为贫困的老百姓带来了生活的希望。杨捷感叹：景电精神所有的内涵和伟大，如这个工程一样，永远矗立在大地之上！

工作之余的李老汉

全线施工的繁忙，让这个近六十的男人，脸上露出了欣慰的笑容。因为长年奔波，苍老，过早地出现在了李培福的身上。因为脑血栓，害怕摔跤，拐杖，已经成了他忠实的伙伴，片刻都不离手。李培福晚上睡得尽管很迟，但在早上，总会很早地醒来。张发明还在睡梦中的时候，只要一听到指挥部院子里李培福的拐杖捣地的声音，就会一骨碌爬起身。那声音，比闹钟还管用。

张发明是1969年招聘进来的农民工，在当年元月份，就以农民工的身份来到指挥部大院。那时他已经结婚，并有了一个孩子。三十岁的张发明，刚开始在指挥部烧开水。

全国劳动模范牛世平的儿子，大家都叫他小牛，当时是李培福的通讯员。张发明很纳闷，这么大的首长，怎么找了一个腿有点瘸的通讯员？后来他才明白，原来是李培福为了照顾牛世平才这么做的。先是由小牛照顾李培福，但小牛确实有很多不方便的地方，腿不利索，端一碗饭，闪天晃地的，不小心，一碗饭就端成了半碗。后来又换成了李芳，跟了两个多月。完了就是张发明。

*往事让张发明感叹不已。

名义上的通讯员，其实就是照顾李培福的日常生活。三十多岁的张发明，自然比小伙子们更细心一些。李培福住在一间大房子里，更多的时候，门是大开着的，一杆枪在屋里放着，谁也不敢轻易去触碰。

其实，端饭到他的房间，只是极个别的情况。更多的时候，李培福都是和大家一起在食堂吃。

当李培福搗着拐杖走进食堂，张发明就会把他的一份饭放在桌子上。李培福的伙食和大家没什么两样：早上二两馒头，就一碗稀饭，一碟咸菜，老人吃得稀里哗啦，干干净净；中午也是蒸馍，或者苞谷面发糕，所谓的炒菜，难得见一星半点的肉，不过有一碗海带汤；晚上是面条，就算是不错的伙食了。张发明很惊讶，像李培福这么大的领导们，都是这个生活吗？千里做官为的吃穿，这个官，吃的和大家一样，穿的比大家好不了多少，操的心却比大家多了很多倍，他在图个啥呢？张发明从没听到过李培福要求特殊供应点什么，搞特殊吃一点好的。倒是他听李培福有一次念叨："很想喝一碗家乡杂粮熬的稀饭呀。"

李培福的衣服也很普通。张发明发现，他最爱穿一件黄大衣，衣服总是灰色和蓝色的中山装，脚上就是庄稼人常穿的布鞋，从没见他穿过皮鞋。李培福晚上有时打打牌，高兴了，叫几个人喝喝酒，但每次都是自己掏钱。张发明从他手里接过钱，就去买一斤两块五毛钱的金徽酒。

后来，为了搞好后勤建设，指挥部决定自己做豆腐，张发明成了不二人选。从此，每天他五点半就起床了。李培福说："小张呀，一听你的石磨响，我就睡不着了，你成了我的闹钟了。"

张发明也笑了，大胆和老人开了个玩笑："以前，你的拐棍声，就是我的闹钟。"

李培福笑呵呵地点点头，在院子里活动去了。

和张发明一起做豆腐的还有一个女的，叫刘玉梅。两个人和一头尕黑驴，一天要做六十斤的豆腐。可别小看这头尕黑驴，工程局从兴泉买来后，就在指挥部给它上了"驴户口"，每天补助一斤豌豆，尕黑驴，也算是一个在编的农民工了。张发明有时对它开玩笑："你好歹也是一个吃皇粮的驴了，怎么就不自觉好好拉磨哩？"逗得刘玉梅哈哈大笑。

每一天的早晨，指挥部的一天就这样拉开了序幕：豆腐房里石磨在轰隆隆响，煮豆腐的热气氤氲在院子里。李培福拄着拐杖，这里看看，那里瞧瞧，等着太阳冉冉升起……

1969年沈秀林从部队转业回家，1970年8月份招工到景电工程，以干部的身份到了景电指挥部办事组，相当于现在的党政办公室。二十七岁的沈秀林春风得意，当了干部，参加的又是会改变家乡面貌的景电工程，觉得眼前的一切都很美好。在他正式上班之前，军代表代表组织找他谈过一次话，很严肃。因为他在部队当过文书，而指挥部缺秘书，这让他对未来充满希望。

第一次见李培福，沈秀林紧张了很长一段时间。毕竟，自己要见的人是省长级别的人呀。那天刚好有一份文件要请他阅示。沈秀林拿了文件，按照当兵的习惯，大声喊了报告，听到允许后，进门就是一个军礼。

李培福很惊讶地看着他，显然很不习惯这一套。李培福点点头，边看文件，边轻描淡写地说："地方上不兴这一套了，以后敲敲门进来就行了。该办什么事就办什么事吧。"

当时因为激动，沈秀林都没仔细看看李培福长什么样。但从这几句话里，他感到这位大首长很随和，很亲切，好接近。一来二去，慢慢就熟悉了，也不感到害怕了。

张发明知道这些事情后，和沈秀林开玩笑："你这个小伙子，可别把李老汉吓坏了。"刘玉梅也笑："李老汉才不讲究这些，只要你好好工作，他就高兴了。"

以后的工作中，沈秀林跟随李培福一起去工地。李培福要求机关的工作人员要多劳动，体验工程的实际建设，深入群众，了解工程，了解工人的生活疾苦。一有空，李培福就到工地、隧洞里转转，到开挖的渠道上走走看看。他对各工区的领导干部说："你们年纪都不大，正是干事业的黄金时期。搞这么大的工程，人多事杂，许多事情就得你盘着才能干快，干好。百人百姓百脾气，日鬼的人有哩。要确保工程质量上不出毛病，一满蹲在房子里听汇报、发指示，往往会误事情的。要天天出去走走，和工人、农民滚到一起，了解他们的思想，体察他们的困难，帮助他们解决实际问题。"

*特别能吃苦的民工队。

"盘着干"，成了李培福的口头禅，听得多了，大家也常这么用。张发明老对刘玉梅说："你把黑驴盘紧些，要不它就偷懒了。"

沈秀林常写一些讲话稿，写材料，就按照李培福的要求，亲自感受，采访当时的工人和情况。跟了几次，沈秀林知道了，这个朴素平和的老人，非常关心民工。他常说，民工在这个工程中，在劳力上起了决定性的作用。因为没有机械，全是人力完成的。他们发挥了重要的作用。也对，干旱没饭吃，与其这样过苦日子，还不如拼一下，都希望过上好日子呀！

有时在晚上，李培福就和他们拉拉家常，认真询问他们每一个人的实际情况，包括了解他们家里的一些事情。

沈秀林的祖上是拉过骆驼的，李培福知道后，对此很感兴趣，只要一有闲暇，就招呼张发明他们几个过来："来来，我们听听骆驼客的故事，解解闷。"

沈秀林知道，领导是用这种方法休息一下，每次都不厌其烦讲给他听。沈秀林的老家在五佛乡，咸丰年间，因为人多地少，为了生活迁到白墩子。白墩子地势开阔，祖祖辈辈养骆驼，搞驮运。他们的驼队很有名，西到酒泉，北到内蒙古，南到西安、汉中。

沈秀林是 1943 年出生的，童年给他最深的记忆就是等待驼队回家的日子。驼队若是从汉中回来，就会有核桃、柿饼、花生吃，眼巴巴等着驼队回来的渴望，成了他童年最大的乐趣。每次驼队回来，就会有大米，有小麦，有吃的。驼队很辛苦，一出去就是几个月。一个驼队常常有八十多峰骆驼，十多个人。

李培福打断他的话："你说的白墩子，我去过那里，地盘真的很大，不过都是荒滩，确实是养骆驼的好地方。你接着讲。"

沈秀林说，解放后，他在小的时候也放过骆驼。冬天最难弄，经常要去看骆驼，空旷的荒滩上，温度低到了极点，常常被冻得哭鼻子。

在白墩子，除了放骆驼，沈秀林记忆最深的就是扫草籽了。每年秋天，他们都去扫三角籽，扫回来洗净，晾干，炒熟，磨成炒面。用这个草籽做成的炒面，吃了拉不出来屎，孩子拉不出来，只好让大人抠。碱柴籽，家境好的，和一点粮食吃，家境不好的，只能是光草籽。

从羊圈到火车站要走五十多华里的路，骆驼白天要吃草，只能晚上去驮。每晚十二点出发，早上到车站，中午十二点回到山里，骆驼吃草，人再睡觉……

1962 年，二十岁的沈秀林结婚了。征兵动员，沈秀林来到了部队。那会儿，结婚参军的人很多。

在沈秀林讲述的时候，李培福听得很认真。张发明说："我们这一带的人，都是这么苦焦，有的比这还难心。"李培福点点头说："我理解呀，正是因为这种情况，景电工程的意义就更大，建设就更需要，更迫切。这不是一个人的愿望，而是很多老百姓的盼望，是一代人共同的心愿呀。"

说者无心，听者有意。后来，李培福坚决制止景泰县继续卖羊粪的副业，在白墩子滩开发第二个农场，都和他平时的了解有着很大的关系。看似他只是在和老百姓拉家常，其实，老百姓的生活、想法、存在的问题，就在这种拉家常中，走进了他的心里，成了他在工作中时时思考的问题。正是这种良好的习惯，促使他时常深入到工地，一直在一线指挥，现场办公，有问题就地解决。也正是他了解当地老百姓的疾苦和对工程的希望，才促使他全力以赴搞工程，解决人们的吃饭问题、生存问题。在施工现场，有一间给他准备的简易的房间，有时夜深了，回不来，就在里面住一晚。

张发明开始做豆腐的时候，听不到李培福的拐杖声，就对刘玉梅说："看来，老汉昨晚上住到山里了。"

刘玉梅点点头："这么大的年纪了，在山里住，身子骨能好到哪里去？"

在指挥部宣传科工作的达慧中，对李培福的印象极其深刻，她用女性特有的细腻笔触，这样记述李培福："他当过甘肃省的副省长，算是个地地道道的老革命了。人们当面称他李主任或李指挥，在背后却喜欢叫他李老汉，这是西北人对老年人的一种昵称。他当时不过六十岁左右，但人显得比较苍老，长着寿星佬似的头，一双笑眯眯的眼睛，缺牙的嘴总是乐呵呵的。就是严肃起来批评人，也不过是一副长者的样子。他在工作上对大家，尤其是各级领导干部要求极严，但是在群众面前，却像个慈祥的老父亲。他经常挂着那根拐棍到处转悠，嘴上常说：谁要怎样怎样，就批判谁。但谁也没见过李老汉批判过哪个人，那只不过是他对棘手的问题拍板时的一句口头禅而已。"

这就是李培福，他用自己特有的人格魅力，走进每一个人的心里，并留下深刻的印象。

收获季节

日子在一天天流淌，很快到了瓜果成熟的季节。素有"瓜果之乡"称谓的景泰瓜季很长，从五佛沿寺、芦阳红光、喜泉兴泉到寺滩永泰，按地形由东向西渐次成熟，从6月起，先后持续三个来月。这里有一个乡俗，行人在地头吃瓜不要钱，由了你的性子尽饱吃。在沙地种植的西瓜，汁多味甜，糖分很足，吃完瓜，双手像涂了胶。籽瓜更好吃，黄灿灿的瓜瓤，不仅解渴，而且可以果腹，吃完瓜，留下籽，一分钱也不要。就是掏钱，西瓜、籽瓜也都是几分钱一斤，很便宜，工地上的职工整麻袋地往家里买。籽瓜如果保存得好，还能越冬。春节，元宵节，也能吃到籽瓜。"围着火炉吃籽瓜"，在当地可是真实的生活。

秋天到了，这一天，李培福似乎等了很长时间了。在一个晴朗的早晨，李培福大声对张发明、沈秀林嚷嚷："今天我要到宽沟农场去了，去收割我们自己种的粮食，不几天，我们就可以吃到我们自己种的粮食了！"

和李培福一起去的，还有景泰川电力提灌工程的许多职工、家属。为了保证做到颗粒归仓，李培福事先进行了动员，许多人都到宽沟农场去收获自己的粮食。

说是收割，但和收割的操作很不一样。山里的土地，根本不需要镰刀，没有那么稠密的庄稼，稀稀朗朗的麦秆，根本经不住镰刀割，再加上土地松软，只需要用双手去拔。"拔黄天"，就是当地老百姓所说的收割小麦了。

宽沟农场在山区，离指挥部很远，李培福的先见之明，得到了老天的眷顾，第一次在生荒地种撞田，却不料风调雨顺，给了他们意想不到的收获。五百多亩撞田，摇曳着令人兴奋的麦浪。

李培福和收获大军开进了农场，住在临时搭建的工棚里，开始了抢收小麦的紧张劳动。

成熟的麦子黄澄澄一片，但是走近一看，麦子长得稀疏而参差不齐，有些地方，像疮疤一样，东一枝，西一秆的，看似一大片的麦地，折腾半天也收不了几个麦捆。对于这些从来没有收过黄田的技术人员来说，这是一种前所未有的体验和考验。很多人在拔田时都戴了线手套，但是不一会儿，十个指头都露了出来，有的人灵机一动，用胶布缠在手指上，这样就好了许多。看似松软的土地，稍不注意，坚硬的麦秆就会划破手指，一天下来，双手有一种麻木的感觉。特别是第二天清早醒来，第一个感觉是手指肚胀得弯不过来，全身也变得僵硬。走进麦地，近似艰难地蹲下身子，硬着头皮拔过一阵后，手指和全身就可以伸展自如，疼痛也减轻了许多。

李培福站在麦地边，看着起伏的麦浪，心里有一种踏实的慰藉。省上一些领导，曾毫不客气地批评他身上的小农意识严重。他不否认。每个人生长的环境，都会在他的身体或者心理上，留下挥之不去的烙印。小农意识也好，大局意识不足也罢，肚子吃不饱，仓里没粮食，就是天大的事情。从小挨饥受饿，为了吃饱肚子的颠沛流离，在他的心里留下了无法忘怀的记忆。再说了，当初参加革命的动机，不就是为了让全天下的劳苦大众吃饱肚子吗？都说革命成功了，但是老百姓仍然生活在饥饿之中，作为领导，能就此置之不理吗？在工程筹备阶段，他就想好了这步棋，做了最坏的打算，给工程留了后路。民以食为天，只要有粮食，就有希望，就有盼头呀。

麦子的清香，透过麦壳散发出来。李培福情不自禁地蹲下身子，掐下一支麦穗来。他把麦穗放在手心，两手合在一起轻轻搓动，感觉到麦粒都脱了下来，然后凑近嘴巴，一下下吹去麦壳，一粒粒饱满的麦仁就安静地躺在手心了。李培福一粒粒拨拉过去，然后丢进嘴里，麦子的筋道和香味，充斥在唇齿之间。他扔了拐杖，就势拔起了小麦。别人都是蹲着拔，他是站着提，速度比别人快了许多，不一会儿，几个麦捆子就整齐地摆在了身后。随行人员张大了嘴："没看出来呀，省长您还是拔粮食的行家呀？"

李培福拍拍手上的土，笑了笑，不说什么。但他在心里一声叹息，老了，再也没有以前的体力了。那会儿在华池搞大生产运动，每年龙口夺食的时候，他都是第一个下地，几乎没有人能和他这个县长比，真是岁月不饶人呀。

李培福现场的示范，激发了年轻气盛的技术人员们，在不知不觉中展开了拔麦

*沉甸甸的麦穗让李培福开心不已。

子的竞赛。别看那些细皮嫩肉的女职工，与男人的竞赛，一点都不逊色。技术组的三个人包一大块地，麦垄从东到西足有百米长。一位男同志一马当先，干在前边，达慧中紧随其后。瘦小的达慧中和这位男同志较上了劲，连头也顾不上抬，两手不停地拔，双脚驮着身子有规律地向前移动，松软的土地上留下用脚踏出的一条线。落在后头的那位女同事，有时就忍不住地喊他们："你们俩倒是慢点啊，我擦鼻子的工夫，你们一下子就蹿出老远。"

达慧中拔到尽头，再转过来接她。等三个人都拔完一趟，走到地头时，顾不得地上的泥和土，躺倒在山坡上，谁也动不了了。

山区的宽沟淅淅沥沥下着小雨，一下雨，天气就骤然变冷，秋收的人们穿起皮大衣继续赶进度，有的人冻得鼻涕流下来老长也顾不得擦。也只有在这个时候，才能理解什么是龙口夺食。

经过春、夏、秋、冬的劳动，用汗水换来了小麦、莜麦等粮食五万余斤，解决了部分工程技术人员口粮不足的困难，调动了他们工作生产的积极性。自办农场的收入，让大家尝到了甜头。第二年，在李培福的倡议下，又抽调技术人员到地下水丰富、土地平整、土质较好的白墩子滩开挖深水井五口，一股股清凉的地下水被抽上来，浇灌着开垦的处女地……

秋收结束，在1970年9月14日，指挥部的领导班子商量了一下，决定召开一个总结会，总结一下一年来的工作，借机给大家鼓鼓劲。李培福在指挥部的总结会上做了讲话，回顾之前的工作，他越讲越兴奋："我们景泰川工程，做了大量工作，取得了很大成绩，推动了革命和生产的发展。去年年初，在既无人，又无设备的情况下，根据省革委会指示的'四自'建设方针，组织社会主义大协作，七个月时间，完成了总体规划一百万亩，渠道初步设计和分期开发方案。去年10月15日，采用"三边"建设原则，在积极筹建施工队伍和筹备物资的同时，用'铁锹、洋镐加双手'的革命精神破土动工。今年以来的生产建设更有起色，广大职工意气风发，斗志昂扬。第一泵站草土围堰17天的任务，提前8天完成；第一泵站水下混凝土工程，因受洪水期的限制，我们提出'大干50天，抢出洪水面，革命加拼命，建设景泰川'，结果50天的任务提前6天完成；一至四泵站通信线路提前7天架通。目前，芦阳渡槽基墩已经建成，槽身基本完成，等待吊装；第二泵站已于9月6日开盘浇注；第三、四泵站基础和渠道开挖已全面铺开……"

回顾过去的成绩，让李培福感到了来自心底的力量，在他眼前，工程的全貌已经了然于胸，黄河水已经溅起激越的浪花，等着流上山头的那一天。

一对好搭档

已经形成良好开端的景泰川电力提灌工程，向所有的人展现了可以企及的希望和明天。而李培福清楚，以贺建山为代表的老同志，以梁兆鹏等人为代表的中年干部，以陈可言、王钟浩等为代表的技术干部，以牛世平等为代表的老工人，才是成就这一切的真正原因和力量。

在景泰川工程建设中，为了让李培福有更多的时间筹划全盘工作，体质很差、已经接近花甲之年的贺建山主动承担起现场指挥的重任，长时间住在山沟工棚，和施工者同吃同住，和李培福一样，被施工人员并称为两个可爱的老汉。

李培福比1916年出生的贺建山大四岁，两个人的缘分始于华池县。贺建山1945年4月任华池县委书记、陇东地委党校副校长、华池县白马区土改工作团团长，1949年5月任甘肃工委干校校长，1949年10月任酒泉地委副书记、副书记兼专员、书记兼军分区党委书记、政委，1955年10月任甘肃省农业厅厅长、党组书记和省委农村工作部副部长，1969年11月任一条山景电工程指挥部副指挥、党的核心小组副组长。两个人有着相同的革命经历，成了绝好的搭档。

贺建山性格柔软、儒雅，和李培福强势、凌厉的性格，形成了一种天衣无缝的互补。

相同的阅历，相同的追求，共同的心愿，和来自心底的默契，形成一种温暖而充满力量的人格魅力，在这种魅力的感召下，来自天南地北的施工者，自始至终都有一种如沐春风的温暖和感动。李培福和贺建山知道，如此多的人员集中在一起，就是一个不容忽视的小社会，各种生活保障系统，缺一不可，医院、学校、商店等等，在工程进行的同时，这些保障系统也要同步建设运行。而将来，这些人很有可能转换自己的身份，从一个建设者转换为管理者。一个将要灌溉一百万亩土地的工程涉及的人员，本身就是一个庞大的社会群体。

发自心底的思考和关怀，从某种程度上超越了他们的自身行为，而代表了领导者或者组织的一种行为。在那个人人自危、噤若寒蝉的年代，这种风气，无疑给了很多人渴望的温情和安慰。

被扭曲的生活环境，在这里，渐渐趋于正常的态势，来自全国各地的建设者们，开始了相对安心乐业的正常生活。许多职工，接来了家眷，把这里当成了一个相对平静的生活乐园。

张自强是在20世纪60年代中期结婚的。那时候的人生活都很简单，只需要几样不可缺少的家具，这些家具，只需要打个借条，都可以向单位借用；所以，每离开一个单位，除了带几床被褥和两个箱子外，真正成了"两袖清风"的无产阶级了。从西北院来到景泰，除了从指挥部借来的床板和火炉外，便一无所有。指挥部也没有多少可以借用的东西，箱子平放在地上，就是饭桌，放在床铺上，就成了写字台。

心安便是家。夜晚的村庄一片漆黑，偶尔有隐隐约约的光亮，一定是施工设计人员在加班。这里的老乡，除非特别重要的事情，或者来了尊贵的客人点灯说话外，基本都是一到晚上就上炕睡觉。晚上，张自强点起用蓝墨水瓶和棉花捻做的小油灯，在淡淡的煤油味道中，体会什么叫一灯如豆。简单搭建的土屋里，偶尔的一阵夜风，窗户纸就被吹得沙沙作响，小油灯受到惊吓般扭着身子，飘起一缕黑烟，微弱的灯光随着那缕黑烟摇摆不定。没有什么书报可供阅读，在"文化大革命"那个文化荒芜的年代，知识已经成为很有可能招来不测之祸的源头，除了专业书籍，其他的书籍都变成多余的废品。收听收音机，也很有可能被怀疑是在接收谍报和指示。躺在床上享受夜的宁静是唯一的选择。远处传来几声狗的叫声，房东院子里的那只老瘸狗，就会跟着凑凑热闹，有气无力地叫上几声便悄无声息了。房东早已睡下，一群孩子不知道哪个在睡梦中发出了哭闹声，随即又融入沉沉的夜色……

条件虽然简陋，但是这里让人感觉祥和，没有咄咄逼人、压得人气都喘不过来的政治气氛。生活，在简单中平静地向他们露出了笑脸。

李士元、达慧中夫妻俩从兰州带来的几棵洋白菜，在路上已经冻得像石头一样硬，吃完这几个白菜之后，就没有什么菜蔬可吃了。房东有时拿来腌制的青西红柿，给他们当咸菜。虽然那时候没有什么自由市场，都被当成"资本主义的尾巴"割掉了，但是，有需求就会有市场，这是谁也无法割掉的尾巴，这种尾巴就像锄不尽的野草，总会以不同的方式滋生出来。偶尔买到一些胡萝卜之类的菜蔬，真还有点喜出望外的高兴劲儿。但能买到的只有这些了，肉和鸡蛋基本上是一种奢望，长期没肉没油吃的滋味可想而知。

生活总会有比较。和房东以及当地的老乡相比，他们过的就算是很不错的生活了。再说了，心的解放，比什么都要幸福许多，没有被批斗、被下放的折磨，生活艰苦一点，倒也没什么大的问题。在这里的房子，大多时候都是达慧中一人住，李士元搞设计大都在工地上过夜，一个星期能回来一次就很不错了。

有一次，恰好李士元从工地回来了，住在他们房子后面的生产队长王福恩，拿着比鸽子蛋大不了多少的四个鸡蛋，说是他家的鸡才下的，让他们改善改善生活，看他们这么辛苦，心里过意不去，但实在再没有什么东西能拿出手了。

夫妻两个如获至宝，用仅有的一点油，炸着吃了。鸡蛋和油的余香长时间在嘴里和心里回味，这该是他们来到景泰以后最奢侈和最美妙的一顿饭了。更珍贵的是，这不仅仅是四个小小的鸡蛋，而是一位朴实的农民对这些景泰川的建设者的一片深情。

达慧中知道，当时正值春荒，景泰农民的粮食早已告罄，生产队长的孩子个个饥肠辘辘，也眼巴巴地盯着这几个鸡蛋。可是，那时的农民，养鸡从来不是为了自己吃，而是为了能换回一些生活必需品，如盐、煤油、火柴等，被当地人戏称为"鸡屁股银行"。对他们来说，鸡蛋是一笔不小的财富呢，能毫不犹豫地送给了他们打牙祭，这片深情真是无法用金钱来衡量。

施工建设者从四面八方调集而来，一部分暂住芦阳镇，一部分立刻被分到各个工地。住在当地老乡家的技术人员，慢慢和老乡之间建立了深厚的感情。这些技术人员，文化素养高，生活习惯好，不知不觉中对老乡们产生了影响，而老乡们通过他们，打开了一扇了解山外世界的窗户，知道了他们从来都不知道的一些事情。更重要的是，这些人的到来，正是为了他们今后的生活和幸福。彼此的依靠和温暖，让他们感觉到了正在慢慢来到的春天。

李士元毕业于清华大学水利学院，妻子达慧中毕业于南开大学历史系。为了追随丈夫，达慧中一路西行，来到了艰苦的西北地区。夫妻两个在芦阳镇，都有很好的人缘。李士元住在村民刘正忠家里，后面就是村支书王福恩的家，另一边，是马占青的家。马占青的父亲马昌钧，和达慧中同岁。但是，因为马占青和李士元的关系，两家人越走越近。

出生书香门第的马占青，他的爷爷马雄天，太爷马昭、马振玉等人，在景泰历史上都是身份显赫的人物，也正因为这样，他们家的成分很高，在村里，很少有可以推心置腹的朋友。

一个星期天的中午，马占青出工回来。李士元在家里休息，或许是天太热，李士元和村民一样，蹲在大门前。刘正忠家里有一条狗，两个来自定西的要饭的，被狗追了出来。李士元着急了，赶紧挡住狗，问两个孩子是不是被狗咬了。李士元边问边用手摸着孩子，确信没被狗咬伤后，对他们说："我是个工人，没有粮食，你们等等。"

李士元转身跑回屋里，马占青发现他都没穿鞋子，是光着脚跑的。不一会儿，李士元又跑了出来，他给两个孩子每人一斤粮票、两元钱，叮嘱他们去买些东西吃。

从头看到尾的马占青被感动了，他在心里想，这个高级知识分子心肠这么好，是个可以结交的人呀。从此，马占青利用和刘正忠的关系，开始有意和李士元接触，两个人，越来越投机。一次，马占青原原本本把自己的家史和成分告诉了李士元，问："你是高级知识分子，我是一个地主阶级，你和我交往，对你没有好处呀？"

李士元听了哈哈大笑："我还是保皇派呢。你这个孩子，想得太多了。"

从此，马占青就称李士元为李叔，而李士元和马占青的父亲也越来越

李士元和达慧中的干儿子马占青。如今，两家人还在往来。

投机。有一次，李士元对马昌钧说："我是把这个孩子（马占青）当自己的孩子看呢。"

有一次，马占青到指挥部附近找李士元聊天，李士元恰好在指挥部院外，这时，听到李培福高声喊："李士元，你来一下！"

李士元赶紧答应："来了来了！"

马占青早就认识李老汉，以为他喊李叔有别的事情。就要回家时，李士元却兴冲冲走了出来，扬了扬手里的十几斤石羊肉："你别回家了，走，到我家里吃肉去！"原来，李培福他们外出打石羊改善伙食，他知道李士元是回民，总惦记着给他一些牛

羊肉。

马占青家里因为成分高，日子过得比别人家苦多了。李士元了解这些情况后，和达慧中每个月节省下来十几斤粮票，在粮站兑换成粮食后，赶紧送到马占青家里。发了工资，每个月李士元都会给马占青2元钱，叮嘱他给奶奶买头痛粉。李士元似乎更能知道马占青的自卑和落寞，往往在人多的时候，他会毫不顾忌地叫马占青的小名："六十一，今晚把饭做上，我来吃饭。"惹得周围的人们对马占青刮目相看。李士元老说："越是在这个时候，越是首先自己要给自己鼓劲。"

马占青在生产队的主要工作就是放羊，李士元只要有时间，就到羊圈上去看他。羊圈上有一条狗，一次把一个七十多岁的老人咬了，李士元把自己的裤子脱下来，给老汉穿上，赶紧送到了医院，还把医药费给交了。周围的人看到这些情况，都认为马占青结交了一个非常好的朋友，对住在这里的技术人员也刮目相看。来自五湖四海的技术人员，也和当地的老乡建立了深厚的感情。而这些老乡也在这些技术人员那里学到了不一样的东西。生活，在不知不觉中发生着令人欣喜的变化。

地窝子里的读书声

1970年，计划中的各项工作陆续展开。为了给来工地的孩子们尽快安一个家，李培福指示办事组办学校。张自强是组长，办学校自然是分内的事。他粗略调查了一下，竟然有三百多名适龄儿童。李培福态度很坚决，他对张自强说："这些孩子跟随父母来到景泰川已经很不容易了，一定要想办法让他们好好学习。这些孩子，可是我们的未来呢！"

李培福的决定，让一些人很难理解，搞工程就专一搞工程，又搞什么教育？其实，李培福在骨子里对教育就很热衷，原因就是自己小的时候，很少读书。李培福也看出了张自强的担忧和顾虑，他笑呵呵讲开了往事。

李培福当选华池县县长之后，想到自己是一个放羊娃出身的穷汉，老百姓选举他当了县长，一定要好好为人民办事情呀！李培福上任后，首先抓了三件大事，件件都很扎实。其中一件事就是抓文化教育。

革命前的华池，文化教育十分落后，读书人很少，其中有四个乡一共只有七个识字人。李培福从亲身经历中体会到文化教育的重要，一上任就十分重视发展文化教育，指出"这是一项中心工作"。县、区都成立了教育委员会，创办初小12所，在校学生147名。同时采取办识字组、夜校、冬学等形式，开展社会教育。但是当时很多干部对发展教育认识模糊，工作不积极，群众中也存在女娃娃一念书就成了"公家人"的思想，不愿让子女上学。为此，他于1938年9月给各区教育主任及教员写了一封指示信，强调"学校教育要提高质量，把提高质量放在第一位，把扩大数量放在第二位，实行统一教材；在教育方法上，反对死记硬背，改变落后方式，采取新办法，实行集体讨论，采用问答式，配合实际例子；在管理方法上反对打骂学生，活跃课外活动"。关于发展社会教育，指示信强调"社会教育要与学校教育配合，彻底取消空架子，消灭文盲"。对冬学准备工作、扩大学生数量、办学经费、加强领导、密切政府与学校的关系、健全教学干部设置等问题，都做了明确的指示。

李培福还亲自或派人下去帮助和检查指示信的落实。在群众中间展开讨论，提高了认识，各区都建立了冬学和识字组。成绩最好的四个区在十天内建立两处冬学，恢复了一所学校，区乡干部带头送子弟入学，带动了一大片。四区某乡长对教育不重视，李培福还派人去帮助，召开乡长联席会议，指出这一不良倾向后，在十天内这个乡就有了转变，建立了乡长责任教育制度，定期检查教育。白马区教育主任对教育工作不重视，派干部、教员做工作也推不动，李培福就亲自进行了严厉批评，令其改正。对于个别对办教育散布流言蜚语，经教育又不改正的人，就开群众大会，让他们公开检讨，既教育本人，也教育大家。由于领导重视，各级干部努力，华池县的学校教育和社会教育发展都很快。

李培福对张自强说："那个时候的条件，可是没办法和现在相比的。但任何工作，只要你能想到了，只要你能认真去做了，就会有好的结果。1938年，华池农村办起识字组230处，学员1441名。到1940年，全县就有学校30所了，其中还有一所女子学校，学生数量和教学质量都有很大提高。你想想，这个发展有多快？你去做，有什么问题我们再解决。"

张自强找到了李云生。

李云生是1970年9月28日来景电工程报到的"臭老九"，对他的要求是到水利工地上好好劳动，好好接受工人阶级再教育，争取立功赎罪。诚惶诚恐的李云生来到景电一期工程指挥部政工组报到。政工组张自强组长热情地接待了他。看了他的介绍信说："我知道你，找个地方住下，先休息两天，走走看看，10月2日上午再谈工作。"

张自强的热情，让李云生忐忑不安，这不该是对待一个立功赎罪的"臭老九"的态度呀？10月2日，他按时到指挥部政工组，同去的还有省建七局二中教师王本仁。没想到，张自强早已经在等待他们的到来，一见面就简单介绍了一下工程形势及工人们大干工程的情况。他说："这个工程是解决景泰人民吃饭穿衣的大工程，现在全省各地、各单位已有几千职工到工地上来了，他们的劳动干劲很大，虽然条件艰苦，一天三餐几乎都是啃冷馒头，喝咸菜汤，但谁都没有怨言，一心光想的是如何把工程干好。现在他们最大的后顾之忧，是孩子没有学上，他们唯一的要求就是赶快把学校办起来。你们俩都是教师，来得正好。"

李云生惊讶得不知如何是好，这简直是重用呀，这么大的事情，怎么也能轮到两个"老九"的身上？

张自强扭过脸，看着李云生："你原来还担任过中小学的领导工作，你们俩明天就到条山去，在条山赶快把学校办起来，越快越好，条山那里我已经做了安排。"

张自强说完后，不敢相信这是事实的王本仁插了一句："我不想当'臭老九'了，我想到工地参加劳动，接受……"

但是，他的话还没有说完就被张组长堵了回去："你们不要再说了，你们的心情我知道，想劳动，这就是最好的劳动。工地上的这些孩子，就交给你们了。"

10月3日，李云生和王本仁来到条山，和两个老工人挤到八栋房的一个宿舍内。这个房间内只能放四张床，其余的东西只好放在床下。

10月4日，张自强和军代表一起到八栋房办事，他站在房子外面，介绍了条山基地的发展规划，从条山火车站，到脚下的这片地方，哪里是指挥部机关，哪里是哪个连队的基地，哪里是家属区。最后他指着面前的荒滩说："你们的学校就建在这里。你们要用最短的时间，把学校办起来，把职工子女收回来，有什么困难，找各连队领导联系。"

张自强走后，李云生和王本仁两个"老九"大眼瞪小眼，呆了：学校建在荒沙滩上，还要在最短的时间把学校办起来，学生招进来。教室怎么建，由谁建都没有讲，他们就走了？

戴罪之身，哪敢问那么多的为什么？但是，被信任毕竟是一种力量，李云生和王本仁不敢有多的犹豫，用了几天的时间，走访了各个连队和家属住的地窝子，了解了教师和学生的分布情况。当时的条山，除了他们住的八栋房外，几乎没有什么房子。在条山的适龄学生有二百多人，除个别在远处的农村就学外，大部分都在家待着。教师除有八九个在条山外，大多数已经被分散到各连队，在工地上劳动。不过连队领导表示，只要需要，随时都可以调上来。看来，办学校的老师和学生都不存在问题，最大、最难的问题就是房子了。总不能在这片荒滩上开学上课吧？

一天，李云生和王本仁两人在团食堂吃饭时，发现食堂的小库房里放的东西不是太多，抱着试试看的心态，主动和食堂的炊管人员商量。管理人员听说他们是办学用的，很快就把房子腾了出来。

一间小房子，最多只能放十来张单人课桌，就是两个人共用一张桌子，也才能解决二十人的上课问题，光条山的学生就有二百多人，还有一百多学生分散在芦阳、五佛等地，把房子建起来再招学生，那不知要等到何年何月呀。

至此，李云生总算明白了在交代任务之前，张自强为什么那么详细地介绍工程的情况了。那么大的工程尚且以"三边四自"的办法施工，更何况这个因工程而衍生的学校？这时，他才领教了什么是自力更生，在那用拼命精神干工程的年代，不允许任何人坐享其成。每个人都得自己动手，自己想办法完成任务，他们当然也不例外。

还是王本仁脑子转得快，他向李云生建议："既然各连队的办公室、家属住房能在地窝子里，我们的教室能不能也挖成地窝子？"

李云生也早有此意，可以说两人是不谋而合了。他话音刚落，李云生马上拍手称赞："可以！我们挖得大一些，上面的材料用得结实一些，这样就没问题了。"

挖地窝子做教室的建校计划确定下来，李云生和王本仁根据"三边四自"的施工方针，确定了他们办学的指导思想：边上课学习，边劳动建校。他们决定，先招大一点的孩子来上学，以后慢慢从大到小，逐步完善。

1970年10月18日，学校正式开学。十九名六年级的学生到校报名。第一节课就是劳动教育。学生们在家等的时间长了，听说要组织他们上课和劳动，高兴极了。

他们挖的地窝子，不是为了住人，而是供孩子们上学听课的教室。这个地窝子，应该是当时最大的地窝子，长九米，宽五米，地面以上再高出半米来，在高出来的部位，两面有四个小窗，上面再开两个天窗。

　　开学后，他们安排的是半天上课半天劳动，一间小房子同时可以招收两个班的学生倒班上课。把六年级的学生安排好后，立即又把五年级的二十几名学生也招进学校。随着学生的到校，康明兰、杨善和陈惠琳老师也到校工作。三位女老师负责学生的文化课，李云生和王本仁到外跑材料，带着学生劳动，女同学在家挖坑，男同学在外面拉料。不少材料是用蚂蚁啃骨头的办法运到学校的。比如，拉椽子，全校师生一起出动，根据自己的体力，有的一人扛一根，有的两人抬一根。最难运的是几根大椽，因考虑到房子的安全，选料时专门选的是又长又粗的硬杂木。拉运时抬不动，就把学校的老师都叫来，拿着撬杠一点一点地撬到架子车上。

　　有孩子的地方，就有欢乐和笑声。这些在家里待了太久的孩子，别提多高兴了。更何况是在给自己修建教室，他们的积极性比工地施工的爸爸妈妈还高。

*建设者的孩子们参加劳动生产。

　　挖一个一百多方的土坑，在那寒冷的冬天，对这些小学生来说，能够在较短的时间挖出来是相当困难的。刚开始，还好挖，挖到两米深时，小家伙们已经无力将土送到地面上了。只好中间架一块跳板，倒运一次再把土铲到地面，地面上的学生们就用盆子、簸箕再运到远处撒开。

　　有天下午，天空虽有太阳但天气寒冷，加上刮起了西北风，和的泥很快就冻硬了。刚好水窖又没有水，李云生决定停工让师生们休息一下，可学生们热情高，非干不行。有一个小男孩说："我爸爸妈妈都不休息，都在干活呢。我们也不休息。"

师生们顶着寒冷的北风干了起来，一时间，端水的，和泥的，搬砖的，砌墙的，各干各的，奔跑不停，在寒冷的冬天呈现出一派热火朝天的场面，还真像工地上施工一样。运水的同学用勺把水窖底的水都舀光后，毫不迟疑地跑到自己家用盆子、小桶把水运到工地。有的家长也主动把多余的水给学校提来……

有了第一个，就会有第二个。由于尝到了地窝子教室的甜头，全校师生一鼓作气，在冰封大地的12月又挖了一个地窝子，把二、三年级的学生也招进学校。至此，条山地区的职工子女全部进了学校。随后，在外地的学生也陆续转到学校来，学校也有了校名：指挥部学校。

1971年元旦，李培福等人来学校看望师生，并祝贺半日制学校建成。李培福在地窝子教室进进出出，开心得和孩子们一样。他说："你们已经上了一节很不错的课了，你们用自己的双手，为自己创造了学习的机会，了不起！你们的爸爸妈妈是建设者，你们也是建设者呀！"

琅琅读书声，在荒原上成了一种独特的声响；地窝子教室，也成了独一无二的创造，成了孩子们的乐园。有了学校的孩子们，家长再也不用担心他们了，专心在工地从事建设。

任何事情，只有想不到，没有办不到。因为需要和发展，围绕工程建设的诸多后勤保障设施建设，一步步艰难进行。

▲职工子弟学校的孩子们

油泼辣子带来的启发

红水乡骆驼水村十七岁的姑娘王秀明，跟随红水营来到一期工地，从一泵站开始，在工地干了三年。因为家里姊妹九个，妈妈又有病，排行老三的王秀明从小就做家务，并做的一手好饭。在工地上，她主要的任务就是做饭。

李培福是个闲不住的人，工地的各个角落，都留下了他的足迹。像建设学校之类的后勤工作，按照他的说法就是搂草打兔子，捎带着就行。八号渡槽开始施工后，李培福每天都要去。

王秀明所在的红水营营部的厨房，在工地的半山腰。每天她会看到李培福的小车停在山脚下，李培福就会拄着拐杖慢慢往山上爬。这是一座很高的山，等爬到山上，弄得一身都是泥土，显得邋里邋遢的，一点儿都不像个当官的样子。

王秀明觉得这个老汉很难缠，什么都管，到工地上，什么沙子没洗干净，水泥没有放好，有人干活不用心……说起来就能说上大半天。这一天，他在工地上转了一圈，红水营的营长张臣万让人捎来信：李省长要在这里吃中午饭。

王秀明开始和面做拉条子。她知道哈数，这些天李省长一直在这儿吃，但是省长也不行，限量，一人只有一盘，每次都是营长陪，连他的司机也没资格吃这个饭，因为没有面。一个茄子，两个辣椒，因为没有油，几乎是煮熟的。菜很少，没办法装碟子，王秀明只能在拉条子上面挖上一两勺子菜，尽可能给李培福挖多一些。王秀明已经知道李培福的口味了，他爱吃辣椒，每次都把油泼辣子调得多多的，红红的，吃得头上冒汗。

这一天，李培福看起来兴致很高，他对王秀明说："你的拉条子做得很好吃呀。等黄河水上来了，顿顿都吃这么好吃的拉条子。"

王秀明每次看他吃，都在旁边咽口水，心想什么时候也能这么吃一顿，那该多过瘾呀。可是她知道，交给她的白面，那是用秤称过的，少了一两，你就做不出这个饭来。

李培福吃完面，点了一支烟，舒心地呼了口气。他像突然想起了什么，给张营长安顿："那个肚子疼的民工，要抓紧看病，不敢耽搁了。"

王秀明脱口而出："高大夫就在工地呢，让她去看，保准就好了。"

李培福一愣，看看她又看看张营长："哪个高大夫？"

张营长吞下最后一嘴面，急忙回答："也是我们红水营的民工，不，她是来我们红水公社劳动锻炼的医生，这次也一道来工地，万一有个什么摔伤头痛的，也好治疗。"

李培福来了兴趣："你这个张营长，很会来事呀。还有专门的随队医生。好，不错，不错。可要好好善待这个高大夫，不敢委屈了人家，什么劳动锻炼，分明就是来贡献力量的嘛。"

这个高大夫和王秀明已经在工地住了一年了。王秀明只知道她是从北京来上山下乡的知识青年，在红水公社当医生。高大夫戴一副眼镜，镜片像瓶底，度数很高，她的视力很不好，走路高一脚低一脚的。但是人很好。高大夫很少说话，一期工程开始时，就被调到了红水营，担任随队医生。每天都背着一个药箱在工地上来来去去，有人受伤了，就赶紧去包扎。每天晚上，只要王秀明一回到地窝子，她就用一根铁棒子顶在门后。

高大夫很爱看书，一有闲的时间，就抱着书看，从不和别人说三道四。岁数小的王秀明也不问她什么。有的时候，她会收到一小袋炒面。那个炒面是用黄豆等杂粮做的，闻着很香。有一次，她给王秀明尝了一小口，王秀明感到自己从来也没吃过那么好吃的炒面。

没想到，王秀明不经意的一句话，却让李培福做出了一个重要的决定：所有的医生都到工地去，在一线为施工者服务，争取让每一个伤病员在最快的时间里得到治疗。

李培福对医疗卫生工作者提出了要面向生产一线，为一线生产服务的要求。为响应指挥部的号召，景电指挥部医院除留一部分人员驻守在芦阳外，大部分医务人员都分散在从黄河岸边的沿寺、一泵站到一条山的各个施工点上。从兰州医学院毕业来了不久的医生陈宝强，就这样来到了施工地点。

哪里有施工点，哪里就有了医疗点。荒野中的各医疗点上，有的医务人员只能住在地窝子和帐篷里，有的医务室连桌子、凳子都没有，也没有放药的架子，医疗器械很简单，只有听诊器、体温表、血压表，再就是一个简单的缝合包和几支针管。器具需要消毒，但没有消毒锅，就用饭盒煮，蒸锅蒸。很多医疗点也没有检查床，伤病员来了，就躺在医务人员的床上做检查，包扎缝合伤口。但这样一来，因陋就简的条件，倒也保证了工地上医疗工作的需要。

这些医护人员，大都是从北京月坛医院来到甘肃的，他们中的一半到了靖远，一半到了景电指挥部，1970年在芦阳，随后又到了条山。他们的到来，成了当地的盛事，医护人员不仅仅是为工程服务，景泰、古浪，还有内蒙古的老百姓，因为他们的到来，减少了许多痛苦，也有很多人，因为他们的救助而重获生命。

工程建设初期，职工、家属、民工中伤病员较多，而当时医务人员又很少，卫生工作基本上处在一个无医无药的困境之中，迫切需要增加大量的医务人员，建立较完善的医疗卫生保障体系，保证工程建设顺利进行。为了解决这个问题，李培福从1970年初开始，想方设法调集了以北京月坛医院支援甘肃建设的部分医务人员为骨干，再加上从兰州医学院应届毕业生中调配的大学生以及陆续从兰州、昌马、农垦等地抽调的医务人员，大约七十人组建了当时的"景泰川电力提灌工程指挥部医院"，负责施工队伍的医疗卫生工作。

数量如此多的医疗行业精英，都源自一场运动。1965年6月26日，毛泽东同志在同他的保健医生谈话时，针对农村医疗卫生的落后面貌，指示

*新修建的医院成了建设者和当地老乡寻医问药的好地方。

卫生部"把医疗卫生工作的重点放到农村去",为广大农民服务,解决长期以来农村一无医二无药的困境,保证人民群众的健康。因为这一指示是6月26日发出的,因此又被称为"六二六指示"。指示对我国的医疗卫生事业,尤其是对农村医疗卫生工作产生了重要影响。月坛医院的大夫们正是在这种背景下,远离京城,来到荒凉的大西北,在指挥部的院子里安营扎寨,成立了临时医务所。

当时,以后成为这个医院院长的陈宝强在二泵站附近的现场指挥所所在的山沟里的医疗点上工作过一段时间,住的是干打垒的房子,由于窗户很小,白天也开着灯,不然就没法处理病人。

这些年轻的医护人员,和工程技术人员、民工们一样,因为理想,因为需要,在认真地搞好自己的本职工作。陈宝强就是其中的一个。有的施工点离医疗点较远,又没有任何交通工具,穿上白大褂,背上出诊箱,他步行去工地,来回十几里路,一天一趟,很少有间断的时候。

寂静的山路上,只有他自己踢踢踏踏的脚步声,不时掠过的山鸟,就是他的陪伴了。有时碰上拉材料的汽车带上一程,那就是最开心的事了。有时在晚上也睡不上个囫囵觉,经常有人来叫他出夜诊。在一期工程建设中,不知是什么原因,当时在二泵站施工的女民工中,常有发"癔症"的。发作时要么大哭大闹,要么一言不发,呆坐在床上,谁问都不说话。这种被当地老百姓称为鬼魂附体的症状,常常令人毛骨悚然。遇到这种情况,陈宝强总是随叫随到,一边给病人治疗,一边从精神上安慰病人,直到病人安静睡下才会离开。有时一晚上叫几次,也从不嫌烦。工地上的民工都很惊讶:这个年轻的娃娃,胆子咋就这么大呢?

精湛的医术,热心的服务,让一切都成为可能。有的点上的医务人员还在极其简陋的条件下,做出了一般情况下只有在正规医院中才能开展的工作,像骨折的处理,接生、手术等等。一泵站的医务人员正是由于开展了很多较为复杂的医疗治疗,他们的医术不仅在施工队伍中有影响,就连五佛的老乡们也常有人来找他们看病。更多的时候,在一些重点施工的工点,有他们日夜守护在工地上,随时做好救治伤病员的准备,给了施工人员踏实的感觉,工作更加积极投入。

李培福虽然忙于工程,却时时把职工的生活挂在心上。他力排众议,坚持一边抓生产,一边抓生活,为大家盖起了职工宿舍,治坡又治窝,许多职工从老乡家简陋的土屋里搬到条山职工住宅区，过上了稍微像样儿一点的生活。

有学上，看病有医院，住房有了改善，正在进行的工程，在不知不觉中给了人们对未来生活更加美好的向往。

服务站、菜铺子，陆陆续续在李培福的张罗下出现在施工者的身边，一个小社会慢慢显露出规模。职工有了菜吃，孩子们有了牛奶喝。菜铺子的货架上堆满了菜，旁边还有许多肉类的熟食品，职工们进进出出地买菜，真像过节一样。

每当这个时候，李培福就拄着拐棍乐呵呵地站在一边瞧着，那眼神真像老父亲看着自己的儿女。眼前的画面，也许就是他在心里酝酿已久的追求，实现后的喜悦，化为一种踏实的满足。从此，李培福只要有时间，就常常到菜铺子转悠。菜铺子的菜断了档，过一阵子又堆满了菜，什么有，什么没有了，什么东西卖得快……通过菜铺子，李培福准确地把住了职工生活的脉搏。

沈秀林因为经常跟随李培福出去，更清楚李培福在这期间的努力和付出。困难时期，李培福动用自己的关系，想方设法丰富职工的菜篮子，丰富菜铺子。他从青海、兰州等地，调运肉食品，从甘南调来羊下水，给职工改善生活。宽沟农场的小麦虽然不是太多，但总算能补贴一下职工生活。1970年又在白墩子办农场，打了水井，开耕荒地一千多亩……

看似粗枝大叶的李培福，其实心很细，对此，达慧中夫妻两个深有体会。在景泰，因为物资匮乏，他们回族职工的生活比其他职工更苦，除了冬季可以吃到一些羊肉外，一年中足有八九个月没有肉吃。有一年快过春节了，有人敲门，达慧中打开屋门，原来是李培福的通讯员提着几斤牛肉，说："这是李主任从兰州专门给你们买的牛肉，你们就放心吃吧！"李士元和达慧中站在门口，竟不知说什么才好。

工程如此紧张，李培福的脑子里要装多少事啊，竟还牵挂着一名回族工程技术人员的生活……

后来农场建立起来，养了不少羊，到了节日就专门给回族职工宰羊。每次分羊肉，李老汉见到达慧中总要问分到羊肉没有。若是说还没有分到，过几天他见了达慧中，准得还要再问一问分到了没有，分了几斤。如果有空，李培福就和达慧中聊一会，问她羊肉怎么做着吃才香，并且把他做羊肉的方法告诉达慧中，让她试试好吃不。

李培福经常在街上转悠，看到当地老乡聚在一起，边晒太阳边聊天，他总要走过去凑凑热闹，他的穿着打扮，行为举止，很快融入其间。有一次，达慧中房东的岳母病情严重，家人都为老人准备后事了，李培福听说了，立刻派月坛医院的医生去为老人看病，老人竟然转危为安，不久痊愈

▲参加劳动生产的女职工们

了，又坐在墙根下晒太阳了。老人逢人就说，这个李老汉，还会掐算人的生死呢。

工程按照计划稳步推进，生活在继续。李士元每个星期回一趟家，虽然是借住的农家小房子，但毕竟是他栖息身体和灵魂的温馨之地。一回家，他就要找马占青等人好好聊聊。妻子达慧中总会想方设法改善一下生活。每当李士元回家，达慧中就会买上一些鸡蛋、胡萝卜之类的，炒个菜，算有点儿油

水。到星期一早上，达慧中又想办法给李士元满满地装上一饭盒烩菜，里边有黄豆、胡萝卜、鸡蛋、豆腐之类的，让李士元带到工地上去吃。

第 七 章
矢志不渝

粮草先行

1971年4月，指挥部召开了计划会议。贺建山组织参会人员，认真学习了全国计划会议精神和周总理在全国计划会议上的几次讲话，传达了省计划会议精神。在此基础上，制订景泰川电力提灌工程全年的工程建设计划，提出了国庆上水的要求，统一了国庆上水的特别措施和认识，树立国庆上水的信心，坚定决心。国庆上水的攻坚战，就是在这次会议上发动和组织的。

李培福私底下和贺建山交流："老贺呀，对国庆上水，你认为怎么样？你有多少把握？"

贺建山看着李培福，回答很坚决："只要我们努力，我看不成问题！"

4月5日，指挥部计划组组长吴之海向指挥部领导和有关的负责同志传达了省计划会议精神，汇报了省上领导对景电工程的指示："投资1500万元，一定要保证十一国庆节单管上水。"

得到省上领导的支持，李培福的信心更加坚定，决定召开景电工程计划会议，要求各组及工程团认真准备，一定把会议开好。工程团连以上干部、民工团营以上干部、二师指挥所的领导干部、指挥部各组的负责人及主要骨干参加了会议。

会议从4月10日开始，到19日结束，共开了十天。会议由李培福、贺建山等人主持。

　　李培福神情肃穆，口气坚定地说："国庆水上草窝滩是定死了的，输电线路的架设，从4月1日已经开始了，三泵站以下的土建初具规模，但三泵站以上的高渡槽还没有开始，大填方进度很慢，110千伏变电所也没有动工，预应力压力混凝土管还未投产。国庆上水不是轻而易举的事，还要出大力，流大汗！"他稍稍停顿了一下，弹弹烟灰，加重了语气："这次会议要认真落实指挥部1971年年基本建设计划，保证国庆水上草窝滩。"

　　会议期间，李培福、贺建山相继做了几次振奋人心的讲话。李培福说："去年6月29日胡继宗同志来，提出要今年国庆水上草窝滩，当时我是接受了这个任务的，所以压力就更大了！"他坦承："具体领导一项工程的事，我是没有搞过的，在思想上是踩着石头过河的。"可是他又充满信心："我认为有省上的重视，厂矿的帮助，再加上我们的工人、贫下中农、军垦战士的干劲，是可以办到的。"

　　贺建山继续说道："这次的会议是战斗的会议，是落实水上草窝滩的会议。我们全体党员要为完成这一光荣任务而奋斗。"

　　19日会议结束，李培福在总结发言时又做了强调："国庆水上草窝滩，不仅有重大的经济意义，而且有很大的政治意义。现在到了冲刺阶段。"他缓和了一下语气，微笑着看了一下认真听讲的领导们，诙谐地说："我们要老王打狗，一起下手。"会场里发出了轻松的笑声。但是，李培福的语气又严肃了起来："这个任务，对我们所有的同志是一场严肃的考验，希望我们的共产党员、共青团员和全体同志都能经得起这场考验！"

　　李培福弹弹烟灰，长出了一口气："我准备要拼上老命干了，你们准备得怎么样？我要求，以后机关只留少数人，天塌不下来。其他的人都要下去，把问题解决在现场上。"他的最后一句话，引起了全场热烈的掌声："希望我们，希望大家团结得像一个人一样，为国庆上水而奋斗！"

　　随后，陈可言就保证，国庆水上草窝滩在工程中的具体问题一一落实，他强调，争取年底水上六泵站，国庆前保证一泵站到四泵站通水。但要实现这个目标，要组织打好三场战役：4至6月份，"主攻"渡槽，"横扫"土建，"围歼"变电所。7、8两月份，"主攻"安装，"全歼"渡槽。9月份试水，机电调试。必须保证的重点是：四号隧洞，八号、九号、十一号渡槽的施工建设，任何一个地方出现差错或者有所延误，国庆水上草窝滩的目标就有可能拖后。

国庆水上草窝滩的目标，具体而充满诱惑，点燃了全体工程建设者的热情，对在工地参加建设的民工来说，更是非同一般的鼓舞：指日可待，他们朝思暮想的黄河水就要流进景泰川，这也意味着他们的生活将发生翻天覆地的变化，而他们所能做的，就是加把劲，尽快迎接这一天的到来。

施工高潮的到来，让姜作孝感到了从未有过的压力。每天来后勤组催要材料、争抢材料的施工人员一拨拨不断。张自强笑："你这里争争吵吵、热热闹闹就对了，如果有一天冷清了，就说明工地出现问题了，反倒麻烦了。"

姜作孝只有苦笑着摇头。存在的问题若得不到解决，景电工程建设的进度怕会出现难以想象的困难。说实话，在这个时候，姜作孝开始怀疑自己了。到后勤组工作以后，随着工程的进展，姜作孝越发感到自己不太能胜任这个岗位了；因为工程越紧张，物资供应的矛盾越突出，而他过去又没有接触过这类工作。面对数以千计的材料名称、长长的设备清单，面对众多争着要材料的材料员、工区领导，面对时时出现的停工待料的场面，他真是感到力不从心，无力招架了。每天走进办公室，姜作孝不得不面对一大堆材料告急的难题，想躲不能躲，想避避不开，实在压得他喘不过气来。

李培福深知兵马未动粮草先行的道理，对物资供应工作尤为重视和支持。李培福也知道，在这个搞政治讲斗争的年代，工程需要的材料不一定有就能拿过来。很多次在姜作孝面临困境的时候，李培福都会主动出面帮

*人山人海、群情振奋的建设工地。

助解决。对主要材料的缺口，李培福会亲自出面积极争取或写信派人去交涉。李培福也会不失时机地向有关领导汇报，向有关部门呼吁，以争取工程急需的物资，包括钢材、木材、运输车辆等。除了争取物资供应，李培福还十分在意物资供应队伍的组织和思想工作。为实现国庆节上水的战斗目标，工程全线铺开，材料供应捉襟见肘。当时总干等五个泵房和全部渡槽暗渠等一起展开施工，施工供电、供水全靠柴油动力解决，因此工地除了需要大量的施工材料外还需要大量的柴油发电机，以及柴油和柴油机修理的配件，还有施工铺开后所需的大量常用工器具。一时间，这些需求像一股狂风般向后勤组袭来。对于这些，当时后勤组缺乏足够的思想准备，一度出现混乱，工地上产生了不少意见。加上后勤组两个组长在相互配合上也有失协调，局面很被动。

李培福经过冷静观察，找到姜作孝，为解决后勤组的问题，专门召开了一次扩大的办公会议，除通常的办公会议成员外，后勤组的主办人员都参加了会议。

李培福在这次会上针对后勤组的工作做了一次语重心长的讲话，他说："今天的会议专门研究后勤组的工作。国庆上水，关键问题在领导。我们机关，包括后勤组的同志，虽然做了不少的工作，但还存在不少问题，这我要负责任。有的工地停工待料，不是客观的，而是主观的。例如有的工地缺钢筋，四泵站缺板材、方子，有的地方缺杉杆。我到仓库看了工地缺的东西，仓库里有板材100方，缺吗？有的工地缺杉杆，一泵站就有闲置的杉杆。仓库里放着，有的工地多余的物资在那里风吹日晒，有的工地却没有用的，这是什么问题？"

没有人敢回答他的问题，但每个人都心头一顿："他啥时候了解得这么清楚？这些问题，我们为什么就没有想到？"李培福用严厉的目光从每个人的脸上扫过，拿拐杖敲了敲桌子："是领导问题，是作风问题。后勤组现在是关键。为了保证国庆上水，后勤组的人员要动起来，要深入工地，要具体了解施工进度，要掌握各工地的用料情况，不能光等着下边来要。有的材料如水泥、杉杆与常用的东西，要根据情况主动送到工地，要变被动为主动。后勤组今后要两天汇报一次工作，有问题要随时解决。后勤组的人员不够，要抽些人充实后勤队伍。后勤组的老丛和姜作孝要明确分工，老丛管物资站，姜作孝管工地供应及运输工作。"

宣布了最新决定，李培福站起身，用不容置疑的口气重申："国庆上水是硬的，后勤的干部要紧张起来，谁的工作出了问题谁负责，谁出了问题，我就要批谁一竿子！"

很显然，这次会议对后勤组是一次很大的震动。姜作孝怀疑自己的心思就此打消了。虽然后勤组的主要责任落在了他的肩上，虽然担子更重了，但是李培福的讲话，似乎给他了工作的思路和方式方法。从此，姜作孝经常深入工地进行调查研究，学习施工业务，掌握工地的材料使用情况。工作虽谈不上得心应手，但和以前相比，那可是主动多了。

每天晚饭后，姜作孝都到李培福那里去坐坐。有的时候，干脆就搬出小凳子坐在外面。李培福一边搓着大腿，一面抽着烟，听姜作孝汇报一天的工作。姜作孝尽可能把自己的工作详细汇报给李培福，以期从李培福的指点中得到教益。比如兰州运来什么东西，当天给工地发了什么东西，工地现在急需什么东西，哪些东西解决还有困难，以及资金流动情况等等。

李培福似乎是若无其事地听着姜作孝的唠唠叨叨。但是对姜作孝提出的一些问题，他都及时给予指示。同时把他发现的一些问题也立即告诉姜作孝注意。有一次，他发现办公室有人到物资站领了一些常用工具，当天就找姜作孝谈了，他说："要告诉办公室今后不能到物资站领东西，物资站的东西只能保证施工。"还有一次他从工地回来时，遇到一个老乡拉着一车椽子，他看了觉得有点可疑，回到指挥部后，马上叫来姜作孝："今天我从沟里回来，一个老乡拉着一车椽子，我看就像咱们工地的，你们去查一下！"他又说："还有，我听说工地附近民工家的锅台都是水泥抹的，你知道吗？"

有了李培福的坚强支持，姜作孝的工作渐渐有了起色，慢慢地，越干越有劲，越干越有了经验。夜深人静的时候，姜作孝回味自己和李培福的相处，觉得自己真是最幸运的人。在这之前，他并不认识李培福，没想到来到景电一期工程指挥部以后，竟然遇上了这么好的领导。他觉得，李培福不仅仅是自己的上级，在某种程度上，他们成了很好的朋友。

临危受命

为了指挥方便，李培福干脆从芦阳搬到红鼻梁现场指挥所，与职工同住地窝子，同喝海带汤，按他的话就是："盘着干，一起念上水的经。"

工地的生活自然要艰苦很多，但李培福习惯这种生活，这种生活，似乎又把他带回到了过去的岁月，战争时期打游击的东颠西簸、不讲究衣着和陇东农民生活的气息似乎又回到了他身上。李培福穿一身中式棉袄，罩一件宽大的深灰色外衫，裤腰上系了腰带，还要缠五尺长的棕色系带，头戴一顶蓝色中山帽，手柱黑漆拐杖，工地的许多民工见了，不认识的还以为是个乡间老头子。吃的食物很杂也很简单：小米米汤，荞面疙瘩，油泼苦苦菜，香椿芽子拌面。间或司机去县城，搞几个猪蹄子和半盆羊血，炖猪蹄，羊血面条子，他吃得有滋有味。一次，张发明请了个杀猪的，他知道李培福爱吃血面，忙着取盆子要盛血。杀猪的却手起刀落，猪血流了一地。正好李培福走到跟前，问："张发明，你家里吃的鱿鱼海参，还是猴头燕窝？"

张发明知道事情办坏了，不敢吱声。杀猪的却丈二和尚摸不着头脑，直发愣。等问清原因，赶快收拾净了猪头下水，连个腥味都没沾，就悄悄走了。

泵站、渡槽、隧洞、渠道等建设项目一起铺开，以大干苦干的实际行动，准备迎接国庆节上水。民工团长洪镒，感觉到了一种不同于以往的热情和干劲。民工们说干就干，敢打敢拼，对安排的任务从不挑三拣四。中泉营承担一号隧洞开挖，工期短，难度大，地质条件复杂，任务艰巨。为了保证国庆上水，他们与工程技术人员商量，在原来东西两面掘进的同时，又在中间开了一个天井，增加了工作面，昼夜不停，轮流倒班，互相之间最常说的一句话就是：可不敢拖了国庆上水草窝滩的后腿。

和三泵站的地质条件不同，四号隧洞表面祖露的岩石，岩体完整，岩性坚硬，因而当时四号隧洞未做地质测绘工作，根据定好的渠线就开挖了。

四号隧洞在1971年3月间准备开挖洞身，踏勘技术员房广猷来到工地负责技术指导。具体的开挖工作，由冶金工业部八公司负责，出渣的是民工。房广猷和李福元二人来自指挥部，房广猷负责地质工作，李福元负责施工。他们二人和测量上的一位同志，住在四号洞出口右侧兰炼农场七八平方米的铁皮房里。房广猷没有办公桌，办公或绘图时，就把画图板放在铺上当桌子，坐的是自己用三块木板钉的简易小凳子。

四号洞至独山子、五泵站一带，是自北向南延伸的低洼地带。这一带的风较别处的大，而铁皮房的位置又在半山腰，加上铁皮房四周有很多缝隙，山风就可着劲儿往里钻，晚上虽然炉火烧得很旺，但仍然冻得缩手缩脚，天天晚上睡觉都要当"团长"。白天天晴阳光稍强时，屋内却又热得难受。铁皮房在阳光照射下散发的铁腥味令人作呕。房广猷笑言："晚上在冬天，白天到酷夏。"

食堂在山下，八冶公司的食堂距离他们稍近一些，他们吃饭就打起了游击，这里吃一顿，那里吃一顿。几乎每天都在刮风，唯一的区别就是风大风小罢了。有时刮大风，漫天黄沙，能见度只有数米远。顺风行走时，不能停步，屁股还要往下坐坐；而逆风行走时，身子前倾，恨不得把身体变成一把尖刀刺进去，每走一步都很艰难。去食堂吃饭让人很犯愁。这样的风，有时要刮十几个小时甚至一个昼夜。为了应对这样的天气，去一次食堂就多买些馒头，一天只吃馒头就开水。有时因工作的关系，没赶上到食堂吃饭的时间，或者是去迟了饭菜已卖完，就不得不跑到一公里外的兰炼农场食堂吃饭。有时三个食堂都吃不上饭，就吃上一餐没吃完的剩馒头。一般情况下，他们总要积存一两个馒头，以备不时之需。

更艰难的是，一遇到这样的天气，"弱不禁风"的铁皮房再也给不了他们多少保护，灰土从各个缝隙钻进来，整个屋子和外面没有什么两样，床铺上、身上、头上、耳朵里都是黄沙。刚铺开的图纸，还不等他们画上一笔，黄沙就铺满了纸面……

正如陈可言所言，四号洞是能否按计划通水到草窝滩的关键工程，四号洞的岩石又很坚硬，施工进度较慢。陈可言来工地视察后，立即向李培福建议，为加快进度，在洞的出口又开一个工作面，调红水公社的民工和农建十六团部分战士参加施工。四号洞进入了前所未有的紧张施工阶段。

天不遂人愿，没过多久，在上游进洞数十米处遇到了断层破碎带。裸露的整块岩石欺骗了这些施工者，要是当初事先做些地质测绘工作，就可以查明里面的破碎地带了。事已至此，只能硬着头皮施工。岩石看似坚硬，但整体性较差，放炮后坍塌掉块现象较为严重，害怕人员受伤，施工进度又受到了影响。

影响上水草窝滩的计划，这可是谁也不敢承担的责任。为了确保民工的安全，放炮后，洞内烟雾尚未排除完，可以勉强进洞时，房广猷就和民工连长先进洞检查危石，遇到不可靠的地方立即清除。洞内烟雾大体排出后，这才叫民工们进洞出渣。出渣没有机械设备，完全是靠人力。在出渣过程中，还要不时到洞中观察未清除的危石变化情况，发现有可能掉落的，随时清除。四号洞只在断层破碎带中部和部分塌方较严重地段，采用支撑护顶。因为架设支撑，肯定要影响开挖进度，只能采用勤观察检查的方法，随时清除危石，以加快开挖进度。

四号隧洞的开挖在艰难进行之中，特殊的情况，导致了许多意想不到的情况，隧洞的衬砌设计也要相应改动，可是，设计人员还没有到位。

1971年6月30日黄昏时分，设计施工连的连长来找李士元，张口就说有件紧急而又艰巨的任务希望他去完成。

李士元立即答应："行！只要有工作咱就干！"

连长原来还怕李士元不愿意去，没想到他答应得这么痛快。他就直截了当地说："四号隧洞是十一水上草窝滩的咽喉工程，你要做好充分的准备，带上行李及必要的设计用品，明天就去现场搞设计。这是项政治任务，7月10日前必须完成衬砌设计，否则就要影响施工进度。"

▲ 开挖的四号隧洞

达慧中听到这些话，已经悄悄为李士元准备行李了。李士元心里既兴奋又害怕，兴奋的是这么重要的任务让他去干，这是组织对他的信任；害怕的是万一出点差错，影响如期上水草窝滩，那可真是吃不了兜着走。达慧中把收拾好的行李放在李士元的手中，鼓励他："相信自己，你没问题的。需要什么就捎信，我给你准备。"

上午十点到达工地后，四工区军代表王高升接待了李士元。他没有什么多余的话，很干脆地说："任务你们连长都向你讲清楚了吧？"

也许是过去的遭遇，李士元对穿黄军衣的人总有一种害怕的心理，他高声回答："讲清楚了！"

军代表问："你有什么要求，有什么困难？"

李士元想了想，认真说道："我只有三点要求：一、给我一个有灯的办公地方，我要连夜加班；二、请地质上的同志提供洞子的地质资料；三、请与设计施工连联系安排校对和描图、晒图。"

军代表点点头，回答得很坚决："可以！"

李士元的要求很快得到妥善安排。第二天他就开始了紧张的计算与制图工作。但是在晚上，用电问题出了点小麻烦。因为工地都是自己用发电机发电，李士元去和发电的师傅说，晚上要加班画图，一定要保证供电。可这位师傅不干了："那可不一定，机器要是出了毛病发不成电，也没有辙。"

李士元没办法了，没有电，自己无法加班，设计肯定不能按时完成，他只好又硬着头皮去找军代表。军代表一听，急了，让队长把那位师傅找来，对他厉声说："必须保证供电，哪怕机器出问题，我再给你调一台，一台不行，两台也可以。供电出了问题，我抓你的阶级斗争！"那位工人师傅，只能连声答应，再也不敢说"不敢保证"的话了。

李士元听了，心里长长出了一口气。在这一段时间里，他的政治学习和"天天读"全被免了，所以时间也变得富裕了起来。大约忙了五天五夜，计算结果出来了，设计图纸也画出来了。李士元怀着喜悦的心情去校对，去描图、晒图。

军代表看李士元干活干净利落，就通知他说："你不要回设计施工连了，就在这儿留下来搞施工，你们连的事我去说。"李士元也愿意在这里干活，他感觉这个军代表并不是那么可怕的人，相反，还是一个干事业的人。

就在李士元扎在工棚里搞设计的那几天，四号隧洞的开挖工作完成了，衬砌的施工准备工作也开始了。大家都在为四号洞的建设紧张忙碌着，料场的沙、石、水泥都准备足了，拌和机也就位了，水、电、施工道路全部就绪。7月15号大约6点半钟，在洞口上面的荒滩上，召开有施工工人、干部、技术人员三四百人参加的动员大会。军代表讲话之后，让李士元上台宣布施工计划并发布开工令。

李士元有点受宠若惊。在那个年代里，被委以这等重任实属无上光荣。在这之前，但凡上台，自己都是被批斗的对象，哪里有这样的待遇？李士元当时在心里想，看来真的是重在表现，只要自己认真踏实去干，过去的那种屈辱，在这里不可能发生了。他暗下决心，一定要在四号洞好好干一场，弄出点成绩来。

李士元说到做到。自从在他的口令声下，第一锹混凝土倒入衬砌面开始，他就全身心盯在了工地上。他给达慧中捎去信，说自己一切都好，让她不要担心。当时配合李士元工作的是房广猷的搭档李福元，"二元"二十四小时轮流值班，工地现场总有他们的身影。

农垦十六团五连一批从兰州、天津来的二十岁左右的知识青年给拌和机上料；机械施工连的师傅负责拌和机与发电机；民工营负责运混凝土、平仓、振捣以及立模板的工作。一来二去，李士元和施工的工人们混得烂熟，让他印象最深的是农民工的那种纯朴，这些人干起活来没有钟点，只要工作需要，什么时候叫什么时候到，工作任务拿不下来不收工。

在浇筑底板与侧墙时还算诸事顺利，没出什么问题。开始浇筑顶拱时，刚浇了一半，模板的支架就塌了下来，混凝土撒得到处都是，工程只好停了下来。出现问题的地方，刚好是断层带，万一上边冒顶，那可就麻烦了。这下可把李士元急坏了，立即组织人员连夜清理现场。军代表也赶到了现场，动员大家排除事故，继续施工。冒着随时可能塌方的危险，农民工、军垦战士、技术人员，大家不顾一切地清理现场，重新立起模板，再次浇筑混凝土。

坐上了小汽车

经过一个多月的艰辛劳动，各个工地也都熟悉了自己的工作，各环节都配合得有序而默契，工程进展非常顺利，再有三十多米就竣工了。一天下午，军代表叫李士元去他的办公室，一进门就对李士元说："汽车给你准备好了，回条山休息两天吧！这些日子你累得够劲！这里的事我找人替你照看。"

李士元感到浑身都暖洋洋的，心中的激动和兴奋难以言表。他知道当时全指挥部只有两部小车，一部是总指挥李培福乘坐的北京吉普，另一部是嘎斯69，是指挥部其他领导公用的。专门为他派小车送他回条山基地休息，这是何等的殊荣啊！

达慧中看到小车送回了李士元，心中的激动溢于言表。她明显看到自己的丈夫瘦了不少，她想安慰几句，可是回到家中的李士元一头倒在床上就睡着了，一口气睡了十几个小时都没醒来。达慧中说："要不是你打呼噜的声音，我还以为你睡过去了。"

睡饱了觉的李士元，似乎有一肚子话要对达慧中说。他讲了自己在工地的种种经历和努力，也讲了由他宣布开工的自豪，讲了军代表安排小车送自己回家休息的骄傲，说得两个人都心潮澎湃，激动不已。达慧中眼中闪着泪花，只有鼓励同样激动的丈夫："好好干，在这里，有自己的事业，有平等的待遇，好好努力吧……"

＊大山深处的泵站建设。

四十多岁的李士元精力充沛，努力工作得到肯定让他充满了信心。随后，他又来到一泵站参加现场设计。由于工期紧，根本就没有考虑盖房子，简单的帐篷就是办公室，也是宿舍。搞设计的按连、排、班编制，带"长"字的多是中专生，或是原单位的造反派，名校大学生或留苏生都得靠边站。其实，在他们的心里，只要能让他们参加工作就很知足了，对这些根本不在乎。班长分配给李士元的任务是一泵站压力管道和镇墩设计。

由于实行边测量、边设计、边施工的办法，工地上管槽都快挖出来了，设计图纸还没有出来，施工人员着急，一个劲儿催要镇墩图纸。接着在四号洞的设计热情，李士元真是在玩儿着命干了。坐在办公室兼宿舍的行军床上，趴在一张破桌子上，放一块图板，整天闷着头地计算、画图。从铺开一张白纸开始，到算出工程量，画出一张乙种钢筋图，李士元只用一天的时间。那时候没有电子计算机、制图机，全凭铅笔、直尺一笔一笔地画。除了"天天读"，早请示，晚汇报，吃饭、睡觉外，李士元就没离开过图板一步。就这样干了一个星期，完成了镇墩图纸的设计和计算。

时任班长荣在书看李士元出图快，又交给他一项新任务——设计一泵站压力管道上的真空破坏阀。从设计钢筋混凝土的衬砌，突然跳到机械机具件的设计，这个跨度未免太大了一些。

对李士元来说，这可是个新玩意，自己从来就没见过这东西，又该怎么设计呢？经过泵站班讨论，提议参考水轮机上的真空破坏阀，移植到高水头、大流量的压力管道上使用。事已至此，李士元只好表态："就让我试一试吧！不过我也得找些参考资料才能开始。"

陈可言知道情况后，建议李士元去盐锅峡水电站看一看，考察一下那里水轮机上的真空破坏阀是什么样子。李士元立即前往盐锅峡。在盐锅峡水电站技术人员的带领下，李士元钻进水轮机层仔细观察水轮机蜗壳上真空破坏阀的外形，并向人家请教每个部件的功能、作用。李士元在那里蹲了一个下午，照着葫芦画瓢地搞了一张草图。因为了解了其动作的基本原理，心中就有了底。回到工地之后，根据压力管道水倒流时可能产生的负压，计算出真空破坏阀的进气量以及所需通气孔的断面面积。不到一个月的时间，经过反复琢磨，不断修改，在和其他同事的共同努力下，一份高水头、大流量的压力管道弹簧自动式真空破坏阀的设计图纸被画了出来。其中弹簧的断面尺寸与圈数的选择是其他同志协助设计的，很多技术人员在这项工作中花费了大量的精力。

真空破坏阀安装使用之后，效果很好。由于泵站初建，运行供电不正常，断电停机时有发生，所以一泵站压力管道水体倒流也经常发生。据管理人员反映，真空破坏阀动作时，因高速气流通过阀体而发出咝咝的哨声，说明它起到了止水的作用。

后来据资料室的同志讲，真空破坏阀的图纸经常有一些单位来索要，其中外省的某单位为了找这类的资料，跑了许多大城市、大单位，没想到在甘肃省小小的景泰县的一个设计队只花了两元钱就买到了这套图纸，真是喜出望外。殊不知驻扎在这荒僻之地的这群人，却是一群水利技术精英，正在修建着一座全国扬程最高的电力提水工程。当时无所谓专利技术，他们拿走的图纸，收取的两元钱，只是晒图的纸张钱。

不讲迷信讲良心

工程按照预期的进度顺利进行，李培福也不愿在现场办公室待着了，一有时间，他就到工地去，实地查看工程质量。他知道四号隧洞施工的艰难，所以老在心里嘀咕。衬砌完成后不久，他决定亲自去看一下施工结束后的隧洞质量。

到四号隧洞，吉普车只能绕道四井沟，李培福决定徒步穿越隧洞。可是，隧洞工程虽已结束，但还在养护阶段，隧洞里有许多积水。化成怕总指挥的老寒腿受不了，就说四号隧洞长近五百米，徒步穿越需要时间，还要去其他现场，恐怕一天时间视察不完。

李培福笑了："工人们修都修成了，我们走还走不完？一天走不完，走两天，两天走不完，走三天，总能走完吧？"

化成又劝说："隧洞虽然已经竣工，但还在养护阶段，恐怕安全上有问题。"

"走走都怕安全上有问题，还怎么上水？"李培福收起了笑容，不满地看了一眼化成，自顾自往隧洞里走。其实，他最担心的就是这个所谓的安全呀。

化成看拦不住，就赶紧跑到前面引路，警卫员跟在后面保护。隧洞里的电灯泡还没有拆除，这时全打开了，养护隧洞时流下来的水，静静地在

地上流淌，在灯光映照下，反射着幽暗的光。化成要李培福换上雨鞋，李培福似乎还在生他的气，执意不肯换，赌气般挽起裤脚，脱了鞋袜，挂着拐棍，光脚在隧洞蹚水行走。偶尔打个趔趄，警卫员忙上前搀扶。李培福挥挥手拒绝："不用，不用，我老汉三条腿，还不如你们两条腿哩！"

用了一个多小时才走完隧洞，李培福坐在隧洞口，一边用袜子擦脚上的水，一边说："光着脚才能感受到洞底衬砌是否结实，有没有裂缝。很好，我的脚是硌得有点难受，但隧洞质量完全过关，我心里有底了。"说着，将擦湿的袜子往衣服口袋里一塞，光脚穿上鞋，继续前行。

这次视察，更坚定了李培福"国庆上水"的决心。

总干五泵站施工的喜泉营民工，为了促进度、赶工期，和工人、技术人员紧密配合，夜以继日拼命大干。

来自喜泉的张延英就在这个工地上干活，她主要的工作就是在高空运送砂浆。延英的五哥在一泵站施工，筛沙子，完了用水洗干净，兑上水泥再和成砂浆。还有一个亲人，在三泵站干活，没人知道延英的这个亲人是谁，但是只要一想到这个亲人，延英的脸就发烫发红，心跳得比平时更加厉害一些。害羞的姑娘低了头，眼睛偷偷看着别人，猜测其中的哪一个，是不是知道了自己的心事。

这三个工地，都在刀棱山附近，串在一条线上，相距最远的有十多里路。虽然不见面，但张延英在想着她的这两个亲人，两个亲人也在念着她。十多里的路上，载满了他们的思念和牵挂。

夏天的刀棱山很耐看，山的雄伟在红褐色的岩石下，虽然孤独傲慢，但毕竟多了一些温暖的色调。各种植物，一丛丛，一朵朵，点缀其上，绿色又给山谷许多情调。斜挂在山崖上的山丹丹花，摇曳出万种风情。各种不知名的鸟儿，扇动灵巧的翅膀穿梭其间，叽叽喳喳的叫声，在喧闹的施工声音中显得格外悦耳。

想是想，但延英不敢耽搁了手上的活儿。那天晚上，等哥哥开会回来，他们一家人可是一夜未睡呀。头发花白的妈妈很高兴，她似乎从未见妈妈如此高兴过。按照妈妈的意思，只要工地需要，他们姊妹几个都可以去，但是，最后只定下了五哥和自己。

第二天，延英找借口跑出了家门。哥哥妹妹也许不知道她去做什么，但是妈妈知道，知道情况的妈妈也不说破，仍由着姑娘去。大了的娃娃，就有大了的事情。多说无益，不如不说。

其实，张延英也不知道自己要去干什么。她想告诉自己的心上人，她要去工地干活了。可是路途又太遥远，更何况，自己一个姑娘家，没结婚就去婆家，是会被人笑话的。漫无目的行走在山路上的延英，脚步轻盈，姿态灵巧。不知道为什么，自从经别人介绍认识了闫穆智之后，她第一眼就喜欢上了这个山里娃。在深夜里，她偷偷问自己：你喜欢那个人什么呀？她想来想去，还是这样回答了自己：就喜欢他那双毛茸茸的眼睛呗。妹妹张延菊很吃惊她的想法，很严肃地告诉她："你竟然喜欢他的眼睛！眼睫毛长，吃人的狼，你娃小心着些。"延英笑了笑，撇撇嘴，不屑一顾。

两人按照乡俗订了婚，订了婚，自己就是人家的人了。既然是人家的人，就没有什么秘密瞒着人家了。走在山路上的延英，却迎面碰上了骑着自行车赶来的闫穆智。

原来，闫穆智这么一大早赶来，就是要告诉延英，他要去工地干活了。延英听了一阵高兴，原来，两个人想到一块去了。

这一年，闫穆智二十一岁，张延英十九岁。三个人都来到工地上，参加了景泰川电力提灌工程的建设，他们都牢记老妈妈的话："这个工程是自己的，要当自己家的活去干，千万不敢偷懒了。"

从来就把妈妈的话当成行事准则的张延英，在工地上可是干出了名堂。她不声不响，吃苦耐劳，常常一个人能干两个人的活。从小就在家里劳作的延英，眼睛巧，能看见活儿，不使蛮力，很多人都爱和她搭伴儿；延英脾气好，遇到什么事情都是笑眉笑眼的，从不耍脾气。她好像永远也不知道累，收工了，帮厨房烧火做饭，给大家烧开水，总是嘻嘻哈哈，乐乐呵呵的模样。久而久之，她有了"铁姑娘"的称号，调皮的民工说：少了张延英，一天不踏实。

在工地干了大概有半年的时间，闫穆智来找张延英，红着脸半天说不出话。延英急了："你赶紧说呀，我还要干活去呢。"

闫穆智总算张开了口："我们家里人请介绍人去你家了，说赶紧把结婚证领了，下半年能结婚就把婚结了。"

延英涨红了脸，半天后点了点头："反正已经给了你们家了，你们说咋办就咋办吧。"

闫穆智来后的第二天张延菊就来到了工地上，延菊说："妈妈让我来顶你几天，要你回家去。"

延英问："要我回家干什么？"

延菊瞪了她一眼："你装啥装呀？我不知道，你回家问妈妈去。"

原来，妈妈怕领结婚证耽搁工地的活，专门打发延菊来替她。延英安顿好妹妹之后，就回家了。

从福禄水到兴泉，有四十里路。领结婚证毕竟是个大事，闫穆智穿戴一新，骑自行车去了延英家。前往公社的路，是个下坡，闫穆智载着张延英，一路骑得飞快。张延英坐在闫穆智的身后，心里别提有多高兴了，她说："等工程修好了，我们结婚后，就去种水浇地，就在那里安新家。"闫穆智连连点头。

然而到了公社，事情却发生了变化。原来延英的岁数报错了，她实际已经十九岁了，但在公社的户口名册上才十六岁。公社的人态度很坚决，张延英争辩了几次，都不答应。

结婚证没领上，两个人谁都不高兴，回家的路是上坡，闫穆智干脆推着自行车，两个人闷闷不乐地走。

延英嘟囔着嘴小声辩解:"没领上,又不是我的错。"

闫穆智很失望:"你们家也是,一个岁数都报不准确。"

延英提高了声音:"谁知道是谁的错?反正是你家的人了,迟个一两年能把你急死?"

闫穆智一听,不吭声了。但气氛慢慢缓和了许多。在坐下来休息的时候,延英在衣服兜兜里掏了半天,终于掏出了早已准备好的东西,是一双绣着并蒂莲花的鞋垫子:"原想着领了证给你,这会就给你吧,你就当领上了……"

闫穆智接过鞋垫,心里一阵温热,也从衣服兜兜里掏出早已准备好的十元钱,塞进延英的手里:"那我们就等几年吧,几年,很快就过去了……"

两个年轻人,重又回到了工地,各干各的活。有一天,闫穆智的舅子哥,也就是延英的五哥,来到三泵站给他送好吃的,原来舅子哥回家去了,老妈妈烙了韭菜盒子,安顿他一定要送到闫穆智的手里。闫穆智吃了韭菜盒子,才知道给延英的一份还没送,就和舅子哥一起到了五泵站。那会儿正是中午的时候,在延英住的地窝子里,大家一起坐了半个小时,有说有笑吃完了老妈妈做的韭菜盒子。

闫穆智怎么也没想到,这是他最后一次和自己的未婚妻相聚,张延英也没想到,这一别,竟然成了永别。

两人分别后,各自干着各自的活,一个月的时间里,再也没有见过面。1971年5月25日凌晨,正在上夜班的张延英穿梭在五泵站砌墙的高架上,她拉着装满砂浆的架子车,快步奔跑,突然,她一脚踩空,踏翻桥板,从六米高的排架上跌落摔伤,等大家把她送到医院,延英已经停止了呼吸……她再也无法和自己的心上人去领结婚证了。

正在三泵站干活的闫穆智听到消息后,人如木头般站着不动了。报信的人以为他没听清楚,又大声重复了一遍:"你婆娘掉下来摔死了。"

*回想起当时的情形,闫穆智露出了难为情的笑容。

闫穆智突然就放开声号啕大哭，他蹲在地上，抽搐着肩膀，泪如泉涌，吓坏了报信的人。工友们都上来劝说，消息不一定是真的，让他先别哭。闫穆智的哭声再也止不住了，他知道，没有人会拿这种事情开玩笑。相同的消息接二连三传了过来：人已经送医院了……送医院之后才死了……是掉下来就摔死了……

闫穆智再也待不住了，撒开脚丫子跑开了。三泵站距离县医院四十多里路，闫穆智找了条捷径，翻山越岭赶过去，山山岭岭都撒满了他的伤心。等赶到县医院他才知道，延英的尸体已经被运走了。闫穆智坐班车赶回家里，第二天一大早就骑车子赶去张延英家里。

景泰川电力提灌工程指挥部、景泰县政府、民工团派出的人已经来过延英家了。事发民工团，洪镒首先派出干部，前往喜泉福禄水大队张延英家中报信，老妈妈在听说了消息的一瞬间，感到了天旋地转，双腿突然变软，整个人软塌塌地瘫在了地上："你们……是说我的延英吗……"

来人急忙把她搀进屋里，悲痛欲绝的老人泪如泉涌，浑浊的泪水流在满是皱纹的脸上。正当来人不知如何是好的时候，老妈妈深深叹了口气，这口气，仿佛在胸中积了很久，仿佛来自很远的地方，沉重而悠长。这位饱经风霜、历尽艰难却善良慈祥、通情达理的老人，叹过这一口气之后，恢复了平静："延英是个好娃，我知道她干活是不会偷懒的，只是，她再也看不到黄河水上来的样子了……家没事，只要这里的老百姓能过上好日子，再不挨饥受饿，我女儿死了也值得！"

闫穆智来到老人身边，老人抓住闫穆智的手，眼睛里翻卷着泪花，但就是不肯流下来："亏了你了，延英走了，你们连个结婚证都没领上，害你等了这么久……"

张延菊擦了妈妈的眼泪，她把姐姐生前偷空做的鞋垫子、绣的枕套交给闫穆智："这些都是姐姐准备你们结婚用的东西。"

老妈妈看看闫穆智，再看看张延菊，若有所思地点了点头。

李培福听了汇报，激动地手都有点颤抖。他安排自己乘坐的北京吉普，接来张延英的妈妈，准备参加张延英的追悼会。各工区，民工团，民兵营、连都派代表参加了张延英的追悼大会，李培福借此机会，号召全工程开展向张延英学习的活动，各工地广播，开始大力宣传张延英的动人事迹。

追悼会结束后，张延英的妈妈住到了指挥部。当天晚上，指挥部、四工区、民兵团、喜泉营、福禄连的领导在慰问张延英母亲的同时，征求她的意见，问她有什么要求，有什么困难需要解决。这位坚强的老妈妈想了想说："延英是在为景泰人造福的工程上牺牲的，当妈妈的能不难过，能不心疼？延英是因公出的意外，我不能怨悔呀。我只有一个愿望，叫延英的妹妹四姑娘延菊顶上，来工程上继续干，等有一天黄河水上来了，延英也就能安心了……"

在场的领导们偷偷抹起了眼泪，谁也想不到，一个连自己名字都不会写的老人，竟有如此宽阔的胸襟，如此不同一般的见识。

其实，认真翻阅历史，中华民族的历史上，如张延英妈妈这样目不识丁却非同一般的女性大有人在。许多名人的母亲，大都没有多少文化，但是，这些女性骨子里浸染的传统文化，却使他们对自己的儿女言传身教，给他们不一样的教养和追求。岳母刺字也好，孟母断织也罢，都是这种文化的具体体现。忠孝传家、勤俭持家、尊老爱幼、明事知礼……是她们遵守的做人原则，也是她们教育子女的主要内容，这些内容，构成了中国女子最好的文化修养。在封建时代男权当道的社会，正是这许多普普通通的女子，给自己的子女灌输了足可以让他们顶天立地的素养，孕育了美好的品质，传承了中华民族优良的传统文化，这一切，和念书多少无关。

领导们还有什么理由拒绝呢？他们当场表示同意，欢迎四姑娘来工地。第二天，延英的母亲回家后，又把延英的妹妹四姑娘延菊送到了景电工程上班。

其实，四姑娘延菊知道，那天晚上，妈妈就对家里人说了："水还没到景泰川，要坚持修，死的已经死了，就让四姑娘续上，接着干。"

从此，延菊就成了整个工地的四姑娘，工地给予她细心的照顾。在李培福的亲自安排下，延菊戴着红袖章，背着枪，站岗放哨。这也是一个较真的姑娘，对工作认真负责，有一次来了七辆小车，但没有出入证，四姑娘坚决不让进入工地，后来为这事，她还受到了表扬。

处理完张延英的后事，李培福一直念念不忘，张延英妈妈的行为，给了他很大的触动，他一直寻找着改变这家人命运的机会。没事的时候，他就去看看张延菊，叮嘱她："你没有文化，除了执勤，要坚持学习，先积极加入党组织。"

曾在一段时间里，李培福计划安排张延菊带工资上学，李培福对张延英的妈妈说："已经走了一个，这个就不用留在农村了。"

然而，事情却突然出现了变故。这位坚强而倔强的老妈妈婉转拒绝了李培福的好意，妈妈说："共产党不讲迷信，讲良心。三姑娘走了，四姑娘就要顶上去。顶她上班，也要顶她嫁给闫家娃娃。那是个好娃娃，他等延英等了这么长时间，不能亏了人家呀，要不，我的良心一辈子也不会安稳的，延英在地下也不会安稳的。"

李培福还是坚持自己的想法："以后就让她去上班，政府出面解除婚约吧。"

*张延菊不仅顶替姐姐来到了景电工程，同时也按照妈妈的意思，最终嫁给了闫穆智。

却不料，老妈妈的建议和想法，也遭到了四姑娘张延菊的坚决反对，她毫不客气地拒绝了妈妈的决定，坚决不愿意嫁给这个"眼睫毛长，吃人的狼"。她倒不是真的对闫穆智有什么偏见，只是，李培福描绘的前景实在是太美好了。

但是，妈妈态度却很坚决。她的理由似乎很简单："做人要有良心，你姐姐欠下的债，你必须去偿还。闫家娃娃为了等你姐姐，岁数也大了，这会说不下媳妇，要是打一辈子光棍，我们家就是罪人，天理难容。你就是穿金戴银，一辈子也不会踏实的。做人，不能不讲良心呀……"

老妈妈能拒绝李培福这么大的官员的建议，也采取了不同一般的措施。有一次，张延菊回家，正在厨房做饭，老妈妈走进来，突然跪了下来，老人面无表情，还是那几句话："人要讲良心，你还要妈妈的话，你就嫁给闫家娃，不要妈妈的话，你愿意干啥干啥去，妈不拦你。妈下跪，是跪给天上的神灵，地下的鬼魂，也让他们看清楚，我这个老婆子不想做坏良心的事，我已经尽力了……"

张延菊扔下菜刀，和妈妈抱头痛哭，她再也不愿意让妈妈为这个事情犯难了，她一连声地说："妈妈，你起来吧，我答应，我答应，我一切都听你的……"

放弃也很难

李培福知道这些情况之后，长叹一声，点上一支香烟，陷入了沉思。最终，他放弃了政府出面为张闫两家解除婚约的想法，放弃了自己想要张延菊走出山沟的打算。

对于男女之间的事情，李培福再也不敢强求或者武断了，过去，留在记忆里的事情，像潮水般涌上心头。1948年，自己和刘波考虑岁数都大了，准备结婚，结果违反了陕甘宁边区政府关于干部在战争中不能结婚的规定，受到了警告处分，组织上发现后及时制止，他和刘波不得不推迟结婚。

张延菊的事情，如果自己采取强硬措施，那么两家肯定会解除婚约，但是，这样做，那个老妈妈要怎么面对？这怎么都说不过去。他又情不自禁想起了封芝琴的事情。

1912年9月出生的李培福，和1924年5月出生的封芝琴，都是华池县悦乐镇人，两家相距不远。李培福比封芝琴大十几岁，七拐八弯，封芝琴还要叫他表叔的。两个人的童年，都是在黄土高原的窑洞里度过的。他记得，那会儿封芝琴还叫封捧儿，封芝琴这个名字是她后来才改的。

封芝琴的父亲名叫封彦贵，与她的母亲结婚后，曾生过一男一女，但都夭折了。当地的风俗认为孩子夭折是"偷死鬼"从母亲身边偷走了婴儿，因此，孩子一生下来就从母亲身边抱走，"偷死鬼"找不到孩子，孩子才能顺利养大。所以，封芝琴一出生就落在奶奶的掌心，并且立即被抱走，满月后才送回母亲身边，她也因此得名"捧儿"。

*封芝琴，也就是刘巧儿的原型，提起李培福和当年的情景，老人仿佛回到了过去。

华池县早在1934年就成立了苏维埃政府，庆阳作为陕甘宁边区的重要组成部分，边区政府已经颁布了《陕甘宁边区婚姻条例》，实行自主婚姻制度，禁止买卖婚姻，但是，农村买卖婚姻的习俗由来已久，一时还没有完全革除。

为了讨还公道，与心上人结为夫妻，封捧儿决定告状。她想到当县长的李培福，只是不知道司法所抓人，是不是他的主意。再说了，他们都是一个村上的人，李培福也很作难，怎么判，都会让村里人说三道四。这件事情，还是不找他为好。拿定了主意，当年4月4日，封捧儿毅然翻山越岭，赶到八十余里外的庆阳城，找到陇东专署专员马锡五告状，请求为自己申冤做主。

马锡五经过调查后，于当年5月29日，在悦乐镇召开群众大会，公开审理了封捧儿婚姻案，宣布封捧儿与张柏的婚姻有效，使这对有情人终成眷属。结婚后，封捧儿为自己起了个新名叫封芝琴。

后来，这件事情通过《解放日报》记者的报道，封捧儿化身为刘巧儿，成了家喻户晓的人物。封捧儿的事迹，成了新政府女性争取婚姻自由，争取新生活的代表。这个案件，也成了新中国司法史上有名的案例。

当年有人问李培福："你们司法所当初怎么就把张家的人抓起来了呢？"李培福说自己真的不知道具体情况，但是他很客观地表达了自己的看法："张家再有理，抢亲是陋习，不提倡，要制止，要反对。封捧儿追求新生活，要支持，要拥护。"他也纳闷：这么大的事情，自己当初为什么就一点也不知道呢？

后来，李培福才知道了前因后果。经过这么多坎坷曲折，封芝琴与张柏结婚以后，倍加珍惜得来不易的生活，两人勤奋劳动、勤俭持家，日子越过越好，也得到了封芝琴家人的谅解，亲戚和好如初。1947年2月，封芝琴又送丈夫参加了解放军。但是，人生不如意事常十之八九，张柏的嫂子因病去世，哥哥另娶，留下三个孩子，还有自己的两个孩子，都要封芝琴一个人去养活。1949年3月，张柏在一次战斗中受伤，回家养伤，这时候两个儿子都已经因病先后夭折。解放后，封芝琴与张柏迎来了新的生活，他们的两个女儿先后出生，后来又收养了一个儿子，封芝琴先后担任省人大代表、县政协委员等多个职务，"文革"中也曾受到冲击，张柏也受到了村里人的批判。

正在这个时候，李培福回老家，见到了封芝琴，两人聊起以前的事情，李培福才知道封捧儿当时真实的想法。李培福笑了，夸她想得周到细心。那会儿，张柏在"文化大革命"中受到了生产队的批判，李培福当即进行了协调，他对封捧儿说："三十几年前没帮上忙，这会儿，就好好护护你们这对好夫妻吧。"

回忆过去的事情，慢慢让李培福打消了关于张延菊上学和婚姻的一些想法，但是，他牢牢记住了张延英母亲这位老人。

张延英的牺牲，在建设工地掀起了一股热潮，特别是延英妈妈又送四姑娘到工地的消息，通过工地的广播，成了人人都感动的美谈，这些涌动的情愫，对国庆按时上水，无疑起到了推波助澜的作用。

土办法解决大问题

距离国庆上水的时间越近，李培福感到的压力越大。很多个关键点，都需要时时刻刻赶时间，出成效。

预制厂成了李培福、贺建山经常去的地方。就是一切都赶在前面，压力管道出不来，还是上不了水。

*荒原上简陋的预制厂，成了整个工程的关键。

大口径预应力钢筋混凝土压力管试制，到了关键时刻，被李培福称为"曹关键"的曹子建，自己也不清楚已经有几个夜晚没有睡觉了。

　　1971年6月中旬，当生产预应力压力管道设备加工制造基本完成，并陆续运输进厂调试安装时，由工程指挥部协调，地质勘探队派来了机械技术人员，机电安装队派来了技术力量，机械队运来了一组120千瓦的柴油发电机和两台混凝土搅拌机，派来了五十名技术工人进行试生产，但在兰州加工的10吨龙门吊未能按期到位，这给试制生产带来了困难。

　　万事俱备，只欠东风，这个东风，不可能按时到位了。曹子建动用了老办法，召集大家共同讨论解决的办法。老工人和技术干部决定先用土办法，也就是用双木塔进行起吊试制生产。这一方案得到指挥部的同意之后，立即决定调入土建队工程技术人员顾铨和杨光华参加会战，这两个人，对吊装都有自己的绝活。

　　6月19日，双木塔起吊设备安装就绪，其他设备全部就位，只等生产。

　　曹子建急得嘴唇上起了泡，当初可是规定7月1日就要拿出第一根管道的，这时间，可真是不饶人呀！

　　6月30日，第一根大口径预应力钢筋混凝土压力管开始试制。曹子建紧盯每一个生产环节，从钢筋骨架成型、外管模组合纵向钢筋张拉、吊装、混凝土下料，到震动成型、供水加压、供汽蒸养等等，好在一切工序都很顺利地进行完毕。经蒸养六个小时后，压力管道就可以起吊出池了。

　　是成是败，马上就要见分晓了。曹子建认真回想每一个生产环节，感觉都没有问题。可是，真如怀胎十月，谁知道生出来是男是女？到晚间起吊管道出池时，除预制的全体工作人员外，在沿寺的各单位职工，包括民工团在内的上百人不约而同拥向制管车间主厂房，把四个蒸养池围得水泄不通；显然，大家都知道压力管道在工程中的重要性，国庆节能不能上水，就看这个管道能不能顺利生产了。

　　然而，起吊管体时，管体却一动不动，怎么起吊也上不来。管体脱离不开内模，再用劲，仍然是纹丝不动，好像和蒸养池浇筑到了一起。双木塔也发出了咯吱咯吱的响声，负责起吊技术的顾铨，马上命令停止起吊。

　　出了什么问题？事情到这个地步，曹子建反倒镇静了下来，现场召集工程技术人员研究对策，寻找起吊不成功的原因。分析研究之后，简单处理，进行第二次起吊，但管体仍然一动不动。青年工人冒着70度的高温下到蒸养池内，把活接头打开，让水从胶套内流出来一些，进行第三次起吊，但又失败了。

肯定有没有解决的问题，或者是起吊方式不对。冷静思考后，顾铨提出，可能是内模顶部压橡胶套的铁板压盖太大，卡住了管体内壁，导致起吊不能顺利进行。对顾铨的意见，有的支持，有的反对。在这关键时刻，曹子建看看顾铨，眼神里送去问询的意思。顾铨当然知道这个意思，果断地点了点头。曹子建立即按照顾铨的建议，组织青年工人上阵，轮流换班卸下了内模压盘的二十几个螺钉。

当指挥卷扬机的哨声吹响后，全厂工作人员和围观的群众都屏住气，不眨一眼地看着双木塔架下面的蒸养池，全场鸦雀无声，看着双木塔吊吊着管体缓缓上升，提出蒸养池时，全体工作人员和群众高兴地鼓掌欢呼起来！

曹子建长出了一口气，斜靠在一个砖柱上，无力地对顾铨挥挥手以示祝贺。精神高度集中的施工，让他有一种虚脱的感觉。等他们离开制管车间主厂房时，已是7月1日凌晨1时多了。

预应力钢筋混凝土压力管试制成功的喜报，很快报到工程指挥部，这可把各级领导高兴坏了，他们接二连三到施工现场视察。李培福下车后，手拄拐杖直接走进厂房，认真查看试制的预应力钢筋混凝土压力管。当他看到管体内外壁光滑，又无蜂窝麻面，完全符合设计要求时，高兴地对曹子建说：“好哇！好哇！你老曹真用手捏出了管子，为景泰川上水立了一大功！你呀，关键时刻不掉链子，真是个曹关键呀！”然后，李培福又严肃地叮嘱：“千万不能骄傲，生产一根

*第一根预应力管道成功起吊。

管子才是开始，上水用的管子还多着呢，一定要多生产，要保证国庆水上草窝滩，不能耽搁这个大事！"

一同前来的贺建山说："要很好地总结经验，争取更大的成绩。"

预制厂在景泰川电力提灌工程中自建厂以来，在简陋的条件下，靠技术人员和老工人的聪明才智，进行了十多项技术革新，自制设备二十多种，不仅解决了生产上的急需，也锻炼和培育了这支技术队伍，为国家节约投资上百万元。

顾铨完成管道的起吊任务，又投身渡槽的起吊和安装上。陈可言担心的就是这个难啃的腰节骨：八号渡槽的起吊安装。

张永泰也考察过红旗渠，但红旗渠建设没有景电工程这么复杂，这么高的技术含量。他身为共产党员，对党佩服至极，很多的时候，他在心里由衷地感叹，还是知识分子的办法多呀，做渡槽，用钢筋、石子、水泥、沙子，就做成了一截五十吨重的槽身。可是，如此庞大的槽身，该如何吊到三十多米高的桥墩上呢？他感觉困难重重，有时，都觉得无法完成这个任务。

这确实是一个难啃的腰节骨。总干渠上的八号渡槽高达三十二米，芦阳沟渡槽长一百九十五米，高十五米，每节槽身重近五十吨。在地面预制槽身后进行吊装的方案，是在开工之前就设计好的，但如何吊装，那个时候根本就没考虑过。

▲吊装扒杆

梁兆鹏和陈可言、顾铨进行了交流和探讨，从技术角度上看，干渠U形渡槽槽身每节长十五米，重五十吨，指挥部根本就没有这么大吨位的吊装机具。当时只在杂志上看到过已经有起重能力达一百吨的汽车式吊车，但在甘肃省内还没有。何况有些渡槽是在山沟里，大型吊车根本无法进入，如果给每个吊装施工点都修一条可供吊车通行的道路，那就等到猴年马月了。唯一可行的办法只能立足于自力更生。顾铨说，渡槽槽身重，主索需要大断面钢丝绳，钢丝绳粗，挠度大，地形两端高度也不够，施工难度很大。当时，有两位老师傅，提出了两套不同的吊装方案。梁兆鹏、陈可言和顾铨商量，觉得杨光华老师傅的方案可行，但是，在那个时候，技术领导是不能决定施工方案的，只好提出意见请主管指挥开会。最终贺建山副指挥召开会议拍板，采用了杨光华老师傅自制灵机扒杆方案，进行吊装。

对这次吊装，指挥部的领导十分重视，临时成立了渡槽吊装领导小组，由贺建山总负责，梁兆鹏任组长，吊装技术工作由顾铨负责。领受任务之后，顾铨参考了当时十分有限的有关吊装方面的资料，进行扒杆的结构计算，画出了扒杆制作草图。指挥部领导和技术负责人在煤油灯下听了顾铨有关扒杆设计的情况汇报，通过后接着就放线下料进行制作。

那时管理环节是畅通的，后勤部门尽一切努力满足一线工程需要，要料给料，要人给人，因此钢扒杆的制作较为顺当。但索具和滑轮还是要向其他单位租用或购置。工程迫在眉睫，顾铨和杨光华专程到沈阳去定购了五十吨级起重滑轮组。机具备齐后，先在芦阳沟渡槽开始吊装，为了保险起见，指挥部出面从兰炼安装公司请了两位老师傅来做指导，并挑选了二十名左右民工参加吊装预练。这次试吊比较顺利地完成，考核了钢扒杆和各种索具的承载能力，对参加吊装的人员来说是进行了一次实战操作，给大家增添了信心。

陈可言却又为新的问题头疼了：渡槽高三十二米，扒杆的垂直高度达不到槽身定位的要求，如何抬高扒杆？能否在渡槽上立杆起吊？在四号隧洞进口处的地窝子里，他翻阅资料，测算数据。和他一样住在四号洞口的化成看到他愁眉不展，就随口问："什么事情把你愁成了这样？"

陈可言说了自己正在思考的难题，化成想了想，给了他一个建议："那样重的扒杆立上渡槽，还要吊五十吨重的槽身，那不是铤而走险？渡槽西侧，有座小土山，不会用推土机填沟碾压、抬高地平？这不是更保险吗？"

陈可言听了哈哈大笑："两年跑工地，你也入门了。这个办法我也想到了，只是算一算，看哪一种方法省时、省力。"

最后，陈可言选择了填沟抬高扒杆的办法。四台推土机、铲运机，日夜推填碾压，深深的沟涧，几天时间就筑起了一道大堤。扒杆矗立在堤上，达到了想要的高度。

为了充分利用时间，顾铨从沿寺的家中背了行李到渡槽工地，与吊装班的同志同吃同住。正当渡槽吊装紧张时刻，顾铨却得了重感冒，发烧至39度，实在支持不住了，就离开吊装现场，躺在宿舍里休息。

贺建山得知消息后，专门去看望了顾铨。他摸摸顾铨发烧的额头，嘱咐其他人熬点大米稀饭给顾铨喝。当时工地的生活条件很艰苦，在这种条件下贺建山安排专门给他做稀饭，这使他十分感动。贺建山走后，顾铨就从床上爬起来，昏昏沉沉地去到吊装现场。

由于顾铨离开了现场，吊装班的工人们心里没有把握，不敢继续安装扒杆，看到顾铨来了，大家都很高兴。这种场面，让顾铨眼中溢满泪花，一种知识分子的人生价值得以体现的感动，让他忘记了正在发烧的身体，和大家一起干了起来，实在站不住了，就坐在地上靠着山坡指挥……

和张永泰一样，许多在工地施工的民工和技术人员，对土法吊装以及如何吊装这个庞然大物，心中充满了迷茫和好奇。吊装那天，他们抽空赶到工地，作为看客，目睹这一空前的盛况。其他工地上的小伙子大姑娘们，晚上加班加点，挤出白天的时间，也抽空来看八号渡槽的吊装。两边的山头上，黑压压站满了人。

李培福亲临八号渡槽吊装现场。他脸色平静如水，坐在一把藤椅上坐镇工地，双手搭在夹在双腿之间的拐杖上。他对梁兆鹏和陈可言点点头，就算是下达了吊装的命令。一双深邃的双眼，一刻也没离开渡槽，随着渡槽起吊，他的目光紧跟着这个庞然大物慢慢升空。当渡槽稳稳地架在槽墩上时，他舒心地叹了口气，满意地站起身，拄着拐杖走来走去。梁兆鹏、陈可言看到一个接一个的渡槽接连安坐在桥墩上，长出了一口气。而张永泰在那一瞬间，已经无法克制自己的情绪，他突然振臂一呼，喊起了那个年代表达心情常呼的口号，一些施工人员也跟着喊起来，震天的口号声，回响在空旷的山谷。

十二号渡槽，是吊装工程中的最后一座，高并不高，通过前几座渡槽的吊装，这点高度实在不算什么，再加上他们已经掌握了操作技术，吊装的工效也有所提高。在一切准备就绪，试吊第一节渡槽时，意想不到的事情却发生了。

第一节渡槽刚刚离地五十厘米左右，突然摔了下来，发出了一声沉闷的震动声。大家吓呆了，杨光华老师傅竟然坐在地上，像孩子一般大哭起来，说啥也不想干了。因为他知道，出现这么大的事故，自己将要承担怎么样的后果。

顾铨冷静了一下，到渡槽跟前察看情况。原来是钢丝绳断裂了。这根钢丝绳是从外单位借来的，原来就有断丝的情况，只是大家没有检查到。渡槽摔在地上后，已经严重变形，裂缝多达一百三十多条，宽度最大达二十毫米。顾铨摸着这些裂缝，陷入了沉思。

*50吨重的渡槽被龙门吊缓缓吊起。

当时离规定的上水时间只剩下一个多月了，如果把这节渡槽打掉重新浇筑混凝土，肯定会影响全线通水。顾铨清楚事态的严重性，因吊装渡槽在技术上是他负责的，可能要受处分；然而，眼前不能考虑那么多的个人得失了，该受的处分也跑不了，最重要的问题是想办法采取补救措施。顾铨认真分析渡槽摔坏的情况，发现摔下来的方向恰好和使用时的受力方向相反，主肋部分未受损伤，一百三十多条裂缝看起来怪吓人的，但起吊后裂缝肯定会缩小，承载能力也不会削减多少。

当李培福和陈可言等领导赶到现场时，顾铨已经想好了解决的办法。李培福没有说要追查事故责任，更没有说要处理谁，张口就问顾铨："有没有补救的办法？"

顾铨把自己刚才的分析和办法如实汇报，李培福听后点点头，他转过头询问陈可言："对这个补救方法，你有什么意见？"

陈可言查看了摔坏的渡槽，他同意顾铨的办法，李培福立即点头拍板按此办理。

▼渡槽对接

　　当时，顾铨还有点担心自己的分析是否可靠。为此，在把摔坏的渡槽吊上去后，用环氧树脂把裂缝补好，然后按设计荷载用块石做荷载试验并测量了渡槽的挠度变形，实测结果完全符合设计要求。在通水时，顾铨又专门前去察看，发现没有任何问题后，总算放心了。

　　单一的生存方式，在特有的体制下，也只能如此实现自身的价值，在很多的时候，他们没有自己，只有集体，但是，体现在顾铨等人身上的敬业精神和集体主义思想，却是人类永远弥足珍贵的财富。

<h2 style="text-align:center">领导就是做好后勤</h2>

　　用四百八十万元的家底和"三边四自"的方针，曹布诚进行的输变电工程进展顺利。曹布诚安排勘测人员勘测线路、变电所位置、泵站输送电位置，组织了景电送变电工程组。他知道，送变电工程不同于土木工程那样容易"自力更生"，许多电材要想保证质量，想替代都不可能。

　　工程组的主要任务就是分头跑材料。曹布诚多次到省金属公司、靖远矿务局、水电部四局等单位求援。又组织局属有关单位开展突击会战，任务分解包干落实到电力修造厂、兰州电器厂和送变电公司，要求制造电杆和变压器等设备。兰州电器厂用蚂蚁啃骨头的办法，用土机具小设备在帐篷里硬是把六台变压器制造了出来，满足了工程的需要。曹布诚到电力修造厂落实电杆加工并经常督促检查，多次到四局跑电缆。

　　总指挥就是大管家，总指挥就是总后勤。大局要抓，细节要管，提倡为人民服务。作为领导，首先要为下属做好后勤，而不是颐指气使，指手画脚，动动嘴皮子。老革命身上的工作作风，让每一个职工都心甘情愿听他的话，做好手头的事情。施工人员野外作业，风吹日晒，吃不好。为了让施工的工人们吃上点肉，他又亲自跑景泰、靖远县去解决副食供应问题。

　　说是到工地检查施工进度，但每次检查都变成了参加劳动。曹布诚几乎每周都要去工地一次，一到现场就和工人们同吃、同住帐篷、同劳动。在工期紧张时，曹布诚干脆背着瓷瓶上山，一个小伙子出大力流大汗才能上得去的山坡，何况他已是五十六岁的老人了。更叫人担心的是，他还患有冠心病和心绞痛等病，心脏难受时，他就赶快拿出一粒硝酸甘油片来缓解疼痛。跟随他进出工地的工作人员，多次劝阻他不要参加劳动，他根本不听，看到工程完不成进度心里急得坐立不安。

　　俯首甘为孺子牛，说的恐怕就是这种精神吧。曹布诚看到过毛泽东同志写给李培福的"面向群众"几个字。和李培福一样，他很爱琢磨这几个字的意思。作为一个政党的领袖，写这几个字，自然有着很深的用意和期许，久而久之，曹布诚感觉到这几个字，不仅仅是写给李培福的，而是领袖写给每一个基层干部

*架设输电线路。

的。在这里，官兵一致、同甘共苦、身先士卒、以身作则，成了这四个字所蕴含的另一层面的内容，正是这种在艰苦岁月形成的为官之道，彻底颠覆了传统做官的用意。曹布诚爱好历史，读阅史书，让他看到许多可以同艰苦，很难同富贵的残酷事实。但他更希望同甘共苦这种风气能够升华并成为一种优良的作风代代相传。参加景电会战的干部，受他的影响，没有一个想发奖金、要补贴、求照顾之类的事，脑子里只有一个目标，那就是"国庆水上草窝滩"。

　　李玉彤和负责安装的同事们自觉约定，必须按时上水，不吃饭，不睡觉也不能落后。立杆布线，为了抢时间，很多工人师傅干脆不下杆，套着安全带，在电杆上吃一点夹了菜的馒头就接着干。李玉彤等人从地上给电杆上的工人师傅一个个向上扔馒头，互相鼓励必须要完成任务的那种拼命劲头，让人感动。目睹此景，贺建山感动得两眼涌泪，他只是蠕动嘴唇喃喃："我们的工人同志太好了！"

*35千伏变电站是景电一期重要的变电工程。

李培福用拐杖连连捣地，感叹道："我们的任务，就是有这样一批很好很好的同志完成的。等黄河水上来了，全体职工明年就可以吃上自己种的粮食，就可以过上好日子了。"

1971年7、8月间，工程进展到更为紧张的阶段。景泰川地处大漠腹地，炎炎烈日下，地表温度能达到五六十度，地面的沙子能烤熟洋芋，氤氲的热气，给人窒息的感觉。架线工人在电杆上忙碌，上面有烈日晒着，下边有热浪烤着，身上的水分都变成了大汗，流在脸上，湿了衣衫。而了无边际的荒滩，方圆几十里，连一棵乘凉的小树都没有。工人们忍着干渴，抬几吨重的水泥杆和线路底盘，爬大山，下深沟……晚上回到营地帐篷和地窝子里，像一摊泥一样倒在床铺上。

一个夏日的傍晚，安装调试人员全神贯注地在主控制室进行检查和联动操作试验，李玉彤和大家在一起工作，这已经是连续苦战的第十个夜晚了。每天只睡四五个小时的觉，头脑都有点发晕发木了，但为了找到一处最佳的直流接地，这一晚又一直熬到深夜一点。

聚精会神的技术人员，被外面的风雨声惊醒，不知什么时候，大雨已经转为狂风暴雨。大家都想搞完了再回去休息，谁也没有理睬窗外的大暴雨。突然，有一位同志提醒说："咱们的地窝子可能被水淹了，赶快回去看看吧。"

这么一说，倒是提醒了大家。大家放下手里的活，冒着大雨回到地窝子一看，果然，有的地窝子被水泡塌了，有的窝内进了一米多深的水，把床板都淹了，日用品漂浮在水面上……

正在大家着急生气的时候，听到不远处有挖泥的声音，走过去一看，原来是曹布诚正在为地窝子修挡水墙，他已经满身湿透，全身泥巴，正高挽了裤腿，一把泥水一把汗地悄悄为他们抢救地窝子。看到大伙儿来了，曹布诚赶紧招呼大家救急，很多人眼睛一热，眼泪和雨水在脸上流淌……

这是省电力局副局长呀，这是景泰川电力提灌工程副总指挥呀，这个人，就是景电工程送变电工程的总指挥呀……这样的情景，深深印在了每一个人心上……

已经无须太多的语言表白，大家齐心协力，很快把地窝子里的水往外淘出来，并在门口修了挡水墙。这一夜没地方睡了，大家只得在主控制室挤一夜。……景泰110千伏总变的安装和调试总共只用了七十天，就正式带电投运。

给钱正英写信

随着上水日期临近，各种调试工作正在紧张进行。1971年9月2日夜晚，一泵站变电所的35千伏开关，一切试验通过，验收没问题。但到第二天上午正式供电时，反而不灵了。还没等调试的技术人员明白过来，值勤民兵包围了上来，要抓"有意破坏设备的反革命"。大家被突如其来的阵势吓昏了头。还没查清什么原因，就这样下结论，未免有点太武断了吧？但是在那个年月，秀才见了兵，有理说不清。曹布诚相信自己的施工人员，他向保卫人员做了保证，尽快稳定人心，嘱咐技术人员继续工作。稳定了情绪之后，技术人员终于找出了合闸接触器的毛病，经过更换，按时供上了电。

千头万绪，各种困难，全部压在了李培福的肩上。当时，有一种说法："景电一期工程，要没有李培福坐镇指挥，不会那样快地建成上水，也不会那样快地交付使用。"

老百姓的眼睛是雪亮的，他们用朴素的感情，表达了对一位老党员、老干部、老领导的褒誉。非常时期，关键问题上，坚强的领导、正确的决策和富有魄力的指挥会促使事物转化并向良好的一面发展。

1971年夏季，省上在研究农业的投资问题时，有的主管部门的领导提出，景泰川工程投资太大，挤掉了其他地区的资金。言外之意，不是削减投资，就是暂缓工程建设。

李培福一听很生气，他说："说嘛，到底干不干？上马是省委、省革委会共同决定的。车拉到半坡了，眼下已有些眉目，快要上水了，吹这种风，谁能干谁去干吧！"

主持会议的胡继宗看他生气了，赶忙说："景泰川工程，中央还未列上本本，我们以省内资金搞，大家感到资金紧缺，这是预料到的。但是，决定了的东西，就要硬着头皮往上促，等上水了，三十万亩受益了，我看认识就可以统一了。"

张忠拍着李培福的肩膀安慰他："老汉！别激动嘛！谁也没说不干的话。投资照给，今年10月1日上水的决心不变。各专区、自治州的工作我们做。现在就看你的了。咱们都一个劲地往上拼，你没意见了吧！"

想想看，如果不是李培福的威望、地位和对事业的忠诚、坚毅，景电一期工程半拉子下马，不是没有可能的。那个时期，省内许多工程就是这样说上就上，说下就下的。

从白银到景泰110千伏输电线路、总变电所、三个35千伏变电所都已安装就绪，各泵站积极安装进线电缆。可是，大型电缆进货不足，而且全国各地都跑遍了，货源得不到落实；重新订货，只能推迟一年上水了。

曹布诚向李培福汇报了面对的尴尬，他说："这种型号的电缆，只有西安有货，但他们要用。现在就看您的了，也只有您能试一下了。"

李培福想了想，他知道胡继宗和当时陕西省委书记李瑞山在湖南湘潭地区一起工作过，就立即给胡继宗打电话，请他给李瑞山写封信，请求将这种电缆让给景电工程上水先用。胡继宗写了信，问题很快得到解决。

刚解决完电缆的问题，变压器的问题又接踵而至。按照设计，工程需要两台总变变压器，原设计一台45000千伏安的，一台31500千伏安的。45000千伏安的这台已安装就位，31500千伏安的这台还在厂家。后来考虑到景泰川上水后，地方办工业、乡村通电搞食品加工等，电源总负荷不足，将给以后的地方工农业发展造成困难。因此，需要将31500千伏安的这台，换成45000千伏安变压器。

李培福几天几夜吃不香，睡不好。建设景电工程，为的就是地方长远的发展，保持电力充足是最起码的要求。可是更换变压器，订的货能否退了？谁有多余的大变压器等你调运？

李培福思虑了几天，决定给他在延安时期就熟悉的水电部部长钱正英写信。这封信写得很长，说得也十分恳切，希望部长从中协调解决。不久，在京的同志发来电报，钱部长非常关注此事，变电器问题协调解决了。原订货调给其他单位，新货在东北，汇款就可以调运。

难怪老百姓说："要没有李老汉坐镇指挥，工程不会那样快建成上水。"

三泵站供电设备的安装和调试，是工程最后的送变电工作了。1971年6月，胡继宗同志亲临施工现场视察，明确提出了"今年国庆水上草窝滩"的具体要求。为了解决大电机的制造问题，省军区司令员张忠亲自到综合电机厂对厂长说："我9月23日派大拖板来拉电机，电机拉不上，就把你厂长拉上。"1971年9月23日下午5点，终于把最后一台三泵站的大电机拉到现场，负责安装的八冶工人当夜将电机吊入机坑进行安装。

*建成、安装完设备的一泵站，是提灌工程的龙头。

曹布诚召集各有关部门的技术负责人和工人一起在现场连续鏖战了三天三夜，但距离预定的上水日期只有一天时间了，设备安装仍在继续，大家筋疲力尽，几乎都感到无能为力了。富有领导经验的李培福亲临现场，深知关键时刻气可鼓不可泄，他在现场挂着拐杖说："水上不去，大家就背上行李走吧！相信你们一定会有解决的办法。"

经过努力，在最后一刻，完成了三泵站的送变电工程。当合上电闸，设备显示一切良好时，曹布诚才松了口气，这意味着由他负责的景电送变电工程，尽管土建和设备都比较简陋，但已经可以确保国庆上水用电没有任何问题了。

机电设备的安装和调试顺利完工，各个工段的收尾工作正在紧张进行。1971年8月11日一大早，沈庆云突然感到自己心跳得厉害。妈妈对他说，今天能不能不去工地，在家里休息一天，她昨晚上做的梦不好，害怕出事。沈庆云安慰妈妈，说工地上正在抢时间，大家都在为最后的完工而拼命，自己不去说不过去。可是他穿的鞋子破了，找来找去，全都是破鞋子，最后穿了一双相对新一点的，就匆匆赶到总三支进水口的渠道上。

这一段渠道都是坚硬的岩石，需要一锤锤砸下来，用钢钎打一个炮眼，要花费很长的时间。和沈庆云搭对的是一个十七八岁的小伙子，没有多少劳动的经验。沈庆云抡锤，他扶不住钢钎，没办法，沈庆云只好自己扶住钢钎，教他抡起铁锤打。

小伙子抡起的第一锤砸偏了，第二锤又差点砸在沈庆云的手上，第三锤倒是砸在了钢钎上，但是砸偏了，蹦起一块钢钎上的铁渣，钻进了沈庆云的眼睛。

沈庆云只感觉眼睛像被刺了一下，钻心的疼痛让他大叫一声："坏了，坏了！"他用帽子捂住眼睛，很快满脸都是血。医疗点的医生赶过来一看，说是眼睛被打坏了，要赶紧送到医院。

受到的伤害超过了所有人的预期，到了兰州，才取出眼睛里的铁渣，但是他的这只眼睛已经彻底瞎了。医生给他装了一只假眼，开玩笑说："没事，小伙子，这只假眼别人不细看发现不了，不会影响你娶媳妇的。"

沈庆云不得不接受这个事实，他也笑了："你赶紧给我弄好了，我还要去平地，等着黄河水浇地呢。"

平出了十多万亩地

土建工程、机电设备相继到位，上水指日可待。另一场与之相匹配的战争——平田整地，也正在如火如荼地进行。其实，平田整地，在工程进行的同时，就已经展开了。

如果说承载上水渠道的总干渠是工程的动脉血管，那么围绕这条动脉血管的支渠、毛渠、斗渠就是遍布景泰川的毛细血管，通过这些血管，奔涌而来的黄河水才能给荒凉的景泰川生命，才能让千年荒原复苏。

苦了那些技术员，扛着标杆奔波在几十万亩的荒原上，随着他们的测量、规划，一条条支渠、毛渠、斗渠，围绕一块块田畴遍布景泰大地。蜂拥而来的垦荒大军以此展开平田整地的劳作。

"三分天下"，被划分的土地就是梦想的终点。厂矿企业凭借实力，抽调职工，依仗机械力量，以很快的速度展开工作；而军垦战士，对于开荒种地更是他们的本行，一切都按照预期的目标稳步推进，只等河水上来的一天。要说艰难，就是景泰川的老百姓了，各个公社，各个生产队，各个

*渠道建设也是工程重要的一部分。

家庭，为了平田整地，付出了艰辛的努力。但每个人都显得迫不及待，每个人的眼里都闪烁着喜悦的光芒，这些沉睡千年的生荒地，很快就要成为他们的衣食来源了。背粮时目睹到的水浇地，看到的麦浪翻滚的情景，就要在他们眼前出现了。

按照指挥部的部署，主体工程与田间配套工程同步进行，达到"水到、渠成、地平、路通"的目标。根据这一要求，景泰县于1971年成立了灌区建设指挥部，由县革委会副主任杨生伟、张振国先后担任指挥。建设指挥部从县上有关单位抽调十多名干部，在一条山村原气象站借了几间房子办公，就此拉开了平田整地的序幕。

灌区开发之前，首要的任务是划分土地，景泰县从上到下，层层召开会议，把十五万亩灌区土地划分到公社，由公社再分到各队，然后动员群众走上灌区，进行大规模的平田整地工程。

土地分配后，公社迅速组织劳力、牲畜、物资，进入现场，投入到平田整地施工中。那些日子里，北起草窝滩，南到兴泉滩以及八道泉、一条山、响水等方圆二三十公里的区域内，到处是平田整地的人群。

灌区的马鞍山土地面积八千亩，曾是有名的盐碱滩，寸草不生，只有白花花的盐碱。一起风，黑风到这里就变成白毛风，没有土腥味，只有灼人皮肤的咸碱，钻到嘴里，感觉烧着了似的让人难受。1970年秋季，这片土地分配给五佛后，公社立即组织七个大队的群众，进行平田整地和配套建设。

伤好出院后的沈庆云，按照安排来到这里平整土地。只有一只眼睛的沈庆云装了假眼，外人不细看，根本看不出来他只有一只眼睛，村里的同伴和他开玩笑，都叫他"独眼英雄"。地主子女出身的沈庆云，用一只眼睛的代价，得到了"可以教育好的地主子女"的评价，在政治上有了稍好一点的待遇。为了表彰他的付出，队里给了他家一亩自留地作为赔偿。对这个赔偿，沈庆云的妈妈哭笑不得，每当到这块土地劳动，尤其是浇了水的土地，泛着幽幽的光，很像一只审视着自己的眼睛……

平田整地开始后，先用链轨拖拉机拉着犁头翻开土地，然后就靠人工平整，打埂子。当时一个生产队出动二十多个人，平整八百多亩土地，平整后，又分配到各个生产队。沈庆云所在的生产队分了九十多亩地。正如前面所说，马鞍山的土地咸碱化严重，土地很湿，能把牛和骆驼陷进去，陷进去的时候，人们只能掏开周围的泥土，让牲口自己走出来。因为光荣负伤，生产队决定让沈庆云留在这里，带领五六个人边平整土地边休息。看着白花花的土地，沈庆云惆怅不已，这土地，也能长庄稼吗？上来的黄河水，能把这咸碱压下去吗？

想到爷爷，沈庆云又有了一点自信：倔强的爷爷能在黄河边淤地造田，这么点咸碱还能难住了大家伙？爷爷，唉，爷爷，要是爷爷在就好了，可是，那个可爱的爷爷，正在永昌监狱服刑，而可怜的父亲，仍然在生产队的煤窑上挖煤……沈庆云惊讶，那只假眼竟然也会流泪，只是泪水有时会把假眼冲出来……

张九麦带人也奋战在盐碱滩上。大了的姑娘，开始有了心事。成了大队书记之后，经常受到领导的表扬，都说好好干，争取尽快转正。后来有一次招工的机会，公社领导想到了她，可是张九麦正带领社员在工地修渠，没有填上表。

有一次提干，她正在忙村里的事情，心想这次应该就是自己了吧。有一天，看到一辆小车开进了公社院子，张九麦心里一咯噔，暗想是不是有人又在走后门呀？第二天，老书记带她去填表，一看果真被人顶了。张九麦在公社的院子里大哭了一场。年老的妈妈颠着三寸金莲跑到公社院子里问个究竟，得到的回答竟然是，她没有文化，没有念过书，无法提干。

可是张九麦心里清楚，转正的，提干的，招工的，和她一样没文化的多了去了，但他们都是一些领导的亲戚，自己后面没有人罢了。

*用最原始的劳作,修建最好的总干渠。

随着社会的发展,各行各业对人的需求产生了许多机会,而这些机会的出现,勾起了当权者心里的私欲,近水楼台先得月,滋长的私欲,开始侵蚀人们内心的美好。这件事情结束后,社员都说:干活千万别学张九麦,苦了身子是自己的,到头来什么好处都没有。张九麦咽下了苦水,继续在工地带领大家平田整地,只是有的时候,眼泪不自觉地就流了出来,这咸碱地,怕就是用泪水浇灌出来的吧……

一些生产队组成了一个突击队,突击队员带着全村群众的嘱托,意气风发地奔赴几十里以外的工地上,在杳无人迹的荒滩上安营扎寨。生产队为了鼓励他们平整好土地,从牙缝里挤出一定数量的补助。他们住的是地窝子,吃的是冷馍馍,但几十号人只有一个决心:"不完成平地任务不回村!"

张开荣所在的生产队,土地被分到了青石墩,两百六十亩荒地,给了大家无限的希望和想象。但是,不光要平整好这些土地,还要修好一百里的渠道。张开荣因为在工地干过,生产队给他安排了十几个社员,由他带队,去完成这些任务。没有住的地方,只好搭建地窝子,男女分开住,干活一起干,当起了地老鼠。一百多里地的渠道,几乎修了半年的时间。眼看就要上水了,地还没有平整好,张开荣急了,一面领着十几个社员加紧干,一面给生产队带信,请求支援:"李老汉说了,谁的土地平不好,就不给谁浇地。"

整个景电灌区内,红水、白墩子、上沙窝、边外滩、四个山、漫水滩、陈庄滩、草窝滩、八道泉等各个荒滩上,到处都是平田整地的人们。

在这些人中间，已经分不清哪是干部哪是社员，大家都一个样，土苍苍地在地里干活，土苍苍地在地窝子里进出。

1971年8月，景电工程指挥部召开三干会，蒋成林带着大队干部去参加。会议上，蒋成林向指挥部提出意见：红水是景泰县最穷的公社，才分配给了梁家槽一带的五千亩地，人均只有五分地，根本解除不了贫困问题。指挥部核心小组讨论后，决定把北干渠延长五千米，至白墩滩，投资由县上解决。

*平田整地，几秒钟就能装满一架子车土。

这个决定真是一个特大的好消息，对红水老百姓来说，就是天大的锅盔掉在了自己面前。景泰县水电局干部王中田带上技术队伍和设备到现场测量，设计干渠延长线路。

测量开始后，蒋成林亲自上阵，在前面拿着红旗选线。为了保证渠道的质量，最大限度避开低洼地和大填方地段。当他们测到五公里限度时，王中田问蒋成林："指挥部的红头文件上，决定只能延长五公里，继续前进还是到此为止？"

蒋成林再三考虑，觉得这个地段是在白墩滩范围内，从地图上看，是一片很平坦的土地，但全是沙滩，不能耕种，农作物不生长，难道让群众到这里吃石头不成？

蒋成林说："不能停，绝对不能！我们向指挥部提建议的目的，就是要把水引到上沙窝，那里有大片肥沃的漫水地，我们为什么捡起坏地，丢掉好地呢？"

王中田所不知道的是，蒋成林在这之前，对这片土地已经有过调查和了解，这片地原先划给兰州铁路局耕种，他们在这里修了六七处房子，但因这片地确实不适合农作物生长，他们以铁路安全为由，将房屋留下就走了。作为本地人，对白墩滩的任何一片土地，他们都是知根知底的。蒋成林决定后，继续延长渠道。于是测量的工作又开始了。最终延长到白墩滩上沙窝北面沙河过去，总共延长了十五公里，使干渠总长达到二十六公里。

军人的经历和在建设工地上的历练，让蒋成林具备了雷厉风行的个性，他只认准了一个理，只要是真心为老百姓谋取福利的事情，就一定会得到大家的认可。相反，想不到或者想到了不去做，那就是对不起老百姓，对不起自己的良心了。人们之所以敬重李培福，就是这个老人一心为老百姓谋福利的好心肠感动了大家呀。渠线定好后，紧接着进行渠道开挖，蒋成林按照各队分配的耕地面积划段包干。渠线上的斗口、桥梁建筑物等一一落实到各个生产队。因为建筑物工程量大，要拉运块石、沙、石子、水泥，要提前进行。每个建筑物，根据不同的工程量，由技术员罗文俊拿出设计图纸，按图施工。

但按图施工对农民来说有点困难，很多人都看不懂图纸。蒋成林只好选一些有点文化，脑子灵光的农民，由技术员带领，先修好一座建筑物，然后开现场会，介绍建筑的结构和施工方法。农民看不懂图纸，但一看到实体，马上就明白怎么回事了，然后由指派的技术员指导完成每一座建筑物。

北干渠有一段大填方，由工程局承建。两面渠堤用干土块垒砌而成，渠堤里面还能看见外面的亮光，这样的筛子渠堤怎么能通水呢？冬灌在即，顾不上往上反映情况了。蒋成林只好调动附近三个大队一百多名强壮的小伙子，还带有十几对带刮板的牲畜，三台拖拉机，来了个大反转。把原来渠堤北侧一面的土，搬到渠堤南侧，因为南侧靠山，那里有大量土石，拉来用在填方上，以山边作为渠道南堤，坑里装满水后，水就会流向前方。挖运一层土，再由链轨拖拉机碾压多次，苦战一整天，这个大填方终于完工。

发现的问题让蒋成林惊出了一身冷汗，这样的渠道不要说浇水，说不上水上来还会酿成大祸。刻不容缓，蒋成林立即组织各大队干部，顺着渠头向渠尾检查，认真察看是否达到通水条件。走到昌林大队一处填方时，发现竟然还没有动工，这还了得，蒋成林连夜坐一台东风55拖拉机到山区昌林大队发动群众，要求必须马上去工地完成任务。第二天，昌林大队由大队长王天兴带领二百多名社员一齐上阵，加上蒋成林调去的两台拖拉机帮助施工，用两天的时间完成了这段关键的渠道，总算为顺利上水打好了基础。

蒋成林发现，灌区上水虽然是大事，但各生产队劳动力显得不足，一部分社员上了工地，一部分社员务弄庄稼地，还要抽调一部分社员完成平田整地的任务，顾此失彼，眼看上水日期逐渐临近，总觉得好多处还没做好。离上水还有十天，白墩大队五支口建筑物还没动工，严重影响按时上水。蒋成林赶紧召开有全公社行政干部和大队干部参加的紧急会议，要求各队在十天内必须把冬灌地平好，渠道上没完成的坚决完成，不能影响按时上水，这是死命令，不可改变。

*衬砌渠道的石头就这样上了山。

知道了利害关系的白墩大队书记张永佑说："硬叫牛挣死，不叫车翻过，五支口建筑物按期完工，不拖全社后腿。"六支渠延长段要通过景武公路，必须先修好公路桥，保证交通畅通。这个艰巨的任务分配给了昌林大队完成。由大队书记张升明带领，首先修通便道，然后开挖水渠，用块石加浆砌成两边渠堤，渠底现浇，上面盖上桥面板。桥面板由钢筋混凝土浇筑而成，保证桥面可通过三十吨坦克。灌区所有混凝土制件，都由高墩大队石节子生产队完成。在生产队长高启旺带领下，保质保量按期完成不同规格预制件。六支渠延长段有一个沙沟必须架桥，由驼水大队大队长王得宪带领，用石块砌成三孔拱桥，下面通洪水，上面过黄河水，这也是渠道的咽喉，苦战一个月完成了建桥任务。当蒋成林查看这些建筑时，真不敢相信这是农民自己完成的，看来，只要用心，一切都能实现。

渠道上水有了保障，平田整地的情况也是重头戏，千万不敢马虎。蒋成林知道，把沙漠变成良田，要费很大工夫。红岘大队罗尚业书记，把全大队能出外的劳力全部从山区调到灌区，男女老少齐上阵。先挖地窝子：挖一个长方形坑，搭上梁和椽子，铺上一层麦草，再用土压住，人就可以入住了。晚上睡觉时，一旦起风，沙能把人埋掉。起床时，先睁眼看一下，然后摇头，把头上的沙子抖掉。白天刮起风，黄沙弥漫，伸手不见五指，无法生火做饭，只能吃干粮充饥。饮用水要去远在十里外的白墩村拉运。就在这样艰苦的条件下，把小山一样的数百个沙丘夷为平地，完成冬灌平田整地面积五百亩。

经过三个月的艰苦奋斗，攻坚克难，终于达到水到渠成、渠到地平的要求，万事俱备，只欠来水了。

国庆上水之际，围绕草窝滩一带，各厂矿企业职工、农民，平田整地十多万亩，翘首等待千呼万唤的黄河水。

第 八 章
水上荒原

一波三折

世间的事情，有时就是这么不可捉摸和不可思议，越小心，越在意，但还是会有许多意想不到的事情发生。也许，好事多磨就包含了这种不确定性。

国庆节前夕，对景泰川来说恰逢雨季，而这一年景泰川的雨水似乎比往年都多都大，持续的时间也很长。指挥部对于防洪工作虽然做了周密部署，但这个地区世代干旱，人们的防洪意识相对比较淡薄，山洪暴发时，洪水出人意料地从管槽灌入二泵站厂房，水泵、电机、电缆等电器设备全部被淹。无疑，这对国庆上水草窝滩的影响是极为严重的。

下午大雨刚过，李培福让陈可言和姜作孝赶紧出发，到上水沿线各泵站查看有无险情。指挥部当时只有李培福从省生产指挥部带来的一辆吉普车。陈可言和姜作孝坐了一辆解放卡车，他们站在卡车的马槽上，从指挥部沿着渠线向一泵站的方向沿路查看。当车行至二泵站的管槽附近时，只见工区的一些人正站在管槽的积水中，处理积水。爬坡段焊好的钢管已被洪水冲刷浮起，胡同民看到陈可言和姜作孝来了，一脸无奈的表情，他扬手指了指来水的方向，告诉他们泵房进水了。偌大的泵房里，浑浊的山洪水深达几十公分，机电设备全部被泥水浸泡，现场一片狼藉。

指挥部召开了专门研究清理现场的会议，以保证国庆上水。工区负责人在会上做了检讨，并请求处分。指挥部的不少同志担心当时还处在"文革"时期，如果顺着"左"的气氛偏重追究个人责任，很可能走弯路。李培福冷静思考后，在会上强调了这是一场自然灾害，要求大家吸取教训。他强调要以革命加拼命的精神，以最快的速度把二泵站被淹的现场、设备清理好，保证按时上水，向国庆献礼。

一波未平，一波又起。一至四泵站单机单管安装基本就绪，指挥部组织技术人员从一泵站到四泵站进行上水试验，一、二泵站虽然有这样那样的问题，但都顺利排除，试机上水成功。但到三泵站试机上水时，却出现了意外。上午，指挥部总指挥、副总指挥、机关各组的负责人等几十位领导按时到达了总干渠三泵站的现场，人们聚集在机坑上方的廊道，注视着机坑中即将启动的那台32寸水泵和2000千瓦的配套电机。

开始启动了，轰的一声巨响，电机带动水泵转动了。当人们正在盼望试机成功的瞬间，突然水泵发出了巨大的声响，紧跟着唰的一声，喷出了一股强力无比的水柱，偌大的泵房像是遭到了暴风雨的袭击，安装队长大喊一声："停机！"

电机停止了转动，泵房恢复了平静，但每个人都成了落汤鸡。大家相视无言，但情况很快就清楚了，是水泵出水管斜法兰的垫圈破裂，喷出了水柱。当时立即组织抢修小组进行抢修，但是一天过去了仍然没有修好，

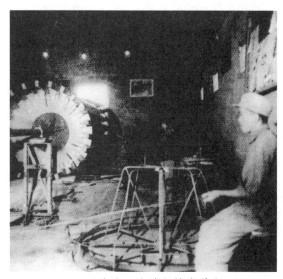

*边施工边进行技术革新。

省委的负责人来工地视察的日期一天天临近，指挥部对现场的修理情况非常关注。这天晚饭后，李培福让陈可言和姜作孝到现场了解修理情况。

抢修小组仍然在现场忙碌，负责人说换了三四回垫圈了，仍然无济于事。估计是法兰加工精度不够，但要更换法兰并不容易，因为法兰盘是兰石厂加工的，鞭长莫及，时间也不允许。大家议论了半天也说不出什么好

办法。这时，开卡车的师傅脱口而出："干脆把法兰盘焊死问题不就解决了？"

姜作孝一愣，这倒是个办法呀！他问陈可言："你看如何？"

因为陈可言是技术负责人，这样的技术问题经过他的同意才能算数。陈可言想了一下，说可以焊死。果然问题解决了。

百密一疏，上水的日期越来越近，但相继出现的问题，令大家防不胜防。杨玉朋和安装队的工人一起参加一泵站控制保护系统调试。有近十天的时间，调试组人员天天加班加点，通常要干到凌晨四点左右，人最困的时候回家睡几个小时，九点钟又准时上班。连轴转的这十来天，精神高度紧张似乎还能坚持，等到调试一结束，倒头睡了两天人才清醒过来。所有设备调试完毕，并经多次试验都很正常，满以为一切顺利，就等下令启动机组了，可是令人意想不到的事又发生了。

＊施工人员精心安装每一台机电设备。

如果这次启动成功，就应该是在国庆之前一两天上水草窝滩了。但是，却偏偏出现了问题。这一天，指挥部主要领导坐镇一泵站，成百上千的指挥部职工、民工和当地农民聚集在泵站钢管出口和几公里的渠线上，等待着观看黄河水从上水钢管口流入渠道的情景。总指挥下令，杨玉朋按下启动按钮，可是机组却没有启动，连按了几次还是不动。轰的一下，杨玉朋的脑子一片空白，不知道发生了什么。李培福连连用拐杖捣着地面大发雷霆，要抓破坏此次启动的"反革命"。姜作孝见状，急忙上前打圆场，把李总指挥劝走了，并指挥有关人员慢慢疏散看水的群众，鼓励调试组的同志静下心来，慢慢查找故障原因。等人群散尽，调试组人员也冷静了下来，按接线原理一点点查找，结果发现是35千伏降压变压器进线开关上，一个接点在多次试验后震松了，发生了短路。找到原因，大家欣喜若狂。就这么一个小小的接点接触不良，把一个成百上千群众欢庆上水的典礼搅黄了。

来吧，黄河

好事多磨，1971年9月30日，一个注定被写入历史的日子。"黄河之水天上来"，不再是古诗词中的感叹，而成为眼前既定的事实。按照计划，早上八点整，启动一泵站。

八点整，李培福深深吸进一口气，看看泵房里的所有人，每个人的脸上写满了疲惫，每个人的脸上都有着憔悴，但每个人的脸上，都闪动着兴奋和希望的光芒。李培福收回目光，平静地下达了命令："开机——"

待命多时的工作人员，果断按下按钮，一号机组轰隆隆运转了起来。

预应力压力管道里，带着咝咝声的空气迅速扑向刀棱山，啸叫的空气是一种力量，拽着黄河水，从山脚下往山顶涌去。

下达命令后的李培福，乘车来到了一泵站出水口。

金色的阳光洒在刀棱山上。刀棱山，以从未有过的盛况，迎来了从未有过的奇迹。出水口的周围已经挤满了欢欣鼓舞的人群，他们中有工程建设者，有景泰各地前来的农民，也有从黄河对岸赶过来的靖远人。得到消息的人们，谁也不愿错过这个需要一生铭记的时刻。老人，小孩，更多的是年轻人，翘首张望的眼神里，全是满满的希望和祝福。

李培福站在出水口旁，出水口管道里啸叫的空气声如牛吼。他的目光平静，神态严肃，在拐杖的支撑下，他的身体微微转动，目光扫过里三层外三层的人群，最后停留在黄河的方向。他内心的激动无人能够感受，饱经风霜的脸上，很难看到他心中的波澜。也许，在这个时刻，他反倒心静如水了，他轻轻挥挥拐杖，轻声呼唤：来吧，黄河！

压力管道里浑浊的黄河水喷涌而出，在出水口溅起白色的泡沫。蓄积的黄河水在出水池躁动了一阵之后，温顺地向着二泵站流去。震耳欲聋的欢呼声响彻山谷，李培福，这位老人的眼角，出现不易察觉的一星泪光。

鲜润的阳光承载了这些欢呼声，越过山谷，洒满了整个景泰川。

黄河之水天上来，沉睡千万年的荒滩，迎来了生命的曙光。围观的人群欢呼雀跃，他们跟着奔流的黄河水，沿着渠道跳呀，喊呀，笑呀，乐呀，尽情释放着内心的激情。

沈秀林驾驶景泰川电力提灌工程指挥部唯一的一辆绿色的老幸福牌摩托，跟着黄河水，奔驰在山间崎岖的小路上。其实，为了今天的上水，在9月29日，指挥部就开始了详尽的准备工作，上水，也是为了检验渠道，检验设备。指挥部决定，刚开始的时候，上水量少一点，然后逐步加大流量。

沈秀林接受的任务就是跟着黄河水，在渠道上下巡逻，往返检查渠道，看有无漏水决口的现象。指挥部在事先预计的危险地带，特别是垫方地带都安排人马守候，准备好草袋子以防万一。

沈秀林骑着摩托车来来回回跑，看似辛苦，心里却很高兴。在这个重大的日子，能承担如此光荣而艰巨的任务，对这个年轻人来说，可真是无上的光荣。在一天的时间里，沈秀林乐此不疲传递信息，直到上水正常。

继续接受劳动改造的谈嘉言，一大早就骑着自行车来看黄河水。二十多公里的路，他骑得满头大汗，在草窝滩附近，终于看到了奔涌而来的黄河水。

河水渗入干渴的渠道，发出嗞嗞的声响，似乎干渴了许久的孩子，正在贪婪地吮吸母亲甘甜的乳汁。谈嘉言捧起一捧黄河水，眼泪流了下来。许多老人，就这样捧起黄河水，喝两口，开心地大笑不止……

沈秀林遇到了正在巡查的李培福，报告了水流正常的消息，李培福哈哈大笑起来，他说："达到了预期的目标。"李培福显得很开心，大笑不止，如释重负地吐了口气。

1971年9月30日22时35分，水到独山子公路桥，提前25小时25分完成了"国庆上水"神话般的光荣而艰巨的任务。对这场甘肃人民的盛事，《甘肃日报》头版做了专题报道，中央人民广播电台在《新闻联播》中播报，《参考消息》将此列为当年十大新闻之一发表。遗憾的是，《人民日报》因为"不是发展方向"而未做报道，新华社拟发的稿件《黄河之水天上来》也随之停了下来。

*上图:先尝一口飞来的黄河水。

　下图:上水这一天,成了当地老乡们的盛大节日。

那天晚上，景泰下着难得见到的小雨。指挥部副指挥省电力局副局长曹布诚，在兰州下班后赶来，看到了水上四泵站，非常高兴。回到一条山，李老汉把几个副指挥、组长，叫到他的房间，拿出了他保存多年的一瓶茅台酒，与大家共同举杯，表达他那发自内心的喜悦和兴奋，祝贺上水成功，也感谢大家的努力。还有，工程质量经受了上水的考验，按设计流量10立方米/秒上水试验成功后，李老汉、贺指挥都连连说："太好了，说上几个水就是几个水。"

开始，沈秀林不明白这是什么意思，后来才知道，在这以前省上许多工程过水都达不到设计流量。

10月1日0点整，黄河水从总一支准时进入农田，国庆水上草窝滩！

9月30日，这是一个普普通通而又极平凡的日子，但景泰川的人们都处于高度兴奋状态。当晚，广播站第三次播音结束后，没有关机，编播人员守在播音室，等候上水的消息。

广播稿已经提前写好了框架，只等填写上水的具体时分，音乐和专题文艺的磁带装上了录音机，为上水写的"本站评论"也提前准备好了。夜里10点35分，黄河水进入总干四泵前池，大约10点40分，电话里传来了上水成功的消息。广播站破例第四次开机。

午夜，破例响起了广播，雄壮的《东方红》序曲响彻景泰川的夜空。而后，播音员常景春那浑厚激越的声音传送出了振奋人心的消息："上水了！上水了！胜利了！胜利了！景电战士经过两年艰苦奋斗，滚滚的黄河水第一次流进沉睡千年的草窝滩，国庆上水的目标实现了！黄河水上来了！水上来了！景泰人民的愿望实现了！草窝滩沸腾了！这是毛泽东思想的伟大胜利！这是革命加拼命、建设景泰川的一曲胜利凯歌！这是水利建设者为国庆二十二周年献上的一份厚礼！"

胜利上水的消息连续播放了三遍，"特别节目"一直延续到凌晨。

流入心田

几年的拼搏，几年的奋战，终于迎来了上水的时刻。人们从兴奋、激动，变得更加繁忙。为了迎接上水，景泰县委、县政府召开了紧急会议。各公社、大队的负责人参加了大会，强调为了应对灌溉中出现的问题，增加人员巡查渠道，抢险的麦草必须拉运到渠道旁。社员家里能够堵水的工具都拉到田间地头。

不得不说领导的考虑周到而详尽。对于种惯了旱地的农民来说，浇水还真是一个新课题，更何况浇的是黄河水。这些缺水的农民，没有驾驭过这么大的水，更不知道这些水的威力，当干部们强调这些工作时，有的人显得不屑一顾："抽上来的一点水，能有山洪大吗？"也许，他们所见过的水，也只有暴洪了。

显然，县上的领导干部充分考虑到了这一点。浇水前，县上制定了严格的管理制度，成立了隶属县水电局的水管所，从民工中招收了四十多名水管人员，采取红旗引水法，每条投入灌溉的斗渠口都插一面小红旗，以便于管理和接受群众监督。

当驯服的黄河水，按照人们的意志进入干渴的土地，各生产队都用农家自己的欢庆方式庆祝。有的老人撮土焚香，叩迎水神，有的老人在闸口拴上一点红布，年轻人迎着水头燃放一挂鞭炮……

欢乐的人们，谁也不会指责这是封建迷信。新修的土渠，随时都有裂口的可能，按照部署，就近的群众日夜守护，干部技术人员全部上渠，分段包干，做到哪里有险情，哪里就有抢险队伍。尤其是在填方段和转弯较急的地方增加了防守力量。

城北墩村，应该是最幸运的一个村，黄河水一上来，他们最先看到了这一盛况。上水这一天，全村老少个个欢腾雀跃，队队组织社员，套起马车，拉上行动不便的老人和孩子，学生们穿起过年的新衣裳，打起横幅标语，敲锣打鼓，从四面八方涌向总干渠参加上水庆典。

四十多个青年人似乎是村里的代表，早早起床步行十几里路，来到总三支分水口迎水。黄河水徐徐流进了还未衬砌的三支渠，几个青年人也不怕冷，高兴地卷起裤腿，一手提着鞋子一手拿着铁锨给水"领路"。水到村子附近，几个人赶快跑着去村子里报喜："水来了，黄河水上来了！"

水来了的消息，霎时间传遍小小的村子。满巷的人，满街的人，大家丢下手里的活计，扶老携幼向村西渠涌去。

滔滔黄河水静静地在眼前流淌。人们你一言我一语，说着笑着，许多人也不管脏净，双手捧起满是泥沙的水，大口大口地喝了起来，一抹嘴扬起笑脸赞道："真甜呀！"老人蠕动着干瘪的嘴一时激动得说不出话来，眼里流下了幸福的泪花。想啊，盼啊，千百年的梦想变成了现实！他们说古论今，如河水般滔滔不绝。多少年无水缺粮的辛酸历史，就此永远成了过去。

黄河水流淌到西三支时，在景泰县加油站附近的转弯处决口了，水像脱缰的野马一泻而下。守渠的群众发现后，立即奋力抢险。消息传到指挥部，指挥部的同志纷纷赶到现场，一边组织群众修渠，一边派人通知芦阳公社紧急救援。半小时后，芦阳公社派来了七十多名群众投入抢险，经过几个小时的奋战，堵住了决口。当李培福赶到现场时，黄河水已经平顺地向前流去。李培福看到这种情况，感到很满意，他对现场抢修的领导说："招之即来，来之能战。不错！"

西六支上水时，填方决口，当指挥部人员赶到时，决口太大已经无法控制。守渠的群众总算领教了黄河水的威力："你别看这么一点水，就像山洪来了，开了那么一个小口子，一眨眼就冲开了一大片，干着急没一点办法呀。"

指挥部立即派人通知在南滩、陈庄一带灌水的群众紧急增援。中泉公社、喜泉公社接到命令后，立即派二百多名群众赶过来。这些正在冬灌的群众连着几天没有很好地休息，眼睛全都熬红了，可是当一看到险情，立即毫不犹豫地跳入水中。许多人都跟着跳了进去，直到流水基本控制后，大家才像一个个泥猴一般从泥水里钻出来。缺口合拢后，由于西三泵出故障上不去水，西七支的来水全压在西六支上，指挥部立即将抢险群众组织起来，每三米站一个人守护西六支渠，直到傍晚西七支上水后，大队人马才撤了下来。

上水的喜悦，很快被浇水的疲惫替代。第一次上水，就是一次检阅，检阅设备的状况，检阅渠道的质量，更检阅人们的信心和毅力。同时，第一次上水，也是一次发现问题的过程。李培福强调，对发现的问题，都要认真记录，在今后的建设中及时纠正。

上水前的一天，蒋成林接到北干水管所通知：沿寺一泵站已经开机，预计水到红水是夜间，准备接水。

期盼的这一天终于来到了。蒋成林立即召开上水会议，通报了几次决口之后的险情，明令各大队开挖的支渠段，就是各大队的护渠段，接受黄河水的考验，保证不垮渠，不跑水。护渠人员要背上草，带上工具，日夜坚守岗位。

安排完工作，蒋成林和技术员罗文俊骑上自行车去六支渠大填方处接水。这一段，就是他做主修改的那一段渠道，也是他最担心的一段。太阳快落山时，水头来了，等候在渠边的群众拍手叫好。黄河水，有史以来第一次来到红水。水进入大填方时，先是装满靠山边取了土的大坑，然后顺着渠稳稳地急速前进。

夕阳的余晖，洒在水面上，像撒了一把碎金子，闪闪发光的水纹，显示出从未有过的美景。

蒋成林跟着水继续前行查看。天色慢慢黑了下来，围绕渠道，到处都是社员们燃起的火堆和晃来晃去的手电筒。当他们走到六支渠延长段的一个沙沟时，罗技术员连人带自行车骑到石崖下，蒋成林惊叫了一声，赶紧大声问："好着没有？"

罗技术员翻起身，一连声回答："没关系，好着哩。"

蒋成林上前查看，技术员跌下去时，刚好掉到细软的沙子上了，真是没有大碍。罗技术员迅速戴上近视眼镜，扶起自行车继续前进。在另一垫方处，护渠的社员们正站在渠边上拍手叫好，激动得满脸都是热泪……水

▶ 冬灌泡地

过景武公路涵洞，水头进入斗渠，到达上沙窝，久旱的荒地，灌上了远道而来的黄河水。黄河水进入干旱的土地，像突然停住了脚步，慢慢向前洇开。到处都是水渗入土地的嗞嗞声，干透的土地，第一次得到彻底的滋润。兴奋的社员说："水啊，水啊！总算来了，我们有了黄河水浇地，真正的幸福就在眼前了！"

第二天，更多的群众赶到斗渠旁边看黄河水，有些老人感叹："我们先人多少代都没见到黄河水呀，都说不见黄河心不死，这会，黄河到了咱的眼前头，真是发生了奇迹呀！"

由于准备充分，渠道质量过关，浇地进行得十分顺利。过了几天，一个晴朗的下午，李培福来到景武公路桥前。李培福下车后，看了看水渠，突然面对群众大声说："哪个瞎指挥把水放到这里的？"

周围的群众你看看我，我看看你，没有一个敢上前搭话。公社一位副书记怕受批评，悄悄回避了。蒋成林只好走上前答话："李指挥，红头文件上说的白墩滩就是这里，你看大片的、肥沃的洪漫地变成黄河水灌区多好啊！"

李培福低头沉思了一会，等抬起头来，已经面带笑容，和蔼可亲地说："既然已经把水引到这里，那就灌吧。但必须把渠道衬砌好，地平好，不许大块漫灌，要小畦灌溉，节约用水。"

蒋成林开心地笑了。他知道，李培福不光心细，而且记忆力超好，眼睛也很厉害，他一定是感觉到了延伸的渠道超出了规划范围；但是，看着大片的土地和周围的群众，他在心底对这种超计划的行为给予了默许。蒋成林别提多高兴了，他胸脯一挺，坚决地向李培福保证："您的指示和要求，是为了我们好，我们保证做到，请您放心。"

李培福笑了，挥挥拐杖，钻进了车子，又到别处去看了。

国庆上水，灌溉了数万亩土地，同时也发现了不少存在的问题。可是，第一次浇灌了黄河水的景泰川，已经充满了生命的活力，预示了将要到来的美好生活。沉睡千万年的荒野，自此翻开了新的一页。

猎虎山方案之争

1971年10月27日，景电工程指挥部召开各工区负责人以及各团、工程团各连、预制厂、机修厂、指挥部驻兰工作组、指挥部机关各组参加的会议。会议由贺建山主持，李培福参加了这次会议。

李培福很严肃地指出："国庆上了水，我们已经取得了一定的成绩，但是，我们有些同志已经产生了骄傲自满和松劲的情绪，这是十分危险的倾向，必须引起各级领导和全体同志的充分注意。只有不断地反骄破满，克服松劲情绪，才能使我们更好地发扬自力更生、艰苦奋斗的精神，乘胜前进，去争取新的更大的胜利。"

会上通过了来年的奋斗目标：1972年争取灌地十万亩。

从严格意义上来说，国庆节上水，包含了更多的政治因素，距离一期工程灌溉三十万亩的目标还相差甚远。这次会议，显然为今后的工作敲响了警钟。这也是李培福敏锐地感觉到了因为上水而松懈和骄傲的情绪。而陈可言心里也清楚，李培福所说的话，包含了更多层面的意思。

当天晚上，可能十二点都过了，李培福把陈可言叫到他屋里，等他落座后说："方案该定了，刚才我又听了一次猎虎山方案，我看猎虎山方案好。"

陈可言马上明白了李培福说的是什么意思。

在这之前，技术组长陈可言受指挥部委派，带着一批技术员，反复测绘，拿出了他们的方案：总干渠过包兰铁路向西延伸，可称为"西线方案"。另一方案是条山和十六团的土专家提供的，就是总干渠过包兰铁路向西北延伸，直插猎虎山，称为"猎虎山方案"。两相比较，"西线方案"直线上水，浇水方便，水量损失小，但需要占用耕地，所用钢筋混凝土压力管道多，填方大。"猎虎山方案"依山而走，完全不占用耕地，石山明渠石底子，千年不坏，各支渠自流顺畅，所建泵站少，可持续发展，但比"西线方案"投资多，水量

*读报也是政治学习。

损失大。

就这两个方案，1971年10月23日上午，李培福主持召开了指挥部扩大会议，除指挥部各机关主要负责人外，农建十一师和十六团的部分领导也参加了会议，专题讨论西干渠方案。会上贺建山、姜作孝等几位领导和陈可言表示同意"西线方案"，也有同志表示了不同的看法。与会人员各抒己见，畅所欲言，两个方案两派人，形成了激烈的争论。

李培福见双方各执一词，难以决断，决定"要再具体比较一下，做些工作"，随后宣布散会。

如今，李培福深夜找来陈可言谈及此事，他的用意显而易见，但是，陈可言还是陈述了自己的建议和方案。李培福又仔细询问了两个方案的各种数据，包括管道、干渠、支渠、泵站、投资、水量损失，并做了认真的记录，特别在"'西线方案'管道比'猎虎山方案'长1.6公里"处画了重重的双横线。

李培福看了看陈可言，挥挥手："睡觉吧，明天了再说。"

第二天上午，李培福主持召开党的核心小组扩大会议，李培福开门见山："我的看法是猎虎山方案好处多，明渠，石底子，可发展；管道方案好处是直线，浇水方便，损失小，缺点是管子多，深挖十二米，高填方，这还是不成。我说猎虎山方案对着呢！"

接着，李培福特意看看陈可言、姜作孝，和颜悦色地说："陈可言、姜作孝，咱们在大原则上要有个配合嘛！"

其实，几位主要领导在心里还是赞同"西线方案"的，李培福在心中也认可"西线方案"，认为陈可言毕竟是科班出身，他的方案更具有科学依据，但农建十一师和十六团的人们坚决支持"猎虎山方案"。俗语有云："事不关己不开口。"西干渠关乎十六团的切身利益，他们的坚持也有道理。

然而，陈可言继续认为"西线方案"在经济、技术上是合理的。但他忽视了一个客观的情况，因为压力管道用量多，当时预应力管道的生产赶不上工程进度的要求；"猎虎山方案"可借助山势，缩短管线，少用管道，能保证工程按计划上水，按照规划发挥效益。

陈可言继续坚持自己的意见，说猎虎山方案要多投资八万元，这可不是个小数目，且水量损失比"西线方案"大0.3立方米/秒，取黄河水不容易。

李培福的态度变得强硬了起来："就这样定了，我看还是'猎虎山方案'好，明渠，石底子，可发展。"

陈可言倔强的个性又开始作用了，他继续在经济、技术等方面阐述"西线方案"的可行性。可是，李培福打断了陈可言的话，语气有着少有的严肃："你们知识分子，就爱钻牛角尖，爱发长篇大论，不能具体问题具体对待。大的原则还要有个小的配合嘛，我要批判你一竿子哩。"

气氛骤然紧张，骑虎难下的尴尬，让会场气氛变得凝重起来。

*八号渡槽通水，建设者们在桥上欢庆。

贺建山中途离开了会场，示意正要发作的陈可言出来一下。陈可言出去后，贺建山说："小陈，李主任的'可发展'是什么意思？就是'猎虎山方案'少一个泵站，长远来说，可以节省许多能源，确实有长远眼光。再则，水上猎虎山，各支渠都是自流渠，可任意开发土地，不受干渠的限制，发展不可限量。李主任的小配合是什么意思？你要认真领会呀。如果爬坡管道的生产赶不上进度要求，你的'西线方案'不能保证工程按计划上水，进而会影响整个工程建设。要舍小保大，再不可固执己见，否则，你会犯错误的。"

陈可言回到会场，再没有提出异议，表示赞同"猎虎山方案"；但心里还是有点想不通。李培福的"我要批判你一竿子哩"也就不了了之了。

不过，在具体执行"猎虎山方案"时，陈可言还是认真负责，绝不马虎。从开挖渠道、设置泵站、规划支渠多方面反复研究，既保证工程质量，又尽量节省投资。总体下来，因开挖石质渠道比较长，虽然投入了大量的劳动力，但物资耗费相对较少，并且，少建了两个泵站，反而比"西线方案"少投资六万元。

再接再厉

未完成的工程顺利进行，而上水后，发现的许多问题刻不容缓需要得到处理和解决。解决渠道渗漏严重的问题，绝不亚于重新衬砌的工程量。景泰县成立了专业施工队，七个公社七个分队，筹措了部分资金，给各公社解决了一些架子车，一千多人的专业队从上沙窝到兴泉，开始了支渠由土渠改石渠的工程。

石渠衬砌，最主要的是石料的开采和拉运。采石场整天炮声隆隆，民工川流不息，每三人拉一辆架子车，奔波在工地与料场之间。上沙窝和三个山工地的石料场在八道泉三眼井，每天天刚蒙蒙亮，运输队就要出发，紧跑慢跑，到太阳落山也只能拉两趟，一天下来，年轻小伙子、大姑娘，累得腰都直不起来。可上工的哨子一响，歌子就会唱起来，步伐就会加

▲衬砌总干渠

快，没有一个人甘心落后。

由于资金有限，水泥供应成了最大的问题。更重要的是，在那工值倒挂的年代，劳动一天拿不到一分钱，有些年轻人衣衫褴褛不堪，伙食标准一降再降，大部分人面色腊黄。热情再高，也难抵御缺衣少食的尴尬呀。

解决资金问题成了火烧眉毛的事情。景泰县根据这一实际情况，抽调一部分人马在八道泉和芦阳大梁头办起了砖厂，同时办起了一个醋厂，并承包了从上沙窝到黑咀子的公路修建任务，虽然挣来的钱主要用在购买水泥上，但每天能给每个人三角钱的补助。三角钱，调动了参建民工的积极性，工程建设加快了，整个工地又恢复了歌声不断的场面。

国庆上水，在满足了政治需要的前提下，也提振了人们的信心，让黄河水翻山越岭不再是一个传说和神话。但对工程本身而言，才是小小的一步。李培福深知这一点，说是万里长征走完了第一步也没有什么不对的地方。设计的是四条管道上水，第一次仅仅用一条管道上水；规划三十万亩的灌溉面积，第一次上水，浇灌后可以耕种的土地才有五万多亩。其他的建设不配套、渠道不完善等诸多问题，都是这些建设者们需要继续努力的方向。

随之而来的问题接二连三，尽快建立与灌区运行调度相适应的标准较高的通信系统，就是其中之一。

杨玉朋知道，在上水之后的几天里，当时虽然属于临时试水，但总干渠的全部水工建筑物均要接受考验，指挥部为了掌握情况，及时处理问题，指挥部机关组长轮流进行试水调度值班。那时总干渠各级泵站之间虽有电话，但还是原来标准很低的临时设施，加上高压线的严重干扰，泵站向指挥部调度报告情况，双方都喊得声嘶力竭，累得满头大汗也讲不清问题，听不清对方在说些什么。一遇渠道垮塌，塌方现场的紧急情况更不能及时沟通了解，值班人员急得团团转，有时只得坐试水值班车到现场解决问题。

现代化多级电力提灌运行的要求和落后的通信调度已显得极不协调。为适应提灌规模的不断扩大，保证安全运行，保证边施工边运行的协调，完善高质量的通信设施已是当务之急。指挥部深感这一问题的重要性，把它作为一个重点项目列入1972年的建设计划，并提出了相应的具体要求和分工：规划设计队负责规划设计，安装队负责施工，后勤组负责器材准备。

杨玉朋又受命参加了这一工程的建设。这个时候，她已经有了自己的家，孩子也到学校上学了，和在兴水期间的生活相比，那可是好了一大截。杨玉朋全身心地投入到了通信设施工程的建设中。

建设以调度总机为中心的通信调度网络，目的在于实施灌区一级调度，各级泵站开停机、干渠闸门闸阀启闭操作，均由调度中心通过通信网络下达指令。灌区用户用水申请、配水调度也可以通过通信网络实施。

1972年8月，指挥部办公会议决定成立通信线路办公室，由当时的后勤组长姜作孝负责这一工作。

姜作孝不得不从繁重的物资供应工作中抽出一部分精力来完成这一新的任务。他冷静分析了一下，在工程设计、通信技术方面，杨玉朋这个女强人完全可以承担并胜任，而自己主要承担的还是物资供应任务。

不言而喻，这项通信工程，最关键的还是材料问题。

1972年，虽然通信项目被指挥部列入了计划，但调度总机设备、线路材料（电杆、电缆）等并未全部列入省上的计划。这一点，在计划经济的年代里是很要命的，要想在短时间凑齐八十多公里的配套通信器材，并非一件易事。有的物资虽然列入计划，也常常不能按使用时间到货。

有姜作孝这个后勤部长坐镇，杨玉朋心里多少有点踏实。在姜作孝的协调下，为解决通信项目所需材料以及铁附件加工，后勤组、兰州采购站的工作人员都付出了巨大的努力。水泥电杆因本省无法满足所需，姜作孝通过自己在山西的战友，动用各种关系，最后才得以解决。显然，这一招姜作孝得到了李培福的真传：为了工程顺利进行，动用自己的私人关系，把公事当作私事去办。

在具体的工作中，杨玉朋才算理解了姜作孝这个后勤总管的难处，不管是计划内还是计划外的材料，都要有人亲自到处去跑，不厌其烦四处求助才能得以解决。为了解决调度总机的配套器材，姜作孝让杨玉朋专门去省电供应站跑了无数次……景电一期通信网络工程的设备材料，先后经过了大半年时间的奔走，才有了一个眉目。

灌区通信网络的建设从1972年开始，从规划设计、准备材料、订购设备到施工安装，于1973年才基本投入了运行。

存在的问题正在逐一解决，新的建设正在加紧进行。1972年3月1日，是"水上猎虎山"，即总干五泵站、六泵站和西干泵站上水的计划时间。

由于工期紧迫，而永久供电的西干一泵变电所尚未投入运行，指挥部决定从六泵站架一条临时供电的输电线路保证西干一泵站的上水，安装连电工班同时进行总干五泵站、六泵站等泵站的电气安装。指挥部安装队技术员王政民带领几名青年工人到西干一泵站，进行厂内电气安装和调试。

2月份景泰的气候反复无常，零下二十几度的低温很正常。由于泵房土建工程尚未完工，门窗的玻璃一块也没安装，所以尽管是在室内施工，但气温仍然很低，到晚上冻得手都伸不出来。冷得实在受不了了，王政民们就在室内空地上生起篝火取暖。几个年轻人一面烤火一面工作，体会"火烤胸前暖，风吹背后寒"的滋味。到2月底，厂内机电设备基本安装就绪，但是主要器材厂用变压器仍无着落，催要多次都没有结果。直到3月1日上午，为了保证上水，决定将三泵站供临时施工用电的变压器拆到西干一泵站安装。

*黄河飞渡猎虎山的猎虎山渡槽。

这种拆东墙补西墙的做法，对大型工程来说，实在不可取。但当时的任务就是这样，在规定的时间内完不成，不会考虑客观因素，往往会从主观上找原因。因时间紧迫，变压器下午运到西干一泵站后，没做检查和试验就直接进行安装，傍晚六点钟给变压器送电后，却发现低压配电盘上的电压不对，竟然缺了一相电压，致使厂内低压电器无法正常运行。

没有比这更为尴尬的事了，指挥部的领导都来到西干一泵站准备上水，同时通知了指挥部的机关干部到丰收渠准备上水后浇地，大家一个个扛着铁锹等水，但是等了许久不见水来，就陆续来到西干一泵站一看究竟。而王政民他们却因低压电不正常而不能开机。

虽然天气很冷，但王政民他们几个年轻人却急得直冒汗。

贺建山也到配电室来看究竟。他心里也很着急，但表面上却不露声色。贺建山以信任的目光看着王政民几个,没有任何批评的意思。王政民看到贺建山年龄那么大了还一直站着,心里很过意不去,就找了一把椅子,请他坐下等。这时在其他泵站上完水的工程技术人员也都来到西干一泵站,帮助王政民他们查找故障。经检查才发现,因变压器从三泵站拆线时,高压侧接线桩头松动,造成变压器内部引线断路,致使低压供电不正常。

原因找到了,当时已经是晚上八点钟了。经简短商议后,大家认为,如果等变压器检修后再上水势必影响3月1日的"水上猎虎山",也不好向那些在地里等着浇水的人们交代,因为可以肯定在午夜十二点以前是修不好了;所以决定,利用给工地施工供电的柴油发电机组向低压母线临时供电保证上水,同时检修变压器。

决定后,王政民几个怀着内疚的心情立即改接线,启动柴油发电机组,向厂内供电。当泵站第一台水泵开机上水,实现"水上猎虎山"的目标时,已是深夜十一点了。在泵站观看的人们,看到西一泵已上水,就跟着流水顺着丰收渠到地里浇水去了。等到他们将厂用变压器检修好,停了柴油发电机,恢复正常供电,已是凌晨两点钟了。

王政民从西干一泵站返回条山住地,一路上,工地播音室的高音喇叭还在不断地播送水上猎虎山的喜讯,王政民听着,心里真不是个滋味。他不知道该说什么,只觉得心里憋得难受,虽然已经很晚了,但躺在床上,怎么也难以安睡……

水上猎虎山,是继国庆上水草窝滩之后的一个主要工程。在整个战线上,民工们一如既往地参加了建设。但是,在此期间,却出现了一次意外事故。

1955年出生的张秉元,家住甘肃省白银市景泰县寺滩乡山区。当年参加工程建设的时候,只有十七岁。年幼的张秉元命运多舛,出生不久,父亲就走了,是有着一双小脚的妈妈把他拉扯大的。母子俩相依为命,度过了一段极为艰难的岁月。十七岁的张秉元在生产队的安排下,成了一期工程的民工。

1972年10月10日中午,张秉元和大家围成一个圈圈正在吃饭,不料一窝子炸药意外爆炸,一块三斤半重的石块从山上飞来,不偏不倚,刚好劈向张秉元的脸部!

他们休息的地方，原本处于较为安全的距离，也许是装药量超出了以往的分量，这块飞来的石子，在眨眼的工夫，把张秉元的面部砸成了粉碎性骨折，血流如注，当时就昏迷不醒。民工连负责人王希瑜、焦本祖等当即将他送到了省水利水电工程局职工医院抢救，为了不让他妈妈担惊受怕，大家统一口径，没告诉他家中这个不幸的消息。

李培福听到这个消息后，立即赶往医院，指示不惜一切代价抓紧救人。因为流血过多，需要输血，民工张世兰、梁会山、张林义三人经医院检查后，给他输了血。王自达、肖士权、郑维民、王雄文、李生录、王希瑜、肖士海等都在现场。李培福向王自达了解情况，王自达如实做了回答："每天都在那里休息吃饭，是规定好了的爆炸范围之外，也真是邪门了，这块石头就像专门去找他的。"随后，王自达还认真向李培福汇报了张秉元家中的情况："孤儿寡母，日子可怜得很呀……"

张秉元的面部遭到了严重损伤，在李培福的指示下，先后转院到芦阳的县医院、兰州大医院等处治疗。一个多月后，张秉元还在养伤，李培福又到医院来看他。随行人员提着一兜苹果，李培福拿出一个，递到张秉元的手里。李培福捂着拐杖坐在病床边，双眼里充满了爱怜，他说："你就好好养伤吧，我已经到过你的家中，你妈妈还好，只是你们那个日子，太贫困了。等你伤好了，就把老人接到灌区，开始新生活吧。至于你，指挥部会做适当的安排。"

张秉元拿着苹果的手颤抖了。他的整个头部，还被包在纱布里。等伤势稍稍好转之后，张秉元回到了家中。在此期间，民工们没有告诉家里实情，但是妈妈一见张秉元，惊呼一声："天呀，我的娃娃怎么变成了这么一个样子……"随之昏倒在地上。

后来，在李培福的提议下，指挥部把张秉元安排在泵站看守渠道，享受职工待遇。然而，妈妈孱弱无力的样子总在张秉元的眼前晃动。在山区，他最担心的就是妈妈的吃水问题了：妈妈颠着一双小脚，拿一个脸盆，或者拿一个茶缸子，到很远的水井边端一点水，她的身体，已经无力

*当年的意外，在张秉元脸上留下永远的伤痕。

拿动更多的水了……考量再三，张秉元舍弃了工作，回到了家里，照顾母亲的生活。

1972年11月8日，水过包兰铁路涵洞。

1972年11月16日，水进猎虎山西干二泵前池，西四支进水。

1972年11月25日晚7时38分，西干二泵四号机上水，9时40分，水到西三泵前池，西四支、西六支上水。

当年灌地十万亩的任务，自此有了切实的保障。而景泰川电力提灌工程的主要工程，因这些工程的完工已经建设完成过半。

基地建设

也许很多人都不知道，今天的景泰县城的格局，事先是没有规划的，而是按照既成事实，并在其基础上逐步规划和完善的。几条主要的街道，就是吴光彦在那里的杰作。

吴光彦搞完先期的测量任务之后，领受了新的任务，负责基地住房建设和农副业生产。李培福在1970年2月就指示要以一条山为中心，搞好工程的后勤基地建设。李培福的指示很明确："条山基地建设要求要快，冬天机关就要在条山办公，职工、家属都要有房子住。"并且风趣地对吴光彦说："这就看你老吴怎么办喽！"

吴光彦面对的是一片光秃秃的荒滩。沙丘连绵，风沙肆虐，白刺棵子和骆驼草在风中颤抖，偶尔窜出的野兔，就是难得的生命了。在这广袤的荒滩之上，那一脉青褐色的山峦显得尤为突出。可真是一条山呀，很像西边的祁连山余脉伸出的一条根须，探入荒漠之中，然后在不远处消失。

在这砖无一块、瓦无一片的基础上，要开始基地建设，想想都感到头疼。吴光彦无法推脱自己将要承担的任务，他漫步在荒滩上，在他身后，留下一串清晰的脚印。转了一圈之后，他心中渐渐有了未来的模样：这里是医院，这里是家属院，这里是办公场所，这里是学校……开始吧，只要努力，总会有好的结果。

说服了自己的吴光彦，开始说服自己的下属。吴光彦发动职工、家属打土坯，他把具体的工作做了量化，要求男同志每天打五百至六百块土坯，女同志每天打三百至四百块。

被量化的工作很快遇到了瓶颈，在荒无人烟的荒滩上打坯、搞基地建设，最大的困难是水。大批建筑工人要吃水，工作人员要吃水，来工地的家属要吃水，施工更是需要大量的水。没有水，就无法和泥，和不了泥，哪来的土坯？

吴光彦所能做的，就是安排车辆到十几公里以外的条山大队芦阳镇拉水。但是各个厂矿、企事业单位来条山搞建设的人越来越多，随着人员的增加，用水量加大，拉水的人蜂拥而至。条山大队有些招架不住了，那么大的生产队，只有两眼井，所有的社员就是靠那两口井，吃水、灌地，他们连自己的生活都无法保障，又哪有多余的水供工地使用？

要想发展，要想建设，必须先解决水的问题。吴光彦思量再三，决定在条山基地周围打几眼机井。然而，几经努力，打了几个黑窟窿，就是打不出水来。后来根据地质调查的情况，由地质部水文三大队，在条山大队北沙河打了一眼井，打到三十六米处总算抽出水来，经过化验，水质能够饮用。吴光彦稍稍松了口气，组织力量在地面上建造了一个蓄水的大池子，以便于贮水，同时打了一个斜井，加了一级水泵，通过两级水泵，加快了水的提升速度。

这个措施，虽然基本上满足了基地建设人们的饮用和施工用水，但接踵而来的是所有参加条山建设的单位都在这一个水池子取水，每天汽车、拖拉机、架子车往来不绝，单靠汽车拉水满足不了打土坯建房的用水需求。

吴光彦只好求助李培福。吴光彦汇报了面临的困难，李培福只是静静地听着。听完之后，他问吴光彦："这个问题确实需要解决。你考虑如何解决？有什么好的办法吗？"

吴光彦说："能不能支持一下我们，再建一个大的蓄水池？车拉水，本身就增加了运输成本，而且很费时间。"

李培福想了想，同意了他的方案，并催促他尽快落实："工程建设正在顺利进行，你的后勤建设可不敢掉链子！"

在指挥部东面山顶上又建造了一个两千立方米的大水池，安装了一条从条山水井到这个水池的管道，把水抽上山，再从山上放下来变成自来水，省去了车辆运输的麻烦，解决了基地建设用水这个大难题，加快了建设速度。

建设一个基地，只有土坯还远远不够。购买砖瓦，一是没有资金，二

是方圆几十里,就没有一个砖瓦厂。吴光彦脑子一转,组织职工自力更生建起两个砖瓦窑、一个石灰窑,自己烧自己用。慢慢地,不但满足了自己施工,而且支援了在草窝滩办农场的各个单位和附近生产队。

经过两年的建设,建起了指挥部机关办公室、职工医院、学校、露天剧场、浴池、招待所和机修厂厂房,指挥部的职工、家属基本上都得到了安置,基地建设初具规模,日后的景泰县城,就是以这个建设为中心向周围辐射、延伸。

达慧中总算有了自己的新家。她从打土坯开始,和许多职工一样参加了建房的繁重劳动,当一排排新房出现在这片荒滩上,她和李士元也分到了住房。黄中理和杨玉朋也分到了新房。

没想到,这次景电指挥部机关分房子,还分出了一点小麻烦。宣传站干事侯占荣没分上,小伙子心里一急,就直接去找李培福了。一见面,小伙子就叽里咕噜说了很多。那时,李培福的耳朵已经听不大清了,他拿起助听器戴好后问道:"你说啥?"

侯占荣大声喊道："我要一间房子。"

李培福这才看清来人是谁，也才听清他有什么事。李培福指着侯占荣说："你不是宣传站的小侯吗？"

侯占荣点点头，也笑了："我就是呀。"

李培福想起了很多，对这个机灵的小伙子他并不陌生。而侯占荣对李培福尊敬有加，他知道，在景泰川电力提灌工程建设工地，总指挥李培福总是大事得管，小事要操心，平易近人，是一位十分慈祥、善良、谦虚的老人，所以才会无所顾忌地来找他。但在这之前，他们两个已经有一段不一般的交情了。那时，景电指挥部宣传站干事侯占荣负责摄影工作，这在当时还算是极为稀罕的事儿。为了留下工程档案资料，李培福对摄影工作特别重视，每逢重要会议或者上级领导来检查工作，他都安排侯占荣跟随拍照。之后，他还要亲自看看照片拍摄得怎么样，一一指出，哪张照得好，哪张照得不好，哪张人只照了个侧面，哪张的人照得太小等等，评得侯占荣心里毛毛的，每拍一次，都提心吊胆的。特别是给上级领导拍照，是侯占荣最头疼的事。省上的领导都不爱上镜头，一旦发现照相机对准他们，就会马上把头转向一边。侯占荣用的照相机虽然是当时省内最先进的德国造，但是不能变焦，"偷拍"不成，要想照好，必须靠近，可他的身份，靠近领导们的机会实在是太小了。

李培福了解到他的苦衷后，哈哈一笑，说这好办。以后，凡是重要领导人来访或检查工作，李培福总要对他们说："这是我的人，让他照个相。"有时候，他还带头配合，不仅使照片的质量有了明显的提高，还为景电工程留下了许多有价值的图片资料。

李培福干事干脆利落、雷厉风行是出了名的。他听清原因后，没有批评侯占荣的"不恭不敬"，笑着说："我们的房子多得很，明年还盖哩！"

侯占荣争辩说："我照相早出晚归有困难，想现在就要。"

李培福没有拖延，想了想，马上叫通信员去叫负责此事的人。那人来了后，李培福说话很简单："去，给侯占荣给个房子。"

那人说名额都分完了。李培福说："你不能向吴光彦再要个名额吗？"当天下午，侯占荣就搬到了新分的房子里。

李云生带领全校师生，从第一个地窝子教室开始，一连挖了三个地窝子教室，实现了全日制上课的要求。那是他最骄傲的时刻，在庆祝"六一"国际儿童节之际，全校一到六年级的学生，班班有教室，从此一个地下上课的全日制学校，在条山的荒原上诞生了。但这仅仅是开始，随着指挥部基地的建设发展，吴光彦把给学校盖的几栋教室排在了前面，学生上课逐渐由地下搬到地上，这时学生已增至九百多人，教师四十多人。学校也发展到了九年一贯制（小学五年，初中二年，高中二年）完全的中小学了。李培福给学校起了个名字："景泰川电力提灌工程指挥部中学"，简称"指挥部中学"。

爱吃个猪下水

吴光彦的工作并没有就此结束，上水之后，作为基地农副组负责人，搞好指挥部职工、家属的粮食、蔬菜以及油、盐、酱、醋的供应，就是他的主要任务了。随着指挥部各项工作的日臻完善，指挥部职工迅猛增加，已经由原来的八九百人发展到两千多人，这些职工以及家属的吃粮，特别是蔬菜供应，每天的需求量都在增加。当时解决的办法只有跑武威、上兰州，汽车拉、火车运。

*新建成的剧院成了荒原上的文化活动中心。

"求人不如求己！"李培福把兴办农场，建立农副业生产基地的问题提上了议事日程，并在指挥部会议上尽快做出决定，划出一片土地作为指挥部农场的专用地。吴光彦组织职工、家属开垦了三四千亩土地，当年粮食生产就喜获丰收，收了八十万斤粮食，蔬菜种植基本上满足了指挥部职工、家属的需要。

梁淑凤、达慧中等人，就这样在自己的新家园里开始了新的建设和生产。她们自己动手建设农场，种粮食、油料、蔬菜，甚至养奶牛、养羊、养鸡。工程上水以后，在一条山参加劳动的时间，几乎占去了工作时间的三分之一，什么修渠、打地埂、种麦子、胡麻、蔬菜，收割、打场等，这些女同志样样都会做，从春到秋，干起了全套的庄稼活儿。用黄河水浇灌的麦子，长得齐腰高，麦穗沉甸甸的。达慧中觉得，用镰刀割起来，比拔麦子要轻松多了。劳累的程度，比在宽沟农场拔麦子轻松多了。

梁淑凤虽然在机关工作，但机关干部差不多每周有三四天要劳动。因为这种劳动，许多人的身体比以前健壮多了。家家户户房前屋后都有小菜园，而且颇有收获。达慧中在自己家房前种了一片菜地。春季，夫妻俩像看待自己的孩子一样，盼望着菜苗快快长出来。菜苗长出来了，韭菜、葱秧子、小白菜、辣椒、西红柿，各个长得叫人欢喜，夫妻俩一有时间就为它们除草、浇水、搭架。夏季，西红柿、黄瓜、扁豆、茄子爬满了枝藤，果实累累，红绿相间，充满了无限的农家乐趣。这些无污染的蔬菜吃也吃不完。那时，市面上的蔬菜还很紧张，达慧中曾带到兰州送人，甚至带到上海家中。哥哥最爱吃她种的西红柿，他说，上海的西红柿哪有这么甜，都不敢相信是妹妹在那个风沙漫漫的荒凉之地种出来的；因为他看了妹妹给他的信，知道景泰川这个地方有多贫穷和荒凉。达慧中采摘西红柿的时候，总能想起那家农户给自己的腌青西红柿来，苦尽甘来，只有在这个时候，才能品味和理解这几个字的意思。

梁淑凤家没有更多精力种菜，陈可言在工地上跑来跑去，梁淑凤也在机关有很多的事务需要处理；但房前屋后的土地不能闲着，夫妻俩商量了一下，种些玉米、南瓜、葵花之类的。那时候，荒原上还没有蝴蝶、蜜蜂来给这些植物传粉，梁淑凤就学着人工授粉，一年下来，也是硕果累累，一个大南瓜竟然长到她无法搬动的程度，只好喊陈可言出来帮忙。紧张劳作之余的田园之乐，不仅充实了他们的生活，更让他们感受到了自己种植自己收获的快乐和幸福。但即便如此，他们家的菜园长势还是远不及别人家的，李培福看了，命令后勤人员："把他们家的菜园没收了，充公，不能再让他们这么浪费了。"

由于景泰地处腾格里沙漠边缘，一条山恰是风口地区。建设初期风沙大得惊人。有时候大风刮起来，天空一片漆黑，屋内竟然要开灯照明。关好门，挂着棉线毯子，室内仍然灰雾蒙蒙，灰土十分呛人。一会儿工夫，桌上便是厚厚的一层尘土。1972年春天，水上到条山基地后，吴光彦带领农副组，根据灌区的总体布局，展开了大规模的植树造林工作。

梁淑凤、达慧中又加入到植树造林的工作中。春天的景泰川，几乎天天都是飞沙走石。星期六挖好直径一米的树坑，星期一植树时，已被流沙填满。然而，这些都不算什么困难，最困难的是没有树苗。没有树苗的来源和培育适合在当地生长的树种，难坏了吴光彦。那时景泰县五佛寺有一个苗圃，因为树苗数量少，远远不能满足种植的需要，吴光彦只好发动群众想办法。没想到这一招还真灵，农副组一位职工是靖远县东湾大队的人，根据他提供的信息，农副组在靖远县东湾大队一次就购买了四十万株

▲ 新修建的指挥部

钻天杨和加拿大杨树苗。

只能用如获至宝来形容吴光彦的心情了。为了保证把这批树苗种好，他从这个大队请来了富有植树经验的老农，给大家做技术指导，最后，这四十万株树苗，成活率达到了90%。这就是景泰县城的第一批树木。这个荒凉的沙滩，太需要绿色的呵护了！

建设者的家属们，在工作之余，花费在家务上的时间越来越多，也正是他们的努力，很多人才能一心一意在工地加班加点。梁淑凤还学会了砌炉灶，打煤砖。每年冬天，指挥部给每家拉一车原煤，冬天烧剩下的煤末，开春以后筛净掺上红土，在天热的时候就打煤砖。一个星期天，梁淑凤一个人就把一冬用的煤末全部打完，一共打成二百七十块煤砖。陈可言回家后，真不敢相信这些煤砖是妻子打的。

李士元和达慧中没顾上打煤砖，但一天下班回去后，发现整个院子里都是抹好的煤砖。原来马占青看他们忙，就找了个时间，把所有的煤末子都帮他们打成了煤砖。在地上晾了一天后，马占青又一块块搬起来，互相支撑了在阳光下暴晒。等晒干了，又一块块搬到依墙的地方码好。马占青说："李叔，这会你只管烧了，够烧一年了。"这下，轮到所有的工程技术人员来羡慕李士元了："你怎么就找了这么好的一个干儿子！"

人的适应力是很强的，无论什么条件下，只要你以乐观的、积极的心态去面对现实，生活总有无限乐趣，不但可以学到许多新的知识和本领，而且始终会保持一颗乐观的心。

正是这种心态，吴光彦的后勤建设搞得红红火火。在李培福的支持下，农副组先后兴办了养鸡场、养猪场、奶牛场、榨油厂，自己生产、加工酱油、醋、粉条，酒厂生产的青稞酒不但够自己饮用，还销往外地。农副业生产基地的建设保证了指挥部职工、家属生活必需品供给的同时，还解决了很大一批职工家属的就业问题。

基地建设已经像模像样了。没事干的时候，李培福就拄着拐杖在街道上溜达。寺滩营的办事员王自达因为工作关系，经常到条山来领东西，有的时候就在李培福的房子里睡上一觉。刚开始他还有点不习惯，后来他发现，李培福床铺上铺的和民工差不多，也就没有那么拘束了。更多的时候，李培福总是拉他在街道转悠。有一次，他们到条山的一家商店去转，看到这家商店在卖蒸笼，李培福就摸着蒸笼细细察看。王自达认识商店的售货员李彦明，看他不认识李培福，就一个劲挤眉弄眼。但李彦明还是没有明白他的意思，张口就很冲："老汉，要买就买，别给我摸坏了。这个蒸笼质量好得很。"

李培福张口就骂："去你的，我是做下蒸笼的，还不知道蒸笼的好坏？你看看，你这是什么货色？这个东西卖给别人，这不是坑人吗？"

出了商店，看李培福气还没消，王自达就没话找话地说："李省长，您说您做过蒸笼，这是真的吗？"

王自达这才知道，李培福小时候就以做蒸笼、贩卖蒸笼为生过，在做地下工作者的时候，身份就是蒸笼匠，他自然知道蒸笼的好坏了。

张发明随着指挥部来到了一条山，继续做他的后勤工作，但已经不做豆腐了，豆腐生意早被吴光彦拿走了。这个时候自己有了粮食，自己有了猪场，自己种了蔬菜，日子一天比一天好了起来。

指挥部有了小灶，张发明开始管理吃的用的，兼做后勤工作。贺建山一家人都过来了。他儿子有精神上的毛病，但有媳妇照顾儿子的生活，小日子倒也过得愉快。根据现有的食材，张发明尽可能把小灶的伙食弄得丰富一点，早上吃一个鸡蛋，两个星期吃一回饺子，李培福最爱吃的是红烧肉，只要有新鲜的猪肉，张发明就买来给他吃。没有了，有稀饭，有蒸馍，有咸菜，也就是一顿饭。李培福还爱吃个牛蹄子骆驼蹄子，张发明弄过一次，但这些东西很不好弄，好在李培福并不苛求，遇到了就弄上，遇不到也没什么。还有，李培福爱吃猪下水、猪头肉，这些东西倒是好弄，隔三岔五，张发明就买上一副猪下水，给他解解馋。

*朴实的李培福和一泵站合影留念。

在张发明的心里，李培福成了一尊神。景泰人一提他的名字，都是恭恭敬敬的。可是，有的时候他又觉得这个人就是一个普普通通的人，就是庄稼人人群里面的一个老汉，随随便便，和和气气的，没有什么特别。但是，有的时候，他又觉得李培福很不近人情。有一次，李培福的老婆女儿来看他，工作人员提议派车去接，李培福犯倔了，谁说都不给，而且吼叫："让她们自己来！"当李培福拄着拐杖笑眯眯地看人来人往，看土苍苍的街道一天一个样，张发明就在心里长叹一声：他就是这里的当家的，就是这里的家长呀，就是一个六十多岁的老爷爷。

不敢骄傲

慢慢好起来的生活，滋生了一些不容忽视的问题。随着国内政治气候的缓和，许多人的心里，也开始长出一些花花草草。这些问题，一个都没逃过李培福的眼睛。

1972年12月21日，李培福在指挥部新盖的会议室里，做整风总结报告，着重检查了1971年国庆上水以来领导层存在的居功自恃、骄傲自满的倾向，指出工程上骄傲自满的五种表现。李培福把这五条表现说得头头是道："以大工程自居，什么高扬程，大流量，甘肃少有，花钱手脚大，办事派头大，浪费很大，不好向党和人民交代呀，车站反映景电职工每天有三十个人左右上兰州。二是有了优越感，说是省委直接领导的，怎么省委直接领导就很牛吗？三是把专长当资本，自以为了不起，尾巴翘起来了，忘记了群众的力量，以功臣自居，吃了苦头出了力，上水有功劳，躺在国庆上水的成绩上吃老本，谈过去的成绩，滔滔不绝，对眼前工作马马虎虎，说什么来得早情况熟，从黄河边至猎虎山到处都有自己的足迹。四是家大、业大、工程大，浪费点没啥，马车汽车偷木材、水泥、沙子，我们有的人竟然派人给装车！五是相当部分同志爱听表扬，不爱听批评。在座的各位，你们对照一下，看自己占了哪一条？谁敢说自己一条也没有？"

会场如凝固了，静得能听到彼此的心跳和呼吸。

*在当时,政治学习成了统一思想的最好法宝。

李培福喝了几口水，又点燃了一支烟，放慢了语速，放平和了语气："同志们呀，人一旦有了骄傲自满的情绪，就不能认真看书学习；有了骄傲自满的情绪就会自以为是，自作主张，以主观代替客观，不能一分为二地对待自己，对待同志，对待成绩，不能发现自己的弱点、缺点和错误，好像自己是马克思，自己是一朵花，别人都是豆腐渣。有了骄傲自满情绪就会目无组织，目无纪律，大搞无政府主义。骄傲自满是领导班子革命化的大敌，是资产阶级世界观的表现。实际上，我们的任务还很重，一期没建成，二期要设计，事情很多，务必要继续保持谦虚谨慎、不骄不躁的作风，发扬艰苦奋斗的作风，不断反骄破满，只有这样，我们才能继续前进呀！"

李培福的讲话，对很多人来说如醍醐灌顶，如梦始醒，很多人开始严于律己，工作又有了新的起色。然而，这一切都脱离了制度，也许，忽视人的本性的制度，只能管住一时而管不了一世，时间一长，这些老毛病又犯了。

在指挥部的支持下，陈可言组织技术人员和北京大学等单位合作进行遥测、遥控、遥信、遥调等四遥装置研制开发，先进的四遥装置研制出来之后，投入了三个月的试验运行，但受限于当时系统电压不稳定、值班设计尚未进行、调度人员担心运行、文化素养不够等因素，未能长期投入运行。

作为主管技术的领导，陈可言面临更大的挑战和压力。如此高扬程的工程，在当时无疑是一项现代化程度很高的工程，使用和管理，完善和更新，都是需要思考和实施的问题。当时，水利部以及水利厅个别主要领导，有一种对景电的看法是"老百姓交不起电费""高消耗能源的工程"等等。《人民日报》在景电上水时未做报道，后来了解到是因为部里说了，这个工程不是中国"发展的方向"而作罢。

因为这些说法，导致很多不利工程完善的因素。总干渠各级泵站设计安装四条管道，工程上水后，管道已经装完第三条，省上主管水利的领导在全省水利计划会议上说：一条山上水了，老百姓交不上水费，第四条管就不再装了。

李培福知道后，保持了沉默。他开始访问受益群众，之后专门召开了指挥部会议进行研究。大家认为贫困山区的群众刚迁入灌区，开荒平地修渠盖房投入大，欠交水费是暂时的，但水地产量高，效益会越来越好。李培福听了连连点头，最后他斩钉截铁地说："四条管修了三条，第四条管为什么不修！就是犯错误也让我犯到底嘛！"

陈可言知道，就是因为李培福这句话，才使景电一期工程得以全部完成，没有半途而废。

但是，陈可言强烈地感到，高扬程电灌只有千方百计节电节水才能降低成本。取消逆止阀是主要的技术措施之一，当时规范规定扬程三十米以上的机组，取消逆止阀要经过论证。据此，陈可言组织有关工程技术人员与甘工大、兰泵厂、综合电机厂等设计单位反复研究，在水泵大轴上采用了双螺扣止回螺丝和加强电机大轴等措施，并通过现场倒转试验后决定取消逆止阀，用自己研制出的液控缓闭蝶阀代替了平板阀，达到国际水平，获甘肃省技术进步二等奖，后来逐步为全国所采用。还有取消了励磁机采用可控硅励磁屏等技术革新，每年节约了大量的能源。

上水初期，灌区景泰农民欠交水费二百六十万元，但在农民收入增加后，逐年还清了所欠水费，从未申请国家减免。

技术革新和产量提高，证明高扬程工程符合甘肃省情、中国国情。

1973年冬天，李培福在五佛开三干会。李培福在这次会议上的讲话语重心长，他说："水上来了，我们先吃饱再吃好。但是怎么才能吃好呢？以前五佛吃粮跑两川（靖远的东川、宁夏的银川），花钱上两山（煤山和石膏山），现在，你们就要改变这一现实了，因为你们手中有水了，水，就是一切的希望，就是你们的未来。所以呀，我们要爱惜水，珍惜水，用好水，会用水，还要会种地。你们可以先种苞谷，苞谷产量高。间作套种，带状种植都可以搞呀……"

显然，以陈可言为首的技术派在想方设法用科研革新来降低成本，而李培福则在如何用水上大做文章，从另一个层面来降低成本，增加农民的收入。

五佛公社党委书记王治国这才深刻理解了，提上黄河水仅仅是一种手段，如何用好这个工程，管好这个工程，让老百姓过上好日子，才是真正的目的。为了这个目的，李培福可以说是呕心沥血了。

王治国是1973年1月到五佛就任书记一职的。他上任后，面临的就是如何珍惜水、用好水的问题。当时，五佛的社员一部分搬往马鞍山，一部分搬到杨庄，分了一万七千亩水浇地，平田整地和第一次灌水，大家都在一块搅和，但为了更好地发展和管理，后来就分开了，杨庄这面叫草窝滩镇，马鞍山分到芦阳。渠道衬砌，社员搬迁，植树造林，这就是王治国必须面对的工作。

远离故土，重建家园，对刚吃饱肚子的农民来说，有着实实在在的困难；可是，县上拿不出可以补助的资金，只能完全靠社员自力更生。不光是社员搬迁盖房子，在新的居住区，还要投资盖医院、学校，修道路，这些必需的基础设施，县上有一部分扶持资金，但劳力投入还得自己想办法。

为了节水，原先的土渠，完全要换成石头镶砌，渠道衬砌的水泥和石块，完全靠自己来解决。可以想象，当时的老百姓承担了很多的义务。但想到以后的生活就会好起来，善良的老乡们还是乐此不疲地努力搞建设。

围绕支渠、斗渠，都规划了林带，王治国知道，植树造林，对生活在沙漠边缘的人们有多重要。他想方设法从河南等地调集树苗子，亲自带领社员在规划的林地栽树。

治理马鞍山的盐碱地，也是一项大的工程。马鞍山土地面积有八千亩，浇水后，盐碱泛滥，很多麦苗没出土就被咸碱给"吃了"，一年下来的收入，还不够水费钱。在当地，老百姓这么形容让他们讨厌的盐碱地："人生病，地减产，树枯死，牲畜喝上不动弹，猪粪稀屎撒满圈，母鸡喝上不下蛋。"到1973年秋天，王治国经过调查研究，制定了一个治理盐碱地的方案。秋收后两千多名群众组成治碱大军，大战一百天，完成了四千亩土地的排碱设施建设。经过多次治理，先后共开挖长七千多米的排碱主沟道八条。治理盐碱取得了胜利，粮食亩产、质量迅速提高。

沈庆云一直在参加排碱渠的修建，排碱渠口面宽十米，有两米多深，每一次浇完水后，排碱渠的两边就渗出白花花的咸碱。排了咸碱的土地，和其他的土地没什么两样，每年都会有很不错的收入。慢慢地，沈庆云喜欢上了这片土地，他和妈妈商量，决定搬迁到马鞍山，开始新的生活。

同样，张九麦也奋战在排碱渠的工地上。遭受打击的张九麦带领社员，一如既往地干活。两米深的排碱渠里，张九麦总是站在最下面。饱浸了咸碱的土地看似黑黝黝的，但又僵又硬，黏度很高，每铲一锨，都要付出很大的力气。年轻的张九麦，明显感到自己的身体受到了很大的损伤。还没结婚的张九麦，常感到腰腿疼痛，月经也很不正常。有时疼得实在不行了，就爬上排碱渠，找个没人的地方悄悄坐一会，每当这个时候，眼中的泪水就不由自主流下来。

王治国知道张九麦的苦，更理解她的心情，尽管他想了很多办法，但对这个善良而勤劳的姑娘，却再也没有好的机会了。

通过扎实的调查研究，互相对比，李培福对灌区的土地平整提出了严格的要求。首先地一定要平整，谁要把地灌成野狐子脸，马上就停谁的水！他说的野狐子脸倒是十分贴切的比喻，因为地不平整，坑洼处，水白花花一片，高的地方，水上不去，仍然是赤黄色的干土。这样的水浇地，自然长不出好的粮食，而且还会浪费很多水。

平田整地，精耕细作，成了上水之后的另一件大事。

一切为了老百姓

1973年8月，组织决定调杨作良到景泰县委、县革委会主持工作。当时，景泰县的情况是：连续几年遭受严重干旱，人民生活十分困难；上水之后，与工程相配套的"五好"农田赶不上水上来的需要，时间紧，任务重；贫困山区有一万八千多农户，要搬迁到灌区，安家落户，建房、搬迁交叉进行。更关键的是，还有大片土地没有平整好，达不到李培福的要求，李培福对他的到来，见面就是一盆冷水："再灌野狐子脸，我马上就停你的水。"

1970年秋天，县上决定在上沙窝搞井灌区，谈嘉言被派到那儿去，和工程师孟辉在那儿一起奋战两年，一连打了三十二眼井，荒滩上出现了一片井灌区。1972年5月，为了加强农机厂班子，谈嘉言又转战那儿当了一名副主任。只一个阶段，农机厂的工作就活跃了起来。如今，谈嘉言是景泰县农机局局长，整天务弄有限的农机具和拖拉机，带领工作人员浇铸农民需要的农机具。景泰县委书记杨作良上任之后，根据李培福的要求，思考下一步的工作。

杨作良和谈嘉言，在武威的时候就在一起共事，杨作良很了解谈嘉言的为人。看来，要完成这个任务，必须要动用谈嘉言了。思考再三，到任后的第三天，杨作良就找谈嘉言谈话，一想到水利，谈嘉言感到心寒，不去。杨作良反复做他的工作，要他去水电局。谈嘉言陷入了沉思。

有一天电话来了，谈嘉言不用想就知道是杨作良打来的。谈嘉言去接电话，直接表达了自己最后的决定："你批评我吧，我不想去。"

杨作良笑了，他说："我不批评你，我到景泰工作，你就不能支持一下吗？现在水渠挖不开，土地平不好，今年冬天，水上来了，渠没修好，地没平好，老百姓还过不过日子？李老汉天天在屁股后面催，你就无动于衷吗？你去车站看看景泰的老百姓，你就忍心吗？以前没有水，你时时喊叫，现在有水了，你又不管了吗？你就不能讲一点阶级感情吗？"

杨作良越说越激动，谈嘉言无话可说，最后只好表态："我去吧，我一定会尽力去做好这个工作。"

谈嘉言并非在老同事、老朋友面前故作姿态。从水利部门遭受不白之冤被贬红水，在他内心深处已经有了伤疤，他不愿触及那无法忘记的伤痛。二是水电局三年换了四个局长，人心涣散，溃不成军，办公室连个接电话的人都没有，其状态可想而知。

既然走马上任，重新回到水电局，谈嘉言无法不作为了，杨作良也正是看中了他这一点。积极主动干工作的人，都有自己的个性和特点，不会吹牛拍马，不会见风使舵，谈嘉言就是这样一个人。

1974年春天，平田整地、完善平田整地的工作在进行。谈嘉言把具体的任务落实到公社、搬迁的生产队，要求一定要按照标准平田整地。结果平了九万多亩，验收合格四万多亩。杨作良很满意，对他说："这个工作，也只有你老谈有这么大的号召力，也只有你能做了。"

寺滩九支的开发，在最初的工程计划中并没有涉及，一期工程上水之后，为解决寺滩乡人多地少的问题、安置山区困难老百姓，才被提上议事日程。1970年，县委抽调沈森林到干旱山区寺滩公社担任党委副书记、革委会副主任。他上任刚一年，1971年景电工程上水，公社大规模平田整地开始，沈森林自告奋勇，到工地上带领老百姓开工。

寺滩是景泰县最大的一个山区公社，当时有一万七千多人口，而水地面

*蓄势待发的老百姓们。

积却最少，景电一期在八道泉只分给寺滩公社一万多亩水地，根本解决不了全社人民的温饱问题。八支渠再往上走一段是又平坦、又肥沃的数万亩荒地，属于寺滩。几千年来，这块肥沃的土地一直在沉睡。黄河水上到八支就到终点了，群众要求提灌万亩荒地的呼声此起彼伏。寺滩公社党委把一份开发八支以上荒滩的报告送到了县委和景电指挥部，呼吁和请求增设九支。

时任县委书记杨作良对此也做了认真的调查。他知道，当时干部群众都亲眼看到灌区的效益显著，寺滩、兴泉、中泉三个乡，因一期工程分配土地较少，人口较多，还不能彻底摆脱干旱贫困威胁，在连续几年遭受严重干旱灾害，群众生活十分困难的情况下，干部群众迫切要求增建西干九支渠发展水地的愿望，是可以理解，也是可行的。为此，县委一班人分头多次向李培福等领导汇报请示，并和指挥部有关部门负责同志及负责工程设计施工的专家科技人员密切联系、沟通，争取得到指挥部中层领导和水利工程技术人员的同情和支持。

在景泰县的迫切要求下，李培福带领指挥部部分领导和工程技术负责人亲自到现场查看，就地开会，研究讨论同意了九支的建设。李培福说："你们先平整土地，然后再建泵站，当年动工建成，力争当年受益。土地平不好，泵站就别建了。"

开发九支灌区的战役就此打响。开工那天，沿着九支渠，安装了一百个爆破点。事先在山头上安排了一个号手，吹号的张鹏年，当年可是在冯玉祥的手下吹过号的，号声清脆嘹亮。张鹏年在山头发现前来参加开工的领导后，立即吹号，随即，一百个爆破点依次点燃，隆隆的炮声一声接一声炸响，飞扬的尘土冲天而起，弥漫的硝烟飘荡在荒原之上……

沈森林索性住到现场，与农民滚打到一起。县委书记杨作良也把这里选定为他的"点"，经常来检查指导，并召开现场会议，发现问题，立即解决。杨作良不修边幅，土眉灰眼的和社员一样。为了不误全县的工作，县上特意从县城拉了一条临时电话专线给县委书记。在工程建设过程中，遇到资金、设备三材等物资十分短缺等困难，杨作良思考再三，向李培福做了汇报。

李培福想了想，给了杨作良一个建议："你以景泰县委的名义，召开一个省厂矿企业、大专院校、农场负责人参加的座谈会，我亲自去做工作，动员他们帮助支持。"

杨作良一听恍然大悟，立即组织召开了这次座谈会。在座谈会上，李培福号召大家："有钱的出钱，有力的出力，有粮的出粮，有材料的出材料支援，积极帮助支持县上克服困难。"

※干在哪里，吃住就在哪里。野外的炊事员正在做饭。

同时，李培福鼓励县委一班人："困难是暂时的，有困难不要怕，越是有困难越要有条件要干，没有条件要创造条件干。"

这次座谈会取得了意想不到的效果。在李培福的号召动员下，工程指挥部首先拿出机关农场生产的粮食十多万斤，援助寺滩。在九支、中泉工程等各项建设中，在"三材"等物资供应方面，在抽调工程技术人员，现场帮助指导和设备安装等各方面，都给予了积极的支援和适当的倾斜。

沉寂的九支荒原，有了这些坚强的后盾，沸腾了！隆冬腊月，寒风刺骨，万亩荒滩，风沙弥漫，四五千名群众在这里摆开了改天换地的战场。沈森林作为平田整地的指挥官，除了安排部署、检查指导外，还坚持扛着铁锹，战斗在垦荒大军的洪流中。人们手磨破了，腿冻肿了，每次从工地上下来，都是一群"土人"。农民们每天只吃两顿饭。永泰的群众中午吃的是草籽炒面，见书记来了，也抓出一把让他充个饥。

三道塄大队的人们，看到沈森林整天一脸汗水一身土，冻得面部发紫，不忍心，就特意给他缝了件羊皮大衣，让他防风保暖。沈森林推辞不过，每张皮子给了五元钱，算是给自己置办了一件御寒的大衣。

谈嘉言看杨作良吃住都在工地，也亲自带领二十多名技术人员住在了工地，完成了景电一期西五泵及九支渠的勘测，以及那里的平田整地及渠道的规划设计任务。九支上下近万亩荒滩变成了平展展、绿油油的美丽的条田，连成一片。受益的不仅仅是寺滩，还有喜泉等地成百成千的农户，按照新农村的规划在这里重建了家园。

这项工程的建成，使寺滩、喜泉两地新赠灌溉面积一万八千亩，为近万名山区群众解决了温饱问题。

李培福视察后，也感到很满意。对于谈嘉言，李培福算是很熟悉了。在工程上水之前的考察中，他就记住了谈嘉言，记住了谈嘉言关于景泰人民渴望黄河之水的迫切心愿，在谈嘉言主政水利建设的时候，诸如开挖渠道缺少材料，李培福就坐飞机到北京关系好的部门去要，去申请支援。有一次一位领导来视察工作，得知这些情况后和李培福开玩笑："你再不能捣

▲ 在一线施工、指导的技术人员

着拐杖去北京了，有损甘肃的形象嘛。"

谈嘉言这才发现，李培福明显苍老了许多，都说耳聋半边寡，要是没有助听器，李培福已经听不清他们在说什么了。助听器好像不那么舒服，有的时候他就会取了，这时他布满皱纹的脸上都是呆呆的神情，那双眼睛，看着别人的嘴唇，猜测别人在说些什么。谈嘉言心中突然感到酸楚，这个老人，把自己的心血都流淌在景泰川了。

从1971年开始，以景泰川电力提灌工程指挥部为中心，参加这个工程建设的企事业单位，都自主从芦阳一个个搬到一条山，划地为营，展开了建设。当初既没有规划，也没有人管理。如果说有规划的话，那就是指挥部房建组长吴光彦画的几条街道，基本就是现在的框框。

古老的芦阳城，已经完成了它的使命，它所处的地理位置，再也承载不了这么多人，也无法满足围绕这个工程的发展了。上来的黄河水，预示了景泰川更为长远的发展前景。

县城搬迁到一条山，从酝酿、定点和工程指挥部机关驻地划拔出大片土地，到陆续动工兴建，李培福费了不少心血，担了不少风险。1974年，省上领导来景泰检查工作，县委主要领导汇报工作时，提出县城搬迁一条山灌区的问题。领导最后的答复是："粮食过了二亿斤大关，再说搬迁的事。"

省上领导走后，李培福把杨作良和县委个别领导找去谈话，李培福深知当地的情况，更洞察景泰县以后的发展，他的策略是："县城的搬迁，你们下面只做不说，最后来个旧县城名存实亡，新县城建成不得不搬迁的事实。"

李培福的这个想法，得到省革委会军代表、省军区司令员张忠的支持。有了这种默许和支持，县上领导和县各业务部门领导分头跑地区、跑省上向有关领导、有关业务部门以维修危房、建库之名，争取资金和物资，开始了县城最初的建设。再加上工程指挥部、厂矿、院校、农场等单位的积极支持帮助，景泰县准备县城搬迁的建设和工作，一直在持续进行。直到1977年，省委书记宋平同志来景泰检查指导工作时，才明确表态：同意县城搬迁至一条山，省上财政可以给予适当支持。从此，新县城的兴建，由暗转明，速度加快。1978年元月，县城从芦阳搬迁至新县城一条山镇。当然，这是后话了。但是，没有景泰川电力提灌工程，就没有如今的新县城，这是不争的事实。

惜别兰州

1974年，景泰川电力提灌工程已经初具规模，一期工程的收尾工作正在进行。省革委会副主任张忠司令员，派李培福去河西视察水利工作，李培福带了技术组的陈可言负责技术，计划组的吴之海管文字，办公室的鱼锦鹏管生活，一行人前往河西视察。

对于这次视察，陈可言一直心中有些疑问。因为李培福已经是六十多岁的老人了，身患多种疾病，耳朵又不好，为什么要他去视察呢？是因为提灌工程的成功吗？他曾小心地和李培福交谈，李培福沉默了一会儿，叹了口气："这是省上要我动动窝了，要我回兰州了。不管他，好好考察一下河西的水利也好。"

第一站，李培福等人来到了南营水库，武威地区水利局局长刘尔能说："南营水库是武威脑袋上的一盆水，哪一天倒了，武威也就完了。"

陈可言看武威打了许多机井，很快就发现了一些问题，打井根本不讲井距，没有规划，率性而为，造成一种无序发展的状态。当天晚上，就这些存在的问题，给省上发了上千字的电报反映了情况。到了永昌县，李培福一听书记汇报，一亩地要浇一千方水，立即翻脸，把县委书记批了个没头没脸。李培福结合景泰川灌区的经验，要求他们立即展开节水灌溉，节约水资源。

陈可言越来越感觉到李培福的务实和雷厉风行。丰富的经验和敏锐的观察，使他在很短的时间里就能发现问题并找出解决的办法，而且毫不迟疑，不留情面。

在酒泉地区，安西总干渠八年时间都没有移交到地方。白天，李培福深入现场，认真调查了解情况，做到了心中有数。晚上开会到深夜，李培福一拍桌子说："我看什么问题也没有，今天晚上就给我交！"

拖了八年没有完成的工作，一个晚上就解决了。最后到正在停工的党河水库视察。当初停工的原因是在建的大坝基础部分漏水。陈可言发现这个半拉子工程，隧洞施工质量达到一流的水平，沥青心墙坝质量也不错，就是没有进行基础灌浆，最后导致漏水。李培福了解了情况后，在坝顶上把拐棍往地上一顿，说："你就继续给我往上修。发现的问题，一定要彻底解决，工程不敢停，停了，就是最大的浪费！"

这次考察，最棘手的就是武威南营水库，在修建的过程中出现问题，原先计划的投资严重短缺等，面对的问题是：修还是不修？如何修？如果要修，就必须修正存在的问题，而修正这些问题需要追加投资。

讨论会由张司令员主持，省水利局一位领导说："修这座水库的投资是三百万到四百万，现在处理要上千万元，不如扒掉。"

李培福毫不客气地说："你大坝坝坡没填够，基础没有灌浆，右岸副坝还一点没修，泄洪洞也没有衬砌，怎么说花了三四百万呢?！"

李培福越说越气，最后站起来要离开。张司令员急忙说："老汉先别走，讨论嘛，大家都畅所欲言嘛。"

最后，根据讨论结果，张司令员拍板决定续建处理，省水利局的这位领导说："我们设计不了，请景电设计。他们有经验。"

陈可言觉得，这位领导只差没说"他们能得很"了。他看看李培福，很果断地说："可以。"

就这样，景电不仅承担了南营水库的续建设计，还派出有经验的工程技术人员，完成了工程的续建处理任务。南营水库至今已运行三十多年，不仅发挥了灌溉、防洪等任务，还成了武威的旅游景点。

视察结束后，李培福不愿意回兰州，直接到了景泰县一条山指挥部。途经古浪，小车在荒原上颠簸，李培福双眼痴痴地看着一望无际的原野，不说话。陈可言琢磨他的心事，很快就明白了。他说："我们只完成了一期工程，二期……"

李培福长长叹了一口气："不仅仅是二期呀，我看呀，还需要三期，四期……"

陈可言心头一震，不知道他说的是什么意思。

1975年，陈可言被提拔为甘肃省水电局副局长。走马上任之前，他看望了李培福。李培福对他的上任表示了祝贺，并善意地提醒："注意多听群众意见，别轻易发脾气。"

面向群众，多听群众的意见，不把自己凌驾于事实之上，是李培福多年的感悟，也是经过实践检验的为官之道。刚愎自用，自以为是，恰好是对民意的远离，是脱离群众的愚蠢之举。能不能俯下身子，体察民情，顺民心，顺民意，为民谋福利，就是面向群众最深刻而又简朴的内涵。

李培福，用自己的实际行动，落实这一为民谋取福利的法宝，也用自己的实际行动，影响了身边的人。

▲指挥部的领导干部

1975年1月10日至12日，甘肃省景泰川电力提灌一期工程竣工验收移交工作开始。经请示省委同意，由呼育之、李培福、陈大德、丁永安、范云谱等十六位同志组成甘肃省景泰川电力提灌一期工程竣工验收委员会，邀请了有关单位的代表一百六十五人，于1975年1月10日至12日，听取和审查了工程指挥部对一期工程的竣工验收报告，对工程进行了全面检查和竣工验收。与会代表一致认为：景泰川电灌一期工程，经过三年的实际运行，工程质量良好，设备运行正常，符合设计要求，达到验收标准，每秒可提水十立方米，发展灌溉面积三十万亩。验收委员会于1975年1月12日决定：同意正式验收，全面交付生产使用。景电工程指挥部关于景泰川电力提灌第一期工程竣工验收报告、专业竣工报告、竣工图纸等，作为竣工验收全面交付生产使用的依据，办理了交接手续。

李培福舒心地叹口气，一期工程，终于结束了，在自己的从政生涯中，总算对党、对人民交了一份合格的答卷。就在这时，发生了一件让李培福感慨万分的事情。

很多人都知道，移交了工程，就意味着李培福要离开景泰川了。其实，实情也是如此，省上已经多次催促李培福回兰州，但李培福迟迟没有动身。有一天，喜泉公社小甘沟生产队给李培福送来一百斤和尚头面粉，李培福也最爱吃这种很筋道的面粉。一百斤面粉，表达了社员们对李培福带领水利大军建成景电工程，为民造福的感谢之情。来人表达了这个意思，由衷地说："老汉，没有您，就没有我们今天的日子。"

李培福连连拒绝："这是党和人民的功劳，你们不能这样呀。"但是，送面的人把面放下就跑了。

第二天，李培福给了张发明一百斤粮票、二十元钱，叫他乘坐班车到小甘沟生产队，如数把粮票和钱交给队上。张发明只好前往这个生产队，放下了钱和粮票，表示了谢意并转达了李培福的嘱咐。生产队长觉得很不好意思，搓着手连连感叹，这是做什么呀，这是我们社员的一点心意，也不能表达吗？没有李老汉，就没有我们今天的日子呀……

闻讯赶来的社员们唏嘘不已，他们请张发明代全队社员向李培福问好，祝愿李老汉身体健康，有机会了，就来村里吃碗拉条子……社员们的真情实意，让张发明眼窝一热，差点流出了泪水……

回去后，张发明如实向李培福讲述了当时的情景，他发现，李培福拄着拐杖的双手在微微颤抖。

是呀，今天的景泰川，已经不是过去的景泰

*在完工的一泵站，李培福长时间地凝视黄河。

川了，景泰川的面貌发生了历史性的变化。景泰川利用黄河的水力资源提供的廉价电力，将黄河水抽上高塬，在经济、社会、生态方面都收到了良好的效益。一期工程建成后，安置了贫困山区的移民五万八千人，建立了占地六万多亩的一条山国营农场和占地七万多亩的七十多个在兰厂矿企业、部队农场，安置了一万多名职工家属就业。

工程施工的五年中，共修斗渠、农渠两千多公里，使田间工程配套；平田整地三十万亩，植树造林四百多万株，而且为甘肃省培养出一支专业配套的水利水电施工队伍，这些人，独当一面，走向更多的水利建设工地，姜作孝等人，后来都受命参加引大工程的建设……

1975年秋季的一天，李培福冠心病突然发作，他不得不离别火热的景泰川，离开朝夕相处的战友们，乘坐由省委专门为他调来的专列火车，前往兰州。站台上，面对为他送行的数百名干部、群众，热泪盈眶的李培福再次说了声："你们都回去吧！我还会来的，二期工程还等着我呢。"

火车长鸣一声，徐徐驶出了车站……

第九章
好事多磨

二期上马

　　经过治疗，李培福的身体得以恢复。不到一年，李培福又回来了。

　　回到景泰川的李培福一下子苍老了很多。饱受疾病折磨的老人步履蹒跚。他仍然是景泰川电力提灌工程的总指挥。一期完工，对这个工程而言，只是迈出了一小步，按照规划，二期结束之后，才算完整的景泰川电力提灌工程。

　　这是一个愿望，也是一个信念，愿望和信念叠加在一起，就是一种力量。老人的生命，因为这种力量而强大、执着。

　　1976年7月26日，在景电二期首次开工之前，钱正英来到景泰川电力提灌工程。在景泰一期工程灌溉区，沉甸甸的麦穗，迎风摇曳的树木，喜笑颜开正在收割小麦的农民，让这个共和国的女部长久久无语。随后，钱正英专程赴古浪县海子滩一带实地考察，听取古浪县委书记齐康然、副书记王允政做的专题汇报，对古浪灌区的建设发展做了重要指示。

　　1976年9月1日，甘肃省委决定兴建景电二期工程，工程按大方案实施。

　　消息传来，古浪全县立即沸腾了起来，"热烈欢迎景电二期工程开工""全面动员，全力以赴，大干景电二期工程""有人出人、有力出力"等大幅标语，张贴在大街小巷，很多人一见面就说这件事，一个比一个兴奋激动，仿佛突然间从天上掉下来了一个锅盔。

1976年9月9日上午，在民权公社长岭大队梁家墩生产队参加工作队的姚光汉，接到县委组织部的电话，要他回县待命。

在接到电话的一瞬间，姚光汉呆了。原来，在当天上午，姚光汉从收音机里听到毛泽东主席逝世的消息，他敏锐地感到将要发生什么变化了。但同时又不敢相信听到的消息，要得到证实，只能等下午中央人民广播电台的《新闻联播》了。在这个关键时刻，接到县委的电话通知，回县待命，又意味着什么？他的心如猫抓老鼠般翻腾不已。

像姚光汉这类人已经是"一朝被蛇咬，十年怕井绳"了，姚光汉心想：会不会从今天之后这个非常时期，自己又要被关押，限制行动自由？忐忑不安中，姚光汉收拾行李打包就走。第二天上午，回县财税局，局长当面告知姚光汉，要他上景电工程。四十五岁的姚光汉这才长长出了一口气，由紧张变为轻松并有点小喜悦了：引黄工程，古浪人朝思暮想的翻身工程呀，能去那里，是组织对自己的信任。

没有比这次工作更雷厉风行的了，李逢春和古浪县委县政府组织领导班子，迅速抽调干部，组织力量，从县到公社共抽调干部七十四人（县直单位三十四人，其中县级干部三人，其余都是公社抽派带队干部）。从全县所有生产队中共抽调青壮年劳力两千七百个，名为"古浪县民兵团"。党委书记李逢春，副书记苏润、田毓伦，团长苏润、副团长刘佑桓为团部主要领导，科职由县直单位所调干部充任，营职由公社级干部充任，劳力按营、连、排、班被组织编成团的建制。

古浪、定宁、泗水、土门、岘子、西靖、大靖、民权、裴家营、新堡、干城、横梁、井泉、黄羊川、龙沟十五个民兵营迅速组建并立即开赴景泰沿寺。干城民兵营是最先开赴的民兵营之一。

9月9日，天下着蒙蒙细雨，微风吹乱了细雨，也吹乱了人们的心。干城营长叶生华带着喜忧参半的心情出发了。毛主席去世了，心里很难受；引黄工程开工了，心里又很高兴。一喜一忧，心里翻腾着阴雨天特有的情绪。一辆二八拖拉机打头，其他民工乘坐马车，前往九十多公里外的沿寺。民工们有的披着雨衣，有的戴着草帽，压低声音互相说着让他们震惊的消息，又互相表达着自己的欣喜：参加引黄工程的建设，没有比这更令人激动的事情了。他们将和其他开赴景泰县五佛公社黄河畔沿寺坪的农民兄弟一起安营扎寨，会同一千三百多人的景泰县民兵团，与甘肃省水电工程局，拉开景电二期工程建设的序幕。

新堡乡尖山村的社员们兴高采烈，说要去修黄河，郭天龙、陈多明等人都加入了民工队伍。

前往工地的民兵团，继续了一期工程的做法，以人民公社为单位，以班、排、连、营为建制，以民兵为骨干。各公社民兵营的领导由公社党委副书记或革委会副主任、武装部长担任，马云山自然成了黄羊川民兵营的政委。连长和指导员由大队干部担任，营以下不脱产干部与民兵一样只记劳动工分，年终参加生产队的分红。按照这样的编制，尖山大队的民兵应该就是属于新堡营尖山子连了。

*回忆把叶生华带到了从前。

9月的沿寺黄河畔，阴雨绵绵。民兵团的社员们立足未稳，就在淅淅沥沥的大雨中，搭帐篷，挖地窝子，盘炉灶，拉开了艰苦创业的架势。

干城公社党家窝铺的党文斌，记得五佛沿寺，那是他第一次做乞丐要饭的地方。二期工程刚开工，因为他是地主子女，生产队不让去。可是不几天，有人嫌太苦，跑回来了，别人不去了，又说地主子女需要劳动锻炼，所以要他来。郭天龙也遭遇了同样的命运，他也是地主子女，为了让他更好地得到劳动锻炼，他也被派到工地上参加劳动。

10月15日景电二期工程开工典礼在景泰县五佛公社黄河畔沿寺举行。甘肃省委副书记禹贵民、甘肃省景电工程指挥部总指挥李培福、甘肃省水电工程局局长窦明海、甘肃省水电局副局长陈可言、武威地区行署副专员蔡志清、景泰县委书记杨作良、古浪县委副书记李逢春、古浪县革委会副主任苏润和民兵团全体人员及当地群众约一万人参加了典礼。

典礼结束后，李逢春对古浪民工团也讲了几句："这是我们的救命工程，二期工程，主要就是给我们修的，我们大家要争气，要为自己的好日子努力干活！"大会结束，古浪民工群情振奋，不吃中午饭，就跑到工地去干活了。

生活已经好转的景泰人笑："看看，古浪人干劲多大，怕是饿坏了吧。"

*1976年，景电二期工程隆重开工。

古浪人笑："你们肚子吃饱了，就在家里待着呀，你们跑来凑什么热闹？"

景泰人哼哼："我们还想着靠黄河水发家致富呢，待在家里，待在家里还不便宜了你们古浪人？"

其实，景泰人和古浪人只是口音和地域上不同，两县相交的地方，亲戚套亲戚，你中有我，我中有你，早就是一家子了。他们把这种斗嘴叫抬杠，一天不抬杠，心里就痒痒，边抬边干活，越干越有劲。

顺利进行

10月17日景电二期工程一泵站开始草土围堰工程。总指挥李培福，省水电局局长窦明海，省水电局工程师张子良，和古浪县革委会副主任、古浪民兵团团长苏润，景泰县革委会副主任、景泰民兵团团长杨生伟现场指挥。

因为有了第一次围堰的经验，这次围堰可是容易多了。首先准备工作很充分而且容易。为了确保草土围堰成功，省景电工程指挥部做了周密安排。李培福、窦明海、陈可言等人驻工地现场指导，武威地区行署副专员蔡志清驻守团部督战。两县民工从国营条山农场拉运麦草三百五十多万公斤，从内蒙古、宁夏等地收购草绳五万多公斤，在黄河左岸就近的山上备土四万多立方米。同时架设了照明线路，铺通了运输道路，准备了用来指挥和抢险的汽艇、羊皮筏子十多只。

准备充分后，一声令下，草土围堰工程正式开始施工。先用精制稻草绳扎成挑水桶粗、一米多长的草捆，再将五六个小草捆捆扎在一起，一次投入坝头一千五百到两千个草捆，徐徐延伸入水。就这样，一次次投入，随着坝头重量加大，使草土沉没水底，逐渐向前延伸。黄河岸边人头攒动，车水马龙，两县民兵团与省水电工程局等单位通力合作，共投入劳力四千多人，架子

*为了确保安全，准备好了小船准备救援。

车七百多辆，不分昼夜，组织四班人马，古浪三班、十八小时，景泰一班、六小时，集中背草运土，昼夜不停。

一条巨大的草土大坝，在黄河急流中，缓缓延伸。工程指挥员、工地战斗员以及所有技术人员都坚守工地，时刻不离。李培福、窦明海、陈可言等以及团部负责人在工地值班。所有营连干部，带领民工，编队参战。有的民工因过度疲劳，被卷在草捆子里还没醒过来，幸亏发现得早，没被压在坝中。拉架子车的小伙子，有时连人带车被拖入黄河，犹如一叶扁舟，飞速漂向河心，几经抢救，幸免于难。

干城营的民工在营长叶生华的吆喝下背草。叶生华嗓门大，个头大，力气大，在人群中晃来晃去很显眼，再加上大嗓门，就成了一面旗了。先用稻草绳子、麻绳把麦草捆成草捆子。和一期围堰不同，在河水中拉开一张大网，以防草捆子被水冲走，党文斌他们把草捆子按照要求投进网中，接下来，新堡营的民工就拉土往里倒。

用架子车往里拉土倒土，对郭天龙、陈多明这些十几郎当的小伙子来说，直接就是玩了。两个人一组，一车土被推得飞快，到指定的地方，猛一撒手，车子就立了起来，一车土瞬间被倒得干干净净，来来往往地奔跑，把草土混合体压得瓷瓷实实。

　　郭天龙到工地上，才感觉到了一种自由和释放。因为成分高，他在四年级就不去学校了，书香门第的香火只好在其他几个弟妹身上延续。他不去学校的理由很简单，在三年级的时候，天天一上课，就把他整到讲台上，让学生提意见，监督和帮助他这个地主子女进步成长。和他一般大的同学们，能有什么问题和意见？每天都是鸡毛蒜皮的事情，什么他随地大小便了，浪费纸张了，不好好写作业了等等，张口闭口叫他地主娃子，近乎荒诞的日子，让他感到沉重而压抑，到了四年级，干脆不去了，在生产队当个社员。别看他岁数小，但是正因为在学校的被压抑和被歧视，在生产队他完全得到了释放。他脑子反应快，嘴巴又厉害，几乎没人敢招惹他。

　　这里多好呀，没人知道他是地主子女。每天补助六毛钱，让他感觉到自己长大的好处，也没有人叫他地主娃子，每天还有十二分工。这里虽然住的是地窑子，但吃得好呀，生产队有补助，隔三岔五，派人拉来面粉。早上不是糇饭就是黑面疙瘩，中午长面、面片子尽饱吃，晚上吃了饭，还能学习、唱歌。虽然三班倒，但这点活，实在不算什么。

▼声势浩大的开工仪式

和他搭档的拉车子的陈多明，可是地地道道的贫下中农，虽然有的时候也喊他地主娃子，但两个人都知道，这是开玩笑的，并不影响他们的关系。两人能玩到一起，也能干到一起，似乎生来就是好朋友。

没想到，工程才开工半个月，就出了事故。当时，所有工程人员的吃水问题，都在总干渠解决，刚抽上来的黄河水稍加澄清之后，就成了生活用水。民权营的一个炊事员，在一期的总干渠取水吃，因为水流湍急，刚把水桶扔进渠里打水，却不料连人带水桶，一起被水流拉了下去，很快消失在渠中，直到二泵站的拦污栅栏前，搜救人员才发现了他的尸体。

李培福闻讯赶到了现场。在现场指挥救人的李逢春战战兢兢迎上前去。李培福很冷静，没有笑脸，也没有愤怒，很平静地对李逢春说："八字不见一撇，人就没了，工程还怎么干？"

从此，在整个民工团开始了安全大教育，狠抓安全生产。但是，防不胜防的事故还是接二连三地发生了。

随着工程的进展，姚光汉在日记里记载了当时的情况：

10月21日

草土围堰大坝已向河心延伸100米，拐上弯是攻坚战，已经是胜利者；现在顺流而下施工，河水逐日上涨，但不影响工程进展，每日四班人，每班六小时，劳动紧张，工作愉快。

11月2日

今天是草土围堰大坝合龙，围堰合拢之夜，全团通宵达旦（施工），李老（培福）流了热泪。原计划二十五天的工程，已提前八天（完成）。

在黄河水流湍急，施工条件艰苦的情况下，仅用17个昼夜，提前8天用人力筑成了一道周长260多米，堰体宽13至21米，高8.1米，草土体积为3.03万立方米的围堰墙体。

围堰合拢后，指挥部决定放假一天，让民工休息。姚光汉在日记里记录了这样一件事：

11月4日

围堰告成，午后，日本国水资源利用考察团来此参观，他们当场称赞："中国人的办法，大大的有。"据称：这样高扬程提灌工程，亚洲罕见，世界少有。此后稍作休整，便将开始修筑一泵站。这座泵站，从黄河水底建起，既要在枯水期可供提水，还要在黄河汛期不被淹没。这是一座庞然大物，且要赶在来年汛前将厂房主体浇筑出水面。

正在休息的叶生华，奉命带领民工，"装模作样"演示了一下围堰合拢的过程，惹得前来参观的日本人赞叹不已。

草土围堰合拢后，八台水泵不分昼夜抽干围堰内的积水，进行一泵站基坑开挖。在坚硬的河床上，起初用风钻打眼爆破，后因风钻少，进度跟不上，就用铁锤、钢钎手工打炮眼，爆破的石块全部用人力架子车拉出基坑。

为了加快速度，郭天龙、陈多明发明了一种快速的卸车法：把架子车前面的挡板卸了，在车子后面绑一个废弃的车外胎。装满石子后有一个人帮忙送出泵坑，一个人顺着下坡路驾车飞奔而去。架子车后的外胎就是最好的刹车，驾辕的人只要掌握好方向就可以了。到了卸料场，瞅准位置，猛地把车辕条插进土里，拉车人一个蹦子跳出去，一车石头就被惯性卸得干干净净。这一连套的劳作，一气呵成，特别是下坡路飞奔的时候，个子高的人如蜻蜓点水，个子矮的人直接被挑在车辕上，两脚乱舞，繁重的劳作，被他们演绎成了一种潇洒的表演。

▲充满活力的民工队

仅仅九十多天的时间，民工团完成了长二百二十多米、宽三十多米、离水面十五米的一泵站基坑开挖任务。1977 年 3 月 15 日，一泵站水下混凝土开始浇筑，目标是在当年汛期前，混凝土基础部分要高出黄河水面两米。

基坑内木架成笼，钢筋成网。工地上人山人海，灯火辉煌。工程如此之大，让姚光汉激动不已，他觉得此生在此工作，可算尽了自己的一分力量，给后人创造幸福，没有白来人世一场，过去的那些心酸，都随了黄河水流去。

武威地区剧团及土门、大靖、民权文艺队到工地演出。古浪县食品公司在寒冬腊月，将宰杀的大量猪头，集中到工地，改善民工生活。春节期间，全团不能放假回家，干群坚守在工地过年。这个年过得确实与往年不同，别具风趣。大年三十，山头集中爆破，胜似万家灯火。正月初一，全天放假，体现"劳逸结合"。全团各营过年，人们穿戴依旧，但吃的却有红烧肉大米饭或烩菜大馒头。然而想家心切，大多数民工是二十出头的小伙子，因为是首次外出，更加心急火燎。正在这个时候，武运司专程开往工地的几趟班车拉来不少家属，有的是民工的爷爷或是兄弟，大多是小青年们的妈妈，这些人不在家中过年，却想方设法携带食品，奔到工地来与民工们团聚。姚光汉在兰州上学的孩子，趁年关放假，也取道景泰，到工地留宿。由于全团这样抓紧时机，终于赶在来年黄河汛前，将一泵站主体工程浇筑出水面。

二期工程的一泵站开挖之后，和一期工程一样，占用了五佛的黄渠。为了保证五佛的正常灌溉，经勘查决定在山上打一个隧洞，供黄渠水流通过。李逢春带领古浪民工，开挖隧洞。每班二十多个人，三班倒向前掘进。然而，隧洞的地质条件很差，放炮之后，整个隧洞都有危石出现，不时掉落的石块，稍不注意就会造成人员伤亡。李逢春越看越危险，略一思考之后，决定暂停施工。

然而，才停工不久，就接到了李培福的电话。电话中只有短短的一句话："你马上到指挥部来一下。"

李逢春怀着忐忑不安的心情，来到了指挥部。李培福正在等他。此时，李培福没戴帽子，头发花白，他拄着拐杖静静坐着。

看到李逢春，李培福的语气严厉了很多："搞工程来了，你把工程停了，你是干啥的？"

李逢春显得越发紧张，但还是简述了自己停工的原因："没有支架，安全无法保证，能不能派技术员去现场看看，采取更合理的施工方法。"在说这些的时候，李逢春其实心里很害怕，害怕被批评，更害怕被撤职。这时，他才意识到擅自停工其实是一件很了不得的事情。

李培福听了他的讲述，一句话都没说，而是抓起电话，当即派了十几个技术员，前往现场查看。李逢春这才稍稍松了口气，赶紧赶往施工现场，戴上安全帽，带头走进了隧洞。十几名技术员跟在身后，边走边察看。实际情况正如李逢春所说，越走越危险，越走水越深，走到中间，头顶的石块不时掉下来溅起水花。工程技术人员意识到了施工的危险性，喊住李逢春，结束了现场考察。

李逢春志忐不安地过了一个晚上，不知道将会发生什么。第二天，五辆卡车拉着原木送了过来，同时他也得到了新的施工方案：先搭建支架，再往前掘进。

有了这些支架的保护，施工才得以顺利进行。李逢春擅自停工的错误，也就不了了之了。

意外之祸

在二期工程中，李恒心承担的工作，就是陈可言在一期工程中的工作。当李培福10月份回到景泰川之后，李恒心知道二期要开工了。进行的这一切都是早就规划设计好了的，李恒心感到，因为一期围堰的经验，加上二期机械化作业程度提高，工程比预期的要快很多。浇筑泵坑的时候，参加过一期围堰的民工，各个都成了手法娴熟的老工人老师傅，加上古浪民工盼水心切的热情，工程进行得不但顺利，而且质量很高。

一泵站浇筑完成后，新堡营和干城营被分到三泵站、石门沟一带，炸石头，修渠，做泵坑地基。干城营的民工大都来自山区，工程上的伙食虽然不比新堡营，但是还可以吃饱肚子。

来自景泰民工营的王花元才十五六岁，小姑娘和大家一起在二泵站挖泵坑。在红鼻梁子，他们挖了地窝子，晚上就住在那里。工地上的姑娘们组成了铁姑娘班，每天从泵坑往外拉红胶泥，任务量是一个班拉两个"正"字，两个人一组，一个多小时之后休息一下。红鼻梁子多是红胶泥，这种土很坚硬，致使工程进度很慢，用炸药炸，加上人工挖，几乎是一点一点往下啃。

生活自然比一期施工期间好多了，不管吃的什么，最起码能吃饱，再没有限量的说法。早上是苞谷糊糊，中午是面条，肚子饿了，再吃一些家里带来的炒面。苞谷面疙瘩是晚饭。晚饭过后，是他们最最快乐的时光，不是学习，就是跳舞，跳忠字舞，唱《东方红》，热热闹闹一直玩到熄灯号响起。那会工地作息吹的是军号，从扩音器里按时放出来，要求民工们按时作息。星期天不劳动，姑娘们就结伴跑到一泵站去玩，看泵坑，看泵站，叽叽喳喳议论黄河水怎么就被抽到了山上。完了，就去芦阳城里玩，一点也不觉得累。

泵坑挖出来，就是浇筑。二十多台搅拌机昼夜搅拌，姑娘们手里提着一个铁棒（振动器），放进水泥里震荡，溅起的泥点就好像一群蜜蜂在飞。一天下来，脑子里全成了嗡嗡声。

浇筑完了，把模板从泵坑往出来拉，模板上全是钉子，一不小心，钉子就从脚心扎了进去，二十多天也不见得好转。小伙子最容易犯这样的错误，而对于细心小心的姑娘们来说，这些危险从不会发生。

五月端午到了，民工团给每一个灶发了两斤清油，大家几乎都做了凉面吃。姑娘们被准予不出工，帮厨大师擀面切面拌面。虽然没有什么菜，但黄黄的清油拌在面里，一股油香味就在山沟里弥漫。调上一些白墩子的白盐子，浇上两勺葱花子炝的醋，每个人都吃得津津有味。有细心的民工，从山里采来羊胡子、野蒜，就着吃起来更加香甜可口。

对古浪来说，修建黄河提灌工程不亚于一场战争，在进行了大量的宣传后，正如战争年代一样，支前活动搞得有声有色。当时在很多偏远的山区，口粮极度匮乏，在人均每月不足二十斤救济粮的情况下，尽量保证参加工程建设的民兵每月四十五斤的口粮供给。淳朴的古浪群众，为了把黄河水早一天引到家门口，有的宁可自己去宁夏、张掖等地去乞讨，也要让子女们在工地上安心苦干。武威地区剧团和古浪、土门、大靖、黄羊川等公社的文艺宣传队，纷纷赴工地慰问演出。总体上来讲，古浪民工团在物质生活极度困难的情况下，在"一定要把黄河水引到古浪土门子"的信念支撑下，在"天上无飞鸟，地上不见草"的荒山沟里艰难苦干。

前来参加建设的青年民工，付出的不仅仅是自己的汗水，有十多名青壮年劳力，在

▼浇筑泵坑

施工中，献出了自己的生命，他们有的被山崩压埋，有的被水浪吞没……对于这些有姓有名的光荣牺牲者的掩埋及善后处理，因为姚光汉在团部搞后勤财务工作，他都参与了料理。当时每个死者，也只是三百元左右的殡葬费，就算结了。

1976年冬天，有几个营的民工，在一泵管道爬坡山头工地施工，突然，在古浪营和裴家营的接合部位，发生了大面积的滑坡。刹那间，尘土飞扬砂石乱滚，不知有多少人被压在下面。幸好是白班，灾情就是命令，在场领导，一面布置各营集合清点人数，一面组织抢救，挥力搬石移土。当即发现有十二三人被压在其中，有的刚压住半身，很快被挖出来，抖擞身上的泥土，转回头再挖别人。有的埋没很深，而且山上的砂石继续在下滑。有一块平房大的巨石，正在缓缓移动，滑向压住人的虚土。千百名营救人员，被吓得目瞪口呆，束手无策。一时之间，既不能动，又不甘心停止救援，但要再挖，巨石滚动，所有人都会被压成肉饼子。

见此情况，李逢春抢先几步，率先站在巨石面前，断然指挥大家赶紧挖人。说来幸运，巨石停在那里，再也一动未动。下面挖出来十多个小伙，最后一名青年不幸窒息而死了。据目击者说，出事当时，他本来可以幸免的，但为了拿工具，却被铁锨把绊倒，结果献出了自己的生命。

临过年了，李逢春不知是求成心切，还是疲劳过度，突然发病，牙疼肠绞，坐立不安，起卧翻滚，处于非常痛苦之境。团部医护设施有限，只好将他搀扶架起，用拉水卡车送至四十里外的条山工程局医院治疗。经诊断需要拔牙，牙拔了，阑尾却又急性发炎，急需手术治疗，但要家属签字。姚光汉只好急电告知古浪县委。齐康然书记连夜驱车，赶到医院签字，次日凌晨手术成功。原来他的阑尾偏偏生在肠壁后面，因而多翻腾了三个小时。

工地顺利施工的时候，总指挥李培福和省水电工程局局长窦明海，一起前往古浪视察，就景电工程建设的意义、渠线、施工等问题，讲了自己的看法，并察看了古浪县土门贾家磨到八步沙渠线。李培福，更多的时候是沉默。也许，他已经感觉到自己的身体正越来越衰弱；也许，他已经感觉到正在进行的工程将要面临的困难。但不论怎么说，老人带着一种特殊的感情，行走在他梦寐以求的提灌工程现场。李培福的双眼，恨不得带走眼前的一切。

二期停工

　　1977年，对于中国的年轻人，特别是上山下乡接受贫下中农再教育的知识青年，不能不说是一个否极泰来的年份，这一年，国家恢复了高考制度。真正后悔的应该是郭天龙他们了，工地上组织大家学习，听到这个消息后，他长长叹了口气，呆了很长时间，自言自语地感叹："这辈子，没这希望了。"

　　陈多明和他开玩笑："地主娃子后悔了？"

　　郭天龙眼睛一瞪："后悔有屁用？都是让你们这些贫下中农害的，你们把我害死了。"

　　按照景电工程指挥部的部署，古浪民兵于1977年6月3日，将驻地由黄河沿搬迁到了总干渠四至六泵站之间的大沙沟，修盖简易住房一千两百多间。两千六百多名官兵安营扎寨散布在十多公里长的山沟中，铺开了第六泵站的基坑土石方挖掘和泵站之间的渠道土方开挖工程。

　　大沙沟是景泰县的一条荒山沟。植被稀疏的沟内，只有零零碎碎的小片耕地依山就势、参差不齐地散落在山洼。沟底汩汩流淌的泉水，虽然清澈，但水质苦咸，难以饮用，叮叮咚咚的喧响，日夜诉说的都是贫瘠山川的苦涩。古浪民兵团两千六百多人进驻大沙沟以后，解决生活用水问题成了燃眉之急。党文斌喝了这些水开始闹肚子，很快，许多人都感觉肚子不舒服了，上不了工地。各公社民兵营想方设法组织人力从别处拉运饮用水，其他生活用水仍然用沟中的苦咸泉水。团部卫生队及时防病治疗，确保一线劳力不减员。

　　顺利进行的引黄工程，似乎从一场突如其来的灾难开始，变得扑朔迷离。

　　1977年8月1日16时45分，在古浪县双槽子以东，昌灵山、大靖峡一带突降暴雨。19时左右，山洪暴发。洪水从大小干沟、毛家沙河、大靖河、花庄河、火烧沟、马家磨河滔滔而下，使低洼的海子滩成了汪洋一片。

　　关于这场暴洪，在以后的日子里，不知有多少老人一遍遍重复这挥之不去的记忆：在昌灵山等很远的山区雷鸣电闪、暴雨倾盆的时候，海子滩一带竟然晴空万里，风和日丽。但是，汇聚的暴洪，只向这个低洼处奔流而来。咆哮的暴洪，裹杂了上游的麦捆子、树木、牛羊，以不可阻挡的势头呼啸而来。每当这时，老人们会很神秘地说：你见过水起蛟吗？没见过吧，就是两个水头碰在了一起，互相较着劲，谁也不让谁，较着劲的水头，就成了一堵墙，越聚越高，越聚越高，像一道黑崖，等高到一定的时候，哗——天崩地裂了，水就扑了过来，百十米远的树呀，房屋呀，像纸片片一样飞到了天上，把个人算什么呀……

据后来的统计，仅裴家营、民权、大靖三个公社的153个生产队就有7万多亩农田被冲毁，冲走粮食28万公斤，淹没机井138眼，冲毁5万多亩保灌农田的渠道和林带，农电线路、公路和通信线路中断，冲走房屋3800间，倒塌房屋5000间，淹死138人。汇聚的暴洪，冲进腾格里沙漠之后，才慢慢平息了下来。老人们讲的起蛟，很有可能是其中的树木呀麦捆子呀，很巧合地堵在一起，形成了一道大坝，垮塌后，造成了山川变样的惨状罢了。

消息传来，古浪民工营一片哗然。洪水经过地方的民工开始哭泣，嚷嚷着要回家看看。8月2日，民权、裴家营两个民兵营从景电二期工程工地紧急撤回海子滩，参加抗洪救灾。

8月3日，省军区领导带领独立师官兵，运送救灾物资到洪灾现场，并抢救伤者，挖埋溺死者尸体。省委、省人民政府及省级机关单位和武威、景泰、民勤、天祝、永昌等地运来救灾物资，派慰问团前来慰问。

暴洪造成的创伤还没有平息，新的不幸又降临到这些民工的头上。姚光汉在自己的日记里，记录了这种变化：

8月3日

团部迁到五泵宿营，打算在此住二至三年，最近有消息说，保持小干或缓建，年内等省上定调。

10月28日

李逢春告诉我，经省上开会研究，二期工程暂停，让我向工地传达，准备布置撤离事宜。张得元负责监造的团部大舞台即将竣工，也只好作罢。

这么大的事，要姚光汉这样一个管理财务的人员去通知，显然不合适。姚光汉进一步请示李逢春，憔悴的李逢春摇摇手，不愿多说一句话，随后趴在桌子上，把头深深埋进臂弯中。原来，在1977年10月25日，他们就接到了甘肃省委的通知：由于资金、电力不足等原因，景电二期工程停工缓建。

李逢春接到通知，前往兰州宁卧庄宾馆开会，省上一位副书记通知景电二期工程要下马的决定。

李逢春震惊之余，情不自禁脱口而出："我们已经干了一年多了，上马也是省上的决定，突然下马，我没办法向群众交代。"

后来才知道原因："为了集中力量，打出一拳头，比同时打出两个拳头有力量。先干引大入秦，后干景电二期，比两项工程同时都干的进度要快。"

日夜奋战在工程一线的民兵情绪一落千丈。"我们手心里脱皮，脚底下起泡，流血流汗一年的艰辛不提，回去怎么向家乡人民交代？"许多人甚至放声大哭。

郭天龙脱口而出："白哄得我们玩哩，这么多的人，这么大的摊场，说不干就不干了？"

陈多明急了，瞪了他一眼："你这个地主娃子说话小心着些，你不怕挨斗呀？"

没有人在意这些了，整个工地已经炸开了锅。二期工程暂缓之后，确实给全县的干部、群众当头泼了一盆冷水，想不通也不甘心，纷纷写信给党中央、国务院，每天的信件有一两邮包之多。李逢春发现，民工们写给华国锋和叶剑英的信件最多，大都是请求恢复工程建设的内容。有的民工不会写信，求别人写了，歪歪扭扭签上自己的名字，花上八分钱就寄了出去。那几天，一条山邮局都要被这些民工挤破了。

营长们开始议论，国家要停止这个工程，是没钱修了。很多人都抱着侥幸的心理，说不上，明天早上又宣布开工了。这些年，这样的事情多了去。后来，营里召开会议，说停工了，不干了，一个大队留两个人看工地。很多干部都哭了。叶生华痛哭不已："不能就这么完了呀……"

在团里开会，营长们在一起也是哭声一片。民工们想不通："我们苦了一年了，就这样说不干就不干了吗？我们就不走，固也要固到它开工！"

1978年，李恒心在兰州开会，和李培福说了下马的过程。李培福沉默了一阵，说得很婉转："省上要搞引大，引大是自流灌区，而景电工程是电力提灌。"停了一阵，李培福又补充了一句："财力不够。"他轻轻叹了一口气："也许，我等不到这一天了。"李恒心心头微微一震。

北京上访

当时，民工不愿意撤离，古浪县政府部门也不甘心。10月30日，古浪县向中共甘肃省委、中共武威地委递交继续建设景电二期工程的请示报告，请求省委不要停工，支持古浪先小干，等经济形势好转后再大干，给古浪这块农业发展潜力巨大的地方"安排个出路"。

*坐在黄河边沉思的李培福。

这份报告当时就由姚光汉执笔起草。在这份报告或者申请的文件中，古浪县政府和民工团的心情跃然纸上："……在大沙沟安营30多里，新盖1200多间住房，安排好了2700多人的食宿，又铺开了四、五、六泵站的渠道开挖，现已完成工程量60多万立方米，付出了劳动工日90多万个。所有这些，不仅给景电工程的大干奠定了良好的开端……当我们正在大干景电二期工程的时候，省上于10月25日召开会议动员，二期工程暂停缓建。其原因是资金有困难，动力有问题。为了集中财力、物力，还将甘肃省水力工程局施工力量投入引大入秦去。由于这样，二期工程暂停。我们施工团依然坚守工地，仍在思想上、物质上做好准备，坚持要干。这是因为：第一，在党的十一大路线指引下，人民思想大解放，生产力大解放，国民经济将会大为好转。我们干社会主义的信心更足，决心更大。第二，继续修建景电二期工程，是景、古两县40多万人民的迫切愿望。尤其我们古浪人民对彻底改变干旱面貌，早有强烈的要求，不仅为了生活吃饭，更是为了早日建成大寨县。第三，景电一期工程的建成收效，对我们干二期工程提供了有利条件，创造了宝贵经验。我们决心把二期工程建成，会使我县以干旱著称的海子滩等大片荒原，同景泰川一样，变成稳产高产的米粮川，对国家做出我们应有的贡献。第四，二期工程已有宏伟的规划。设计技术人员，经过辛勤努力，初步完成设计规划，我们已经干了一年多，各方面都有了认识和准备。可是突然缓建，究竟缓到什么时候，干不干了，我们也不明确。所以我们现在一是怕暂停的时间太长，二是暂停一下以后再不干了，三是考虑暂停以后人力、物力都浪费太大。"

到最后，几乎是哀求了："现在我们恳切要求，在国家经济暂时困难的情况下，如果二期工程设计规模大，能不能小一点，如果按中方案办，投资也可少一点，无论如何，时间上能否快一点？暂时不能大干，是否坚持小干？最好不要断线。待几年后，经济好转，继续大干。这样既可以减少损失浪费，也可以使我们古浪县农业发展的美好前景有个根本保证。为此请求把此项工程列入国家计划，给予投资补助并早日付诸实施。让我们把黄河水早日引到古浪去，为彻底改变古浪干旱面貌，力求实现稳产高产，尽快摆脱历史困境而奋斗！"

已经做出的决定，哪有朝令夕改的道理呀。但是，善良而迫切的古浪人，并没有就此罢休。11月24日，古浪民兵团联名向党中央、国务院及国家有关部委写信，表达对引黄入古工程的热切盼望。12月9日，古浪县委商量之后，安排水电局副局长刘佑桓、土门公社副书记马云山、龙沟公社书记梁文华、供销社干部魏育山四个人前往北京上访。

*回忆二期工程下马的情景，姚光汉的惋惜之情油然而生。

四个领导，有的鞋子已经烂了，梁文华的脚趾头已经从解放牌球鞋中钻了出来。古浪民工团商量，这样穿着打扮，前往北京也太不雅观了，随后决定，给他们四个人每人买一双翻毛皮鞋。四个人背上干馍馍，带上炒面出发了。马云山的衣服很不得体，里面的棉袄长出了一截子，上面的罩衣又短了一截子，长袍子短褂子，怎么看也不像一个领导干部。反正为了引黄工程，他们豁出去了。

四个人第一次来到北京城。找谁？怎么找？谁也不知道。北京火车站成了他们的家。白天他们外出打探消息，熟悉道路，了解上访渠道，晚上就留宿火车站。魏育山负责他们的伙食，火车站的白开水不要钱，尽饱喝，自带的炒面和干馍馍就是主要的口粮。他们大口吃炒面，弄得嘴上脸上都是白的，惹来车站许多人围观。他们毫不隐瞒自己从古浪来，而且畅言为民请命，要求工程上马。他们的使命，引来很多过往旅客的同情，有一些人，主动为他们提供消息，说一定要去找国家计划委员会和水电部，不要去国务院，到那里就成了上访，很快会被遣返回甘肃的。晚上四个人就挤在火车站的椅子上。但是每过一个小时，车站服务员就来打扫卫生，弄出的声音很快惊醒他们，实在忍不住了，和服务员吵了一架。

*刘佑桓、梁文华、马云山、魏育山四个人，上访期间在天安门广场合影。

在火车站住了十多天之后，他们总算摸到了一些门道。可是计委很明确地答复：工程上不了马。刘佑桓当场在计委的办公室大哭一场，许多工作人员为之动情。

计委没有希望，他们几个一商量，又到水电部上访，见了水电部的一位司长。刘佑桓在汇报情况的同时，止不住泪如雨下，最后，哭到伤心时，竟趴在地上说不出话来。这位司长感慨万千，但明确答复："下马不是中央的决定，这个工程是周恩来同志生前批准了的，是你们省上可能就具体的实际情况而做的调整吧，你们尽快反映一下，看有没有希望。"他表示，自己将会把这些情况向钱正英部长如实反映。

无奈之余，四个人在北京待了一个多月，终于一声长叹，无功而返。

在他们去北京的同时，古浪县的几位领导，前往兰州找到了李培福，恳求李培福为古浪人民争取一下。正在遭受病痛折磨的李培福，这位为景电工程呕心沥血、立下汗马功劳的指挥者，躺在病榻上还念念不忘工程的建设。他对古浪的代表说："你们回去好好做些准备工作，等待再次上马吧。缓建的时间绝不会太长，要相信省委绝不会忘记你们！"

刘佑桓带领上访人员回来后不久，省委书记宋平带领水利厅等部门有关人员来到古浪，深入基层调查研究，听取群众意见，探讨古浪发展大计。宋平亲自到黑松驿、石门山及横梁、干城察看。李逢春坐宋平书记的车从石门山出发，去景泰县的路上，李逢春详细汇报了古浪的意见和想法。宋平给了三条明确的答复：一、景电工程暂时下马，县上组织群众先干一些小型水利工程，以解燃眉之急；二、景电二期只是缓建，不是停建，待条件成熟时恢复上马；三、做好干部群众的思想工作，稳住人心。

李逢春等人听了十分高兴，很快将宋书记的指示传达到群众中，群众的情绪才稳定下来。

所有的努力到此为止了，古浪民工营最终没有"固"来这一天。最后决定一个营留几个人看工地，看房子。也许，他们至此还不甘心，期许工程很快上马。

党文斌就是其中的一个留守人员。吃了睡睡了吃的日子太无聊了，党文斌闲不住，就到附近的山上抓发菜。有时就到泵站去看看，看着那半拉子工程，总不敢相信自己的眼睛。但是，既成的事实已经不容更改，在山里蹲了四个月，过完年，还等不来开工的消息，不甘心的党文斌就到农场了。

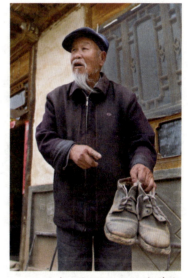

*至今，马云山还保存着当年上访穿的翻毛皮鞋。他是四个人中唯一一个还在世的。

农场在海子滩廖家井地段，作为再干二期工程的副食基地，紧邻腾格里沙漠，但很平整。引黄工程停工后，不甘心的苏润提议创办这个农场，一是集中不愿回家的民工，二是为了工程再次开工积蓄力量。梁文华、姚光汉等人，都到了这个农场。

1977年11月份，这个农场成立了，苏润给它起了一个响亮的名字：黄河农场。当地的农民笑："黄河离这里八竿子都打不着，还黄河呢，想黄河想疯了吧。"

姚光汉快人快语："你说对了，黄河农场其实就是盼水农场。"

张有暇时任古浪县水电局局长，按照县上的安排，在农场建设过程中给予大力支持。1978年初，将人力、物力撤离工地，全部投入农场。农场由原民兵团长苏润负责，利用团部所有积累约四十六万多元资金，在那里打井十多眼，出水成井四眼，旱地变水地一千二百多亩。县委领导多次帮助农场出主意、搞规划，开辟林带，定植果园，先后植树一百二十多万株，修建厂房十几幢，添置了汽车、拖拉机等生产机具，还发展了多种经营，养起了牛、羊、猪、鸡等，在裴家营海子滩上形成了一个初具规模的"盼水农场"。

黄河农场的职工，在种地的同时，眼巴巴翘首以待：引黄工程，到底什么时候能够重新开始呢？那个力主实施景泰川电力提灌工程的李老汉，莫非把古浪人民忘记了吗？

景泰川电力提灌二期工程虽然停工了，但是，病情稍有好转的李培福并没有闲着。

希望之光

1977年12月5日，在省委召开的工作会议上，对于当时刚刚上马的引大工程反应强烈："引大"是个大工程，很艰巨，很复杂，施工准备工作量很大……会上讨论得沸沸扬扬，大家既关心又有几分担心，这也引起宋平书记的关注。

宋平沉思片刻，当即敦促李培福立即去工地察看。陈可言和鱼锦鹏随同前往。

引水灌溉秦王川的设想，始于20世纪初。1908年，陕甘总督升允委派皋兰籍绅士王树中等人筹划引水入秦王川。抗战时期，国民政府有关部门曾三次提出"引庄（庄浪河）入秦"的引水设想。然而，国穷民弱，技术力量有限，这一设想只能停留在纸上。

新中国成立后，1956年，定西地区（当时永登、皋兰属定西管辖）提出引大通河入秦王川的设想。随后人们做了大量勘测论证工作。经过多方筹划论证，1975年年底，引大入秦工程开工兴建。

李培福带领陈可言等人，到引大工程总干渠上段，看了几条隧洞和盘道岭一号斜井。回到住地，李培福对当时的工程处境非常忧虑，一夜没有睡好。

姜作孝对当时的工作处境也非常忧虑，离开景电工程来到"引大"之后，他感觉开展工作非常吃力，很想听听李培福的教诲。下午他专程到红古招待所看望李培福，并陪他看了几处洞口。在工地，李培福兴致很高，坚持要多看几处。当姜作孝问起他视察工程的观感时，他说："省里正在召开计划会议，宋平书记让我到工地看看，现在各方面的反映不少，让我到工地了解一下情况。"

李培福看了一眼姜作孝，深有感触地说："这么大的工程光靠民工怎么成？光让兰州市办，问题也大。"

李培福的话虽很简短，但他马上说到了问题的核心，一是要加强技术力量，再是要省里直接领导。姜作孝打趣地说了一句："你来领导我们一起干吧！"

李培福笑了笑说："我是不行了！你们好好干吧！这是个好工程。"

*视察长势良好的小麦，李培福喜上眉梢。

视察完之后，在临别前的总结会上，听取了当时市指挥部指挥和省水电设计院副院长、总工的汇报后，李培福说："宋书记让我到工地看看，指挥部在市委领导下，修了不少路，架了不少电线，开了不少工作面，设计也出来了，不过施工准备工作还是很不够，技术力量也非常薄弱。"

李培福因在工地劳累过度，返回兰州时，旧病复发，车进家门未能下车就住进了医院。第二天病情稍有好转，李培福随即向省委汇报了工程施工的情况和问题，以及加强工程指挥部力量、改善民工生活等意见。宋平很重视李培福的汇报，当即指示："为了加强工程领导、解决施工力量、改善民工待遇等，由省水电局党组会同兰州市委提出报告。"

1978年1月24日，省委常委会讨论了这个报告，并做出决定：成立"甘肃省引大入秦工程指挥部"，任命陈可言为总指挥、党委书记，永登县委书记李进德任副总指挥、党委副书记，并与省水电工程局合署办公，实行一套机构，两块牌子。将民工生活补助费由每天三角，提高到受益区每天五角，非受益区每天一元。

当陈可言听说省委要让他上"引大"的消息后，内心其实很纠结。说实话，二期下马的前车之鉴，让他有一种不安和担心。思来想去，他去向宋平汇报思想："过去几个大的水利工程都是上马又下马。我是搞水利水电工程设计的技术干部，还是搞专业为好。"

宋平似乎看穿了他的心事，耐心地说："兰州的土地已经很紧张了，修兰新复线，有的群众怕占他们的地拿起了扁担。搞引大工程，在秦王川建设兰州的卫星城市，解决兰州的社会经济发展问题。现在要求你，首先是个共产党员，要相信'引大'不会再下马。"

宋平的话语重心长，让陈可言深深理解了组织的信任与重托，但是，他还是表达了自己的希望："我服从组织安排，但希望引大上去再不要下了。"

宋平点点头。陈可言又走向了新的施工现场。

1978年5月11日，《光明日报》发表特约评论员文章《实践是检验真理的唯一标准》，由此引发了一场关于真理标准问题的大讨论。

1978年5月13日，《甘肃日报》以敏锐的政治触角，转发了《光明日报》刊发的《实践是检验真理的唯一标准》一文，这在"左"的思想仍未冰消雪融的陇原大地，犹如一石激起千层浪。这场在全国范围内掀起的旷日持久的真理问题的大讨论，成为中国改革开放的报晓之声。

这一年的6月25日，甘肃省委在全国率先召开了"真理标准"省级座谈会，《甘肃日报》6月28日对这次理论工作座谈会的成果进行了报道。6月27日，省委宣传部和甘肃日报社在兰州联合召开了座谈会，来自各行各业的与会者就"真理标准"问题展开讨论。在拨乱反正中，《甘肃日报》高举真理的旗帜，成为思想解放的引领者。这一点，释放出的信号无疑令甘肃的知识分子感到欣喜而充满期待。

陈可言彻夜未眠，把搜集来的报纸翻来覆去看了一遍又一遍，他心跳加快，敏锐地感觉到政治生活将要迎来大的变化。是呀，检验真理的标准只能是社会实践，理论与实践的统一是马克思主义的一个最基本的原则，任何理论都要不断接受实践的检验。这篇文章，不仅仅是从根本理论上对"两个凡是"的否定呀。

实践是检验真理的唯一标准，让很多领导重新审视省内仓促上马的水利工程，在反思和讨论中，二期工程渐渐迎来了曙光。

总有开工的一天

苦苦等待的古浪人，并不知道陈可言已经有了新的任务。虽然景电二期工程的主体工程停下了，但勘测设计始终没有停止过。为了对工程规划进一步比较论证，甘肃省水电勘测设计院又抽调勘测设计人员，深入规划地，划点选址，拉线定桩，对原规划设计进行修改。

1978年，引黄工程停工的第一年，在新堡乡政府工作的临时工作人员刘德全就接到县上的通知，要他前去报到，有新的工作。

刘德全是从黄羊水校毕业的学生。按照当时对他们的分配原则，就是从哪里来的到哪里去。刘德全来到古浪后，就参加了景泰川电力提灌二期工程的建设。他跟随测量队进行渠道的测量工作，时间不长，就得到了同行的称赞，大家都称他是"超平专家"，凡是他测量过的地方，都没有什么问题。工程停工后，他在新堡公社闲待着。

点名要他报到的是水电管理处的卢新泉处长。卢新泉知道他的工作能力，特意点名他参加黄灌区的土地测量勘测。

刘德全纳闷："工程要开工了吗？"

卢新泉的回答很含糊："总有开工的一天。"

不知道哪一天才能开工的工程，并没有影响这一次的土地普查工作。这次普查，不仅是为争取工程上马提供更加有力的证据，也是古浪人民期待这个工程上马的良好愿望的体现。

艰苦的土壤普查开始了。一个馒头，一壶水，就是他们的午饭了。鸡爪子滩目及之处，不见一个人影，阳光下的荒滩，可以清楚地看到水汽的流动，烈日榨取着荒原的最后一点水汽。中午热得没法工作，所有的人就钻在汽车底下休息。被晒得滚烫的汽车，简直就是一块烧红的铁，不一会儿，他们就只好爬起来继续测量。六个月的土壤普查结束了，他们根据普查数据，按要求各自完成调查报告。

1978年12月18日，党的十一届三中全会在北京召开。村里的一些人，可是认真听完了会议的公报。十一届三中全会结束后，很多人放了鞭炮以示庆贺，特别是"地主娃子"们更是喜笑颜开，像是捡了一个天大的便宜。

1981年，这是一个需要永远记住的年份。这一年，甘肃很多农村都实行了包产到户。按照一些不愿意包产到户的领导的说法就是："辛辛苦苦三十年，一夜回到解放前。"

这一天终于来到了，在包产到户的会上，郭天龙他们队吵得非常厉害。胡天祥是尖山子生产六组的队长，这个大字不识一个的贫下中农，以从未有过的激情，力主包产到户。会上的交锋激烈到白热化。反对的人据理力争，说分在户里共产党再不管你，以后怎么生活？分解集体财产，就是破坏生产革命。

郭大龙能言善辩，据理力争，最后，简直就成了血泪控诉了："这会儿再没有地主阶级的说法了，要说剥削，就是你们这些不愿意包产到户的人们，你们好吃懒做，占生产队的便宜，你们才是真正的剥削阶级，你们不愿意包产到户，就是为了剥削我们！"

*对自己的经历，郭天龙有一种刻骨铭心的体验。

胡子拉碴的胡天祥似乎让这话给吃了定心丸，手一挥，把旱烟杆敲得啪啪直响："分！天塌下来我挡！掉了脑袋也不过碗大的疤，把这个算个啥事！"

很快，成立土地组、牲畜组、财产组，各负其责，天一亮，就分了牛羊。

欢天喜地的村民没料到，在自己高兴的同时，队书记却一口气憋坏了自己，他整天整夜唱着自己编的歌子，在村街上游走：

高不过蓝天深不过海，
好不过毛泽东时代。
毛主席去世天地变，

邓小平实行了自由包干。

大腾腾的土地划成了片片，

大腾腾的拖拉机在公社里闲着……

这首歌被他翻来覆去唱，但再也唱不回从前了。后来，他的病情更加恶化，逢人就打，逢人就唱，有时候，抱着狗也唱，也说，惹得很多不懂事的孩子跟在后面看热闹。再后来，他出了村，再也没有回来。

包产到户之后，被压抑的生产力焕发了勃勃生机，老实巴交的农民开始醒悟：生活，原来还可以这样过。向往新生活的热情，给他们注入了前所未有的活力。引黄工程，不再是他们果腹的指望，而是对一种新生活的向往。

1981年12月，古浪县政府根据详细的实际调查，提出了《甘肃省景泰川电力提灌第二期工程修改规划报告》，列出了大、中、小（一）、小（二）四个不同规模的方案。大方案设计提水30.4秒立方米，灌地76.3万亩，其中古浪50万亩，送水到古浪县土门子；中方案设计提水19.52秒立方米，送水到古浪县大靖；小（一）方案设计提水15.2秒立方米，送水到大靖，灌地38.16万亩，其中古浪县灌地31.64万亩；小（二）方案设计提水10秒立方米，送水到大靖，仅灌溉古浪县的海子滩、直滩24.68万亩土地，景泰县不受益。

等黄河水的孩子

1983年3月，古浪县委、古浪县政府抽调十八人组成普查队，用八个月时间又一次完成了景电古浪灌区建设规划范围内的土地、土壤普查工作。在纵横400多平方公里的土地上，每500米间距人工开挖宽0.8米、长1.2米、深2米的探坑一个，分层取样，化验土壤，并详细核实了规划面积，为工程建设，特别是平田整地的设计和施工提供了参考资料。刘德全，这个当时被称为农民技术员的超平专家，仍然参加了这次普查。鸡爪子滩的土壤情况如何，在他心里都成了一本烂熟的账。

已经尝到一期工程甜头的景泰县，也在热切盼望，并展开了积极的准备工作。那时，谈嘉言已经从县水利局到了县政府，做了景泰县的副县长。1982年，省上召开农业工作会议，各县上主管农业的副县长都去了。谈嘉言也在其中，很多人都提议建设二期工程。会议上，谈嘉言捕捉到一些积极的信息，回到景泰县之后，吸取一期的教训，立即组织相关技术人员，进行土地普查和测量。在规划的灌溉渠，打了二十多个探坑，对土地的情况和渠道进行了详尽的测量和规划。谈嘉言要求普查土壤一定要严谨，不好的土地就不开发。当时他们前往灌区视察，发现原先不好的土地都发生了变化，玉米可以打到两千斤。从河北邯郸学的带状种植、套种技术已经得到推广。谈嘉言心里充满了希望：水能创造一切神话，只要有水，许多理论上的不可能，都会给人意外的惊喜。

1980年的4月份，宋平陪同水电部部长钱正英来甘肃考察。李培福就景泰川电力提灌二期工程的相关情况，汇报了四十分钟。李培福汇报完之后，钱正英突然想起古浪民工在北京上访的事情，扭头询问宋平："二期为什么要下马?"

宋平如实回答了当初的考虑："要上引大工程，财力紧张，景电工程是电力提灌，电用量负荷大。"

1980年4月24日，钱正英在宋平等人的陪同下，兴致勃勃地视察了已发挥效益的景电一期工程，又风尘仆仆地再次来到古浪，考察规划中的海子滩灌区。

党文斌终于等来了这一天，黄河农场的职工们终于等来了这一天！

钱正英来农场视察时，农场的职工们在场长梁文华的带领下，早就等候在路边。十几辆小车的到来，吸引了只有十八岁的职工子弟高永基，他几乎不管父亲高孝曾的劝阻，一个劲往前冲。他看到钱正英穿着一身洗得发白的蓝工作服，鞋子都有点旧了。

*高永基当年才十几岁，但他永远忘不了大家吊在嘴上的感叹：黄河水，黄河水……

钱部长轻车简从，风尘仆仆，落脚在农场前院。工作人员就地铺开几张图纸详细汇报了当地经度纬度和海拔高度。她点点头，谦逊和蔼地同在场职工一一握手，询问情况。当钱部长问及为什么要办这个农场时，在场的干部职工异口同声地说："为了干景电二期工程！"

十八岁的高永基距离钱正英最近，声音也喊得最响亮。钱正英当时很感动，摸着他的头，连连感叹："你这么年轻也在等黄河水呀。"

高永基回答得更响亮："是！没有黄河水，我们就过不上好日子！"

高永基的回答得到了大家的热烈鼓掌。

女部长被大家的执着和真诚感动了，她深情地说："小伙子，等着吧！用不了多久，你们将会再干这个工程的。"她当场表态支持二期工程上马，答应回去以后派人做设计审查。

后来，钱正英在接受媒体采访的时候，回忆了当初的一幕："你刚才说我两次去过景电工程，对我影响最深的是第一次。第一次，当时说的有点不准确，不是在二期工程上马，实际上是二期工程不能上马的时候去的。那个时候宋平同志是甘肃省委第一书记，我们两个人去的。第一期工程发挥作用了，第二期工程甘肃省准备搞，但没有力量，当时被迫准备把筹备的工作停下来。我们到那里，景泰的群众受益了，但是古浪的群众正在那里盼水，因为二期工程才能够灌到古浪。我们当时经过古浪县的时候，群众企盼的眼光、企盼的情绪，叫我们两个都非常感动。当时因为没有办法上马，当时是一个筹备处，就准备解散，一个小的施工队就迁返回去了。我记得当时，还有几十个民工不想回去，还想坚持在那里。当时宋平同志和我两个人，看到群众这样急着盼水，眼看大片的土地只要有水就可以开发出来，开发出来他们就可以迁移到那儿，就可以根本地摆脱贫困。看到这个情况，我俩都非常感动。最后就决心回到北京促成二期工程开工。"

钱正英说的几十个民工不想回去，指的就是黄河农场的职工，显然，黄河农场的坚守和等待，感动了这位共和国年轻的女部长。

钱正英回北京后不久，1980年7月3日，省规划设计院总工程师崔宗培，带领工程技术人员二十多人，到景电二期工地现场勘测设计，加紧工程准备，只待立项，即可再干。

随后，由国家水电规划设计总院总工程师率领的十三人工作组，会同甘肃省政府派出的三十四名水利工程技术人员和武威地区行署派出的五名工作人员一道，详细考察了景电二期工程古浪规划区。在听取古浪县革委会副主任雷俊、苏润的汇报后，又徒步勘察了土门到大靖的渠线设计。接着，又查看了二期工程中最难啃的骨头——明沙嘴，同时考察了五佛一带断层情况，回到兰州后马上产生了一个非常重要的纪要。

有水路就走水路

1982年7月，国务院总理赵紫阳视察甘肃河西、定西地区，针对生态恶化，群众生活十分困苦的状况，提出了"兴河西之利，济定西之贫"和"有水路走水路，水路不通走旱路，水旱路不通另找出路"的农业发展思路。

1982年底，中央财经领导小组会议决定，从1983年开始，国家每年拨出两亿元专项资金，用十年时间，扶持甘肃以定西为代表的中部干旱地区二十个县和宁夏西海固山区八个县的建设，并帮助开发甘肃河西地区，简称"三西"建设。古浪被纳入"三西"建设的项目县之一。

引黄灌溉工程，迎来了前所未有的曙光。解决古浪贫困面貌的唯一途径，就是赵紫阳说的"有水路走水路，水路不通走旱路，水旱路不通另找出路"，而他们有现成的水路可以走。

引黄灌溉工程，提上了中央的议事日程。1982年12月9日，国家农牧渔业部副部长赵凡到景电工程视察，在听取了武威行署副专员马兆麟和甘肃省景电工程指挥部工程师李恒心对景电二期工程的总体规划及大、中、小方案的汇报后，建议根据"三西"建设精神，认为上中方案较合适。会后，国务院很快同意了这一方案。

1983年5月23日，国家计委、水电部做出明确批示："原则同意将景电二期工程规模改为中方案，提水18秒立方米，灌溉面积50万亩。"

1983年5月23日，国家计委、水电部批复景电二期工程为中方案，随即由甘肃省水电勘测设计院开始了对中方案的初步设计工作。工程设计选定的灌区范围是白墩子滩、边外滩、漫水滩、直滩、海子滩等五个滩，规划灌溉面积52.05万亩，其中古浪县32.51万亩，设计提水流量18秒立方米，加大流量21秒立方米。初步设计于1983年9月完成，同年底经国家水电部审查批准。

陈可言也时刻关注着二期工程的相关情况。他知道，二期下马的原因是有些领导认为太费电，当时有的领导狭隘地认为工业用电一度电可以创造很多产值，而农业用电不但创造不了这么多的产值，还需要国家的补贴。在一期工程的时候，钱正英在内心深处，也是考虑到成本太高，并不支持这个工程。但是后来，钱正英在视察一期工程灌区的时候，正是春末夏初，眼前一片绿野，小麦正在拔节吐翠，树叶随风流绿。钱正英看到老百姓的生活正在发生变化，很高兴，她随即改变自己原来的观点，赞同继续二期工程的建设。

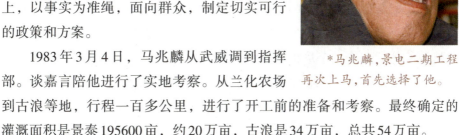

认识的转变，果断选择以民为先的政策，让人不能不赞叹领导人的勇气和胸怀，他们不以自己的喜恶来决断，总是在认真调研的基础上，以事实为准绳，面向群众，制定切实可行的政策和方案。

1983年3月4日，马兆麟从武威调到指挥部。谈嘉言陪他进行了实地考察。从兰化农场

*马兆麟，景电二期工程再次上马，首先选择了他。

到古浪等地，行程一百多公里，进行了开工前的准备和考察。最终确定的灌溉面积是景泰195600亩，约20万亩，古浪是34万亩，总共54万亩。

就这样，在甘肃省委、甘肃省人民政府的全力争取下，党中央、国务院深思熟虑，正确决策，景电二期工程在中断将近七年后，终于被列入国务院"三西"扶贫开发重点项目、甘肃省重点工程，指挥部决定于1984年7月5日正式开工建设。

活在丰收者的心坎里

古浪县委组建景电工程古浪指挥部。抽调参加景电二期工程建设的全体人员在海子滩黄河农场报到。在黄河农场等了七年的农场职工，终于听到了上马的消息，高兴的心情，几乎可以用欢呼雀跃来形容了。他们积极申请去工地，重新开始和延续他们被中断的梦。

在这里等待，再从这里出发，黄河提灌工程，终于向渴盼黄河的古浪人展露了希望之光。

李培福，这位为景电工程呕心沥血的老人，在有生之年，终于听到了二期工程重新上马的消息。可是，他再也不能站起来，亲自指挥和完成这个工程了。

从1980年开始，李培福的身体就每况愈下，他的病情备受各方的关

注，特别是景泰、古浪的老百姓，对这位老人的牵挂令人感动。吃水不忘挖井人，在他们的心里，这个挖井人就是李培福。他们用不同的方式，表达了自己的祝福和心情。

1980年10月上旬，沈秀林打听到李培福的"脑血栓"病情有所好转，已经出院在家休养。一个星期天，下午两点，他和另一个同事从引大工程指挥部机械动力处驻地中堡镇，坐班车到兰州，来到李培福的家中。

李培福静静地躺在床上。夕阳的余晖洒在老人的脸上，安静，温暖。沈秀林轻轻走到跟前，和李培福握手、问候。李培福一看是老景电人来了，马上有了精神，示意想坐起来。沈秀林扶他起来靠着被子坐下。刘波热情地给他们沏茶，李培福安顿她去准备做饭，沈秀林急忙起身挡住，说自己吃过饭了。刘波陪他们喧了几句，又忙别的事去了。

李培福气色很不好，耳朵越来越背，助听器要调到最大才可以听得到来人说话。握在手里，老人的手凉凉的，瘦得只剩皮包着骨头，真让人担心稍一用力就会碎了。沈秀林看着老人，突然觉得很酸楚。不知道为什么，思绪一下子回到了从前，回到了原指挥部大院里。

因为秘书工作，沈秀林有更多的机会接近李培福。在那个动乱的年月里，因战备和"四防"需要，夜间在指挥部机关住的单身职工，都要轮流巡逻值班。

沈秀林在指挥部大院里值班巡逻时，几次经过李培福的办公室，亮着

▼参加劳动的沈秀林等人

的灯光将老人的身影投射在窗户上，看见他戴着老花镜，在灯旁伏案而坐，认真仔细地看工程材料计划表，用红蓝铅笔圈点标记。他一会儿执笔书写，并一件一件地装在信封里；一会儿皱起眉头，冷静地思考问题；一会儿站起身来，连打哈欠，揉揉眼睛，捶捶后背……

到凌晨两点，李培福出来转的时候，沈秀林赶紧走到跟前小声说："李指挥，这么晚了，你还不休息呀？"

李培福活动着腰肢，长长吐出一口气："事不由人，睡不成啊，白天跑工地，顾不上，只能连夜给老同事、老朋友、老部下赶写了五六封求援信，明天早上，让几路采购员带上去找他们，想办法调剂些三材（钢材、木材、水泥）和短缺配件，以解决工程建设的燃眉之急。"

沈秀林跟随他后面，在院子里转，边走边谈，从李培福的神态和说话的语气，感觉他已经疲惫不堪了。沈秀林再三劝他休息，他应允活动活动就睡。可又情绪激动地说："景电工程，离明年国庆上水草窝滩的时间只有一年多了，但由于多种困难，工程进度不够理想，叫人着急呀。"

转了十几分钟，沈秀林又催李培福快点休息，他应承着"就睡就睡"，迈着沉重的步子，慢慢走进了宿舍。沈秀林跟着进去，把他的被子拉开，看着他睡下，才出去把门拉好。那时，他的精力是多么旺盛呀！

而现在，李培福一顿只能吃进很少的食物了。就在沈秀林询问下一步如何治疗时，刚张开嘴，李培福就把话题转到景电工程上，问他们最近到景泰去了没，景电提灌运行是否正常，夏季作物收成如何，秋田快熟了，长得怎么样，灌区绿化情况、群众的生活如何……

沈秀林连连点头，如实回答，他说灌区一切都正常，夏粮大增产，秋天丰收在望，绿化面积逐年扩大，很多移民已经用灌区里栽下长成材的

*上水后，灌区的好日子才开始。

树盖起了新房，灌区生产的粮食，社员们吃不完，家家年年都有余粮。

李培福听了这些，非常高兴，笑了起来，激动得连口水都流到衣服的前襟上，但他本人毫无察觉，兴奋得忘记了自己重病在身，竟滔滔不绝地畅谈景电工程当年的建设盛况。

此时，李培福的妻子刘波一手端着温开水，一手拿了搭配好的几种药，关切地说："吃药的时间早超过了，你忘了医生怎么叮嘱的，要尽量少说话，你一见当年的同事来，就问这问那，没完没了，而对其他地方来的亲戚朋友，说的话就很少，景电工程能治好你的病该多好……"

李培福又把话题引到1976年9月开工、1977年10月停工缓建的景电二期工程上，说："好不容易争取上了二期工程，干了一年多就停了，这是多种原因造成的，实在太遗憾了，我一直不甘心，常常梦见。二期工程又复建开工了，机械化程度更高了，工程质量更好了，建设速度更快了，提前建成竣工了，五十多万亩荒漠变成新灌区了……"

沈秀林他们所能做的就是安慰他："现在您安心治病，等身体好了，再带领我们接着搞二期工程。"

李培福充满希望地说："病好一点，能坐车，我一定要到景泰川转一转，看一看。"

这是李培福真实的想法。回到兰州后，他老是惦记着景泰川的干部、工人、农民，惦记着那里的上水、灌溉、庄稼、树木。景泰县、工程局、水管处的领导也常去看望他。每逢见了景泰川的人，李培福是那样的高兴，那样的健谈，从生产谈到生活，从人们的精神面貌谈到过去背粮的情景。

在一个春花盛开的季节，化成前去看望李培福。

李培福看到化成来了，就高兴地拉着他在书房攀谈起来。问到庄稼，问到新栽的树木，接着问到了许多熟人。他们现在干什么？事业上进取如何？孩子结婚了没有？夫妻再闹矛盾不了？逗得客人都笑了。刘波进来说："饭菜都好了，你让他化叔歇会儿。这老汉，一见景泰川来人，他就问个没完，魂都丢在景泰川了。"

那天的菜肴很丰盛，喝的是郎酒。可是，李培福席前，只放着一盘新剜来的油泼苦苦菜。刘波笑着说："你们自己吃，自己喝。他有冠心病，大夫不让吃肉、喝酒。"

化成看到，李培福吃饭的动作很慢，细嚼慢咽着眼前的苦苦菜，就是不夹肉菜，不饮酒。化成的鼻子有点酸了，他在心里默默说："景泰川九年，真的把他累坏了，干老了。"

后来，景泰、古浪的领导，从有关方面陆陆续续地获悉，李培福虽在病中，但他仍利用一切机会，向有关部门和省委、省政府领导反映景古两县人民群众期盼复建景电二期工程的要求和愿望。

1983年，李培福病情加重，张振国时任景泰县人大常委会主任，和县委四大班子一起去省人民医院看望李培福。医院限制，只能进一个人，大家推举张振国进去。

张振国走到李培福的病床前，说："李指挥，我们景泰四大班子来看您了。"

李培福气息微弱地说："好呀，你们景泰人没有把我忘记……"

张振国连声说："忘不了，不但我们忘不了，我们的子孙后代也忘不了您呀。"

李培福闭上了眼睛，他躺在床上，气色很不好，声音很微弱，气息奄奄。张振国无法再和他交谈，深深鞠了一躬，走出了病房。对着其他三个人，他摇了摇头，一切都包含在其中了。

马兆麟到省里报到后，就和张自强相约一起去看望李培福。他们带去了老人最想知道的消息：景电二期工程要开工了。已经很难在他的脸上看到笑容了，可是，李培福对他们两个叮嘱："这个工程是白手起家的，一期只花了六千多万，你们一定要干好二期……"

马兆麟和张自强连连点头。面对即将离去的老领导，他们强忍泪水，已经不知道该说什么了。

1983年4月30日1时30分，李培福在兰州病逝，享年七十岁。省城兰州五一国际劳动节停放烟花，以示哀悼；景泰川的干部、工人、农民群众闻得噩耗恸哭失声。

噩耗传来，兰州市城关区广武门居民委员会讨论，李培福一生献身甘肃农业，功绩显著，特捐赠六百元，以示怀念。5月7日，景泰、古浪县委、县人大、县人民政府、县政协，景电工程局、灌区管理处、国营农场、厂矿农场的领导和职工代表，赶到兰州。下午四时，华林山革命公墓各式各色的车辆二百多部，车如流，人如云，二十多位交警指挥着交通，公墓礼堂，厅里、厅外挤满了前来参加追悼会的人群。

◀ 李培福

　　李培福去世后，景泰县在县志上为他做人物志。他不是景泰人，但是，景泰人却早已把他当成了景泰人。化成从1965年5月至1973年9月，担任李培福的秘书。后来职务虽有变动，但仍在景泰川和他工作、生活在一起，形影不离。李培福去世后，化成难忍心中悲痛，对他的思念，化作诗句喷涌而出，这首《培福，我们想念您》的诗歌，也许代表的不仅仅是他自己的心声：

　　　　滔滔黄河上山冈，
　　　　猎虎山下披绿装，
　　　　麦海滚滚翻金浪，
　　　　景泰川人民齐欢唱。
　　　　吃水不忘修渠人，
　　　　丰收更把培福想，
　　　　景电工程第一任总指挥。

　　　　培福同志啊！
　　　　您在哪里，您在哪里啊！
　　　　您可知道，景泰川十九万人民，
　　　　无时无刻不在想念您！

　　　　七个春秋，两千五百多个日日夜夜，

我们寻觅：

寻觅您那魁伟的身影，

寻觅您那慈祥的面容，

寻觅您那朗朗的笑声，

寻觅您留下的一个个深深的脚印。

我们到红鼻梁寻觅，

您住过的地窝子痕迹可见。

我们大声呼唤，

培福，您在哪里？

刀棱山谷回音：

"他已离去，他已离去，

在四井沟里，在一号隧洞。

他那拐杖点出的一串串水利建设的音符，

率领我们大步向前，永不止步。"

我们站在独山子上寻觅，

麦海掀波，林涛发出回响：

"他已离去，他已离去。

在职工奶牛场，在农民的瓜棚旁。"

那吐翠的葡萄，

红透的苹果，

坠弯枝的啤酒花，

映红了川的黄河蜜，

还挂着他亲切的欢声笑语……

我们到麦海林涛中寻觅，

猎虎山猎猎红旗发出回音：

"他已离去，他已离去，

在村民家里，在粮油收购站里。"

一家家仓殷库实，

一处处粮袋堆如山,油品闪金光。

工人、农民众口皆碑地回答说:
"培福没有离去,培福没有离去,
他永远活在丰收者的心坎里。"

第 一〇 章
二期完工

改革精神

李培福走了，带着欣慰，也带着遗憾走了。他未竟的事业，正在生机勃勃地开始新的建设。

马兆麟1983年3月31日接到省政府的通知，筹备成立二期工程指挥部。赶到兰州，他和张自强看望了李培福之后，立即投入到工程紧张的筹备工作中。

马兆麟是个实干家，李培福的工作方法和为人，是他效仿的对象。马兆麟是甘肃武山人。十五岁就任自然村村长，十七岁任行政村主任，十九岁当上乡长，二十岁担任乡党委书记，二十三岁任公社书记，二十八岁调到省农村工作部工作。尔后，他曾担任过省农牧局的副局长，武威、庆阳地区副专员、副书记等职。

1983年景电二期工程要开工了，3月份任命马兆麟为总指挥，调集了很多脱产干部，同时也招进来很多具有专业知识的大学生。

二期工程因为列入国家计划，国家每年投资三千万，省上配套投资五百万，总共四个多亿，计划十年完成。

马兆麟思考再三，找到陈光毅省长。

马兆麟如实汇报了自己的想法和担心："这么多的资金，我缺少管理的经验，又不懂工程，找一个懂技术的人来当总指挥，我协助他完成这个工程。"

马兆麟的担忧和想法不无道理，他真诚地从工程顺利建设的角度出发，完全抛弃了个人名利。陈光毅不得不认真考虑他的建议，随即征求他的意见。马兆麟表达了自己的看法："我建议陈可言。他有一期施工的经验，又具备专业知识，只有他，才能驾驭这个大工程。"

后来，省上领导经过研究，尊重了马兆麟的建议和意见。陈可言很强势，但是，马兆麟和他相处得很好。马兆麟觉得，干部的任免要看长处，不能拿人短处说话。而在具体的配合和工作中，陈可言对马兆麟的评价也很高，觉得这个人很不简单。

这些情况，导致了两次任命，第一次任命马兆麟为景电二期的总指挥，但在1983年12月初设批准后，1984年2月又改任陈可言为总指挥兼总工程师，金克仁为书记，马兆麟为副总指挥。

陈可言担心的事情还是发生了，引大工程因为财力不足于1981年又一次下马缓建。陈可言面对这个半拉子工程，也只有喟然长叹的份儿了，如果当初集中精力搞二期，如今也该初具规模了。面对新的安排，他在心里嘀咕：景电二期也是一个半拉子工程，会不会再出现什么意外，也是前途未卜呀。

当时农委主任、两西总指挥黎中看出了他的顾虑和犹豫，为他加油鼓劲："老陈，还是要你去，大家说你去他们就去。"

*景电二期工程又一次选择了陈可言。

陈可言没有选择的余地。

其实，参加引大工程的中坚力量和技术队伍，完全来自于景电一期工程的人员，他们了解和认同陈可言的工作能力，当时黎中说这个话，也是有一定道理的。再说了，黎中在甘肃乃至全国，都是一个很有影响力的领导和学者。

黎中点将鼓劲，陈可言

毅然接过了这副担子。此时，他已经是五十多岁的人了，他只求在自己的有生之年，完成二期工程，完成李培福念念不忘的景泰川电力提灌工程。

1984年7月5日上午，在甘肃省水电工程局工人俱乐部举行景电二期工程开工典礼。中央顾问委员会委员杨植霖，甘肃省委书记李子奇，副书记贾志杰，甘肃省顾问委员会主任黄罗斌，副主任陈煦，甘肃省人大常委会主任李登瀛，副主任贺建山、李屺阳，甘肃省省长陈光毅，副省长葛士英，甘肃省政协主席王秉祥，副主席梁大均、严树棠等参加了典礼。李子奇、陈光毅讲了话。

李子奇说："参加景电二期工程的开工典礼，我很高兴。因为这是一件大事，从省上来的领导同志比较多，就一个县来说，或者一个工程来说，能够来这么多的领导同志也是不多见的。追述一下甘肃已经建成的电力提灌工程，景电一期原来是最大的，设计灌溉三十万亩地，把两个最大的水利项目放在景泰、古浪，这本身就说明党对这里的人民是关心的，是重视的，是给予很大支持的，目的是要彻底改变这里的干旱贫困面貌，这里的人民能够尽快富裕起来。

"……要合理使用土地。这一点我希望你们从现在起就应该有所考虑。灌溉五十万亩土地不少呀！二亿五千万投资也不少呀！如何合理使用土地，要有个规划，在这一点上，景电一期工程是有教训的。我认为，一期工程的土地分配不够合理，机关、农场、学校占地太多，工程还没有发挥应有的效益，一个会议上，我提议让他们退出一些耕地来，后经省、地同志的共同努力，才退了一万多亩，这不行，还要继续退，凡是不能很好发挥效益的土地，都要逐步退出。不允许机关、厂矿、学校农场的土地转包给他人耕种，这样影响不好。……以改革的精神办好景电二期工程。改革精神，就是不搞大锅饭，不搞平均主义，一定要坚持按劳分配，多劳多得。对于提前完成任务，质量合乎要求的要奖励，奖励要包括参加工程建设的民工、技术人员、管理人员、后勤人员等，因为大家是一个整体，如果不负责任，延长工期，发生质量事故和其他问题，要追究责任，该谁负的谁负，进行严肃处理。一定要奖惩严明，推动工程缩短时间，提高效益，顺利进行……"

讲话结束，改革精神的要求给大家新鲜的感觉和激动。当天下午，在总干渠三泵站施工现场举行开工剪彩仪式。

景电二期指挥部组成人员最后公布，古浪是王志勇，景泰是谈嘉言，都是党委委员。马兆麟是副书记副总工，雷俊任办公室主任，都是党组成员。

陈可言的工作作风一如既往，严谨而雷厉风行。刚开始筹备过程中，开会非常密集，谈嘉言两头跑，既负责景泰县政府农业生产的工作，又承担景电二期工程的工作，后来越来越忙，马兆麟不干了，要求脱产专职从事指挥部的工作。

谈嘉言是一个地域意识很强的领导干部，按照别人的说法，就是一种狭隘的地方保护主义，而按照他自己的想法，就是身在其位谋其政，总不能让一个副县长站在全省的利益来考虑问题展开工作吧？他很务实，既然自己代表景泰县，就要最大限度地为景泰的老百姓谋取利益。

景泰县的归属，一直在一种不断变动的状态中。1949年9月12日，景泰解放，诞生了景泰县人民政府，属武威专区。1955年底，景泰县划归定西专区管辖。1958年4月4日，撤景泰县，所属全部并入皋兰县。1958年12月20日，撤皋兰县，将该县所属全部划归白银市。1961年11月15日，恢复景泰县，属白银市管辖。1963年10月，景泰县从白银市划出，属武威专区。1985年8月，景泰县又归属白银市至今。

1985年景泰向白银移交的过程中，谈嘉言去武威代表白银进行移交工作。结合景电二期工程，要招二百多名泵站水管所工作人员，电力上招收一百八十多名工作人员，谈嘉言胃口不小，借机要了二百多个名额。当有人要把红沙岘以西的地方交给古浪，认为这样区划整齐，谈嘉言不干了，闯进会场滔滔不绝说了一大堆反对的理由，致使会场鸦雀无声，最后延续了旧的属地划分。

谈嘉言的"地方保护主义"自此可见一斑。面对别人的批评，他毫不在意，认为不管位置多高，本位主义也好，地方保护主义也罢，景泰人为景泰着想没有错。要有大局意识固然没有错，但要知道什么是大局意识才行。面对群众，就是要根据自己的责任和义务，保护尊重群众的利益，这才是首要的。

武威的领导和他开玩笑："才从武威划出去，就翻脸不认人了？"

谈嘉言一笑，躲过了正面的调侃："就是亲兄弟分家，也有吵吵闹闹的时候呀！"

原来景泰、古浪都属武威地区管辖，如今一分开，成了两个属地管理，很多协调工作自然增添了难度；但这并没有影响工程的正常建设。一期和二期工程的建设，明显的区别就是，一期的土地、水渠都是由受益群体自己平整衬砌的，而二期完全由国家出资完成。一期平整土地时，只有靠人力完成浩大的工程，二期在已经基本成型的基础上，再由受益群体逐步完善，因而速度更快，效果更好。这个时候已经没有供应粮的概念，自给自足的生活，按劳获酬的用工方式，和大幅提高的机械化程度，预示了景电二期工程的美好前景。

敲出钢音才算合格

五十三岁的陈可言接过了担子，义无反顾地走上了工地。

落实由水电设计院设计，由工程局、景泰和古浪指挥部实行责任承包制施工的同时，一到工地，陈可言就先到现场熟悉情况，视察总干渠。

在爬三号隧洞通过的红鼻梁山时，陈可言理解了上山容易下山难，上到山腰观察完地形，自己已经无法下山了，只好由工务处的两位同事把他架下山来，这是过去上工地从来没有发生过的事情。在那一瞬间，陈可言感觉到了岁月不饶人的残酷，他不由得想起李培福当年靠一根拐杖，踏遍一期山山水水的情景。那个老人，需要付出多少的辛劳？也只有在这个岁数，这个时候，这个位置，才能体察老人的艰辛和付出呀。

回想李培福身先士卒的严谨和奔波，陈可言无法停下自己的脚步。作为总指挥，对施工现场和整个工程了然于胸，才能做出正确的决定。陈可言从工地上下来，又去查看灌区。

有一次，坐着帆布篷老北京越野车，陈可言来到边外滩查看灌区地形。

眼前只有一片荒滩，没有一户人家，高低不平的荒滩上，只有顽强的芨芨草在迎风摇曳。陈可言依照手中的地图，随着车子在荒滩上颠簸着。

司机张玉进是古浪人，他的家距离这里并不远。虽然习惯了家乡的荒滩，但在这样的地方开车，除了艰难，还有无法体察的辛苦。他边开车边向陈可言介绍情况："我们已经走到长城以外了，所以老百姓叫边外，这个滩也叫边外滩。"

车子停了下来，陈可言走出车外，双手叉在腰间活动身体。这个路，都快把他全身的骨头颠散了。

目及之处，除了荒凉还是荒凉。荒滩上旋起的尘柱，一个接一个，肆意驰骋在荒原。明长城的遗迹，经过风雨剥蚀，已经被沙土埋在了下面，只显示出一条隐隐约约的轮廓。长城，在这里被称为边墙，直到20世纪六七十年代，老人们吓唬小孩的话还是："不要哭，抓修边墙的人来了……"可见，当年如此浩大的工程，都是为政者用抓劳工的办法来完成的，修边墙，也成了当地人难以忘怀的记忆。

司机小张突然想起一个传说，兴致勃勃地讲起来。他说这一带原先有一座城，周围都是水草丰茂的田野，人们生活幸福美满，可是，突然有一天，刮起了一场大风，一夜之间，吹来的沙子就把这座城全埋了。……不知道这座城叫什么名字，在哪个年代，有人说，有的时候还能看到，这座城里炊烟袅袅，人喊马叫，人们在那里来来去去，生活得很幸福呢！……这个可能就是人们说的海市蜃楼吧。

陈可言让这个传说感动了，他情不自禁地说："这不是海市蜃楼，不远的将来，这里将会是渠道纵横、渠路林田配套的良田。那个消失的古城，将会更加生机勃勃地出现在这里，这里生活的人们，将会更加幸福地追求他们的生活。你现在开车虽然很艰难，但是有价值，有意义。"

一席话，听得小张也眉飞色舞，似乎那种生活已经呈现在了眼前。工程建成后，小张在古浪的家里分到了土地，真的搬迁到这里的灌区来了。当然，这是后话了。

车到古浪海子滩，洪水淤积的土壤在阳光下熠熠生辉。陈可言舒心地叹了口气，更加坚定了自己的信心。看着一望无际的荒滩，他好像闻到了肥沃泥土的芬芳，搞水利工程半辈子，从来没见过这样肥沃的土地呀！他觉得自己所有的奔波都很值得，只要上了水，这里就一定能变成沃野良田。黄河水呀，快到海子滩吧，这里才是滋养生命的乐园，这里才是自己余生的奋斗目标，更是自己的责任和使命。

黎中一定要陈可言出马是有一定用意的。从专业的角度讲，陈可言一定会瞄准最好最高水平的专业技术，黄河提灌工程本身就是一个多种科学技术交叉的工程，随着科学技术的日新月异，需要创新精神，更需要兼容并蓄。能做到并有能力驾驭的，也只有陈可言了。

陈可言上任之后，果真按照这一思路展开了工作。他在内心深处，确定了工程的发展目标。景电二期，决不能照着一期这个葫芦画瓢。陈可言知道，实现这一目标，首先就要有人才，二期指挥部刚成立，编制才五十人，编制少，而且缺少新生力量。经过指挥部讨论，把编制人数分配到处室，明确要求使用人员的条件，通过各种渠道挑选、推荐。同时请示农委给予一定的优惠条件，逐步完善了用人机制，选派一些有发展前途的年轻人到大学深造，为工程储备人才。

古浪县委书记，找到了四十七岁的张有暇谈话，要他去景电工程。书记说话很直接："陈可言指挥用人很挑剔，引黄灌溉是省上的重点工程，也是我们县上的主要工作，你一直在负责县上的水利工作，你去最合适。"

张有暇知道无法推辞，不如干脆利索地去报到。他一到工地，被认命为古浪副指挥。1984年春天，他带领工程队修施工道路，盖民工宿舍和指挥部办公用的房子。这年秋天，古浪工程队正式接受施工任务，在直滩修渠道。可是，等他们挖好渠堤正要衬砌的时候，提前到来的一场大雪，影响了施工，没有完成这一年的任务。

1985年春天开会，张有暇可算是领教了陈可言的严厉，古浪工程队受到了严厉的批评。陈可言重申："百年大计，质量第一，在确保质量的前提下，工程进度绝不能受到影响，也绝不能拖工程的后腿！"

张有暇代表古浪工程队在大会上做了检讨。他说老天爷不帮忙，自己思想上轻视，造

*张有暇的回忆沉重而清晰。

成了影响工程的严重后果，保证以后完成所有的任务。好在马兆麟表示了认可，陈可言才默许，他们才通过了这一关。

回到工地后，张有暇不敢大意了。他知道陈可言的双重意思，确保质量，还要完成进度。他组织工程人员传达会议精神，严格按照要求备料施工，不得以任何理由拖延工程进度。张有暇说："现在，我们古浪工程队可是出了名挂了号，我敢保证，今后领导们会把我们当成重点来监督。也好，我们利用这个机会，让领导看看我们古浪工程队的实力和决心！"

张有暇所言不假。5月份，陈可言带领技术人员直奔古浪工程队施工现场视察。陈可言看得很仔细，看渠道边坡的处理，检查渠底土质的松软，

慢慢地，他脸上的表情缓和了下来。后来，陈可言拿起预制块，用石头敲，当当的声音清脆悦耳。陈可言终于开心地笑了，他招呼其他技术人员："你们来看看，古浪的预制块能敲出钢音了。"

提心吊胆的张有暇总算放下了心，急忙招呼陈可言一行人吃饭。工地上的饭菜很简单，但是"红秃头"做的拉条子，很筋道，很好吃，陈可言吃得很开心，边吃边调侃张有暇："没想到你的这个拉条子和你的预制块一样结实呀。"

张有暇这才知道，陈可言并没有想象的那么可怕，他只是认事实，你做错了，他不放过，做好了，他就会开心地笑，完全忘了以前的不愉快。以后在具体施工的过程中，只要缺少材料，张有暇就直接向陈可言汇报，缺钢材，缺木料，缺什么陈可言都会亲自打电话协调，有一次就从省物资局协调了三百多吨的材料。有一次现金滞后，不好要，但急需四十万发工资，张有暇去了财务处，财务处说没有钱。思考再三，张有暇去找陈可言，汇报工程进度，要求解决。陈可言当即打电话叫来财务人员，要求马上解决。财务人员说，有一笔款要做什么什么用，陈可言一拍桌子，生气了："以后的每一笔钱，都要首先保证工程使用。决不能因为资金不到位影响工程进度！"

从惧怕到走近，再到尊敬和敬佩，对张有暇和其他的基层领导来说，是一个从认识到了解的过程；而对陈可言来说，却是严于律己的必然结果。张有暇和其他人在一起交流，说得最多的一句话竟然是：跟过李培福的大将，自然有他的过人之处。

从中也不难看出，只要领导有一颗公平的心，认真对待工作，对待身边的每一个人，就会得到下属的认可和理解。一个好的领导，在从事工作的同时，也在不知不觉影响周围的同事和下属，久而久之形成的风气，就会成为弥足珍贵的财富。陈可言的言行，让张有暇对他更加尊敬。

陈可言看工程非常仔细，作为一个厅长、总指挥，口袋里经常装着一把钢卷尺，走到哪里，测量到哪里。为了确保工程质量，指挥部展开了工程评优的活动，凡是优秀的工程，都能获得三万元的奖金。一次，张有暇陪同陈可言视察另一处工地，车子必须通过古浪南干渠三号渡槽。张有暇的车在前面，陈可言的车在后面。到渡槽后，张有暇看见陈可言的车停下了，不知道出了什么事，急忙下车走过去。

陈可言看着渡槽的桥墩，看得很认真，完了说："你们认为这个渡槽的质量怎么样？"

　　张有暇以为是质量有问题了，提心吊胆等候结果。随行的技术员也认真看看，回答他的提问："这个质量过关了呀！"

　　陈可言说："岂止是过关？你们没发现吗，这个渡槽已经达到了国际优质标准，没有一个蜂窝。"

　　张有暇这才轻松了，但是他仍然受到了批评。陈可言批评他为什么不申报优质工程，嘱咐他尽快补报："这样的工程质量不申报，怎么对得起施工的工人？"张有暇申报后，果真获得了当年的优质工程，施工队也拿到了三万元的奖金。

　　通过这一件事，工程队的积极性被调动了起来。大家说，干得好与坏，领导的眼睛里揉不得沙子。自此，古浪工程队的施工进度每年都会提前完成，每年的质量奖都是他们的。省水利厅在白银召开了一个质量表彰大会，张有暇也被评为先进工作者。

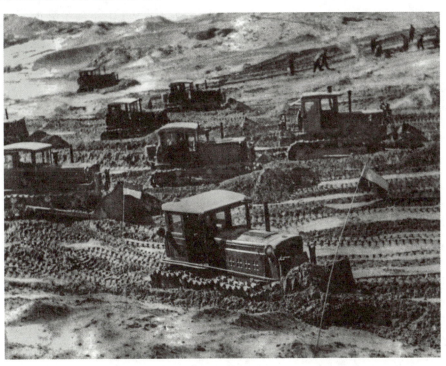

▶ 大规模的平田整地

　　一开始的批评，让古浪工程队把质量和进度当作了自己的生命一样来呵护。有一次，马兆麟视察工程，从景泰出发，看了景泰工程队修的工程，非常生气。一路视察赶到古浪，太阳已经快落山了，张有碫正在五标段施工。马兆麟看了工程之后很高兴，说："这才开心了点，肚子饿了，准备点饭吧。"

张有碫不知道出了什么事，打发人买来一个羊羔子，做了羊肉拉条子。马兆麟吃开心了，说不走了，晚上就住在了工地上。马兆麟和年轻的技术人员掀牛九，玩了一个晚上，边玩边聊。五点民工要干活去了，马兆麟又和民工们在工地聊。他看到，工人们在施工的时候，严格按照规定标准执行，沙石料都是用秤称，多一锨都要挖出来，少一些就添进去，当时就给予了充分的肯定。他对张有碫说："把你的奖罚措施和管理规范给我一份。"

张有碫说："你说的是什么呀？"

马兆麟一瞪眼："你的工人都对我说了，你还保密呀？"

原来，马兆麟在和工人聊天的时候，早就了解到张有碫制定的相关措施了。为了确保工程质量，张有碫可是下了大功夫的。他们的做法是：任务到组，逐级负责。按照工种和区域，设立了七个施工管理组、二十二个分项工程施工小组、七个质量检验小组。组长都由具有一定管理水平的科级干部担任，他们有权招标择优选用施工队，有权终止辞退不合格的施工队和在施工队之间调整工程施工任务。指挥部（张有碫他们这一级领导层）与施工管理组签订责任书，施工管理组再与民工队签订合同或施工任务书，把工程建设任务、质量要求落实到组、到人。二是严格质量管理，奖罚兑现。把施工质量与职工的经济利益挂钩，有奖有罚。

马兆麟拿到这份奖惩管理措施，对张有碫说："你准备好，我让其他施工队的到你的工地上来参观学习，你可不能再保守了！"

马兆麟吃过早饭就离开了，在返回的途中，要求大家到古浪的工地上学习。他离开后不久，一个个工地上选派的技术人员就找到了张有碫："马指挥让我们来学习你的先进经验了。"

借鸡生蛋

1984年，蒋成林到景泰县二期工程指挥部工作，谈嘉言是总指挥，他是副指挥。

行伍出身的蒋成林其实有一颗很细腻的心。在一期工程建设时，他已经充分证明了自己，从施工到平田整地，只要是他负责的，没有出过一点问题，这不能不让人感到惊奇。二期工程开工又成为景泰县的副指挥，蒋成林认真思考一期中总结的经验，相继提出了很多中肯的建议，而这一点，正是陈可言所需要的。一个浩大的工程，只要每个责任人都把它当成自己的事情认真负责，那么这个工程肯定是优质的，顺利的。

蒋成林首先建议培训技术员。一期工程因为缺少技术员，农民看不懂图纸的尴尬让他记忆尤深。在全县高初中毕业生中选拔一百多名品学兼优的学生，蒋成林的技术人员培训班开班了。在学习动员会上，蒋成林讲了话："景电二期工程的兴建，是我县的致富工程。农民技术员要学好施工技术，保质保量完成渠道、泵站、平地任务。而且，这个工程的管理和使用是长远的，你们以后就是这个工程的管理者和使用者。"

蒋成林在一期工程灌区工作多年，对老百姓的需要和存在的问题了然于胸。灌区的群众种了大片黄河水浇地，但没有菜吃，不能不说是一种遗憾。合理化的意见，经指挥部讨论同意，报县委、县政府批准同意实施，老百姓高兴了，认为政府比他们考虑的还周到。国家投资建设斗渠过水桥，是很小的投资，但农民翻越支渠桥再上支渠公路，却极不方便。在蒋成林的建议下，要求把公路设计在渠线右侧。后经省指挥部批准，从总三支开始，渠公路设计在渠线右侧，方便了老百姓出行。

面向群众，只有面向群众才能了解老百姓的需求和困难，而解决这些问题，正是每一个领导干部所必须担负的责任和义务。久而久之形成的工作作风，让蒋成林在工作中结合实际，创造性地去工作，决不生搬硬套。二期工程需要大量的砼预制件。为了保证质量，使工程进展顺利，由蒋成林负责筹建四个预制厂，实行专业生产。人员从社会上公开招收，实行计件制，多劳多得。厂里所需的生产设备、工具、模具、水泥由财供科按期供给。预制厂实行单独核算，自负盈亏。斗渠衬砌需要U形槽，这是新设计的，一期工程从未使用过这样的预制件。U形槽模具要由专门的技术工人用厚铁皮卷压而成。蒋成林将设计图纸交县农具厂，签订合同。由于工期紧，蒋成林和农具厂厂长李全仁协商，加快速度制造，发动工人师傅夜间加班。由于大部分是手工制作，个别模具不合规格，蒋成林带领质检员逐个验收，不合格的坚决返工重做。

▼一期工程鸟瞰

　　预制件自己制作，既增加了当地群众的收入，又减少了运输成本，是一件一举两得的好事情。尝到甜头的蒋成林知道，二期工程的预制件需求庞大，继续发展预制厂的建设和生产成了他的主要工作。借鸡生蛋，又能造福百姓，机会不容错过。预制厂进入生产阶段时，因为招来的年轻农民工不适应生产，只能边生产边培训。预制厂有专门的质量检验员，尽职尽责，严把质量关，不合格的一律返工重做。生产出的预制件，提起来，用小石头敲，发出当当的声音，这是陈可言发明的检验质量是否过关的办法。经省指挥部多次检验，以及打压测试后，果真，用这种办法检验合格的预制件，件件没有问题。

　　随着工程进一步推进，需要在景泰县红水乡红岘村搞一个预制厂。预制厂的具体位置、施工用水、预制件运输路线等因素，事先必须要有周全的考虑。省指挥部质检处检验红岘大沟口砂石料合格，可供预制件生产，但生产用水村上没有。这个村老百姓的生活用水，常年在大沟沙河中段泉眼拉运，来去需要走二十里路。预制厂的生产只能用这里的水。最后，厂址选在了村子东南角的庙娃滩上，准备衬砌管道上水。

　　蒋成林却又为此动开了脑筋：为什么要把厂子设在无人区呢？红水是

他曾经工作过的地方，对群众生活用水的困难他了如指掌，为什么不借此机会，解决老百姓吃水难的问题？思来想去，蒋成林大胆做出决定，把泉水用钢管引到红沙岘村上，既解决了预制厂的生产用水，又解决了老百姓的生活用水。

马兆麟批评蒋成林，说他私心大。蒋成林据理力争：搞二期工程，不就是为了老百姓过上好日子吗？预制厂随着工程完工也就散摊子了，花钱把水压到无人区，这不是浪费吗？

马兆麟听了蒋成林的意见，又认真做了考察，觉得确实是一件两全其美的好事，遂同意了他的改动。当水引到红岘村时，可把老百姓高兴坏了：感谢二期指挥部把水压到村，这可是村子千百年来第一次有水呀！好多老人流出了热泪，拉着预制厂厂长的手说："感谢预制厂引来泉水，我们一定大力支持你们厂的生产。"

务实的工作作风，有的时候能起到意想不到的效果。一天晚上，蒋成林开完会在外面转悠，因为是9月的天气了，寒气很重，指挥部不远处的工地上，有火光在一明一暗。蒋成林想，夜这么深了，谁在那里放火？他走到火堆跟前一看，原来是总二支渠段包工队长，正用滩上拾来的柴草，点着了烤才修好的斗口；他是怕后半夜天气冷，冻坏斗口的建筑物，影响质量。蒋成林问他："烤到什么时候就不烤了？"

他说："天亮太阳出来暖和了，就不烤了。冻坏了，指挥部还不得让我重修呀。"

最后这个斗口在验收时，质量被评为"优秀"。蒋成林把这件事给陈可言说了，陈可言沉吟良久，感叹道："正是有这样认真负责的施工人员，才能保质保量地完成景泰承建的二期工程任务，建成二十万亩的黄灌区。你们劳苦功高啊！"

随着改革开放，不断解放思想，一些不正常的现象开始侵蚀到工程中来。个别包工队仗势欺人，不听质检员、施工员的意见，违章施工，还说我是谁谁谁的什么什么。有的质检员才不认你这一套，大胆挡住巡视工程的领导，反映问题。质检处的领导亲临现场查验，该返工的必须返工，纠正了某些包工队的不良行为，确保了工程质量。

二期工程建设期间，县上有部分领导，经常给谈嘉言写条子，介绍包工队，把这个工程当作唐僧肉，人人都想吃一嘴。一次，在县上召开的会议上，忍无可忍的谈嘉言发了言："二期工程公开招标包工队，希望各位领导不要再写条子。"

二期工程，随着时代的发展，既有"实践是检验真理的唯一标准"解放了思想，又有十一届三中全会以发展经济为主题的明确方向，以一种多元的、积极的态势，搭建了一个充满新鲜、矛盾的平台，被包产到户释放了的生产力，迅速找准了自己的位置，以一种新的身份加入其中。

传承和蜕变，美好与丑陋，也在这个平台上较量。

钢模台车打通明沙嘴

二期工程最艰难的施工，就是明沙嘴了。

李恒心尽管事先就知道这段工程会很艰难，但没想到竟然艰难到这个程度。

按照设计，总干渠从明沙嘴穿腹而过，最大挖深21米，浇筑3.5公里的暗渠，属于二期总干渠中暗渠最长、使用钢筋量最大、施工条件最差的咽喉工程。景电工程古浪指挥部中标承建的总干渠十三泵站的第五、六标段渠道工程，地处明沙嘴西端。另一边，由景泰指挥部承担修建任务。施工工期从1989年4月到1990年8月。看似足够多的施工时间，却面临着谁也预想不到的艰难。

明沙嘴位于腾格里沙漠南缘，是一座流沙堆起来的沙山，也是当地一处有名的风口。肆虐的黄沙在西北风、东南风的吹运下，来来回回在这里拉锯。随着风力的大小，这座沙山时大时小，是一座活的沙山。松软的黄沙，对施工者而言，没有漫步的浪漫和闲情逸致，每走一步，都会陷进里面鞋子马上会被流沙灌满，车辆一进去就会深深陷下去。

要想施工，只能先修路。策划大的方向和线路，在流沙上面铺一层混合砂石料，碾压后施工车辆才可以通行。施工队住宿的地方，只能靠搭建帐篷来解决。这里已经没有以往在口号和政治鼓舞下的漫天红旗，承包工程的工程队和施工的民工，都有明确的目标和不少的收入，由而爆发的热情和力量，更具有生产力，也更有理智和激情。

明沙嘴有着天然的艰难险阻，又有着后天必须要面对的自然障碍。在这里，最让人头痛的就是风。只要风一来，无孔不入的沙子直接进驻帐篷，不仅无法睡觉，而且也没法起炊。开挖风积沙，架子车拉不出去，推土机又推不远。辛辛苦苦挖上几天，一场风，黄沙像流水一样迅速填埋了渠沟。人与风沙，在这里展开了艰难的拉锯战。

此时正值腊月。按照这里的气候条件，从腊月到春天，正是风沙肆虐的时节。哪里有问题，马兆麟便往哪里去。他在明沙嘴一蹲就是两个多月。马兆麟在工地认真视察之后，确定了新的施工方案。杜绝大面积开挖，采用挖出一段、浇铸一段的办法稳步向前推进。几位领导会面协商，一致认为必须打破传统施工工艺，实行技术革新。选用钢模台车的设想被提了出来。

钢模台车在甘肃的水利水电施工应用上还没有先例，尤其在暗渠施工应用方面更不多见；因此，要实施这一方案，必须要有优秀的技术人员来承担这一任务。陈可言把他手下的技术人员在头脑里细细过了一遍之后，把刚刚调到景电工程的年轻技术员张耀曾叫来，说："这个重任耀曾你就给咱们挑起来吧！"

陈可言之所以选中张耀曾，是因为他认为张耀曾是个有理想有志向的青年。上景电二期之前，陈可言在引大入秦工程的时候就知道这个年轻人。当时张耀曾在盘道岭工地当施工员。那时，他的工作就做得非常出色，工作之余抽空挤时间，自修完了电大的所有课程，是一个既有实践经验，又有理论知识的年轻人。

张耀曾在犹豫，生怕自己承担不了这个重任。李恒心知道他的担心和忧虑，给他加油鼓劲："大胆去做，我们都是你的参谋。"

有陈可言、工务处长李恒心的支持，张耀曾、王永堂等人开始了艰难的探索和研究。草图出来了，仅仅用了十五天时间。陈可言、李

▲一丝不苟的陈可言

恒心研究完草图，不得不佩服年轻人的构想。

从草图走向实质性的制造，还有一个艰难的过程。张耀曾先把主体骨架送到洛阳加工，剩余的部分又拉回来自己加工，后来又转送到甘肃工大去完成。1989年的8月份，钢模台车走进了明沙嘴，正式开始工作并取得了成功。暗渠施工按原计划分为：底板、侧墙、顶部三次浇筑成型。采用钢模台车后，暗渠变为两次浇筑成型。第一次浇筑底板至下道施工缝，第二次浇筑侧墙和顶部一次成功。工程速度提高了2.3倍，节约投资25万多元。

为了国际标准

1987年5月19日，为了缓解二期工程建设资金困难，帮助灌区移民生活，甘肃省人民政府经农业部向世界粮食计划署（World Food Programme，WFP）申请援助，并提交了项目文件。1987年11月，世界粮食计划署同意将中国3355项目立项列入计划。

世界粮食计划署由联合国和联合国粮农组织（Food and Agriculture Organization of the United Nations, FAO）合办。1961年第十六届联大和第十一届粮农组织大会决定成立，起先是作为一项三年期实验方案，原定于1963年开始运作。但因1962年9月伊朗发生地震、10月泰国遭受飓风、刚刚独立的阿尔及利亚面临五百万难民重新安置问题，各地均急需粮食，世界粮食计划署便提前投入运作。世界粮食计划署的宗旨是以粮食为手段帮助受援国在粮农方面达到生产自救和粮食自给的目的。援助方式分紧急救济、快速开发项目和正常开发项目三种。其活动资源主要来自各国政府自愿捐献的物资、现金和劳务。

项目申请成功，预示二期工程有了另一个层面的资金保障，但同时也意味着对工程提出了更高、更严的标准和要求。

1987年10月22日，景电二期工程一至七泵站上水虽然成功，但在前几天试水时，三泵站前池的侧墙，有两段挡土墙之间的沉陷缝有错位。在现场监督的工程局总工给陈可言打来电话，及时反映了这一情况。

当时，陈可言正在调度室指挥上水试验，接到电话之后，陈可言马上明白，这是由于挡土墙背后回填土还没有完全达到设计高程，当即命令

一、二泵立即停水，三泵增开一台机，避免了险情。

　　正如意想不到的人事纠葛一样，施工中意外的事情也时有发生。在三号洞出口施工中，要穿过一个小冲沟。据地质勘探，洞顶有十多平方米遇到风积沙。陈可言在日本参观过隧洞开挖的工程，知道他们的先进经验是遇有不良地层，采用圆木支撑钢板逐步向前插进，施工简单、安全、节约。在日本隧洞开挖规范中还规定了最小七十厘米的支撑间距。当时，陈可言和工程局总工商议，采用这种方法由出口掘进，准备了支撑圆木、钢轨。但有的人坚持要在小冲沟用大开挖的办法。陈可言据理以争，但最后由水利厅下文，采用了大开挖的施工方法。陈可言只好作罢。但是挖了近一年，只挖了一万多方风积沙，最后在洞顶只有十多平方米的天窗。

　　陈可言痛心之余，仍在坚持自己的追求。景电二期工程所需1.7米口径的预应力混凝土压力管，若用钢板制作，耗资巨大，成本较高，他决定另辟蹊径。陈可言认真总结了一期工程自制直径1.4米预应力钢筋混凝土管道的经验，建议省水电工程局建立预制管厂，并与他们磋商、研究，成功设计、生产出了直径1.7米三阶段预应力钢筋混凝土压力管道，并运用于工程建设。全工程9400米上水压力管道，由钢管改用预应力钢筋混凝土管，节约钢材2800多吨，节省投资5009万多元。

*预应力压力管道，成了河水翻山越岭的利器。

　　对于积极进取、认真思考的专业人士来说，身边的许多工作都能做到事半功倍。陈可言从气象资料看到当地日照时间长、光热充足等特点，将地处沙漠地段的直滩和南干一泵两座微波站，设计建设成被动式太阳房，解决了通信机房设备防尘、保暖和值班人员的冬季取暖问题。这项改革，仅仅五年就收回了土建增加的投资，大大节约了运行费用。

参观过景电工程的人，都称道陈可言在科技兴水上有超前的眼光，超常的意识。但陈可言知道："科技进步不是事先设计出来的，也不是谁想进步就进步的，而是在艰难复杂的工程建设实践中，由科技工作者靠自己超常的敏锐性创造出来的。"

如果说在一期工程中，陈可言夫妻两个坚守在最酷烈的环境中，那么在二期工程建设的十多年中，陈可言却又成了一个单身汉，吃食堂，住办公室，没有一次因私事请假回兰州。

有一次，老伴梁淑凤生病住进了医院，组织上决定让他回去照顾老伴。可眼下正是总干渠将要通水的关键时刻，陈可言不能离开岗位。陈可言后来不无愧疚地说："我这辈子没能照顾山东老家的父母，同时也对不起老伴。我老在外面跑，家里家外全靠她忙活。"

曾有媒体记者采访陈可言，其中有一个问题是这样的："许多人认为，你们50年代成长的一代人，代表了一个时代的精神，你们的价值观、道德观和生活热情都有异于以后的各代人，应该说你的身上更具有理想主义的色彩。你们当时面对那么艰苦的工作条件、生活环境，是什么使你们保持工作热情的？三四十年之后，回过头来，您又是如何看待这种工作热情的？"

耿直的陈可言略一思考，毫不客气地进行了回答："从你提出的问题看，我是该退休了，不客气地说咱们已是两代人的思维，你觉得奇怪，我觉得你的问题也怪。首先我不认为我有理想主义色彩，相反，我觉得我是现实主义者。我认为中国人的价值观、道德观、生活热情是同传统观念有联系的，不论过去还是现在，都应以对社会有益为原则。事业有成，任何时代都觉得有价值、有热情。至于工作条件、生活环境当时大家都差不多，理想大于现实，只有一心一意地工作，才能更有利于事业的成功。向前看也好，回过头来看也好，世界是万紫千红的，但总有一些有奉献精神的人，为推动社会进步做出了自我牺牲。当然，现在也有些不平衡的想法，这是时代的不同，希望社会不要忘记，也不应该忘记那些为社会做出过有益事情的人。"

也许，这段话，就是陈可言工作、为人乃至追求最好的自我评价和注解。

荒原上的坚守

1988年3月5日至11日，联合国世界粮食计划署派出以特布里吉斯为团长的评估团一行七人，对甘肃省景泰川农业灌溉发展项目进行考察评估。

这一次提出的甘肃省景泰川农业灌溉发展项目评估报告及水资源开发评估技术报告有七个文件，主要内容包括景电工程范围内平田整地、渠系配套24700公顷，其中景泰7940公顷，古浪16760公顷。修建田间道路908公里，水窖2.1万个，植树造林4411.2公顷。

按照方案，粮食援助政策计划委员会将向景电工程援助小麦10.03万吨，总价值1867.6万美元，项目执行期为1989年至1994年共五年。

1989年6月2日，WFP粮食援助政策计划委员会在罗马召开会议，讨论批准有关粮食援助项目。会前，驻中国代表处先把文件提交WFP有关援助国。这些代表的审查极为严密而谨慎，他们在会上提出黄灌区会不会盐渍化等问题，由陈可言一一作答，并散发了景电工程画册。一期灌区昔日荒滩变良田的大幅照片，感动了项目小组委员会的成员。许多代表认为，项目一定能执行得很好，表示同意向景电二期部分田间工程提供粮食援助。项目获得全票通过，为甘肃争得一项最多的10万吨无偿粮援小麦。

陈可言心里的快乐不言而喻。中国的水利工程，得到的不仅仅是国际援助，同时也意味着将要接受国际社会的检验、考核并走向世界。

另一项浩大的工程——平田整地，因为世界粮援项目的支持，大有如虎添翼的势头。

和陈可言相比，马兆麟是纯行政性的领导干部。在景电二期工程建设中，他和陈可言的配合是十分默契的：凡技术上的重大问题都由陈可言去解决，而行政事务中的棘手事情就由他斡旋处理。他在景电工程指挥部任职后，仍然是武威地区的副专员，解决行政方面的问题，他有这个条件，也有这个能力。长期的农村工作，培养和锻炼了他实事求是、扎扎实实的工作作风。他走到哪里就和哪里的群众打成一片，大家都亲切地叫他"马爷"。二期工程开工的第二年，他和陈可言分了工：他分管平田整地，陈可言严把工程关。

古浪三十万亩的土地平整和规划，其工程量绝不亚于工程本身。和一期工程相比，二期工程的土地平整中，没有企事业单位的农场，所有的受益群体，都是单个的农户，更多的是从山区来的移民。平田整地之际，包产到户后的农民，很难再像以前一样组织和号令，这项工程的进行，和一期工程有了很大的区别。

*平田整地机械化，大大提高了效率。

1986年秋，景电工程古浪指挥部组织的施工组开进了鸡爪子滩。

鸡爪子滩地处海子滩下游，南靠干（塘）武（威）铁路，北连腾格里沙漠，人烟稀少，土层肥厚。在陈可言的眼里，这是一块"从未见过的肥沃之地"，也是二期工程灌溉区的"天心地胆"。按照工程计划，鸡爪子滩是景电古浪灌区最早上水的灌溉区，因此施工现场首先摆在了鸡爪子滩。

"一年一场风，从春刮到冬"，从腾格里大沙漠源源不断吹过来的风沙，成为开发之初鸡爪子滩上最大的"特产"。住宿难，用水难，吃饭难，施工难，是建设者生产生活中不得不面对的现实问题。

1987年4月，新堡乡党委副书记张志浦、副乡长陈建功带领乡上六名工作人员和几百名群众首先来到了八十多公里外的鸡爪子滩。

新堡乡在新中国成立之前属永登县东山乡，新中国成立后，属永登县。1953年属东山区的永丰台和大鱼乡。1955年东山区和裴家营区合并为东山区，属甘沟、蒿沟、农丰、山头乡和大鱼乡部分。1956年撤区并乡为干城、农丰、永丰乡，并于同年10月划归古浪县。1958年公社化时成立东风公社。同年12月20日，古浪、天祝合县，属天祝县。1961年12月15日，天祝、古浪分县，属古浪县。

新堡乡总面积524.4平方公里，是古浪县面积最大的一个乡镇，和景泰县寺滩乡相连。气候干燥，温差较大，干旱少雨，也是古浪县最为贫困的一个乡镇。在二期工程中，是古浪县确定的移民最多的一个乡镇。他们的土地，就在鸡爪子滩这片荒原上。

经过事先动员，村民渴望黄河水的热情被迅速点燃。许多村子，出现了人人报名搬迁的局面。新堡乡台子村报名搬迁时，人们都争着走，然而按照规划，只能搬迁40%的村民，报名的人竟有80%之多，谁走谁留，只能抓阄儿，让命运去决定。许多村子，最后都采取了这种抓阄儿的传统办法，确定了首期搬迁的移民。大板、农丰、台子、尖山、甘沟、高岭、一座磨、刘杨、石井、黄蟒塘、新堡子、崖头、蒿沟、苟家磨十四个村委会，五十二个村民小组，四十个自然村的六百多名村民，来到了亘古荒无人烟的鸡爪子滩。

尖山村的郭天龙、陈多明自然是这批垦荒者先头部队中的成员，他们乘坐何正玺驾驶的手扶拖拉机，经过一天多的时间，翻越壕沟岘，穿过马家磨河，来到甘（塘）武（威）线的冰草湾车站附近。到这里已经是晚上十点多了。黑漆漆的荒原，用沉默欢迎了这批向往美好生活的农民。而松软的沙子，很快陷住了手扶拖拉机。

车站的工作人员告诉他们，他们要到达的地方距离这里还有一站路。几个年轻人一商量，干脆继续前行。眼前根本没有路，他们硬是凭借身强力壮，几乎是把手扶拖拉机抬到了二咀子。

没有地方住，他们发现了铁路下面的几个水泥涵管，吃了几嘴干馍馍，就钻进涵管睡了一觉。他们是探路者，分了土地，又急忙赶到山里，准备了生产工具、生活用的被褥，再一次来到这里。

为了吃水方便，他们联系了驻地户东湾的几户人家，在就近的山梁上，挖了地窝子，开始了他们平田整地的日子。

鸡爪子滩数十里少有人烟，只有零星的几眼草原分界水井和很少的游牧者。帐篷和地窝子成了古浪干部、技术人员住宿的唯一选择。那一年，鸡爪子滩上六级以上的风在三个月里刮了四十七场，几乎每两天一场大风。有时，帐篷被刮得像风筝一样漫天飞，人们不得不拽着帐篷的绳子随风跑，等到风小了，赶紧争分夺秒地重新搭建帐篷。晚上睡在帐篷里，风撞击帐篷"哗啦，哗啦"的声音震得人耳朵发麻，搅得人心烦意乱。一觉醒来，浑身上下，被子里外，都是细细的沙土。而地窝子就更惨了，每刮一场风，通向地窝子的坑道就被沙子埋了，没办法只得重新挖开通道进出。夏天，地表温度高达40多度，野外作业像火烧火燎一样难受，帐篷内像蒸笼里一样闷热难挨。相比之下，地窝子倒是很清凉，前来平地的农民，只能靠地窝子进行过渡。

收工回来，发现有许多小爬行动物在帐篷、地窝子里"乘凉"，甚至还有蛇在床上或床下"避暑"。有时候，晚上人们睡熟了，蛇伺机而入，或钻进被窝，或盘到床腿边上，或在床铺下面乱窜。初见蛇类，不少人惊恐不安，赶紧采用旱烟熏等方法驱赶。一遇阴雨天气，外面下大雨，帐篷里下小雨，床铺没有干的地方。有时半夜下起大雨，帐篷里面漫进水来，连鞋子和锅碗都漂在水里；但疲劳的人们还一无所知。地窝子更是遭罪，水流直接冲进来，转眼之间就成了一个水池子……

在施工点上，可以说是水比油贵。这儿方圆几十里缺少水源，全靠农用车从东湾、西湾的机井里拉运。每人每天的用水定量，除了做饭和饮用，其他生活用水很难保证。小伙子们不得不从头到脚"节约"，全部剃了光头赤着脚板。煮过饭的面汤成了最好的饮料，口渴了，舀一勺解渴。夜间若有撒野的骆驼光顾，会毫不客气地把水箱中的水喝个精光，第二天炊事员不得不到别处借水。小昆虫、小动物跳进水池中抢水喝，已是司空见惯。做饭的时候，锅盖刚揭开，就会有成群的昆虫扑来……

古浪县副县长薛国贤经常乘车到现场。正在整地的移民看着一辆熟悉的小车停到面前，便叫了起来："薛县长来了！"

薛国贤顾不上休息，和正在平地的农民交流。他发现，要做到水到地平，眼下的困难是因缺刮板影响速度，他立即上下联系，动员县上机关单位捐献废油桶，制成三百二十个大刮板支援平地。当时，人畜饮水是群众最头疼的问题，薛国贤召集冰草湾乡筹备组的领导研究解决的方案。大家的意见是利用当地一眼机井，投入六万元资金，拉通三千多米塑料软管。

方案出来后，薛国贤前往大靖水管处，带来技术人员，一同定线、划点、测量。软管拉通了，问题解决了，他还是不放心，直等到所有的管道通水之后才回去。

*"薛尕爷"已经去世，他的儿子薛忠回想起父亲的过往，感触连连。

有了水，平田整地的农民松了口气。新堡乡尖山村的郭天龙们搬到了自己的居民点二咀子。鸡爪子滩上一年四季大风扬沙，吃饭就得"吃沙"，吃完一碗饭，碗底就会沉下厚厚的一层细沙。二咀子是一个风沙口，别处是小风，到这里就成了黄沙漫天。村民们在规划的院落处修建了地窝子，也就是在连绵的沙丘中，开始了他们新村庄的建设，和无处不在的沙子打起了交道：饭里有沙子，水中有沙子，脚下是沙子，床铺上是沙子，衣服口袋里也是沙子，脱光衣服身体上还沾满沙子……

刘德全，这个被称为"农民技术员"的技术人员，又奔波在这片他丈量过的土地上。在一望无际的荒滩里，没有村庄和树木，没有参照物，以前勘测设计时立的标桩，早已被风沙埋得不见踪影。他只能凭着记忆，再按照设计图，丝毫不差地放线施工，已十分艰难。后来，为防止迷失方向，刘德全建议各施工点都插上鲜艳的红旗，以此为参照物，修渠，开路，整地。久而久之，一些工作量化了，比如一块条田四个桩，钉完桩后，再一块一块地丈量面积，逐条逐垄地编号入档。一万多亩条田的五万多个线桩，和一面面红旗，成了荒原上独特的风景。

二期平田整地，结束了一期全靠人力平整土地的历史。冰草湾乡雇来了二十多台推土机，由集体组织平出个大轮廓，然后再分包给各家各户搞细平，当年平地一万亩。当地的老百姓总结了这一段生活，说第一批前来鸡爪子滩的领导和老百姓是四棒：

> 春天刮成土棒
>
> 夏天晒成黑棒
>
> 秋天糊成泥棒
>
> 冬天冻成冰棒

正是这四棒，在千里荒原挥舞出了动人的旋律，开启了数千年人们渴望的新生活。

然而，随着工程不断完善和推进，更为艰巨的平田整地任务继续挑战人们的极限。陈可言、马兆麟下了死命令，水到哪里，哪里必须做到"水到渠成路平"。

1990年7月1日至2日，古浪县委召开八届二次全委扩大会议，县委副书记、景电工程古浪灌区建设领导小组组长王允政就灌区建设和平田整地情况做了汇报。会议就平田整地工作进行了认真讨论，县直机关"三人工作两人干，抽出一人上景电"的口号就此提出，由县委书记李保卫、县政协主席郭隆、武装部长张兰带领县直机关干部奔赴灌区，组织群众平田整地。号召全县各行各业，通力协作，紧密配合，真抓实干，为灌区建设做贡献。

就在这一年，我来到了二期黄灌区。

迁徙之路

决定移民到二期，是我新婚不久。而最终形成这一结果的推手，就是郭天龙。他每次到山里，就做父亲的工作，只说大水上了有多好多好。父亲在他的劝说下，最终下了决心，在那里分了地，平整后灌了冬水。

对古浪人来说，没人叫二期的。他们都称二期工程为"大水"。到哪里去？到大水上。从哪里来？刚从大水上来。那些日子，这样的对话很常见。久而久之，大家就心知肚明了，大水就是二期，二期就是大水。

要走的那个晚上，是满月的天。在月光下，我背着行囊，去两里地外的刘福生家里，准备乘坐他的手扶拖拉机。

在月光下，我看了看手表，是凌晨三点多。刘福生是在搬家，小小的手扶车上，装了山一样的家具和物品，我只能蜷缩在一个面柜中间。因为天冷，尽管烧了几茶壶开水，但柴油发动机就是点不着火。最后点燃了棉球，直接对准进气口，才算发动着了车辆。

手扶拖拉机驶进已经亮了的田野。一路上，有不少前往大水的乡民们，他们有的开着手扶拖拉机，有的吆着骡车，有的骑着自行车，就着微亮的晨曦急匆匆赶路。这可是将近九十公里的行程。可是那些年，从山里到大水，人们就是这样来来往往完成了搬迁。

车到壕沟岘，已经到下午了。此时，只走了三分之一的路程。因为春天的一场大雪，道路两边堆积的雪水在路面流淌。手扶拖拉机走两步就无法前行，只好人推，填石头。幸亏路上来往的都是前往大水的移民，不管谁的车受阻，认识不认识的，大家都停下来赶紧搭把手，推的推，抱石头的抱石头。等爬上壕沟岘的山顶，已经日落西山了。我又饿又累，刘福生却兴致勃勃，他说："赶紧吃一点，现在就不用你推车了，下山的路，手扶子比尕卧车快。"

萧劲的山风吹来，被汗水湿透的衣襟粘在身上，让人止不住打了一个哆嗦。附近的山坡上，积雪像补丁一样挂满了农田。勤快的农人已经在地里劳动，他们散去积存在地埂边的积雪，或是散开拉运到地里的农家肥。太阳快落山了，他们开始三三两两回家，看到我们，都点点头，然后彼此说："都是从山里下来的，是去大水了。"

我笑，他们住的山，并不比我们的山小呀！怎么他们就不是山里人了？我突然想起了张永德，他不就在壕沟岘附近的阳屲大队吗？我拦住村民询问，有一个小伙子立即对着不远处的一块地大喊："永德子，你们一起吃过粮的在找你——"

他这一嗓子，喊了个漫山遍野。张永德半信半疑地走过来，一看，我们两个都苦笑了起来。两人都是满身泥巴，憔悴不堪。唯一不同的是，我已经结婚了，而他正想种完庄稼外出打工。

我问："你怎么不下大水？"

张永德摇摇头："到哪里都是个种地的。"

我说："不种地你还想去当兵呀？"

张永德笑了："我们还不在计划之内，你先下，等有计划了，我就到滩上来找你。"

一旁的刘福生已经在催了，我们匆匆告别。下山的路，果真快了很多，但再快，等穿越马家磨河到岳家滩，天也已经黑了。幸好，手扶拖拉机有灯，并不影响我们的行程。就这样，在漆黑的夜里，我跌跌撞撞来到了鸡爪子滩，来到了沙漠边缘。

原想着我们一路就能到要去的地方，可是车一进沙漠，就无法行进了。我们只好下来扛沙，推车。等到了住的地方，已经是半夜了。我无法看清二咀子的模样，钻进地窝子，也懒得吃，头一歪就睡了过去。

第二天天一亮，我开始挖属于自己的地窝子。郭天龙和大伯我们几个大概规划了一下就开工了。沙土很松软，不大一会儿我们就挖了一个大坑。看看高度已经够了，从坑边开始，又斜斜挖了一条通道。剩下的事情就变得简单了，我们搭上梁和椽子，在上面铺一层找来的葵花秆子，撒上麦草，又压上一层土，地窝子算是完工了。

我自告奋勇在新居里为大家做饭。我说就吃拉条子吧。可是等我刚把面和好，地窝子靠通道的一侧，却突然塌了下来。原来，松软的沙土，无法承受木梁之重，斜斜压了下来，刚弄好的地窝子一片狼藉，和好的面也被沙土埋了。几个人灰头土脸爬出来，在夕阳下只能互相苦笑。

眼前被夕阳笼罩的"村子"——说是村子，是因为有村民，而它又不是村子，因为眼前没有一间房屋，不时出没的村人，好像突然从地下钻了出来，而缭绕的炊烟，则预示着生命的存在和顽强，更孕育着新的希望。

古浪县委书记李保卫，之前在武威工作，此时调到古浪县工作，在某种程度上可以说是临危受命。1990年总干渠全线通水，平田整地进入全面攻坚阶段。从鸡爪子滩到七墩台，从昌灵山脚到腾格里沙漠边缘，在占全县版图十分之一、近五百平方公里的荒原上，将要摆开平田整地的大战场。最后二十多万亩土地的平整，十万多移民的任务，沉甸甸地压到了他的肩上。他知道，这项工程发动群众面广量大，直接涉及全县十五个乡镇，其中九个乡远在百公里外的南部山区，群众往返吃住十分困难。

李保卫和县长王兆生、副书记苏喜组成一个灌区平田整地移民搬迁领导小组，当时指挥部设在裴家营，要求领导小组吃住都在那里。

一线指挥，让李保卫很快确定了工作思路和目标：工程以指挥部为主，平田整地以乡镇为主。平田整地的任务，落实到移民乡镇，乡镇的主要领导负责具体的平田整地。

李保卫给自己提出了严格的要求：古浪是国家扶贫县，在自己的任期内，坚决不买车，不修办公楼，完成平田整地的任务，安排好从山区搬迁到此的移民。

李保卫在马兆麟面前立下了军令状。他了解这个老领导的要求，正如马兆麟知道有李保卫负责古浪的平田整地就可以放心一样。坐着一辆吉普车，李保卫风尘仆仆奔波在田间地头，哪里有问题，就去哪里，就地解决，绝不含糊。

1990年春天，大靖镇党委书记杜

*土地平整一丝不苟。

国选和副镇长华岱率领两千多人组成的建设大军，开进了七墩台、刘家滩和大墩滩。为了把好细平这一关，镇上抽出七名工作人员，同村干部一道摸爬滚打。对前来平田整地的乡镇干部，李保卫反复强调：平田整地是景电古浪灌区建设的重头戏，也是确保工程尽快发挥效益的关键所在，建设标准要求高，必须达到一流灌区水平；时间进度要求紧，必须是"水到渠成地平"；投入资金少，除联合国世界粮食计划署无偿援助部分小麦补助民工口粮外，其余都是人工无偿投入。在这种情况下，干部一定要身先士卒，和老百姓同甘共苦。他说："什么是领导？领导就是要带头去干老百姓要干的事，不但要带头，而且还要组织好，领导好，否则就是失职，就是对老百姓不负责任！想享清福，就不要当这个领导！"

说到做到，在李保卫的带领下，抽调到灌区工作的县、乡领导，不休节假日，不分白昼黑夜，长年坚守在平田整地现场，累了随便在沙堆上一坐，困了倒头就在野草上一躺，饿了找个地窝铺和群众一块啃点干粮，渴急了端起一碗浑浊而又充满异味的水就往嘴里灌。与基层干部群众一道，推平了一个又一个沙丘，垦出了一块又一块沃土。

在古浪工作的四年，成了李保卫为政一生中最难忘的四年。

在裴家营指挥部，这些"县太爷"们的日子过得很艰难。有一次，李保卫从乡镇回来，口渴难忍，想泡杯茶喝，可是茶叶用完了。张有瑕在一旁说："我的茶叶也没有了，你给钱，我去跑腿。"

李保卫乐了："好你个张有瑕，你是古浪总指挥，财政大权都在你手上，我来这么长时间了，就没有见你买过一包茶叶！你怎么这么抠门？"

张有瑕哈哈大笑："我是按照你的指示来管理财务的，你别怨我！"

李保卫挥挥手，掏出了钱："赶紧找个人去买一点茶叶吧，你这个铁公鸡，人家武威副专员前来视察，车里没油了，你都不给人家加一点，我更不可能喝上你的茶叶了。"

当每个领导都能按照相关制度工作时，所形成的工作氛围，因为少了特权，因为不需要巴结讨好，自然多了一份自然随意的温馨。李保卫知道古浪县上的交通工具很糟糕，听说陈可言有一辆出过事的吉普车要处理，就要求能否配给自己的干部。陈可言答应得倒是很快，但是坚持原则，车给了，硬是扣了一万多元。

有一次，晚上十二点，新支渠试水在即，马兆麟发现渠道有问题，给李保卫打电话，说自己在现场等，要他带两百多人，早上一定要赶到现场。第二天一大早，李保卫就带着人马赶到了现场，结果发现马兆麟就在那儿等了他一夜。

李保卫有点不敢相信自己的眼睛："您在这儿等到了现在？您在干吗？"

马兆麟笑了，调侃道："我在数满天星斗。"完了，立即交代任务，干什么干什么，一清二楚，详细周到。原来，他是就发现的问题，连夜进行了考察，并想出了解决的办法。

马兆麟就是这么一个务实的人，在当地老百姓中有一句话："古浪人民吃长面，多亏了武威的马专员。"

民言可畏，民言可敬，百姓心中的一杆秤，就是这些民言的轻重和斤两。副县长薛国贤，这个被老百姓和同事称为"薛尕爷"的领导，却遇到了尴尬的局面：县政府司机班的司机，没人愿意给他开车，没人愿意和他一起下乡。

李保卫知道后，乐了：竟然有司机不愿意给副县长开车？他认真了解了情况，却深受感动。原来，这个务实的薛尕爷，一到乡下，眼里只有工作，老百姓哪里出了问题，他就会赶到哪里去。乡上领导看他辛苦，准备一只羊，他不吃一嘴，到了老乡家，能遇到一碗黄米馓饭，就会吃得津津有味。有一次，乡上正在改善伙食，司机原以为这次能打打牙祭了，却不料肉刚端上来，有村民汇报说一个村里因为劳动工具的事情打起架来，薛尕爷碗都没端，催促司机赶紧走……

了解完情况，李保卫立即做出决定：县里唯一一辆"巡洋舰"，指定给薛尕爷专用，安排一位姓王的老司机专门驾驶这辆车子。薛尕爷看李保卫仍然坐吉普车，有点不好意思，李保卫却对他说："也只有你配坐这辆车。我们的交通工具，就是用来给老百姓办事的，你坐，最合适！"

二期工程建设，有了世界粮农组织的援助，景泰和古浪一样，平田整地进行机械化作业。技术员测量规划，二八拖拉机、东方红链轨车推好土地之后，再分给农民。这些工作倒好说，最大的问题就是移民问题，本县的还可以，来回走，但从天祝迁来的二百多户、会宁的三百多户、东乡县的一百五十多户移民的安置，很让人费心。刚搬迁来的移民都很困难，虽然每人补助五十元钱，但也只能够他们的路费。大多移民住的都是"火柴盒盒"、地窝子。风沙太大，生活艰苦，过惯了懒散日子的老百姓都跑了。

前来视察的马兆麟大发脾气，批评乡镇干部，反复给移民做工作。大家都知道，这些地方的移民都很穷，但穷不可怕，就是思想保守，缺少长远眼光。

马兆麟说："当领导，就要给老百姓这种长远眼光，就是要让他们看到希望。否则，就是失职。"

来自东乡县的农民最反复。这些移民因为受传统生活习惯的影响，很多人不会耕作，但会做生意。加上在原居住地生活就很困难，尽快获取眼前利益成了移民的选择。年轻人大多到附近的煤矿背煤，很少有人专心务弄庄稼。一些人的土地，只是拖拉机初平出来的样子，自己根本没有平整或者是不会平整，一浇水，立即出现李培福反对的"野狐子脸"，低洼处还能看到一些麦苗，高的地方，连种子都很难发芽。

马兆麟在田间地头转悠，越看越上火，越看越着急，专门召集天祝、会宁、东乡的县长书记开会，想办法安抚移民，让他们专心务弄庄稼地。

包产到户，解放思想，让谈嘉言有了更多的想法，对工程，他进行了分项分段承包责任制。平一亩地，跟一米斗渠，总投资是一百元。验收科验收完出具是否合格的票据，规划局根据这个结论汇总到财务，最后给包工队支付工资。

谈嘉言感觉到，随着改革开放，随着工程进展，很多人心中的价值观发生了变化，捞钱，是为了当更大的官，当更大的官是为了捞取更多的钱。他突然发现，原先天天学、天天讲是一个极端，当以经济发展为主要目的之后，领导干部的学习和思想建设，却日渐淡薄。这无疑是两个极端，这两个极端产生的后果，都将是可怕而灾难深重的。

*衬砌渠道，质量第一。

编外书记

1988年3月26日，甘肃省景电工程指挥部召开上水动员大会，总指挥陈可言主持，党委书记马兆麟发表动员讲话，景电工程古浪指挥部指挥张有碫做了表态发言。北干渠，南干渠一、二泵站，总干渠四支渠及下冰草湾分支渠二咀子分支渠开始施工。

在二期，胡天祥虽然不是党员，也未经乡上任命，却成了二咀子村的"党支部书记"。这个整天旱烟锅子不离嘴的老人，成了人人都挂在嘴上的"胡书记"。郭天龙老和他开玩笑："你这个假书记，小心把你抓了。"

胡天祥传达了乡上的会议精神，他的传达，不是照本宣读，他也不会照本宣读："赶紧给社员们说，水要上来了，地没平好的，抓紧弄，薛尕爷说了，谁的地出了问题，就不给谁灌水。"

其实，胡天祥心里也很清楚，这些人，早把地整理得平平整整了，他们现在等待的就是灌水这一天了。

何正兴说："灌水有什么难的？不就一个黄河水嘛，它能把人吃了？"

郭天龙瞪了他一眼："你可不能轻视了，黄河水，比你浇山水还难，不小心渠就垮了，到时节，你哭都没个好声音。"

这话提醒了胡天祥，他磕磕烟锅子："这是个事情。要安排好接水的、巡渠的、浇水的。刮板、闸板呀之类的，都要准备好！到时节不能各顾各，大家一定要团结好，争取把地灌好。"

人们在热切等待，等待黄河水来的这一天。

1988年5月14日至15日，甘肃省委书记李子奇、省长贾志杰带领省上有关部门负责人，在省景电工程指挥部召开现场办公会议，对工程建设给予充分肯定，对存在的资金、供电、设备等实际问题当场解决，确定"年内完成投资五千万元、上水十泵站、灌地五万亩、送水到古浪"的目标。

上水古浪县，进入倒计时。8月30日，甘肃省委省政府批准古浪县在景电古浪灌区新设立冰草湾、直滩、大墩滩三个乡。

应该说，处于四支渠末端的鸡爪子滩，也就是古浪县冰草湾乡，应该是古浪最早上水的乡镇。冰草湾乡和景泰二期灌溉区，只有一条沙河相隔，二咀子村和对面的景泰治沙站紧紧相连。上水二期的消息，不断从沙河那面传过来，胡天祥再也没时间把旱烟锅子叼在嘴里了。平地中出现了一些问题，按规划由下往上平，下面是风沙口，沙包推平后，把"黄龙"解放出来了，水没上来，沙先上来了，而且危及原来的耕地。冰草湾平了五千七百亩沙包后，黄沙肆虐，不但这五千多亩地仍然不能耕种，反而已灌的土地和水渠也常遭黄沙侵害，仅水渠大清沙就达九次之多，五万多立方米。

上水的日子越来越近，很多支渠、斗渠、陇渠被沙填了，只得赶紧召集社员们腾渠。支渠、斗渠是集体的，大家一起上，陇渠各家腾各家的。可是，风沙太大，只要一场风，被腾干净的渠道就又被埋了，埋了赶紧腾。薛尕爷说："二咀子村的这个编外书记，最负责任。"

"负屁责任，我担心的是水浇不上，浇不上水，社员们怎么种地，吃什么？"那几天，胡天祥都没法好好睡觉，只要一刮风，就赶紧再喊人腾渠。郭天龙笑："薛尕爷把你夸了夸你就不知道自己姓啥了！"

11月18日，景电二期工程兴建的八、九、十这三个泵站分段试水成功，总干渠四支渠送水到古浪。

二咀子村的村民们守候在四支渠四分斗斗口，翘首等待黄河水。经过一百多公里的行程，黄河水似乎疲倦了，水头推送着渠道里的枯枝败叶，卷着白色的沫子，发出唰唰的声音，慢慢进入了人们的视线，显得那样孱弱，那样无精打采。但是人们还是高兴地欢呼："来了，水来了！"

何正兴拄着铁锹，笑："就这一口水，也能浇个地？"

似乎是话音未落，渠道里的水大了起来，再没有枯枝败叶的阻拦，水流也好像加快了许多。分水闸口拦住一部分水，突然就扑入四分斗斗渠，激越地喧响着，似乎毫不理睬等待多时的人们，向前冲去。

胡天祥按照事先的部署，留下守闸口的人，在每个陇渠口留一个人，其他的人跟随水头前往地里准备浇水。

围绕四支渠，整个鸡爪子滩沸腾了。各个生产队的人都守在渠边等着接水。最先的激动，很快被接二连三出现的险情消磨了。这里的陇渠口子被冲开了，那里的渠道被沙堵塞了，河水漫过渠体，很快就把渠体冲垮了。

薛尕爷的车子扯着一条黄龙，急急行驶在路上，哪里渠开了，就在哪里停车，指挥人们抢修疏通。何正玺守护的渠口开了，薛孞爷一急，夺过了铁锹亲自堵，边堵边对何正玺说："要把土踏瓷实，要不很快就会被水冲开的。"

何正兴总算领教了黄河水的威力，等堵住一个缺口，全身已经被泥水弄成了泥猴，他冻得打了一个哆嗦："妈呀，这个水怎么和山水不一样呀？"

还没等他醒过神来，却看见渠里突然没有水了，紧接着就听到村里的人喊："快呀，南湾的人把水抢了！"

这次试水，事先有过规定，就是每家都先灌一亩地，剩余的，有水了就灌，没水了等到春天再灌。因为第一次上水，其间不确定的因素太多，这样的考虑不能说不正确。但是对老百姓来说，却不管不顾了，抢先把自己的地灌了再说。加之第一次上水，缺少制度的约束，出现抢水的情况也很正常。抢水的事件进一步扩大，胡天祥让郭天龙、何正玺、陈多明等一帮人前去查看，他叮嘱："四斗的水乡上安排了，我们计划的土地没灌完，天王老子都不能动！"

何正兴跟上这帮人，呼呼啦啦跑了过去。果然，南湾的人扒开了斗渠口子，正在往自己的地里放水。三言两语，大家就吵了起来。何正兴抢起铁锹，对准一个小伙子就拍了下去，小伙子应声倒地。

水又回到了他们手里，但是何正兴却被闻讯赶来的乡镇干部带走了，抢水的人，赶紧照顾被打倒的小伙子，一场风波就此暂时平息了下来。

浇完地，已经是第二天了。胡天祥找到郭天龙，要他去乡政府办公的地方："你带几个人去要人吧，我去了不好说，好歹我是个书记，打了人不对，可是也没多大事，我打听了，被打倒的小伙子没啥事。"

等郭天龙几个赶到乡政府临时办公的地方，太阳才出来不久。几个人犹犹豫豫走进去，薛孞爷正一身泥土坐在炉子跟前，烘烤着湿透的鞋子。

薛孞爷也不看他们，说："先烤火。我知道你们是来领人了。人好着呢，但不会让你们领走。"

郭天龙几个凑过去，温暖的炉火给了他们少许的安慰。郭天龙笑："薛孞爷，你的眼睛红红的，看来也没睡觉？"

薛孞爷扔下鞋子，抓过桌子上的半瓶酒喝了一口："我睡个屁，你们这么捣乱，我能睡个觉？"

郭天龙没话找话："是他们先抢水的……你看看，你大清早就喝酒了，空心里，你不难受？"

薛尕爷又喝了一口："他们抢水你就打人？有理的事情做成了无理的事……我不喝两口，熬不住了。你别看我喝酒，我到这会儿还没吃饭……"

郭天龙正要说什么，薛尕爷却头一歪，靠在椅子上睡着了，很快想起了牛吼般的呼噜声。

倒是关在办公室的何正兴给他们说："没事没事，薛尕爷才回来，你们回去吧，等一会我就来了。"

下午，何正兴果真回到了村子。原来，被打倒的小伙子并没有受伤，这个机灵鬼随了铁锹倒在地上，他主动承认了自己抢水和假装受伤的事情，薛尕爷就把何正兴放了："再敢打人，我就让公安局的抓你！"

黄河水跃上了古浪鸡爪子滩荒原，开始滋润古浪东部干渴的土地。附近群众，骑自行车，坐架子车，开三轮车，或徒步数十公里，到鸡爪子滩参观浇地的盛况，发生的每一件事情，都成了他们谈论的话题。

冬灌结束。灌了水的土地很快被冻结，冬天的阳光洒在土地上，喝饱水的荒地，沉沉睡了过去……

来自大洋彼岸的援助

1985年至1995年的十年中，古浪灌区年平田整地进度呈几何级数上升，1991年最高达到6.75万亩。"边建设、边受益"的路子，受到了省地领导和联合国世界粮食计划署官员的高度评价。

11月23日，甘肃省人民政府办公厅向甘肃省景电工程指挥部致信，祝贺九、十泵站首次启动试水成功，顺利实现送水到古浪的奋斗目标。

郭天龙们成了鸡爪子滩第一批受益者。第二年春天，吸饱黄河水的土地，给了他们想象不到的喜悦。耕种后的土地，绿油油的麦苗，让沉默几千年的荒滩变成了一片绿野，迎风起伏的麦苗，预示了将要到来的丰收。首批搬迁下来的移民，都在暗暗庆幸自己选择的正确，而不断前来观望的村民，动了新的念头……

1989年3月23日，古浪县景电灌区建设协调领导小组成立。1989年8月3日，省委、省政府在兰州召开景电二期工程专题会议，讨论解决了工程

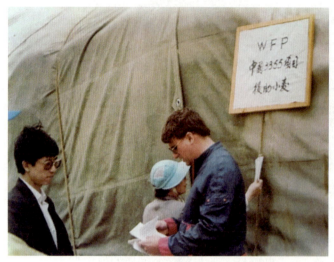
*联合国工作人员认真清点援助物资。

建设中存在的资金、材料、供电等关键问题。省长贾志杰做了动员讲话，省委书记李子奇、省政协主席葛士英等也讲了话，会议确定了1990年实现总干渠全线通水的目标。

1990年1月10日至12日，中国政府代表与联合国世界粮食计划署代表在《甘肃省景泰川灌区发展农业项目实施计划》上正式签字。5月1日，联合国世界粮食计划署中国3355项目开始实施。

世界粮农组织提供的小麦，源源不断送到了移民的手中。分到每家并不多的小麦，被移民们称为"尕麦子"。郭天龙笑我："你一来就分到了救济粮。"

这个时候，郭天龙已经有了自己的手扶拖拉机，我们从粮站拉上属于自己的"尕麦子"，笑嘻嘻回到住的地方，感受来自大洋彼岸援助的情谊。

世界卫生组织的PEPAS集体供水和卫生防疫专家彼·费舍于这一年的10月9日到达兰州，10至14日在3355项目区考察。彼·费舍先生在3355项目期间，听取了项目指挥部介绍的工程概况、项目区饮水工程规划设计情况，参观了景泰县卫生防疫站，实地考察了灌区移民已建的水窖和古浪县项目区的马家磨、大泉水两处饮水水源，还参观了项目工程输水系统的一些建筑物，与景泰、古浪两县项目指挥部进行了座谈讨论。

彼·费舍先生对景泰县项目区已建的水窖和古浪县项目区两处管道供水工程的规划设计基本满意。但他提出了自己的建议：在村民吃水的水窖进水口前应修建一个过滤池，黄河水经此过滤池后再存入水窖，这样更干净、更卫生一些。古浪县项目区的大泉水、马家磨供水系统，最好在取水

*一车车援助小麦运到了景电二期工程移民点。

井上安装手压泵，以防止水的污染，并便利农民取水。建议教育农民改进农村厕所。彼·费舍先生表示，这些援助如能争取到，恐怕也要等到1992年了，但他对此充满信心："考察给我的印象，是你们中国人办事都很认真，我相信你们会把饮水工程搞得很好的。"

老先生考虑的问题，对当时的移民来说，太过超前，但在以后的生活中却不得不面对。许多老百姓说："还是这个外国人心细，连吃水、厕所都考虑得这么周详。"

作为世界粮农组织甘肃项目的特约成员，陈可言忙项目落实，全力推进工程建设。1990年10月，总干渠全线通水的前六天，陈可言干脆把通水的指挥部搬到了施工现场十二泵站，白天晚上不得闲，东奔西跑忙个不停。哪里有问题，他就到哪里。哪怕是半夜三更，他也要亲自到现场解决问题。一连六天六夜，他都没有睡个好觉。

过度的操劳使陈可言染了一身疾病，又是胃肠不好，又是糖尿病，接着右腿骨质增生……稍高点的台阶，他迈步都感到费劲。可为了工程施工质量，他仍像年轻人一样钻涵洞，爬渡槽，进渠道。大家劝他少跑路，已经习惯了这种工作方式的陈可言断然拒绝："不亲自看看不放心。"有一次，他去八号渡槽，准备攀上脚手架查看质量，不料年纪不饶人，手上吃不上劲，一下子从两米多高的地方摔下来，当场瘫在了那儿。身体的疼痛，让他苦笑起来。在别人搀扶的过程中，他感到了岁月不饶人的沧桑和无奈。

1990年10月5日，是景电二期总干渠全线通水的日子。前一天下午，陈可言一直在开会研究上水时的具体安排，在十二泵站管理房设立现场指挥所。

晚饭后，冒着小雨，陈可言乘车去现场指挥所，检查了沿线的重点工程，以确保全线十三级泵站以及渠道、渡槽、隧洞的安全通水。十三级泵站，一百多公里，哪一个节点出现问题，都将会导致通水失败。

11月13日下午，黄河水到古浪南干二支渠，群众开始浇地了。

除了鸡爪子滩，对很多古浪人来说，是第一次看见黄河水，更不用说用黄河水浇地了。开天辟地，他们第一次见到黄河水，第一次浇上黄河水。敲锣打鼓仅仅是表现他们喜悦之情的一种方式，很多人围在闸门口，站在渠道两旁热泪盈眶。老人们想起久违的仪式和习惯，有的人给闸门上拴红绸子，有的杀鸡、宰羊、烧香、磕头。白发苍苍的老人手捧燃着的香火，祭天告地，恭恭敬敬地叩头，那种肃穆和庄重，让所有的人都深受感动。陈可言默默看着眼前的一切，体会到自己搞水利的价值，忘记了所有的艰苦和压力。

10月15日，在古浪县新井乡新井村、景电二期工程总干渠北干渠分水闸处，召开两万多人参加的庆祝大会。

这一天天公作美，下了几天的雨停了。这一天天气晴朗，仿佛被洗过一样湛蓝的天空上飘着朵朵白云，巨大的彩门，鲜艳的对联，两万多农民群众涌聚在会场四周，参加隆重而神圣的通水典礼。在象征十三级泵站的十三门礼炮声中，鞭炮齐鸣，由学生和农民千余人组成的鼓号队、花束队、腰鼓队、太平鼓队和双龙双狮队，载歌载舞，欢腾跳跃，尽情表达古浪干旱贫困地区群众的兴奋之情。

很多老人，不顾别人的劝阻，捧起浑浊的黄河水喝上几口，满是皱纹的脸上，流下了泪水。鸟雀不顾人多声大，也飞过来喝上几口。体型笨拙的骆驼，虽然脖子长吃不了隔山草，但屈膝卧地，酣畅淋漓地喝到了渠中水。

*上水的喜悦和隆重。

　　在这千载难逢的神圣时刻，望着黄河水翻腾着欢快的浪花流入平整的条田，工程建设者们与农民一样欣喜若狂。虽然黄河农场在1984年就移交到了海子乡，但是当年黄河农场的人们都来到了庆祝现场。党文斌和农场的大多数职工站在一边，眼中的泪水情不自禁流了下来，党文斌哭了，梁文华哭了，高孝曾哭了，高永基在人群中欢呼雀跃……

　　后来，当地老百姓根据当天的情景，编了一首顺口溜，说黄河水所到之处：老汉落了泪，骆驼下了跪。

宋平的肯定

　　上水后，工程按照计划，继续稳步向前推进。1990年10月16日到17日，贾志杰省长在景电二期工程召开现场办公会议，确定1991年工程建设目标是：完成投资七千万元，新增灌溉能力十万亩，受益面积保证八万亩，争取十万亩。

　　贾志杰省长一行于10月16日下午冒着蒙蒙秋雨现场查看了景电二期工程古浪灌区的平田整地，明沙嘴暗渠工程、三十一号渡槽、直滩微波站以及总干渠末段的南北干分水闸，并查看了古浪县群众灌地的情况。

　　10月17日上午召开会议，听取了省景电工程指挥部的工作汇报。贾志杰省长说，前天古浪县在南北干渠分水闸召开了庆祝大会，有一万多人参加，场面非常感人。在市场疲软、资金特别困难的情况下，景电二期工程总干渠全线通水，是轰动全省的一件大喜事，很不容易。奋战了六年零一百天，终于实现了总干渠全线通水的目标。古浪的群众正在灌地，兴高采烈。省委、省政府对取得的这个成绩非常满意，并向奋战在第一线的同志表示祝贺和慰问。

同时，贾志杰也提出了要求：工程还剩1.5亿元投资，争取用两年多的时间完成，第三年扫尾。现在按照大家讨论的意见，工程建设资金基本得到解决，就是回去落实的问题。明年新增灌溉能力十万亩，关键是古浪，平田整地要跟上，电上要保证灌溉用电。明年整个工程搞上去了，累计形成三十万亩的灌溉能力，占五十万亩灌区的60%。

贾志杰讲到高兴处，提振大家的信心：人一生要干几件实事，把荒滩变成绿洲，甘肃人民是不会忘记的，景泰、古浪两县人民是不会忘记的。总干渠的全线通水，使我们看到了希望，看到了曙光。我完全同意陈厅长讲的今后工程建设任务很艰巨，不能掉以轻心，任重而道远，要把总干渠通水作为一个新起点，再接再厉，争取用两年多的时间完成，不仅有粮，而且生态效益也好。景电一期、二期、三北防护林连起来，就是兰州的一个绿色屏障，这个工程就是一个不朽的纪念碑，许多人的名字将被载入甘肃创业史册。

1993年9月7日下午和8日上午，中央政治局原常委宋平，在省长阎海旺、省委副书记杨振杰、省政协副主席黎中等领导的陪同下，视察了景电二期工程。

宋平兴致勃勃地边看边谈，陈可言在一旁给他讲解并汇报相关情况，李保卫等古浪领导干部随同现场查看了总干一泵站、北干渠以及七墩台三分支平田整地施工现场等工程项目；走访了古浪方家移民户，详细了解了他们的生产、生活和计划生育情况；视察了南四支灌区的古浪龙岗学校，看望了全体师生。在鸡爪子滩，宋平视察了平田整地的工程，路过移民新村，走进一户农家，对三个小孩嘘寒问暖，与农民亲切交谈……

宋平脸上欣慰的笑，感动了很多人。大家都知道，宋平一直关心景电工程的建设。在他主持甘肃工作期间，就多次深入景电一期工程现场指导工作，陪同水电部原部长、全国政协副主席钱正英视察一期工程，对景电二期工程的建设进行了调查研究。在中央工作期间，他曾多次听取汇报，支持景电二期工程的建设，争取到国家补助，有力地促进了工程建设。

如今，宋平在现场看到景电二期工程灌区已有三十六万亩荒滩变成了良田，金秋时节的田野丰收在望，林带纵横，庄稼长势喜人，高兴地向车上一同从北京来的人员介绍说："这里过去全部是沙丘，现在都变了样，这是一个好工程，搞成了，子子孙孙受益。"

宋平晚上回到景电宾馆，兴奋不已，他挥笔题词："建设景电，为民造福"。

饱满而热情的笔墨，蕴含了他对这个工程的肯定和期许。

移民，移民

受恩之处便为家，荒无人烟的腾格里沙漠南隅，成了移民们生活的乐园。

按照规划，景电古浪灌区要建成五十万亩高标准农田，移民近十万人。移民涉及直滩、鸡爪子滩、海子滩等八个滩，古浪县新堡、井泉等十四个乡镇的大部分或一部分农户以及天祝、东乡等外地的部分农民。

移民搬迁工作能否顺利进行，关乎工程的使用和能否发挥效益。古浪县及时出台了针对性、操作性很强的景电灌区移民安置、土地分配、村镇规划等政策性文件，对移民搬迁对象、补助标准、与原住地脱钩问题及灌区土地分配原则、标准和村镇规划等都做了明确的规定，在灌区移民工作中起到了很好的指导作用。

为接纳县内外移民赴灌区平田种地建家园，古浪县从灌区原有的五个乡镇中及时区划新建四个乡政府。各移民乡均成立了移民领导机构，具体负责移民规划落实、移民卡填报、平田整地、土地分配等事宜。对灌区土地分配，按照"打破乡镇、村、组原有界限，统一规划，统一开发，统一标准，统一分配"的原则，由灌区建设领导小组根据容纳人数，按渠系配套切块分配到乡镇，由乡镇分配到村，再由村按土地的优劣、远近调剂分配到组，到户，从而走活了移民搬迁安置、土地分配这盘面广、量大、利益关系复杂的难"棋"。

天南地北的人似乎在一时间里，相聚在了一起。浪成栋原本是古浪县新堡乡尖山村的人，1975年正月，在亲戚的帮助下，全家移民到景泰县一期工程八道泉，在八道泉安家落户。高中毕业后，接受了两年再教育，

1977年恢复高考，他已经到公社农技站开拖拉机了。

在山里原本就没有多少家产。刚搬迁到八道泉的生活虽然很艰苦，但是他很自信。自信的理由很简单，有水有地就一定会有好日子。第一年种了很多胡萝卜、糜子、谷子，能吃饱肚子的现实，让一家人对未来的生活有了信心。

然而包产到户时，人均只有一亩五分地。人口增长太快了，浪成栋一大家子，总共才有十亩地。这个时候，他已经和王花元结婚成家，无奈之余，他选择了二期工程，重新回到二咀子，这样人均能分到两亩地。

两次移民，两次搬迁，没有土地的农民就没有安全感，逐水而居，逐土而定，是每一个农民最踏实的梦想。

世世代代固守一地，抱着"穷家难舍""故土难离"思想的农民，从灌区建设发展中看到了奔头，尝到了甜头，开阔了眼界，开始转变观念，走出穷乡僻壤，走进景电灌区重建家园。

"开始不愿搬，后来抢着搬"，有的地方因争着搬迁，甚至出现了用"抓阄"的办法决定谁去的现象。许许多多的搬迁户几乎都是白手起家，经历了爬地窝子、小房子到住拔廊房的移民住宅"三部曲"。全灌区90%以上的移民都是当年搬迁，当年耕种，当年解决吃饭问题，三年解决温饱并逐步稳定脱贫。

妻子的娘家在距离二咀子不远的苟家磨，这里成了我们的暂住地，让我们免了住地窝子之苦。她的七爸胡林山，当过兵，直爽而仗义。因为他们早两年到大水，已经盖了七八间房子。在一铺满间炕上，七爸七婶婶睡在窗户跟前，三个孩子睡在中间，我们睡在最里边，成了一个大家庭。早上，我和妻子沿着田间道，赶紧前往二咀子，晚上，就回到他家休息。七爸的三个孩子很可爱，每晚我们回家的时候，孩子们就雀跃前来迎迓，"姐夫子，姐姐子"，他们姊妹三个总是这么称呼我们。而七婶婶已经做好了晚饭，在等我们吃饭。

多亏了岳父岳母一家人。我们要结婚的时候，岳父眼中流着泪，在院子里转着圈，骂自己瞎了眼睛，怎么把姑娘嫁到了这么一个拉羊皮不沾草的地方。但结婚后，他更着急我们的生活。为了支持我盖房子，他亲自在水渠边砍伐了一棵高大的白杨树，得了一条梁、两条檩子。小舅子正在贩卖木头，很大方地给了我们二十多根椽子，两间房子的木料就算齐全了。

二弟是木匠，做了门窗。可是盖房子用的土坯难住了我。从来没有干过这个活，在妻子的指点下，我先和好泥，再灌到模子中，端起来跑到平整的地方，用力扣在地上，一次两个土块才算成型。也不知过了多少天，总算凑齐了盖房子用的土坯。

那些日子，整个村子的人，几乎没有一个闲下来的，大家时刻都在忙碌着，地里的庄稼要务弄，家里的水窖、房子要操心，真可以说是忙得天昏地暗了。

繁重的劳动，在一定程度上竟然可以激活一个人身上的活力。这种活力，给了我生活的乐趣，也给了我前行的动力。我买了几张白纸，闲暇的时候，又开始写一些可以舒缓心情的文字了。

遇到下雨天，在不能干活的时候，我就陪七爸胡林山到沙漠里打兔子。他有一杆祖传的土枪，我用不了这个土枪，但他总是百发百中。我们在沙漠的白刺棵子里细心寻觅，好多还在睡觉的兔子，在梦中就成了我们的美餐。

盖起了两间房子，我们总算有个家了。搬迁到这里的人们，大都是刚成家的年轻人，从地窝子走出来，先盖两间简单的房子，才是第一步。景电工程安置甘肃、内蒙古两省区的景泰、古浪、东乡、永靖、会宁、天祝、左旗等七县（旗）移民三十二万多人，绝大部分农户当年耕种，当年受益，当年解决温饱。很多人走出了地窝子，开始展望属于他们的新生活。

李培福当年的"只做不说"，已经形成了既定事实。宋平视察过景电工程之后，景泰县城从偏僻的芦阳乡搬迁到了灌区境内的一条山镇，昔日荒无人烟的一片沙滩，逐渐成为繁荣兴旺的景泰县政治、经济、文化中心。

移民搬迁区域，吃水难，行路难，看病难。直滩乡工作人员吃水是从十几公里外买的，盛水用一个铁箱子，每月用九箱水，加上运费得一百多元，谁敢多用一点？班车不通，电话不通，看不到报纸、电视。冰草湾乡到搭乘班车的谭家井有二十公里，到经常联系的水管处有五十公里，遇到紧急情况，只好步行，县上通知开会，有时会议结束了才收到通知。农民们更是苦不堪言，他们种"走庄稼"，更需要来来回回地跑。从新堡乡到灌区八十多公里，带点东西只好雇手扶拖拉机。他们希望地区、县上尽快解决通电、通路、通电话的问题。在"三通"之前，能给解决交通工具。这里还有一个难处是缺医少药，干部群众有了病，也得到外地去看，如果遇到急病，那将如何办呢？

看病和吃水，成了困扰移民的头等大事。刚到大水的人，尽快解决吃水问题，是首要考虑的大事。而解决吃水问题，只有一个办法：打水窖，蓄积黄河水。

对许多刚搬迁到这里的移民来说，打一个水窖所花费的钱，可是一笔沉重的负担。水泥，沙子，只准备材料就需要三百多元钱，许多人因为手头紧，只能在别的人家吃水先过渡。

有一天回家，我突然发现自己新盖的一间房子里，用砖块圈了一块地方，里面铺了麦草，上面放着几个铺盖卷，显然是准备睡觉的地方。可是是什么人，这样擅自做主？

正在纳闷，进来五六个人，一位白须飘飘的老人说："老师，我们是从东乡来的，准备往四斗搬迁，看你的房子宽展，想在这里住几天，你在上课，我们就先收拾了一下。"事已至此，也只能这样了。大家都是从移民开始的，自然知道刚搬迁来的辛苦，哪有拒绝的道理。

他说的四斗，就是我们村东边的一片沙漠。我在心里苦笑，那一片地，都是连绵起伏的沙丘，怎么种地呀？这些人在那片沙漠上折腾了几天，也许是看沙太厚，放弃了。有一天等我回到家中，砖块麦草还在，只是铺盖卷没有了，我知道，正如他们不请自到一样，他们这是不辞而别了。后来东乡又来了一批人，看了看，还是选择了放弃。

可是，这片面积达三千亩的荒滩，因为他们的放弃，却给广河县的马得山留下了机会。进入20世纪90年代，广河县连着三四年干旱，泉水都晒干了，沟底里的水下去了，地里没庄稼，人畜吃不上水，马得山召开村民会议，决定八十户村民搬迁到黄灌区。

这个决定并非偶然，马得山在事先做了很充分的工作。他从东乡的亲戚那里知道了有这么个地方，有这么个项目。他大概了解了一下，得知这里的地盘很大，也许有发展前途。村民会议决定之后，马得山也不敢贸然

*马得山的果断，让村民们来到了景电二期黄灌区。

行事，他安排村主任康作林带了八个村民前来查看。这些人先来直滩乡，那里有东乡移民指挥部。指挥部给他们看了被放弃的很多地方，他们都不中意，最后，他们才来到二咀子四斗。康作林是一个务实的人，白天他带领八个人挖坑探地，晚上就到我们村子和人聊天，了解情况。也许，我们的生活给了他们向往，康作林做了决定：搬迁到此，开始新生活。

回去把情况如实向马得山汇报后，马得山立即向广河县政府申请。后来经过政府部门协调，把东乡县移民放弃的三千亩土地协调给了广和县。马得山计划八十户搬迁。第一批先搬迁三十户。

广河县距离二咀子三百多公里的路程，康作林带领乡亲们，开着四轮拖拉机，走了两天两夜才到这个陌生的地方。开头自然是挖地窝子，然后大概规划了一下，平整了不多的一些土地。马得山心里着急，赶紧上来亲自查看了一次，没有电，没有钱开发土地，没有土地，乡亲们动摇了，纷纷对他嚷嚷要回老地方。

在众多移民中，像广河县这样的移民，属于自主移民，比我们搬迁，可是困难了很多。他们面临的情况是古浪不管，广河不管，让这些老百姓陷入很无助的境地。但是，马得山却看好这片土地，有水有地就是好地方，就是养人的地方。他给乡亲们鼓劲："你们看看二咀子的人们，他们刚下来不也和我们一样吗？可现在人家过的啥日子，我们老地方又是啥日子？"

▲马得山和康作林

马得山在给村民们鼓劲的同时，多次找领导反映情况，终于得到广河县领导的支持。先是修了两千多米的水渠，平整了三百六十亩土地。借农网改造的机会，又申请了六万五千元的项目资金。马得山知道要想富先修路的道理，他规定一方石子十元钱，让乡亲们先拉沙铺路，年底结算。当时已经上来了七十七户人家，基本按照搬迁计划进行。后来，广河县又给了他们十万元的专项资金，村子里总算有了盼头。马得山计划着这些钱，一亩地公家补助一百元，自己再掏一部分钱，抓紧平整土地。

从广河县到古浪县，马得山来来回回奔波，往来的路费都是自己承担。他规定，修渠修路都属义务工，村民必须积极参加，一个工十五元钱，不来就要出钱。马得山到广河办事，差了三个工，掏了四十五元钱补上。村民见书记这样，不敢再有稍许懈怠，新家园的建设速度快了很多。经多方努力，马得山又为搬迁的移民申请来住房的补助款，每户补助四千元，开始修建房子。

马得山、康作林的决定没有错，和他们的老地方相比，黄灌区更有发展前途。打工，生活，搞养殖，关键是因为有黄河水。村民们说，过去住的都是塌塌房子，几辈人过去了，还是那么贫穷。在这里，生活天天都有个盼头。

三百公里的距离也许有些遥远，但人类的历史就是跑来跑去的历史，每个人追根溯源，哪一个又不是移民？

人挪活树挪死，就是老祖先们来自生活的总结和经验。新中国成立后，因为户籍制度的约束，个体的移民少了，但是有组织的移民多了。

如果说移民是美国最大的经济支柱和发展动力，那么从历史的演变来看，移民无疑是社会进步的力量，是人类追逐美好生活的集中体现。

来自会宁的杨炳英，就属于这样的移民。1992年，政府开始宣传，动员一部分村民搬迁到二期，每人一亩五分地，五百元的搬迁费，保证做到搬迁区水电路全通。

承诺的条件很不错，杨炳英和妻子彻夜商量，女人也很愿意。因为山里人均只有一亩八分地，没有土地，还得靠天吃饭，夫妻俩说：人挪活，树挪死，说不上下去之后就可以过上好日子了。

1993年4月份，杨炳英来到二期移民点。他们一同前来的村民，先是给别人打工，同时了解这里的情况。刚过来无法适应沙漠的气候，只感觉气候很干燥，嘴唇经常干裂，嘴里是沙子，碗里是沙子，晚上就住在地窝子。打了五个月工之后，杨炳英得出了结论：虽然艰苦，但从长远来看，一定会比山里好。

这一年9月，杨炳英分了十二亩地，分了宅基地。有些村民，跑回老家去了，但他开始平田整地。1994年种了一年，这一年可是把他害苦了。买了一百八十斤麦种，种下去，被一场大风刮得干干净净。那个风呀，太大了，刮得人都站不住。满地都是白生生的麦种，地皮都被揭去了一层，邻居家的女人放声大哭。捏着已经泡软的麦种，杨炳英心里像猫抓一样难受。回到地窝子，不想吃饭。走，还是留？内心的纠结像烟雾一样弥漫，一个晚上抽了三十多支自己卷的旱烟。就着这些烟卷，杨炳英想了一个晚上：回去吧，山里又没有地，看别人种的麦苗不是好好的吗？完了，他开始琢磨，仿佛一下子醒悟了过来：自己的地是沙土，沙土没有黏性，所以会被风刮走，如果上面盖一层土，是不是就会好一些呢？如果有很多树，是不是就把风挡住了？

第二天，县乡领导和技术员纷纷前来视察灾情。一个技术员告诉杨炳英，当一棵树长到一米多高，风在十五米外的地方就会减速。如果再长高一些，土地就会得到保护。杨炳英又来信心了，好在这一年县上提供了许多免费的树苗子，杨炳英一口气种了一千多棵树，在陇渠，在地的两头都种了树。这一年，种下去的树苗成活了80%，新展开的绿油油的树叶，又给了他新的希望。

＊植树造林，改善环境。

杨炳英是一个认准了就干到底的人。他从老家带来筐子、扁担，开始艰苦的土壤改造工程。先是把上面的沙清理到一边，然后把下面的土翻到上面。累了，就坐在地上卷一根旱烟休息一下。黄沙下面黑油油的土壤，又给了他很多希望。有些黄沙深的地方达到一米左右，但杨炳英坚持了下来，直到翻出土壤为止，一天最多能改良三四分地。

　　边改良土地，杨炳英又一边从老家找了一些糜子，在改良过的土地上种了一些糜子，秋后竟然收了一千多斤。看着长势良好的糜子，杨炳英下了最后的决心：开始盖房子，死也要死在这里。从早年搬迁下来的人家那里要了一些葵花秆子，从红光背了一些麦草回来，盖了两间土房子。

　　1995年刚过完春节，杨炳英把一家五口人全部接来。他雇了两辆三轮

▲ 新建的高岭新村鸟瞰

452 >>>

车，拉了锅灶以及剩下的粮食，出发了。中途在白银，每人吃了一碗八毛钱的牛肉面，经过一天一夜的行程，总算到了他们的新家。

买了一百八十斤麦种，杨炳英和老伴开始了又一年的耕种。麦种下地后，麦苗破土而出，绿油油的田野太好看了，杨炳英天天到地里去，怎么也看不够。山里的庄稼，出苗后哪有这般稠密而喜人呀。困倦了，杨炳英就在地头卷一支旱烟，看着随风摇曳的麦苗，心里美滋滋的。

这一年大风来的时候，树苗已经展开了新叶。当时杨炳英正在地里干活，天边好像一个黑崖，黑压压地压了过来，他不知道是要下雨还是要刮风，转身就往家里跑。听到风的声音，才知道是刮风。妻子吓坏了，一个劲"我的个天，我的个天……"地惊呼。杨炳英的心却攥成了一团，他担心小麦是不是又被刮跑了，地皮是不是又被揭了……大风连续刮了一夜，他也一夜没睡。第二天起床就往地里跑，一看心里踏实了：麦苗仍然绿油油的在田地里沉默，他翻上来的土，完全压住了沙子，大风，再也奈何不得了。当年收了五六千斤小麦，从没见过这么好这么多的粮食，杨炳英开心地笑了。1995年，他又盖了五间土房子。一家人，自此开始了新的生活。

景电二期工程上水后，会宁县一次迁来三千八百多人，和杨炳英一样，他们都认为尽管这里困难多，却有奔头，不像在会宁干旱山区。在那里就像"光棍进到斗里——四门无路"呀，天不下雨你有什么办法呢？而这里就大不一样了，地平展展的，水渠的水哗哗地流进地里，一望无边的庄稼，叫人好不欢喜乐呵！

最后的冲刺

1991年10月7日，陈可言同分管质量安全的冯婉玲副指挥、质安处的王成增处长，一同到总干渠进行上水前的例行检查。陈可言发现，各泵站沙土淤积严重，有的还正在前池内挖除吸水口处的淤泥。这时，王成增接到电话，说总干已开机，水已经到了六泵站。

陈可言脑子里闪出两个字：危险！他纳闷：怎么不通知，不商量，就开机上水呢？

这时已经是傍晚六点多了，陈可言随即返回指挥部，在返回的路上绕道去六泵站。因为准备不足，只能被迫停机，停机后大量的弃水冲毁了新修的柏油路，陈可言难过地摇摇头。他决定晚上八点召开指挥部、筹备处会议，并研究继续上水的方案。

这次会议，让陈可言感到从未有过的寒心和痛苦。争论的焦点就是准备不充分就开机上水，泵站前池淤泥没有清理、没有接到通知，水就来了。陈可言毫不客气地责问："谁决定开机的？为什么不通知有关单位？有的泵站前池内还正在清淤呢！"

晚上九点半才散会，陈可言忘记了自己还没有吃晚饭。回到冷冷清清的房子里，心绪难平，一声长叹之后，不知不觉落下了伤心的眼泪，长满苍苍白发的头，在痛苦地摇晃。这是从来没有发生过的事，如果类似的事情不杜绝，那么这个工程很有可能就会毁在使用者的手中，水火无情呀！还有，因为人为的失误，造成如此大的损失，竟然没有责任的担当者，这样的工作作风，是什么时候开始蔓延的？缺少担当，其实就是逃避责任，一个没有责任感的干部，怎么会走上领导岗位？这个晚上，他一夜未眠。

※陈可言陪同贾志杰等领导视察灌区。

陈可言知道，只有伤心和痛苦，远远不能解决类似的问题，利用快速发展的高科技手段，也许才能把这种损失降到最低。景电二期灌区东西长一百三十公里，南北宽二十五公里。为适应工程运行输水和大型灌区现代化管理的要求，在总结、吸取了一期工程通信手段落后的经验教训后，二期工程从设计开始，陈可言主导建成了以微波传输为主干线、以载波特高频为支线的综合通信网络。因为他的这个思路和建设，二期工程成为我国第一个具有先进通信系统的水利工程。这项通信网络工程运行近二十年，达到了国际先进水平，先后为国内诸多大型水利工程所借鉴。

作为总指挥，就是大管家，事无巨细，稍有疏漏，就会酿成大错。有一次凌晨两点多，一个泵站渡槽突然出了问题，陈可言接到电话后，立即叫醒了司机和李恒心，一起直奔现场。李恒心劝他，这些事情，完全没必要亲力亲为。陈可言却说："为了老百姓吃饭，我们就得拼命往前干。"其实，李恒心也知道，把责任当作泰山一般重大的陈可言，已经改不了这种工作作风和习惯了。

1991年初，即将到退休年龄的陈可言，又接受了省委的重托："再干两年，把二期工程搞完！"

满头白发的陈可言，又奔波在未完的水利建设工地上。

二期主体工程基本建成了，为了尽快发挥工程效益，工程重点转移到田间配套，组织灌区内的渠、路、林、田统一实施上。对规划好的条田组织集体先粗平，然后分给各户再细平；对已经细平好的土地，本着节水灌溉的原则，要求化大为小，进行小畦灌溉。1992年，发动古浪、景泰指挥部，动员受益群众，大搞平田整地，一年发展灌溉十万亩，创造了迄今为止省内大中型灌区年新增灌溉面积的最高纪录。有一次，陈可言到灌区检查平田整地，边外滩风沙弥漫，他看到正在一铁锨一铁锨平田的妇女，走上前去问："苦不苦？"这位农妇的回答很幽默，她说："不苦，眼睛吃进去的沙子也有四两了。"

吃苦尚且不提，许多不可知的意外灾难，却向工程提出了新的要求。

1993年5月5日17时40分到19时，湛蓝的天空，突然变得异样，一抹暗红的光影，给人一种从未有过的恐怖。我刚放学回到家里，和妻子正商量要到地里干活去，听到有人喊："老天爷，你看这天怎么了？"

西边的天幕，出现了一堆黑红色的云团，铺天盖地，正以每秒约二十五米的速度从西北方滚滚前来，这堆黑红，分成了很鲜明的层次：最前面是一道黄雾蒙蒙的帷幔，好像千军万马踏起的沙尘；紧随其后的是颜色逐渐加深的黑云，里面似乎翻腾着一只怪兽，张牙舞爪势不可当；而被遮住的太阳，给这团黑云暗红的光泽。整个西天犹如汹涌咆哮的洪峰，上下翻腾，铺天盖地，滚滚而来。

我扔下手中的工具，喊妻子赶紧进屋。似乎在一眨眼的工夫，天昏地暗，飞沙走石，整个村子浸入到黑暗之中。

外面的世界已经乱了套，村子里鸡飞狗叫，寻找孩子的呼唤被风吞噬，路旁的树木被连根拔起，电线杆倒伏、折断；正在外面玩耍的孩子们，惊恐万状地在公路上乱滚乱跑，喊爹叫娘。有人被刮到水渠被水冲走，有的掉入枯井，有的刮下山崖，有的刮进蓄水池，有的失踪……

突然出现的特大沙尘暴，逼迫景电二期工程停机，中断上水二十四小时。

据统计，在这次风暴中，古浪县共有一百七十三人受伤，二十三人死亡，二十多人失踪下落不明，其中以小学生居多。

肆虐的大风在咆哮，势头减弱后，气温急剧下降，整个屋子里土尘弥漫。我们点着了油灯，正要准备做晚饭，村子里有人大声喊叫："快来人呀，李奶奶不见了……"

村子里的人都知道李奶奶眼睛不好，谁也无法断定在这场大风中老人被刮到了什么地方。集合起来的村民们，迅速分成几个组，向不同的方向找去。大风肆虐后的田野里，到处都是"李奶奶，李奶奶"的呼唤。

我和另一个村民，穿越起伏的沙丘，一路呼喊，一路寻找。饱受大风蹂躏的田野一片狼藉，地里的薄膜已经被撕成了丝丝缕缕，临近沙漠的农田，已经看不到地的模样了，有的麦苗被连根刮走，在地埂附近，重又堆起沙丘。这里原本就是沙漠的温床，风沙似乎要从人们手里夺走属于自己的领地。最后，我们在一个土坑里找到了老人……

这一夜，对整个黄灌区来说，是惊心动魄的一夜，悲伤的一夜，要命的一夜，每个人似乎都在思考：如此大的风沙，以后还会来吗？过去传说风沙一夜之间能埋了一座城池，看来是真的了……

第二天天一亮，在受灾最严重的景泰县红水乡界碑村，有的人把门口的沙子挖开钻了出来，有的人家门窗被厚实的沙堆堵死了，外面的人帮助把沙子掏开才走出来。人们都涌向田间地头，绿油油的麦苗在一夜之间，被风沙吞噬得干干净净。满目疮痍的田野令人揪心，重新隆起的沙丘，又构成了一个荒芜的世界，搬迁到这里的移民，心一下子紧绷了起来，有的唉声叹气，有的泣不成声，有的挖着沙丘下面的麦苗……全村组织起来清理渠中的黄沙，清了三次，还未现出渠道的模样，一片狼藉，伤心乃至绝望，笼罩在每一个村民的头上。人们所有的辛苦，所有的付出，似乎都付之东流了。有的人从地窝子里挣扎着出来，拖儿带女返回原来的住所。一户走了，紧跟着两户、三户……十来户，他们一步一回头，踏上了返回故土的路。

*粮农组织视察景电灌区。植树造林成了可持续发展必需的选择。

　　陈可言在一旁默默无声。他冷峻的眼神掠过被毁坏的沙丘，陷入沉思。这场风灾，无疑为他们敲响了一记警钟，只平田整地还远远不够，要想保护农田，同样是一项浩大的工程。也许，要保住灌区治理风沙，必须再下一番功夫，这是一项比开发灌区还要大的工程。垦荒造田，只要苦干一年，一块块条田就会修成，而要治住风沙，堵住这个"风口"，就必须持之以恒，拿出三五年甚至更多的时间，来实现这一目标。

　　住到风口旁，就要堵住风口。一个响亮的口号提了出来："人进沙退！"决不能沙逼人走！景泰县政府经过认真实地调研，认为在这个地方治理风沙，不仅有重要的现实意义，而且有深远的历史意义。因此，县上制定了"要种田，先育林""谁治理，谁受益""谁栽谁有，稳定林权"等一系列政策措施，把群众治沙与专业治沙有机地结合起来。

　　植树造林，防风固沙，另一项浩大的工程就此拉开序幕。

　　景泰县成立了一些治沙工作站。有一个治沙站，距离二咀子村只有三公里。在进学校之前和进学校之后的假期，我都在这个治沙站打工，是他们一名实实在在的编外职工。每天十元钱，我带领村上的人，在这里压沙植树。这是一个风沙口，东北风一来，鸡爪子滩尤其是二咀子村首当其冲，而西北风则把大量的沙子吹送到景泰县黄灌区。残酷的自然条件，已

*栽植起来的林带，成了最好的屏障。

经打破了地域限制，在这里，已经不分是景泰人、会宁人还是古浪人，大家说着不同的方言，为了期许的希望，在这里与风沙抗争。

这个治沙站有七名在编职工，在年轻站长的带领下，开始对风沙危害情况进行调查。治沙站刚成立的时候，和移民刚开始的生活别无二致。治沙站人员吃住全部在村上，白天骑自行车，深入沙区勘察摸底，晚上在豆油灯下交流总结。沙区的深夜北风呼啸，寒气袭人，大家就挤到一起相互取暖。后来冷得实在无法忍受，不得不挖地窝子住。治沙站经过一番艰苦的考察摸底，很快完成了全长四十公里的沙线勘测任务，搞清了沙害最严重的五个大风口的所有情况。

与此同时，在陈可言的协调下，景泰县报请三北防护林建设局，"景泰川引黄灌区生态经济型防护林体系"工程获准立项，随之，《景泰县1992年至2000年治沙工程规划》也相应出台。从此，治沙站职工和界碑等风口村的村民一起，会同大量打工的移民，开始了艰苦卓绝的治理风沙的奋斗。

古浪县也同时拉开治理风沙、植树造林的工程建设。在春天，我们都能分到几千株各种树苗。因为我们比别人后下来，土地分在了沙漠边缘，而这些树苗，成了我们唯一和风沙抗争的利器。在陇渠，在沙漠边缘，我栽种了这些树苗。而在很多的地方，划分了公路林带、风沙林带、田间林带，移民承担这些林带的平整和栽种。李保卫、薛尕爷，经常驱车前来视察，薛尕爷更多的时候亲自指挥，他对移民讲，树木不仅要种好，而且要种好看，行子一定要盯齐了。

慢慢成活的树苗，不断扩大的压沙面积，让界碑村的移民们看到了希望。天遂人愿，防风固沙林、田间防护林，乔林灌木结合，用材林与经济林结合，生物措施和工程措施结合，专业治理和群众治理结合，经过几年的连续奋战，大"风口"缩小了，"风库"里输出的风也少多了，这就是今日沙区人牢牢树立的"人进沙退""人升沙降"的新理念。

古浪灌区林业建设被列入国家"三北"防护林体系示范区建设项目。从1990年至1995年，补助资金一百一十四万元，县上自筹资金四十万元，群众投工投劳和县上各行业、部门、单位无偿支援物资和车辆、运输费用折价三百三十多万元。把灌区造林作为一件大事来抓，每年春季都召开由各乡镇党委书记、乡镇长、县直有关部门负责人参加的专题会议，研究部署植树造林工作。景电工程古浪指挥部、古浪县林业局按照景电古浪灌区生态经济型防护林体系示范区建设总体规划，实现了灌区内的渠、路、林、田四配套。1990年至1998年的九年中，共完成人工林12.2万亩，封沙育草10万亩，林木覆盖率由原来的3.64%提高到13.6%。在灌区北部沿腾格里沙漠南缘营造20至30米宽的水灌阻沙林带1200亩，初步治理了明沙嘴、赵家刺滩、北草滩、吴家湾、元庄子、冰草湾等流动沙丘及风沙口。

景电二期工程进入最后的收尾阶段。

1993年初，甘肃省省长贾志杰在有关会议上要求：要把胜利的红旗插到景电二期工程最后一个泵站——七墩台支渠三泵站！

一大批工程技术人员和建设者们，移师七墩台，在沙窝里搭帐篷，建工棚，盘炉灶，架设备，运材料。古浪灌区主体工程建设进入了最后的攻坚阶段！从开赴工程一线的第一天到向既定的目标冲刺，工程指挥者、建设者们用了近十年的时间。

1993年10月14日，黄河水流经总干渠、南干渠十九级泵站，行程一百四十公里，终于跃上了六百零二米高的扬程，开始浇灌肥沃而干渴的七墩台。至此，景电二期工程的建设者们按设计要求，顺利完成了甘肃省委、省政府确定的"三年上水，四年受益，十年建成"的阶段性建设目标，完成了最后一座泵站的建设！

　　陈可言如这个工程一样，得到诸多殊荣：1991年"七一"前夕，中央组织部授予陈可言"优秀领导干部"称号；1992年成为首批享受国务院特殊津贴的专家；1993年，当选第八届全国人大代表。

*沙漠望而止步。

*水到之处，一片沃野良田。

至此，历经十几年，景泰川电力提灌工程才算真正意义上完工。但是，新增加的民调工程，却把这一工程推向了世纪之交。

第一一章
黄河水来到民勤县

千呼万唤

民调工程虽然是后来新增加的项目，但是，在二期工程开建之初甚至更早，已被提上了议事日程。

1982年的初春，时任民勤县水电局副局长的王尚宏，因民勤县跃进总干渠衬砌工程，到甘肃省水电设计院联系工作。在设计院总工程师曹湘云的办公室，无意中看到了为解决景泰县、古浪县部分乡镇以及内蒙古阿左旗漫水滩的用水问题，准备在景电二期工程的方案中，通过延伸渠道和增加流量来解决这些难题。

王尚宏从中嗅出了机遇，返回民勤后立即向时任县委书记赵敬中、县长魏育林做了汇报：既然有可能把黄河水从第十泵站引到漫水滩，再经第十三泵站引到古浪大靖镇、土门镇，那么是否可以用同样的方法，把黄河水引到民勤？

王尚宏的信息迅速得到县委、县政府的一致同意。县上决定由县委副书记李能儒带领县水利局、计委、农委、农林办的负责人，分乘四辆北京吉普车，前往古浪县土门镇。从土门镇北面的大土沟进去，沿大土沟一直到位于原武威县吴家井乡洪水村的洪水河泉水出露点出来，一路畅通。大土沟是已经干枯了的洪水河上游段，当作引水渠道没有一点问题。

心中有数后，民勤县领导立即决定由魏育林和王尚宏等前往兰州游说省水利厅领导，从景电二期给景泰、古浪调水的基础上，把工程规模再扩大，给民勤调水二亿立方米。此举省水利厅不同意，认为工程规模和投资太大，不仅中央不会批准，省里也不会批准。经魏县长再三陈述民勤缺水的现实情况，说明只要一个从技术上可行的文件，其他如投资问题等，由县上直接到北京申请解决。水利厅领导架不住魏县长多日的软磨硬泡，通知设计院做扩大原方案设计规模，给民勤增加调水二亿立方米的新方案。

　　拿到新方案，魏育林喜不自禁，却不知道，他给自己拿了一个烫手的土豆。

*荒无人烟的腾格里沙漠。

　　1983年春节刚过，由县长魏育林带领县计委主任李临谱、水电局副局长王尚宏，拿着省设计院景电二期新方案的项目建议书，启程赶赴北京。到达北京后，首先找到了农牧渔业部的何康部长。在这之前，何部长曾两次来过民勤，魏县长认识。何部长又亲自联系了时任国家计委主任的宋平，再由宋平联系其他相关部委的领导，并于正月十二日早九时，在中共中央农村政策研究室所在地，西皇城根王爷府的会议室召开了座谈会。

　　参加这次会议的领导很多，有国家计委主任宋平，农牧渔业部部长何康，国家经贸委副主任、三西领导小组副组长李瑞山，三西领导小组办公室主任杨贵，中央农村政策研究室主任宁俊生，水利部部长办公室主任杨德瑞等。会议由宋平主持。民勤县县长魏育林在会上做了汇报发言。他详细汇报了民勤干旱缺水、土地沙化、植被退化、生态恶化、大片耕地弃耕、农民年年外流的实际情况。为解决这一问题，要求从景电二期大方案的基础上扩大规模，给民勤调二亿立方米黄河水。经过几个小时的座谈，与会领导几乎都做了表态发言。一致认为，从景电二期大方案的基础上扩大规模为民勤解决二亿立方米水的办法是可行的。宋平在座谈会结束后，当着魏县长的面给甘肃省计委主任陈大德打电话通报了座谈会议精神，并叮嘱，在上报景电二期的大方案中一定要考虑到民勤问题。

会后第四天，即农历正月十六日，当魏育林、李临谱、王尚宏三人带着这个鼓舞人心的大好消息返回民勤后，才知道这次到北京汇报民勤缺水问题不仅没有功劳反而闯下了大祸。武威地委一位领导说魏县长越级在北京反映问题告了地委的状。紧接着省委一位领导为此大发雷霆的消息也传到了民勤，说魏县长目无上级，越级到北京反映问题就是向中央告省委的状。不久，魏育林被免去县长职务。后来，省政府在向国家计委报告的景电二期方案中，只字未提民勤。就这样，民勤失去了外调水2亿立方米的最佳时机，而且为此付出了代价。

在二期最后十三泵站攻坚的时候，也就是1993年1月上旬，景电工程指挥部总指挥陈可言、省水电设计院副总工曹湘云等赴民勤湖区调研缺水情况。民勤缺水的残酷现实，给陈可言留下了难以忘怀的印象。但是，他思考的一个问题是：外流域向民勤调水，少了无济于事，多了将是一个投资巨大的水利工程，有没有更好的办法解决民勤缺水的问题？

这一年的6月29日至30日，阎海旺省长、路明副省长及省上有关单位领导来景电工程现场调查研究，阎海旺省长对民勤调水问题做了具体指示。

从11月11日至12日，十三泵站胜利上水之后，路明副省长带领省政府办公厅、研究室、省计委、省建委、省农委、省两西、省财政厅、省水利厅、省电力局、省水电设计院等单位的负责同志来景电二期工程调查研究。路副省长一行用一天的时间现场查看了景电二期工程和民勤调水上段线路，听取了陈可言的工作汇报和省水电设计院民勤调水方案的情况介绍。

其实，早在1992年，路明副省长就知道民勤人民为水的奔波和诉求。当时，时任民勤县政府副县长王世茂、水电局局长王尚宏曾为此多次请示省水利厅厅长李佐栋，答复是：前期工作只有省水电设计院做，因设计院是企业管理，一动就要钱，而水利厅又无法解决勘测费，这个问题只有找省政府贾志杰省长解决。

王世茂和王尚宏去省政府求见省长。

省长的秘书处长安排了一个小时的见面时间。听了王世茂的汇报，贾志杰省长立即给当时的水利厅长李佐栋打了电话：民勤调水方案的前期工作由水利厅安排落实，勘测费由民勤县政府自筹解决。

对民勤的缺水问题，省水电设计院一点也不陌生。早在1991年，省水电设计院（又称水利部兰州水电设计院）继黄河黑山峡段调水济民的线路被否决后又提出景电三期方案。所谓景电三期方案即在景泰县五佛寺的景电一期、二期泵站引水处，再建一个三期泵站，修一百公里输水总干渠，总提水扬程六百五十米，经十三级泵站提水五亿立方米，投资概算十二亿元人民币。提水五亿立方米，沿途给古浪县的土门镇、泗水乡、黄花滩分水五千万立方米，给今凉州区的吴家井乡、长城乡分水五千万立方米，剩余四亿立方米沿洪水河修专用渠道把水送到石羊河蔡旗断面。经国家计委、财政部审查后认为，甘肃已经运行的景电一期、二期，提水成本高，负担重。若

*陈可言在施工现场了解情况。

再建一个景电三期，仅电费补助一年就得二亿元，这个方案，很快被否决。

大调方案被否决之后，省水利厅的专家及武威地区水利处的左凤章们又大胆地提出小调方案：用景电二期的空闲容量（约八千万立方米），扩大原有的输水干渠和泵站，再新建一段沙漠暗渠，把水送到洪水河泉水出露点处与洪水河原有的水混合后进入红崖山水库。

这个方案的特点是调水量较小，只有几千万，最大不到一个亿的工程，规模小，投资自然也少，容易被批准。方案提出来了，但是由谁来做前期工作，勘测设计费哪里出，没有着落。

贾志杰的介入和关心，让这一方案峰回路转。拿了省长的"尚方宝剑"，王世茂、王尚宏立马返回民勤，第三天就拿了县政府的五十万元信汇自带交给了省设计院，设计院很快安排开展工作。景电二期，通过加大加高总干渠，加大更换泵站机组，从十三泵站的南北分水闸修一条一百公里长的专用渠道，在保证原二期灌区用水的前提下，给民勤调水八千万立方米是可行的。

于是，设计院向贾省长做了专题汇报，贾省长同意了设计院的意见。

路副省长的此次考察，显然是到推动工程建设的阶段了。对民勤调水问题，路副省长指出：这次通过现场参观，搞清了情况。民勤调水工程本身有几个有利条件。一个是自流，工程比较简单，没有泵站，没有大的桥梁；第二个是施工条件比较好，工程基本上沿铁路、公路走；第三个是渠线只有九十五公里，可以全线展开，加快施工进度。要求在年底前拿出可行性研究报告，精心设计，把造价尽量放到最低，多渠道筹集资金，动员群众投资、投劳，尽快立项开工，打一个歼灭战，用一年半到两年，顶多三年出头的时间，完成民勤调水工程，缓解民勤缺水问题。

民勤县委书记祁子湘、县政府县长王世茂、县人大主任何立臻参加了这次事关民勤生死的会议。

为了这一天，民勤人付出了太多太多。

历经艰难

听到民调工程即将开工的消息，时任民勤水利局主任工程师的常厚春喜不自禁，一瞬间里，所有的往事都涌现在眼前。

1948年，常厚春出生于民勤县城。县城稍优越的生活条件，给了他无忧无虑的童年。人到成年，却有了在乡下难忘的生活。1969年，"我们也有两只手，不在城里吃闲饭"成为风靡一时的美谈，相关政策也推波助澜，就在这时，常厚春一家四口来到民勤薛百乡宋河生产队，开始了自食其力的乡村生活。这个时候，常厚春已经在民勤县水利局上班了。1971年，常厚春和湖区东湖镇的一位姑娘在乡下结婚，在乡下生活了十三年，常厚春有了三个孩子。

常厚春一直从事水利工作，经历了民勤从不缺水，到缺水，到节水，再到从外流域调水，每个阶段他都有很深的感受。在他的记忆里，20世纪50年代以前，民勤不缺水，60年代的缺水还不明显，70年代开始出现水危机，自此一年比一年严重。究其原因，是因为石羊河流域的用水格局发生了重大变化，入境民勤的地面水量以每年平均一千万立方米的速度锐减。

左凤章是当时武威地区水利处的资深工程师。他敏锐地觉察到民勤缺水问题的严重性。常厚春常听他说，民勤如不开辟新的水源，水荒将直接威胁绿洲的存在。而他的预见，真如箴言一般，在现实生活中一一得到印证。

左凤章最先考虑的是引大（大通河）济石（石羊河）的外调方案。"文革"刚刚结束，左凤章说服当时武威地区的领导同意，在地区水利处的支持下，毅然带领民勤水电局常厚春和地区水利处以专业技术人员与后勤人员为主的考察队，对引大济石的可行性进行考察。

这次考察，常厚春跟随左凤章，在祁连山区工作了一个月，历经种种艰难曲折。有一次考察队在山区迷了路，适逢下雨，天黑以后，寒冷、饥饿、疲乏，加之手电筒电池消耗殆尽，一伙人，好像被大山吞进了肚子。

大家嘴上不说，心里都在等左工的主张。为防止大家因疲惫而睡着，一旦睡着将会被冻死在山里，左工命令队员们将随身携带的测量仪器等放在地上原地转圈走路，不能停步，要活动着等到天明再说。但用于防身（山里有野兽出没）和释放信号用的步枪却不能放下，于是大家就轮换着背。实在是太累了，走着走着，有人竟然在走路的过程中睡着了。为了取暖，大家几乎把身上带的所有不用的纸都点着烧了。因为下雨，全身湿透，纸湿了，打火机点都不容易点着。

大家挺了过来，然而左工却因受寒冷、饥饿和劳累病倒，到了昏迷不醒的程度。好在有随队医生调理，左工躺在仅可遮风避雨的简易帐篷里，一边喝着姜汤，一边安排其他人的工作，硬是坚持完成了任务。后来听说，那一次进山考察并没有专门的经费，除了能正常报销的以外，其余的都是左工自己掏腰包垫付的。

因行政利益（涉及甘肃与青海两省水资源分配，也不是地区级别可以协调解决的问题）、技术问题、资金筹措等原因，后来并没有进一步实施，应该算是外流域调水工程可行性论证考察的一次尝试。

这次尝试，正式拉开了民勤从外流域调水实质性工作的序幕。如果说左凤章的考察带有强烈的"个人行为"暂不论，那么，跨流域向民勤调水的说法始于1972年7月。这一年，国务院副总理王震视察河西时，指示要开发河西，把河西建成全国十大商品粮基地之一。8月，甘肃省水利厅、省景泰川电力提灌工程指挥部、省农垦局组成水利规划小组赴河西全面调研，进行河西总体水利规划，规划中首次提出从外流域向民勤调水。

魏育林未经地委、省委同意，擅自赴京向有关部门反映民勤缺水问题，但民勤缺水的问题并没有得到解决，而且形势愈加严峻。历任的县领导还是不停地向省委、省政府和中央有关部门汇报反映民勤缺水的实际问题。民勤因缺水引起的生态问题受到了全国范围内相关专家的高度关注，有关民勤缺水及生态问题的学术论文在全国性重要报刊和有关杂志上连续发表，呼声越来越高，措辞越加激烈。

1990年4月，受钱正英副主席的委托，黄河水利委员会设计室总工程师陈炳荣、规划处处长李国英（后任水利部副部长）、兰州设计院一处处长

去发生的一切仿佛就在眼前。*在常厚春的讲述下，过

余忠、计财处处长徐文海（后任甘肃省水利厅厅长）等，来民勤实地考察生态恶化情况及可开垦荒地承载量。

4月28日，上述人员在武威地区水利处工程师石培泽、民勤县人大副主任何立臻、水电局局长王尚宏、水电局书记袁得乐、技术人员孟兆北和李宗礼、县医院医生杨青元等的陪同下，安排三台东七五拖拉机、五辆北京吉普车，选派最好的机车驾驶员、炊事员等共十九人，带足半个月食品、油料、帐篷及红旗、红色工作服（适于野外辨认）等后勤物资，从夹河乡的西边进入腾格里沙漠，目的是在民勤与黄河黑山峡（大柳树）河段之间找到一条输水通道，使引黄（黄河）济民（民勤）变为现实，同时完成因在黑山峡建库形成的淹没区向民勤移民的问题，从而从根本上解决民勤的缺水问题。

民勤县的四大班子领导列队到夹河乡为考察队送行，其严肃庄重的程度，犹如为出征的将士送行。

尽管在出发前做了比较充分的准备，进入沙漠后还是遭到了难以预料的困难。吉普车走了不到两公里，就走不动了，高大的沙丘阻挡了他们前

进。无奈之下只有选择用履带式拖拉机拖着吉普车和辎重，其他人员则徒步前进。就这样，第一天走了不到十公里，眼看天色将晚，人困马乏，只好就地休息。这时起风了，风大得人站不住脚，睁不开眼，搭不起帐篷。还好，有水和干粮，头蒙着被子，啃一口干粮喝一口冷水，算是晚饭。之后，挤在拖拉机驾驶室、吉普车里睡觉。那时候的拖拉机驾驶室和帆布篷吉普车根本谈不上密封，外面刮大风，里面刮小风，寒风嗖嗖，奇冷无比。这样过了一夜，连医生都病了。第二天，用拖拉机把生病的三个人送回民勤县城，其他人继续前进。三天走了不足一百公里。大家情绪有些低落，打道回府的呼声很高。

晚饭后，何立臻主持召开了动员会。他诚恳地谈了钱正英副主席对民勤的关心和县委县政府外调水的决心，以及民勤人民的期盼，说前面的困难肯定还会有，但绝不能让困难把我们吓倒，我们必须完成任务。大家表示：不管前面有多大的困难，继续前进。

5月1号，考察队到达内蒙古阿左旗哈什哈苏木（苏木一即乡）。在那里休整一天，高价聘请了蒙古族向导，又租了一台东方红55改造的大篷车。5月2日再次出发，原以为这次可能会顺利一些，其实不然。出发不久，前面出现一片沼泽地，还有一个小型淡水湖。绕道过去完全可以，但航测图上显示，预定的调水线路就从这片沼泽和淡水湖中通过，必须探明沼泽和水下的地质情况。于是，吉普车由拖拉机一段一段地转送，人则挽起裤腿连鞋带袜蹚水通过。经过一天的跋涉，总算走出了沼泽地。

5月3日，考察队到达阿左旗的腾格里苏木。听苏木达（乡长）介绍，前方的沙丘足有百米高，从底到顶没有一点湿沙，两个沙丘之间的板岗上连一棵小草都不生，那可是进得去出不来的地方，只有绕道才行。在这种情况下，5月4号，考察队到达宁夏回族自治区中卫县。

当考察队员在茫茫瀚海中艰苦跋涉时，国家水利部部长杨振怀乘坐飞机在腾格里沙漠上空寻觅考察队员们的身影，因未发现考察队的行踪，杨部长立即通电腾格里沙漠边缘的宁夏回族自治区和甘肃省政府，要求竭尽全力营救考察人员……所幸考察队员有惊无险，安全返回。

其时，民勤县副县长柴尔利和左凤章、常厚春等已在中卫县招待所等候两天，专门接迎考察队。原来，此次考察，民勤县政府在事前已电报告知左凤章，无奈左凤章、常厚春正在平凉参加水利厅召开的会议，基于当时的交通条件，无论如何不可能在进沙漠之前赶回。

见面之后，大家都很激动。仅仅几天工夫，考察队员们个个灰头土脸，浑身沙土，完全不是原来的模样。5月5日，考察队在中卫整修一天，6号到达黄河宁夏段的长流沟口，实地考察宣布结束。黄委和兰州院的人直接返回兰州，其他人回民勤。

*因为缺水，民勤好多人家只好远离家园。

依据实地考察资料，结合图纸分析，三个月后提出了第一个为民勤调水的方案，即在黄河宁夏段的长流沟口建一个集提水引灌、发电、游乐为一体的综合性水库。坝高100米，高坝水位达到海拔1320米，提灌70米，用暗渠送水到沼泽地，接20余公里渡槽后明渠输水到大青山，再修一个扬程80米的泵站，通过阿左旗的青山小湖，经民勤的南湖把水直接送到跃进渠宋和羊桥处。引水渠全长380公里，年调水量5亿立方米，需投资28亿元人民币（时价）。这个方案拿到水利部、国家计委论证，结论是：长流沟口地层复杂，不宜建高坝。方案被否决。

无助的民勤人只好打井，提取地下水，来补充地表水的不足。但这种杀鸡取卵的做法，导致了生态环境的恶化越来越严重，看着风沙肆虐的家园，大家都意识到了，抽取地下水成本太高了，导致的生态问题很严重，不从外流域调水，根本无法解决民勤的水危机。

1992年11月7日，甘肃省省长贾志杰在兰州主持召集省水利厅、农委、计委、财政厅、两西指挥部、景电二期指挥部、省水电勘测设计院、武威地区、民勤县等有关单位的负责人，专门研究了民勤县外流域调水工程方案问题。会议决定在1993年景电二期工程完工后，利用其运行中的空闲容量向民勤输水。输水线路从古浪以东的新井村，即景电二期总分水闸开始，调水流量6立方米/秒，年调水量4030万立方米，争取调水5000万立方米；总投资1.38亿元，可灌溉面积11万亩。会议要求抓紧完成前期工作，争取尽快立项，力争1994年开工。民勤县委书记牛兆虎、副县长王世茂参加了会议。

会后，省水电勘测设计院经过半年的工作，拿出了从景电二期向民勤调水的初步设计。

1993年5月，省建设委员会主持召集水利、农业、林业、计委、环保、省委政研室等部门领导专家对该初设进行评审。具体情况仍如前述，但把年调水量增加到8000万立方米，投资增加到3.3亿元。

常厚春说，按当时大型水利工程审批程序，投资在1亿元到2亿元的工程项目由省级政府审批，投资在2亿元到3亿元的由国家计委审批，3亿元以上的工程项目要报国务院审批。如按当时初审的方案报国务院审批的话，将会有很多的程序要走，需要很长时间的等待，民勤还等得起吗？

会议一致的意见是，压缩工程规模，减少工程投资，尽快报水利部、国家计委审批。为此，委托设计院对工程初设进行修改。修改的结果是：将原设计100公里输水渠压缩成70公里，将原工程投资3.3亿元减少到2.8亿元，调水量减少到6300万立方米，并在报告上写清楚地方财力困难，请求中央有关部门给予解决。既然要请求中央有关部门给予解决，就得赴京向有关部门汇报陈述情况，然而，民勤县长魏育林的教训，所有人记忆尤深，谁敢再次冒险？

1993年5月20日，副省长路明在省政府三楼会议室主持召开有关部门负责人参加的听证会。路明副省长的讲话非常直白，他说："民勤缺水，搞工程又没有钱，我们省上又不能解决，民勤要到北京向有关部门汇报要水、要钱，大家说怎么办？"

在这个关键时刻，省政协主席葛士英说话了。他说："我们甘肃对中央有关部门的态度一贯是不给不要，不叫不到。人家民勤因干旱缺水，要的黄河水，要钱近3亿，你省上不给解决，也无法解决，为啥不让人家去北京汇报，去要钱？1983年的那一幕我都听说了，向上级反映实际情况就叫告状，哪有这个道理？我看省政府应该支持民勤到北京有关部门反映真实情况！"

葛士英的一番讲话，点到了问题的实质，到会的其他人都点头称是。接下来路明副省长点名叫民勤县委书记牛兆虎做汇报发言。牛书记从民勤长期缺水引起生态恶化、土地沙化、植被退化，继而发生人口外流、影响社会稳定等方面汇报了外调水的重要性。调水就要花钱，钱从哪里来？省上解决不了那么多，只有向中央有关部委讲困难伸手要。恳请省政府同意赴京向有关部委汇报。之后，路明副省长做了简要总结：听证会同意由省政府办公厅出具介绍信，同意民勤组织人员到中央向有关部委进行汇报。

会后，民勤县委县政府立即讨论决定由县长崔振富、人大主任何立臻带领县计委、水利局、财政局等单位的有关人员共八人，于5月23日到兰州拿上省政府办公厅出具的介绍信立即赶赴北京。

崔振富一行到水利部、财政部、农牧渔业部、社会科学院等部门按省上听证会同意的材料进行了汇报。当时，还把汇报材料转送给了时任副总理温家宝的秘书以及《新华日报》《光明日报》的记者等等。

通过这次上北京汇报，关于民勤干旱缺水的舆论还真的起了很大作用。1994年9月5日至12日，水利部部长、全国政协副主席钱正英率水利部、林业部的专家对甘肃省的农业与水利进行了专题考察，期间专程到景电指挥部调研，武威行署专员裴永俊就民勤调水问题向钱副主席做了专题汇报。14日，省长张吾乐专程到景电指挥部现场办公，明确表示：民勤的外流域调水工程是救急工程，非搞不可，越快越好。民勤调水工程非搞不可越快越好的消息立马传遍了民勤城乡。老百姓奔走相告，多年的夙愿就要成真了，日子有盼头了！

民勤调水工程终于走上了正式程序。

生态用水事关生存

1994年9月9日至11日，由全国政协副主席钱正英带领的全国政协考察组在省政协副主席韩正卿的陪同下，考察了景电二期工程。

钱副主席一行听取了省景电工程指挥部、景泰县政府和景电二期向民勤调水方案的汇报；现场考察了景电二期工程一泵站、明沙嘴暗渠、治沙工程、管道灌溉；走访了灌区新井、高岭等村的移民，详细了解了他们的生产生活情况。在白银的座谈会上，钱副主席做了重要讲话，对景电二期工程管理提出了具体的要求。

钱副主席侃侃而谈，她说："关于景电二期工程，工程不仅按时完成，而且质量很好。特别要赞扬的是工程的配套管理和平田整地工作都及时跟上了。这在我们过去的灌溉工程中是少有的。这里提两个问题：一，以常规的要求，景泰川工程的效益是不错的，但是，作为一个高扬程的灌溉工程，水的代价是非常高的。在这样的情况下，对该工程应当提出更高的要求，灌区应该建设成为'两高一优'的农业基地而不是一般的农业基地。我们强调对该工程效益要高标准，不能满足于一般的要求。二，工程如何进入一个良性的运营状态。现在工程的水费很低，一角钱一方。这样的水费显然不能维持工程的正常运营，每年靠省水利厅下拨的经费难以为继。特别是景泰川一期工程，按照固定资产的折旧年限已快到期了，大量的设备已进入老化状态，那么维修经费从哪里来呢？如果这个问题不解决，灌区的工程将进入老化状态，这样的问题在甘肃的其他电力灌溉工程中也存在。为了解决上述问题，我想出路不外乎三种：一是提高水价。现在工程的水价为一角钱一方，这样的水价甚至不能成为激励农民节水的措施。一亩地用水三百多方，花三十多块钱，他为什么要节水？而且也不利于增加单位面积的产量。所以现行的水费有必要提高。问题是提高到什么程度，水价应当进行科学的核算，按照保本微利的一般原则，包括大修、折旧以及管理机构的正常开支在内，核算后的水价目前尚未确定，究竟是多少，省委、省政府应当斟酌。首先要进行科学的核算，然后再合理研究。第二种办法是如何使水费不全部由农民承担。考虑到农产品的价格等因素，水费不能全部由农民承担。这样，政府应当明确一个政策，就是农民负担多少，政府补贴多少，这些都应当明确下来。第三种办法，依据我的设想，就是给水利管理单位划一块地，并给予一定的启动资金，创造让他们自己经营的条件（先不收税），在此基础上明确规定水费的收取标准。总的我们认为，景泰川一期工程已运行了二十多年，二期工程也即将竣工，在这样的情况下，工程如何进入良性运营状态是发挥工程效益的关键。"

钱副主席一眼看到景电工程面临的切实问题，可以说是一语中的。如此代价的工程，只单一地生产可以果腹的小麦，显然远远不够。也许在这个层面上，才能理解她关于水费便宜的说法。造价如此之高的水利工程，如何管理和使用，将是需要长抓不懈的问题。

钱副主席在肯定景电二期工程的同时，对其间存在的隐忧，直白地做了说明。当然，她此行的目的，还包括民调工程。如果说，钱正英对二期工程的用水和管理是就事论事，那么，她对民调工程意义和未来的认识，则充分表现了国家水利部部长所具有的远见卓识。

钱正英副主席就向民勤调水的问题说："在河西走廊这样有雪水资源的地方，水资源的超采和水资源的供需不平衡，会造成什么后果呢？过去大家认识都不深刻，现在民勤县是个活生生的例子，如果不解决这个问题，那么今天民勤县出现的情况明天武威市照样也出现。如果河西走廊的各级领导不正视这个问题，张掖、酒泉现在的经济发展不考虑水资源供需平衡，那么若干年后也会出现民勤、武威的问题。这个问题会对子孙后代造成严重的后果，最后是很难办的。

"临走的时候，我对武威地区的主要负责同志讲，你们要下决心解决这个问题。所以，一方面我们认为，从景电工程给民勤调水是需要的，虽然花钱多也是必要的；但另一方面我们认为，省上要帮助武威地区认真地研究水资源问题，就工农业怎么节水、控制降低水费，保证水资源供需平衡拿出对策，不能任由其水赤字不断扩大。否则的话，这代人看来是骄傲的事，到下一代简直就没有办法了。

"我记得六七十年代在黄河下游进行引黄灌溉，当时引黄灌溉在下游水位较高的地方，这样会引起土地盐碱化问题。但是当时大家都没有想到盐碱化危害的后果。最后在冀鲁豫部分地区形成'一年增产、二年平产、三年减产、四年停产'的局面，而且大面积爆发，一发不可收拾。黄河下游的盐碱化问题，后来由于加强了排水措施，比较容易地解决了。而河西地区植被破坏得更加严重，因此建议省上及早重视这个问题。

"另一方面，我们也考虑，从长远看，河西走廊特别是武威地区的水资源还是不够的。因此，感觉到从长远看有必要调更多的水到民勤而不仅仅是五千万方。调水的途径，当年水利部要求甘肃省水利设计院做过一个方案，经过他们的初步查看，认为比较合理的是从大柳树灌区调水，这比从景泰调水扬程低了许多，只有一百五十多米。如果从景泰调水，扬程是非常高的。过去黄河水利委员会研究从大柳树灌区调水，没有考虑往河西走廊调水，大概当时的概念是河西走廊尚不缺水，只考虑了宁夏、陕西。这次，我们将建议黄委会从大柳树灌区调水到民勤，以帮助发展民勤的经济。这个工程的难点主要就在于要穿过腾格里沙漠的边缘。景电二期工程的西北也通过部分沙漠地带，这方面还是有经验可循的，不过投资可能要大一些。"

钱正英返回北京，她的指示很快被落实。

1994年9月14日，甘肃省省长张吾乐在景电工程指挥部听取了省水电设计院、民勤县关于民勤调水方案的汇报，重点查看了由景电二期向民勤调水的上段线路，并做了重要讲话。

张吾乐说："民勤调水，这个与其他水利工程不同，有一个生存问题和生态保护问题。我个人意见：民勤调水工程是救急工程，非搞不可，越快越好，但最终取决于资金。景电灌区受益多年了，要提高水费，提高的部分专项专户存起来，支持像这样的工程，这也是重要渠道，这要认识统一。"

正如钱正英副主席所说，利用二期提灌工程空闲时间向民勤调水，是应急工程，而想从根本上解决民勤缺水的问题，应该考虑从大柳树开始的提灌工程。然而，当时甘肃的经济实力，实在无法支撑如此庞大的工程。

陈可言开始并不同意向民勤调水这一方案。他是个最讲求实事求是的人，在景电工程原来的设计上没有列入，因此，提水量受机组限制，将会造成供水不足的尴尬。若新修一条渠线，又耗资太大，对一个小小的民勤县来说很不合算。他知道，随着市场经济的迅速发展，经济效益这个问题越来越清楚地摆在了每个工程的面前。

*沙漠逐步蚕食绿洲。

"向民勤供水可以增加工程的经济效益！"有人向陈可言提出了建议。其实，陈可言早已在考虑这个问题了。但他不能只为景电的经济效益着想，他首先得考虑民勤人的利益。

陈可言到甘肃工作将近四十年，对这一块土地有着特殊的感情。当民勤水资源不断枯竭，生态环境急剧恶化时，他想的比所有的人都多，各种方案都在他头脑里进行过反复的比较：打井，挖涝池，修水库……可所有这些措施都不能从根本上解决问题，只有像美国的亚利桑那州那样，从外面调水，才能使这一地区焕发出永久的生机。

后来陈可言看了民勤报送的小方案，眼前一亮：在景古两县灌区用水的间隙时间将水输送到红崖山水库，这样民勤人想什么时候用水，就可以什么时候用水。陈可言和其他的技术人员对这一方案进行充分论证之后，积极支持省委、省政府向民勤调水的决策。

穿越荒漠

1995年上半年，民调工程完成了初步设计。1995年8月，民勤县委书记王世茂、县长董福寿在北京住了四十天。他们参加了水利部设计总院对景电二期向民勤输水工程的审查会，同时找参加审查会的国家计委、水利部、国务院三西领导小组、财政部等部委的领导，汇报民勤的困难，要求解决工程资金问题。最后，民勤调水工程终于获得批准，列为甘肃省计划单列项目。所需资金，国家计委、财政部、水利部、国务院三西领导小组都拿一点，民勤还要自筹一点。全部资金由财政部驻甘肃的特派专员负责督查，由审计厅第三审计所负责审计。到此，工程建设的前期程序算是全部走完。

9月21日，甘肃省建委通过了初设审查，省委、省政府将工程列入年度十二件大事之一，郭琨副省长亲自确定了开工日期，陈可言和李恒心都在兰州参加了这个会议。

9月26日下午水利会议一结束，陈可言、李恒心两位连夜赶回了景泰，第二天凌晨就前往现场查看。查看的结果，两个人的意见都是：修建施工所需道路，寻找施工所需水源。只有这两个条件具备之后，工程才可以动工。

随之，李恒心带领工务处、质安处的负责人进驻工地现场，民勤县配备的调水指挥部领导和工作人员入驻武威长城乡。常厚春作为民调工程民勤指挥部的总工程师来到建设工地。

较之山大沟深，在一望无垠的沙漠中修路，可是简单多了。李恒心看着连绵起伏的沙丘，笑了。在二期工程中大战明沙山的经验，在这里刚好派上了用场。更何况，来自民勤的常厚春，半辈子都在和沙漠打交道，对沙漠的特点和脾气再熟悉不过了。

11月8日就要举行开工剪彩，"这条路要能过卧车"，陈可言临走时的嘱咐，非常明确。而距离这一天只有四十多天的时间。

了解大漠的常厚春说："只要我们抓紧了干，就没有任何问题。"其实在他的心里，巴不得早一点开工，免得又有节外生枝的事情出现。

要修的施工道路长七十多公里，每公里投资五万多元。认真商量之后，修通施工道路的工程开工了。当地农民积存的麦草，都被工程收购了；沙漠中的沙河，就近就可以提供铺路的砂石。

已经不需要以往的人海战术了。沿着曲线走向，先用大功率的推土机，在波涛般起伏的沙丘中推出一条平路，碾压后铺上麦草，接着又在麦草上铺一层黏土，洒上水，再碾压三四遍。看似到处都是黄沙的大漠，在沙丘下面都是很厚的淤积土层，这些土壤黏度很高。接下来，在碾压过的土层上铺上就地取材的砂石，再碾压一次，漂亮的施工道路就算彻底完工了。

*当年的简易公路，已经铺油，成了腾格里沙漠一道亮丽的风景。

道路修通之后，李恒心和常厚春一商量，立即着手解决水的问题。经过水文队的探查，他们一口气打了五眼机井。沙漠腹地，蕴藏着丰富的地下水资源，打上四五十米就见到水了。为了拉水时不耽误时间，又在离井不远处建了一个水池。为了节省资金，先在地上挖出一个坑来，然后抹一层厚厚的细草泥，草泥上铺两层塑料薄膜，薄膜上再抹一层草泥，之后，再抹上水泥沙浆，一个坚牢可靠的水池便大功告成了。

施工前的两个要件，很快准备停当。民调工程的典礼如期举行。直到这个时候，常厚春才算松了一口气。民勤外流域调水的艰难，在他的心里留下了阴影，老担心黄了的感觉，让他自己也觉得好笑。当然，他心里也很清楚，干渴的民勤，太需要这点水了。

1995年11月8日上午，甘肃省委、省政府在景泰县举行景电二期延伸向民勤调水工程开工典礼大会。省委书记阎海旺，省长张吾乐，老同志黄罗斌、许飞青，省人大常委会副主任王金堂，副省长洛桑灵智多杰，省政协副主席韩正卿，武警甘肃总队总队长何虎，省长助理李宝和等前来参加。全国政协常委李子奇，以及国家计委、财政部、水利部等部门向开工典礼大会发来了贺信贺电，水利部的一些领导还应邀出席了典礼大会。

典礼结束后，很多领导应邀前往施工工地参加剪彩仪式。这天正好是阴历九月十六日，是二十四节气中的立冬之日。石峡子典礼台两边是著名书法家马玉浩书写的对联：

引黄济民功业彪千秋
党恩国泽甘露浴万世

红旗招展，锣鼓喧天，歌声动地，高分贝的喇叭，彻底叫醒了寂寥大漠的沉睡。早上八点，得到消息的当地群众和施工人员，就聚集在剪彩现场，等待着省上领导。

一百多辆车向腾格里沙漠浩浩荡荡进发，陈可言的小车飞驰在最前面。

满头白发的陈可言百感交集。二十多年前，他初到景电工程时，大大小小的车辆（包括拖拉机）加起来还不到十辆，人们上工回家靠的是两条腿……然而，他们坚实的步履跨越了多少艰难的历程啊！

陈可言的眼里涌出了热泪。这一切来得何等不易啊！到达目的地之后，陈可言脚步轻盈，陪同省委书记阎海旺和省长张吾乐以及省建委、水利厅等各部门的领导，向剪彩主席台走去。

腾格里沙漠腹地，此时显得庄严而神圣。红旗招展，人头攒动。数百辆各种型号的小车、施工机械车辆，安静地停放在一旁。一千多名群众翘首以待，企盼着那最神圣、最庄严的时刻。11时25分，省委书记阎海旺和省长张吾乐微笑着，在群众企盼的目光中，他们拿起了闪闪发光的剪刀。

震耳欲聋的礼炮炸响了。礼炮轰鸣了二十一响，沙尘笼罩了半个天空。沉睡千年的大漠，迎来了从未有过的热闹。

剪彩仪式结束后，真正的施工就到第二年春天了。常厚春知道，景电二期工程延伸向民勤调水工程，是利用景电二期工程的空闲时间、备用容量向民勤送水，缓解民勤的水资源紧缺。但要穿越腾格里大沙漠八十六公里谈何容易！这将是我国第一条穿越沙漠的输水渠道。

剪彩仪式结束后，在工程尚未完全展开之际，民调工程指挥部，需要在12月4日到月底，在二十天内完成对初步设计定线的现场复核任务，为1996年的全面开工做好充分准备。

*埋在沙海中的暗渠。

李恒心这位年过半百的高级工程师亲自出马。为了寻找到这条民勤调水的精确路线，李恒心、常厚春和他的伙伴们在沙漠中徒步行走了将近二十公里之后，终于到达早就约定好的地点。这次复查，李恒心在原有设计基础上，提出了渠线新的走向，看似不经意的修改，却蕴含了很多艰辛的付出。陈可言看了修改的方案连声叫好："改得好，改得好！这是点石成金的一笔！"

设计院和水利厅水利学会的专家们对这一段路线查看之后，大家都觉得这一改动更合理，更经济，对这位老水利工作者十分佩服。

在具体的施工中，由于机械化程度的提高，工程进行得非常顺利。李恒心抓住常厚春，时时监督他，而常厚春又紧紧抓住施工队不放，一级盯一级，一环紧扣一环，确保了工程质量。

与此同时，得益于科学技术的进步，在民调工程中也运用了不少新的施工方法和材料。民勤调水的渠道原先设计，在通过腾格里沙漠腹地时，使用的是预制砼管，这种管道容易出现接头漏水。长达八十多公里的输水渠道，如果接头漏水，不仅损失惊人，而且会酿成大祸。为了解决这个问题，陈可言、李恒心可是绞尽了脑汁，费尽心血进行技术革新和技术改造。最终实施的箱形暗渠代替管渠的新方案，民勤人一看，十分高兴地说："这么一改，我们十二分地放心了，还能节约投资！"

▶飞架在沙海之上的渡槽

1997年，陈可言从工作岗位上退了下来，这一年，他已经是六十七岁的老人了。但是，虽然从工作岗位上退了下来，他仍然鼓足劲奔波，为了景电二期工程建设的善始善终，也为给自己一生的水利事业画上一个圆满的句号。

　　2000年5月17日，武威地委书记李保卫专程到民调工程长城乡各标段工地实地调研。他知道，通过二期工程的建设，古浪人民已经过上了丰衣足食的生活，有水的日子，充满了希望。他鼓励施工人员要认真负责，一定要把这项为生态而进行的工程干好、干到底，为缺水的民勤送去黄河水。

*陈可言在现场考察。

8月16日凌晨2点，景电二期总干渠南北分水闸开闸向民调工程放水，至20日下午6点关闸停水，共试运行112小时，流量由0.5立方米/秒逐步加大到6立方米/秒，每次加大0.5立方米/秒，每隔8小时加大一次。在112小时的试运行中，渠道及其他各类设施运行正常，顺利地完成了试通水任务。

这一天，李恒心、常厚春等建设者，守候在五墩。这里是黄河水进入洪水河的入口处。干渴的土渠在阳光下泛着惨白的光，不远处，一座汉代烽燧默默矗立，共同见证这一不同寻常的历史时刻。

临近中午的时候，黄河水吐着白色的沫子，慢慢进入了人们的视野。看着来水，常厚春的眼睛湿润了。从20世纪80年代开始，饱受干旱之苦的民勤人就尝试从外流域调水，历经了多少艰难曲折呀。1995年开工，1996年正式建设，历经四五年时间的建设，黄河水终于淌到了红水河，民勤人终于等来了外流域的水资源。干渴的民勤，终于得到了外流域水资源的润泽。

同年11月6日至8日，省水利厅在景电工程指挥部召开民调工程阶段验收会议。

至此，景泰川电力提灌工程，画上了一个圆满的句号。

管得好才能用得好

陈可言知道，随着民调工程的开工建设并稳步推进，自己也将退休在家。为了进一步管理好这个工程，1996年，也就是陈可言退休的前一年，根据省上的安排，由他带队去美国参加田间工程培训班。这个学习的目的很明确：如何管理使用这么大的水利工程？

美国水资源委员会负责人很认真，安排他们先参加学习班，考察题目由他们自己选定。陈可言征求大家的意见，最后同意了他提出的考察美国灌区的计算机监控技术。美方满足了他们的要求。

陈可言带领大家参观了亚利桑那等大型灌区、埃德蒙顿扬水站以及胡佛水电站等世界著名的水利工程。亚利桑那灌区的计算机监控技术，可算是让他们大开眼界。和景电一期工程同时期建设的埃德蒙顿扬水站，一级提水扬程就是六百米！震撼之余，陈可言深深认识到，高扬程电力提灌工程的发展，是随着社会经济的发展而发展的，这次考察，树立了他对景电实现现代化管理的工作目标。

回国后，总结美国灌区的计算机监控技术经验，使陈可言对梯级泵站工程控制心中有了数，也为景电灌区实施计算机监控奠定了基础。

1996年的一天，陈可言偶然从电视上看到一幅巨大的邓小平画像，说是计算机喷涂的。这个镜头使陈可言大受启迪，他就想到用此技术为工程调度中心制作大型显示屏幕的可能性。省景电工程指挥部与甘肃省水电勘测设计院、北京大学共同合作，率先在国内大型水利工程管理行业研制成功了计算机喷涂大型调度显示屏。经过三年的努力，景电率先研制成功计算机喷涂调度大屏幕。现在，泵站设置、闸口位置以及供变电系统和受益区域，都可以在这个大屏幕上显示得清清楚楚。同时由计算机监控，不定期显示四百多个开关信号，一百多组工程运行数据，监视灌区的机电设备、电网送变电状态、机组运行状态、前池水位以及各渠道输水流量等，减少了前池溢水和开停机次数，优化了渠道配水调度。

景电二期工程在国内尚无先例的情况下，对相距七十公里的总干渠十三级泵站、一百三十台机组的庞大工程体系实现了远距离、多梯级、多机组计算机监控，极大地提高了灌区自动化管理水平，也是一种重大的创造。同时，陈可言与省水利科学院共同开发建立了灌区用水信息管理决策系统，为合理用水、量化管理提供了科学手段，提高了灌区用水管理水平。

当年钱正英部长和众多专家的担心：如此大的工程，能否管理好，能否用得起，能否发挥正常的效益？如今，站在景电管理局高3.3米、宽9.6米的大屏幕前，感受到的不仅仅是震撼。这块经陈可言倡议，经历届管理局领导努力而完善的大屏，凝聚了景电人用高科技追求精细化管理的心血。屏幕上景电一、二期工程总体平面图一目了然，渠道、泵站、主要渠系建筑物及灌区范围，用不同深浅颜色、不同图例、不同粗细线条标注在屏幕上，且在图外和线条后面布置了发光体，用来显示正在运行的泵站和渠段。

在这个时候，景电人似乎用实际行动，回答了当年钱部长的担忧：迄今为止，景电有1391条输水管道，累计长达2422公里。截至2015年底，景电累计提水119.15亿立方米，灌溉面积达110万亩，灌区产粮84.38亿公斤、经济作物32.17亿公斤，直接经济效益167.93亿元，是工程建设总投资的19.62倍。昔日苦瘠甲天下的亘古荒原变成了绿树成荫、粮丰林茂、瓜果飘香的米粮川，百万亩灌区与十余万亩三北防护林带，有效阻止了腾格里沙漠南侵，成为祖国北部的生态屏障。景电上水前后，当地年平均降水量由185毫米增到201.6毫米，相对湿度由46%增到47%，平均风速由3.5米/秒降到2.4米/秒，八级以上大风天数由29天减为16.7天，年蒸发量由3390毫米降到2361毫米，灌区小气候得到明显改善。

数据展示出来的成绩是令人骄傲而欣慰的。按照现代企业发展的理念，管理是否有效，是这个工程能否发挥效益的关键。

四十多年来，景电管理局历任领导都非常重视工程建管中科学技术的应用，依靠科技，不断探索，深入研究，积累了一定的建管经验。2001年，水利部部长汪恕诚在景电视察时，高度评价了景电工程中科学技术的应用。他说："景电的信息自动化建设国际一流，国内领先。我很少打高分，今天给景电打高分，我看国际先进水平也不过如此。"

面对如此之高的评价，时任景泰川电力提灌管理局局长赵建林深有感触。在他的心里，已经牢牢印上了景电精神的烙印。这个工程，在矗立起工程本身的同时，也矗立起了一座精神丰碑。这座丰碑就是"景电精神"。

赵建林说，为了提高工程现代化运行水平，景电工程从建设之初，就注重了科学管理问题。先后投资约八百九十万元，建成了景电通信专网。1987年10月，景电二期总干渠一至七泵站建成上水，通信部分投入使用。1990年10月，总干渠十三座泵站全线通水，通信支网全部建成并投入运行。1995年10月，省景电管理局成立，景电二期延伸向民勤调水工程开工，灌区灌溉面积扩至近一百万亩。为适应工程建设、管理需要，省景电管理局（指挥部）决定对通信专网进行扩容改造，采用最先进的通信设备，使用光缆传输信息的方案，于2000年完成通信专网改造、扩容设计方案，于2001年10月建成。将原来的微波通信专网改造扩容为一百八十公里光缆传输，一千五百门程控数字用户交换机，一百二十路支线生产调度机，图像监控、数据传输、无线接入网等多种通信手段，建成了一个适应未来发展的、独立的、综合性数字水利通信网，并进入邮电工网，为生产调度、管理指挥和灌区的经济发展，打下了良好的基础。

在景电二期工程建设中，由科研、设计、建设等单位共同努力，联合开发研制成功了总干渠十三个泵站的操作运行计算机监控系统，实现了开停机远程控制，泵站级间水量自动平衡，泵站水位、流量、机组温度、转数、故障报警等各种运行参数的远程监测。这个系统从1997年5月起陆续投入运行以来，在提高机组效率、降低年耗电量、优化调度、改善供水响应能力、减少开停机次数、减少弃水、防止和减少事故、提高机组和建筑物安全运行水平、降低运行人员劳动强度等各方面，已明显地表现出优越的技术经济性能。采用集中控制系统，从应用效果看，能更好地满足水泵运行对阀门的要求，可使阀门在动水状态下开关，并能在泵站事故失电状态下自动关闭。与分散控制方式相比，可靠性提高了50%，安全系数达100%，可节约投资10%。因此，它是目前大型扬水工程中，一种较为理想、有推广价值的液控缓闭蝶阀液压控制设备。

提高灌区的精细化管理，最根本的问题还是技术改良和创新。

"管理不是管好已经有的。真正的管理，不仅要根据形势不断改良完善工程在具体使用中的缺陷，更要通过高科技手段不断创新。"赵建林的感悟，就是最好的说明。

根据景电二期工程总干渠各泵站出水液控蝶阀多的特点，省景电工程指挥部借鉴国外对多台水泵阀门进行集中控制的先例，提出了对液控蝶阀进行集中控制的试验研究进而推广应用的课题，并与甘肃工业大学合作进行研究。从1994年初开始设计，至1996年底，经过反复试验，这一新型集控式液压控制系统，终于研制成功。即用一套液压动力站控制多台液控缓闭蝶阀的启闭，取代原单阀单站的控制方式，实现了一站控制多阀的设想，从而减少了动力站数量，提高了备用系数，降低了运行成本，方便了检修维修工作。

对此，水利部兰州勘测设计院设计二处处长杨捷深有感触。当年边设计边施工的工程，在正常使用的情况下，改造完善已经迫在眉睫。用新技术更新老旧设备，根据需要做不同的修改修建，是这个工程充满希望和活力的动力。

景电二期工程，由于灌区地处腾格里沙漠南缘，年平均气温8.3℃，极端最高温度37.3℃，极端最低温度-27.3℃，平均日照数2715小时，日照时间、无霜期均长；结冻日期在11月下旬，融冻日期在3月上旬，降雪一般发生在10月下旬至次年4月下旬。这样就为利用太阳能，提供了有利条件。

直滩和南干渠一泵站微波站，设计建设为被动式太阳能采暖建筑。这两座微波站的太阳能取暖设施，从使用效果看是成功的。使用中进行了连续测温，直滩微波站测温137天，室温在8℃以上的时数占总采暖的88.1%；南干渠一泵站微波站测温143天，室温在8℃以上的时数为总采暖时数的85%。二十多年居住及设备运行情况表明，除个别特别寒冷天气需增设辅助热源（电热器）外，其余时间采暖保温效果，可基本满足人员居住、设备保温的要求，同时起到了防尘、防污染、清洁环境的作用。

从救命工程到富民工程，再到奔小康，不同的历史时期，赋予了工程不同的含义和要求。这种要求，无疑又对工程的管理和使用，提出了更高的要求。

为在高扬程电力提灌灌区大力开展多种形式的节水灌溉试验示范工作，为灌区发展"两高一优"农业开拓新路，省景电工程指挥部在灌区田间配套工程建设中，充分利用地形条件，与甘肃省水利厅水科所、省水管局共同研究，从1991年开始，先后三年，在景电二期灌区建立了自压管道输水灌溉试验示范区，开展了自压管道输水灌溉试验工作。

面对灌区一百多万老百姓奔小康的重任，赵建林深知，多年积累的问题，严重制约着景电的运行和发展：用水指标严重不足。灌区实需6.3亿立方米水量，却只有4.75亿立方米的指标。工程检维修费用多年落实不到位，缺口巨大，导致工程隐患日益增多。如，2015年景电应落实公益性工程日常维修养护经费1369万元，只到位300万元。资金到位迟缓，工程更新改造进展缓慢。如，大型泵站更新改造项目总投资11.68亿元，只到位了3.4196亿元。水费未能按成本收取。景电成本水价为0.3759元/立方米，但只能卖0.33元/立方米……

存在的问题，只能是动力。向管理要效益，借助新科技求发展，景电工程走向未来有着美好的愿景：

景电目前正在规划三期工程，拟向石羊河流域输送更多的农业和生态用水。若能获批实施，将可显著改善民勤、金昌等地生态环境，可新增有效灌溉面积七十万亩，可安置各类生态移民和易地扶贫搬迁移民三十万，可较好地解决这些地区的扶贫攻坚和易地搬迁问题。

景电人还期盼：一律按基础电价交电费，工程拨款落实到位，增设水利部门扶贫资金……这样可有效提升景电服务于西北发展的能力。

景电管理层决定结合自身优势，在灌区发展文化生态旅游——灌渠用于漂流，管道漆成彩色，泵站改为客栈，悬崖开展滑翔，崎岖道路则可发展自行车、摩托车越野赛。新产业、新机制、新前景，当景电文化生态旅游发展起来，带动当地群众致富的门路就更宽广了。

第 一 二 章
问渠哪得清如许

青土湖再泛碧波

水从天上来，水从黄河来到了民勤。

民勤第一次吃上黄河水的时候，是2000年的冬天，村民陈多孝请来远处、近处的亲戚们美美地吃了一顿，还放了鞭炮，庆贺一番。调来的黄河水，翻越千山万水，奔波二百六十多公里，来到民勤这片干渴的土地。

2009年12月1日至2日，省景泰川电力提灌二期延伸向民勤调水工程顺利通过了由省发改委、省两西指挥部、省审计厅、省水利厅、省景电管理局等单位组成的验收委员会的竣工验收。这意味着这一备受关注的调水工程从建设和试运行阶段正式转入正常运行阶段。工程验收完成后，省景电管理局将按照工程设计时的要求，与武威市、民勤县办理工程相关移交手续。管理分界点拟设在南北干总分水闸，分水闸以前由景电管理局管理，分水闸以后至红崖山水

*干枯的青土湖，终于有了水的润泽。

库所有工程设施由民勤县管理。

景电二期一泵站彩旗飘飘，景电管理局2010年向民勤调水八千万方启动仪式在这里隆重举行。

10时48分，省水利厅副厅长杨成有宣布：景电管理局2010年向民勤调水八千万方启动。

2010年，为了缓解民勤水资源不足、生态环境恶化，贯彻落实温家宝总理重要批示和省委、省政府关于石羊河流域重点治理，省上下达了八千万方的调水任务，超设计规模近两千万方。

2012年这一年，我采访了民调工程以及西营水库向民勤调水的相关情况。2012年3月3日上午8时，景泰县五佛乡黄河岸边景电二期工程总干一泵站的两台机组同时开机，滔滔的黄河水以每秒6立方米的流量，顺着管道奔涌而出，向民勤方向奔腾而去。这标志着省景电管理局2012年向民勤调水正式开始。

2012年3月6日下午1时许，2012年景电二期工程向民勤调度的黄河水历时三天、行程五百多里，一路奔流到达民勤和凉州区的交界——民勤县蔡旗断面处。

由于降温降雪，5日夜间，景电调水在到达十墩桥后形成冰面拥堵，民勤县水务局工作人员和当地群众破冰除障，保障调水安全通过十墩桥涵洞。6日10时40分左右，景电调水到达洪水河大桥，洪水河水流速度逐渐加快，水流中夹杂有大量的上游浮冰，水面水位明显上升。下午1时左右，景电调水到达蔡旗断面，与西营水库来水形成交汇，一起流向蔡旗大桥，向下游红崖山水库奔涌流去。

流向民勤的来水，不仅仅是黄河水，武威西营水库的水流，也按照计划流向红崖山水库。

西营水库开闸放水，使一向清静的武威市凉州区西营水库突然平添了许多热闹。在阳春三月依然清冷的西营水库大坝上，鲜艳的条幅和彩球高高悬挂，来自甘肃省水利厅、武

*有了水的滋润，沙海孕育勃勃生机。

威市各级政府及有关单位领导、水利工作人员、社会各界人士齐聚大坝上。上午9时整，库区闸门缓缓上升，清澈的水流一路欢快地向下游飞奔而去，堤坝上响起了热烈的掌声。这一刻，让饱受缺水之苦的民勤三十万人民等得太久了！让饱受日夜肆虐的风沙侵害的民勤绿洲石羊河流域下游等得太久了！

放水当天下午3时许，我来到了凉州区松涛寺断面的检测点，当日上午9时从西营水库"出发"的"救命水"将通过西营总干渠、二干渠经过大约四十四公里的"旅行"，到达这里。检测点的技术人员已经早早地在这里架好设备"恭候"了。现场工作人员告诉我，松涛寺检测点是南营水库和西营水库下泄水流途经石羊河流域的交汇点。

"水来了！"下午3时52分，随着工作人员一声惊喜的呼喊，我看到检测点附近的水流量猛增，上游清澈的水流在这里变得浑浊不堪，现场工作人员开始了紧张的水量检测。

翻卷着白沫的水头徐徐而行。久不见水的河床两边的河滩，贪婪地吮吸着清冽的河水，发出沙沙的声响，两岸疲蔫的林木睁开惺忪的睡眼。我相信，掩埋于此的历史同样张开惊奇的眼睛凝目注视。

石羊河流域的首次调水将成为永远被历史铭记的一页，今后，政府将逐步向民勤调水。在沙尘暴肆虐的石羊河流域，当沙漠无情地吞噬残留的绿色，将人们赖以生存的家园无情毁灭的时刻，有了水，就可以驱散沙漠上空的"阴霾"。

有水，民勤就有绿色的希望。

温总理十一次关注的民勤治沙问题，终于迈出了令人欣喜的一步。

随着水流，我来到民勤总渠十二闸，恰好遇上当地举行开闸放水仪式。十五个大白馒头摆在水闸口，虔诚的村民点燃了香火跪在渠旁祈祷着。水利工作人员摇动手柄，巨大的闸门缓缓开启，水沿着渠道向前流去。祭祀用的羊被当场宰杀，暗红的血液洒进了水渠。一位六十多岁的老者神态庄严而肃穆地看着流动的水说："这就是我们的命呀……"

仪式举行完后，西渠水管所所长表情严肃地告诉我，这样的仪式年年都有，它表达的只有一个意思：希望让湖区人民活命的水源远流长，希望今年是一个丰收的年份。他说，随着这个仪式的开始，红崖山水库将开闸放水四十多天，他们要在这段时间里完成湖区老百姓三万多亩农田的灌溉。

也许，不仅仅是民勤等这一天太久，是历史，是石羊河养育的生灵，等这一天太久，是人类从梦魇中醒悟得太迟太迟……

跨流域调水的成功，给民勤这片土地以前所未有的希望和信心。

止住了沙，保住了地，日子当然好过了起来。韩作富的女儿在健康成长，现在在距家七八公里的一所学校寄宿上学，每周回去一次。老人说孩子不在的时候他感到特别孤单，每天在嫂子家待到很晚才回去，他整天盼着女儿回家。老人的心思看来全部扑在了养女的身上。

沈嘉道语气平缓地说，他六十岁了，当了半辈子村干部，也算给乡亲们有个交代了。当年他希望国家政策能够倾斜，沙漠林区多配给些水，如今都得到了满足。二十多年前，人均每年才两百多方水，如今，每年都能达到一千多方了。你看看，沟渠边的沙枣树长得多茂盛。

生机勃勃的鸡爪子滩

张永德最终来到了黄灌区。这个新家园叫古浪县裴家营镇华新村石庄台组二组。

遭受了失子之痛的张永德，决心要离开山大沟深的山村之前，又遭受了一次失女之苦。1995年4月份，他终于有了自己的孩子，一个可爱的小姑娘，然而这个小生命只存活了三天，就又离开了他。

大哭一场之后，张永德当年就决定下大水。人挪活树挪死，张永德报名来到新的地方，按照三个人的名额分了二十亩土地。他毅然决然盖了房子，彻底和山区断绝了关系。

变化似乎在不知不觉中。首先，没有了吃不饱肚子或者担忧一年口粮的负担。有水的土地，总会给人意想不到的收获。李兰又怀孕了，1996年6月1号，男孩出生了。但是医生说有新生儿出血热。民间有一个土方子，说用热的羊羔皮子裹一下就会好一些。

张永德实在不愿意以前的情景再次出现。出门看到田野里有羊羔子，冲过去抓住就往家里跑。主人在后面追，等到追来，羊羔子已经被杀了。张永德说："这是救命的，你看吧，你想要大羊我给你大羊，要钱我给你钱。"羊主人知道张永德的遭遇，什么都没说就走了。

孩子裹了羊皮后效果还是不明显，张永德抓紧送到大靖。因为抢救及时，孩子终于好了起来。想起走出大山的艰难，张永德不得不庆幸自己的选择。

纵横的良田，成了山区人民奔小康的有力保障。

*二期工程建成后，昔日的戈壁沙漠成了阡陌

现在，两个孩子都是高中生了。李兰农闲时节就到裴家营街上卖烧烤，"要想挣银子，就到大靖土门子"，亦农亦商的生活模式，已经被很多走出大山的农户所接受。秋天，李兰就去新疆摘棉花，挣了钱，又逛了眼窝子，一举两得，李兰乐此不疲。张永德平时在家务农，搞养殖，小日子过得安逸、富裕。

一亩地大小的庭院宽敞明亮，一排新的房屋气派而明亮、整洁。庭院里种植的蔬菜，碧绿中流露鲜活和生机。张永德有时看着眼前的一切，实在不敢想象如果自己仍然在山区，会是怎么样的情形。

居住在大靖樊家滩沙河沿的叶生华，已经八十二岁了。八十二岁的老人精神抖擞，神态安详。还是那么大嗓门，还是那么敢说敢当。他忘不了老领导曾经说过的一句话：我们活着就要为人民办点实事。

有一次，叶生华参加老干部座谈会，有人说老百姓是刁民，叶生华生气了，一拍桌子站了起来："怎么能说是刁民？你是谁的领导？谁的干部？如果说民是刁民，那你就是赃官！"

叶生华回家后，还为此耿耿于怀，忘记是谁的领导，是谁的干部，这样的领导很可怕呀！他想起二期提灌工程，想起李培福，想起很多很多

……旧居乡村，很少和外面联系，提起二期工程，他突然想起很多人：陈可言身体怎么样？张有碤还好吗？马兆麟的身体硬朗不？李逢春怎么样了？

家门口，当年有个老红军给了他八棵树苗，如今还剩下两棵，已经长到了水桶般粗细，树梢似乎都融入湛蓝的天空中了，白云似乎都在上面做窝了。叶生华很好奇，周围的白杨树都死了，唯有这两棵，天牛不敢吃，如今仍在生长……

古浪黄花滩，是由山区农民移民新建的乡镇。

八十岁的老人袁桃英，从山区搬迁到了西靖乡感恩新村社区三区五十七号。整齐的农家小院，宽敞的住房，让人不由自主想起了她在山区的住房：低矮，破旧，烟熏火燎的椽子……二十六岁的王霞子也搬迁到了黄花滩乡马鹿滩村五庄，她说，自己结婚之后就下滩了，井泉乡基本上都搬完了，山里的房子也塌了……

2012年，王霞子牵挂山里的奶奶，在舅舅的张罗下，靠亲戚朋友帮忙，贷款六万八千元，买了房子，把老奶奶接到了滩上。如今，她照顾公公婆婆，照顾孩子，务弄家里的九亩田地，闲暇之余，还要找点副业搞搞，老公基本上常年在青海打工。他们家到现在还没有盖新房子，盖房子需要十几万。"再等等吧，等有钱了再说。"王霞子笑得很自信，她说，现在自己只有一个目标，就是好好供孩子上学，一定要他上大学，上完学……当年想上学却上不了学的遗憾，看来成了她挥之不去的心结。

六十一岁的徐柏川离开井泉乡刘家岘子，来到了黄花滩乡。他走的时候，山里只有两户放羊的人家了。在他的思想里，固执地认为，山外是个要钱的地方。首先搬迁需要很大的费用，他东挪西凑了四万多元钱，来到黄花滩开始了新的生活。

现在，他的思想正在慢慢转变，山外是一个很活套的地方，只要你勤快，总有想不到的收入。几年灌区生活之后，他花了十多万盖了新房子。"有了新房子，才好给儿子娶媳妇。"他笑得很满足。

灌区的新房子，已经很难用传统的间数来形容了，他说是盖了五间房子，实际上是传统五间房子的两三倍。新盖的房子，砖瓦结构，铝合金门窗，厨房、卫生间、淋浴间、客厅、卧室，完全是楼房的结构和布局。里面的家具，时尚而大气，和城里人的住房，相差无几。我问："在山里想过住这样的房子吗？"他笑了笑，什么都不说。

四十一岁的顾东祖现在生活在黄花滩乡景滩村，离开山里，这里似乎更适合这个中年男人发展。我到他家的时候，他正在整理学校的营养早餐统计。虽然不教书了，但仍在学校做事情。县上曾组织过代课教师的转正考试，但因为他没有文凭，没法考。"就这样了。有些事情强求不得。"

和上了岁数的徐柏川等老移民相比，顾东祖更能适应新地方的生活。他自己也奇怪，原先在山区，好像所有的思路都被大山圈了起来。而到了这里，满脑子都是新路子，只要肯干，就没有做不到的事情。传统的生活方式和生活习惯，在

*黄花滩顾东祖老师说，灌区的生活和山里的日子天地悬隔。

这里有了颠覆性的改变。

六十多岁的妈妈说："在山里生活了几十年，兜兜里没有装过钱，现在竟然有了钱。"老妈妈来到这里，像换了一个人。刚下来闲不住，在2004年的时候，每天打工能挣八元钱，两天就是十六元，现在老人妇女只要出去干活，每天就是八十元钱的收入。

除了承包学校的营养早餐，顾东祖还务弄家里的十亩地。他盖了一个蔬菜大棚，一年就有两万元钱的收入，又种了四亩地的枣树，不几年，就可以收获枣子了。

走出刘家岘子的人们，如同走出阴霾，尽情沐浴明亮的阳光。

五十九岁的刘万华搬迁到了黄花滩乡黄花滩村。大儿子从兰州交通大学土木工程系毕业后，在西安一家公司工作。小儿子结婚后，有了两个孩子，一家六口人在这里有八亩五分地。儿子儿媳就在附近打工，眼前的生活，至少比山里好多了，能吃饱肚子了。

刘万华自己也奇怪，到这里后竟然不想山里的一切。想起来就头疼，在山里一年忙到头，竟然没有多少收入。而在这里，走路方便，打工方便，吃水也方便。他感觉自己还年轻，还想做些事情，但是资金紧张，很难筹措。

刘万华的心境，正是大多移民共有的心境，生活环境的改变，让他们有了更多的追求。

围绕黄河水，古浪县的黄灌区处处流溢令人激动的变化。有人说，看一个地方的经济是否繁荣，先看当地的道路建设。而穿行在黄灌区的国道、省道、市道、县乡公路，像一张网一样，连接各个乡村。干净平坦的公路两旁，各种树木吐翠流绿，沙枣花的香味，在空气中弥漫。离开黄花滩乡向东偏北行驶，就到了谭家井。这里就是海子镇的所在地，整个鸡爪子滩，都属于这里管辖。

鸡爪子滩，是景电二期工程的主要受益区。

*怀抱两个孙子住在新盖的房子，刘万华彻底告别了山里的日子。

不远处，是景色宜人、游客不绝的昌灵山。在当地，有一个西路红军女战士刘万寿的故事脍炙人口。如今，老红军已经不在人世，但是，她作为一种精神和力量，却持续地存在于当地。

在谭家井的一处商铺里，老红军的孙子闫有德正抱着自己的孙子，一边照顾顾客，一边和我聊天。

对奶奶的故事，闫有德已经烂熟于心。1936年11月，西路红军经大靖、土门到达永昌，此时冰天雪地、寒风刺骨。在这里，红军战士被马匪包围，双方整整激战了七昼夜。刘万寿又随军赴高台参战，后撤退到祁连山十天，期间忍饥挨饿，饱尝了人间苦寒。当时同她一起的战士只有十六名，但她们没有失去革命的信心，临时从中选出一名游击队长，带领大家打游击战。一日，在高台一河道旁，遇见一售货的商人，商人把他们的行踪告诉了马匪，于是敌人疯狂反扑，红军战士被杀被抓，刘万寿隐蔽在附近山上的小煤窑里，才免遭杀害。刘万寿像失群的孤雁，无处栖身，不知经历了多少艰辛的日日夜夜，流落到民勤的荒草滩上，从此和一位牧羊人的命运紧密联系在一起。这个牧羊人就是闫有德的爷爷。

闫有德知道，奶奶刘万寿在十四岁那年，也就是红军第五次反围剿中就参加了革命，十六岁光荣入党，爬雪山，过草地，烽火岁月中的戎马生涯，练就了奶奶一身硬骨头，造就了她自信、乐观、坚韧、果敢的气魄。

新中国成立后，刘万寿曾担任农民代表、区农会主任、初级社社长。

从1958年起，又当了村支书，一干就是十六年。

裴家营是一个干旱缺水地区，充分利用现有水源显得太重要了。刘万寿把治水时刻挂在心头上，发动群众大搞小型水利工程建设，挖土开沟，拉石筑渠，共建成三条水渠，全长达四十公里。从此，老红军治水的故事就在群众中流传开了。刘万寿带领乡亲们所建的水渠，至今还有两条仍在发挥作用。刘万寿年长离职后，她的长子阎向环不负众望，又接过了母亲的重担，担任了村支书，一干又是十一年……

阎有德笑道，要是奶奶活到现在该多好，黄河水上来之后，她该有多高兴。她说当年打天下，就是为了让老百姓过上好日子，有了水，还愁没有好日子过吗？奶奶和父亲修渠治水的历史已经成了过去，阎有德现在一边经商，一边务农，但好日子总会让他情不自禁地想起奶奶。

距离谭家井二十多公里，就是鸡爪子滩二咀子村了。在村口公路的两旁，二咀子村的两排商铺，也就是市场，显露勃勃生机。看到这些市场，

*昔日风沙肆虐，今日绿树成荫，二咀子村以及农田周围的生态逐步好转。

我总能想起当年的书记汪连云。在很多个夜晚，这个好胜而总想为老百姓干些事的书记，就会揣上一瓶几块钱的酒，来到学校我的办公室，同我边喝边聊。他说："姑舅爸，八斗边的地风沙太大，种不住，产量又不高，但是围绕公路，我们把它弄成市场，估计效益还要好一些。你说这个做法违不违反政策？"

这个想法落到了实处，也得到了村民的支持。如今，八斗市场商铺林立。我在武威工作期间，市场开建，我到了兰州，汪连云却因癌症离开了人世。市场的建设，似乎是一把钥匙，打开了年轻移民的思路，很多人在这里动起了脑筋。百货商店、电焊铺子、菜铺子、饭馆子、加油站、电信移动收费厅等等，亦农亦商，成了一种新的生活模式。

六十多岁的郭天龙爱酒，善喝，围绕在他身边的有几个年轻人。一个就是我的亲家王万智，一个是赵庭忠，一个是胡德年。郭天龙大他们二十多岁到三十岁，但四个人很合得来。他们喝酒以抬杠为乐，喝多少都不胡言乱语。高兴了，唱一阵秦腔，小曲子，就着朦胧的月亮，摇摇晃晃回家去。

村人只知道他们老爱在一起喝酒，却不知道这四个人志趣相投，不知不觉中形成了一个彼此关系密切的产业链。王万智经营电信移动业务、农机具以及加油站，胡德年经营农业机械和养殖，而郭天龙和赵庭忠则一边种地，一边发展养殖业。

移民最大的改变，应该是思想的解放。而年轻一代农民最大的改变，就是对文化对知识的认同。郭天龙为了供四个孩子上学，度过了一段艰难的岁月。但是，不论怎么艰难，他都没有放弃供孩子上学的初衷。如今，四个孩子都从大专院校毕业，各奔前程，在北京，在杭州，在宁夏，家中只有他们两个老人。

然而，郭天龙并没有就此安享晚年。他投资三十多万元，修建了养殖大棚，专门养羊。在他的鼓动和带领下，胡天祥、赵庭忠等人纷纷效仿，搞起了大棚养殖。如今，他最大的愿望就是搞一个牛羊市场，让养殖形成规模。在闲暇之余，他也会想起从前，想起自己早年的遭遇。也许，正是过去被耽搁的时光，才让他如此执着地实现自己，追回那些被虚度的光阴。

在郭天龙们的养殖场不远处，就是来自广河县齐家集黄家沟村七十多岁的老人马得山和六十四岁的康作林的家。老人们已经从村干部的位置上

*翻山越岭的泵站和渡槽,为灌区带来了希望和发展。

退了下来,而四百多人的移民村已经初具规模。他们传统的民族习惯,在这里得到了很好的尊重。这些村民和汉族村落的关系很融洽。有人需要宰羊,就会给他们电话,接到电话,村民们会及时赶到。由他们宰的羊只,干净,快捷。如今,他们再也不会觉得没有归属感了,他们这个村子有了一个新名字,叫和谐村,正式划归古浪县海子镇管辖。

2000年,在新世纪之初,古浪县专门为这项浩大的工程立了一座碑,在碑文中如实记述了这一工程:

干旱贫困,为古浪千载之忧;引黄灌溉,乃人民世代渴求。甘肃省委、甘肃省政府,体察民情,兴水济古。继景电一期工程建成之后,于一九七六年续建二期工程。一九七七年冬缓建。一九八四年七月,国家计委批准复建。一九八八年十月送水到古浪。一九九四年十月竣工。工程从景泰县五佛乡沿寺电力提取黄河水每秒十八立方米,灌溉面积五十万亩,最高扬程六百零二米。总干渠长九十九点六一八千米,设南北干渠总分水闸,称"黄金分水闸"。古浪灌区受益面积三十万亩,建成干渠两条。南干渠长七点三一千米,北干渠长六点三千米。设泵站十三座,支渠三十条,长二百二十五点三八千米,斗渠七百二十六千米,农渠五千四百千米,灌区道路八百多千米,人畜饮水工程二处,引水管道长四十三千米,挖填土石方七百六十九万立方米,砼十七万立方米。投工五百三十九万工日。

景电二期工程建设,深蒙中央、甘肃省、地、县关怀支持,国家投资人民币四亿八千八百万元。工程建设中,建设、设计、施工单位特别是古浪广大干部群众竭尽全力,顽强拼搏,住地窝,顶风沙,战酷暑,斗严寒,众志成城,艰苦创业,实现了引黄入古、造福子孙的夙愿。灌区年产粮食六万吨,植树三万多亩。文教卫生、交通通信、商贸流通同步发展。昔日大漠荒原,如今沃野平畴,阡陌纵横,林网如织,瓜果飘香,十二万居民一举脱贫致富。景电二期工程已荣列"中华之最"。古浪扬黄灌区堪称古浪发展史上一座丰碑。

当年的建设者们

居住在条山镇石门村的乔占奎，开始以带孙子为主要的晚年生活。儿女们都各有其事，烧制砂锅，在一期工程上水之后，就不烧了。所有的记忆，似乎都成了一种很遥远的回忆。

一期工程水上来之后，乔占奎就分了地，石门镇距离原来的山村有三十多里，当年种了小麦，秋后获得了丰收，想了一下，干脆搬迁了下来。至少，吃饱肚子不背粮的踏实，不卖砂锅的安逸，就比山里好多了。

在他家门口不远处，是一期三泵站的压力涵管。细蒙蒙的小雨打湿了涵管，闪烁着幽暗的光泽。而庭院内，秋菊正在灿烂盛开，红透的枣子在雨中显得愈发诱人。

八十三岁的李文化老人和张守兰，在宽大的房子里闲坐。看到一下子来了这么多人，老人们显得有些兴奋。李文化老人的耳朵有点背了，他总担心别人听不到他的话，每一句都吼得屋子里嗡嗡响，唱秦腔的功底用另一种方式表现了出来。而满头白发的张守兰，则絮絮叨叨着过去的一些事情。张守兰说，自己二十岁上结的婚，李文化是姐夫介绍给她的。当年李文化长得英俊潇洒，又在部队上，张守兰就答应了婚事。七个孩子，把她拖到了痛苦的深渊。没吃的，刷一点点面，喝点汤就算一顿饭，整天肚子里框里哐当响。李文化生性耿直，得罪了不少人，由此也让她受了不少罪，生完孩子不到四十天就让她去拔麦子……

老人的泪水，流不完当年的苦难。李文化很惊讶老伴怎么好好的就流泪了，他没听清张守兰说了些什么，只沉浸在火热的工地建设里。张守兰说到过去受的苦，三天三夜也说不完。后来，一期工程结束之后，浇上了黄河水，日子总算好了起来。

李文化总算听清了最后一句话，立即随声附和："好起来了，好起来了……"

七十七岁的张发明还住在景泰川电力提灌工程工程局指挥部后面的平房里。他记得清楚，这是工程局在1974年之后修的。一个小院，两间半房

*在新居,好日子让李文化和张守兰两位老人露出笑颜。

子,就成了老人安度晚年的乐园。空闲的时间,或者年头节下,只要方便,张发明就会去李培福的坟上转转。周围的变化日新月异,而老人更多的是一种感慨:要是您活到现在,想吃什么我都能给您弄来了。有时老人也自嘲,也许,您活到现在,和如今当官的也没有什么两样了,我想见您都见不上了。但是,老人很快为自己的这种想法而自责,他吐口唾沫,好像亵渎了自己心中的神灵。

采访完张发明老人,我和刘德福老人步行回县城。这时已经是下午六时多了,景泰的街头,到处都是成熟的瓜果,大堆大堆的籽瓜像一座座小山,处处流溢着瓜香味。正在修建的大楼上工人们还在忙碌,紧邻的街道上车来车往。

刘得福老人突然站住身子,指着眼前的一切大发感慨。他说:"过去,这里全是荒滩,全是一个连一个的沙包,有很多很多的地窖子就挖在这里,进进出出的人们,很像地老鼠进进出出……"

新建的楼房旁边,已经竣工的新楼似乎已有人居住,空气中满是家常生活中油盐酱醋的味道。云缝中射出的阳光,像一把利剑,却又一动不动地悬在空中。刘德福老人边走边对我说:"这就是当年最早的八栋房……"我看到,八栋房有的已经破旧,有的成了废品收购站……

往前走,左拐,刘德福老人又停住了脚步,指着堆了一堆煤炭的院子说:"这就是当年的职工医院,从北京月坛医院来的医生们,就在这里……"

一阵风吹来,卷起煤末子冲天而起。

居住在寿鹿山附近寺滩乡的李智仁算是活在纯天然的氧吧中了。目及之处都是青山绿水,老人的身体还是那么健朗。再也没有吃不饱肚子的说法了。老人说,现在他每顿还是一斤干面,一斤肘子肉。虽然上了岁数,但一米八五的身体,最重的时候是178斤,现在还有130斤。在沙地里拔小麦,年轻人不一定是对手。

李智仁说，二期工程开工的时候，孩子去了工地。工程结束之后，他让孩子去大水，孩子不愿意去。现在的山里，比以前好多了，退耕还林呀什么的，要是天下点雨，种一年吃两年，过个日子很舒心的。只是，他老想起受尽苦难的妈妈，他说，

*刘德福老人抚摸当年矗立在戈壁滩上的八栋房，感慨万千。

要是妈妈还活着，该多好呀，也能享享这个福了……

八十多岁的张超琦住在八道泉青石墩村宽沟梁。当年威震一时的连长，已经不能清除地表达自己想要说的话了，他只是不停地喃喃自语："当年我很厉害……"点燃一支烟，深吸一口，他又说："当年我很厉害……"完了，涎水就流了下来。

阳光射进窗棂，在老人的脸上跳跃。偶尔闪烁的光泽，似乎把老人带回了过去的岁月，他的头在晃动，身体在晃动，但是，他已经不能完整地表达一句话了。一个月之后，老人去世了。

六十八岁的老人张开荣居住在八道泉草窝滩镇青石墩村。这个当年生活在芦花下塘村的农民，不相信黄河水能流到这里来。当时的想法是：自古水往低处走，能从沟底里跑到山上去？而现在，他正享受着黄河水带给自己的幸福和快乐。

七十四岁的王自达老人，也居住在这个移民村。想起当年和李培福相处的岁月，老人感叹：如今，这样的领导少了，再也遇不见了……

五佛老湾村七组的老人何永奎，正在摘苹果。二十多年的老果树，枝繁叶茂，累累果实压弯了枝头，有些枝丫已经被果实压折。

老人忘不了过去的岁月，那个年代，一年的粮食下来之后，第一个先交国家公粮，第二留籽种，第三留够牲口饲料。三留之后，才是老百姓的口粮。他笑："现在，种地竟然不纳粮了，你说日子能不好吗？"

工程上水之后，1974年张延菊搬迁到了石城。1976年，闫穆智和张延

*八十多岁的张超琦老人口
不能言，但脸上的激动无法掩饰。

菊结婚了。婚后，他们有了三个孩子。如今，三个孩子都已经成家立业。去年6月份，闫穆智做了胃切除手术，花了一万八，报销了一万多。

满头银丝的张延菊说："比上小时候，现在天天都在过年。我满足了姐姐心愿，满足了妈妈的心愿……"

说这些话的时候，她的眼中流下了泪水，也许，她在不经意间，触动了心中那根沉睡的心弦。

沈庆云住在搬迁区的房子里。如今，已经改良过的咸碱地，每年都会给他丰硕的收获。他的土地，就在自家的门前，院子里外，随处可见各种果树。沈庆云说："这是个救命工程呀，是个伟大的创举。谁都得承认这一点，谁不承认，那就是脑子有问题。"

说这话的时候，老人明显激动了。激动的老人一下子掏出自己的左眼，擦了擦，又放回到眼窝里……

张秉元从山区搬迁到了九支，已经六十多岁的老人，脸上的伤痕仍然清晰可见。他说，现在老感觉头疼，发晕，没办法干活了。他满怀希望地说："政府能不能帮帮我呀？看在我为景电工程流血的份上……"

退休后的蒋成林，热衷于老年人茶余饭后的生活，每天晚上，他都会组织许多喜欢吹拉弹唱的老人聚在一起乐呵。我和他没有聊上几句话，老人就说："我给你唱一个《十唱景泰川》吧。"

蒋成林放开歌喉，用景泰特有的曲牌，演绎这首歌唱景泰川的歌曲：

一唱景泰川，施工者六九年，红旗插满高山顶，正式开了工；
二唱景泰川，草土围堰是关键，一泵站建在黄河沿，为工程把基奠；
三唱景泰川，大战刀棱沟，座座渡槽架山间，引水上到草窝滩；
四唱景泰川，灌溉了草窝滩，一二期灌了八十万，人民生活有保障；
五唱景泰川，安装了变电站，电灯电话全普遍，电气化也实现；
六唱景泰川，安居乐业搞生产，农林牧副齐发展，全县人民奔小康；

七唱景泰川，科学种田要当先，地膜工程是关键，粮食才能大增产；

八唱景泰川，学校医院都健全，娃娃们上学把书念，群众看病也方便；

九唱景泰川，戈壁变成美丽城，座座楼房拔地起，广场公园也建起；

十唱景泰川，改革之年大变化，感谢救星毛主席，永远跟着共产党……

前往尾泉黄河沿，一路都是颠簸崎岖的砂石路。车的右边，是形态奇异的山岭，都是赤红的岩石，不同的是各自的造型。景电工程的水渠，依山而行，遇到山岩，凿洞而过，遇到沟壑，便架起渡槽。更多的水渠，与路平行。在车的左手边，汇集了苦咸水的小溪，在尾泉大沙河迤逦而行，最终注入黄河；而景电电力提灌工程提取的黄河水，却从相反的方向，流进期待的庄稼地里。

两种水，由此有了两种截然不同的归宿。中泉乡多泉眼，有人做过统计，在20世纪60年代，全乡境内尚有七十二眼泉水，到如今，涌水的只有二十多眼了。这些不大的泉眼，流淌的都是苦咸水，常年用这个水浇地，土地板结，盐碱化严重，庄稼自然也就没有好的产量了。

中泉乡尾泉村的尚克兰今年五十九岁了，她正在果园精心挑选苹果，剪除苹果把。她挑拣得很仔细，大的，小的，坏的，被暴雨打伤的，各有归属。

没有采摘的果树，盛装一树繁华。红彤彤的苹果在阴天里，也流溢诱人的香气。透过树枝，就是村里有名的对面崖。崖高千仞，如一本永远也无法打开的书本，一页页一层层堆砌上去。山腰高处，有很多已经坍塌的窑洞。据说，这些窑洞是当年老百姓逃避匪患兵祸最好的去处，一家老小只要爬进山崖的窑洞，就可以避免杀身之祸。而山顶尚存的碉堡，却是当年西路军战士和马家军浴血苦战的明证。当年红军从尾泉黄河渡口过河后，在这里苦战一天，最终踏上了西去的征途。不大的村子，似乎蕴藏了很多的历史。有一次，村人们平整打碾用的麦场，放水进去湿土，但水却不知去了哪里。后来

*当年在工地烧水的尚克兰，正在收获成熟的苹果。当年所经历的苦难，全成了幸福的回忆。

才知道，水都进到了一座古墓里。文物专家前来考察，只看一眼出土的文物，便惊讶地下了结论：这是西汉时期的物件呀。这个发现，让村人们津津乐道了很长时间。看来这里真是个好地方，两千年前就有先人们在此生活了。

在景泰城北墩村八十一岁的王积华家中，他讲述了给李培福端饭的往事。当年他在指挥部打杂，他发现每次吃饭，李培福都和别人一样排队打饭。"我说你不用排队了，我给你端饭。此后，每顿饭都按时端给他。"

后来，王积华的女人做手术，没有钱，没办法了，恰好遇到了李培福。"李培福问我干什么来了，我说女人要做手术。可能要花几个钱，我没钱。李培福说要多少钱？我说可能要十几元钱。李培福掏出了十八块钱，塞到我的手里，说你拿去用吧。"

"后来，李培福看我穿得很烂，就给了我一条黄裤子，一件青衣服。四个兜兜，衣服很大，我得挽起衣袖。工友们笑我，说我巴结有了结果，有干部衣服穿了。李培福的一双翻毛皮鞋，虽然烂了，但我还是穿了很长时间。"

回忆让老人变得年轻，变得神采奕奕。而一个人，能如此深刻地藏在别人的记忆里，也不能不说是一件奇迹了。

六十岁的杨炳英现在居住在红水镇界碑村，会宁杨崖集乡姚家坡村阳坡社，这个生他的家园，已经成了遥远的记忆了。

现在，他的两个孩子都成家了，孙子都上高中了。他现在居住的房子，很难用几间来表述了。2008年，县上实行危房改造工程，政府补助四吨水泥，两万块砖，还给了四千元钱，所以房子修得豪华而气派。

如今，老人养了五十多只羊，三头奶牛。牛奶不值钱，老人却另作他用。老人养的是多胎羊，村里很多人养的都是这个品种的羊，羊羔子奶不活，很多就被扔了。一只羊羔老人用三十元买回来，用牛奶喂养，奶上两个月，转手就是五百元或者三百元。三头奶牛可以养三十只小羊羔。牛场养不活的牛犊子，买来，也用牛奶喂。

七十岁的蒙先在2008年创办了白银市景泰县西关社区百花艺术团。骨子里有文艺细胞的蒙先，在景电一期工程建设之际，就多次随同景泰县文艺宣传队到工地进行慰问演出。一期工程，留给他难以忘怀的记忆。

剧团成立后，蒙先自导自编，排练了《沙家浜》《张思德之歌》《黄河飞渡猎虎山》等被群众喜欢的节目。

2012年，蒙先率团到寺滩乡华建村演出。眉户表演《人民公仆李培福》是他新编导的节目，这个节目总长十五分钟，除了唱腔，舞台正中挂有李培福的画像，在伴唱中，装扮李培福的演员和其他群众演员进行表演。

主持人是蒙先的儿媳妇。表演结束后，儿媳妇正要登台报幕，这时从观众席上上来一个人，站在了话筒跟前。蒙先儿媳妇不知如何是好，蒙先示意她先等一下。

来人站在话筒前开口讲话了，声音洪亮，底气十足："父老乡亲们，兄弟姐妹们，刚看了这个节目，我想起了以前的岁月。李培福是个好干部，为了景泰川电力提灌工程，老人跑断了腿，累弯了腰，操碎了心，我们今天的生活，就是他给予我们的，他永远活在我们的心中，我们要永远纪念他！"

*宣传李培福、宣传景电工程，成了蒙先乐此不疲的事情。

他的讲话，收到了乡亲们热烈的掌声，在掌声中，来人大声呼吁："现在我提议，全场起立，向李培福三鞠躬！"

全场所有的群众一下子都站了起来，跟着他，对着李培福的画像，恭恭敬敬三鞠躬。

这已经是李培福去世后的二十多年了，一瞬间，泪水从蒙先的眼睛中夺眶而出……

尾　声
魂兮归来

　　景泰川电力提灌工程，由景电一期工程、景电二期工程、景电二期延伸向民勤调水工程（简称民调工程）三部分组成，其中景电一期是一个独立的供水系统，景电二期和民调调水工程共用一个提水系统。

　　李培福生前的牵挂，景电二期工程得以完成；李培福生前尚不知道的景电民调工程，为这个跨世纪的工程画上了圆满的句号。

▲矗立在黄河边的一二期泵站

整个景电工程设计提水流量28.56立方米/秒，加大流量33立方米/秒，兴建泵站43座，最高扬程713米，设计年提水量4.75亿立方米。景泰、古浪两县有了稳固良好的生存发展条件，民勤干旱缺水的状况得到了改善。景电工程安置甘肃、内蒙古两省区的景泰、古浪、东乡、永靖、会宁、天祝、左旗等7县（旗）移民32万多人，绝大部分农户当年耕种，当年受益，当年解决温饱。景电灌区现有树木3600万株，近百万亩的灌区与三北防护林带连成一片，形成腾格里沙漠南缘的绿色屏障，有效地抵御了风沙，保护了生态环境，使灌区小气候得到了明显的改善。

　　在整个灌区，建成的干、支、斗渠共有1391条，长2422公里。2322公里长的干、支渠，如动力强劲的血管，遍布总面积1496平方公里的地方，呵护着197万亩土地，浇灌着142.40万亩肥沃的土地。

　　一百多万亩土地，五十多万人口，三代人的命运就此得到改变。

　　2015年初，我在北京拜访了九十多岁的钱正英老人。一提到甘肃，提到景电工程，钱老的情绪明显激动起来，岁月已经让她无法用语言再现过去的辉煌，而她激动的神色却分明在讲述当年的故事……

　　居住在北京的姜作孝，1990年从引大管理局书记的岗位上退了下来，随后定居北京。我和老人聊起过去的岁月，老人的激动显而易见。他似乎想知道每一个自己熟悉的景电人的情况，当得知张发明老人还居住在平房时，姜作孝的眼睛湿润了，他说，都是自己的错，当时分房子的时候也没有给他留套房子。白发苍苍的老人刘桂芬，挂着拐杖走来走去，她一遍遍讲述当年洪镒给自己两块豆腐的事，老人说："我再没吃过那么香的豆腐了……"

　　八十一岁的李士元在北京的家里养病，乐观的老人一见面就和我开玩笑。而达慧中老人身体好多了，家里家外都是她在操心劳作。她打开电脑，让我看马四辈、马占青父子俩来北京看他们时拍的照片。来自景泰的每一件礼物，老人都拍了照片，独坐的时候，就会一张张翻阅。达慧中老人快人快语，她讲述当年所经历的一切，不管是快乐还是痛苦，她都会开心地大笑……

　　如今，两位老人虽然定居北京，但所享受的医保等社会福利，仍然是甘肃的标准。提到这一点，达慧中的脸上有点凄然，她说，每个月，李士元都要两千多元的医药费……

居住在杭州的杨玉朋老人，和她电话取得联系之后，约定在某天晚上，电话畅聊了一个多小时。黄中理老人已经不在世了，杨玉朋老人偶尔去国外在儿子身边住住，而后回到女儿身边安度晚年。过去的回忆，一件件都沉淀在老人的心中。她说，当年因为工作出色，自己被评为甘肃省的"三八红旗手"，梁淑凤劝她走仕途，但她认定自己"是做业务的料"，和丈夫黄中理一起回到了杭州……

*笑称自己是"八〇"后的杨玉朋在弹奏钢琴。

从白银市政法委书记位置上退休后的罗文深，现居上海，我和老人几次电话联系后，终于在白银他的家中见面。老人准备了许多资料，也想起了很多往事，他让我摸他额头上留下的伤痕，我认真摸了摸，果然摸到一个硬核。他说，这就是当年李培福老人和自己开玩笑留下的纪念品。罗文深老人很严谨，他纠正了很多误传的地方，也回忆起许多让自己难以忘记的经历。他说，那个时候，他住在李培福的隔壁，每天早上都在一起吃饭，一碗油泼辣子，一个四两的馒头，"你能想象吗？这就是一个副省长的早餐……"说到这里，罗文深双眼涌满泪水，哽咽得再也说不下去了。

陈可言舒心地叹了口气。他突然觉得，自己一生中，最完美的事业就是景泰川电力提灌工程了。同时他也怅然，人的一生，原来是如此短暂，一个人，一生能干一件比较完美的事情，已经很不容易了。虽然退休在家，但是，他的心还是留在了过去，留在了工地上。很多的回忆，在无数个夕阳西下的瞬间，都会一股脑儿涌到眼前。

退休后的陈可言，梦中的情景，总是指挥部的院子，每次从梦中醒来，他都感慨不已：自己的魂，已经永远留在景泰川了。

在一泵站，为国务院三西农业建设项目建了附有雕塑，并建有由宋平题写的"建设景电为民造福"标志。从泰安选购来的五块假山石，刻有赵朴初提写的"中华之最"、钱正英考察后从北京寄来的"扬黄工程大有可为"等题词，陈可言写的"梦之圆"，"圆"字是李恒心思考后改写的，有圆满之意，意即景泰、古浪老百姓圆了浇灌黄河水的梦。

陈可言主导，指挥部机关院内种植了四块草坪，在喷水池中加装了喷水头和三个雕塑圈。在南侧墙内培育了沙生植物园，从民勤、酒泉移栽了誉称"活着三百年不死，死了三百年不倒，倒了三百年不朽"的胡杨树等。

*陈可言陪同世界粮农组织官员视察电力提灌工程。

耐人寻味的是指挥部办公楼前喷水池中的三个圈雕塑，各圈面积是按照一期、二期和全灌区的大致面积比例设计的，本意是代表古浪、景泰在管理局管理下，团结用水。来人都询问它的含义，有的同志还赋予其各有千秋的含义。地方上的同志说三个圈代表古浪、景泰和管理局；"三西"的同志说圆圈代表钱，这是纪念"三西"扶贫重点建设项目投资的。最有意思的是时任水利厅厅长王钟浩看了之后说："这是陈可言设的圈套，让我往里钻的。"

陈可言知道，王钟浩这样说是有缘由的，开工时为了占住原来的这块试验地作为指挥部机关用地，当时设计工作很紧张，全部按照平房编制了概算。工程开始后，陈可言想城里人都是楼上楼下，电灯电话，现在都没有人愿意来这里参加施工，以后如何留住人才，管理好这么一个大型灌区呢？应当修改设计，但王厅长没有同意。陈可言就想了个办法，由建设、设计、管理三单位，签署了一个协议，盖楼房不增加投资。然后就盖起了办公楼、家属楼。

景电的办公楼成了景泰县的第一栋楼。后来王厅长又到工地，不仅看了工程，也看了办公楼、宿舍楼，连说不错。接着陈可言就说，既然厅长同意了，就把概算改一改吧！最后，王厅长不得不同意了。他说的圈套，大概就是说陈可言先斩后奏的意思。

然而，陈可言知道，仅有这些雕塑，远远不能代表景电工程内在的灵魂和力量。这种围绕景电工程的水文化表达，总感觉缺少一种至关重要的东西。

*上图：矗立在泵站旁的雕塑。
下图：寓意深刻的雕塑：每一滴河水来之不易，每一滴河水都是生命的希望。

1983年，时任甘肃省人大常委会副主任的李培福病逝后，有很多人就建议，鉴于李培福在景电一期工程建设中的贡献，应该立碑或者塑像纪念。在那时为个人立碑塑像，限定非常严格。有的人说，给个人立碑我们还没有这个先例，由于当时政治环境的局限性，此事就搁置下来。到了90年代，曾经参加景电一期工程建设的一些老同志，遇有聚会的场合，不断重提为李培福立碑塑像的建议。这时参加景电一期工程建设在位的老同志已经不多了，只有陈可言同志还在景电工程二期指挥部主持工作。想到这些，陈可言眼前一亮，围绕景电工程的水文化，怎么能缺少李培福这么重要的一块内容？他的追求，他的奉献，他的坚持，不正是这项工程乃至这一代人身上所蕴含的优良品质和高贵灵魂吗？不正是面向群众，为了群众呕心沥血的最好阐释吗？

陈可言为此兴奋不已，按组织程序，他正式提交了为李培福立碑塑像的报告，并得到了批准。在哪里制作李培福的塑像呢？陈可言想到了姜作孝。这时，姜作孝已离休在京，他欣喜地接受了陈可言的委托。

姜作孝找到北京鼓楼附近的一家工艺美术厂。他对铜像雕塑看得比较简单，但一接触就感到程序非常复杂。首先是要交被塑像者的工作、生活的各种影像资料，这是始料不及的。姜作孝原以为有一张半身相片就可以了，但制作厂家要求要各个时期各种场合正面、侧面的照片，越多越好。李培福所处的时代，哪有如此便利的照相条件？姜作孝费了很大力气，通过各种渠道，找到了一二十张照片，但雕塑作者还嫌不够。他批评姜作孝：雕塑不是临摹画像，是创作！姜作孝苦笑着告诉作者："我已经尽了最大的努力了。"

进入制作流程，做出了石膏模型，厂家通知姜作孝审查大样。当他坐在石膏像前，有点犯憷了，石膏像和本人的差距较大，但让他提出意见，却又说不出。不像，哪里不像？是鼻子不像还是眼睛不像，又是如何的不像法？问题太抽象，太专业。因为修改只有在石膏模型阶段，一旦浇注就无法更改了。

姜作孝寝食难安，自感责任重大，只好请陈可言、李恒心两位来京审查了一次。三个人都无法定夺，商量之后，又请李培福的女儿李冬燕和女婿白继中、女儿李小红和女婿小谢做了最后的审查认定，才算完成了任务。

1994年11月12日上午9时，在景色宜人、干净整洁的景电工程指挥部大院里，举行了庄重的李培福塑像揭幕仪式。

李培福，最能代表景电工程内涵的老人的青铜雕像，在这里安家。来自各单位、团体的人员及李培福的亲属、家乡代表和当地干部群众、少年儿童数千人，怀着虔诚之心，向李培福的铜像三鞠躬，并敬献了花篮。

李培福的铜雕像在阳光下熠熠生辉，老人慈祥而朴实的神态，定格成了永恒。铜像下边书写着：李培福同志在景电一期工程建设中作出了卓越贡献。甘肃省景电工程指挥部、景泰县人民政府、古浪县人民政府于1994年11月共同为他在景泰灌区竖立纪念碑和半身铜像。

陈可言退休后，有人曾问他景电工程建设成功的秘诀是什么。

这个问题让他深思了许多天。思来想去，只觉得没有什么秘诀。现在回想起来，觉得最主要的就是要有一个正确的领导。"文革"期间的领导敢于负责，尤其重要。要了解世界先进技术。要有自信心，遇到前人没有遇到过的问题，是社会发展中的必然，如钢筋混凝土压力管道的试制、远距离多级泵站的计算机控制等，只要依靠科技进步，博采众长，随时总结经验，没有解决不了的技术难题，当然自己也要有长时间吃苦和奋斗的精神。

西下的夕阳，洒满陈可言的记忆，这些记忆，似乎燃烧起来，闪烁着红彤彤的光彩。

一项伟大的工程矗立在大地上，这项工程的精神和灵魂，也同样需要一个家园，同样需要人们的缅怀和回味。2005年，作为爱国主义教育基地的景电工程纪念园开始动工修建。纪念园位于景电一期工程总干渠四号隧洞出口南侧的塘沙湾笔架山下，占地面积一百六十亩。由甘肃泓文设计院设计，省景电管理局建设。

一进大门，六百多平方米的广场上，矗立着八根高大的石雕龙柱，象征着景电一、二期工程八条输水管道，如八龙腾飞，润泽一百多万亩土地，呈现出了粮丰林茂、瓜果飘香、高楼林立、兴旺发展的壮观美景。

在纪念园广场东侧，建有展览大厅，里面布置着党和国家领导人、水利部、省委、省政府领导及专家、学者视察景电工程的实况照片，安放着已故的甘肃省原副省长、景电工程指挥部总指挥李培福的半身铜像，展出了景电建设者和管理者艰苦奋斗、大干巧干、运行检修、更新设备的模型和图片。

景电工程，已经成为一笔丰硕的精神遗产，永远驻留在这片沃土上。

2006年10月13日下午，景电管理局党委副书记高太阳和景电一期工程指挥部原办事组副组长、景电管理局原筹备处处长马金贵，景电一期工程指挥部原办事组秘书、省水电工程局三处副处长沈秀林等人，前往兰州接回已故的甘肃省原副省长、人大常委会副主任、景电工程总指挥李培福的灵柩。

10月14日早上5点，一行人簇拥着李培福的骨灰盒从兰州启程，一路顺利来到景泰县境内。早上8点，等候多时的警车开道，欢迎李培福回到他曾为之奋斗过的地方。

李培福回来了，他在去世二十多年之后，又回到了景泰川，这里，是他栖息灵魂的家园呀。

上午8时10分，护送李培福英灵之车到达条山镇水源村时，等候在那里的景电职工及群众，燃放鞭炮，灵车在弥漫的烟雾中缓缓前行。

8时30分，护送李培福的灵车，到达景电工程纪念园。有关领导、各方代表及群众，列队迎接，并进行了李培福及夫人刘波的骨灰安放仪式。

*展览馆，保存了景电工程走过的每一步。

景电工程管理局、省水电工程局、省水电设计院、景泰县四大班子、条山农工商集团等单位代表向李培福的陵墓敬献了花篮。

阳光明媚，彩旗飘扬，炮声隆隆，锣鼓阵阵。10月14日上午9时，举行景电工程纪念园开园揭牌暨李培福陵墓揭碑仪式。景电老领导陈可言、姜作孝、马兆麟、郑宝宿为纪念园揭牌；景电管理局党委书记、局长贾德治和景泰县委书记张明泰为李培福陵墓揭碑。

在揭幕仪式上，姜作孝代表罗文深等所有的老同志，做了一次精彩的发言：

今天，是我们所有参加过景泰川电力提灌工程建设的同志们，盼望已久的景电工程纪念园落成、李培福同志墓碑揭幕的日子。这是值得我们大家庆贺的日子。景电工程纪念园这项工程在景电管理局的主持下，得到了省水利厅和中共景泰县委、县政府的积极支持，经过了两年多时间的努力终于建成了。纪念园的建成揭幕，标志着我们将永远不能忘记景泰川电力提灌工程这段艰苦奋斗的光辉建设历史，标志着我们将满怀胜利的信心把景泰川建设得更加美好的决心。纪念园将像是一颗璀璨的明珠镶嵌在景泰川的大地上，它将是一座水利建设的丰碑傲然屹立在黄河之滨，祁连山下。它象征着我们对景泰川光辉建设历史的怀念，它象征着我们对景泰川美好未来的向往。纪念园是一个水利文化的象征，它是团结奋斗的象征，是美好未来的象征。在纪念园建成揭幕的此时此刻，我们曾经参加过景电工程建设的，已经离退休的老人们，看到了此情此景，我们格外的高兴。这里，我谨代表曾经在景泰川电力提灌工程工作过，已经休息的，我们倍受尊敬的老领导原省人大常委会副主任贺建山同志，和部分老同志，向主持建设纪念园的景电管理局，表示祝贺和感谢。

看着欢乐的人群，陈可言长出了一口气。景电工程，因为这个老人的到来，至此才算圆满。这是一座丰碑，将会和这个工程一样，永远驻留在人们的心中。这是力量的源泉，任何人，都能从这里汲取精神的力量得以前行。

面向群众，只有面向群众，群众才会永远记得，永远缅怀。

颐养天年的陈可言，有时间有机会，就和夫人梁淑凤一起，到景电工程去转转，看看工程，看看沉睡在纪念园的老领导。对这个工程，他不再说什么，每当有人问起当年的建设情况和工程质量，陈可言总会想起国际友人的评价。

1996年7月6日至15日，WFP驻华代表处高级项目官员张火生先生及中欧农技中心宗会来先生，在省水利厅外事处领导的陪同下，对WFP中国

3355-景泰川农业灌溉发展项目进行竣工检查验收。

正如陈可言所言，景电工程，在得到世界粮农组织项目援助的同时，也走向了世界并得到了世界的认可。

＊世界粮农组织官员考察沙漠植物生长情况。

检查结束后，粮农组织的官员与省、县项目指挥部同志进行了座谈。张火生先生说："经过近几天的考察，我认为3355项目搞得很好，是农业部的优秀项目，符合WFP援助宗旨。WFP的宗旨是尽快使受益农民脱贫，项目搞得很成功。有WFP的援助和各级政府的支持，乌巴达亚先生曾对我说，这个项目是人间奇迹，项目把荒滩变成良田，这个奇迹只有在中国才能实现。项目区人均产粮四百多公斤，人均纯收入七百多元，田间林网化，多种经营综合发展，从农民的衣着就能看出来，家家户户都有粮食节余，今年粮食长势比两年前好得多。"

张火生接着评价："从社会效益看，一是解决了11.55万移民搬迁，社会安定，移民实现了从贫困到人间天堂的飞跃。学校和卫生所建设得都很成功。入学率由项目前的87%提高到98%，医疗卫生条件也得到了很大的改善。二是人畜饮水问题得到了彻底解决，给农民提供了很多方便，妇女通过参加劳动，提高了自身的家庭地位和社会地位。三是通过项目的执行，锻炼了一大批工程建设和管理人才，他们都能独立工作，为项目后期管理打下了基础。四是通过项目的实施，帮助农民脱贫致富，做了一项很有意义的工作，密切了政府和农民的关系。五是推动了乡镇企业的发展，提供了就业机会。六是生态效益比较显著，森林覆盖率提高11%，降水量增加，风沙减少，农田林网化，保护生态平衡，效益是不可估量的。七是项目持续性，去年成立了工程管理局，项目工程管理维护有了保证。适当收取水费，维持正常运行，各级政府加强了对农民的技术培训、推广。项目之后十年中，WFP要进行项目后期评估、项目监测评价工作，一定要做好。"

1997年9月27日至29日，由澳大利亚、喀麦隆、加拿大、智利、古巴、意大利、韩国、美国等八国代表组成的WFP执行局代表访华考察团，在WFP驻华代表处主任艾尔丝·拉森女士和农业部国际合作司副司长李小芬等的陪同下，对3355项目进行了考察。

考察团一行，听取了省指挥部关于景电工程概况和3355项目实施情况的介绍，现场考察了总干一泵站、总干二十四号渡槽、总干分水闸、工程调度中心、第五水管所，和项目区田间工程、造林、盐碱地治理情况，访问了项目区杨柳村、曾家井村移民户、学校和项目区外古浪县裴家营乡新城村贫困户等。28日晚在景泰宾馆观看了3355项目省指挥部和工程管理局职工编排的文艺节目。

考察结束后，考察团与省、县项目指挥部相关人员进行了座谈。各成员国代表一致认为"3355项目执行得很好"。

*大河西流，流经之处，是生命是希望的田野。

加拿大国际开发署人道主义援助局副局长麦克尔·丽维丝克女士说："大家都知道，加拿大是对中国进行开发性项目的主要捐赠国，我们在中国看到项目能执行得这样好，我感到特别高兴，我们支持中国的开发性项目，目的是消除贫困，妇女能够积极参加，这是我们的原则。经验表明，进行开发性项目援助有很大的风险，过去我们对在一些非洲国家进行开发性项目援助已经失去了信心，中国政府执行开发性项目很成功，这就是我回到加拿大向政府传达的一个信息。"

　　古巴驻罗马大使胡安·N.桑切斯说："通过这次考察，我们感到了WFP的重要性，也有机会感到这些项目的作用。我们到项目区来看大人的脸，小孩的脸，从他们脸上，看到他们生活得很幸福。我看到我们的投入成绩很大，我感到很高兴。"

　　智利常驻联合国粮农机构代表莫德莱诺·罗杰斯先生说："我们在这里看到中国执行开发性项目很成功，也看到了在中国继续开发性项目援助的重要性。我认为我们在中国的投入得到了最好的回报。"

　　"这个项目是人间奇迹！"——没有比这更高的评价了。是的，景泰川电力提灌工程，的确是人间奇迹！

并不是结束

2014年9月13日下午，是一个阴郁得有点沉重的日子。当我决定前往甘肃省原副省长、景泰川电力提灌工程原总指挥李培福的灵前拜谒时，想到了祭奠用的祭品。

当然是一束金黄的菊花最好不过了。驱车在景泰县县城寻找鲜花店，很快找到一家。店不大，但品种齐全，浓郁的花香弥漫在深秋的空气中。店主按照要求包装、修剪鲜花的那一刻，我突然想：当年，李培福在这黄沙漫漫的荒原摸爬打拼，可曾想到过有如此温馨的鲜花店或者如此娇艳的鲜花？而眼前这灵气的卖花姑娘，又可否知道，五十年前，脚下是黄沙连绵的不毛之地？

然而，等到了墓地，我却哑然。鲜花只有一束。但正中是一座高耸的纪念塔，纪念景泰川电力提灌这项伟大的工程以及参加建设的人们；在塔的右手，是李培福夫妇的墓穴；塔的左手，又是景泰川电力提灌工程副指挥贺建山夫妇的墓穴。

鲜花，应该献给谁？

阴郁的天空欲雨又止，沉甸甸的云团似乎就要压下来。不时卷起的秋风，没有飒然，只有凉意。周围的林木，已经染上秋的色彩，丰富的颜色让所有的形容都显得苍白。不远处，一座孑然的烽燧矗立山头，风雨和岁月把它雕饰成一个沉重思考的老人。不知道，这个烽燧究竟属于哪个朝代，但至少在明代以前吧？如果烽燧有灵性，乃或者值守烽燧的士卒地下有知，经历过的一定是风沙弥漫、骄阳似火、焦渴难耐的过去，看到的肯定是眼前阡陌纵横、绿树摇摆、水流潺潺的景象。而他们肯定能知道，这一切，都和中华人民共和国有关，都和共产党领导的政府有关，当然，长眠于此的李培福、贺建山与此更有着千丝万缕的关系。

我在犹豫彷徨中寻觅，一声轻微的咳嗽穿越时空来到耳边。

守边士卒手中的红缨，耐不住骄阳的暴晒，已经发白。他揉着沉睡了千年的睡眼，打着呵欠，有点激动地喃喃：这里呀，原来荒无人烟，水贵如油，遍地黄沙，看看现在，人来人往，农田连片，水流成河，想睡个好觉都难了……这个官儿可是了不得，怎么能把黄河水引到了这里呢？如果千百年前有这样的好事，估计所有的边塞诗歌又是另外一番模样了，我们也不是戍边，而是来到了向往的富庶之地了。

几声笑，却不见人影。但有点得意的声音却很清晰：当然了，这个办法是两千多年来都没有的办法，你就是怎么想，也肯定想不出个所以然来喽。

我想，这个声音一定是知道我前来的目的，更清楚我想要说的话和眼前的尴尬。声音很遥远，但却很清晰：都说是我李老汉的功劳，错了。人们把我埋在这儿，他们是想歌我的功，颂我的德，而我远离故土到这儿，是因为我太清楚这里人们心酸的日子，清楚这里沃野千里却因为没有水而成荒漠的凄苦。为官一任，为民办事是分内的，只是我不甘心，生前没有看到景泰川的变化，死后，也要看到老百姓吃饱肚子的欢乐。如今，我如愿以偿，前来看我的人都在说，现在过上好日子了，能吃饱肚子了，我听着舒心呀……想想看，从一期工程开始至今，二期工程，民调工程……到现在快五十年了吧？近五十万人被这个工程改变了命运，一百万亩土地成了粮仓，昔日的荒滩沙漠，如今绿野满目……好呀，好呀，想想都很开心。但我还是要说，我只做了自己分内的事情，这是大家的功劳，不是我一个人的功劳。

又是几声爽朗的笑，笑声中，有几分得意，几分满足。秋风似乎受了感染，飒然而至的同时竟有几分暖意。

我说：您自称李老汉，那就是李培福了？但不论您怎么谦虚，景泰川的老乡们却都记住了您，因为没有您，就没有他们现在的好日子！

眼前似乎有了具体的物象，一位慈眉善眼的老人，用手中的拐杖轻轻敲地，但却很果断地摇了摇头。他说，在接下来的日子里，你会知道很多，会清楚这真不是我的功劳。在这里，我只想郑重告诉你，这绝不是我的谦虚。第一，在这个工程开工之前，已经有过七次的勘察论证，而我直接参加的只有一两次，很多的知识分子为此倾注了大量的心血。等到这个工程正式开工，可以说已经在大的理论框架上胸有成竹了。第二，这个工程之所以能够顺利实现，是因为刘家峡水电站发电了，有了电，才会水上景泰川，没有电，这个工程只是个设想和蓝图。第三，从全国各地赶来的水利技术人员功不可没，八百多人呀，这些人，学了一肚子的专业知识，大多数人却在"牛棚"过日子，在"干校"接受改造，因为这个工程，他们才学有所用。你想想，有哪一个人，不渴望得到施展拳脚的舞台？他们成就了这个工程，这个工程也成就了他们。第四，这里的老百姓劳苦功高。参加工程建设的有六千多人呀！你要知道，这不是他们这一代人在出力，他们祖祖辈辈可是憋了两千多年呀！两千多年，他们看着黄河水哗啦啦从门前流过，无数的良田却得不到灌溉，而他们却不得不去背粮，不得不去沿街乞讨，过着吃了上顿没下顿的日子。当这个工程动工后，他们可是把憋了两千多年的劲都使出来了。这么说吧，这是一堆堆积了两千多年的干柴，因为这个工程，我成了一根火柴，轻轻一擦，就燃成了熊熊烈焰。

这个慈眉善眼的老人感慨地笑了笑，流动的空气中充满了满足和快乐。我笑了，我说通过您的讲述，确实是领导干部，一二三四，条理清楚，逻辑严密，所幸，没有官话套话。老人咳嗽了几声，打断我的调侃，接着说：第五，对我而言，新中国成立了，我是工农干部，我从土地走出来，对土地充满了眷恋，我知道民以食为天，只要老百姓吃饱了肚子，过上了好日子，一切都会好起来，否则，一切都是扯淡。而我，在那个时代，又坐了冷板凳，在有生之年，我还能干成别的事吗？是这个工程给了我机会。所以，不论有多艰难，我都要干成它，干好它。用你们的话就是，李老汉选择了这个工程，这个工程也选择了李老汉。最后，这个工程成就了李老汉，李老汉也用毕生精力成就了这个工程。

我追寻声音的来源，四周却只有树叶沙沙的抖动声。我茫然四顾，怀疑自己身在何处，是否又在梦中。

我不是一个唯心的人，但因为专注，沉入心底的事情，总会在梦境中出现。比如李培福。当这个老人，老革命，老领导，通过众多史料在我心中渐成一个形象之后，我的梦境中就出现了他的身影：拄着拐杖，穿着邋

▲千年荒滩

▼阡陌纵横

*景泰川电力提灌工程,分为一期工程、二期工程、民调工程三个部分,期间因为资金问题停工数年,全部工程于2002年完成。总灌溉面积一百多万亩,生态受益面积四千多公顷,一百多万老百姓因此工程受益,五十多万老百姓在此基础上向小康生活迈进,一片绿洲在古丝绸之路上熠熠生辉。

遢，但耷拉的帽檐下，一双饱经沧桑的眼睛熠熠生辉。他用拐杖捣着地，笑意盈盈地一遍遍对我重复：你能走进这个工程吗？你能了解这个工程吗？

当时，我正住在这个工程养育的一户农民家中。宽敞的新房只有我一个人住。从梦中醒来，额头满是汗水。我披衣出门，深秋的天空星光熠熠，灿烂无比。偶尔的风摇动院中的树叶，声如天籁。熟透的苹果不时掉在地上，轻微的声音过后，是携带了泥土味的果香，深吸一口，沁人心扉。那个感觉，竟然和眼前这声音带来的体验如此相似。

我是在哪里？是在梦中，还是在现实？乃或者，我在自己营造的氛围中，独自品味一份独特的情感？但不论怎样，我当时居住的农家和眼前这脚下的土地，在千年之前都是亘古苍凉的黄沙和荒凉。今天所有的翠绿和繁荣，都是缘于这个工程的滋养呀。

你别想了，也别找了。你听到的，你可以当作自己的心声，我知道，这些日子你思考了很多。在这个浮躁的时代，如你这样钻牛角尖的人少之又少。当然，你也可以当作是我的声音，是因为我你才遭遇了眼前所有的幻境。你还是接着听我讲吧，或者是，你还是接着聆听来自你心底的声音和思想，这样，会对你的创作有很大的好处。

我为官一任，一生中最得意的有两件事。一件事是毛主席给我亲笔写了"面向群众"的要求——注意，是要求而不是题词，千万不敢混淆了主席的用意，更要清楚，这个要求不是针对我一个人，而是针对全国所有的县长，所有的基层官员。这个要求涵盖了主席对我工作的总结：面向群众才有了今天的殊荣；同时又包含了主席对我更多的要求：凡事都要面向群众，只有面向群众，一切才能成为可能。这四个字是主席对我以前工作的总结，而主席蕴含在这四个字中的深意和希望，最终却在景电提灌工程中得以实现，如果他老人家地下有知，也会微笑吧。——嗯，你说对了，让我最得意的另一件事就是把主席的要求落到了实处，面对群众的困难，群众的要求，群众的疾苦，为官者一定要坦然面对，积极解决，只要你认真去做了，受益的老百姓永远不会忘记你。我做到了，这就是景泰川电力提灌工程。因为这个工程，我们和群众凝结为一个和谐的整体，一个有力的拳头。这一点，丝毫不亚于精神层面的另一个工程呀，或者说，景泰川电力提灌工程，就是我党群众路线的一个体现和实践。

又是一阵爽朗的笑声。笑声过后，阴郁的云团终于洒下了零零星星的细雨。而这个声音以特有的直爽，让雨天的空气更为湿润，甚至有一些沉重。你看到了吗？我的墓碑上，只有主席的手迹：面向群众。这是立碑者的擅作主张，我知道，这个主观愿望是好的，因为这是主席给我的字，在全国如此多的县长县委书记中，唯独我有了如此殊荣，是值得骄傲和炫耀的。可是，我现在却不这么看了，我觉得这四个字对每个前来看我的人都适合，都是一块警示牌！这四个字，是对所有官员的告诫。只要是官，都要认真品味主席的深意，面向群众，只有面向群众，时时面向群众，坦然面向群众，心无愧意面向群众，他才是一个合格的官员。别小看这四个字，这四个字里，包含了我党的立命之本，治国之道，存亡之理！若不如此，那他就不是一个合格的官员，而是一个有愧于群众的官员！

一阵更大的风飒然而至，落地的树叶被卷起，如一只只翻飞的蝴蝶，在墓碑周围起起落落。树叶渐黄的树木随风一起摇曳，摇曳成一道起伏的风景。我的双眼在树的摇曳中迷离，哦，我看到了，看到了这个手捂拐杖的老人正站在黄河边，老人的身影是如此高大，他一手挽着成千上万的老百姓，一手指着黄河水，他蠕动嘴唇喊叫，来吧，河水，来吧，干渴的土地需要你，穷困的百姓需要你！随着他的召唤，黄河水一跃而起，冲上山头，爬上七百多米的高程，穿越山谷，迤逦而来。翻腾的黄河水奔流在两百多公里的总干渠，注入支渠、斗渠、农渠，这些纵横遍布的渠道，如一条条细细密密的毛细血管，渗入景泰、古浪、民勤大地的深处，滋养亘古干渴的土地，随着总干渠——这条动脉血管的鼓荡，搏动一曲生命生长、繁荣、健康、旺盛的赞歌，一粒种子悄然落地，绿色的幼芽破土而出，五彩的花蕾绽放绚烂的花朵，花开的声音清脆而激越……

我擦擦脸上的雨水，看着雨滴在金黄的花瓣上凝结成露，金黄的花瓣在努力绽放最后的灿烂。这束盛开的鲜花就在我的手中，终于，我明白这一阵纠结告诉我的最终答案。我坦然走到中间的纪念塔前，认真敬献花束，深深三鞠躬。

在接下来的时间里，随着采访的深入，我明白诸多事情。一个始于20世纪60年代末到21世纪初才完全竣工的跨世纪工程，五十多万人，一百多万亩土地，三代人的命运被改变，很多无法想象的艰难乃至磨难，坚守与奉献，让我彻夜难眠。

也许，我所关注的，并不仅仅是工程本身。我探求曾经滋养这片土地的一份热情乃至属于这份热情的根源。我知道，一个政党自身所要秉承乃至坚守的精神家园，该如何深植于民并成为眼前的丰碑。

▲景电工程纪念碑

▲ 镌刻在李培福墓碑之上毛泽东主席的题词

◀ 李培福的画像和铜塑雕像

2015 年 5 月一稿

2016 年 8 月二稿

2017 年定稿于深秋

跋

十七岁那年，我写了第一个短篇。誊写在普通信纸上，约莫二十页，弟弟揭下墙上的画张子，反过来糊了一个信封就寄了出去。没想到，半个月之后，我收到了编辑部的来信，也是二十多页的长信，我读了一遍又一遍，记住了末尾的署名：李保军。

其间，我曾专门找过李老师，但不巧，每一次他不是出差就是回家，难得一见。但我的几篇小说陆续被刊发，每一篇都是头条的位置。

二十多年后，我来到了兰州，打听李老师的去处，终于如愿以偿，得见老师真容。当时，老师在出版社工作，人很和善且率真，有着想象中的亲切和易处。

自此，我们保持了一种断断续续却很默契的联系。2014年，我接到他的电话，才知道他在白银政协工作，临将退休之际，想做一件事。"拨拉来拨拉去，只有你合适。理由有三：一、你是这个工程的受益者，熟悉背景、历史、发展；二、你有文学的素养和积累；三、这是最最关键的一点，你是新闻调查部的主任，更清楚新闻的严肃和真实。"

老师说的这个工程，就是景泰川电力提灌工程。他要真实再现这个工程的全貌和伟大，要尽可能收集事关这个工程的故事和影像资料。"哪怕是流水账，也要真实、客观地为这个工程的来龙去脉留下存世的文字。"——这是他的原话。我无法拒绝他的要求，不仅仅因为他是我的老师，更关键的正如他说的：我是这个工程的受益者，这个工程几乎伴随着我长大成人，寄托了我的父辈以及我的同龄人所有的希望和追求。

感谢我所在的单位，给我一个月的时间来完成资料收集和整理。司机小黄是一个勤奋而精力旺盛的小伙子，不受时间限制，可以接送我去任何一个地方。在我采访期间，因为李老师的同行，一切变得意趣盎然。出乎我意料的是，景泰、古浪、民勤、华池等地政府部门，对这个选题有浓厚的兴趣并给予大力的支持。古浪县委宣传部副部长李宗海按照我们的行程，早早联系好工程参与者，并安排相关人员一起实地踏访。

采访和收集资料的过程是一个令人感动的过程。陈可言、李恒心、马兆麟这些工程的决策者和领导者，接受我的采访并提供权威资料；沈庆云、张延菊、李智仁等这些普通的农民，极力回忆当年参与的过程；罗文深、谈嘉言、洪镒、蒋成林、姚光汉、李逢春、李保卫等具体负责工程实施的领导，对记录和撰写这个工程的努力给予厚望并极力支持。此情此景，点滴入怀，令人感慨不已。当年参加工程建设的技术人员来自全国各地，工程完工之后，大多建设者回归故里。居住在杭州的杨玉朋，居住在北京的李士元、达慧中、姜作孝等老人，热心讲述当年的经历并积极支持本书的采写，同时提供珍贵的收藏资料。

两年多的时间，我终于完成了这部书稿。兰州大学出版社原社长崔明得知这一书稿后，表现出了极大的兴趣，请人阅读书稿并组织专题讨论，汇集意见，让我修改、补充采访。此景此情，令人感动。在此期间，景电工程管理局同样不遗余力，积极提供由老摄影家侯占荣先生拍摄的历史资料图片，《甘肃日报》资深摄影家田萍老先生也拿出自己收集的资料，让这本书文图并茂，在此一并致谢。

感谢兰州大学出版社的同仁，当他们反复校阅、修改该书时，我心里顿觉轻松了许多。在等待出版的日子里，张超琦、谈嘉言、李士元等建设者相继去世……他们念念不忘的是：这本书出来没有？

当年参加工程建设的老人，大都步入暮年。想到采访时他们的愿望，至死尚无法如愿，只觉得亏欠很多。而今书稿最终付印，实在令人感慨万千。

阎世德
2017年深秋于金城